人民共和國文化與文學叢書

三 編

李 怡 主編

第 **16** 冊

中國詩歌觀念的流變
（1989 年～ 2009 年）

周 航 著

花木蘭文化出版社

國家圖書館出版品預行編目資料

中國詩歌觀念的流變（1989 年～ 2009 年）／周航 著 -- 初版 --
新北市：花木蘭文化出版社，2016〔民 105〕
序 4+ 目 2+320 面；19×26 公分
（人民共和國文化與文學叢書 三編；第 16 冊）
ISBN 978-986-404-663-8（精裝）
1. 中國詩 2. 當代詩歌 3. 詩評
820.8   105012618

特邀編委（以姓氏筆畫為序）：

吳義勤　孟繁華　張　檸
張志忠　張清華　陳思和
陳曉明　程光煒　劉福春
（臺灣）宋如珊
（日本）岩佐昌暲
（新西蘭）王一燕
（澳大利亞）鄭　怡

人民共和國文化與文學叢書
三　編　第十六冊
ISBN：978-986-404-663-8

中國詩歌觀念的流變（1989 年～ 2009 年）

作　者　周　航
主　編　李　怡
企　劃　北京師範大學民國歷史文化與文學研究中心
　　　　四川大學現代中國文化與文學研究中心
總 編 輯　杜潔祥
副總編輯　楊嘉樂
編　輯　許郁翎、王　筑　美術編輯　陳逸婷
印　刷　普羅文化出版廣告事業
出　版　花木蘭文化出版社
社　長　高小娟
聯絡地址　235 新北市中和區中安街七二號十三樓
　　　　　電話：02-2923-1455 ／傳眞：02-2923-1452
網　址　http://www.huamulan.tw 信箱 hml 810518@gmail.com
初　版　2016 年 9 月
全書字數　297942 字
定　價　三編20 冊（精裝）台幣36,000 元

中國詩歌觀念的流變
（1989 年～2009 年）

周航　著

作者簡介

周航（1971—），男，漢族，湖北咸寧人。暨南大學文學碩士，北京師範大學文學博士，四川大學文學博士後，美國弗吉尼亞大學英語系訪問學者，魯迅文學院第 26 屆中青年作家高研班學員，現任教於長江師範學院。已出版學術專著《新世紀文學現象研究與當代文學散論》（重慶出版社，2011）、《中國詩歌的分化與紛爭（1989 年 2009 年）》（人民出版社，2014）；散文集《南國行吟》（花城出版社，1998）、詩集《背影》（中國文聯出版社，2013）、《往事如煙》（北京燕山出版社，2016）。

提　　要

　　本書以「盤峰論爭」為中心發散式地考察了 20 世紀 90 年代以來中國詩歌觀念內部的演進與分化的脈絡，具體包括以下內容：緒論、20 世紀 90 年代的轉折與詩歌觀念的變異、20 世紀 90 年代以來詩歌觀念的流變、「知識分子寫作」觀念研究、「民間寫作」觀念研究、世紀之交以來詩歌觀念的多元狀況、結語。其中重點關注「知識分子寫作」與「民間寫作」兩種詩歌觀念的來龍去脈，同時兼顧其它詩歌觀念並存與發展的歷史，特別是「盤峰論爭」對新世紀以來中國詩歌觀念的新變化所產生的影響。本書要聚焦的是文學史研究中的一個重要領域，即 20 世紀 90 年代以來中國詩歌的歷史概貌，對這一領域的研究，將為中國當代文學和當代詩歌敞開一段有效的歷史。

正在成爲「知識」建構的中國現當代文學研究——「人民共和國文化與文學叢書」三輯引言

李　怡

一

　　回顧自所謂「新時期」以來的中國現當代文學研究的發展，我們會明顯發現一條由熱烈的思想啓蒙到冷靜的知識建構的演變軌跡：1980 年代的鋪天蓋地的思想啓蒙讓無數人爲之動容，1990 年代以來的日益冷靜的學科知識建構在當今已漸成氣候。前者是激情的，後者是理性的，前者是介入現實的，後者是克制的，與現實保持著清晰的距離，前者屬於社會進步、思想啓蒙這些巨大的工程的組成部分，後者常常與「學科建設」、「知識更新」等「分內之事」聯繫在一起。

　　當文學與文學研究都承載了過多的負荷而不堪重負，能夠回返我們學科自身，梳理與思索那些學科學術發展的相關內容，應當說是十分重要的。很明顯，正是在文學研究回返學科本位之後，我們才有了更多的機會與精力來認眞討論我們自己的「遊戲規則」問題——學術規範的意義，學術史的經驗，以及學科建設的細節等等。而且，只有當一個學科的課題能夠從巨大而籠統的社會命題中剝離出來，這個學科本身的發展才進入到一個穩定有序的狀態，只有當旁逸斜出的激情沉澱爲系統的知識加以傳播與承襲，這個學科的思想才穩健地融化爲文明體系的有機組成部分。從這個意義上說，正在成爲「知識」建構的中國現當代文學研究，是我們學科成熟的眞正標誌。

　　當然，任何一種成熟都同時可能是另外一些新的危機的開始，在今天，當我們需要進一步思考學科的發展與學術的深化之時，就不得不正視和面對這樣的危機。

二

　　當中國現當代文學研究在日益嚴密的「學術規範」當中成為文明體系知識建設的基本形式，這是不是從另外一個方向上意味著它介入文明批判、關注當下人生的力量的某種減弱，或者至少是某些有意無意的遮蔽？

　　學術性的加強與人生力量的減弱的結果會不會導致學科發展後勁的暗中流失？例如，在 1980 年代，中國現當代文學研究的曾經輝煌在很大程度上得之於廣大青年學子的主動投入與深切關懷，在這種投入與關懷的背後，恰恰就是中國現當代文學研究的人生介入力量：中國現當代文學與廣大青年思考中、探索中的人生問題密切相關。在這個時候，中國現當代文學的存在主要不是作為一種「學科知識」而是自我人生追求的有意義的組成部分。在那個時候，不會有人刻意挑剔出現在魯迅身上的「愛國問題」、「家庭婚姻問題」乃至「藝術才能問題」，因為魯迅關於「立人」的設想，那些「任個人而排眾數，掊物質而張靈明」的論述已經足以成為一個「重返人性」時代的正常的人生的理直氣壯的張揚。同樣，在「五四」作家的「問題小說」，在文學研究會「為人生」，在創造社曾經標榜「為藝術」，在郭沫若的善變，在胡適的溫厚，在蔡元培的包容，在巴金的真誠，在徐志摩的多情，在蕭紅的坎坷當中，中國現當代文學不斷展示著它的「回答人生問題」的能力，而中國現當代文學研究則似乎就是對這些能力的細緻展開和深度說明。今天的人們可能會對這樣的提問方式及尋覓人生的方式感到幼稚和不切實際，然後，平心而論，正是來自廣大青年的這份幼稚在事實上強化了中國現當代文學的魅力，造就和鞏固了一個時代的「專業興趣」。今天的學術界，常常可以讀到關於 1980 年代的批判性反思，例如說它多麼的情緒化，多麼的喪失了學術的理性，多麼的「西化」，也許這些反思都有它自身的理由，然而，我們也不得不指出，正是這些看似情緒化的中國現當代文學研究方式，不斷呈現出某些對現實人生的傾情擁抱與主體投入，來自研究者的溫熱在很大的程度上煽動了青年學子的情感，形成了後來學術規範時代蔚為大觀的學術生力軍。

　　從 1980 到 1990，從「人生問題」的求解到「專業知識」的完善，這樣的轉換包含了太多的社會文化因素，其中的委曲非這篇短文所能夠道盡。我這裏想提到的一點是，當眾所週知的國家政治的演變挫折了知識分子的政治熱情，是否也一併挫折了這份熱情背後的人生探險的激情？當知識分子經濟地位的提高日益明顯地與專業本位的守衛相互掛靠的時候，廣大的中國現當代

文學工作者的自我定位是否也因此已經就發生了根本性的改變？

而這些自我生存方式的改變是不是也會被我們自覺不自覺地轉化爲某種富有「學術」意味的冠冕堂皇的說明？

如果眞是這樣，那麼，作爲今天的文學研究者，我們不僅要保持一份對於非理性的「激情方式」的警惕，同樣也應該保持一份對於理性的「學術方式」的警惕。

三

在中國現當代文學研究日益成爲知識建構工程的今天，有一種流行的學術方式也值得我們加以注意和反思，這就是「知識社會學」的研究視野與方法。

知識社會學（sociology of knowledge）著力於知識與其它社會或文化存在的關係的研究。其思想淵源雖然可以追溯到歐洲啓蒙運動以來的懷疑論傳統和維科的《新科學》，首先使用這一詞彙的是 1924 年的馬克斯・舍勒，他創用了 Wissenssoziologie 一詞，從此，知識社會學作爲一門獨立的學科確立了起來。此後，經過卡爾・曼海姆、彼得・伯格和托馬斯・盧克曼的等人的工作，這一研究日趨成熟。1970 年代以後，知識社會學問題再次成爲西方社會科學研究中的焦點。據說，對知識的考察能夠從知識本身的邏輯關係中超越出來，轉而揭示它與各種社會文化的相互關係，乃是基於知識本身的確在一個充滿了文化衝突、價值紛爭的時代大有影響，而它所置身的複雜的社會文化力量從不同的方向上構成了對它的牽引。

同樣，文化的衝突與價值的紛爭不僅是 1990 年代以降中國知識界的普遍感受，它們更好像是中國近現當代社會發展過程的基本特徵。中國現當代文化的種種「知識」無不體現著各種文化傳統（西方的與古代的）、各種社會政治力量（政黨的、知識分子的與民間的、國家的）彼此角逐、爭奪、控制、妥協的繁複景象，中國現當代文化的許多基本概念，如眞、善、美，「爲人生」、「爲藝術」、現實主義、浪漫主義、現當代主義、古典主義、象徵主義、生活等等至今也沒有一個完全統一的解釋，這也一再證明純知識的邏輯探討往往不如更廣闊的社會文化的透視，此種情形聯繫到馬克思「社會存在決定社會意識」這一著名的而特別爲中國人耳熟能詳的觀點，當更能夠見出我們對「知識社會學」的強大的需要。事實是，在西方知識社會學的發生演變史上，馬

克思的確就是爲知識社會學給出了一條基本原理，即所有知識都是由社會決定的。正如知識社會學代表人物曼海姆所指出的那樣：「事實上，知識社會學是與馬克思同時出現：馬克思深奧的提示，直指問題的核心。」〔註1〕

今天的中國現當代文學研究，正需要從不同的角度揭示出精神的產品背後的複雜社會聯繫。這樣的揭示，將使我們的文化研究不再流於空疏與空洞，而是通過一系列複雜社會文化的挖掘呈現其內部的肌理與脈絡，而這樣的呈現無疑會更加的理性，也更加的富有實證性，它與過去的一些激情式的價值判斷式的研究拉開了距離。近年來，學術界比較盛行的關於現當代傳媒與現當代文學關係、現代社會體制與現當代文學關係、現代政治文化與現當代文學關係、現代經濟方式與現當代文學關係等等的探索都是如此。

當然，正如每一種研究方式都有它不可避免的局限一樣，知識社會學的視野與方法也有它的限度。具體到中國現當代文學的闡釋當中，在我看來，起碼有兩個方面的局限值得我們加以注意。

其一是「關係結構」與知識創造本身的能動性問題。知識社會學的長處在於分析一種知識現象與整個社會文化的「關係」，梳理它們彼此間的「結構」，這樣的研究，有可能將一切分析的對象都認定爲特定「結構」下「理所當然」的產物，從而有意無意地忽略了作爲知識創造者的各種能動性與主動性，正如韋伯認爲的那樣，把知識及其各種範疇歸併到一個以集體性爲基礎的潛在結構之中容易導致忽視觀念本身的能動作用，抹殺人作爲主體參與形成思想產品的實踐活動。關於中國現當代文學的研究也是如此，一方面，我們應該對各種社會文化「關係網絡」中的精神現象作出理性的分析，但是，在另一方面，卻又不能因此而陷入到「文化決定論」的泥沼之中，不能因此忽略現代中國知識分子面對種種文化關係之時的獨立思考與獨立選擇，更不能忽視廣大知識分子自身的生命體驗。在最近幾年的中國現當代文學與現當代文化研究當中，我以爲已經出現了這樣的危險，值得我們加以警惕。

其二便是知識社會學本身的難題，即它學科內部邏輯所呈現出來的相對主義問題。正如默頓指出的那樣，知識社會學誕生於如下假定，即認爲即使是真理也要從社會方面加以說明，也要與它產生於其中的社會聯繫起來，因爲不僅謬誤、幻覺或不可靠的信念，而且真理都受到社會（歷史）的影響，這種觀念始終存在於知識社會學的發展中。西方批評界幾乎都有這樣的共

〔註1〕曼海姆：《知識社會學導論》中譯本97頁，臺灣風雲論壇有限公司1998年。

識：知識社會學堅持其普遍有效性要求就意味著主張所有的知識都是相對的，所以說全部知識社會學都面臨著一個共同的相對主義問題，知識社會學止步於眞理之前，因爲這門學科本身即產生於用一種對稱的態度看待謬誤和眞理。應該說，中國現代文化的發展本身是一個「尙未完成」的過程，包括今天運用著知識社會學的我們，也依然置身於這樣的歷史進程，作爲一個時代的知識分子，並且必須爲這樣的過程做出自己的貢獻，因而，即便是學術研究，我們也沒有理由刻意以學術的所謂中立性去消解我們對眞理本身的追求和思考，我們不能因爲連續不斷的「關係結構」的分析而認爲所有的文化現象都沒有歷史價值的區別，在這裏，「公共知識分子」的精神應該構成對「專業知識分子」角色的調整甚至批判，當然，這首先是一種自我的反省與批判。

總之，知識社會學的視野與方法無疑有著它的意義，但是，同樣也有著它的限度，在通常的時候，其研究應該與更多的方法與形式結合在一起，成爲我們思想的延伸而不是束縛。

在中國現當代文學研究日益成爲「知識化」過程一部分的時候，我們能夠對我們所依賴的知識背景作多方面的追問，應當是一件富有意義的事情。

序

張清華

　　周航的書稿《中國詩歌觀念的流變（1989 年～2009 年）》在臺灣即將付梓，這是一件值得祝賀的事情，同時也是對他 2007 年至 2010 年在北師大攻讀博士學位期間所付出心血的見證和交代。身為導師，學生囑我寫序，我是難以拒絕也樂於接受這個任務的。

　　2007 年、2008 年之交，北師大文學院著手編撰 10 卷本《中國當代文學編年史》，周航是其中編撰者之一。接受任務之後，周航在國家圖書館待了差不多半年時間，查閱了數千冊圖書資料，其中甘苦想必只有他自己知道吧。他所查閱的資料與當代詩歌密切相關，尤其是 20 世紀 80、90 年代以來中國詩歌的歷史和現狀。後來，他在博士論文開題之前與我的討論中表示出對當代詩歌觀念變遷感興趣。在學校和我家中，他又與我數度討論，最後確定以「盤峰論爭」為中心來展開對 90 年代以來詩歌觀念的研究。他的論文寫得十分艱難，在我看來：一是因為他並非科班出身，所受的正規學術訓練有限，讓他一下子操作數十萬字的博士論文，我不得不擔憂；二是他的論文資料性很強，需要查找大量原始資料，這就需要很強的學術甄別能力和高超的學術概括能力，這方面也是我所擔心的。但令人欣慰的是，周航最終完成了 30 餘萬字的博論寫作，而且還順利通過了答辯並得到了張健教授、張檸教授、李怡教授、程光煒教授、陳曉明教授等多位校內外專家的好評。

　　對周航的博士論文，答辯之前我曾作如此評價：「周航的論文《1990 年代以來中國詩歌觀念研究——以「盤峰論爭」為中心》以較為開闊的歷史和學術視野，展開了對這一時期中國詩歌的歷史演變與內部觀念的討論，其中涉及的『知識分子寫作』與『民間寫作』等現象十分複雜，所涉及的詩歌寫作

事件與文本內容也尤爲龐雜，但周航以較爲合理的框架和角度對這些問題與現象作了有效的歸納與處理，理出了一個較爲清晰的精神主線和歷史走向。雖然論文尚存在某些粗疏與問題，但總體上工作量大，內容充實，分量較爲厚重，爲當代詩歌歷史與詩學的研究提供了一個有價值的文本。」人大的程光煒教授是周航博士論文的答辯主席，他當時也作了肯定的評價：「論文涉及大量原始資料，對紛繁複雜且錯綜交叉的諸多現象做了有效歸納和詮釋，對目前過於表面化的研究狀況提供了一個較爲深入的成果，對 90 年代以來詩歌歷史與詩學觀念的研究具有積極的推動作用，對『民間寫作』和『知識分子寫作』兩大詩歌現象與觀念的歷史生成及來龍去脈的研究，尤爲細緻。論文觀點明確，論述層次清晰，材料豐富，體現了作者良好的專業基礎和研究能力。略嫌不足之處在於，對材料的處理還不夠精當，某些論述缺少個人的獨到見解。總體上，這是一篇比較紮實厚重的論文。」這些是對周航在北師大三年學術生涯的最大肯定，同時這也是他走上學術之路正式邁開的第一步。

就這本書的內容來看，主要包括以下六個方面：緒論、90 年代的轉折與詩歌觀念的變異、90 年代以來詩歌觀念的流變、「知識分子寫作」觀念研究、「民間寫作」觀念研究、世紀之交以來詩歌觀念的多元狀況。具體而言，第一，大致梳理了「盤峰論爭」的「過去」、「此刻」與「未來」，重點指出了論爭有其必然的根源與其所造成的影響及後果。第二，論述了 90 年代斷裂、轉折的詩歌現狀與詩歌觀念變異的事實。討論了此時期詩歌觀念的轉化、詩歌界對此時期觀念變化的研究現狀、創作中所體現出來的若干觀念趨向、總體梳理當時所出現的幾種代表性的觀念流向與形態。這是對 90 年代詩歌觀念格局的統攝性研究。其中解決了一個重要問題：「民間寫作」觀念是如何從「知識分子寫作」中分化出來的。第三，按不同時期來考察、分析 90 年代詩歌觀念的流變。第四，對「知識分子寫作」詩歌觀念的研究，包括：「知識分子寫作」的前史、該觀念提出與形成的過程、「盤峰論爭」之前的代表性觀點、論爭之後的代表性觀點。第五，「民間寫作」詩歌觀念的研究，包括：「民間寫作」的前史、其觀念提出與形成的過程、「盤峰論爭」之前的代表性觀點、論爭之後的代表性觀點；第六，綜合論述了世紀之交以來詩歌觀念的多元狀況，包括：「盤峰論爭」中的焦點問題及引發大討論的情形、「70 後」詩歌觀念的浮出、「民間寫作」的延伸與擴散，其中包括網絡詩歌美學與「眼球經濟「的介入與「低詩歌運動」，等等。

　　本書的內容相當豐富，但作爲學術研究專著，我們還需看到其研究的有效性，也即其研究意義。本書以「盤峰論爭」爲中心發散式地考察了 20 世紀 90 年代以來中國詩歌觀念內部的演進與分化的脈絡，重點關注「知識分子寫作」與「民間寫作」兩種詩歌觀念的來龍去脈，同時兼顧其它詩歌觀念並存與發展的歷史，特別是「盤峰論爭」對新世紀以來中國詩歌觀念的新變化所產生的影響。對這一領域的研究，將爲中國當代文學和當代詩歌敞開一段有效的詩歌歷史。總之，其理論價值體現爲：試圖透過 90 年代以來豐富的詩歌現象與理論爭鋒來討論當代詩歌觀念的轉折和變異，揭示其複雜的構成和特徵，是對目前過於表面化的研究現狀洞開了一個全新的研究視角，它既是新視野下的研究，也是離心發散式的綜合研究，其對 90 年代以及新世紀以來的詩歌歷史與詩歌觀念的研究將起到積極的推動作用。

　　整體來看，這本書的創新之處表現在兩個方面：其一，之前尚無關於「盤峰論爭」深入並結合 90 年代以來詩歌觀念的全面的研究成果；其二，之前尚無以「盤峰論爭」作爲有效視角來發散式考察 90 年代以來中國詩歌觀念演變史的綜合性成果。所以，周航做的是一個微觀和宏觀結合起來的研究。可以說，他爲中國當代詩歌研究作出了一定的貢獻。

　　以上我的一些話，除了簡單介紹本書的來龍去脈和大致內容之外，也肯定了本書的學術價值和理論意義。我對周航這本書在臺灣的出版表示祝賀，這也將爲促進大陸與臺灣之間的學術交流做出一點貢獻，同時也預祝他在今後的學術生涯中走得更遠、更好！

張清華

2015 年 12 月

　　張清華，北京師範大學教授、博士生導師，文學院副院長、國際寫作中心執行主任，中國當代文學研究會常務理事。

目次

緒　論

　　20 世紀 90 年代的詩歌正在逐步遠離我們，但將其眞正歷史化尙需一個沉澱、挖掘和整理的過程。世紀末的「盤峰論爭」，是中國詩歌承上啓下的一個關節點，它的發生有其歷史的必然性，其影響和意義卻在新世紀以來的當下。我們可以試探性地去回顧與研究 90 年代以來的詩歌，以探詢其影響和意義的有效性。儘管用代際或紀年來考察文學和詩歌仍存在諸多異議，可多年來形成的研究範式與慣性已造就了一種「現實」，由於這種「現實」的沉積，使得我們對這段詩歌歷史的研究有著期待並抱有一定的信心。

　　「盤峰論爭」與 90 年代以來的詩歌是怎樣的一種關係？它作爲世紀末詩界最重要的事件，究其實，它是先鋒詩歌寫作陣營內部的分裂，所以先鋒的特定文學含義又加強了研究「盤峰論爭」的重要性。我們除了要弄清它當時的基本狀況、來龍去脈之外，還要對它作探源式的研究。十餘年過去，回頭再看「盤峰論爭」，自然有很多値得去探討的話題。它的發生是偶然的，還是必然的？如果是偶然的，那它對詩界的震盪爲何那般巨大？如果是必然的，那麼它發生的歷史原因究竟何在？作爲論爭對立的雙方，「知識分子寫作」出現在先，「民間寫作」出現並與前者發生分野在後。兩者從醞釀、確立再到分野，實際上貫穿了整個 90 年代詩歌觀念分化的過程，不僅上接 80 年代的詩歌存在，同時也下啓新世紀以來的詩歌發展變化。所以，「盤峰論爭」與 90 年代以來的中國詩歌就形成了密不可分的關係。作爲一個標誌性的詩歌事件，以它爲中心輻射發散式地來研究整個 90 年代以來的詩歌，尤其是詩歌觀念的演變，就成爲一個有效的視角與行文中軸。當然，「盤峰論爭」只是研究

的一個切入口，它不能也不應該遮蔽 90 年代以來更爲廣闊而龐雜的詩歌「中間地帶」或「邊緣地帶」，這是在研究當中需要注意的。

那麼，「盤峰論爭」究竟是一個什麼事件呢？

1999 年 4 月 16 日至 18 日，由中國社會科學院文學所當代室、北京市作家協會、《詩探索》編輯部、《北京文學》編輯部在北京市平谷縣盤峰賓館聯合舉辦了「世紀之交：中國詩歌創作態勢與理論建設研討會」。這是繼 1998 年 3 月在北京召開的「後新詩潮研討會」之後的又一次重要詩會，也是世紀末甚至是整個 20 世紀中國詩歌界爭論最爲激烈的一次詩會。

這次詩會由謝冕、吳思敬、李青、興安共同主持。任洪淵、林莽、于堅、西川、王家新、臧棣、楊克、伊沙、侯馬、徐江、西渡、小海、車前子、孫文波、陳仲義、唐曉渡、程光煒、陳超、沈奇、劉福春、張清華、劉士傑、章德寧、柴福善、李靜、張頤雯、楊少波、彭俐、王慶泉等全國近 40 位詩人、詩歌理論批評家、編輯到會。

會上，圍繞「世紀之交：中國詩歌創作態勢與理論建設」的會議主題，兩撥詩人與批評家紛紛發表對立性的意見，相互駁斥，言辭激烈，繼而形成立場明顯不同的兩大陣營。其中一方有王家新、唐曉渡、陳超、臧棣、程光煒、西川、孫文波、西渡等，他們被指認爲「知識分子寫作」的主要代表；另一方有于堅、伊沙、徐江、沈奇、侯馬、楊克等，他們被指認爲「民間寫作」的主要代表。于堅在發言中對「知識分子寫作」提出了尖銳的批評，他指出：詩人要關心大地、關心環境、關心日常生活，在自己母語之光的照耀下寫作，並強調詩歌寫作的原創性。沈奇認爲「知識分子寫作」反映了一種文化心態，即貴族的心態。伊沙與徐江主張詩歌界應向公眾敞開，詩人應在今天的市場時代謀求生存之道。王家新在發言中爲「知識分子寫作」進行辯護，他對「日常生活」寫作傾向表示質疑，認爲任何偉大的詩人都不可能完全和他的時代保持一致。孫文波也爲這一觀點進行了辯護，他認爲「知識分子寫作」這一概念的提出和使用與當代語境的變化有關係，不是一個孤立的問題，許多偉大的詩人同時都是知識分子，並且寫作也無法迴避西方的文化與精神資源。西渡也反駁了否定「知識分子寫作」的觀點，認爲知識並不脫離生命，將利用西方的詩歌資源說成是「買辦」是一種強辭。唐曉渡在發言中就「知識分子寫作」發表了自己的看法，他認爲「知識分子寫作」是當代中國特定語境中的產物，它本身並不是一個詩學命題，關鍵是它在當代詩歌

語境中的具體含義；關於「原創」問題，他認爲應謹愼使用這一概念，防止變成一種大而無當的誇耀口實。〔註1〕總的來看，論爭雙方主要圍繞語言資源、美學趣味、詩歌經驗三大方面的觀點分歧來展開。「知識分子寫作」強調書面語寫作、追求貴族化審美趣味，持守超越日常經驗的人文關懷精神；「民間寫作」則強調口語化寫作，追求平民化的審美趣味，看重日常經驗的呈現與表達。「盤峰詩會」作爲論爭的開端，它發動了整個「盤峰論爭」的引擎，揭開了之後更爲激烈論爭的序幕。

　　會後，被指認爲「知識分子寫作」和「民間寫作」兩大陣營的詩人、批評家，分別在《北京文學》《詩探索》《大家》《山花》《文藝報》《中華讀書報》《南方周末》《中國青年報》《文論報》《中國圖書商報》《科學時報・今日生活觀察》《詩參考》《華人文化世界》《太原日報・文學周刊》《文友》等報刊雜誌發表文章，針對對方的詩學觀點與立場進行激烈的爭論和抨擊。「民間寫作」一方重要論爭文章有：于堅《穿越漢語的詩歌之光》《當代詩歌的民間傳統》《詩歌之舌的硬與軟——關於當代詩歌的兩種語言向度》《眞相——關於「知識分子寫作」和新詩潮詩歌批評》、伊沙《世紀末：詩人爲何要打仗？》、謝有順《內在的詩歌眞相》《詩歌在疼痛》、韓東《論民間》、沈奇《秋後算賬——1998：中國詩壇備忘錄》《何謂「知識分子寫作」？》、沈浩波《誰在拿90年代開涮？》《讓爭論沉下來》等。「知識分子寫作」一方重要論爭文章有：程光煒《新詩在歷史脈絡之中——對一場爭論的回答》、唐曉渡《致謝有順君的公開信》、張曙光《90年代詩歌及我的詩學立場》、孫文波《我理解的90年代：個人寫作、敘事及其他》、西川《思考比謾罵更重要》、王家新《知識分子寫作，或曰「獻給無限的少數人」》《從一場濛濛細雨開始》、西渡《寫作的權利》、臧棣《詩歌：作爲一種特殊的知識》、陳超《關於當下詩歌論爭的答問》、姜濤《可疑的反思及反思話語的可能性》、蔣浩《民間詩歌的神話》、楊遠宏《暗淡與光芒》、桑克《詩歌寫作從建設漢語開始：一個場外的發言》、周瓚《「知識實踐」中的詩歌「寫作」》等。〔註2〕

〔註1〕參見張清華：《一次眞正的詩歌對話與交鋒——「世紀之交：中國詩歌創作態勢與理論建設研討會」述要》，載《詩探索》1999年第2輯。又載《北京文學》（精彩閱讀）1999年第7期。

〔註2〕本書所列篇目僅爲一部分。雙方重要論爭文章主要集中收錄於《中國詩歌：九十年代備忘錄》（王家新、孫文波編，人民文學出版社2000年版）、《1999中國新詩年鑒》（楊克主編，廣州出版社2000年版）、《2000中國新詩年鑒》（廣州出版社2001年版）等幾本書中，在此不一一詳列。

　　這場詩歌論爭被名之爲「盤峰論爭」或「盤峰論戰」「盤峰詩會」「盤峰會議」，也有人戲稱之「盤峰論劍」（陳超語），這次論爭大約持續到 2000 年底才漸趨平息。在論爭過程中，謝冕、吳思敬、任洪淵、陳仲義、林莽、王光明、張清華、崔衛平、劉福春等評論家發表了較爲客觀的意見，一定程度上在論爭雙方之間起到了某種調解作用。總的來說，整個論爭過程參與者眾多，不僅在詩歌界激起巨浪，對整個文學批評界也產生了巨大的影響。這是繼 20 世紀 80 年代初期「朦朧詩」論爭以來的又一次重大的詩歌論爭事件，「同時也勢將成爲世紀末的一次具有總結與清理意義的重要會議。它既是對 20 年來新詩潮發展歷程的認眞回顧又是對新世紀詩歌前途的認眞面對，也是對詩歌在當下的處境、情狀以及詩人應持的寫作立場的認眞檢討、辨析與反省。」〔註3〕

　　回顧這次論爭，最直接的誘因與導火索有二：一是兩種詩歌「選本」的暗中較勁，即程光煒編選的《歲月的遺照》〔註4〕和楊克主編的《1998 中國新詩年鑒》〔註5〕。後者的編選與出版明顯針對前者而來。前者多少帶有精英意識的個人行爲，後者卻有明顯群體意識的民間力量。二者之間的較勁由開始的隱性經過「盤峰論爭」之後轉變爲顯性，最明顯的標誌就是王家新、孫文波編選《中國詩歌：九十年代備忘錄》與楊克每年一度持續主編《中國新詩年鑒》，對立雙方儼然都在構築自己一方的工事橋頭堡。二是雙方撰文公開叫板。這種「叫板」從「民間」一方肇始，最早源於沈浩波的《誰在拿 90 年代開涮》〔註6〕一文，後是于堅發表《詩人的寫作》，〔註7〕再是謝有順發表《內在的詩歌眞相》。〔註8〕一石激起千層浪，「知識分子」一方群起而回應，「王家新、唐曉渡、孫文波、臧棣、西渡等在《科學時報·今日生活觀察》《中國圖書商報》和《文論報》撰文，對他們的指責予以反駁，並對 1999 年 2 月由

〔註3〕張清華：《一次眞正的詩歌對話與交鋒——「世紀之交：中國詩歌創作態勢與理論建設研討會」述要》，載《詩探索》1999 年第 2 輯。

〔註4〕社會科學文獻出版社 1998 年版。列入洪子誠主編《九十年代文學書系》。

〔註5〕花城出版社 1999 年版。

〔註6〕沈浩波該文最早發表於北師大自印小報《五四文學報》上，他時爲北師大中文系一名本科生。後發表於《中國圖書商報》1998 年 10 月 30 日，又轉載於《文友》1999 年第 1 期。

〔註7〕載《中華讀書報》1998 年 9 月 23 日。

〔註8〕載《南方周末》1999 年 4 月 2 日。

花城出版社出版的楊克主編、明顯是與《歲月遺照》『對立』的《1998 中國新詩年鑒》表示了不滿。這種『批評』與『反批評』，成爲一場發生在世紀之交的詩歌論爭的敏感的『導火索』。」〔註 9〕有意思的是，沈浩波、謝有順雖然沒有參加「盤峰會議」，但由於他們言論的「導火索」作用，在會議上二人卻也成爲了「缺席審判」的對象。此外，1999 年 5 月互聯網上出現「詩壇英雄排行榜」，後又被《文友》《華人文化世界》等轉載，程光煒認爲這「對這場論爭起到了推波助瀾的作用」。〔註 10〕

　　儘管論爭有直接的誘因，但縱觀 20 世紀整個 90 年代的詩歌脈絡，二者之間的矛盾隱伏卻由來已久，而且這種觀念分化的最早根源甚至可以上溯到 20 世紀 80 年代中後期詩歌紛繁複雜的範式命名。1989 年之後，詩壇經歷了短暫平靜，又於 90 年代初期開始醞釀並形成新的詩歌觀念，「知識分子寫作」成爲當時沒有太大爭議的主流。90 年代中期以後，隨著不少「知識分子寫作」詩人身份的明顯轉變，出國、經典化、學院化、權威化，「知識分子寫作」一派似乎成爲既有利益的獲得者。自 1989 年他們與政治的緊張關係得到緩解，從而「知識分子寫作」逐漸失效，既有的詩歌秩序出現鬆動，「民間」一派開始厭惡「知識分子寫作」的做派並逐漸發出了自己的聲音。特別是各種「權威」詩歌選本的不斷面世，于堅、韓東、伊沙等有影響的詩人被忽視，「民間」一方不得不進行「話語權力的爭奪」〔註 11〕，所以「『盤峰論戰』並不是什麼美學之爭」。〔註 12〕

　　論爭的根源由來已久，論爭之後亦餘波不盡，最重要的有「龍脈詩會」和「衡山詩會」，詩歌觀念有更新更細的表述，詩壇繼續分化。這些對新世紀以來的中國詩歌發展、分化與詩壇多元格局的形成都產生了巨大的影響。

　　1999 年 11 月 12～14 日，《詩探索》編輯部、《中國新詩年鑒》編委會、中國社會科學院文學所在北京昌平龍脈賓館聯合主辦了「'99 中國龍脈詩會」。批評家謝冕、楊匡漢、吳思敬、孟繁華、王光明、張檸、孫紹振等，「民間寫作」詩人和批評家于堅、沈奇、楊克、謝有順、伊沙、徐江等，還有車前子、

〔註 9〕程光煒：《中國當代詩歌史》，中國人民大學出版社 2003 年版，第 353 頁。
〔註 10〕同上。
〔註 11〕姜濤：《可疑的反思及反思話語的可能性》，《中國詩歌：九十年代備忘錄》，人民文學出版社 2000 年版，第 137 頁。
〔註 12〕這是沈奇在「龍脈詩會」上發言的觀點。見孫基林《世紀末詩學論爭在繼續——'99 中國龍脈詩會綜述》，《詩探索》1999 年第 4 輯。

樹才、莫非、楊曉民等在內的 40 餘人參加了此次詩會，而「知識分子寫作」一方則集體缺席。「龍脈詩會」就「盤峰論爭」及其他一些詩學問題進行了熱烈的論爭與對話，論爭文章分別刊載於《詩探索》《山花》《北京文學》《文論報》《文友》等刊物上。這是一次相對平和而且帶有反思意味的詩會，正是在這次詩會上，莫非、樹才、車前子等人在對「盤峰論爭」表示不滿的同時又提出了「第三寫作」或「單獨者」寫作的詩學主張，也即後來的「第三條道路」。〔註 13〕

繼之，2000 年 8 月 18～21 日在南嶽衡山舉行了「九十年代漢語詩歌研究論壇」，也稱「衡山詩會」。「『衡山詩會』最有價值的收穫在於持『民間立場』的詩人內部所發生的詩學觀念的分歧與論爭」，〔註 14〕「民間寫作」詩人內部年輕一代的代表人物沈浩波對自己陣營實施瓦解，這種內鬥的結果同樣昭示了「民間寫作」本身內部的矛盾性。次年初，沈浩波與韓東之間發生了所謂的「沈韓之爭」，此為「衡山詩會」的延續。事實表明，「意氣之爭」不僅會出現在「知識分子寫作」與「民間寫作」之間，「民間寫作」內部同樣會出現更為激烈的意氣與話語權的爭奪，而且更顯「民間寫作」的江湖氣、浮躁與功利性。

不過，無論是哪次論爭的發生，它們都「是在『盤峰論爭』（包括『盤峰詩會』以後的一系列詩歌論爭）對國內詩歌寫作以及詩學觀念產生全方位衝擊的背景下舉行的，它意圖對 20 世紀 90 年代以來一系列重要的詩學命題進行深入廣泛的探討。」〔註 15〕正是在論爭作用的推動下，「盤峰論爭」之後才出現了一些真正意義上的詩歌現象，比如「70 後」詩歌的崛起、「下半身」詩歌運動、中間代詩歌運動，等等。我們在考察這些詩歌現象時會發現，它們都受「盤峰論爭」直接或間接的影響。

綜上所述，我們粗略梳理了「盤峰論爭」的「過去」「此刻」與「未來」，基本上可以肯定，「盤峰論爭」是一個歷史的關節點，它不是偶然發生的，它切切實實是 20 世紀 90 年代詩歌觀念分化的一個必然結果，而且還奠定了新

〔註 13〕 「龍脈詩會」之後，譙達摩、莫非、樹才等詩人編選《九人詩選》，明確提出「第三條道路」的詩歌觀念，為「盤峰論爭」後詩歌觀念的多元化趨向提供了有力的佐證。

〔註 14〕 譚五昌：《世紀之交的中國新詩狀況：1999～2002 年》，《詩探索》2003 年第 3～4 輯。

〔註 15〕 同上。

世紀詩歌觀念多元格局的基礎。從而，我們可以通過它來梳理 90 年代詩歌分化的歷程，通過它來透視貫穿整個 90 年代詩歌的歷史與新世紀詩歌發展的向度，爲後面的論述充分展開一個整整二十年的巨大時間區間。

接下來就「盤峰論爭」的研究現狀作一個點狀的粗略考察，以期探討研究「盤峰論爭」的必要性及其意義。

但凡研究中國當代文學與當代詩歌者，幾必言及「盤峰論爭」。不勝枚舉之餘，可觀其共識，即此論爭爲世紀之交的「重大事件」「標誌性事件」。接著，就是對「盤峰論爭」作簡單的定性、起因與意義的分析，一般而言，能提供給我們的只是結論性的東西。對論爭的發生學探源，對「知識分子寫作」「民間寫作」沒有作觀念史的梳理。大多數停留在以下幾個方面：論爭只是無謂的意氣與權力之爭，論爭中浮出水面的「知識分子寫作」與「民間寫作」兩種傾向或立場是虛構的、根本就是無法去認定的僞命題，承認論爭有其必然的原因、也承認對之後詩壇格局產生的影響但沒有切實弄清其內在的脈絡，把論爭中體現出來的美學分歧只是概括爲「聖化寫作與俗化寫作」或「神話寫作與反神話寫作」的二元對立等。它們都沒有對論爭作更深層次、全方位的發掘、整理與研究。不過，對論爭中兩種立場的縱向梳理的研究倒是出現不少，從微觀上給我們提供了不少有益的資料與見解，然而縱橫交錯宏觀意義上的研究卻鳳毛麟角。在以往相關研究的基礎上，現今來討論「盤峰論爭」有無意義或反映在其中的問題是否爲僞命題已不重要，「知識分子寫作」與「民間寫作」的概念成立與否已無關大體，問題是帶有這兩種傾向的詩歌觀念貫穿 20 世紀 90 年代，並直接導致了主流詩歌觀念的分化，這是客觀的事實且不容置疑。那麼，「盤峰論爭」作爲一個關節點，使這兩種不同立場的詩歌觀念由隱性的對立到顯性的衝突，它直接關係到一個時代的詩歌歷史的形成，對其進行研究的有效性也將是毋庸置疑的。

對「盤峰論爭」最早作出集中性評價的要算論爭不久後舉行的「龍脈詩會」。謝冕認爲論爭「說明社會已恢復了常態」，「現在眾聲喧嘩的局面才是真實正常的」。孫紹振也持贊同論爭的態度，「詩人就應該這樣敢罵、敢哭、敢恨，敢于堅持原則」。徐敬亞認爲論爭的發生說明「現在外部的環境寬鬆了，矛盾自然從內部發生」。于堅認爲，論爭中「已經沒有了官方意志，沒有了朦朧詩時代的意識形態壓力」。孟繁華認爲論爭中兩種立場的對立是「僞命題」。另外，張檸、蕭鷹、王光明、吳思敬、伊沙等多人也表達了各

自的觀點。〔註16〕總的來說，他們都是就事論事，都是對論爭這一事件的表態。這些「表態」在承認論爭積極性意義的同時，也附帶性考慮到社會意識形態方面的因素，雖然有一定的啓發意義，但還沒有上升到研究的高度。

對於20世紀90年代中國社會與文化轉型期所發生的文化事件，有論者將之與西方相應時期作了一定程度的對比，二者之間確實存在某種可比性，這也爲我們認識「盤峰論爭」提供了一定的借鑒意義。對於「知識分子寫作」和「民間寫作」，「前者的姿態，似乎更近似於六七十年代之交，歐洲知識分子『退入書齋，以書寫顛覆語言秩序』、以文本作爲『膽大妄爲的歹徒』的選擇；而後者則選取某種甘居邊緣的態度，以文化的放縱與狂歡的姿態挑戰或者說戲弄權力。從某種意義上說，『書齋』間的固守與『邊緣』處的狂歡，正是90年代知識分子或曰文化人的兩種最具症候性的姿態。」〔註17〕這種說法雖然是與西方某個特定時期的文化狀況作了一個橫向的比較，但它在某種程度上指出了論爭發生的歷史必然性。這種觀點同時指出，無論是「知識分子寫作」還是「民間寫作」，雙方的身份並無本質的差異，它們都是文化人也即知識分子的帶有某種症候性的寫作姿態。張清華指出，「盤峰論爭」的雙方本是亞當與夏娃的關係，本是二位一體的，並不存在「對立」的關係，他們之間之所以發生爭執，只是「身份的幽靈」在作祟。〔註18〕持類似觀點的相當普遍，所以不少論者認爲論爭是僞命題。

論爭開始後第二年，《南方文壇》闢出「關於兩種詩歌論爭的批評」的欄目，發表了張閎、王光明、耿占春、洪治綱四人的討論文章，〔註19〕他們的觀點對談論「盤峰論爭」事件本身來說較有代表性。耿占春認爲論爭一開始就不是「對話」而是一種「判決」，是「民間寫作」對「知識分子寫作」的判決，最終使論爭淪爲「一場話語暴力」。他分析了論爭中的一個核心問題：「本土話語」與「西方話語」，在他看來，雙方所強調的「本土氣質」並無衝突，

〔註16〕參見孫基林：《世紀末詩學論爭在繼續——'99中國龍脈詩會綜述》，《詩探索》1999年第4輯。

〔註17〕戴錦華主編：《書寫文化英雄》，江蘇人民出版社2000年版，第93頁。

〔註18〕參見趙麗宏主編：《鯨魚出沒的黃昏》中張清華的言論，上海文藝出版社2007年版，第86頁。

〔註19〕四人文章分別爲：張閎《權力陰影下的「分邊遊戲」》、王光明《相通與互補的詩歌寫作——我看「民間寫作」與「知識分子寫作」》、耿占春《眞理的誘惑》、洪治綱《絕望的詩歌》。

其差異在於：「民間」一方所說的「本土」帶有民族主義和帝國主義的背景衝突，而「知識分子」一方的本土性「只是尋求修辭與現實關係的策略，是以『個人主義』的方式對中心話語的偏離，也是對真理的誘惑的一種修辭學的偏離」。耿占春言辭之間明顯傾向與同情「知識分子寫作」一方。張閎與洪治綱指出論爭是「權力和派性」在作祟，詩學問題被掩蓋和扭曲，是一種「庸俗的誰是誰非」之爭，論爭中的一系列對立範疇都是「刻意製造出來的」，所以他們表現出了對詩歌界的失望之情。王光明的態度相對中和，他認為「『民間寫作』和『知識分子寫作』都是具有互補意義的詩歌話語實踐」，而且他通過詩歌史的先例認定這是一種必然現象。從他們的討論文章中，我們可以看出「知識分子寫作」一方在整個 90 年代所產生的巨大影響與慣性。然而不久之後「民間寫作」的喧嘩與「知識分子寫作」的沈寂卻又令他們始料不及。這從另一側面證實了「民間寫作」在當時具有相當的合理性與適時性。但是「民間寫作」的泛濫狂歡與自身瓦解，又再一次證實了王光明所說的他們之間互補性的客觀可能。

　　吳思敬的「聖化寫作與俗化寫作」、〔註20〕李震的「神話寫作與反神話寫作」的觀點則是對論爭雙方作分類學的貼標籤行為。吳思敬的言論是在做一種調和的工作，他以 90 年代詩歌發展的歷程為線索，認為論爭雙方的立場其實是一種「聖化寫作與俗化寫作」的體現，二者之間「互相矛盾、互相作用、互相補充」，這與王光明的觀點類似，是一種最為普遍的觀點。他聯繫到美國六十年代後期艾略特與威廉斯詩歌觀念的對峙現象，聯繫到莎士比亞聖化與俗化的兩面性，從而為論爭雙方開脫，認為這種論爭形式不僅在不同國家的不同時期的文學界會發生，而且也會發生在個人身上，總之它們之間「並沒有不可逾越的鴻溝」。李震提出「盤峰論爭」「實質上是反神話與神話寫作的一場公開對壘和最後論戰」，它是「神話寫作與反神話寫作」的分野，而且這種狀況自八十年代以來，「一直貫穿整個 90 年代」。〔註21〕李震的觀點極具建設性與遠見性，對「盤峰論爭」的研究提供了一個十分有效的視角，他的標籤貼得儘管有待爭議，但比吳思敬的觀點更為合理而有時代性。李震與吳思敬的研究比較客觀中和，可由於時間的限制，他們對之前的概括雖然有效，

〔註20〕參見吳思敬：《當今詩歌：聖化寫作與俗化寫作》，《星星》2000 年 12 期。
〔註21〕李震：《先鋒詩歌的前因後果與我的立場》，《2000 中國新詩年鑒》，楊克主編，廣州出版社 2001 年 7 月版，第 596～604 頁。

但他們無法對之後的態勢作出精準的預測。新世紀之初的詩歌界又出現了更為複雜的現象，結合他們的研究成果與最近幾年的詩壇現狀，才有可能對「盤峰論爭」進行更為全面的研究。

　　相對於單個論者的自由見解，文學史家對「盤峰論爭」的研究顯得慎重且又具有綜合性質。洪子誠對論爭的發生雖然沒用「必然」一類的字眼，但卻對雙方矛盾的由來已久做了不容置疑的定評：「這一詩界的矛盾當然不自今日始。一個明顯的徵象是，從 80 年代中期以來，有關詩歌時期與詩歌『範式』的劃分與命名（新詩潮／後新詩潮；朦朧詩／後朦朧詩；朦朧詩／第三代詩；現代主義詩歌／後現代主義詩歌；第三代詩／90 年代詩歌；青春期寫作／中年寫作；北方／南方；北京／外省……），就包含著多種交錯、混雜的分歧；詩人之間，不同詩歌社團、『圈子』之間的矛盾也時有顯露。」〔註22〕這道出了詩歌史上的一個共性現象，也為世紀末論爭的發生提供了一個發生學的探源線索。但值得特別提出的是，從 20 世紀 80 年代到 90 年代，這種矛盾尤為突出，以至到世紀末的關節點不得不爆發，這才是問題的癥結所在。也有文學史把「盤峰論爭」說成是「不同文化價值立場」爭論的表現，同時也「集中顯示了 90 年代詩歌創作兩種主要的藝術傾向」。〔註23〕這就把論爭提高到文化與藝術的綜合立場上來討論了。還有文學史把「盤峰論爭」上升到一個新紀元的高度上來認識，「『盤峰論爭』表明，詩歌的分化已經深入到新詩潮的內部，這是 80 年代以來詩歌發展演變的結果，也許從此詩歌界的論爭不再是一些外部和表面的問題，一個新的起點正在出現。」〔註24〕

　　林林總總對「盤峰論爭」的研究與評論，無不指出它在中國當代詩歌史上的重要性。偏激也好，客觀也好，它們已明確了一個事實：研究「盤峰論爭」將是有效與有意義的。由此我們也認清了另一個事實：對「盤峰論爭」的研究還不夠深入、不夠全面，還有待後來研究的補充與提高。

　　所以說，就目前研究的整體狀況來看，之前的研究還相當表層化。對「盤峰論爭」的研究現狀及研究意義，程光煒有很清醒的認識，「就目前來看，如想比較清醒地認識詩歌論爭的價值和內在矛盾，還有待時日。但如果放在當

〔註22〕洪子誠：《中國當代詩新詩史》（修訂版），北京大學出版社 2005 年版，第 274 頁。

〔註23〕於可訓：《中國當代文學概論》，武漢大學出版社 2009 年版，第 231 頁。

〔註24〕張健主編：《新中國文學史》（上卷），北京師範大學出版社 2008 年版，第 332 頁。

代中國新詩發展的長河中看，這場論爭畢竟又是 90 年代文化轉型大陣痛的一個詩化的折射，是當代詩人心理情緒和心路歷程的眞實反映。僅此而言，對它的繼續探討和分析仍有相當的必要。」〔註 25〕本書正是在現有研究背景之下，對與「盤峰論爭」相關的整整 20 年的詩歌歷史進行全面的梳理，特別是通過追溯論爭中顯性冒現的兩種對立的詩歌觀念來展開整體性的論述，試圖從 20 年的大區間中來探討中國詩歌的演變歷程。

現在交代一下本書寫作的整體構想。其中涉及到研究方法、寫作思路和具體章節的設計以及一些相關需提前說明的問題，等等。

由於本書是通過以詩歌史上某一重大事件爲切入口來考察一個時期的詩歌歷史，故在研究方法上重視史料的梳理。研究將依重客觀史實，在整體上用歷史的、辯證的、知識考古的方法對「盤峰論爭」進行追本溯源的研究，以期對 1989 年至 2009 年中國詩歌的演變歷程進行較爲全面的觀照，並在已有研究成果的基礎上進行提升。此外，考慮到參與「盤峰論爭」的絕大多數人仍然活躍在當今詩歌界，因此，訪談將是獲取第一手資料的重要渠道，在本書寫作過程中將貫徹這一做法。

在寫作思路和具體章節設計上，全書主體包括緒論、五章與結語七個部分。各部分具體構想如下：

「緒論」：大致梳理「盤峰論爭」的「過去」「此刻」與「未來」，重點指出論爭有其必然的根源與其所造成的影響及後果，也大致呈現出世紀之交中國詩歌批評的亂象。

第一章主要論述 20 世紀 90 年代斷裂、轉折的詩歌現狀與詩歌觀念的變異。具體內容包括：討論此時期詩歌觀念的轉化、針對詩歌觀念轉化研究的現狀、詩歌創作中所體現出來的若干傾向、梳理幾種代表性的詩歌流向與形態。本章是對 90 年代詩歌格局的統攝性研究。其中要解決的一個重要問題是，「民間寫作」觀念是如何從「知識分子寫作」中分化出來的。眾所周知，在「盤峰論爭」中顯性浮現出來的「民間寫作」較之「知識分子寫作」出現要晚，雖然「民間」這個詞出現很早，但在 1989 年後到 90 年代初期，專業性的「知識分子寫作」無疑佔據了詩壇主流。直至 90 年代中期，在多種因素的推動下，「民間寫作」才從「知識分子寫作」中分化出來，這是本章的關注點。

〔註 25〕程光煒：《中國當代詩歌史》，中國人民大學出版社 2003 年版，第 357 頁。

在第一章基礎上，第二章按不同時期來考察、分析 90 年代詩歌的流變。實際上，本章是個時間模型，與第一章格局模型不同的是，它是不同歷史時期的統攝性研究，是第一章的具體化。惟有深入具體歷史時期，才能認清歷史的階段性和曲折性，這是本章能夠成立的基點。具體考察的歷史時期包括：90 年代前期（初期）、90 年代後期（分化期）、1999 年後（多元期），另外還要綜合分析目前對此流變研究的情況。

第三章是「知識分子寫作」詩歌觀念的研究，包括：「知識分子寫作」的前史、該觀念提出與形成的過程、「盤峰論爭」之前和之後的代表性觀點及其評析。

第四章是「民間寫作」詩歌觀念的研究，基本結構與前章相同，包括：「民間寫作」的前史、其觀念提出與形成的過程、「盤峰論爭」之前和之後的代表性觀點及其評析。

第五章將論述世紀之交以來詩歌觀念的多元狀況，包括：綜合論述「盤峰論爭」中的焦點問題以及引發大討論的狀況、「70 後」詩歌觀念的浮出、「民間寫作」的延伸與擴散（其中包括網絡美學和眼球經濟的介入與「低詩歌運動」）。

此外，還有一些時間和概念性的東西需要在此作些簡單的說明。

本書的時間考察範圍界定在 1989 年至 2009 年，但與書中內容主要是考察 20 世紀 90 年代以來的詩歌略有不符，這是有原因的。1989 年是個特殊年份，本年度發生了一系列包括社會的、政治的、文學的大事，學界在研究 20 世紀 90 年代的什麼現象時往往把「1989」作為起點，這基本上已達成共識，本書也採取這一做法。此外，本書中出現的「80 年代」指「20 世紀 80 年代」或「1980 年代」；同樣地，「90 年代」指「20 世紀 90 年代」或「1990 年代」；書中若出現簡稱的情況，不再另作說明。

「盤峰論爭」在文學史上有不同的稱謂，遍覽與此相關的研究文章，也由各人所好，隨意稱之。考慮到全書行文的一致性，本書在接受不同稱謂的同時也做一個統一命名的工作，即全文均採取「盤峰論爭」這一命名。

「知識分子寫作」與「民間寫作」在不同的研究文章中也有差異不大的稱謂，出於與「盤峰論爭」統一命名相同的原因，在本書中將只採用「知識分子寫作」與「民間寫作」兩個常態概念。另外，無論這兩個命名科學與否，還是為所有人接受與否，本書都不考慮命名與正名方面的工作，只將對其客觀性的存在盡量作出客觀的研究。

　　關於「中國詩歌」。本書題目中的「中國詩歌」即指「中國新詩」。具體
來說，是指在「五四」前後的白話文運動中由胡適等人開創並經歷了近百年
發展歷史的中國新詩。它並不包括其他的詩體形式，比如：舊體詩詞、山歌、
民歌、歌詞、散文詩、兒歌、兒童詩，等等。除此之外，本書要討論的詩人
不包括港澳臺詩人，也不包括長期身居國外的中國詩人。

　　關於「詩歌觀念」。「詩歌觀念，是詩歌美學的靈魂，它既反映著一定詩
歌的美學品格，一旦形成，也能引導詩歌的美學追求，因此，它實質上是某
種美學原則的根本體現。新的詩歌觀念不是先驗存在的某種理念，也不是個
別詩人的思想閃光，而是從一代人在創作實踐對前在的傳統詩歌觀念的揚棄
和創造性補充中生成的。它是一代詩歌史的產兒，身上流淌著一代詩人的精
血。」〔註 26〕它與題目中的「中國詩歌」是一種「包含於」的關係，是一個
時期內中國詩歌美學追求的歷程。它不是單一的文本研究，也不是著眼於現
象潮流研究，但它又與二者分不開，它們是纏繞交織在一起的。整體而言，
本書是一種綜合性的研究，但重點可能在「詩歌觀念」上。

　　需要說明的是，觀念形態並非僅僅表現爲某個具體的觀點，它還表現爲
某種趣味；不一定是已有的明確的表述，它有時還需要去提煉；它甚至只是
「言」「行」「做」「寫」的一種體現，能讓人感覺得到的某種內在的觀念形態，
比如詩歌的行爲藝術等等。

　　總而言之，本書要聚焦的是文學史研究中的一個重要領域，即 20 世紀 90
年代以來中國詩歌的歷史概貌，這個階段詩歌所呈現出來的整體性特徵無疑
是書名中的兩個關鍵詞：「分化與紛爭」。

〔註 26〕張德厚：《新時期詩歌美學考察·導言》，北京大學出版社 1995 年版，第 3～4
　　　　頁。

第一章　20世紀90年代的轉折與詩歌觀念的變異

　　1989年對中國來說是一個重要的年份，對中國文學與詩歌界來說亦如是。1989年成為新時期文學進入90年代的一個斷裂面與轉折點，這是一個已達成共識的話題。之後，中國詩歌發生了巨大的變化，同時詩歌觀念也發生了明顯的變異。從90年代初期「知識分子寫作」的一枝獨秀，到90年代中後期的「民間寫作」觀念的興起，詩壇逐漸形成兩大觀念對立的現狀。這一對立並非憑空而起，它有一個蘊含在歷史中的斷裂、轉折、變異、孕育、生成、茁壯、凸顯的過程。考察其間不同詩歌觀念形成的背景、成因、史實與研究現狀，並對比80年代的詩歌，即為本章的主要內容。本章是對90年代詩歌觀念格局作統攝性的研究，但核心是要解決「民間寫作」是如何從「知識分子寫作」中分化出來的。

第一節　1989年：起點與轉折

一、1989年：起點

　　歐陽江河在長達二萬多字的《1989年後國內詩歌寫作：本土氣質、中年特徵與知識分子身份》〔註1〕中要努力闡明的觀點之一就是要把「1989

〔註1〕載《花城》1994年第5期，文末注明寫於1993年。原載《今天》1993年NO.3，又載《南方詩志》1993年夏季號。後收入作者文集《站在虛構這邊》，北京「三聯書店」2001年版。

年」作爲 20 世紀 90 年代詩歌的起點。該論文成爲研究 20 世紀 90 年代詩歌極其重要的一篇，它不僅提出 90 年代詩歌轉折點的問題，而且闡明了其中的幾個重要概念，最重要的是它還成爲世紀末「盤峰論爭」的理論源頭與導火索之一。所以，將其稱之爲 20 世紀 90 年代詩歌研究的統攝性的、具有極強預見性的綱領論文並不過分。在此我們只留意作爲轉折點的「1989 年」，其他內容留待後文去闡釋。

> 1989 年是個非常特殊的年份，屬於那種加了著重號的、可以從事實和時間中脫離出來單獨存在的象徵性時間。對我們這一代詩人的寫作來說，1989 年並非從頭開始，但似乎比從頭開始還要困難。一個主要的結果是，在我們已經寫出和正在寫的作品之間產生了一種深刻的中斷。詩歌寫作的某個階段已大致結束了。許多作品失效了。就像手中的望遠鏡被顛倒過來，以往的寫作一下子變得格外遙遠，幾乎成爲隔世之作，任何試圖重新確立它們的閱讀和闡釋努力都有可能被引導到一個不復存在的某時某地，成爲對閱讀和寫作的雙重消除。

> 才華橫溢的年輕詩人海子和駱一禾的先後辭世，將整整一代詩人對本性鄉愁的體驗意識形態化了，但同時也表明了意識形態神話的歷史限度。對詩人來說，這意味著那種主要源於烏托邦式的家園、源於土地親緣關係的收穫儀式、具有典型的前工業時代人文特徵、主要從原始天賦和懷鄉病衝動汲取主題的鄉村知識分子寫作，此後將難以爲繼。〔註2〕

我們所說的「起點」是以歐陽江河文中所說的「某個階段已大致結束」爲基礎的。他敏銳地指出，這個「結束」是以 1989 年的「非常特殊」與海子和駱一禾的先後辭世爲標誌的。當然，後來的研究文章大多數都提到了這兩點，但歐陽江河的超常洞見爲之後的研究提供了足夠的判斷自信。

差不多同期，1993 年遠在倫敦的王家新在回答詩人陳東東和黃燦然的問題時說：「80 年代末對我個人很重要，但它是否成爲一代詩歌的轉折點，這很難說。從大體上看，1989 年標誌著一個實驗主義時代的結束，詩歌進入沉默或是試圖對其自身的生存與死亡有所承擔。作爲一代詩人——不是

〔註2〕歐陽江何：《1989 年後國內詩歌寫作：本土氣質、中年特徵與知識分子身份》，《站在虛構這邊》，「三聯書店」2001 年版，第 49～50 頁。

全部，而是他們其中經受了巨大考驗的一些，的確來到一個重要的關頭。」
〔註3〕他認為一種更高也更嚴格尺度之下的詩歌從此將要誕生，這種詩歌有
別於早期朦朧詩也有別於新生代的個人化寫作，這種「轉折」正是從此時
正式開始的。

　　西川也表達了類似的觀點。他說：「對所有的詩人來講，1989年都是一個
重要的年頭。青年們的自戀心態和幼稚的個人英雄主義被打碎了，帶給人們
一種無助的疲倦感；它一下子報廢了許多貌似強大的『反抗』詩歌和貌似灑
脫的『生活流』詩歌。詩人們明白，詩歌作為一場運動結束了。」〔註4〕他認
為金錢也同時闖入人的精神世界，而且是在國家的驅使下，從而人們本來不
穩的價值觀念就受到了衝擊。其結果便是詩人與國家意識形態、中心價值體
系的疏離，從而加深了詩人的內心矛盾，增加了詩歌中的懷疑成分。

　　謝冕在一篇以「1989～1999」為年代界定的詩論中也表達了大致相同的
看法。他先從海子、駱一禾的自殺說起，接著沉痛而詩化地描述了當年的事
件。「從夏天到春天，八十年代最後一年的中國，彷彿又一次經歷了 1976 年
那樣的大地震。驚天動地的雷鳴電閃中，中國大地有一個劇烈的顫動，中國
的天空則留下了一道刻骨銘心的永遠的隱痛。」從而他得出一個結論：「理想
主義的火種已在八十年代末的社會陣痛中暗淡下來。」同時又明顯感覺到，
在當時大的社會環境制約下，詩歌內部開始了急劇的嬗變。〔註5〕

　　後來程光煒在《歲月的遺照》〔註6〕一書的《導言·不知所終的旅行》中
講到回憶中的一件事，「恰在 1991 年初，我與詩人王家新在湖北武當山相遇，
他拿出他剛寫就不久的詩《瓦雷金諾敘事曲》、《帕斯捷爾納克》、《反向》等
給我看。我震驚於他這些詩作的沉痛，感覺不僅僅是他，也包括在我們這代
人心靈深處所發生的驚人的變動。我預感到：八十年代結束了。抑或說，原
來的知識、真理、經驗，不再成為一種規定、指導、統馭詩人寫作的『型構』，
起碼不再是一個準則。」〔註7〕

〔註3〕　王家新：《回答四十個問題》，《為鳳凰找尋棲所——現代詩歌論集》，北京大
　　　　　學出版社 2008 年版，第 280 頁。
〔註4〕　西川：《答鮑夏蘭魯索四問（選二）》，《詩神》1994 年第 1 期。
〔註5〕　謝冕：《20 世紀中國新詩：1989～1999》，《山花》1999 年第 11 期。
〔註6〕　程光煒編選，社會科學文獻出版社 1998 年 2 月版，係洪子誠、李慶西主編「90
　　　　　年代文學書系」之詩歌卷。
〔註7〕　程光煒編選：《歲月的遺照》，社會科學文獻出版社 1998 年版，第 1～2 頁。

　　這種「結束」的感覺應該在「第三代詩人」日漸式微的 80 年代中後期已經開始滋生，「1989 事件」與詩人的自殺事件使詩歌的斷裂感正式顯形。於是才有了歐陽江河與程光煒等眾多論者關於「驚人的變動」的結論，類似的還有唐曉渡的「時間的神話終結」觀，等等。這種意識在幾乎眾口一詞的聲音中終於成為一種「現實」。1989 年作為 20 世紀 90 年代詩歌的起點遂成定論。

　　儘管如此，有一點需要說明的是，其實在 1989 年以前，就有論者指出詩界的明顯「轉折」已經開始，只是後來 1989 年實在太不平凡了，才有最終的 1989 年轉折之說。劉湛秋認為 1988 年已是詩界「基本完成自我調整的一年」，他發現在這一年中，「扯旗拉派」的少多了，「詩進入沉靜」，並預感到這種「沉靜」會讓詩歌藝術有「真正的長進」。〔註 8〕謝冕就像他之前發現朦朧詩價值時一樣，他也敏銳地感覺到了當時詩歌內部的變化。「已經不存在一個統一的詩歌運動。一個完整的詩歌太陽已經破碎，隨之出現的是成千上萬由碎片構成的太陽」，「詩歌正試圖確認一個更為奇特也更為陌生的秩序，它考驗我們的適應力與耐性」。〔註 9〕最值得注意仍然是歐陽江河，由於他後來那篇重要文章的出現，使得我們忽略了他之前的觀點表達。實際上，他早就發現詩歌內部的「轉折」，「在當今中國詩壇，從舒婷到翟永明，詩歌的青春已完成了從二十多歲到三十歲的必要的成長，並在思想和情感的基調上完成了從富有傳統色彩的理想主義到成熟得近乎冷酷的現代意識的重要的過渡；而從北島等人到柏樺等人，詩歌也已完成了從集體的、社會的英雄主義到個人的深度抒情的明顯轉折。這種過渡和轉折，我們還可以從張棗、陳東東、西川、鐘鳴、陸憶敏、萬夏、韓東、伊蕾等人的創作中看到。種種事實說明詩歌的變化已經不是表面的，而是發生在思想和感情深處的普遍而意味深長的改變。」〔註 10〕歐陽江河後來的文章讓我們思考，他為什麼把這個轉折點又定在 1989 年呢？也許我們可以這樣去理解，儘管詩歌界內部在之前的確已發生了變化，但 1989 年更有代表性，更有象徵意義，所以更具標誌性。

　　對這個「時間起點」持懷疑態度的也不乏其人。論者張立群指出 80 年代與 90 年代這種轉折意義上的「斷裂」只是一種「表面化」的感受，他認為「1989年」有被誇大與誤讀的成分。在他眼中，「90 年代經濟文化的轉型力量以及由

〔註 8〕劉湛秋：《雙軌：躁動和沉靜》，《人民日報》1989 年 5 月 16 日。

〔註 9〕謝冕：《選擇體現價值》，《詩刊》1988 年第 10 期。

〔註 10〕歐陽江河：《從三個視點看今日中國詩壇》，《詩刊》1988 年第 5 期。

此帶來人們心靈的錯位和『影響的焦慮』無疑是巨大而持久的」。〔註11〕總而言之，他認為歐陽江河那篇著名論文只是對那種「轉折」所作出的初步考察和說明。

細加思考，如果把90年代與80年代的詩歌加以比較，前者所發生的轉型確實是漫長與逐步實現的一個過程，除了之前的一些背景因素之外，還要與之後的諸多內外因一道才會最終促成20世紀90年代詩歌的整體轉型。所以，在考察「90年代詩歌」觀念形成史時，「1989年」只能作為一個權宜的起點，而不是一個完全沒有爭議的鐵定的時間界碑。

即便如此，我們還是要把「1989年」作為一個斷裂的開始，也正是從這一年開始，詩歌界才開始了真正的轉折，這是一個不容爭辯的事實。有一點可以肯定，最先看到這種斷裂與轉折的，除了一些文學史家之外，最主要的當是「知識分子寫作」的詩人兼詩評家們。他們的自覺，使他們成為轉折開始時的詩歌先鋒。這種先鋒性不僅體現在他們的詩歌創作中，更重要的是，他們的詩歌觀念表述或詩歌批評起到了重要的引領作用，而且這種作用在當時的詩歌界深具啟發性。從這點看，我們不難理解，為何在90年代初期「知識分子寫作」成為詩歌界的主流，「民間寫作」為何不在此時噴薄而出。最易於理解的一個理由就是，作為本來就是同位一體的二者，在此時期與時代同時深陷一種緊張的關係之中，它們之間美學趣味的差異只能退居其次，從而在總體上堅守於同一戰壕裏。

二、90年代詩歌觀念的轉化

以1989年為界，中國詩歌前後時期呈現出不同的景觀，當然這種不同之中又有許多可比之處。比如說，70年代末到80年代初的詩歌是對之前30年詩歌主流的斷裂，而1989年後到90年代初又是對80年代詩歌的斷裂。這種斷裂既相類似，又有很大的不同。80年代初期的朦朧詩在兩個方面對之前的詩歌產生了斷裂，斷裂的結果之一是現代詩藝的出現，二是帶有極強的啟蒙色彩。當然現代詩藝更大程度上是對40年代現代派詩歌的延續，是對政治味濃烈的口號式詩歌的一種反叛；而啟蒙色彩則是對30年來詩歌主流意識形態的一種「反抗」，同時它本身不可避免地也帶有另類意識形態意味。隨著西方

〔註11〕張立群：《拆解懸置的歷史——關於90年代詩歌研究幾個熱點話題的反思》，《文藝評論》2004年第5期。

思潮的大量湧入，80 年代中期的詩歌開始出現了前所未有的喧嘩局面。特別是第三代詩歌運動的興起，文化詩與反文化詩分化出不同的路向，在對朦朧詩反叛之餘，又增添了新的詩歌觀念色彩，其實這是 80 年代詩歌的第二次裂變。與第一次裂變不同的是，第二次裂變發生在詩歌內部，是詩歌觀念的分化，而不是與政治意識形態的抗衡。

1989 年之後又是怎樣的一種裂變呢？與 80 年代相比，詩歌又呈現出怎樣的一種轉折呢？1989 年後到 90 年代初的幾年，詩壇突然沈寂。當然並不是沒有新的詩歌出現，不過即使有，也與詩歌的本眞、知識分子性相去甚遠，從而激不起多大的浪花。比如，西部邊塞詩、新鄉土詩、汪國眞的通俗詩等等。表面上看，90 年代初期「知識分子寫作」觀念的浮現，與 80 年代初期朦朧詩的背景貌似相同，比方說，都是在與政治、社會的緊張關係中出現的。它們二者都帶有一定的啓蒙性質，說到底都是外部環境促成了各自觀念的誕生。又比如，與啓蒙性質相關的，朦朧詩的批判性和英雄主義色彩與「知識分子寫作」的批判性，也有很大的類同性。只是不同的是，90 年代初期的詩歌雖然仍有批判性，但它已完全失去英雄主義的意味而充滿了悲情色彩。80 年代初文化環境雖然春寒料峭卻仍然具有「立」的傾向，是解凍期的來臨。而 90年代初卻是經歷一次寒冬之後噤若寒蟬的「廢」的走勢，所以難免充斥著悲情色彩。正是這種走勢促成了 90 年代詩歌遠離了 80 年代，並開始某種轉折。這種轉折在 1993 年之前還是含混的，與其他詩歌夾雜相生，之後日見明顯。兩者之間最明顯的差異表現爲，80 年代初是以詩歌的集體覺醒爲特徵，90 年代初則在開始確立一個「個人寫作」的時代。當然，這種「個人寫作」的觀念與 80 年代中期第三代詩歌運動前後的文化詩與反文化詩一脈相承，只不過在前期是單一化的呈現。90 年代中期及以後出現的轉化又在 80 年代中期的背景下明顯起來，即「民間寫作」觀念凸現並從「知識分子寫作」的主體格局中分化出來。我們甚至可以說，90 年代的「知識分子寫作」與「民間寫作」的詩歌觀念是從 80 年代中期的文化詩與反文化詩中延伸與轉化而來的。世紀末的「盤峰論爭」，也正是這種轉化的綜合結果。正是如此，我們從中才可更清楚地看出 90 年代詩歌的自身特徵。

綜合以上分析，相對於 80 年代，90 年代的詩歌有以下具體的轉化表現，這些轉化都與詩歌觀念有關：

　　第一，從運動更迭頻繁的詩歌觀念時代過渡到深具「個人寫作」品質的時代。這是由詩歌從時代的中心即與政治緊密關聯轉向邊緣的社會文化外部環境所決定的。80 年代是所謂的「詩歌年代」，而 90 年代則走入商品市場經濟時代，這種轉變不依人的主觀意志而轉移。

　　第二，80 年代的詩歌是共同赴宴的，山頭林立，各自呼號，是一出大合唱；90 年代除延續 80 年代的諸多特徵之外，又轉向詩歌美學追求的分化與分裂。也就是說，80 年代詩歌特徵的形成多與外部環境有關，當然也有自身內部的發展，但 90 年代多與本身內部相關。雖然也受外部環境影響，但是前者是大外而小內，後者則是因外而有內。

　　第三，80 年代是個人英雄主義的時代，90 年代則是個人主義或自由主義的時代。英雄自然離不開政治與主流意識形態因素，個人自然離不開個性化的美學追求。前者明顯承受了之前三十年詩歌氛圍所帶來的影響，比如「紅衛兵情結」，比如過度誇大文學的社會作用。後者更多面對文學本身，是試圖超越自己並走向世界的努力。

　　第四，80 年代的論爭是與政治有關的，而且多由外部因素干涉而引起，並由外部蓋棺論定。而 90 年代的論爭多與文學性有關，與審美趣味有關，它由內部引起，也難有最終的統一結論，這勢必造成一種多元雜生的局面。

　　第五，80 年代中期的文化詩與反文化詩轉化為 90 年代的「知識分子寫作」與「民間寫作」，其中有血脈的延續性，但更有本質的區別。最明顯的表現是：80 年代偏重記憶與憧憬，而 90 年代偏重當下與現實；80 年代更多的是烏托邦式抒情，而 90 年代更多的是日常化敘事。總之，一個是「遠」，一個是「近」；一個是飛翔，一個是著陸。

　　第六，在時代潮流的裹挾之下，詩歌觀念的轉化還有另一些表現。其一，詩人改變身份，從 80 年代風急浪高的詩歌潮頭上激退，認為詩歌不再是人生追求的目標。其二，詩人的寫作方向改變，不少詩人把詩歌的精神融入小說與散文隨筆的創作中。其三，不少詩人因有著與西方接軌的強烈願望而出國，從而西方的語言與思想資源在詩歌創作中多有呈現。其四，從 80 年代走來的詩人，隨著年齡的增長，已從青春期寫作過渡到中年寫作，有些從純粹寫詩轉變到寫評兼顧，詩美的有些追求發生了十分明顯的變化，而且這種轉化是普遍性的。等等。

　　總之，20 世紀 90 年代詩歌觀念的轉化是多方面的，是複雜與綜合的。其中，既有延續與轉化，也有相當程度上的變異。

第二節　20 世紀 90 年代詩歌觀念的形成與轉化

　　「90 年代詩歌」的內涵，這本身包含了不同詩歌觀念的表達。整體意義上的觀念表述，必然會形成 90 年代綜合性的詩歌觀念。同時，在表述和形成的過程中，會蘊含一個不斷漸變和轉化的過程，從而最終確立起 90 年代詩歌的獨特性和合法性。同時，對 90 年代詩歌觀念轉化的研究也是值得我們多加關注的。

一、「90 年代詩歌」內涵的不同表述

　　洪子誠、劉登翰雖然在《中國當代新詩史（修訂版）》中列出一節「『90 年代詩歌』的概念」的名目，但總的來看只是一個含混的概念。迄今爲止，也許還沒有關於「90 年代詩歌」的一個確切、有效而爲公眾所認同的定義。因爲這不是一個簡單的名詞術語，並非幾句話就能概括出這個特定時期的詩歌內涵。更何況它仍在近距離範圍內，甚至還在延伸變化，其爭議也難以一時塵埃落定。洪、劉二人提到，「在 90 年代末以後，有關『90 年代詩歌』的看法呈現更複雜的情況。一些當初強調『中斷』的詩人，對自己的看法有所修正。另一些詩人和批評家，雖然可能承認『90 年代詩歌』的說法，但傾向於將這個『時期』的特徵看作是 80 年代詩歌的成熟與深化。」所以就整體而言，「90 年代詩歌」的涵義「基本上是爲了有助於對詩歌現象的描述而作出的段落的劃分」，但也不是嚴格的時期概念，這只是一種「權宜」性質。〔註 12〕

　　程光煒認爲 1990 年後的詩歌不僅在時間概念上，也在「心境」上眞正進入 90 年代。他明確提出 90 年代詩歌「出現了新的局面」，並分析了其中原因。第一，運動的新詩潮爲個人寫作的傾向所代替；第二，80 年代的先鋒詩歌陣營在進入 90 年代以後出現了明顯而公開的分化和分裂；第三，詩歌的作用日漸減弱，大眾化文化擠壓整個文學空間，但文學與詩歌本身的魅力和永恆價

〔註 12〕洪子誠、劉登翰：《中國當代新詩史（修訂版）》，北京大學出版社 2005 年版，第 248～251 頁。

值因素得以凸顯。他分別從歷史繼承中的轉變、詩歌陣營的分化與文學的生存空間三個方面來對90年代詩歌的整體氛圍進行了概括，這種概括是公允而客觀的。〔註13〕

20世紀90年代本來就是一個混合多元時期，每個個體都有很大的空間與自由來表達不同的觀點，出現對詩歌不同的理解向在情理之中。沒有不同的觀點，也就失去了研究對象的土壤，對「90年代詩歌」概念內涵的不同表述的回顧與梳理，其目的就是弄清其中多元的特徵。

較爲全面地考察「90年代詩歌」概念的內涵，至少要從兩個方面來進行。其一，要將90年代詩歌與80年代詩歌作縱向比較，釐清二者的異同；其二，要概括90年代詩歌的新質，認清其獨特性。

其一，90年代詩歌與80年代詩歌縱向之粗略比較。

縱覽90年代以來的詩歌批評，從來就不缺少爲90年代詩歌爭得文學史地位的努力。「敗家子」說、「蕭條」論、「豐富而又貧乏」、鄭敏與于堅的否定論、周濤的「十三問」，等等，這類「詩歌危機」論不時冒現，〔註14〕但仍無法阻擋更多對90年代詩歌價值肯定的評價。總的來看，在肯定與否定之間，肯定明顯佔有優勢。當然這只是針對詩界內部而言，整個文學界對詩歌的評價未見得樂觀。下文將就肯定方面而展開。

王家新肯定90年代詩歌是在肯定80年代詩歌的基礎上進行的。他認爲，「90年代之所以呈現出顯著的不同於以往的詩歌景觀和詩學特徵」，是有著「諸多深刻歷史原因」的。具體表現在：一是從80年代走過來的詩人的自身成熟，二是90年代社會和文化語境的變化以及詩歌作出的回應。我們以爲，這個看法不屬歷史虛無主義，有一定的合理性，但如要防止進化論的影響，就必須掌握90年代詩歌的創作實績這個決定性的因素。在王家新看來，90年

〔註13〕程光煒：《中國當代詩歌史》，中國人民大學出版社2003年版，第339～343頁。

〔註14〕分別參見孫紹振的《向藝術的敗家子發出警告》，《星星》1997年第8期；謝冕的《豐富而又貧乏的年代——關於當前詩歌的隨想》，《文學評論》1998年第1期；鄭敏的《世紀末的回顧：漢語語言變革與中國新詩創作》，《文學評論》1993年第3期；周濤的《新詩十三問——〈綠風〉詩刊百期獻芹》，《綠風》1995年第4期；于堅的一系列詩學文章主要在肯定80年代詩歌與反對「知識分子寫作」層面上從而對90年代詩歌進行否定。關於90年代詩歌的危機論說十分普遍，早在1989年張頤武就發表《詩的危機與知識分子的危機》一文，與此類似的文章後來愈見普遍，在此難以具體一一列舉。

代詩歌在 80 年代的基礎上確實取得了顯著的成就，「不是少數幾個詩人和批評家的『幻覺』」。〔註15〕

張曙光並不擔心「90 年代詩歌」是否成立，是否準確，是否能夠從 80 年代的詩學特徵中獨立出來並具自身的合法性。他認為，「80 年代詩歌是從對朦朧詩的反動入手的」，其反叛姿態的「草莽」性質十分明顯；「90 年代詩歌顯得更加沉潛，也獲得了更為自由的空間」，他的本意並非貶低 80 年代詩歌。他要強調的是，「90 年代詩歌並不具有強烈的反叛性但無疑更加注重詩學上的建設，這無疑是成熟的標誌。」〔註16〕

孫文波如此給 80 年代詩歌定位：「它的活躍的、激進的、誇炫的的氛圍，以及由此形成的多少有些混亂的局面，為 90 年代的詩歌變化提供了可資總結的經驗。」他又特別強調，不希望他的觀點被人理解為是對 80 年代詩歌的否定與對 90 年代詩歌的過譽評價。他認為應該從傳統與現實的雙重理解上來理解 90 年代詩歌的複雜性。〔註17〕

王珂的態度十分鮮明，他乾脆說出：「我絕不贊同 90 年代詩歌比 80 年代詩歌落後，是『沉寂期』，而是回歸詩的本體、恢復詩的本色的、八仙過海各顯神通的大浪淘沙式過渡期。」〔註18〕

即使眾多的聲音都表示，90 年代詩歌是在 80 年代詩歌的基礎上發展起來的，但對 90 年代詩歌的諸多折中式的讚譽，于堅還是十分尖刻地提出了反面意見。他認為這是文人們自我營造的「幻覺」。他認為，90 年代詩歌的風氣依靠詩歌以外知識來源式的東西，即：閱讀、理論、外國名詞、出國等。在他眼中，80 年代是「偉大的」，「沒有 80 年代的第三代詩歌，新潮詩歌批評是什麼東西？」〔註19〕

「民間寫作」的代表人物于堅、韓東、伊沙等人分別從其他視角來肯定

〔註15〕王家新：《從一場濛濛細雨開始（代序）》，《中國詩歌：九十年代備忘錄》（王家新、孫文波編），人民文學出版社 2000 年版，第 1 頁。

〔註16〕張曙光：《90 年代詩歌及我的詩學立場》，《中國詩歌：九十年代備忘錄》（王家新、孫文波編），人民文學出版社 2000 年版，第 3～9 頁。

〔註17〕孫文波：《我理解的 90 年代：個人寫作、敘事及其他》，《詩探索》1999 年第 2 期。

〔註18〕王珂：《為何出現「蕭條論」——為 90 年代詩歌一辯》，《詩探索》1999 年第 1 期。

〔註19〕于堅：《真相——關於「知識分子寫作」和新潮詩歌批評》，《1999 中國新詩年鑒》（楊克主編），廣州出版社 2000 年版，第 587～604 頁。

90 年代詩歌的價值地位。于堅從未停止對 90 年代詩歌的闡述，他的《0 檔案》等一系列詩作影響頗大，可以說他本人就已構成了 90 年代詩歌的意義所在，儘管他更留戀 80 年代的詩歌氛圍。韓東從「民間立場」出發，認為「民間寫作」「構成了九十年代詩歌寫作真正的制高點和意義所在」。〔註 20〕他的言論是針對「知識分子寫作」一方的，當然也是為了肯定「民間寫作」的價值，但關鍵是他在毫無保留地肯定「民間寫作」的同時，也就充分肯定了 90 年代詩歌。而伊沙則認為他開創了「後口語」詩歌，獨自承擔了「後現代」詩歌，在他看來這是真正的當代詩歌。與韓東一樣，他在肯定自己的同時也就從側面充分肯定了 90 年代詩歌的價值。類似的還有很多，比如「非非」的諸多觀點。

對以上兩種對立的觀點進行調和的論者也不乏其人，只是態度看似曖昧實則清楚。沈奇認為，「誰都知道，作為時空概念的中國大陸之『90 年代詩歌，』是一個多種路向並進、多元美學探求並存的集合。這種集合中，有 80 年代朦朧詩、第三代詩人的分延與再造，也有在生命形態和美學趣味上與 80 年代判然有別的新的詩歌生長點的開啟與拓展。」〔註 21〕謝冕當然看到了對立雙方的火藥味。他肯定了 80 年代「熱情的試驗與創造」，而 90 年代是詩的「收穫季節」。但是，這位當初「朦朧詩」的極力鼓吹者，回憶起 80 年代的累累果實時不無留戀之情，在這前提下，他堅信 90 年代的創造力相對貧弱，因為，「整個詩歌界似乎沒有發生過什麼激動人心的事件」。他的矛盾態度在遊移搖擺之餘，又承認：「詩的進步卻是無可置疑的事實。」〔註 22〕

無論怎樣去評價 90 年代詩歌，其實正如程光煒所言的「90 年代詩歌：另一意義的命名」，都是從 90 年代的詩歌語言策略的層面上來說的。〔註 23〕臧

〔註 20〕韓東：《論民間》，《芙蓉》2000 年第 1 期。

〔註 21〕沈奇：《中國詩歌：世紀末的論爭與反思》，《詩探索》2000 年第 1、2 合輯。

〔註 22〕謝冕：《豐富而又貧乏的年代——關於當前詩歌的隨想》，《文學評論》1998 年第 1 期。

〔註 23〕參見程光煒：《90 年代詩歌：另一意義的命名》，《山花》1997 年第 3 期。程光煒的觀點其實在《北京文學》1997 年第 2 期上就已有同題的精練的表述：「……所謂『九十年代』並非僅僅在時間的意義上，或者說，它不只是一個時間的範疇，九十年代詩歌實質是指觀念上的一種深刻的東西，它是一個『告別』，更是在告別過程中精神上的『茫然無著』，因此，它要求詩人、詩論家與自己所熟悉和強大的知識系統痛苦地分離，然後，又與他們根本無從『熟悉』的知識系統相適應，相互隱喻。從這一個時代到另一個時代，從一下語境到另一個語境，在所謂『轉型』的、兩大話語摩擦的縫隙裏，意指的正是

棟在《後朦朧詩・作爲一種寫作的詩歌》中早就明確指出了 90 年代詩歌的「最基本的寫作策略」：「它將『詩歌應是怎樣的』、中國現代詩歌『應依傍什麼樣的傳統』等詩學設想暫時擱置起來，先行進入寫作本身，在那裡傾盡全力佔有歷史所給予的寫作的可能性；讓中國現代詩歌的本質依附於寫作中的詩歌的寫作，而不是相反。」〔註 24〕這大概已道出事情的本質，80 年代與 90 年代的詩歌，孰強孰弱？並不關乎問題的關鍵。

其二，90 年代詩歌的獨特性。

從歐陽江河、蕭開愚等人開始，貫穿整個 90 年代直到新世紀以來，從來就不缺少對 90 年代詩歌特徵的整理與概括。比如：歐陽江河用「本土氣質、中年特徵與知識分子身份」來總結詩歌進入 90 年代後的特點；王珂用「個人化、平民化、多元化、多級化」四大特徵來概括 90 年代詩歌；〔註 25〕張清華用「存在與死亡」來概括 90 年代詩歌的主題，〔註 26〕等等。這其中當然也包括一些預見性的觀點、大量的詩人論與詩歌文本解讀。特別是見解獨到的詩人論與詩文本解讀，把 90 年代詩歌的特徵具體化了。宏觀現象概論與微觀文本解讀，確實成爲自 80 年代末以來詩歌界的一道亮麗風景。另外，諸多詩歌概念及其不同的闡釋，其公約部分使 90 年代的詩歌特徵尤爲鮮明。所以，我們應該通過對這些概念的粗略梳理來洞窺 90 年代詩歌的特徵。

90 年代的詩學概念可謂層出不窮，一邊是文學（詩歌）日益邊緣化，一邊是詩歌內部「建設」熱鬧非凡。普遍的觀點認爲，文學（詩歌）的沒落在所難免，但其回歸自身內部的傾向卻又十分明顯。這是理解諸多 90 年代詩學概念的一個前提。90 年代詩學概念最主要的有：「知識分子寫作」「民間寫作」「個人（化）寫作」「中年寫作」，等等。還有一些如「新鄉土詩」

九十年代詩歌最眞實、最最痛切的文化語境。……那麼，也就是說，詩歌目下所進行著的是與一種敘事策略、一類旋律、構思、句法、語感、節奏、音韻的親人般的骨肉分離。而九十年代詩歌，在我們面前展現著的恰恰就是這樣一個令人難以接受、但又不得不承擔的灰色、黯淡的工程，迄今爲止，人們所能做的無非是對它古怪、多義、矛盾的能指的最粗淺的命名。」

〔註 24〕 參見臧棟：《後朦朧詩：作爲一種寫作的詩歌》，原載《中國詩選》理論卷，成都科技大學出版社 1994 年版；選入王家新、孫文波編選的《中國詩歌：九十年代備忘錄》，人民文學出版社 2000 年版。

〔註 25〕 王珂：《爲何出現「蕭條論」——爲 90 年代詩歌一辯》，《詩探索》1999 年第 1 輯。

〔註 26〕 張清華：《存在與死亡：關於九十年代詩歌的主題》，《詩神》1999 年第 6 期。

「零度寫作」「口語寫作」「女性詩歌」「純詩寫作」「網絡詩歌」「後口語寫作」「校園詩歌」，等等。不一而足。這些詩學概念標新立異，各執己見，互有交叉。與此相關的一些概念也相繼提出，如：敘事性、及物性、本土化、日常性（日常經驗）、平民化、口語化、非歷史化，等等。但真正影響較大，在諸多詩學概念中具有公約性的主要還是「個人（化）寫作」「知識分子寫作」與「民間寫作」。

關於「個人（化）寫作」。

「個人（化）寫作」說到底是一種策略，表明了一種立場。它是在詩歌干預生活、進行思想啓蒙失敗後並不斷被邊緣化的情況下應運而生的。理論上，「個人（化）寫作」並沒有很大的意義，而且頗爲人所詬病。嚴格說，一切寫作都是「個人（化）寫作」，不僅指作爲個體的獨立行爲，而且還應是最起碼的姿態，惟其如此才是真正意義上的寫作。但是這個概念爲何在90年代被提出來？而且竟然成爲一個普泛性的詩學概念？總的來說，這與90年代的社會文化語境有關。「這一觀念的提出，具有對抗權力與商業化大潮席卷的意義。……也許實際情況是出於無奈，但提出之時，卻是一種主動而神聖的姿態，是一種與體制與世俗的決裂。」〔註27〕

「個人（化）寫作」作爲一個詩學概念被明確提出是在90年代中期，但由誰第一個提出卻難以考證。據孫文波說，有關「個人寫作」的含義，王家新、蕭開愚等人已經有很好的論述，蕭開愚的幾篇關於90年代詩歌寫作的論文表達相當清楚，只是開始時沒有用到「個人寫作」〔註28〕這個詞。〔註29〕粗略考察，關於90年代「個人（化）寫作」表述的詩學論文，確實有不少。歐陽江河、王家新、蕭開愚、唐曉渡、胡續多、陳超、于堅、臧棣、譚五昌、吳思敬、孫文波、陳仲義、王光明、陳旭光、崔衛平、楊遠宏、南野、張學夢，等等，他們都寫過相關文章。下文以王家新、孫文波、胡續多三人的觀點爲例，「個人（化）寫作」的含義即見一斑。

〔註27〕曹文軒：《20世紀末中國文學現象研究》，北京大學出版社2002年版，第278頁。

〔註28〕後來蕭開愚也明確使用「個人寫作」這一概念，比如他在1997年1月《北京大學研究生學刊·文學增刊》創刊號上發表《個人寫作：但是在個人與世界之間》。

〔註29〕孫文波：《我理解的90年代：個人寫作、敘事及其他》，《詩探索》1999年第2輯，文末第5條注釋。

王家新早在 1996 年就有以下較爲完整的表述：

> ……在某種意義上，「不是我們說話，而是話說我們」，指的正是這種情況。我想這就是我們在中國提出「個人寫作」的特定歷史語境。詞在具體的使用中才有意義，抽去了「個人寫作」的歷史背景及上下文，它就什麼也不是。

> 那麼，在這樣一個歷史語境中提出「個人寫作」也就有了意義。其意義在於自覺地擺脱、消解多少年來規範性意識形態對中國作家、詩人的支配和制約，擺脱對於「獨自去成爲」的恐懼，最終達到能以個人的方式來承擔人類的命運和文學本身的要求。有人望文生義，把「個人寫作」貶爲一種「鎖進抽屜」裏的寫作，其實「個人寫作」恰恰是一種超越了個人的寫作。它和文革後人們提出的「自我表現」有著根本的區別。「自我表現說」從抽象的人性價值及模式出發，而個人寫作則將自己置於廣闊的文化視野、具體的歷史語境和人類生活的無窮之中。換言之，它是封閉的，但又永遠是開放的。它將永無休止地在這兩者之中形成自身。

> 此外還應看到，「個人寫作」已不僅是一種理論上的設想。80 年代末尤其是 90 年代以來，中國當代詩歌就其最具實力與探索意識的那部分而言，其實已進入到一個個人寫作的時代。無視這種轉變，批評就會失效。……〔註30〕

王家新強調的是「個人寫作」的歷史語境及其開放性，否定的是「望文生義」式的理解。他認爲自 80 年代末到進入 90 年代以來，詩歌已進入「個人寫作」的時代，看不到這點動態的詩歌批評是無效的。

稍後不久，胡續多提出了自己的看法。他把「個人寫作」置於「知識分子寫作」的名下來討論，並且具體到列舉不少詩人作爲例證，包括：王家新、西川、臧棣、歐陽江河、孫文波、張曙光、陳東東、蕭開愚、翟永明、黃燦然、鐘鳴、王寅、西渡、孟浪、柏樺、呂德安、張棗。他認爲他們的寫作「開拓出了一個屬於他們的深沉、開闊、複雜並具有獨特話語活力的詩歌空間」。在他眼中，「個人寫作」是作爲一種話語策略提出的，是對被朦朧詩、新生代詩所忽視個性理性的著重強調，它直接反撥了 80 年代

〔註30〕 王家新：《夜鶯在它自己的時代——關於當代詩學》，《詩探索》1996 年第 1 期。

在集體慣性中打著個人旗號的詩人們實際從事「沉浸於寫作的個性無限制地進入表達的喜悅中無暇進行任何自省」的寫作。這是「詩人自身批評意識、批評能力的勃興」。〔註31〕

　　遲至世紀末，孫文波總結性地論述了「個人寫作」。他闡述了這一概念產生的背景：「進入90年代，一些詩人對體系化的理論不再熱衷，當他們重新領悟了詩歌在具體的歷史語境下，並沒有超驗的自由，而會被制度化地變爲某種集體語言的犧牲品，並進而會使充滿激情、抱負的單純對抗性寫作失效時，提出了『個人寫作』的概念。」他進而概括其意義：「『個人寫作』的提出是適時的，它使得一些詩人在寫作的過程中，始終保持了以歷史主義的態度，對來自於各個領域的權勢話語和集體意識的警惕，保持了分析辨識的獨立思考態度，把『差異性』放到了首位，並將之提高到詩學的高度，同時又防止了將詩歌變成簡單的社會學詮釋品，使之成爲社會學的附庸。」〔註32〕

　　「個人（化）寫作」雖然是90年代一個重要的詩學概念，但來自反面的聲音認爲它本身就欠缺科學性，而且導致在其名義下的一些非類寫作大行其道。張清華認爲「個人寫作」存在一個誤區，「它本來應該是相對於上個時代的意識形態寫作和80年代的集合性衝擊的『群體寫作』的，但實際上它卻同時成了對個人經驗方式以及寫作的自閉性的庇護，成了它迴避某種應具備的道德勇氣、社會良心、理想精神的合法包裝，成了它對時代語境表示冷漠與茫然的時髦裝飾，成爲輕便地拒絕寫作責任、掩蓋作品缺點的託辭，這是值得普遍警惕的。〔註33〕」我們不妨把「個人（化）寫作」當作一個客觀的概念去進行研究，但也不能因它可能存在的不科學性而去輕易否定。

　　關於「知識分子寫作」與「民間寫作」。

　　之所以將「知識分子寫作」與「民間寫作」並置於此，有以下幾個理由：第一，這是90年代以來出現頻率頗高、最重要的兩個詩學概念；第二，這是一對看似對立的詩學概念，有比較研究的意味；第三，這一概念雖然相對立，

〔註31〕參見胡續冬：《在「亡靈」與「出賣黑暗的人」之間——關於90年代知識分子個人詩歌寫作》，原載《北京大學研究生學刊》1997年第1期，後選入《中國詩歌：90年代備忘錄》，第298～309頁。

〔註32〕孫文波：《我理解的90年代：個人寫作、敘事及其他》，《詩探索》1999年第2輯。

〔註33〕張清華：《九十年代詩壇的三大矛盾》，《詩探索》1999年第3輯。

但又相互交叉，並沒有不可逾越的鴻溝；第四，在「盤峰論爭」中，這是兩個互不相讓的觀念與立場，一場重要的詩歌論爭因之而起。

按理說，無論是「知識分子寫作」，還是「民間寫作」，都是浮大而虛空的概念。如果離開特定的歷史語境與概念產生的社會文化背景，都將無從談起，更不用說在此進行詩學意義上的研究。

「知識分子」（intellectuals）自近現代以來就是一個世界性的概念，不僅有普泛的所指，而且是人文研究中的一個核心關鍵詞。葛蘭西把知識分子分為兩類：一類是傳統的知識分子（traditional intellectuals），包括老師、教士、行政官吏；另一類是有機的知識分子（organic intellectuals），「這類人與階級或企業直接相關，而這些階級或企業運用知識分子來組織利益，贏得更多的權力，獲取更多的控制。」〔註34〕這些似乎與本文中的兩類寫作毫無關聯，它的概念所涉寬泛而模糊。但是在當今全球化的語境下來談論這個話題，它作為大背景所起到的烘托作用還是較為明顯的。又誠如葛蘭西在《獄中札記》中所言：「因此我們可以說所有的人都是知識分子，但並不是所有的人在社會中都具有知識分子的作用。」〔註35〕

什麼「知識分子寫作」，什麼「民間寫作」，不都是知識分子所為嗎？為什麼還分出個對立的雙方呢？它們之間的區別又在哪裏？他們在當時的中國文化語境中又起到了什麼作用？這些很難去作出完整的回答，但是我們可以將其放到具體的 90 年代文學（詩歌）語境中進行一些具體的分析，從而去考察詩歌中「知識分子寫作」與「民間寫作」兩種觀念的來龍去脈。

薩義德的「知識分子論」除了大量分析葛蘭西的觀點，在更為廣闊的層面上（包括民族、傳統、流亡、專業人士、權勢、諸神，等等）進行論述外，也理所當然而又頗有意味地考慮進中國知識分子的情況。他認為中國存在傳統意義上的宮廷知識分子（court intellectuals），這類人是「對有權勢的人發言的知識分子，而他們自己也成了有權勢的知識分子。」〔註36〕他反對這種「顧

〔註34〕〔美〕愛德華・W・薩義德：《知識分子論》（單德興譯），三聯書店 2002 年版，第 11 頁。

〔註35〕轉引自〔美〕愛德華・W・薩義德：《知識分子論》（單德興譯），三聯書店 2002 年版，第 11 頁。

〔註36〕〔美〕愛德華・W・薩義德：《論知識分子——薩義德訪談錄》，《知識分子論》（單德興譯），三聯書店 2002 年版，第 103 頁。這次訪談是本書譯者單德興於 1997 年 8 月 18 日在美國薩義德執教的哥倫比亞大學進行的。

問」的角色，眞正的知識分子「扮演的應該是質疑」，特別是面對權威與傳統更應如此。薩義德所謂的「顧問」是意識形態意義上的，「質疑」則是現代個人知識分子意義上的，不過，薩義德還是不夠瞭解中國知識分子的實際情況。在中國，這兩種情況並非孤立存在、截然有別的。90 年代中國知識分子的思想狀況尤爲複雜，體現在文學（詩歌）上的知識分子精神亦如是。

　　程光煒可能利用了葛蘭西與薩義德的一些理論來解釋 90 年代的詩歌。當然他更多關注的是中國詩歌的現實，是用自己的思想與語言來研究中國當代的詩歌現象，而不是一個機械的唯理論者。我們發現，他在 90 年代的兩種對立傾向寫作的批評上確實是個不可或缺的人物。比如，他先是認爲詩歌寫作是廣泛意義上的「知識分子寫作」，後又把「知識分子寫作」區分爲以下三類：一是受當代政治文化深刻影響的「知識分子寫作」，二是西方文化意義上的「知識分子寫作」，三是有著中國傳統文化背景的「知識分子寫作」。他進而具體分析了一種「知識分子寫作」的消失，「八十年代詩歌在現社會的消失，實際是與社會運動關係密切的葛蘭西所言一代『有機知識分子』的消失，一種與寫作而言的傳統的永不復歸。」〔註 37〕而傳統文化背景的「知識分子寫作」又是那樣的普泛而不夠鮮明與現代，所以，指認、研究與倡導 90 年代「知識分子寫作」（西方文化意義上）的特徵、精神就進入了他的研究視野。

　　程光煒並非「知識分子寫作」概念的提出者，他只是後來的進一步闡釋者，包括王家新在內。〔註 38〕「知識分子寫作」的前身應該是後朦朧詩（第三代詩）在 80 年代所倡導的「文化詩」，後來經過西川、陳東東、歐陽江河的命名闡釋，以及再後來眾多詩人與詩評家們的倡導，遂成一股明顯的潮流。直至「盤峰論爭」，這股潮流最終以一種「倒敘」的方式進入研究視野，從而更爲人所注目。

　　一般認爲，最早提出「知識分子寫作」概念的是詩人西川，時間是 1987 年。他在《答鮑夏蘭、魯索四問》中提到，1987 年 8 月《詩刊》組織「青春

〔註37〕程光煒：《九十年代詩歌：另一意義的命名》，《北京文學》1997 年第 2 期。此文爲縮略本。全文最早載《學術思想評論》1997 年第 1 期，後又載《山花》1997 年第 3 期。

〔註38〕對「知識分子寫作」內涵的闡釋，程光煒與王家新是舉足輕重的兩個人。此處指王家新的重要論文《知識分子寫作：或曰「獻給無限的少數人」》，此文分別載於《詩探索》1999 年第 2 期與《大家》1999 年第 4 期，後又選入王家新、孫文波編選的《中國詩歌：九十年代備忘錄》（人民文學出版社，2000年版）。

詩會」，會上他提出「詩歌精神」和「知識分子寫作」的概念。次年，陳東東創辦民刊《傾向》，明確提出應把「知識分子寫作」上升為一種詩歌精神。稍後，張頤武把第三代詩歌所面臨的危機看作詩與詩人（知識分子）的危機，他說：「詩人是知識分子中最具先鋒性的部分，他們最敏感地傳達了知識分子的境遇。」〔註39〕那麼，知識分子的寫作就顯得尤為重要。歐陽江河寫於 1993 年初的《1989 年後國內詩歌寫作：本土氣質、中年特徵與知識分子身份》，則將「知識分子寫作」的概念具體化、清晰化、理論化。「盤峰論爭」稍前與之後，這一概念得到進一步的闡釋，從而使「知識分子寫作」成為 90 年代詩歌的核心概念之一。

「民間寫作」作為一種立場，似乎更有「群眾」基礎，因為它更容易被看作繼承了中國詩歌的傳統觀念，正所謂「好詩來自民間」。它與「知識分子寫作」相對立，從而，「西方」與「本土」、「現代」與「傳統」之間又再次出現相持的局面。更何況，新詩誕生之初就面臨這一矛盾。在某種意義上講，這兩種立場是久懸而未決的一對矛盾，同時也是一個統一體，它們其實貫穿了整個新詩發展史。只是在 90 年代的詩歌語境中，它們有著更為獨特與具體的稱謂和內涵而已。應該說，二者都具「先鋒性」，而且代表著兩個極端。「民間寫作」重在宣揚個人的欲望與重視在日常生活中尋找真實的感覺；而「知識分子寫作」則宣揚詩歌的使命感與人的理性存在，尋找的是一種精神的提升與語言的純化。不過，「民間寫作」的理論闡釋卻後於「知識分子寫作」，可由於它佔據著寫作倫理的制高點，容易登高一呼眾者雲集。再者，「民間寫作」迎合了消費時代大眾欲望的潮流，容易為世俗化的語境所理解與接受。鑒於此，兩種不同傾向的寫作在世紀末的火併，就成為學理意義上的一個命題。

「知識分子寫作」源於 80 年代中期「純詩」與「文化詩」，而「民間寫作」則源於同期的「口語詩」與「反文化詩」。前者有其概念的明確提出與發展期，後者卻顯得相對模糊，不過也並非無跡可循。1984 年 12 月，海子寫了長詩《傳說》，而且作了一篇題為《民間主題》的序言。海子第一次為我們貢獻了「民間」的詩學概念，雖然他的「民間」概念與後來的「民間寫作」內涵截然不同，然而卻對「民間寫作」概念的確立富於啟發意義。其邊緣化的所指及與土地親近的特徵，對「民間寫作」來說都可視為一種值得依賴的資源。

〔註39〕張頤武：《詩的危機與知識分子的危機》，《讀書》1989 年第 5 期。

考察「民間寫作」概念的前史與提出過程並非如「知識分子寫作」那般清晰可辨，難於在此做一次粗線條的梳理，只有留待後面闢出專章進行論述。不過，「民間寫作」詩歌觀念在 90 年代中期開始即已普遍存在，並與「知識分子寫作」觀念產生分化，這卻是有目共睹的。

對於「民間寫作」的內涵，于堅、韓東、謝有順、沈奇等人均有較多的闡釋。

在于堅看來，「好詩在民間」，這不僅是「漢語詩歌的一個偉大的傳統」，而且是「當代詩歌的一個不爭的事實」。其中的一個理由就是，「二十年來，傑出的詩人無不出自民間刊物」，包括《今天》《他們》《非非》等等，這些民間刊物才是真正的文學標誌。進而，他給民間下了一個定義：「民間的意思就是一種獨立的品質。民間詩歌的精神在於，它從不依附於任何龐然大物，它僅僅為詩歌本身的目的而存在。」〔註40〕于堅認為，「民間社會總是與保守的、傳統的思想為伍，在激進主義的時代，民間意味著保守的立場……是民間保持了傳統中國的基礎」。如果 90 年代詩歌存在的話，那也是轉移到了民間，「詩歌的權威性、標準、影響力是在民間」。所以，他認定 90 年代是重返民間的時代，「重返民間一方面是從空間和立場上重返民間，從時代中撤退，回到一個沒有時代的民間傳統上去，另一方面是重返詩歌內部的民間，創造那種沒有時間的東西。當代文學是在詩歌中重返出現了那種不害怕時間的東西，從而重新確立了文學的經典標準」。〔註41〕于堅對「民間寫作」觀念的闡釋頗具代表性，他的立足點基於對「知識分子寫作」的顛覆，從而彰顯「民間寫作」的詩歌觀念。

韓東在 80 年代中期即以「詩到語言為止」而蜚聲詩壇；「盤峰論爭」中，他又拋出《論民間》，與堅彼此呼應。他認為民間不是虛構，而是「一個基本的事實」。「一方面是大量的民間社團、地下刊物和個人寫作者的出現，一方面是獨立意識和創造精神的確立和強調」。後者即為「民間寫作」的立場。他舉出民間刊物與民間人物來加以佐證，進而討論 90 年代「民間寫作」的具體形態，並斷定「民間寫作」是 90 年代的中堅。在他看來，那些「已經完成使命」的詩人們熱衷於參加國際漢學會議，是一種脫離民間的背叛行為。他認為

〔註40〕參見于堅：《穿越漢語的詩歌之光（代序）》，楊克主編《1998 中國新詩年鑒》。
〔註41〕于堅：《當代詩歌的民間傳統》，陳思和主編《21 世紀中國文學大系》，春風文藝出版社 2002 年版。

多元格局中民間的意義就在於「維護文學的絕對價值意義及其尊嚴」。〔註42〕

與于堅、韓東比較起來，年輕的評論家謝有順更像是一個助陣者。他認為，詩歌的「民間寫作」是由于堅、韓東開創的，「民間寫作」中的日常生活和口語不是一個策略，不是貧乏無味的代名詞，而是其中蘊含著一個詩學難題。倡導詩歌的「民間寫作」，「這實際上是一次重大的、意義深遠的詩學轉型。〔註43〕」沈奇則以「秋後算賬」的姿態為 90 年代詩歌「命名與正名」，以認同「重返民間」的態度來進行反思。他認為民間詩刊、詩報才是純正的詩歌陣營，而「知識分子寫作」「演變成了一種宰制性的權力話語。」〔註44〕

作為「知識分子寫作」代表人物的西川在 90 年代中期曾提出過知識分子也是屬於民間的，後來也不止一次說過類似的話。比如，「知識分子是『大民間』的一部分，從來就是這樣。在『知識分子』和『民間』之間生生劃出界限，這是一種畸形風向所致。」〔註45〕詩人于堅儘管在當時論爭的前後態度十分決絕，極力提倡「民間寫作」並貶抑「知識分子寫作」，但是他心中十分清楚，他論敵的觀點也並非一無是處，尤其是多年後，他能客觀公正地看待論爭中二者在當時對立的原因與意義。他在承認二者的對立是勢所必然的同時，也看到了其在 90 年代詩學建設上的積極意義。特別是，他認為，「盤峰論爭」的發生，使自由主義在中國詩界真正紮下了根，使得其後的文學上的批判日益成為一種常態，而不是政治層面上的批判或批鬥。持不同文學觀念的人可以你指責我，我也可以指責你，儘管不乏暴力的意味，但總比文革式的批鬥與戴帽子要好得多。〔註46〕這無形之中為「知識分子寫作」與「民間寫作」的不同觀念之爭賦予了另一重文學史意義。

總而言之，作為不同形態詩歌觀念的「知識分子寫作」與「民間寫作」，是在同一大前提下的不同美學追求的表現，各自是完全可以獨立延伸的。兩者之間既有區別，又有交叉，並非不可調和的一對觀念。它們與其他的觀念形態一道構成了 90 年代詩歌觀念的多元格局景觀。

〔註42〕韓東：《論民間》，《芙蓉》2000 年第 1 期。此文為《1999 年中國詩年選》代序。後收入《1999 中國新詩年鑑》，廣州出版社 2000 年版。

〔註43〕謝有順：《1999 中國新詩年鑑》「序」，廣州出版社 2000 年版。

〔註44〕沈奇：《中國詩歌：世紀末論爭與反思》，《沈奇詩學論集（卷一）》，中國社會科學出版社 2005 年版。

〔註45〕安琪：《西川訪談：知識分子是「民間」的一部分》，《經濟觀察報》2006 年 3 月 27 日。

〔註46〕于堅的觀點出自與本書作者的一次訪談，具體內容參見附錄。

二、90年代詩歌觀念轉化的研究

　　詩歌界當然首先包括詩人、詩評家，其次也應包括詩歌史學家與一些專門從事詩歌研究的人員。他們每每在談及90年代詩歌觀念時，無不關注它相對於80年代詩歌的諸多轉化。這是事實，也是共識，只是有不同的表達與各自的觀點。在此很難做到完整性的研究綜述，只是就一些有代表性的研究成果作一番考察，以進一步論證90年代詩歌成立的自足性與詩歌觀念分化的複雜性。

　　張清華《內心的迷津》一書中的「第一輯：思考九十年代」，不僅較為全面地考察了90年代詩歌的林林總總，而且集中討論了90年代詩歌觀念轉化的問題。從大的方面說，這種轉化體現在「精神」與「語言」兩個方面。

　　總的來看，張清華先從90年代詩歌表面化的整體際遇出發再來分析詩歌觀念轉化的深層動因。在80年代，詩歌「會成為人們溝通思想、交流感情的最合適有力的媒介物」；到90年代，這種想法與行為「會被認為是可笑與可憐的」。這種最外在性的變化顯示了詩歌的危機。他分析其中原因：「由於詩歌藝術天然的反功利性、反大眾消費性和形而上的精神特徵，同我們這個時代日益被強化的徹頭徹尾的功利主義、實用主義和強調感官娛樂的大眾文化消費的趨向之間，產生了尖銳的衝突。」〔註47〕這種危機所帶來的後果之一就是，「90年代詩歌寫作的主要空間已從『主流』詩壇轉向民間」，從而使真正的詩歌處於一種「『空轉』狀態」。〔註48〕這就是90年代詩歌最盛行的「個人寫作」詩學觀念產生的背景，同時這也是針對於80年代「群體寫作」觀念的一大轉變。

　　上升到精神與哲學層面上，西方存在主義的影響與90年代的現實因素決定了詩歌的深層觀念的轉化。在他看來，「在80年代中後期，當詩歌走入文化（歷史）與『反文化』二元對立的困境進退兩難無法自拔的時候，『非非主義』詩人對語言癥結的發現為詩歌打開了一條通向存在哲學的通道。」〔註49〕我們知道，90年代最重要的兩大詩歌觀念「知識分子寫作」和「民間寫作」

〔註47〕 張清華：《今日詩壇究竟危機何在？》，《內心的迷津》，山東文藝出版社2002年版，第30頁。

〔註48〕 張清華：《九十年代詩壇的三大矛盾》，《內心的迷津》，山東文藝出版社2002年版，第35～36頁。

〔註49〕 張清華：《存在的巔峰或深淵：當代詩歌的精神躍升與再度困境》，《內心的迷津》，山東文藝出版社2002年版，第4頁。

的前身即爲誕生於 80 年代中期的文化詩與反文化詩，這裡，張清華是在爲我們梳理從彼到此的演化歷程。特別是他提到，「在經歷了 80 年代末的精神挫折之後，徹底放棄批判的啓蒙立場和逃避當下話語情境，而代之以對個體精神的撫慰與抽象價值的關懷和叩問，便成爲必然的選擇。」〔註 50〕這種「必然的選擇」自然導致詩歌的必然轉化。文化詩的單調通過存在主義有所改觀，並導向個體寫作的發生，這似乎是良性的走向，從這點上來看，90 年代這一路向的詩歌觀念的的確確發生了重大的改變。但問題是，當楊煉等人主導的文化「智力活動」經由「個人寫作」的通道發揮到極致時，就「無限放大了語言活動的功能和過程，並因此而產生了關於寫作的職業化（在一些詩人那裡被表述爲『知識分子寫作』）的優越心態，而這種放大和優越感在使寫作變得空前精緻玄妙的同時也構成了對眞實和經驗本身的遮蔽」，〔註 51〕而且其中還包括了語言本體論所帶來的負面效應。

　　從 80 年代的文化詩與反文化詩轉變到 90 年代的「知識分子寫作」與「民間寫作」的過程中，他還提到海子與新鄉土詩的曇花一現與過渡作用，這同時也揭示了 90 年代詩歌觀念演化過程中「從神啓到世俗」的變遷過程。海子崇高的終極意義上的悲劇深透「神示的曙光」。在 1989 年到 1991 年的特殊時期，海子式的終極關懷直接催生了「新鄉土詩」。這種帶有濃厚土地情結的詩歌轉向有何文化意義？「無疑，回歸農業家園的意識作爲對人類逐步脫離原初生存狀態而躍步走向工業化文明過程中由生存異化所導致的痛苦的價值補償，隨著工業化程度的加強，將愈加自覺和強化。」〔註 52〕看來，這個觀念的出世確實有其歷史的合理性並起到一定的橋梁作用。但是，「它前接海子的麥地主題，將之世俗化和淺表化；後又迎合感傷主義的逃避與忿悶；另外，它還曖昧地製造了詩歌『回歸現實』、『服務人民』、『歌詠勞動』的假象，因此受到各方奇怪的誤讀與歡迎。」〔註 53〕有意思的是，它的突然中斷正是由

〔註 50〕張清華：《存在的巔峰或深淵：當代詩歌的精神躍升與再度困境》，《內心的迷津》，山東文藝出版社 2002 年版，第 5 頁。

〔註 51〕張清華：《另一個陷阱或迷宮》，《內心的迷津》，山東文藝出版社 2002 年版，第 18 頁。

〔註 52〕張清華：《從神啓到世俗：詩歌「終極關懷」的變遷》，《內心的迷津》，山東文藝出版社 2002 年版，第 25 頁。

〔註 53〕張清華：《九十年代詩歌的格局與流向》，《內心的迷津》，山東文藝出版社 2002 年版，第 43 頁。

80年代反文化詩的繼承者伊沙來完成的。1992年伊沙的《餓死詩人》「以反諷的語調無情地揭穿了土地神話的製造者『葉公好龍』式的道德虛妄。」〔註54〕伊沙的出現，在反襯出80年代文化詩與反文化詩的觀念分歧歷史的同時，也揭開了90年代「知識分子寫作」與「民間寫作」詩歌觀念分化的序幕，「也是一種意味深長的轉向象徵」。〔註55〕從而，也讓我們看到90年代詩歌觀念分化的歷史延續性與詩歌內部的必然性。總之，從80年代到90年代詩歌精神的轉變，用張清華的一句話來說就是：「『從啓蒙主義到存在主義』的一種轉折」。〔註56〕

在詩歌本體的語言層面上，後結構主義的語言觀直接促成了90年代詩歌的語言轉化。其實，90年代詩歌語言方面的轉化本身就蘊含在精神的轉化之中，最早從80年代中期後的「非非主義」就已經從理解存在主義哲學語言觀開始某種變化了。與此同期，還有韓東的「詩到語言爲止」觀念的滋生。這些都對90年代詩歌語言的轉變產生了極大的影響。稍後80年代末的海子與90年代初的新鄉土詩，詩歌中的語言意象一下子與太陽、麥地等緊密聯繫起來。直到1992年的伊沙，「他一個就足以證明後結構主義的語言策略與寫作觀念對當代先鋒詩歌的影響。」〔註57〕與此同期而興起的，還有從80年代走來的文化詩與反文化詩的語言策略的改變，具體而言，就是「知識分子寫作」與「民間寫作」語言觀的變化。這種轉變，張清華形象地指出90年代詩歌語言觀陷入到「語言的迷津」。這種「迷津」充分體現在詩歌話語的複雜性與遊移性上，這正是90年代詩歌語言轉化的一個重要徵象。對語言的「惡作劇」，「對言說過程的過分迷戀」，「一種沒落的貴族情調」，〔註58〕等等，這些都是具體的表現，與80年代語言的集體式命名呈現出充分的差異。這種轉變帶來的後果之一就是詩歌意義的喪失與自我瓦解。

〔註54〕張清華：《九十年代詩歌的格局與流向》，《內心的迷津》，山東文藝出版社2002年6月版，第26頁。

〔註55〕同上，第45頁。

〔註56〕張清華：《存在與死亡：關於九十年代詩歌的主題》，《內心的迷津》，山東文藝出版社2002年6月版，第52頁。

〔註57〕同註54，第43頁。

〔註58〕張清華：《語言的迷津》，《內心的迷津》，山東文藝出版社2002年版，第58頁。

　　李震在《神話寫作與反神話寫作》〔註59〕一文中極力表述從80年代到90年代詩歌觀念的巨大變化。他認為「神話寫作」是80年代以來漢語先鋒詩歌的一個主導傾向，同時也衍生另一種觀念形態的寫作「反神話寫作」。〔註60〕「反神話寫作」是1989年後漢語詩歌在各種內外因素壓迫下，「個人寫作意識」開始萌發後才顯強勢的。進入90年代後，詩歌觀念呈現出巨大的變化，即：「神話寫作」與「反神話寫作」儘管仍是詩歌的兩種傾向，但已構成明顯分野，「這是一種綜合的、全面的分化，以至於構成詩歌觀念的革命性裂變。」而且他斷言，「反神話寫作勢必成為我們這個時代詩歌寫作的主要形態」。他的研究預言了世紀末「盤峰論爭」的發生，從中我們可以看到論爭的必然性，而且他還準確預言了「知識分子寫作」的式微與「民間寫作」的勃興。他在另一篇文章《先鋒詩歌的前因後果與我的立場》中〔註61〕也重申了這一觀點，並堅信，「90年代是神話寫作走向衰落的歷史」，「在90年代具有先鋒性的詩歌寫作應該是反神話寫作」，「90年代詩人的口語，已不是80年代簡單的日常用語，而是詩人自己的母語。」

　　吳思敬認為，90年代詩歌觀念是一次「精神上的逃亡」，因為，「80年代新時期的啓蒙文化與理想主義已經終結」。他以于堅的《0檔案》為例，「它以一種極端的形式反映了詩人對90年代以來知識分子現實處境的無奈與逃避」。〔註62〕這種「逃亡」其實直接反映為詩歌觀念的轉化，這種轉化與90年代的詩歌現實環境有著直接的關聯，而且它有著實實在在的物質體現。他在後來一篇文章中對80年代以來兩種寫作觀念進行對照論述，並將之命名為：聖化寫作與俗化寫作。很明顯，它們對應著「盤峰論爭」中的

〔註59〕載《非非》1993年第六卷／第七卷合刊。

〔註60〕李震文中所謂的「神話寫作」的所指範圍很廣，「中西方詩歌及至現代主義時期，本質上仍是神話寫作」，是在「反對現代的科學──工業文明，追懷古典的神性原則和神話幻象的狀態中完成的」。「反神話寫作」構成「從動機到精神狀態再到具體的語言策略完全相反的傾向」，「這種寫作在與神性的對抗、甚至褻瀆中凸現人自身的真實、健康和快樂，反對任何形式的造神運動，以直面現實生存場景的精神來確立失去神靈庇護的個體生存原則和新的詩歌生態。」見李震《神話寫作和反神話寫作》，《非非》1993年第六卷／第七卷合刊。

〔註61〕李震：《先鋒詩歌的前因後果與我的立場》，《2000中國新詩年鑒》，廣州出版社2001年版，第596～604頁。

〔註62〕吳思敬：《精神的逃亡與心靈的漂泊──90年代中國新詩的一種走向》，《星星》1997年第9期。

「知識分子寫作」與「民間寫作」。他認為，這兩種觀念在 80 年代即已存在，「在聖化寫作方興未艾的八十年代，俗化寫作便已悄然出現了」，此時期它們是兩種互補性的寫作觀念。只是，「到了九十年代，隨著商品經濟大潮的卷地而來，俗化寫作的勢頭也就越刮越猛了。」〔註 63〕在他看來，這就是 90 年代詩歌觀念的一種轉變，最終的結局就是導致了「盤峰論爭」不可避免的發生。

陳超則用自創的「歷史想像力」的變化來概括詩歌觀念從 80 年代到 90 年代的轉變。從 80 年代末到 1993 年，他認為詩歌觀念經歷過兩次轉變。第一次是 89 年到 90 年代初期。「90 年代初期的詩壇有兩種主要的想像力類型：一種是頌體調性的農耕式慶典詩歌，⋯⋯另一種是迷戀於『能指滑動』,『消解歷史深度和價值關懷』的中國式的『後現代』寫作」。「大約在 1993 年後，先鋒詩歌寫作較為集中地出現了想像力向度的重大嬗變與自我更新，它以深厚的歷史意識和更豐富的寫作技藝，吸引了那些有生存和審美敏識力的人們的視線，很快就由局部實驗發展到整體認知。」〔註 64〕陳超的觀點，是對包括「知識分子寫作」和「民間寫作」觀念的誕生並漫延的一種贊許。他以西川、于堅、王家新等先鋒詩人為例來說明。這已是針對 80 年代詩歌觀念的一種巨大變化，到 90 年代中期，這種觀念傾向之間又發生另一種互向性的變化，即：「在論爭之前的 90 年代中期，『知識分子詩人』的寫作已明顯加入了對『現實生存』的處理，而『民間詩人』的寫作已明顯有靈魂追問的分量。」〔註 65〕在他看來，這種變化都「同樣擴大了先鋒詩的歷史想像力」。無疑，陳超的觀點較為公允，他道出了二者之間二位一體的本質。

敬文東把 90 年代詩歌觀念的轉化說成是「烏托邦的喪失」，而且從「純粹的抒情轉為成分濃厚的敘述或陳述」。因為 90 年代是一個「晚報的出口處與銀行的入口處」的時代。於是乎，「90 年代漢語詩人有可能把更多的精力，放在對凡庸日常生活的處理上。」從 80 年代的「記憶」「渴望」轉化為 90 年代的「對今天、對現在的重視」。這就是他認識到的 90 年代詩歌觀念轉化的線索。〔註 66〕

〔註 63〕吳思敬：《當今詩歌：聖化寫作與俗化寫作》,《星星》2000 年第 12 期。
〔註 64〕陳超：《深入生命、靈魂和歷史的想像力之光——先鋒詩歌 20 年，一份個人的回顧與展望》,《游蕩者說》,山東文藝出版社 2007 年版，第 12 頁。
〔註 65〕同上，第 23 頁。
〔註 66〕參見敬文東：《我們的時代，我們的生活》,《詩歌在解構的日子裏》,北京大學出版社 2008 年版，第 134 頁。

總之，與以上觀點相類似而又各有特點的研究文章還有很多，比如陳旭光、譚五昌的《平民與貴族的分化——「第三代」詩人的心理文化特徵》〔註67〕《斷裂轉型分化——90 年代先鋒詩的文化境遇與多元流向》〔註68〕即爲一例。這些還不包括「盤峰論爭」中「知識分子寫作」與「民間寫作」兩種立場的詩人、詩評家的大量帶有論爭性質的研究文章。

無論論者怎樣對比分析 90 年代詩歌在 80 年代的基礎上發生了如何的重大轉變，還是研究 90 年代詩歌自身的複雜、豐富與分化的歷程，最後的結果它們都無不指向世紀末的「盤峰論爭」。似乎那場論爭能使整個 90 年代主要詩歌觀念的分野得到一次大清理與大結局的收場，然後又以此爲起點，去激活新世紀到來後新一輪詩歌觀念衍生與雜變的浪潮。

第三節　20 世紀 90 年代詩歌文本中的觀念轉變呈現

80 年代是一個詩歌狂歡的時代，朦朧詩、第三代詩、文化詩與反文化詩、女性詩歌……它們依次粉墨登場，儼然推拱起一個詩歌演出的高潮。1989 年如驚雷閃電，各路鑼聲戛然而止，突然出現一片靜場。繼而，海子如一位鄉村歌手，遠在天堂的他凌空在中國詩壇缺席指揮了一場短暫的田園詩音樂會。伊沙的攪場，令新鄉土詩不禁臉紅而迅速尷尬退出。接下來，「非非」復出，文化詩與反文化詩在重整衣衫、改頭換面後又先後探出頭腦並大呼而上，與其他各路人馬一道又共同敲打起 90 年代詩歌的一齣戲。只是 80 年代的風光不再，觀眾席上寥寥，詩壇平添幾分寂寞。儘管如此，從文化詩與反文化詩脫胎而來的「知識分子寫作」與「民間寫作」在 90 年代卻如杜鵑啼血，力撐起 90 年代的詩歌臺柱。兩個角色爲爭主演之功，終於在世紀末的最後一年撕破臉，也即爆發了詩歌界聞名的「盤峰論爭」。

以上略帶戲說地回顧了詩歌從 80 年代進入 90 年代的簡要歷程。問題是，各種觀念路向的詩歌在進入 90 年代後，在創作中，都表現出不同的觀念變化的趨向，這種變化是普遍的。想綜合全面地考察體現在詩歌文本中的觀念變化，具有相當的難度。故下面就一些有代表性的創作來作一個大致的考察，對象包括「知識分子寫作」「民間寫作」的代表詩人，「非非」創立者周倫祐，「女性詩歌」代表翟永明。

〔註67〕載《中國青年研究》1997 年第 1 期。
〔註68〕載《詩探索》1997 年第 3 期。

一、「知識分子寫作」與「民間寫作」詩歌觀念的轉變

　　　　現在讀到的天書以眼睛為文字：每一隻碌晴是一種語言的消逝
或一堆風景的破碎，繁殖禁總和遁辭。回聲浮動，層層山群睡如美
人。黃梅之雨在無可奉告中懸掛，遍地歌哭曬成鹽中之鹽。

　　　　現在觸摸到的本體形同鳥有：面對空曠八荒，面對生生滅滅、
聚散無常、千人一面的族類，懸棺無魂可招，無聖可顯。皇皇天道
潑為風水，一空耳目幻象。

　　　　無冕無國的諸王之王：那是誰？

這是歐陽江河 1983 至 1984 年間寫的長詩《懸棺》中的一段。如果不標明出
處，你會認為這是中國新詩的體式嗎？或者當作它是歷史散文？或是沉重的
哲思短語？事實上，他的詩與同期楊煉的《敦煌》《西藏》等一道都列入 80
年代中期的文化詩。我們在承認他的文化氣質和悲劇性，並把對死亡和生存
的思考寄託於歷史感厚重的物質代表「懸棺」的同時，也會發覺其中所包含
的「生澀、冗長和故作深奧的毛病」。〔註69〕其後，歐陽江河體現在其詩作中
的觀念出現了逐漸的變化，反映在他一系列的作品中，如：《漢英之間》
（1987）、《玻璃工廠》（1987）、《快餐館》（1989），等等。直到他在 1990 年
寫出《傍晚穿過廣場》等詩時，其實他的創作觀念已完成了一次質的轉化。
那就是從對文化、哲學、語言的思考與實驗過渡到對時代甚至是日常的及物
性的觸摸，比如：《咖啡館》《時裝店》《計劃經濟時代的愛情》，等等。

　　　　我不知道一個過去年代的廣場／從何而始，從何而終／有的人
用一小時穿過廣場／有的人用一生──／早晨是孩子，傍晚已是垂
暮之人／我不知道還要在夕光中走出多遠／才能停住腳步？／……
正如一個被踐踏的廣場遲早要落到踐踏者頭上／那些曾在一個明媚
早晨穿過廣場的人／他們的黑色皮鞋也遲早要落到利劍之上／像必
將落下的棺蓋落到棺材上那麼沉重／躺在裏面的不是我，也不是／
行走在劍刃上的人

　　《傍晚穿過廣場》也是一首長詩，但如上面詩句所示，它有新詩的形式，
並不像《懸棺》那般「散」。而且，在這兩首詩中都提到「棺材」的死亡意象，

〔註69〕張清華：《歐陽江河與西川：兩個個案》，《內心的迷津》，山東文藝出版社 2002
　　　　年版，第 237 頁。

只是以前是高蹈的「懸」，而現在卻是可真切感覺到棺材的「那麼沉重」。也就是說，以前的是過於哲學化的抽象，現在是現實化的思考，二者之間體現出一種詩學觀念的截然不同與轉化來。如果說之前是技術的、文化的與哲學的，創作觀念轉變之後則是修辭的、現實及物的、悲劇性的。作為詩歌觀念延續性的產物，我們寧可將這種轉變視作他詩歌觀念的整合。這種創作觀念的轉變，基本上奠定了歐陽江河的藝術生命。程光煒評論：「對歐陽江河來說，1988年以前的創作是它的『序曲』，80年代末到90年代初是『主體部分』，而1993年以後，則走向了最後幾個樂曲。」〔註70〕儘管歐陽江河在1993年之前就已完成了他創作觀念的轉變，但他的這個轉變對整個90年代的詩歌或對「知識分子寫作」觀念的影響都是巨大的。

在某種意義上說，「知識分子寫作」代表詩人西川的意義不在80年代到90年代詩歌創作觀念的轉化上，因為「創作的『分期』在西川身上是不明顯的」〔註71〕。他詩歌觀念循著自己的路數是一個不斷上升與豐富的過程。不過，他80年代中期以前頗具個性特徵的「抒情特質」與形式上的「簡約與單純化趨勢」佔了上風。〔註72〕西川在「86新詩大展」時，就以「西川體」而令人注目，他詩中的理智與沈穩完全有別於當時的大勢所趨，甚至與80年代中期詩歌青春式的狂歡格格不入。這就是「知識分子寫作」觀念最早的萌芽，雖然他當時的詩是就反感「市井口語描寫平民生活」而進行的反撥，但同時也有別於當時盛行的文化詩傾向。在這點上，「沉靜的詩思」〔註73〕成為西川最大的特徵並為詩壇所注目。總的來說，他寫於1989年之前的《在那個冬天我看見了天鵝》《在哈爾蓋仰望天空》《雨季》《李白》以及他的一批「十四行」詩作，都反映了他前期的主體特徵。以1989年為界，他寫了《為海子而作》《為駱一禾而作》等詩，隨著他世界觀所發生的變化，他的詩歌觀念也發生相應的變化。而且，經歷「89」後，他之前的詩歌創作也無法再適應90年代以來的歷史、文化、社會、生存的語境，也無法表現當代人的精神世界。那麼反映到詩人創作觀念上的變化，就成為必然的事。

〔註70〕 程光煒：《歐陽江河論》，《程光煒詩歌時評》，河南大學出版社2002年版，第186頁。

〔註71〕 程光煒：《中國當代詩歌史》，北京大學出版社2003年版，第367頁。

〔註72〕 張清華：《歐陽江河與西川：兩個個案》，《內心的迷津》，山東文藝出版社2002年版，第241～242頁。

〔註73〕 劉納：《西川詩存在的意義》，《詩探索》1994年第2期。

　　有一種神秘你無法駕馭／你只能充當旁觀者的角色／聽憑那神秘的力量／從遙遠的地方發出信號／射出光來，穿透你的心／像今夜，在哈爾蓋／在這個遠離城市的荒涼的／地方，在這青藏高原上的／一個蠶豆般大小的火車站旁……

這是西川寫於1987年的《在哈爾蓋仰望天空》中的詩句。

　　我懷念你就是懷念一群人／我幾乎相信他們是一個人的多重化身／往來於諸世紀的集市和碼頭／從白雲獲得授權，從鐘聲獲得靈感／提高生命的質量，創造，挖掘／把風吹雨打的經驗轉化為崇高的預言／我幾乎相信是死亡給了你眾多的名字／誰懷念你誰就是懷念一群人／誰談論他們誰就不是等閒之輩

這是他悼亡詩《為駱一禾而作》中的詩句。從「神秘」的思考到「死亡」宿命的追問，這確實是精神遭受沉重打擊之後的詩歌體現。自此，「90年代以來，西川的詩歌發生了極大的變化，體現了向歷史想像力、包容力、反諷、情境對話、悖論、戲劇性、敘述性綜合創造力的敞開」。〔註74〕西川詩歌創作分期雖不明顯，但我們可以說，「89」（1989年）作為一個從天而降的觸媒，還是明顯影響到了西川詩歌觀念的變化。比如他的《壞蛋》《厄運》《巨獸》《鷹的話語》等，都能反映出這種變化。這對90年代初期「知識分子寫作」詩歌觀念的興起也樹立起了一種參照物的作用。

　　90年代中期，西川的創作進入一個相對穩定期，這與他80年代中後期的創作存在某種相似性。比如，《空想的雪山》《荷蘭的清晨》《重讀博爾赫斯》，等等。「這些短詩，繼續著對自然、愛與恨、人的處境和本質，以及生命意識的探索，與前期創作不同的是，它們開始具有了某些玄學的內涵。」〔註75〕在此時期，「民間寫作」詩歌觀念正在開始孕育對「知識分子寫作」觀念的對抗，西川的詩歌創作或許恰好會成為「民間寫作」批評的口實。

　　任何詩人都要經歷一個甚至幾個蛻變期，這樣才能走向成熟，王家新也一樣。在整個20世紀80年代，從1982年之前受朦朧詩影響而寫出像《橋》《北京印象》一類的詩作，到1986年後產生藝術自覺而寫作《夏日正午的記憶》《刀子》等作品，應該說這還不能說成他詩歌觀念的轉變，儘管他先後受

〔註74〕陳超：《深入生命、靈魂和歷史的想像力之光——先鋒詩歌20年，一份個人的回顧與展望》，《游蕩者說》，山東文藝出版社2007年版，第13頁。

〔註75〕程光煒：《西川論》，《程光煒詩歌時評》，河南大學出版社2002年版，第207頁。

過朦朧詩、文化詩、結構主義與新批評等的影響，但這些仍然只能說是他自然經歷的自我詩學訓練階段。他留學英國後的八九十年代之交，這對他來說是個非常重要的時期，詩歌觀念的轉變令他寫出了《瓦雷金諾敘事曲》（1989）、《一個劈木柴過冬的人》（1989）、《帕斯捷爾納克》（1990）、《詞語》（1990）、《卡夫卡》（1990～1992）等等重要詩作，從而實現了他詩歌創作觀念的一次大轉變。

誠如他在 1990 年寫的《轉變》一詩中的自白：

> 如此逼人／風已徹底吹進你的骨頭縫裏／僅僅一個晚上／一切全變了／這不禁使你暗自驚心／把自己穩住，是到了在風中堅持／或徹底放棄的時候了

如此直接的表述，確實少見。因為誰都看得出，其中的「一切全變了」意味著什麼。這是一個時代的徹底之變，詩人的觀念也必須隨之而變，否則不如「徹底放棄」。所以，程光煒贊之曰：「王家新是相對於一個時代的詩人」。〔註76〕這種觀念與創作之變，充分體現在同期的《帕斯捷爾納克》一詩中。

> 終於能按照自己的內心寫作了／卻不能按一個人的內心生活／這是我們共同的悲劇／你的嘴角更加緘默，那是／／命運的秘密，你不能說出／只是承受、承受，讓筆下的刻痕加深／為了獲得，而放棄／為了生，你要求自己去死，徹底地死

王家新選擇了堅持，卻以「徹底地死」的姿態，這就是時代的「悲劇」。王家新詩中透露出的這種「承受」感，充分透射出他詩歌觀念從 80 年代到 90 年代期間的重大轉變。其中原因可作如此解釋：「由於人們思想的急速發展與社會現狀之間產生的矛盾，促使中國社會在商品經濟還沒有發育成熟的情況下，就發生了社會和文化的大規模『轉型』。作者以敏銳的眼光注意到時代驚人的變化，同時意識到，不只是一代人的命運，而且是整個社會觀念將要發生深刻的變化。」〔註77〕王家新詩歌觀念的變化是必然的，這是一種社會觀念變化的詩性體現。

90 年代中期，王家新的詩中出現了喜劇性與輓歌因素，這也是他詩歌觀念發生轉化的另一種表現，但這不是決定性的，不構成詩歌觀念從 80 年代到 90 年代轉化過渡中的扭結點。

〔註76〕程光煒：《王家新論》，《程光煒詩歌時評》，河南大學出版社 2002 年版，第 165 頁。

〔註77〕程光煒：《中國當代詩歌史》，北京大學出版社 2003 年版，第 366 頁。

　　于堅體現在創作中的詩歌觀念較爲豐富，「口語詩」是其中最爲突出的理論之一，他是一個自覺把觀念貫徹在詩歌寫作中的詩人。在 80 年代，他以一首《尚義街六號》令詩壇吃驚，並且開創了一代詩風，實現了對「朦朧詩」的顛覆，使他成爲第三代詩人中的佼佼者，從而確立了他在中國詩壇上的地位。寫於 1992 年、發表於 1994 年《大家》創刊號上的《0 檔案》在延續了他貫有的口語詩風格外，他的詩觀又發生了一次重大的轉向。

　　　　尚義街六號／法國式的黃房子／老吳的褲子晾在二樓／喊一聲
　　胯下就鑽出戴眼鏡的腦袋／隔壁的大廁所／天天清早排著長隊／
　　我們往往在黃昏光臨／打開煙盒　打開嘴巴／打開燈／牆上釘著于
　　堅的畫／許多人不以爲然／他們只認識梵高／老卡的襯衣　揉成一
　　團抹布／我們用它拭手上的果汁／他在翻一本黃書／後來他戀愛了
　　／常常雙雙來臨／在這裡吵架　在這裡調情／有一天他們宣告分手
　　／朋友們一陣輕鬆　很高興／次日他又送來結婚的請柬／大家也衣
　　冠楚楚前去赴宴／桌上總是攤開朱小羊的手稿／那些字亂七八糟／這
　　個雜種警察一樣盯牢我們／面對那雙紅絲絲的眼睛／我們只好說得
　　朦朧／像一首時髦的詩……

　　這就是《尚義街六號》開頭的詩句，這首詩不能算長詩，但也不短。與當時興起的文化長詩比起來，它卻是反文化的。似乎二者之間形成了一種映襯的關係。這首寫於 1984 年 6 月，發表於 1986 年第 11 期《詩刊》頭條上的詩，自一面世就引來巨大爭議。它用日常口語的風格，將最常見的一些生活瑣事裏挾進詩句中，而且極具諷刺與敘事的效果。顯而易見的是，他詩中傳達出的一種觀念，是與「朦朧」「時髦」相悖的。不言而喻，他開創性的詩觀是對當時朦朧詩與剛抬頭的文化詩的反撥，其意義與影響都不可低估。他寫於 1985 年的長詩《飛碟》，在延續了《尚義街六號》風格的同時，又有了一定的拓展，那就是增加了對歷史、文化、環境等因素的思考。到 1992 年《0 檔案》的面世，于堅的詩觀又經歷了一次明顯的轉變，比以前的詩更具爭議性。我們不妨把這首詩作爲于堅進入 90 年代後詩觀轉變的一個標誌。

　　卷末（此頁無正文）

　　附一　檔案製作與存放

　　書寫　謄抄　打印　編撰　一律使用鋼筆　不褪色墨水
　　字跡清楚　塗改無效　嚴禁僞造　不得轉讓　由專人填寫

　　　　每頁 300 字　　簡體　　阿拉伯數字　　大寫　　分類　　鑒別　　歸檔

　　　　類目和條目編上號　　按時間順序排列　　按性質內容分爲

　　　　A 類 B 類 C 類　　編好頁碼　　最後裝訂之前　　取下訂書針

　　　　曲別針　大頭針等金屬　　用線裝訂　　注意不要釘壓卷內文字

　　　　卷頁要裁齊　　歷平　　釘緊　　最後移交檔案室　　清點校對無誤

　　　　由移交人和接收人簽名　　按編號找到他的那一間　　那一排

　　　　那一類　　那一層　　那一行　　那一格　　那一空　　放進去鎖好

　　　　關上櫃子　　鑰匙旋轉 360 度　　熄燈　　關上第一道門

　　　　鑰匙　　旋轉 360 度　　關上第二道門　　鑰匙

　　　　旋轉 360 度　　關上第三道門　　鑰匙　　旋轉 360 度

　　　　關上鋼鐵防盜門　　鑰匙旋轉 360 度

　　　　拔出

以上文字在敘說什麼？至少有一點可以肯定，這絕對不是傳統意義上的詩。但這確實就是于堅《0 檔案》長詩中的最後一節。前文還有七個詩節：「檔案室」「卷一　出生史」「卷二　成長史」「卷三　戀愛史（青春期）」「卷三　正文（戀愛期）」「卷四　日常生活（包括：1 住址、2 睡眠情況、3 起床、4 工作情況、5 思想彙報、6 一組隱藏在陰暗思想中的動詞、7 業餘活動、8 日記）」「卷五　表格（包括：1 履歷表 登記表 會員表 錄取通知書 申請表、2 物品清單）」。于堅板著面孔，似乎在一本正經地做著什麼公事，或整理什麼文件。整首長詩的嚴肅性卻在不經意間被自身消解了，從而體現出另類意義：嚴肅外衣之下的現代社會的某種荒唐性。如果說這就是「詩」的話，它的非詩性給詩本身帶來極大的解構力量。它一誕生，即在中國詩壇掀起軒然大波，其驚世駭俗的一面確實令世人側目。

　　這首詩被張檸說成是「詞語集中營」。「《0 檔案》儘管有著『敘事』的外表，但它本質上是詩的」；「他重新在眞正的詩的層面上關注了『個體成長史』（個體的遭遇），並且將問題置換成『詞的爭鬥和演變史』這樣一個更本質的詩的問題」；而且，「《0 檔案》在詩學的意義上對當代漢語詞彙所進行的清理工作，其意義是巨大的」。〔註78〕

　　陳超分析認爲，這是于堅進入 90 年代後「眞正具有歷史承載力和強大命

〔註78〕張檸：《〈0 檔案〉：詞語集中營》，《1999 中國新詩年鑒》，廣州出版社 2000 年
　　　　版，第 438～454 頁。

名力」的作品，「它既可視爲一部深度的語言批判的作品，同時也是深入具體歷史語境，犀利地澄清時代生存眞相的作品」，「詩人寫出它們對個人生存的影響，激活了我們的歷史記憶」。〔註79〕

于堅後來自己說：「《0檔案》不是對文體的探索，而是對存在的澄明。是存在的狀況啓示我創造了那種形式。」〔註80〕這至少表明了一種態度，表明他對現實的一種詩性的思考。

于堅的這種轉化再次穩固了他在90年代詩歌中的地位，而且加重了他與「知識分子寫作」相抗衡的分量。他不僅充分利用了口語的優勢，同時也擁有「知識分子寫作」歷來爲人所稱道的對歷史的深度思考，這使得以他爲代表「民間寫作」有足夠的力量在世紀末的論爭中與對手分庭抗禮而不見敗相。

對於伊沙，我們不妨看作是口語詩從80年代到90年代詩歌的一次宏觀轉變。先來看他的《餓死詩人》：

> 那樣輕鬆的你們／開始復述農業／耕作的事宜以及／春來秋去／揮汗如雨收穫麥子／你們以爲麥粒就是你們／爲女人迸濺的淚滴嗎／麥芒就像你們貼在腮幫上的／豬鬃般柔軟嗎／你們擁擠在流浪之路上的那一年／北方的麥子自個兒長大了／它們揮舞著一彎彎／陽光之鐮／割斷麥桿自己的脖子／割斷與土地最後的聯繫／成全了你們／詩人們已經吃飽了／一望無際的麥田／在他們腹中香氣彌漫／城市最偉大的懶漢／做了詩歌中光榮的農夫／麥子以陽光和雨水的名義／我呼籲：餓死他們／狗日的詩人／首先餓死我／一個用墨水污染土地的幫兇／一個藝術世界的雜種

伊沙：《餓死詩人》（1990）

我們無法否認，在1989年之後，80年代的實驗主義性質的詩歌已呈日落西山之勢。無論是韓東與于堅的口語詩，還是胸懷哲學與文化意味的文化史詩，都難以爲繼。「89事件」與海子等詩人的死亡，一方面是壓抑了詩歌的神經，另一方面又升騰起另一種烏托邦意象。海子詩歌神話的崛起，以「玫瑰」「麥地」等爲代表的意象一時浪漫地盛開於詩歌領域，回歸「故鄉」與放逐

〔註79〕陳超：《深入生命、靈魂和歷史的想像力之光——先鋒詩歌20年，一份個人的回顧與展望》，《游蕩者說》，山東文藝出版社2007年版，第15頁。

〔註80〕于堅：《棕皮手記·1997～1998》，《拒絕隱喻》，雲南人民出版社2004年版，第62頁。

「悄鄉」與「慘痛」現實逆流而上成爲詩壇一股潮流。儘管後來被稱爲「民間寫作」代表的于堅與被稱爲「知識分子寫作」一路的詩人於 1993 年前後都有顯目的表現，但在諸如「海子現象」式漫延之背景下，「又復歸披著現代主義外衣的浪漫主義主流，實在令所有眞正嚴肅誠實的先鋒批評家們爲之發窘」。〔註81〕於此當口，伊沙冒現，一首《餓死詩人》，讓詩人們在「神性」的庇護之下而又對現實充滿無力感的疲軟現狀披露無遺。儘管對《餓死詩人》的滯後批評在數年後有所扭轉，比如《詩探索》在 1995 年第 3 期集中發表對研討《餓死詩人》與《結結巴巴》的文章，但是從今天的眼光看來，伊沙的詩歌在一跨入 90 年代門檻的時候就表現出了不可阻擋的先鋒性，對 90 年代的詩壇來說，則是開啓了另一路詩風的先河。

伊沙在這首詩中表達的，正如他在一篇文章的第一句就大聲叫喊：「『餓死詩人』的時代正在到來」，這個要「餓死」的詩人是有所指的。他指的是那些詩壇的「遺老遺少」們。他們之所以要餓死，是因爲有以下的一些原因：認爲文學主宰時代，「純詩」成爲一種藉口，以意象與隱喻來終身偷懶，喜歡維持秩序而怕「亂」，無聊地思考終極意義，假的平民意識，爲「人民」寫作，等等。眞正的詩人是不會餓死的，如果不想餓死，就要以眞誠的姿態迎接「後現代」。他認爲這才是詩歌和藝術自我解放的最佳方式。「後現代首先是一種精神，一種人生狀態，無章可循，無法可治」，對於詩歌而言，要「到語言發生的地方去。把意義還原來一次事件。」〔註82〕這就是伊沙寫作《餓死詩人》的精神來源。

再來看他的《結結巴巴》：

> 結結巴巴我的嘴／二二二等殘廢／咬不住我狂狂狂奔的思維／還有我的腿／／你們四處流流流淌的口水／散著黴味／我我我的肺／多麼勞累／／我要突突突圍／你們莫莫莫名其妙／的節奏／急待突圍／／我我我的／我的機槍點點點射般／的語言／充滿快慰／／結結巴巴我的命／我的命裏沒沒沒有鬼／你們瞧瞧瞧我／一臉無所謂

> 伊沙：《結結巴巴》（1991）

〔註81〕 沈奇：《伊沙詩二首評點》，《詩探索》1995 年第 3 期。
〔註82〕 伊沙：《餓死詩人開始寫作》，《詩探索》1995 年第 3 期。

這樣「結巴」的表達是詩嗎？而且還是平白如水卻流得不太暢的「口語」之水。這是一首充滿語言實驗性質的詩。它一經誕生即特立獨行，「獨自承擔」，它具備不可複製性。一旦複製，就不成爲詩，就知道出自何方。這樣的詩最大限度地詮釋了英國克萊夫‧貝爾所言的「有意味的形式」之深意，就像于堅《0檔案》的不可複製性，伊沙的這首詩也是一次性寫作的最佳範例。這是否正是「民間寫作」一方所說的「原創性」？

如果僅僅把這首詩理解爲一種詩體的實驗，則是天大的誤會。這絕不是一首一張「結結巴巴我的嘴」要去表達「一臉無所謂」的詩作，伊沙不僅在作一次語言的後現代式的冒險，而且也在經歷一次靈魂的歷險。只是他把這次語言的風險性與內容的時代失語性巧妙地融爲一體，堪稱「文章本天成，妙手偶得之」之作。語感極強的語言形式的能指，與時代失語的內容所指，二者在這首詩中碰撞、交融並發生一種不可阻擋的力量，從而迎來一陣先鋒「突圍」的快感。所以，「這首看似帶有『施暴』性質的純形式實驗，卻無意間楔入了這個時代的隱痛之處，而抵達爲時代命名的高度——在這裡，形式完全代替了內容進而成爲內容（『有意味的形式』）」。〔註83〕

總的來說，從80年代起過來的兩路詩人，在進入90年代後，創作中的詩歌觀念變化是普遍性的，包括蕭開愚、孫文波、張曙光、陳東東、柏樺、張棗、韓東，等等。他們創作中詩歌觀念的變化，直接滋生了90年代兩大詩歌觀念的對立，並最終指向世紀末的論爭。

二、「非非」周倫祐與「女性詩歌」翟永明詩歌觀念的轉變

周倫祐在當代詩壇上的地位無可爭辯，他的特點就是作爲一個體制外的寫作者而存在。但是他的「非非」與「後非非」主張卻一直震動著中國詩歌的神經。至少作爲一個眞正具有民間精神的詩人及其詩觀，任何詩人與研究者都無法避開他而來談論中國當代詩歌的發展進程。當然，對以他爲代表的「非非」，其理論與創作的脫節或不相匹配的現象也歷來爲人所詬病。但是當我們考察周倫祐的創作，他的觀念與創作之間的聯繫還是相當緊密的。特別是1989年之前與之後，他的詩歌創作與觀念呈現出明顯的變化。

用他自己的話來說，他在80年代的代表作是《自由方塊》，而在90年代

〔註83〕沈奇：《伊沙詩二首評點》，《詩探索》1995年第3期。

的代表作則是《刀鋒─十首（組詩）》，特別是《在刀鋒上完成的句法轉換》最具代表性；而且他明確表示，前後有一個明顯的詩歌觀念的轉變。他作了一個簡要的概括：1989 年之前他追求的是散文化、結構主義、雜語狂歡、跨文類寫作，等等；進入 90 年代，他消解與解構之前的觀念與創作，特別是《非非》復刊後，他強調創作要對現實介入，堅持「紅色寫作」而反對「白色寫作」。他認為，他的這種轉變不是他一個人的轉變，而是隨著時代語境的轉換大多數詩人的轉變。〔註84〕

《自由方塊》在形式上並不獨特，80 年代中期是流行長詩、史詩、文化詩的時期，它也具有這一特點。全詩洋洋數千言，無論如何，都會給讀者一種紛雜繁複的感覺。然而我們卻能夠明顯看到周倫祐在詩體語言上作出的努力和嘗試，正如他所言，總的來說是結構主義的，是「形式」的。詩的結尾如此寫道：

> 你沒有從哪裏來，
>
> 你什麼也不是，
>
> 你不到什麼地方去。
>
> 我吃故我在，
>
> 如此而已。

從如此「非」詩中，我們還是可以看出詩人強烈的情感邏輯，那就是從內心噴湧出的某種生命的虛無感。究其實，是一種悲劇意識在支撐著詩，是對「人」的終極價值表示懷疑的一種詩化表現，詩中總有「死」如幽靈般在晃蕩。總的來說，其詩歌觀念是一種「天空」式的，高蹈的，形而上的東西。

寫於 1991 年 1 月的《在刀鋒上完成的句法轉換》卻呈現出另一種精神層面的東西。這不僅是「句法」的轉換，而且是完成了他觀念中的從「形式」到「內容」的轉變。詩中有如下句子：

> ……
>
> 現在還不是談論死的時候
>
> 死很簡單，活著需要更多的糧食
>
> 空氣和水，女人的性感部位

〔註84〕2010 年 3 月 9 日晚上 9 時左右，本書作者撥通身居成都的周倫祐的電話，重點談到他的詩歌觀念與創作從 80 年代到 90 年代的轉變問題，他熱情而認真地作答，表述了以上觀點。

肉欲的精神把你攪得更渾

但活得本質是另一回事

以生命做抵押，使暴力失去耐心

……

很明顯，從 80 年代的思考「死」到「現在還不是談論死的時候」，周倫祐現實了，實在了，想到麵包與女人了，但是精神的追求則與生命有關。這似乎更辯證一些，與生活的原形更接近一些。周倫祐本人對此有很清醒的意識，他在一篇文章中如此描述這種轉化：

> ……以 1989 年爲界，之前的非非主義（1986～1988）爲非非主義的第一階段，可稱之爲「前非非寫作」時期，主要理論標誌爲反文化、反價值和語言變構，作品一般具有非文化、非崇高、非修辭的特點；1989 年以後，以《非非》復刊號（1992）的出版爲標誌，一直到現在，爲非非主義的「後非非寫作」時期，其寫作基點是：「從逃避轉向介入，從書本轉向現實，從模仿轉向創造，從天空轉向大地，從閱讀大師的作品轉向閱讀自己的生命──以血的濃度檢驗詩的純度。」強調對當下現實的關注，全力倡導「大拒絕、大介入，深入骨頭與制度」的體制外寫作，在絕不降低藝術標準的前提下，更強調作品的眞實性、見證性和文獻價值。〔註85〕

他的話雖然說的是「非非」與「後非非」，但確實講清楚了他自己創作觀念的轉化。

對於他這一轉化的意義，有論者說：「周倫祐在 1992 年提出『紅色寫作』的主張，……在反對新語境下的個人主義、蒙昧主義和缺乏現實及物性的『白色寫作』方面，敏感的非非詩人又作出了新的貢獻。它有效地推動了20 世紀90 年代中國詩歌史中人本主義和啓蒙主義思潮的自覺」。〔註86〕

在 80 年代的詩歌界，總有些東西脫穎而出，而且總被人積極地去命名。比如，翟永明在 1984 年完成了她的第一個大型組詩《女人》，其中所包括的二十首抒情詩均以獨特奇詭的語言風格和驚世駭俗的女性立場而迅即震撼了

〔註85〕周倫祐：《後非非寫作的詩性歷程》，《刀鋒上站立的鳥群──後非非寫作：從理論到作品》，周倫祐、孟原主編，西藏人民出版社 2006 年版，第 1～2 頁。

〔註86〕張清華：《在「文本」與「人本」之間──關於〈非非〉的一個簡單輪廓》，《懸空的聖殿──非非主義二十年圖志史》，周倫祐主編，西藏人民出版社 2006 年版，第 336 頁。

文壇。之後不久，唐曉渡第一次爲翟永明的詩歌命名爲「女性詩歌」。他說，「作爲一個完整的精神歷程的呈現，《女人》事實上致力於創造一個現代東方女性的神話：以反抗命運始，以包容命運終。」〔註87〕

在類似評論的催生之下，那個畢業於成都電子科技大學、曾就職於某物理研究所的四川女性翟永明，幾年間眞的造就了中國當代詩歌的一個神話，從而爲當代詩歌史寫下了不可或缺的一頁。她的詩歌創作特立獨行，不願歸入任何流派，至今都在堅持而自成一路。翟永明並不承認自己詩歌觀念在這麼多年來發生了很大的變化，在她心目中詩歌是「內心的個人宗教」。但她又坦言：「從寫詩的初期到現在，寫作的性質，藝術的性質肯定有所改變，因爲世界已經改變，時代已經改變，大眾傳媒也飛速地改變著人們思考和鑒賞的能力，但是，一個敏感的詩人，不會完全漠視這樣的變化。」〔註88〕在她觀念中，人生經驗總是包含著時代和歷史的經驗的。不過，不變的是她始終隱含在詩歌中的「女性意識」。〔註89〕

可我們還是得說，翟永明的詩歌觀念從 80 年代到 90 年代確實經歷了較大的變化，大多數研究者都看到了這點，她前後期的作品也明顯反映出來這個客觀事實。

> 《渴望》
>
> 今晚所有的光只爲你照亮
> 今晚你是一小塊殖民地
> 久久停留，憂鬱從你身體內
> 滲出，帶著細膩的水滴
>
> 月亮像一團光潔芬芳的肉體
> 酣睡，發出誘人的氣息
> 兩個白晝夾著一個夜晚
> 在它們之間，你黑色眼圈
> 保持著欣喜

〔註87〕 唐曉渡：《女性詩歌：從黑夜到白晝——讀翟永明的組詩〈女人〉》，《唐曉渡詩學論集》，中國社會科學出版社 2001 年版，第 212 頁。

〔註88〕 翟永明：《內心的個人宗教》，《星星》2002 年第 7 期。

〔註89〕 1988 年翟永明寫了《女性詩歌與詩歌中的女性意識》，1995 年她又寫了《再談黑夜意識與女性詩歌》，文中一再強調女性意識問題。不過，她覺得這種詩歌中的「女性意識」，是性別意識與藝術品質的結合。

怎樣的喧囂堆積成我的身體

無法安慰，感到有某種物體將形成

夢中的牆壁發黑

使你看見三角形泛濫的影子

全身每個毛孔都張開

不可捉摸的意義

星星在夜空毫無人性地閃耀

而你的眼睛裝滿

來自遠古的悲哀和快意

帶著心滿意足的創痛

你優美的注視中，有著惡魔的力量

使這一刻，成為無法抹掉的記憶

這是《女人》組詩中的一首。詩中的獨白性十分明顯，喃喃自語中莫不是在作自我心靈的撫摸。1985 年寫的《靜安莊》語言則更為成熟，不過沒有超出《女人》的路向。1989 年後她旅居美國兩年，1992 年回國後，相繼寫出了《咖啡館之歌》《鄉村茶館》等一系列詩作。「此間，她詩風一變，激越沉鬱的內心獨白被冷靜反諷的世情觀察所更替，緊張敏感的口吻也為克制沉靜的語調所取代。」〔註90〕

最終，翟永明還是承認了她創作觀念的變化，她自己也分析了其中的原因。除了中國國內發生了政局的變化外，她還指出：「我的旅美經歷使我考慮問題的方式發生了變化，我後來的寫作傾向於敘述性和分析性，也跟我在美國的生活有關。」〔註 91〕《咖啡館之歌》一開篇便交代時間、地點和場景，然後拼貼了咖啡館裏不同的角落所寓指的含義，最終詩人明白自己「外鄉人」的身份。「憂鬱纏綿的咖啡館／在第五大道／轉角的街頭路燈下／小小的鐵門」。如此詩句一改 80 年代她詩歌中的纖柔女性意識成分，採取的卻是戲劇加小說的敘事策略，這確實令詩歌的客觀性與批判色彩隨之增強。

〔註90〕 周瓚：《簡評翟永明詩歌寫作的三個階段》，《星星》2002 年第 7 期。

〔註91〕 參見張曉紅與翟永明的訪談文章《走進翟永明的詩歌世界（2002 年 9 月 10 日）》。張曉紅：《互文視野中的女性詩歌》，廣西師範大學出版社 2008 年版，第 273 頁。

　　綜上所述，雖然不夠全面，但從以上幾個詩歌「主流」的轉化中，我們大體上可以證實詩歌在進入 20 世紀 90 年代以來觀念的明顯轉折。這種變化不是某個詩人的喜好所帶來的，它有著時代因素的必然性。同時，這也爲我們研究 90 年代的轉折與詩歌觀念的變異提供了足夠的信心。

第四節　20 世紀 90 年代詩歌觀念的主要流向與形態

　　客觀地說，如果沒有 20 世紀 80 年代的雜語狂歡打下了詩歌的基礎，可能就沒有 90 年代多元格局的產生；如果沒有 1989 年的風雲突變，就不會有 90 年代沉潛之後的湧動。80 年代爲 90 年代的詩歌打下了良好的基礎，1989 年起到了扳道工的作用，90 年代詩歌在改變了一定方向後在 80 年代的多軌上繼續延伸與拓展，沿途又出現了許多新的風景，如此定位三者的關係應該是公允的。

　　宏觀考察 20 世紀 90 年代詩歌觀念的主要流向與既有形態有一定的難度，但至少可以勾勒出大致輪廓。以回望的姿態來看，即或「知識分子寫作」與「民間寫作」是兩個虛設的概念，但其作爲主要的詩歌觀念流向與形態的存在和分歧，在整個 90 年代的確是有跡可循的。只是它們之間又生發出一些旁門分支，需要我們去做具體的考察。這還不包括一些帶有過渡性質的或短期存在的觀念。

　　我們可以從海子之後的新鄉土詩談起。新鄉土詩無疑是繼海子之後與大地最爲接近的，並且可以與之相聯繫來談論的一種觀念流向。海子打破了楊煉式文化史詩的框架而走入另一種「大詩」風範，那就是「對家園或精神之父的追尋以至再造」。〔註92〕集中了麥地、草原、太陽、天堂等諸多與鄉土相關的意象。海子以及與他同爲一脈的駱一禾、戈麥的死，又推動了海子詩歌的神話色彩。加之 1989 年的風波，使人們共同暗啞無聲而走向某種逃避。其結果導致了 90 年代初回望家園式的詩歌以一種新古典主義的姿態驟然興起。隨著伊沙的出現，這種回望家園式的新鄉土詩又悄然回到古典之中去。

　　伊沙 1990 年的《餓死詩人》與 1991 年的《結結巴巴》以一種後現代口語的方式進入 90 年代詩歌。它惡作劇式的反諷風格，僅一次出擊就徹底沖散了周圍籠罩著的貌似古典的泥土氣息。同時也打歪了 80 年代以來精英們的寫

〔註92〕燎原：《從「麥地」向著太陽飛翔》，《星星》1998 年第 10 期。

作姿態，無論是對於文化詩寫作者，還是反文化詩寫作者，均是如此。要說繼承，倒是有韓東《有關大雁塔》的些許遺風，又可從80年代中期如「莽漢」一類粗鄙化風格中見其蹤影。但其姿態之激進，言辭之犀利，韓東又遠莫能及。伊沙的觀念特立獨行，貫穿90年代，幾成一種常態而存在。直至新世紀初，令人驚詫的沈浩波「下半身」詩觀的出現，伊沙才算找到一個更見超出的傳人。如果說80年代的現代主義是精英的，那麼在90年代影響頗大的伊沙則是民間的。

　　差不多與伊沙同期的1990年至1991年，汪國眞通俗詩歌成為熱門話題。汪國眞詩歌中只有愛情與友誼，愉悅、癡狂、逃避、安逸、自戀，等等，這些東西充斥於詩行中，吸引了大批青少年與女性的眼球。他與臺灣詩人席慕容一道成為當時中國大陸狂熱消費的對象。他的觀念迎合了90年代初中國轉型開始時大眾文化的消費口味，「汪國眞的成功實在是歷史的誤會，它只昭示了意志衰弱和精神退化的潛在的特徵。」〔註93〕

　　經歷了幾年的沈寂，具有知識分子性的詩人在1989年的陣痛之後，漸顯崢嶸。繼1987年西川、陳東東首提「知識分子寫作」精神之後，1993年歐陽江河寫出《1989年後國內詩歌寫作：本土氣質、中年特徵與知識分子寫作》長文。這是「知識分子寫作」詩歌觀念在90年代正式崛起的標誌。在此之前，以民刊《反對》《傾向》《南方詩志》為這一觀念墊底；在此之後，西川、陳東東、王家新、唐曉渡、程光煒、臧棣、西渡、孫文波、姜濤等一大批「知識分子寫作」代表詩人與批評家進行不同層次的闡釋與拓展延伸，使之成為90年代中期之前最見特色的主流詩歌觀念。《詩探索》1996年第1期上發表王家新的《夜鶯在它自己的時代——關於當代詩學》和程光煒的《誤讀的時代》。這兩篇文章力圖確立「知識分子寫作」在90年代的主流地位並強調秩序的建構，帶有詩壇總結的意味。特別是王家新在文中顯露出對「口語詩」的質疑，這助推了「民間寫作」一方的對抗心理。

　　口語詩從80年代走來，也曾風光一時。于堅90年代初《0檔案》發表，伊沙也以後現代口語詩一鳴驚人，這充分顯示了口語詩的活力。對於「知識分子寫作」一方的微詞，「民間寫作」自然不甘人後，也正是從這時期開始，「民間寫作」一方風聲水起起來，面對「知識分子寫作」的自鳴得意不由得心生積怨。無奈對方暫時得理得勢，而且幾乎資源盡占而奈何不得，只有暫

〔註93〕魏義民：《「汪國眞熱」實在是歷史的誤會》，《詩歌報月刊》1991年第7期。

且忍氣吞聲。「知識分子寫作」後來越來越圈子化、專業化、知識化、學院化、玄學化甚至是西化的傾向，逐漸偏離了初期的知識分子的精神性追求，這幾成其軟肋。90 年代中期之後，1989 年的緊張氣氛逐漸消逝，隨著市場經濟改革的不斷深入，中國的經濟地位與政治地位不斷上升，文人與政治的緊張關係自然得以鬆懈，民族主義與本土意識不斷增強。這為「民間寫作」一方提供了良機並找到討伐對手的對策。由此，90 年代中期後兩種詩歌觀念的矛盾不斷深化，以致在「盤峰會議」上最後攤牌肉搏。

在 20 世紀 90 年代的整個過程中，其他詩歌觀念與形態也時而冒現並形成一定的影響。其中包括「非非」在內的眾多形形色色的民刊所提出的詩學主張，昌耀、周濤等主張的新邊塞詩，充滿地域色彩的燕趙詩風、東北的黑土詩、南方特區的打工詩，等等，不一而足。它們都以詩的名義作為一種形態而存在，他們都堅持自己的詩學觀念，形成 90 年代十分繁複的詩歌觀念大雜燴。一個值得注意的現象是，90 年代以來，隨著國際互聯網的逐步普及，媒體發生了革命性的變化，隨之網絡詩歌以一種嶄新的姿態出現。網絡詩歌的雜語性、狂歡性、隱身性、面具性，一覽無餘，其傳播速度之快令人驚訝，其產量之高可用天文數字來形容。這一切大大改變了現代人的詩歌觀念。至少，詩歌再也不是神聖的東西，任何人只需要一點詩歌常識都可一展身手，再也不愁發表渠道而去迎合任何主流的要挾。網絡詩歌的出現，可能是 90 年代詩歌現場最大的改變之一。這在全人類的詩歌史上，都有可能是掀開了開天闢地的一頁。其對詩歌的意義與影響之大，我們至今都無法對其進行準確評估，這將是一個漫長的思考過程，而且還要看這個過程中可能出現的每個階段性的結果。

從以上所謂的多元格局中，我們能夠感受到 90 年代詩歌觀念的大致流向與形態。雖然各自不同而顯複雜，我們仍然可以看出其中一些共同性的觀念流向。第一，從 80 年代中期盛行的「非歷史化」傾向轉變到 90 年代的「歷史化」傾向。它體現在對現實的介入姿態上，也體現在對日常的不同理解與表述上，充分表現出一種及物性。這同時顯現在「知識分子寫作」與「民間寫作」兩種觀念中，只是程度不同與階段不同。第二，在大眾文化與精英文化的掙扎中，一邊是甘心「獻給無限的少數人」，一邊又擔心詩歌日益邊緣化、沒落的危機，這體現在任何一種詩歌觀念中。第三，都有規範意識，都有權力意識，都堅持自己的觀念而生發建立秩序的願望。由此而來的是，整個 90

年代，詩歌的圈子化嚴重，無論是民刊、流派，還是網站，都體現出某種江湖性。這當然顯示了在詩歌日益邊緣化過程中，能使各自的詩歌進入文學史的強烈意願。這是歷次詩歌論爭的心理機制。第四，共同擁護「個人寫作」的合法性。認為詩歌擺脫了政治的附庸地位，自由主義創作似乎已到來，同時也免不了寫作落寞的心境。

　　不管90年代的詩歌觀念如何複雜，由於時代語境與時代發展的變化，詩歌本身也隨之發生了變化。一個不可否認的事實就是，本同為「知識分子」寫作中的一根「肋骨」的「民間寫作」終於從「知識分子寫作」中分化了出來，並形成與之對壘的陣勢。

第二章　20 世紀 90 年代以來詩歌觀念的流變

　　本章實際上是一個時間模型的問題，它與第一章構成呼應與補充的關係。前章是一個總體觀念格局的論述，本章是對具體歷史時期的詩歌觀念流變的論述，二者之間存在部分交叉關係。但本章強調歷史分期的流變過程，並且還涉及「盤峰論爭」之後多元走向的大體格局。討論 20 世紀 90 年代詩歌觀念的整體格局是全面性的認識，然而只有將這些觀念放置到具體歷史時期中進行具體化考察，闡釋產生這種流變的歷史與現實原因，並且突出其流變的過程，這樣才能體悟出歷史的階段性與曲折性。

　　美國學者丹尼爾·貝爾曾經提到「文化話語的斷裂」的問題，這似乎很切合中國從 1989 年後到 90 年代這個時段的實情。他在《資本主義文化矛盾》一書中說：「文化和社會結構的斷裂產生了普遍的、社會難以應付（個人也是同樣）的緊張關係」。這種「緊張關係」其實分別出現於中國 80 年代初期、末期與 90 年代初期的幾個歷史時段。他認為，面對這種情況，將會出現一個關鍵性問題：「現代社會中文化本身的聚合力問題，以及文化（而不是宗教）能否提供一個廣泛的或超驗的終極意義，甚或日常生活的滿足。」這在中國 90 年代初期的詩歌界表現得十分明顯。在「知識分子寫作」觀念還沒有正式確立之前，這種「聚合力」就沒有形成。反而是，「低俗文化的蔓延大有顛覆嚴肅文化之勢；而暢言無忌的亞文化向社會各重要階層提供了種種自我中心的模式。」這正可以用來解釋為何諸如「汪國真詩歌現象」在當時流行的原因，還有後來的網絡詩歌惡搞現象。不過，當我們來考察中國 90 年代詩歌的時候，尤其是

仕思考剛剛開始時的那種斷裂、消沉與再生長，以及後來的發展與分化的整個過程的時候，如果從詩歌本身出發，我們會十分贊同丹尼爾‧貝爾另外擔憂的一個問題：「潛在問題不是這些顯見的社會學發展，而正是讓現有文化失去內聚力的話語——即語言，以及語言表達經驗的能力——的斷裂。」〔註 1〕借鑒他的這些分析來考察 90 年代以來詩歌的歷史，將會大有裨益。

第一節　斷裂、消沉與再生長的初期

　　20 世紀 90 年代初期的詩歌經歷了一個斷裂、消沉與再生長的時期。但是，我們又可以把 90 年代初期看作是一個凝聚點，因為它並不是一個很精確的，界限十分明顯的年代劃分。它的模糊性體現在一個「知識分子寫作」意識不斷增強的過程之中。由於 1989 年後詩歌精神的集體喑啞，相對而言，詩歌從 1989 年到 90 年代初出現了某種真空的局面。隨著時代語境的逐漸好轉，詩歌中的知識分子性又逐漸復蘇，以致此時期不同的詩歌觀念能夠體現出某種共同的特徵而不至於產生明顯的分化表徵。或者可以說，真正具有知識分子性的不同詩歌觀念，在此一時期都暗中共同面向時代而醞釀抗爭的酵母，而在詩歌內部則表現出暫時的面向不同分歧的妥協。這就為 90 年代初期詩歌的再生長提供了一個以供孕育的溫床，各自觀念的順利滋生和生長，也就為後來的分化打下基礎與提供了某種可能。

　　總的來說，20 世紀 80 年代的詩歌受制於主流、專業的批評家，還有官方文壇話語，詩人的觀念往往體現在自身的創作中。不過，80 年代中期以來，隨著第三代詩人的出現與自由主義思潮的初興，自我表達觀念的欲望漸趨強烈，「'86 現代詩群體大展」就是最直接的體現。詩派林立，自然各自的觀念需要得到充分、適時的表達。比如「非非主義」「莽漢主義」，等等。眾所周知，1989 年出現了中國社會思潮的大斷裂，詩歌界也是如此。思想的斷裂，讓詩歌界也突然沈寂起來，從而進入一個相對的消沉期。

　　在經歷了短暫的停歇後，90 年代初詩人在沉痛之餘難以隱抑思想的噴發，他們不滿明顯滯後的詩歌批評現狀，又鑒於先鋒詩歌存在一定的不可解性，終於忍不住自己跳出來說話。這就形成了 90 年代詩歌的一道獨特風景，

〔註 1〕 本段引文均出自〔美〕丹尼爾‧貝爾：《資本主義文化矛盾》，嚴蓓雯譯，江蘇人民出版社 2007 年版，第 89～90 頁。

而且給整個 90 年代詩歌觀念的發展以及後來發生分化的趨向帶來了重大的影響。詩人自己說出來的話，將會更有分量，而且是直接從詩歌內部傳出來的聲音，與外界的批評相較，詩人的觀念及其自覺將之運用到寫作中，這對詩壇造成的衝擊將會更大。

細作考察，我們會發現從 1989 年到 90 年代初期的幾年間，詩歌觀念的流變還是相當明顯的。它既表現在具體創作現象上，也表現在新的詩歌觀念的命名上，還表現在對詩歌本身合法性與新詩源頭合理性的探究上，這種「懷疑」或「質疑」的觀念貫穿了 90 年代的始終，並以不同論爭的形式表現出來，甚至還引發了新世紀後關於新詩標準與傳統的討論。這也就是說，90 年代前期的詩歌觀念一開始就是複雜的，但是這種複雜之中又有突出的亮點，即「知識分子寫作」觀念的凸顯。下面我們將從三個方面來考察 90 年代初期詩歌觀念的流變，最後以「知識分子寫作」觀念的凸顯作結。

第一，具體創作現象所表現出來的觀念流變。

　　家園啊

　　游子從遠方踉蹌回來了

　　能否修復他本來面目

　　——節選自曹宇翔：《家園》（1989 年《星星》新詩大獎賽獲獎詩作）

自海子 1989 年臥軌自殺後，他的「太陽」便在中國出現暫時沈寂後照亮了「五月的麥地」。海子突然讓中國詩歌在經歷第三代詩歌後現代式的喧鬧與「89 年」的震驚後覺得以前有些東西不好玩了。於是在詩歌旅途中走得有點「遠」的「游子」們突然想到了「家園」與「泥土」。海子的悲劇與現實的悲劇合二為一成為突降而來的詩歌語境，懷念海子與疲憊之後的回鄉就成為不少詩人的姿態。「每一個接近他的人，每一個誦讀過他的詩篇的人，都能從他身上嗅到四季的輪轉、風吹的方向和麥子的成長。泥土的光明與黑暗，溫情與嚴酷化作他生命的本質，化作他出類拔萃、簡約、流暢又鏗鏘的詩歌語言，彷彿沉默的大地為了說話而一把抓住了他，把他變成了大地的嗓子，哦，中國廣大貧瘠的鄉村有福了！」〔註2〕這種觀念在先鋒詩歌暫時缺陣之際，一時成為流行的趨勢而左右了詩壇。於是，新鄉土詩成為被廣泛關注的焦點。

從 1989 年開始到 1991 年，包括主流詩刊《詩刊》《星星》《詩歌報月刊》

〔註 2〕西川：《懷念（代序二）》，《海子詩全集》，西川編，作家出版社 2009 年版，
　　　　第 11 頁。

在內的諸多刊物大量發表新鄉土詩並配發評論與討論文章，一時蔚爲壯觀。此時的新鄉土詩儼然成爲中國詩歌的主流，並形成北京詩人群、四川詩人群、上海詩人群、南京詩人群，尤見突出甚至是後來者居上的是安徽詩人群，代表詩人有陳先發、沈天鴻、羅巴、藍角、祝鳳鳴，等等。甚至有人在後來如此概括這股潮流：「至此，我們已經看到了新時期以來，中國現代主義詩歌從北島等人的現代懷疑精神，到東方古典主義形而上的哲學體認和技術迷戀，再到第三代詩歌令人眼花繚亂的高空雜耍，以及經典性寫作的文本建構等等之後，由對歐美現代哲學詩藝的浸染，再到中國鄉土立場的回歸，這樣一個完整的藝術流程。」〔註3〕有論者把這種觀念與寫作潮流說成是「游子」意識在起作用，並對其定性：「新鄉土詩既不同於現代派的詩，又不同於舊鄉土詩，但其創作隊伍卻是來自現代派詩人與鄉土詩人，是一部分現代派詩人空間化（或曰鄉土化）與一部分鄉土詩人時間化（或曰現代化）的結果，由此兩部分集合而成。這也反映了在中西文化撞擊中必然發生的詩歌流派之間互融合流的趨向。」〔註4〕這種分析很是精當，也有相當的說服力。但是，這種過於冷靜與無關痛癢的分析忽略了一個時代與政治的深層內因，即詩人們在 80 年代無限高漲的抒情氛圍中被突然打斷後的那一份悲情與無奈感。如此之下，充滿挫折感的詩人們才突然掉頭，轉向某種原鄉意義上的土地、家園，以尋求一種受傷後的心靈安慰與精神的暫時避難。究其實，新鄉土詩的流行其原因很明顯是 80 年代的啓蒙主義突然中斷而導致的一種原鄉悲情，加上現實的壓力導致詩人去尋找土地以求棲身。

新鄉土詩的盛行，並不等於其他觀念的消失。其他觀念只是處於一種潮漲潮落的狀態，有時休眠，有時冒現。它們之間有可能平行前行，有時也會交叉與碰撞。這種狀態我們從西川、陳東東在 1987 年就提出「知識分子寫作」觀念並在 90 年代初逐漸發展、汪國眞的市民通俗詩、于堅的《0 檔案》寫作、伊沙後口語詩觀的出現等等現象中來得到求證。一般認爲，除了「汪國眞詩歌現象」是一場「歷史的誤會」之外，其他詩歌觀念的潮流都存在一定的合理性，對詩歌的發展來說都有可能產生一定的積極影響。

詩人從純粹寫詩到跳出來搞評論，也即除寫詩外還對自己、詩歌本身、時代發出個人的聲音，這似乎已隱含了某種徵兆。那就是從 80 年代的感性向

〔註3〕燎原：《重返「家園」與新古典主義》，《星星》1998 年第 11 期。
〔註4〕袁忠岳：《現代「游子」的夢幻──也談新鄉土詩》，《星星》1992 年 9 月號。

90 年代的知性過渡，其他的說法還有，從集體寫作到個人寫作轉變，從抒情向敘事轉變，等等。只是詩人們的智慧抒發得有一個契機，這個契機卻恰好與中國的政治環境有關。在這個契機之後，中國的詩歌界果然有了一些改觀，此契機如同「驚蟄」，讓詩歌慢慢從幾年的冬眠中蘇醒。不過，詩人們蘇醒後發現這個世界與幾年前的世界竟然是如此的不同，他們不再是社會思想文化醒目的標誌，他們在社會急劇轉型的大浪潮中也見證了文化轉型的事實。

1992 年初，鄧小平先後到武昌、深圳、珠海、上海等地視察，並發表了系列重要講話——「南巡講話」。針對 1989 年後社會中普遍存在的疑慮，鄧小平重申深化改革並總結了之前十多年改革開放的「經驗教訓」，終於認定「發展才是硬道理」。〔註 5〕全面發展市場經濟並深化政治體制改革成為中國既定的方向，這就為一時「噤若寒蟬」的中國思想界突然鬆了綁。這個歷史事件成為 90 年代真正的開端，也可視作 90 年代詩歌在初期的歷史背景之一。1993 年開始的「人文精神大討論」也正是在這一歷史背景下展開的，這一討論是 1992 年後中國整個思想界、文化界、文學界開始鬆動的序幕。而事實上，從 1992 年開始，中國詩歌界也開始呈現出不同的面貌，「知識分子寫作」觀念也在 1993 年被正式提出與闡釋。

綜觀這個階段在詩歌創作中體現出來的不同觀念，除了新鄉土詩、汪國真詩、于堅詩、伊沙詩之外，更見突出的還是「知識分子寫作」代表詩人們的詩。關於這些詩歌現象，在其他章節中會有進一步論述，在此不再細說。值得注意的是，只是在這一轉型期中的 90 年代初期，重要詩歌觀念的提出與促延，與民刊關係甚大。這些民刊有《傾向》《九十年代》《反對》《現代漢詩》《南方詩志》，等等。許多貫穿整個 90 年代的詩歌觀念，比如「知識分子寫作」「知識分子精神」「個人寫作」「中年寫作」「日常性」「敘事」「及物」「綜合」，等等，都由這些民刊提出、倡導、闡釋並最終得到發展。而且不僅表現詩歌創作中，更重要的是直接進行理論上的命名和探索。

第二，新的詩歌觀念的命名。

早在 1987 年 8 月，陳東東、西川在第七屆「青春詩會」上就提出「知識分子寫作」的概念，但並沒有具體地闡釋。1993 年，西川在《答鮑夏蘭、魯索四問》一文中明確提出並解釋「知識分子寫作」這一概念，而真正對「知

〔註 5〕 參見鄧小平：《在武昌、深圳、珠海、上海等地的談話要點》（1992 年 1 月 18 日～2 月 21 日），《鄧小平文選》（第 3 卷），人民出版社 1994 年版，第 377 頁。

識分子寫作」作出全面綜合解釋的是歐陽江河，他於同年寫出長文《1989 年後國內詩歌寫作：本土氣質、中年特徵和知識分子身份》。這是 90 年代初期一篇極為重要的詩學文章，他一口氣提出幾個命題與概念並進行了深入論述：90 年代從 89 年開始、本土性、中年寫作、知識分子寫作、個人寫作。其綜合性是同時期其他任何詩學論文都無法相比的，他文中的每個概念都成為整個 90 年代不斷被闡釋的對象，而且不斷得到延伸發展，從而我們可以將之稱為 90 年代詩歌觀念最早的集合。

其實歐陽江河文中的概念大多不是由他第一個提出，比如：「知識分子寫作」是由陳東東、西川在 1987 年「青春詩會」上提出；「中年寫作」由蕭開愚 1989 年夏在《大河》上一篇題為《抑制、減速、開闊的中年》的文章中提出。但是，他是第一個對這些重要的概念進行綜合論述的詩人。這種意義在於顯示了 90 年代初期詩人對詩歌觀念高度的自覺性，從而加深了對詩人自身和對 1989 年至 90 年代初期中國詩歌的認識，深刻顯示了 90 年代詩人觀念中理性的上升，開闢了詩人在 90 年代初不僅介入現實還介入詩學理論的先河。歐陽江河文中的「個人寫作」概念作為一種觀念，成為了 90 年代以來最為統攝性的一個概念。有論者指出，此文「把『知識分子寫作』、『中年寫作』以及『個人寫作』這三個詩學範疇有意無意地混淆起來。事實上，歐陽江河的模糊表述反而明確地指出了這三者之間彼此疊合、糾葛不清的關聯。」〔註6〕這與其說是指出歐文的不足，還不如說成是其文的特點。

1992 年《非非》復刊號上唯一的理論與頭條文章就是周倫祐的《紅色寫作》。這可能是最早的一篇涉及到詩歌要介入現實，反對高蹈的詩學文章。「紅色寫作」概念的提出，是 90 年代初期詩歌觀念的一個重要收穫，它可能牽引了 90 年代詩歌觀念中的介入現實、歷史化、敘事性等一系列觀念的浮現。該文副標題為：1992 藝術憲章或非閒適詩歌原則。文章開篇即指出，「中國現代詩剛剛經歷了一個白色寫作時期」，文中依次明確提出反對「白色寫作」，拒絕「閒適」「逃避」，提倡「口語化」「介入現實」，重視「日常生活經驗」，等等。

周倫祐的觀念可以作為另一層面的代表，與歐陽江河的文章構成一種天然互補與相互響應的關係。如果歐陽江河代表「知識分子寫作」一方，那麼

〔註 6〕 譚五昌：《20 世紀 90 年代「個人寫作」詩學探析》，《文藝爭鳴》2009 年第 4期。

周倫祐則完全可以代表「民間寫作」一方。他們之間並不存在明顯分化的跡象。他們的觀念共同指向 80 年代的詩歌歷史，共同指向了 1989 年以來的詩歌現場，共同引領了詩歌今後的方向。可以說，他們的觀念都是個人性的，都是充滿「知識分子性」的，這其中分化的成分併不多，甚至沒有。

　　當然，90 年代初期的觀念命名還包括伊沙的「餓死詩人」的隱喻，于堅的「拒絕隱喻」。關於他們的詩歌觀念在後面章節中有較爲詳盡的論述，在此不多言及。

　　第三，懷疑、質疑與危機論──90 年代初期詩歌觀念的「不和諧音」。

　　1993 年《文學評論》第 3 期頭條發表鄭敏三萬字長文《世紀末的回顧：漢語語言變革與中國新詩創作》，對近一個世紀的語言變革及其與新詩創作的關係進行了思辨。該文迅即引發關於「文化激進主義」與「文化保守主義」的論爭。《文學評論》先後發表了一系列文章，包括：范欽林的《如何評價「五四」白話文運動──與鄭敏先生商榷》（1994 年第 2 期）、鄭敏的《關於〈如何評價『五四』白話文運動〉商榷之商榷》（1994 年第 2 期）、張頤武的《重估「現代性」與漢語書面語的論爭──一個九十年代文學的新命題》（1994 年第 4 期）、許明的《文化激進主義歷史維度──從鄭敏、范欽林的爭論說開去》（1994 年第 4 期）、沈風、志忠的《跨世紀之交：文學的困惑與選擇》（1994 年第 6 期）。這次論爭，歷時一年半才平息。

　　老詩人鄭敏的質疑詩觀，掀起了整個 90 年代對新詩質疑與新詩危機論的浪潮。不時冒出的危機論使詩界不免產生一種動搖心態，這在客觀上一方面促使詩歌界對新詩的歷史再作一次全面的回顧與反思，另一方面又不利於樹立新詩發展的信心。1995 年由周濤的《新詩十三問》引發的論爭，把新詩的危機論推向高潮。其與詩歌創作與詩學理論的建設沒有很大關聯，卻產生了巨大影響。儘管如此，它並沒影響 20 世紀 90 年代詩歌觀念流變的全局，它最終只是其中的一個不和諧音。

第二節　發育、形成與分化的中後期

　　源頭可以追溯到 80 年代中期的一些詩歌觀念，在進入 90 年代後發生轉變並得到很好的發育、延伸與發展，並最終成為 90 年代的主導，比如「知識分子寫作」與「民間寫作」。在 80 年代詩歌創作是主流，並且在一定程度上引導觀念的誕生；而 90 年代的情況發生了變化，在很多情況下，多元格局的

詩歌成為詩歌界的現實而存在，並且反過來決定詩歌寫作的流向。上節提到的一些觀念有些剛剛誕生則走向消亡，比如新鄉土詩和「汪國眞詩歌現象」；有些概念出現後則顯示出相當的活力，很快成熟，比如「知識分子寫作」觀念；有的觀念在時代語境的變化之下產生，而且與其他觀念形成對立的情形，比如「民間寫作」；有的觀念則蘊含於其他的不同觀念之中，與它們具有相當的公約性，或雖然更偏向於某種觀念卻又被其他觀念認可並使用，比如敘事性、日常性、及物性、介入、歷史化、口語化，等等，它們幾乎貫穿了整個90 年代並能體現出不同時期的特徵。以上這些，都可以放在 90 年代中後期中國詩歌觀念的發展歷程中來考察，並且大致出現一個從發育、形成到分化的過程。

上文提到的「過程」大致有兩種驅動力：一種來自詩人尋求自我超越而產生焦慮感的內驅力，一種來自外界變化所導致的時代語境變化而產生的外驅力。相對於 90 年代初期來說，90 年代中後期這兩種驅動力表現得尤為明顯。內驅力方面，于堅 1994 年的一席話相當有代表性。他說：「寫作是一種非常孤獨的活計，與語言搏鬥是人類最壯麗的事業。我早年寫作，一揮而就的時候多，自以為才華橫溢，其實往往落入總體話語的陷阱。我現在寫詩，有時一首詩改寫多達十幾遍，我是在不斷謄抄改動的過程中，才逐漸把握住一個詞最合適的位置。去年我寫作《0 檔案》，這首長詩是我寫作經歷中最痛苦的經歷，在現存的語言秩序與我創造的『說法』之間，我陷入巨大的矛盾，我常體驗到在龐大的總體話語包圍中無法突圍的絕望，……」。〔註7〕「《0 檔案》」「總體話語」和「絕望」等一類的詞語，充分體現了 90 年代初期于堅觀念轉變痛苦蛻變的過程。對於詩人的這種焦慮感，其實普遍反映在古今中外的詩人身上，可以說是「影響的焦慮」的直接後果。只是在中國的 1989 年後至 90 年代中期的這個過程中尤其特殊，所以他的這種焦慮感也就凸顯出更為獨特的意義。他的這種焦慮感其實也體現在其他詩人的身上，在 90 年代初期尤為普遍。但是中國社會在向世紀末推進的過程中，社會、經濟環境出現了極大的變化，詩人內部的觀念也隨之發生了變化，正是這種變化最後導致了詩歌觀念的分化，甚至是世紀末的衝突。

外驅力不僅促使那個時代整體的詩歌觀念發生了變化，出現了很多新的

〔註 7〕于堅：《詩人于堅自述》，《作家》1994 年第 2 期。

特徵，也快速推動了詩人內部的分化。90 年代初屬於「知識分子寫作」的詩人們在經歷了精神的涅槃後，在詩歌上確實有不少的建樹，而且迅速成為詩壇的掌控者。90 年代中期，隨著市場經濟的進一步衝擊，社會迅速進入晚報文化與銀行利息的時代，於是啟蒙主義自我瓦解，在這種背景之下，社會整體的文化結構進行了一次大洗牌。在這個短暫的過程中，屬於「知識分子寫作」詩人們的身份發生了或明或暗的變化。1989 年後至 90 年代初期，他們與80 年代初期的朦朧詩詩人們的處境基本一致，也就是他們與時代、政治之間保持著緊張的關係。換句話說，正是詩人們與時代、政治的緊張關係才造就了一代朦朧詩人與「知識分子寫作」詩人。朦朧詩人被第三代詩人「PASS」，並不是他們與時代的關係緩和了，而是主要由於後現代思潮的開始興起、影響的焦慮與詩歌命名的狂歡等一些因素所導致。而 90 年代中期「知識分子寫作」開始失效，則是因為他們與時代、政治的緊張關係消失了，而且大多數成為市場經濟語境下的既得利益獲得者。有的詩人走出國門，在國外討到不少好處，拿到大筆外幣，求得職位，並且可以在國外安居，只是他們仍捨不得國內的資源與成名記憶，從而穿梭往來於國外與國內之間，有了海外歸來的光環，從而成為「國際詩人」。有的詩人以前期的詩學評論作為基礎進入學院，從一個詩人搖身一變而成為學院派詩人兼學者，從而擁有詩壇話語權與撰寫文學史的特權，儼然成為官方與主流的代言人。還有一種情況也隨之出現：90 年代中期開始，「知識分子寫作」的詩人開始了他們詩歌經典化的進程，文學史的編寫，權威詩歌選本的編選，對為數不多的詩人的集中、跟蹤式研究，等等，似乎詩歌也處於一個注重商品品牌的年代。如此一來，「知識分子寫作」詩人的身份發生了根本性的變化，他們的寫作也逐漸中產階級化，體現在詩歌文本中的就是批判性減弱，職業性增強，悲劇意識淡化，表現自戀的、自我的、內心放大諸如此類觀念傾向的增強。以上原因導致了「知識分子寫作」日益圈子化和失去親和力。

與此同時，以口語詩、平民化傾向明顯的「民間寫作」越來越反感「知識分子寫作」的做派。「民間寫作」的知識分子性在不斷上升。隨著「知識分子寫作」精神的逐步退隱，中國的經濟與國力也日益增強，國際地位穩步上升。「民間寫作」觀念適時的上升趨勢，也就更符合本土化與民族主義在社會變化中的需求，從而使「民間寫作」觀念不僅從 90 年代初期的「知識分子性」當中剝離，而且也加快了與「知識分子寫作」觀念分化的速度。

　　下面粗略談談 90 年代中後期最主要詩歌觀念發育、形成與分化的具體表現。

　　關於「知識分子寫作」觀念。「知識分子寫作」觀念從最初提出到再次提出與確立，其中有著很清晰的線索，這與西川、陳東東、歐陽江河三人有著直接的聯繫。只是它再到不斷深化、不同闡釋甚至發生偏移的過程，則顯得有些含糊與混亂，這個時期正是 90 年代中期及以後。大多數「知識分子寫作」的詩人與詩評家都有各自的闡釋。比如程光煒的《詩歌的當下境況與個人化寫作》（1995）、《九十年代詩歌：另一意義的命名》（1997）、《不知所終的旅行——九十年代詩歌綜論》（1997）、《我以爲的 90 年代詩歌》（1998），等等。又比如王家新的《夜鶯在它自己的時代——關於當代詩學》（1996）、《從煉金術到化學：當代詩學的話語轉型問題》（1996）、《對話：在詩與歷史之間》（1996）、《闡釋之外——當代詩學的一種話語分析》（1997），等等。再比如西川的《詩歌煉金術》（1994）、《關於詩學中的九個問題》（1995）、《生存處境與寫作處境》（1997）、《90 年代與我》（1997），等等。以上幾個人的例子就已能說明問題。到「盤峰論爭」發生後，則掀起對其進行全面闡釋的高峰，之後則漸趨平靜，不斷弱化，以至少有人提及。不過，從以上詩學文章發表的時間來看，大多集中在 1995 年之後，這個時間段說明了一個問題，那就是「知識分子寫作」在 90 年代中期後加速了自己的命名。過盈而虧，也正是在這個時候，與他們對立的「民間寫作」也開始加速了針鋒相對的命名與闡釋，從而加速了 90 年代詩歌觀念內部分化的進程。

　　關於「民間寫作」的觀念。一般認爲，這是一種「平民化」的詩歌觀念。從 80 年代中期的第三代詩歌對朦朧詩的反動來看，就已呈現出平民化與貴族化的分化傾向。如果說朦朧詩是現代的、貴族的，那麼第三代詩歌則貌似後現代的、平民的。儘管 90 年代的語境已大不同於 80 年代，但對比 90 年代「知識分子寫作」（貴族化）與「民間寫作」（平民化）兩種傾向的分化情形，歷史卻顯示出驚人的相似性。只是不同的是，80 年代是群體性的，而 90 年代則相對個人化。相對於「知識分子寫作」一方的言辭確鑿，概念明確而清晰，「民間寫作」觀念的正式形成卻是在世紀末的那場論爭之後。但這並不等於說之前它就不存在，只是「民間寫作」觀念呈現一種分散狀態，而且命名也沒那麼集中和統一。對「民間寫作」觀念的闡釋，論爭發生之前的代表人物當推周倫祐和于堅。周倫祐的代表文章有《紅色寫作》（1992）、《當代詩歌：跨越

年代的言說》（1993）、《拒絕的姿態》（1993），當然他的闡釋只是站在民間的
立場上而進行「非非主義」的言說，並不是嚴格意義上的「民間寫作」觀念
的直接闡述，而且他的文章都是發表於90年代初期。能夠代表直接與「知識
分子寫作」觀念對抗，並且其言論發表在論爭發生之前的主要有于堅、沈奇、
謝有順等人。于堅自1982年就開始記錄他詩學觀念的隨感，將之集中於《棕
皮手記》並不斷發表，他平民化、口語化的「民間寫作」立場的觀點幾乎從
中可以全部找到。他的其他主要文章有：《詩人于堅自述》（1994）、《傳統、
隱喻與其他》（1995）、《從「隱喻」後退───一種作爲方法的詩歌之我見》
（1997）、《穿越漢語的詩歌之光》（1998）、《詩歌之舌的硬與軟──關於當代
詩歌的兩類語言向度》（1998），等等。于堅一系列的詩學主張，加上韓東80
年代即已提出的「詩到語言爲止」以及周倫祐90年代初期的理論，還有廣大
民刊所提供的觀念的助陣，大眾文化與網絡文化的背景烘托，這一切實際上
都爲「民間寫作」概念的最終明確提出奠定了堅實基礎，這是一種噴薄欲出
的態勢。論爭發生後，他對「民間寫作」才有針對性極強的闡釋。對「知識
分子寫作」一邊倒的優勢理論闡述與「權威」的發表，持「民間寫作」的一
方極爲不適，明確表示對抗的文章除了于堅的之外，還有論爭發生前不久發
表的沈奇的《秋後算帳──1998：中國詩壇備忘錄》、謝有順的《內在的詩歌
眞相》《詩歌與什麼相關》，等等。「民間寫作」的言論，迅速激起「知識分子
寫作」一方的反擊。包括王家新、唐曉渡、孫文波、臧棣、西渡等人在內的
「知識分子寫作」一方紛紛撰文，對之表示不滿。從而分野漸趨白熱化，直
到「盤峰論爭」的發生。

　　在雙方觀念發育、形成與分化的過程中，還有些具體的觀念變化十分引
人注目。一是語言資源上，「知識分子寫作」越來越多地使用西方的語言資源，
而「民間」一方則強調本土口語或方言。二是內容上，前者同樣更多地使用
西方思想資源，而後者則強調母語的原創性。這同樣還表現對歷史化與現實
的不同理解上，前者提倡一種曲折的介入方式，更多地以個人的體驗來面對
現實的諸多無奈，是一種昇華式的拒絕。而後者則強調以一種日常性生活的
形式來介入。三是前者越來越強調技術性，而後者則追求一種平民化的口語。
四是前者在進入90年代中期以後，出現了喜劇與輓歌。而後者則體現爲底層
式的悲憫與對現世的直接關懷。總而言之，他們各自的觀念是動態發展與變
化的，雙方從同一個起點出發，並逐步形成各自的觀念形態，卻爲了同一個

目標，最終分道而行之。這一切表現在他們詩歌中的語言策略的變化上，他們都充滿了「個人性寫作」而堅持自己觀念的特質，這可能是雙方能夠相互對抗的動力所在，分化中又體現出了一種自由主義的品性。

第三節　衝突與走向多元的新世紀

　　「盤峰論爭」之前，先是多種觀念的生發，隨著社會與文化語境的變遷，逐漸演化爲兩大觀念的對立，並導致最後的火併。對於論爭，有論者認爲是毫無意義的「意氣之爭」，其實並不盡然。至少，雙方爲了求得自己的合法地位而極力發表自己的觀點，對兩種觀念發展的歷史來說，是一次大盤點大清理。雖然其中存在不少意氣之詞，但畢竟其中也不乏學理探求，這是我們不可忽視的。兩種觀念從 90 年代初到中後期的演變史，其實已給中國詩歌的發展提供了另一種可能性，那就是衝突後的結果與走向。從當下來回顧這場論爭，它確實對日後詩歌觀念的走向產生了極大的影響，並爲再次走向多元的格局打下了基礎。

　　1999 年「盤峰論爭」之後，一是「知識分子寫作」與「民間寫作」繼續論戰，一年後才漸趨平息，在這過程中，「知識分子寫作」的聲音已呈弱化趨勢；二是「民間寫作」內部開始出現分化，出現新的裂變；三是「第三條道路」、「70 後」、「下半身」、「中間代」、網絡詩歌等相繼登場，發出了與以往不同的聲音。作爲考察 20 世紀 90 年代以來的詩歌分化的演變史，這些都成爲必要的考察對象。

　　「知識分子寫作」與「民間寫作」論戰的觀念將在後面章節具體論述。

　　「民間寫作」內部出現分化始於「盤峰論爭」之後的另外兩次「詩會」。其一是 1999 年 11 月 12 日～14 日，由《詩探索》編輯部、《中國新詩年鑒》編委會、中國社會科學院文學所在北京昌平龍脈賓館聯合主辦的「'99 中國龍脈詩會」。其二是 2000 年 8 月 18 日～21 日，在南嶽衡山舉行的「九十年代漢語詩歌研究論壇」──「衡山詩會」。這兩次詩會「知識分子寫作」代表人物悉數缺席，這就爲「民間寫作」一方內部的分化提供了可能。正如伊沙所言：「有一種失去對手後的『無邊的空虛』」。〔註 8〕失去了對手，那麼矛頭就應該指向自己一方了，這種「後現代」的態度從客觀上促成了「民間寫作」一方

〔註 8〕　孫基林：《世紀末詩學論爭在繼續──'99 中國龍脈詩會綜述》，《詩探索》1999年第 4 輯。

對自身的反思。也正是在這次詩會上，收穫了另一種共識：「『民間寫作』與『知識分子寫作』之外，詩壇事實上存在著大量顯在或潛在的『另類寫作者』」。〔註9〕這就又爲多元觀念的即將誕生定下了基調，並默認它們存在的合理性。曾經以一篇《誰在拿「九十年代」開涮》讓詩界大爲震驚的「大學生」沈浩波，他幾乎徹底否定了「民間寫作」的成名詩人，並指出之前「民間寫作」在相當程度上是無效的。這種否定一切的勇氣似乎也反映出詩歌藝術的獨立、嚴肅與創新的某種品質，同時也可作爲「盤峰論爭」之後到新世紀詩歌觀念再次分化的一個顯目的標誌。「民間寫作」內部的分化還可以「沈韓之爭」作爲例子以觀其特徵與詩歌觀念的分歧態勢。

「沈韓之爭」發生於2001年初。沈指「下半身寫作」代表青年詩人沈浩波，韓指「前輩」詩人韓東。從他們二人之間的爭吵開始發展成爲以他們各自爲代表的兩派之爭。沈浩波在2000年的「衡山詩會」上已對韓東提出批評，他又在《詩江湖》網站說：「我知道我在衡山的發言讓你感到疼了」，後來韓在2001年第1期的《作家》雜誌上發文表達了對以沈爲代表的先鋒詩學的不屑，他說：「比如我最近聽說一位新的詩壇權威發明了如下公式：文學＝先鋒，先鋒＝反抒情。並且聲稱自己要『先鋒到死』。先不說『先鋒到死』有多麼煽情，以上公式也太白癡了一些，而且誤人。」之後，他們以及他們的陣營就在《詩江湖》進行了一次聲勢浩大的論爭。

這又是一場從「詩學交鋒」轉變到「意氣之爭」的例子。韓東質疑沈浩波的先鋒性，並認爲其並非藝術上的個性。沈浩波則認爲正是由於韓缺乏了先鋒性才致使他90年代詩歌的失效，具體表現在「才子式的小吟詠」「柔弱的小情調」「小悲憫小抒情」等方面。沈、韓雙方的盟友相繼介入到《詩江湖》《橡皮》《唐》等詩歌網站的論爭中，最終演變成同一詩歌陣營內部的「話語權力」之爭。支持韓東的以「《他們》派」爲主，支持沈浩波的以「北師大幫」爲主。此次論爭最終以韓東單方面撤出結束。對這次論爭進行描述與評論的文章主要有伊沙發表於2002年第2期的《芙蓉》上的《中國詩人的現場原聲——2001網上論爭回視》與譚五昌發表於2003年第3、4合輯《詩探索》上的《世紀之交的中國新詩狀況：1999～2002》。這次論爭在觀念上提出了一些有益的啓示，比如：楊黎的「民間和僞民間」之說、話語權力之說、沈浩波

〔註9〕 孫基林：《世紀末詩學論爭在繼續——'99中國龍脈詩會綜述》，《詩探索》1999年第4輯。

的「語言與身體」之說，等等。但意義不能遮蔽醜陋的一面，譚五昌認爲「『沈韓之爭』充分暴露了不少『民間』詩人（尤其是年輕的詩人）身上所存在的嚴重的『江湖習氣』及對待詩歌藝術的浮躁與功利心態。」〔註 10〕這種「江湖習氣」與網絡的流行沆瀣一氣，又充分繼承了 80 年代中期反文化詩與 90 年代以伊沙爲主的後現代口語詩的粗鄙性，在詩歌觀念上產生了另一種含混不清又帶有狂歡性質的新世紀現象。

「第三條道路」詩歌觀念的產生與「龍脈詩會」有關，代表人物包括車前子、樹才、莫非、楊曉民、譙達摩等。詩歌界針對「知識分子寫作」與「民間寫作」之爭，提出了不僅僅是折中的「第三寫作」或「單獨者」的寫作。這類寫作是對 90 年代初即已提出的「個人寫作」的充分延伸發展。下面一段話基本上可以呈現「第三條道路」的產生背景與大致觀點：

> 此次會議，幾位持有相對獨立立場的詩人如車前子、樹才、莫非、楊曉民等，就是他們中的代表。……他們在發言中，大都從個人角度闡明和申述自己的詩學態度與主張，並大多對這場論爭持否定態度。車前子說他之所以堅持寫作 20 年，「無非認爲只有寫作才是真正意義上的個人之事」。……他認爲如果「知識分子寫作」者有點像恢復高考時的心態，那麼「民間立場」具有紅衛兵情結，他們儘管鋪陳平民化，內心裏倒是這個時代的孤獨英雄，有時不免以反抗者的姿態，作出些盜名媚俗之事。……莫非在發言中反對「詩歌中的秘密行會」，他認爲無論神聖的還是庸俗的，這種行會「只能有利於滋生形形色色的頭頭腦腦，相應的是無頭腦的詩歌大行其道」。由此，他批評這場爭鬥僅僅是無趣的名分之爭。他所倡導的是另類的「第三寫作」或「單獨者」的寫作。樹才認爲不同的聲音可以對抗，但他擔憂自我膨脹、意氣用事。重要的不在對抗，而在如何認真寫出自己真正有活力的作品。個人寫作，就是將個人活生生的慘痛的經歷投入其中，可以寫下的和以後能寫出的，都只能屬於你自己，你只能站在你自己的立場上，而立場在寫作自身，在寫作過程之中，寫是你個人的，評價則是另一回事。楊曉民說，他只堅持自己寫詩。現代詩歌的確死了，僅僅以事件進入媒體，進入大眾生活，

〔註 10〕譚五昌：《世紀之交的中國新詩狀況：1999～2002》，《詩探索》2003 年第 3、4 合輯。

就是一個證明。事實上詩歌與信息社會無關，它已缺乏在文化領域

中的反思能力，我們只能回到自己，回到詩。〔註11〕

譙達摩、莫非、樹才等人在「龍脈詩會」之後編選《九人詩選》並明確提出「第三條道路」詩歌觀念，「盤峰論爭」後中國當代詩歌寫作與觀念多元化由此開始。「第三條道路」也被認作是新世紀以來中國出現的第一個詩歌流派。

「70 後詩歌運動」是以代際來命名的詩歌現象，論者譚五昌與詩人黃禮孩都曾考察過這一運動產生的過程：1.序幕。1998 年底，北京「藍色老虎」現代詩歌沙龍在清華大學舉辦「七十年代出生詩人群體之聲」活動。但據「70 後」的「吹號手」黃禮孩說，「『70 後寫作』這一說法最早起源於1996 年陳衛在南京創辦的民刊《黑藍》。」〔註12〕2.自覺運作。1999 年 5月，廣東青年詩人潘漠子、安石榴等人策劃的「1999 年中國 70 後詩歌版圖」在民間詩報《外遇》上推出。陝西青年詩人黃海、王琪在西安連續推出幾期《七十年代》詩報。1999 年 12 月，一批來自全國各地的 70 年代出生的青年詩人齊聚北大，舉辦「生於七十年代——中國詩歌新銳作品朗誦會」。「70 後詩歌運動」遂成聲勢。3.標誌性的確立。2001 年 1 月，廣東青年詩人黃禮孩在廣州策劃、主編民刊《詩歌與人》，刊物以「中國 70 年代出生的詩人詩歌展」為主旨，先後推出大量 70 後詩人的詩歌作品。2001 年 6月，黃禮孩編選《70 後詩人詩選》，這部帶有總結性質的詩選使「70 後」詩人在詩壇終於擁有了一定的地位。譚五昌認為：「『70 後』詩歌運動無疑可看作『一代』詩人在承受著『前輩』詩人『影響的焦慮』和社會文化思潮對於詩歌的『冷漠』所構成的『雙重壓抑中而進行的一次強力『反彈』與『突圍』，他們力圖以主動『建構』歷史的方式為自己爭得應有的詩歌地位，進而希圖獲得社會的關注與認可」。〔註13〕

「70 後」「不可能共用一種詩歌美學」，「希望在求新求異的方向上一路挺進」，〔註14〕這可能就是「70 後」的詩歌觀念。安石榴的觀點很具代表性，他

〔註11〕 孫基林：《世紀末詩學論爭在繼續——'99 中國龍脈詩會綜述》，《詩探索》1999年第 4 輯。

〔註12〕 黃禮孩：《一個時代的詩歌演義——關於'70 後詩歌狀況的始末》，《詩選刊》2001 年第 7 期。

〔註13〕 參見譚五昌：《世紀之交的中國新詩狀況：1999～2002》，《詩探索》2003 年第3、4 合輯。

〔註14〕 黃禮孩：《一個時代的詩歌演義——關於'70 後詩歌狀況的始末》，《詩選刊》2001 年第 7 期。

對「70 後」的寫作心理直接明瞭地說：「你們不給我們位置，我們坐自己的位置；你們不給我們歷史，我們寫自己的歷史。」〔註 15〕

沈浩波在概括「70 後」產生的背景時說：「在『知識分子』和學院寫作橫行的 10 年，是中國先鋒詩歌停滯的 10 年，其中最大的受害者就是那些生於 70 年代前期的詩歌愛好者，用朵漁的話說，那是被『嚇破了膽』的一代，先被海子的『麥地狂潮』給蹂躪了一把，後被知識分子的『修辭學』和『考據學』給唬弄了一把，就成了那個鳥樣子了。」〔註 16〕作為「70 後」詩人的代表沈浩波，正是在這一認識之下才推出了他「下半身」詩歌觀念的。

「下半身」觀念是在「70 後」詩歌運動的過程中產生的，以 2000 年 7 月沈浩波推出《下半身》雜誌為標誌，其目的是要給「70 後」重新洗牌（朵漁語）。值得注意的是，「下半身」觀念的興起和形成一股潮流與網絡關係密切，包括「詩江湖」「詩生活」「唐」「橡皮」等在內的詩歌網站直接使「下半身」成為中國一時顯要的詩歌觀念。沈浩波說，「《下半身》的創刊，才真正預示著『70 後』詩人們真正成為中國先鋒詩歌的中流砥柱」，「《下半身》的一舉成名，離不開各詩歌網絡站點的興起，……」。〔註 17〕

沈浩波在《下半身寫作及反對上半身》中開宗明義就指出這種寫作的意義在於：「首先意味著對於詩歌寫作中上半身因素的清除」。他的「上半身」包括：知識、文化、傳統、詩意、抒情、哲理、思考、承擔、使命、大師、經典、餘味深長、回味無窮，等等。與之相對的，他的提倡的只是「下半身」，「它真實、具體、可把握、有意思、野蠻、性感、無遮攔」。這些都是「一種堅決的形而下的狀態」，包括：貼肉狀態、肉體的在場感、從肉體開始到肉體為止，等等。他要擔當一種反文化的正面角色，認為只有肉體本身才能「回到了本質」。總之歸為一句話：「我們亮出了自己的下半身，男的亮出了自己的把柄，女的亮出了自己的漏洞。我們都這樣了，我們還怕什麼？」〔註 18〕

2001 年 10 月，安琪、黃禮孩為 60 年代出生的詩人編選了一本作品集《詩歌與人——中國大陸中間代詩人詩選》，安琪在序言中提出「中間代」的概念。

〔註 15〕 參見黃禮孩：《一個時代的詩歌演義》，《70 後詩人詩選》，海風出版社 2001 年版。

〔註 16〕 沈浩波：《詩歌的「70 後」與我》，《詩選刊》2001 年第 7 期。

〔註 17〕 同上。

〔註 18〕 參見沈浩波：《下半身寫作及反對上半身》，《2000 中國新詩年鑒》，廣州出版社 2001 年版，第 544～547 頁。

於是,「中間代」就在「盤峰論爭」之後、「70後」詩人崛起之後而誕生了。一方面,60年代出生的詩人多數屬於第三代詩人,而且不少在90年代就已成名;另一方面,「60後」卻後於「70後」而出世,而且還冠名爲「中間代」,這未免顯得奇怪。從這本詩選的內容來看,可以說是重要的,只是對這個命名引來不少爭議,「是一個勉強的詩歌概念」〔註19〕「一個策劃的詩歌偽命名」〔註20〕等類似的說法時常冒現。其中爭議不無道理。在中國新詩史上,每一個詩歌潮流的命名都必有某種具體而實在的詩學主張提出,拿「70後」來說,正因沈浩波提出了「下半身」觀念,才使「70後」詩歌截然有別於其他詩歌命名。「中間代」提出過什麼詩學觀念呢?應該是沒有具體的詩學主張的,所以它的命名是「曖昧」的。「中間代」如果作爲一個代際概念,那麼在「知識分子寫作」與「民間寫作」,甚至是早前的「第三代詩人」,或者之後的「第三條道路」的詩人中,都有很多60年代出生的,比如「知識分子寫作」詩人臧棣、西渡、陳東東等,不在人世的海子、駱一禾,「民間寫作」的伊沙、韓東,不便分類的張棗、陸憶敏、唐亞平,等等,他們都屬60年代出生的。如果說以上所提詩人是被強拉入這個陣營的話,那麼「中間代」的命名就有爲60年代出生但還沒成名的詩人立傳、入史的嫌疑了。中國詩歌史上,命名層出不窮。「盤峰論爭」之後,又有「70後」與「下半身」的冒現,「命名疲乏症」成爲一種普遍存在。〔註21〕那麼,「中間代」的出現並非如那本詩選編者所言:「中間代」是時候了。

儘管「中間代」頗受爭議,但它自面世後,還是爲詩壇帶來一些生氣。一是以其命名而推出了不少優秀的詩歌,二是在90年代以來的詩歌觀念演變史上,畢竟還是提出了一些雖然不夠統一集中但卻有一定建設性的詩學主張。這些詩歌觀念零散地出現,不能作爲「中間代」的美學觀念,一些較知名的有:臧棣的「詩歌是一種慢」、伊沙的「餓死詩人」與「結結巴巴」的後現代口語、古馬的「用詩歌捍衛生命」、安琪的「我只對不完美感興趣」、汗漫的「詩人與鳥相似」、沈葦的「在瞬間逗留」,等等。這些觀念有一定的獨立性,但有些也同時屬於之前一些潮流的既有觀念,在此只是又再次被限

〔註19〕燎原:《爲自己的歷史命名——關於「中間代」的隨想》,《詩歌月刊》2002
年第8期。
〔註20〕梁豔萍:《中間代:一個策劃的詩歌偽命名》,《文藝爭鳴》2002年第6期。
〔註21〕程光煒:《「中間代」一說》,《詩歌月刊》2002年第8期。

定進「中間代」的觀念範疇，所以這些觀念的產生與「中間代」之間並沒有必然的聯繫。

那麼，「中間代」這一混雜的觀念誕生或詩歌運動，與「盤峰論爭」之後的觀念分化又存在怎樣的一種聯繫呢？其意義在於進一步表明了「盤峰論爭」給詩壇帶來了某種歷史的焦慮感。也就是說，爭權奪利、追求名分的意識影響到一些一直從事詩歌寫作，但又不能堂而皇之被寫入詩歌史的詩歌寫作者們。他們從「盤峰論爭」與「70後」詩歌運動中得到啟發，也確實按捺不住在詩壇的寂寞位置而勉強出擊，認為名分是爭來的。不過，拋開這些不說，「中間代」詩人還是保持了充分的個性寫作品質。他們用自己的詩歌來進行自我證明，並且表達自己的觀點，比如反對觀念寫作、保持獨立寫作立場等，這本身並沒有錯，對詩歌的發展也是有利的。

綜上所述，1999年「盤峰論爭」之後，特別是進入新世紀以來，詩歌觀念呈現多元分化的格局。這個局面更多時候通過一系列詩歌論爭事件來體現。新世紀以來，詩歌論爭發生的頻率超過新詩史上的任何時期，而且由於網絡的普及發生得也更為容易，詩歌現場與詩歌觀念也就在這種風雨飄搖之中顯得更為混雜、無序而難以把握。「盤峰論爭」之後，又發生了以下論爭：沈韓之爭（2001）、「新詩究竟有沒有傳統」的論爭（2001～2008）、關於「新詩標準」問題的論爭（2002～2008）、「關於現今寫作中的中產階級趣味問題」的論爭（2006）、對90年代詩歌評價問題的論爭（2006）、趙麗華「梨花體」詩歌事件的論爭（2006），等等，這其中還不包括很多網絡上發生的詩歌論爭。這一切現象表面看起來，都似乎有發生的特定背景與事件支撐，但總的來看，大多數仍可視作為「盤峰論爭」在某一方面的延續。

第四節　20世紀90年代以來詩歌觀念流變的研究狀況

對20世紀90年代以來詩歌觀念流變的研究，最初的研究來自詩人本身，而且主要是「知識分子寫作」的詩人。80年代末90年代初以來，不少詩人開始涉足詩歌批評領域，這不僅體現了他們對自身寫作觀念的調整，也可看出他們對詩歌研究的一種自覺。包括歐陽江河、王家新、西川、陳東東等詩人在內，也包括如詩評家程光煒在內的不少研究者最早開始了詩歌從80年代到90年代初的轉型研究。也正是他們這期間的「斷裂論」「流變論」，才在很大

程度上引導了整個90年代詩歌觀念的流變。同時，他們自身的詩歌觀念，也融入這個觀念的流變之中。

文學史家洪子誠、劉登翰也明確提出這一研究現象的存在。「有關詩歌發生『斷裂』的認定，不僅是事後的歸納，在90年代開端，一批活躍詩人還根據自身的歷史意識與寫作境遇，進行『轉型』的設計和調整。他們在理論與寫作實踐上，刻意突出與80年代第三代詩的差異。對80年代後期的詩歌某種情況（『日常性』，以及『生活流』『平民化』『口語』『文本意義放逐』等的絕對化強調）的反省，是『轉型』提出的最初根據。『中斷』『終結』『從頭開始』等標示時間『斷裂』刻度的用語，經常出現在他們此時描述精神和寫作狀況的文章中。」〔註22〕這種提綱挈領、分散式的觀念流變研究，普遍出現於當代文學史與當代詩歌史中，它們能給我們提供一些可供進一步研究的線索。比如我們可以從這些研究中的「80年代末」「80年代中後期」「90年代初期」「90年代末」「世紀之交」「新世紀以來」等字眼中去尋找具體的史實以及與史實相關的觀念流變狀況。從而爲我們概括初期、分化期、多元期的詩歌觀念流變史打下一個公認的基礎。

另外，也有文學史家直接介入具體的分期中進行探究，並且提出極有價值的觀點。程光煒曾指出並分析了90年代詩歌「演進中的幾個階段」，〔註23〕這是以「時間線索」來進行的研究。儘管他的研究是整體性的詩學研究，但從他的分析中我們還是可以看出那種明顯的「觀念」演變史的特徵。

程光煒把「從1990年到1995年6月」界定爲探索階段。這個階段經歷了80年代末因受遏制而從青春期步入中年期、90年代初先鋒詩的兩種路向發展期，直到1995年5月底「貴州詩歌研討會」召開。其中的一種路向是于堅、韓東、周倫祐繼續「口語化」與「純形式」的觀念而對90年代的現實不察，另一路向是那些對詩歌觀念作出「較大調整」的詩人，包括歐陽江河、王家新、蕭開愚、西川、陳東東、翟永明等人。程光煒認爲正是對現實的不同態度，才決定了這兩個路向的價值，他明顯偏向於後一種路向的觀念轉變。

他把「1995年7月到1999年年底」認作「詩學理論和創作的發展階段」。

〔註22〕洪子誠、劉登翰：《中國當代新詩史》（修訂版），北京大學出版社2005年版，第250頁。

〔註23〕參見程光煒的《中國當代詩歌史》「下篇　90年代的詩歌」「第十四章　90年代詩歌略述」中的第三節「演進中的幾個階段」，中國人民大學出版社2003年版，第349～352頁。

他認為，1995 年 6 月 23 日～28 日在貴州召開的「當代詩歌學術研討會」開始了「現代詩內部『共識』的破裂」。這種「共識」指的就是 90 年代前期詩歌中「知識分子寫作」傾向，而此時期正是前文中提到的「民間寫作」觀念從「知識分子寫作」觀念中分化出來的 90 年代中期。程光煒認為這是新的發展階段的開始，而且以 1996 年 1 期《詩探索》發表王家新和程光煒的兩篇文章作為標誌。〔註24〕他的想法不無道理，正是在這兩篇文章中，「知識分子寫作」一方開始質疑與批評「民間寫作」一方「口語詩歌」觀念在當下的有效性，從而揭開了「民間寫作」的反批評與 90 年代最主要兩種詩歌觀念分化的序幕。

當然，以洪子誠、劉登翰和程光煒等為代表的文學史家們對 90 年代以來詩歌觀念的流變研究，都帶有一種綜合前人研究成果的性質，著史力避鋒芒太露以求整合成一種共識。新世紀以來，尤其是近四五年來，這方面的研究日漸增多。考慮到後面章節中還要論及「知識分子寫作」與「民間寫作」的方方面面，所以在此暫不考察持這兩種觀念的詩人一路走來對流變史方面的見解，在此主要關注其他的研究者對 90 年代以來詩歌研究的簡略概況，而且主要集中在帶有觀念流變性質的研究成果上。總的來看，這些研究呈現出以下特徵：

第一，關鍵詞式研究。這是最常見的一種關注觀念流變狀況的研究形式。通過 90 年代以來所出現的一些最重要的概念、觀點、觀念術語等的闡釋與梳理，以期從中理出一條發展流變的脈絡。總的來說，對 90 年代以來所出現的所有觀念性的概念，都多有人闡釋，而且以所持觀念的詩人與傾向於這類詩人的詩評家們為主來關注與闡釋，並進行跟蹤式研究。這方面的成果較多。就學界來說，也多有建樹。比如：《20 世紀 90 年代以來的詩歌敘事》（李志元、張健，2006）、《90 年代中國詩歌關鍵詞》（房芳，2007）、《90 年代以來詩歌的「個人化」寫作》（王士強，2007）、《追溯與穿越——重論九十年代以來詩歌「敘事性」問題》（張華，2008）、《論 1990 年代中國詩歌的戲劇化特質》（王昌忠，2009），等等。我們可以通過這一個個具體的散點來透視 90 年代以來詩歌觀念的聚結點，從中也可以看到詩歌觀念流變的關節點。

第二，整體式觀照。其實，自有人提出「90 年代詩歌」這一概念時，就

〔註24〕這兩篇文章分別是程光煒的《誤讀的時代》與王家新的《夜鶯在它自己的時代——關於當代詩學》。

不斷有學者去論述這個概念成立的成因與發展過程。而且整體式的研究從 90年代初中期開始就一直沒有中斷過，進入新世紀，由於與 90 年代逐漸拉開了距離，90 年代詩歌的歷史感逐漸彰顯，從而研究也就不斷深入。這方面的研究是文學史家們的首要目標，同時也是其他研究者的興趣點所在，所以成果較多。比如：《內心的迷津》〔註25〕中的「第一輯　思考九十年代」（張清華，2002）、《時代精神碎片的整理方式——20 世紀 90 年代詩歌簡論》（李志元，2005）、《簡論 20 世紀 90 年代以來的詩歌寫作》（李志元、張健，2006）、《論1990 年代以來大陸新詩研究》（張桃洲，2007）、《大眾消費文化時代的來臨與九十年代以來詩歌的變化——對九十年代以來詩歌的再認識》（趙彬、蘇克軍，2007）、《消解中的重構：重審九十年代詩歌》（喬琦，2008）、《走向沉淪的中國當代詩歌——20 世紀九十年代以來的詩歌狀況評說》（楊守森，2009），等等。這種整體性的分析，多少帶有綜論與重新定評的性質。有些論者還做了重新分析與觀念命名的努力，比如張立群的《論 90 年代以來中國新詩的心態意識》（2008）就是一種新的研究嘗試。又比如張清華在《現今寫作中的「中產階級」趣味》一文的開篇就如此概括：「自上個世紀九十年代以來，對於大多數寫作者、尤其是成名的詩人來說，深陷於『中產階級』趣味成了他們的普遍病症，這種病症在近一兩年中更加明顯起來。」〔註 26〕這種研究很顯然是對 90 年代以來的詩歌觀念做一個綜合的分析與尋找觀念中普遍存在的病症，意義確實重大。然而，我們還是可以從中找到詩歌觀念流變史的脈絡，這是離不開的，畢竟整個 90 年代，詩歌觀念確實大大引導了詩歌寫作的方向。

　　第三，具體的轉型研究。轉型、分裂、分化等成為 90 年代詩歌觀念研究必須要去緊密聯繫的關鍵詞，這是由整個時代的語境決定的。在詩歌現場，這種情況也成為一種不可否認的事實，所以這方面的研究是一個實實在在的命題。從 90 年代初期開始至今，從來就沒有缺少過這類研究，這幾乎是一個共識性的研究領域。只是有論者從不同角度，比如從文化與社會轉型來研究詩歌轉型的必然性，從啟蒙的自我瓦解來闡明詩歌轉型的社會思想與文化的

〔註25〕張清華著，山東文藝出版社 2002 年版。此書「第一輯　思考九十年代」中有
　　　　多篇詩歌觀念流變的整體性的論述，比如：《存在的巔峰或深淵：當代詩歌的
　　　　精神躍升與再度困境》《另一個陷阱或迷宮》《從神啟到世俗：詩歌「終極關
　　　　懷「的變遷》《九十年代詩歌的格局與流向》，等等。
〔註26〕張清華：《現今寫作中的「中產階級」趣味》，《星星》詩刊 2006 年第 2 期。
　　　　此文一經刊出即引起論爭。

背景，等等。這個領域的研究成果是比較多的。在 90 年代，陳旭光、譚五昌的多篇文章就是有力的證明，這為我們研究 90 年代詩歌觀念的流變提供了極有價值的研究，為後來的研究打下了堅實的基礎。〔註 27〕與此類似的還有羅振亞的《從意象到事態——「後朦朧詩」抒情策略的轉移》、王士強的《宿命的下降或艱難的飛翔——論 1990 年代以來的當代詩歌轉型》（2008），等等。

　　第四，流派與分類研究。流派，其實是對不同詩歌觀念的分類，這類研究更為具體地深入到某種詩歌觀念的研究中，其結果是從另一個側面論證了詩歌觀念分化與流變的過程。這類研究也較為豐富，儘管其中不少為簡介性質的文章。比如對「知識分子寫作」與「民間寫作」的研究，在「盤峰論爭」及之後出現很多，無法去統計。還有對「第三條道路」「女性詩歌」「70 後」「下半身」「中間代」等一系列流派的研究，形成十分熱鬧的局面。比如：周瓚的《九十年代以來的中國女性詩歌》（2005）、阿翔的《1990 年代以來詩派介紹》（2008）、唐欣的《略論中間代及中間代詩人》（2003）、楊遠宏的《詩歌史情緒焦慮的突圍——我看「中間代」命名》（2002），等等。

　　第五，具體詩人研究。這是微觀的研究，既研究詩人的文本，也研究詩人詩歌觀念的轉變。總的來看，這是對 90 年代詩歌觀念流變的一個有力的補充和必要的佐證。尤其是研究那些表達了重要觀念的詩人，這將為我們研究詩歌觀念的變遷史提供有力的個案證據。這類研究是很普遍的，比如，鄒建軍的《葉延濱 90 年代抒情詩創作綜論》，程光煒的《王家新論》《歐陽江河論》《西川論》，張清華的《歐陽江河與西川：兩個個案》《關於伊沙》等文章，都屬此列。

　　第六，時間階段性的研究。這涉及具體的年份，在某個年月時間段到底有何詩歌觀念出現，有何重要詩歌作品面世，有何重要詩學理論文章，這些都成為具體的研究對象。比如程光煒的「階段說」，譚五昌的《1999～2002 中

〔註27〕在 90 年代詩歌觀念轉型研究方面，陳旭光、譚五昌二人做了較多的研究，重要的文章有：《語言的覺醒——「後朦朧詩」轉型論之二》（陳旭光，1994）、《主體、自我和作為話語的象徵——「後朦朧詩」轉型論》（陳旭光，1995）、《我們這個時代的文化轉型與詩歌抒情》（陳旭光，1996）、《九十年代：文化轉型與先鋒詩歌的「後抒情」》（陳旭光，1996）、《斷裂‧轉型‧分化——90 年代先鋒詩的文化境遇與多元流向》（陳旭光、譚五昌，1997）、《艱難的轉型與多元的無序》（陳旭光、譚五昌，1999）、《從感性到知性——中國現代主義詩歌「詩學革命」論》（陳旭光，1999）、《「中年寫作」：文化轉型年代的詩與思——90 年代先鋒詩歌詩學話語研究》（陳旭光、譚五昌，2000），等等。

國新詩狀況述評》、秦巴子的《2000，我的詩歌關鍵詞》、藍棣之的《論 21 世紀詩歌寫作的幾種新的可能性》、劉春的《2000 江湖盤點》、伊沙的《現場直擊：2000 年中國新詩關鍵詞》、韓作榮的《2000 年的中國新詩》、康城的《70後詩歌回顧：2000〜2001》，等等。還包括有些對詩歌年鑒、年選進行研究的文章，比如劉春的《近 20 年新詩選本出版的回眸與評說》（2005）。這些都能具體而真實地反映在某個具體歷史時段的詩歌觀念與詩歌創作的大致狀況，為我們考察詩歌觀念的流變史提供某個時間環節的借鑒。

此外，還有很多博士與碩士論文也是選取 90 年代詩歌為研究對象的。但是一般而言，要麼是就某個觀念作出單面性的研究，比如鄭必穎的碩士論文《論作為詩歌流派的「知識分子寫作」》、張軍的碩士論文《「知識分子論」——一種當代詩歌觀念的探討》；要麼是比較含混沒有重點的研究，比如魏天無的博士論文《90 年代詩論研究》。

從以上對 90 年代以來詩歌觀念研究的多種狀況來看，總的來說比較繁複，但能夠給我們提供十分豐富的研究資料，這點是值得肯定的。豐富的研究成果恰恰說明了 90 年代詩歌的重要性，其流變歷史的客觀性，以及再次深入研究的必要性。但也顯示出一些不足與有待進一步探究的地方，具體表現在：一、繁複中沒有突出重點，沒有綜合而有重點地研究 90 年代的詩歌觀念；二、對 90 年代的詩歌觀念流變史，至今沒有此方面的研究出現；三、對 90 年代最重要的兩種詩歌觀念「知識分子寫作」與「民間寫作」至今還沒有綜合而深入的研究；四、對「盤峰論爭」之後，因受其影響，對詩歌觀念進一步分化與多元格局的產生這一後續的觀念流變史，也沒有綜合的研究出現。

綜上所述，對 90 年代以來的詩歌觀念流變史的研究應該是一個綜合、全面、有重點的研究，如此才會更有意義，更有成效。

第三章 「知識分子寫作」觀念研究

　　本章在談「知識分子寫作」之前，我們無法繞過這個詞條的限制定語——「知識分子」。「知識分子寫作」的闡釋核心應該與這個定語相關。從廣義上來看，古今中外的一切寫作都帶有一定的知識分子特徵。但是爲什麼在 90 年代的中國詩歌界卻有如此的一個概念生成？並由此去定義一種詩歌寫作類型？其中，必有其特指屬性。它有怎樣的特徵？它的概念生成史是怎樣的？它有哪些代表性的觀點？這些都是本章要去考察的內容。

　　20 世紀 80 年代中後期最早由詩人提出，然後發展、延伸至 90 年代末期並風行一時的「知識分子寫作」，影響了新世紀以來的詩歌發展。回顧這個詩歌概念的生成史，對考察 80 年代末期以來，包括整個 90 年代至新世紀詩歌觀念的演變史，無疑會提供一個有效的視角。但是如果我們孤立來考察這個概念，就會使它的生成缺乏理論基礎。那麼，欲考察「知識分子寫作」，就得先簡略梳理「知識分子」這個概念史，以及 20 世紀以來「知識分子」在中國語境中的大致狀況，這將成爲必要的基礎與前提。惟其如此，「知識分子寫作」才能找到合理的定位，才能使這個詩歌概念的生成找到合理的依據。

　　本章將循著以下思路來展開論述：先從「知識分子」中西方涵義的粗略梳理入手，再到「知識分子」在中國 20 世紀語境中的理解，特別是對普通意義上的「知識分子」與文學意義上的「知識分子」關係的辨析，最後才是對「知識分子寫作」概念的闡釋，包括它的最初提出、發展，特定含義、意義，代表性闡釋，以及對中國當代詩歌觀念的影響，等等。在考察代表性的「知識分子寫作」觀念時，將以「盤峰論爭」爲界，分爲前期和後期兩部分。

第一節　「知識分子寫作」前史

　　如果在此過多陳述或概括「知識分子」的具體涵義與歷史發展，對本書的構成並無大益，也無必要。但作爲本章的一個理論基礎，依然需要必要的簡述。本節的重點不在於梳理這個概念的全部歷史，而是強調知識分子的內涵所指在中西方的異同，及其在古今的大致差異。特別是在中國 20 世紀的各個階段，文學意義上的知識分子的不同身份及其所擔負的責任，最後切入「知識分子寫作」中的知識分子的特有屬性和闡述這類寫作的特質。適當區分普通意義上的「知識分子」與文學意義上的「知識分子」的涵義，這是必要的。具體到文學上來，適當區分作爲作家主體的「知識分子」與作家作品中的「知識分子」形象，這也是有必要的。

一、「知識分子」概念在中西方

　　英國學者雷蒙・威廉斯（Raymond Williams）在他的《關鍵詞：文化與社會的詞彙》一書中把 Intellectual 作爲「有知識的、知識分子」來解釋。他在詞源發生學的意義上爲我們提供了一個簡潔的理解「知識分子」概念的演變史。19 世紀初期，Intellectual 即已是「用來表示一個特別種類的人或從事一種特殊工作的人」，基本上是指那些從教會、政治的機制裏跳出來並獲得某種程度的獨立自主思想的人。從 19 世紀末期的 so-called intellectuals（所謂的知識分子，在當時的語境中從意識形態出發，帶有某種負面的意思，有意思的是，這與籠罩在大部分階段的毛澤東思想語境中的知識分子有些類似）到 20 世紀中葉以前的 intellectuals（知識分子，此時強調的是「意識形態與文化領域裏的直接生產者」，仍然不同於 specialists 或 professionals 即專家或專業人士），其中不可忽略的就是「知識分子」與社會政治的緊張關係。至於後來這種意義上的知識分子被政治收編或進入技術領域後的含義，則是走入到更爲廣義上的知識分子含義中了。這個詞義的演變史，是「既複雜又饒富意義的」。〔註 1〕雷蒙・威廉斯簡潔的詞條解釋其實蘊含了豐富的闡釋空間。他告訴我們，「知識分子」從一開始就與政治密不可分，而且是一種對抗的關係。後來詞義所指的寬泛化包含了「知識分子」精神妥協的一面，與政治合謀的一面，當然也有在知識層面上的精進的一面。

〔註 1〕參見雷蒙・威廉斯：《關鍵詞：文化與社會的詞彙》，劉建基譯，生活・讀書・新知三聯書店 2005 年版，第 244～247 頁。

　　Wikipedia 維基百科網站給 intellectuals 的釋義是：「『intellectual』一詞表達了有文化的思想者的概念，而該詞的早期用法，如在 John Middleton Murry 寫的《知識分子演進》中，則更多地指涉『文學』層面的意義而不是其『公眾』層面的意思。」〔註2〕對「知識分子」的不同考察，我們很難得到一個終極性的準確答案。「有文化的思想者」的提法當然適合當今大眾化的釋義，而且強調的是「思想」，其中有某種含混的意思，既有與政治合謀，也有與政治避離的所指，「思想」與「文化」本身來說就是一個中性詞。但值得注意的是，其中所提到的更多的是指涉「文學」，儘管其中確實有值得商榷的地方，但古今中外歷來的「知識分子」都與文學緊密相聯，這應該是一個不爭的事實。中國自古以來就是個詩教的國度，從第一個「知識分子」──孔子開始到屈原，無不是把爲國爲民的思想以文學的形式表現出來（儘管孔子的文學是廣義上的，但屈原卻是楚辭的開創者，是地地道道的文學範疇），正所謂「不學詩，無以言」。之後歷代的文人學士都無不以「文學」而立足於世，皆因詩文優秀而入仕。「生年不滿百，常懷千歲憂」（古詩十九首之十五，漢魏時期無名氏作）的文學士人貫串了歷朝歷代。寫下「三吏」「三別」的杜甫就是典型代表。西方從 18 世紀初期開始的啓蒙運動（the Enlightenment），雖然覆蓋了各個知識領域，如自然科學、哲學、倫理學、政治學、經濟學、歷史學、文學、教育學等，但期間卻產生了一大批著名的思想家與文學家，如伏爾泰、狄德羅、盧梭等，他們無不在文學領域有很大的建樹。中國近現代開始出現的詩界革命、小說界革命以及白話文運動，又無不以文學的外在形式來試圖進行思想啓蒙運動。這些都說明文學與「知識分子」具有天然的聯繫。只不過，在西方叫「知識分子」，在中國傳統的叫法叫「士」。中國「知識分子」的叫法到現代才開始出現。

　　對於西方「知識分子」的起源及其與中國傳統「知識分子」──「士」的比較研究，杜維明、葉啓政、余英時等學者都做過比較深入的研究。錢穆對中國傳統知識分子的流脈作過全面的梳理，〔註3〕許紀霖主編的《20 世紀中

〔註 2〕見網頁：http://en.wikipedia.org/wiki/Intellectual#cite_ref-1, 原文爲: In English 'intellectual' conveys the general notion of a literate thinker; its earlier usage, such as in The Evolution of an Intellectual（1920）, by John Middleton Murry, connotes little in the way of 'public' rather than 'literary' activity.

〔註 3〕參見錢穆：《國史新論》中的《中國知識分子》，三聯書店 2001 年版。

國知識分子史論》〔註4〕收錄了不少與知識分子研究有關的文章。當然還有其他許多學者都作過中西方知識分子的研究，在此難以詳列。

余英時在他的著作中除了溯源西方知識分子的概念，還力求找到中西方知識分子的公約點，並返回到中國自身的知識分子源頭上來。（畢竟，知識分子是一個來自西方的概念。）

> ……今天西方人常常稱知識分子為「社會的良心」，認為他們是人類的基本價值（如理性、自由、公平等）的維護者。……這裡所用的「知識分子」一詞在西方是具有特殊涵義的，並不是泛指一切有「知識」的人。這種特殊涵義的「知識分子」首先也必須是以某種知識技能為專業的人：他們可以是教師、新聞工作者、律師、藝術家、文學家、工程師、科學家或任何其他行業的腦力勞動者。但是如果他的全部興趣始終限於職業範圍之內，那麼他仍然沒有具備「知識分子」的充足條件。根據西方學術界的一般理解，所謂「知識分子」，除了獻身於專業工作以外，同時還必須深切地關懷著國家、社會、以至世界上一切有關公共利害之事，而且這種關懷又必須是超越於個人（包括個人所屬的小團體）的私利之上的。所以有人指出，「知識分子」事實上具有一種宗教承當的精神。〔註5〕

余英時從對西方知識分子的認識中，看到了中國的「士」傳統，看到了中國幾千年來的「詩教」傳統。於是他得出結論，中國歷史上的「士」大致相當於今天所謂的「知識分子」，那種「社會的良心」的詩教傳統其實基本上反映了中國文化的特性，而且這種傳統長達2500年。「士」在先秦是「遊士」，秦漢之後則是「士大夫」。杜甫、韓愈、柳宗元、白居易，等等，足以代表當時「社會的良心」。在錢穆看來，中國新生意義上的知識分子，則是知識分子內在精神的覺醒，這種內在精神就是傳統士人心中的宗教，它與詩教是密不可分的。這裡存在一個不可解決的矛盾，既是宗教性的東西，那麼它必然要普及到大多數人身上，（當然這與當今的普及性的知識教育不同），然而真正意義上的知識分子在中國很可能只是極少數的「士」，當然他們也是「低級的貴族」（顧頡剛語），在西方更多時候體現為一些知識階層的精英或天才思想家。這種矛盾性，很容易聯想到「知識分子寫作」與「民間寫作」之間的矛盾性。

〔註4〕新星出版社2005年版。
〔註5〕余英時：《士與中國文化》，上海人民出版社1987年版，「自序」第2頁。

「知識分子寫作」中的「知識分子性」肯定與傳統意義上的知識分子性不可同日而語,而「民間寫作」的民間大眾性又與以往的知識分子性截然有別,兩者之間是極爲含混而矛盾的一對概念,用中國古代與西方的知識分子概念去套取它們的實質,很明顯不大可能。然而反過來思考,「知識分子寫作」是否具有現代技術主義的一面?「民間寫作」是否具有傳統中「士」的一面?這又是一個饒有趣味的話題。總之,兩類寫作立場是大眾與精英矛盾的一種表現形式。他們都與詩教有一定關係,他們都是知識分子,然而他們之間的矛盾又不可調和。

　　關於這個矛盾也同時體現在葛蘭西與班揚對知識分子的論述上。「因此,我們可以說所有人都是知識分子,但並非所有的人在社會中都具有知識分子的職能。〔註6〕」葛蘭西是在把知識分子分成傳統的知識分子(代代從事相同工作的知識分子)與有機的知識分子(主動參與社會,努力改變眾人心意的知識分子)兩類的基礎上說這話的。回到「知識分子寫作」與「民間寫作」詩人身上,他們其實同屬有機知識分子。他們從事的都是所謂的先鋒寫作,只是「知識分子寫作」更多指向內在的、技術上的與形而上的,而「民間寫作」更多的是傳統意義上的大眾化與「社會良知」。雖然前者參與社會的意識不強,後者的專業意識較爲淡薄,但它們都是有機知識分子範疇上的概念。(儘管葛蘭西的「有機」概念多指「新的階級所彰顯的新型社會中部分基本活動的『專業人員』〔註7〕」)。有意思的是,「知識分子寫作」與「民間寫作」和葛蘭西所劃分的城市型與鄉村型知識分子竟然有某些相似之處。〔註8〕對比之下,我們倒是可以把「知識分子寫作」比作城市型知識分子寫作,把「民間寫作」比作鄉村型知識分子寫作。城市型「知識分子寫作」多體現爲城市學院派的特點,鄉村型的「民間寫作」則更多體現「外省」、傳統、民間的特色。它們之間的相同之處在於,與政治都沒有任何瓜葛,與意識形態疏離,不同之處在於寫作立場的差異。其中表現出來的這一共同特性確實有別於以往絕大多數的寫作立場(無論是客觀還是主觀上的追求)。也就是說,他們的寫作無論提倡什麼,都是指向自身的寫作立場,都是意圖通過文字向讀者表達一

〔註6〕〔意〕安東尼奧·葛蘭西:《獄中札記》,曹雷雨、姜麗、張跣譯,中國社會
　　　　科學出版社2000年版,第2頁。
〔註7〕同上。
〔註8〕同上,第9～11頁。

定的美學追求，終究只是與文字相關。葛蘭西的一句話頗含意味：「在中國，文字書寫是將知識分子和大眾截然分開的表現。」〔註9〕葛蘭西的知識分子觀帶有明顯的「大眾性」特點，而按照薩義德對法國人朱利安‧班達的理解，葛蘭西與班達代表兩個極端。薩義德看到了班達眼中的知識分子「是一小群才智出眾，道德高超的哲學家——國王（philosopherkings），他們構成了人類的良心。」〔註10〕在這個意義上講，「知識分子寫作」與「民間寫作」似乎與知識分子都不沾邊。班達提出「知識分子的背叛」的警示意義，特別在於他提到知識分子贊同壓抑人性方面的表現，並指出「現代知識分子背叛自身使命的三種態度」。其中，「第一，他讚頌所謂『國家』這個『龐然大物』穩如泰山，它被看成是一種渾然一體的現實，即『極權』國家。」〔註11〕上文提到的兩類寫作觀念似乎都與這種背叛無關，這與中國數十年來意識形態濃烈的寫作觀念是迥然有別的。

中國傳統的知識分子（「士」）與文字（文學）有著天然的聯繫，甚至纏繞著一種情結。無論是李白式帶有江湖遊士氣質的知識分子，還是入仕朝廷式的科舉之士，都逃不開這一範式，也即他們的骨子裏都是「象徵性的、文字的、思想的那一套」。〔註12〕只是到了近代鴉片戰爭爆發之後，西方列強大舉入侵中國以來，這種狀況才有所改變。即以自然知識和技術爲重心的「知識」逐漸改變了傳統之「士」的思想世界。儘管嚴復翻譯了西方穆勒、斯賓塞、孟德斯鳩、亞當斯密等人的著作，但在很大程度上仍然是「文章」意義上的。儘管如此，近代知識分子自我形象卻在發生著極大的轉變，直到1905年廢除科舉制度，舊「士」與新「士」才形成了決裂的態勢〔註13〕，才有了二千多年帝制被推翻的結果，才有「五四」新文化運動的發生。此外，中國傳統的思想結構將會長期約束著知識分子的思想發展，只是中國文化深層結

〔註9〕 〔意〕安東尼奧‧葛蘭西：《獄中札記》，曹雷雨、姜麗、張跣譯，中國社會科學出版社2000年版，第17頁。

〔註10〕 〔美〕愛德華‧W‧薩義德：《知識分子論》，單德興譯，三聯書店2002年版，第12頁。

〔註11〕 〔法〕朱利安‧班達：《知識分子的背叛》，上海人民出版社2005年版，第19頁。

〔註12〕 費孝通：《論知識階級》，《20世紀中國知識分子史論》，許紀霖編，新星出版社2005年版，第105頁。

〔註13〕 參見王凡森：《近代知識分子形象的轉變》，《20世紀中國知識分子史論》，許紀霖編，新星出版社2005年版，第107～126頁。

構中的「良知系統」「政治掛帥」「心」「黨同伐異」等等〔註14〕，將仍然會深刻影響著知識分子的言行。20 世紀是中國歷史上知識分子轉型與思想層面發生深刻交鋒的一個世紀，歷史終將證明，這個世紀在歷史長河中絕對是一個十分特殊的時期。它不僅是中國一個低沉的漩渦期，還是一個思想文化激烈碰撞並發生巨大變化的文化轉折期。它徹底改變了中國傳統的知識分子心態，同時也讓知識分子的命運及其在社會上的中心地位發生了根本性的翻轉。文學在發生巨大變化的同時，也經歷著幾番沉浮的變遷。特別是後工業網絡時代的到來，更是顯示出諸多新質。

「知識分子」概念在現代才正式傳入中國。經歷一個世紀之後，曾經風雲甚至改變過中國命運的知識分子（文學與思想層面的），在世紀末到新世紀這個階段卻變得越來越疲弱和淡出。其實這個現象在上世紀 80 年代已呈迴光返照之勢，1989 年的政治風波及 90 年代初期市場經濟地位的正式確立，知識分子們儘管也發起過人文精神大討論的思想界運動，但最多也只是一廂情願式的吶喊，再也激不起「五四」時期那般的啓蒙革新潮，左翼時期的救國革命潮，延安時期的大眾文藝潮，「十七年」與文革時期的紅色經典潮，80 年代中期前後的再次啓蒙潮。除了人文精神大討論，90 年代還出現過新左翼思潮、新自由主義思潮，但是眞正意義上的知識分子不斷被社會矮化、邊緣化，不但無心，也無力激起思想的浪頭。這種狀況的出現有著深刻的社會根源。中國改革 20 多年後，社會階層（在當今的語境中，一般不用「階級」一詞，但是按馬克思主義理論來看，階級的特點還是相當明顯的）出現了多元的分化。無論是工人階層、農民階層，還是知識分子階層都發生了重大的分化。隨著社會文明的進步，知識分子雖然身處邊緣地位，但較之以往，群體性的力量不是弱化了，在很大程度上，人文知識分子本身的力量要比以前強大得多。至少，這一群體的數量在不斷擴大。有論者給「知識分子」下了一個新的定義：「知識分子是沒有掌握行政權力和資本支配權力、專門從事知識創新、文化產品創造的知識文化傳播的一族。」〔註15〕但是知識化的行政官員與專業的科技人員並沒劃入文中所言及的知識分子之列。因爲，人文知識分子最能代表知識分子的特性，按照以往的規律，文學又是其中最直接、最形象、最活躍的部分。恩格斯在《致瑪·哈克奈斯》信中，精闢地概括了巴爾扎克《人

〔註14〕 參見〔美〕孫隆基：《中國文化的深層結構》，廣西師範大學出版社 2004 年版。
〔註15〕 楊繼繩：《中國當代社會各階層分析》，甘肅人民出版社 2006 年版，第 250 頁。

間喜劇》豐富而深刻的思想內容，並強調指出，從中所學到的東西，「比當時所有職業的歷史學家、經濟學家和統計學家那裡學到的全部東西還要多」。然而，中國知識分子自諸子百家以來數以千年的附庸地位沉澱成某種文化基因，這種基因決定了中國知識分子無法完全做到思想上真正的自由與創新。中國的左翼文學自 30 年代盛行以來，在意識形態領域逐漸掌握主導地位，但同時又從屬於政治的主導。這種狀況在毛澤東《講話》發表後又逐步得到強化。新中國成立後，一方面文學的主導地位發展到極致；另一方面，作為文學的主體卻又面臨前所未有的壓制。在這種情形之下，以文學界為代表的知識分子群體必然會發生許多異化的情況。改革開放後，這種情況略有改觀，但是經歷「89 事件」後，重新墜入寒噤之中。到了 90 年代，則又走入另一種異化的進程。於是，在市場經濟與大眾文化的強力衝擊下，知識分子也呈自甘墮落之勢，王朔式的「痞子文化」即為其中最顯著的一例。知識分子要麼不屑於與主流抗爭而發出自己的聲音，要麼充滿世紀末情緒而大呼人文精神的危機，並且這種爭吵的聲音幾乎響徹整個 90 年代。世紀末的「盤峰論爭」也是混雜之中知識分子爭吵的一例。

在大致瞭解與對比中西方知識分子概念的發展變遷之後，再把視角縮小到作為知識分子界一個重要組成部分的中國 20 世紀文學上來，最後聚焦到 90 年代的文學上，從而討論 90 年代「知識分子寫作」與「民間寫作」的發展脈絡，這是本部分內容的一個邏輯思路。

二、20 世紀中國文學「知識分子」的存在及矛盾

「盤峰論爭」，會讓不少學者有興趣回溯上世紀初新文學發生時的一些狀況。新文學運動發生之前，就先後有黃遵憲、梁啓超倡導的「詩界革命」發生，而顯示出新文學早期孕育與發展的苗頭。直至胡適等人倡導白話詩時，詩歌便已成為新文學誕生的「先頭部隊」。一部 20 世紀的新文學史（新詩史），或隱或現都可以從 90 年代「知識分子寫作」與「民間寫作」發展脈絡中看到它們之前的影子。尤其是論爭的形式，之前就從來沒有缺少過，特別是「盤峰論爭」似乎抽離了政治意識形態的糾拌，帶有相當的自由主義的爭辯性質。所以，世紀末的論爭與世紀初的一些論爭，就精神上來說有不少相似之處。

傳統的文學意義上的知識分子在新文學運動之前一般不以集團的形式出現，這不僅因為文學知識分子總是附著於政治，也由於傳統媒體還沒有發展

到合適的時機來承載文學大面積傳播的任務。這種狀況隨著西方列強的入侵、西方現代報業的模式在中國的出現而得到徹底改觀。報業從醞釀滋生到大面積出現，爲「文學界」的出現創造了基礎與條件。19 世紀 70 年代開始，王韜成爲開拓中文報業的先鋒。上海的《申報》（1872 年創立）與《新聞報》（1893 年創立）成爲世紀轉折之際最著名的兩份報紙。後來 1896 年梁啓超在上海創辦《時務報》，1904 年狄楚青創辦《時報》以及章炳麟創辦《蘇報》〔註16〕……還有許多小報創辦，根本無法完全統計。創辦報紙一時風起雲湧，蔚然壯觀。報紙的興起，不僅開拓了視野，普及了知識，也爲知識分子開闢了大量發表言論的園地。隨著文學副刊的出現，文學知識分子得以集結，直接催生了新文學運動，也使得文學知識分子在眾多文學副刊的周圍迅速形成文學社團。20 世紀初文學知識分子界即由此而誕生。

學者李歐梵認爲，「新的『大眾文學』就是在這些文學副刊與『小報』中成長、興旺的。」〔註 17〕大眾文學誕生之初就在梁啓超的倡導下晃動著意識形態的影子，著名的有他 1903 年發表在《新小說》上的創刊詞：《論小說與群治之關係》。這種大眾文化的政治目的在民國「鴛鴦蝴蝶派」興起之後退化，但又在陳獨秀的《新青年》中得到強化。陳獨秀的《文學革命論》仍充滿強烈的傳統救世意識，暗藏文以載道傾向。而周作人的《人的文學》與《平民文學》則強調以人爲基點，又以人爲指歸的一種文學精神。在《平民文學》一文中周作人強調：「第一，平民文學應以普通的文體，記普遍的思想與事情。……第二，平民文學應以眞摯的文體，記眞摯的思想與事實。……只自認是人類中的一個單體，渾在人類中間，人類的事，便也是我的事。」20 世紀 90 年代的「民間寫作」從中可以找到一定的理論資源，20 世紀末和 20 世紀初的文學主張與文學觀念之爭在許多方面都似乎有某些共通之處，如對照起來進行考察，則意味深長。

「知識分子寫作」與「民間寫作」的對立，20 世紀初的「文學研究會」與「創造社」之間的對立，以上前後的兩種對立，確實有類似之處。前者是 20 世紀末最重要的兩脈詩歌寫作觀念，後者則是 20 世紀初兩個立場不

〔註16〕 參見李歐梵：《文學界的出現》，《20 世紀中國知識分子史論》，許紀霖編，新　　　星出版社 2005 年版，第 324～342 頁。該文原載《李歐梵自選集》，上海教育　　　出版社 2002 年版。
〔註17〕 李歐梵：《文學界的出現》，《20 世紀中國知識分子史論》，許紀霖編，新星出　　　版社 2005 年版，第 325 頁。

同但又常有交叉互變的最重要的文學社團。其實在這兩種對立之外，20 世紀 20 年代以後一段時間是文學社團林立的時期，[註18] 稍後即出現「京派」與「海派」的對立。迄今爲止，對「京派」與「海派」的研究已相當深入。文學史家把「京派」叫作「學院派」，還包括稍後成立的「新月社」，主要代表人物集中在北京。「海派」集中在上海，以通俗大眾化的風格爲主。「京派」風格傳統，博學多才，以自身品位修養爲重；而「海派」則接受現代西方洋場氛圍，更爲生活化與世俗化，常被認爲膚淺與庸俗。如果和 90 年代的「知識分子寫作」與「民間寫作」稍作對比，相似之處頗多。只是，與「海派」相類的「民間寫作」轉向了民族自身，「知識分子寫作」則相反，多與國外相關。這種對立與後來「文學研究會」和「創造社」的對立相比較，則更見相似之處。其中表現不僅在於文學觀念的對立，更在於文學界人事關係的紛爭上。

　　1921 年 1 月 4 日，「文學研究會」在北京成立。不久，革新了的《小說月報》刊登了該會的基本原則。其中提到要「增進知識」，「整理舊文學的人也須應用新的方法，研究新文學的更是專靠外國的資料」，此中所言知識要從外國來，中國的舊傳統是不夠的。「文學研究會」提倡文學的專業性，要把文學當作終身的事業來做。而且強調「文人的精英圈」，要多介紹、翻譯外國文學。「文學研究會」在「左聯」成立後「無聲消失」。1921 年 7 月成立的「創造社」則是「由一群親密的朋友組成的」，該社強調文學的「創造」品性，主張原創詩歌，後來轉向意識形態濃厚的「左聯」。這些不言自明的內容，自然能讓人聯想到 90 年代「知識分子寫作」與「民間寫作」的一些核心主張。比如說，「知識分子寫作」的西方資源問題，強調專業性寫作，北京的一小圈子人，等等；「民間寫作」的外省特徵，于堅主張的「拒絕隱喻」，倡導原創性，等等。如果再聯繫 20 世紀初「文學研究會」與「創造社」的文學觀念對立與人事糾紛，則頗能讓人感覺到歷史在部分地重演。有一點值得注意的是，能讓人從「知識分子寫作」聯想到的「文學研究會」是「爲人生而藝術」的，從「民間寫作」聯想到的「創造社」卻又是「爲藝術而藝術」的，這似乎讓世紀末與世紀初的各自兩種對立的文學觀念既相似又交叉矛盾，我們能從中得到不少啓示。與 20 世紀 90 年代「知識分子」「民間立場」的論爭都關注「日

[註18] 據李歐梵文章所言：「茅盾估計，1922 年至 1925 年期間，在主要城市中有超過一百個文學團體。」見《文學界的出現》。

常生活」一樣,「創造社」也重視通過「經驗」來認知「日常生活」。總的來說,20 世紀初的論爭正如郭沫若所言:「文學研究會和創造社並沒有什麼根本的不同,所謂人生派與藝術派都只是鬥爭上使用的幌子。」世紀末的「盤峰論爭」又何嘗不是如此呢?〔註 19〕

　　20 世紀的文學知識分子在 30 年代之前還是相對自由獨立的,意識形態的感覺還不強烈。文學知識分子大肆介入實際政治是在「左聯」成立之後直到抗戰時期。包括西南聯大時期的知識分子群體也大致如此。儘管這些文學知識分子有多方面的弱點,但仍不缺少真正的知識分子精神,而這一切都是在 1949 年後徹底衰落與變異的,當然這個源頭至少可以上溯到「左聯」與延安時期。在此並非在厚文學而薄政治,作為文學本身來說,一旦與太多外界的東西聯姻,必然生下一些怪胎,作為文學主體的知識分子自然是最直接的外在表現的載體。這種情況當然不是絕對的,就算是在「十七年」時期也常有曇花一現式的知識分子精神呈現,即使是文革開始直到 70 年代,仍然有「潛在寫作」的存在。〔註 20〕這些都能體現出一種與政治相對疏離的文學精神,然而與政治(包括啟蒙)絕對不相干的文學實在難見,所以真正的文學精神在某種意義上也只能是相對的。這種精神自「五四」以降,屢經挫折,不斷被湮沒,直到 20 世紀末期的「盤峰論爭」,才讓文學之爭真正只是內部之爭,在這個意義上講,即使它存在意氣爭鬥之嫌,也算是一種好的症候,並非為人所不齒。

　　如果說新中國成立前知識分子還處於一種混亂之中的話,那麼新中國成立後,全體知識分子則迅速陷入被「規訓」的狂瀾之中。福柯對這種現代社會的「規訓」有很好的理論闡釋,在他的體系中,「紀律」「個人化」「權力」都是一些核心詞彙。他認為,「紀律是一種針對個人差異的權力動作方式」,「在一個規訓制度裏,個人化是一種『下降』」,「實際上,權力能夠生產。它生產現實,生產對象的領域和真理的儀式。個人及從他身上獲得的知識都屬於這種生產。」〔註 21〕新中國成立後中國共產黨在文藝領域頒佈

〔註 19〕此處參考了李歐梵《文學界的出現》一文的論述。引文也出自該文。
〔註 20〕這方面的研究文章與專著比較多,略舉兩例:1. 劉志榮:《潛在寫作:1949～1976》,復旦大學出版社 2007 年版;2. 廖亦武主編:《沉淪的聖殿(中國 20 世紀 70 年代地下詩歌遺照)》,新疆青少年出版社 1999 年版。
〔註 21〕〔法〕米歇爾·福柯:《規訓與懲罰:監獄的誕生》,劉北成、楊遠嬰譯,生活·讀書·新知三聯書店 2003 年版,216～218 頁。

實施的一系列方針政策，即是以「規訓」與取消個人化爲前提的。這個過程最早可以上溯到 20 世紀 30 年代「左聯」成立前後，到 1942 年毛澤東延安《講話》的發表，實際上已骨骼形成初具形制，新中國成立後才最後確立、強化與泛化。20 世紀世界三大社會思潮——社會主義（馬列主義）、民族主義、自由主義在中國的命運就是社會主義與民族主義結合起來逐漸排擠掉自由主義的空間而占絕對主流地位，這種狀況直到世紀末市場經濟地位確立後才有所改觀。詩歌界的「盤峰論爭」正是一個具體表現，畢竟中國自近現代史以來，自由主義是眾多知識分子的精神價值寄託所在，正如于堅不無欣喜地提到，「盤峰論爭」是一種自由主義的表現，它與文學與詩有關，與政治意識形態不沾邊。〔註 22〕

　　新中國成立前，由於當時具體的國情是國家仍處於民族危亡的緊急關頭，民族大義壓倒一切屬情理之中，與政治疏離的知識分子自然難以進入後來所編選的正史，甚至被編入另冊。但是知識分子的作用早就爲毛澤東所重視，他甚至如此斷言：「沒有知識分子的參加，革命的勝利是不可能的。」〔註 23〕出於統一戰線與革命的需要，中國共產黨在毛澤東的領導下必須大量吸收知識分子，然而這種吸收並不是沒有選擇沒有餘地的。毛澤東發表於 1942 年 5 月的《在延安文藝座談會上的講話》即爲第一次對知識分子的規訓。名義上爲「交換意見」與「研究文藝工作和一般革命工作的關係」的講話，實質上對知識分子們（主要指文藝知識分子）提出了「立場問題」「態度問題」「工作對象問題」，等等；第一次確立了文藝爲人民大眾爲工農兵服務、政治標準第一的方針，這就爲新中國成立後的文藝走向定下了基調。實際上，1941 年開始的整風運動，對丁玲、蕭軍、王實味、艾青等人的批判，就已體現了黨內對文藝知識分子的規訓態度，尤其是不能容忍王實味式的帶刺的「野百合花」的存在。在殘酷的思想壓制與批評環境中，知識分子共同轉向實屬無奈與識時務之舉。同時，本應具有獨立思想的知識分子也逐漸開始了異化的歷程。新中國成立初期，針對文藝知識分子的思想改造運動自上而下頻繁地展開，這種有組織、有計劃、規模很大的運動直接表現爲國家意志的實施，而且直接由國家領導人策動。文藝界的最高領導郭沫若、周揚等人同時也起到推波助瀾的作用。對胡風及「胡風集團」的批判，還有其他各類批判（比如

〔註 22〕參見本書附錄「于堅訪談」。
〔註 23〕毛澤東曾於 1939 年 12 月 1 日爲中共中央的決定起草《大量吸收知識分子》一文，後收入《毛澤東選集》第二卷，人民出版社 1991 年版，引文見 618 頁。

「反右運動」），直到後來把這種對文藝知識分子的異化推到極致的文革，使文藝知識分子的個性幾乎消失殆盡。文藝知識分子異化，文藝（文學）異化，這些可以成爲那段歷史時期的文學（文藝）的整體概括。（當然這只是從意識形態層面上來進行的整體概觀，並不等於說完全缺少充滿個性的文學作品。）有論者從整個 20 世紀的有代表性的文學作品中來概括知識分子在 20 世紀中的形象，即爲人所熟知的「多餘人」。

在此談論知識分子的「多餘人」是就文學層面上來說的，表現爲具體文學作品中的人物形象，他們與近現代知識分子的身份與處境構成一種互爲映照的關係。就中國知識分子在整個 20 世紀中的命運來說，實際上一直沒有擺脫「多餘人」的窘境，要麼無法掙脫封建思想的桎梏，要麼受到政治的脅迫，要麼在經濟大潮中無所適從，即使有一些屬於他們自己的聲音，卻又是那般微弱。知識分子在 20 世紀末期似乎產生了一定的自覺。這種自覺表現於他們在各自的領域努力發出自己的聲音，從而試圖建立起屬於他們自己的獨立王國。具體到 90 年代的詩歌來說，無論是「知識分子寫作」還是「民間寫作」，可以說，都是游離於其他束縛之外的努力。「盤峰論爭」也正是他們自己內部的一次交鋒，這場在外界看來有些不明就裏甚至是無謂的爭鋒，恰恰體現了文學知識分子的某種獨立性。從而他們也改變了自身一直以來屬於社會學意義上的「多餘人」身份。

本來，「多餘人」形象是 19 世紀俄國文學中所描繪的貴族知識分子的一種典型。這種典型人物形象出身貴族，生活優裕，教育良好，雖理想高尚卻遠離人民，雖不滿現實卻缺少行動，雖嚮往西方自由思想不滿現實卻無力改變現狀。普希金筆下的奧涅金就是最早的「多餘人」形象，之後屠格涅夫的羅亭、赫爾岑筆下的別爾托夫、萊蒙托夫筆下的皮巧林、岡察洛夫筆下的奧勃洛摩夫，這些「多餘人」形象共同構築起俄羅斯文學中偉大的一面。中國 20 世紀二三十年代的文學充分吸取了其中的精華，也出現了一系列「多餘人」形象。魯迅筆下的涓生、呂緯甫、魏連殳，巴金筆下的覺新，葉聖陶筆下的倪煥之，柔石筆下的蕭澗秋，曹禺筆下的周萍，都無不是血肉豐滿的「多餘人」形象。他們都是接受了民主思想的知識分子，他們痛苦與掙扎，散發出封建社會末期與資產階級初期的混雜氣味，帶有濃厚的小資產階級的特點，而且他們的個人命運都無不走上失敗的道路。這就是中國最早的知識分子「多餘人」形象，他們雖然深受俄羅斯文學的影響，但卻有著自身的明顯特點。

儘管如此，從本質上來說，與俄羅斯的「多餘人」形象大同小異。總之，中國現代「多餘人」形象大大豐富了中國 20 世紀文學的空間，同時也開啓了表現中國知識分子在 20 世紀的命運的先河。

以此爲源頭，張清華撰文整理了 20 世紀中國文學中的「知識分子譜系」。〔註24〕在他看來，應「將現實中的和文學中的知識分子看成同一個群體」。他把魯迅《狂人日記》中的主人公與魯迅本人都視作「狂人」，並論證其中中國式「多餘人」的本質。他又從錢鍾書《圍城》中的「多餘人」方鴻漸導引出「這不光是方鴻漸自己的失敗，也是新文化運動和現代中國知識分子的集體性失敗」的結論。他認爲從五四時期「人的文學」「爲人生的文學」向延安時期的文學的轉變，看似突兀，其實有其自身的歷史邏輯。因爲對革命最起碼的一點理解就是用來「解放」人的，知識分子迷戀理念、理想，把革命「聖化」「詩化」，這本身就是知識分子的「毛病」。從而，以王實味爲代表的一系列知識分子的悲劇已經「表明現代知識分子的集體死亡」。在此基礎上，當代知識分子出現了更爲慘淡的形象。包括張賢亮筆下的章永璘，賈平凹筆下的莊之蝶，莫言筆下的上官金童，這些人物不僅同樣是知識分子「多餘人」的形象，而且「二元分裂的出身使他們備受磨難」。也即來自西方的文化血緣與中國文化倫理致使他們感覺到「身份的可疑」。由此張清華得出的結論是，與西方知識分子相比，俄國與中國相繼出現的知識分子「多餘人」形象表明：「越是在東方式的和封建專制的國家裏，知識分子就越是軟弱的。」

張清華的觀點是對錢理群先生一個著名論斷──「哈姆萊特和堂吉訶德現象的東移」的延伸闡釋，但他對整個 20 世紀中國的知識分子譜系作文學與現實綜合的梳理，對我們研究「知識分子寫作」的歷史背景和淵源不無啓示。我們正可以在如此大背景下來理解 80 年代中國語境中的啓蒙性質，及其 80 年代與 90 年代兩度社會轉型時期知識分子的處境，並從中發現知識分子在這個轉型期中的可作爲性。

三、八九十年代社會語境中的「知識分子」

對於八九十年代的社會語境，包括針對政治、經濟、文化等一系列新變化的論述，相關著作已有很多。但有一點是公約的，即：社會在向多元化過

〔註24〕參見張清華：《二十世紀中國文學中的知識分子譜系》，《粤海風》2007 年第 5 期。

渡並出現混雜多變的格局。70 年代末期開始的政治轉型與 90 年代初期的經濟轉型分別成爲社會與文化轉型的動力源。這分別促成了 80 年代的知識分子啓蒙語境與 90 年代多元共生的文化氛圍。美國學者丹尼爾‧貝爾的政治、經濟、文化三大領域對立說與「後工業化社會論」，對我們理解這段時期的歷史顯然仍是有效的。雖然他在《資本主義文化矛盾》一書中集中探討了當代西方社會的內部結構脫節與斷裂問題，認爲三大領域發生了根本性的對立衝突，但是仍然對我們探究中國 20 世紀末的社會與文化史有極大的啓發性。尤其是他的「意識形態終結論」與「經濟衝動力」說，對我們分析 20 世紀末的社會文化轉型更是有著直接的借鑒意義。

如果說 1989 年之前中國社會的意識形態力量佔據了主流的話，那麼實質上整個 80 年代以來，文學上的意識形態性就在走向一條逐漸淡化的征途，儘管頗費周折。這與大的社會語境有關。中共十一屆三中全會以來所確立的執政方針，是對以往政治的某種糾偏，在某種意義上說，隨著全球化時代的到來與新的國際國內環境，政治意識形態不得不暫時放鬆對知識分子各方面的約束，而把主要精力放到社會大局穩定與經濟發展上來。文學領域的知識分子也暫時獲得了相對的人身與言論自由，但是在獲得這種自由的同時，也失去了以往與政治親近所獲得的話語權，從而它必然淪爲邊緣。於是文學知識分子在被邊緣化的過程中必然會產生焦慮感，一時還無法適應不被社會重視的現狀。一部分人就以文學介入的方式試圖再次獲得社會的認可，於是類似於傷痕文學、改革文學、尋根文學等等都漸次更迭出現。另一部分則認準這個時機重新擔負起啓蒙的責任，主要的途徑就是通過大力介紹西方文化思想，以此來建構自己的思想國度並普及於人。還有一部分人則試圖走入文學本體的建構之中，以重視語言本身與文本試驗爲己任，先鋒文學就是最好的一例。所以說，意識形態在弱化的時候，文學知識分子在遭遇被邊緣化並產生焦慮症的過程中，他們就以各種方式來釋放這種焦慮感。80 年代的文化意識相當明顯卻又雜亂紛陳，這種景象在甘陽主編的《八十年代文化意識》〔註25〕一書中有較深刻的呈現，當然還有汪暉的一系列文章；查建英主編的《八十年代：訪談錄》〔註 26〕則是再現文學界對當時所處時代環境的感性表達。當然這些都是回顧式的，並不一定能完全再現當時的眞實狀況，最多只是再

〔註25〕上海人民出版社 2006 年版。
〔註26〕生活‧讀書‧新知三聯書店 2006 年版。

現了當時一種釋放情景。但是這種釋放在 1989 年突遇寒潮，噤若寒蟬的知識分子直到兩三年後才又逐漸開始私語與獨唱。於是，新一輪語境在 20 世紀 90 年代又得以滋生。

　　以上一段的簡略分析，其原因用丹尼爾‧貝爾的話來說就是「文化和社會結構的斷裂產生了普遍的、社會難以應付（個人也是同樣）的緊張關係」。〔註 27〕這種「緊張關係」會導致現代社會文化聚合力的分散，這種分散也最終會成爲文化的重要社會學問題。丹尼爾‧貝爾認爲其中原因是「現代性本身製造出文化內部的渙散」。中國進入 20 世紀 90 年代以後，隨著市場經濟地位的進一步確立，大眾文化的興起，這種渙散進一步擴大化。其結果一度使知識貶值，讀書無用論、拜金主義一度橫行，「造原子彈的不如賣鹵雞蛋的」、詩人一文不值等等社會現象就是一種最好的寫照。輕視知識、輕視高學歷、道德感喪失等現象的社會原因雖然可以上溯到文革時期甚至更早，但是到 90 年代卻空前凸現。這種嚴峻的現實驚醒了相當多知識分子的社會責任感，從文學界開始進而普及至整個知識界的「人文精神大討論」（1993～1995）則掀開了知識分子抗爭的序幕。王曉明說：「我覺得，與種種對所謂『文化轉型』的贊許或默認相比，這種對流行文化與主導意識形態的『共謀』關係的強調，正是標誌了知識分子重新以批判姿態面向文化現實的新階段的開始。」〔註 28〕然而，知識分子抗爭的力量相當弱小，再難以掀起大浪。他們風光不再，無論如何吶喊，都只不過最終淪爲某種後現代式的「嚎叫」，儘管這種比方有點殘酷而難以讓人接受，但事實是他們的爭論最終都是不了了之，他們再也無力肩負起重建社會良心的重任。而且，隨著科技知識分子的崛起，人文包括文學在內的知識分子的聲音就往往成爲喃喃自語了。他們退回內心，退守自己的職業，依戀自身的某種「技藝」就必然成爲無奈的歸宿。這種「退回」在文學領域表現得尤爲明顯。

　　於是我們自然會回到文學意義的語言上來。其實眼光超前的丹尼爾‧貝爾早就看到這點。他指出：「我認爲，潛在問題不是這些顯見的社會學發展，而正是讓現在文化失去內聚力的話語——即語言，以及語言表達經驗的能力

〔註 27〕〔美〕丹尼爾‧貝爾：《資本主義文化矛盾》，嚴蓓雯譯，江蘇人民出版社 2007 年版，第 89 頁。
〔註 28〕王曉明：《「人文精神」討論與中國知識分子的認同困境》，《思想與文學之間》，人民文學出版社 2004 年版，第 57 頁。

——的斷裂。」〔註29〕對於作家，特別是對詩人來說，對語言斷裂的認識，其實是一種「自我意識」的覺醒，這種覺醒正如歐陽江河所言及的帶有知識分子的專業性、中年特徵及本土性。詩人通過語言將自身經驗作為真理的標準，以期尋求某種共同經驗與共同意義，從而化解由於社會的改變而帶來的「身份危機」。20 世紀 80 年代中後期提出、90 年代興起的詩歌領域的「知識分子寫作」從中似乎可以找到理論的源頭與依據。其實這種「身份危機」已是一種泛化的危機，不僅包括詩人自身的經濟與精神方面的社會學層面上的危機，同時也反映了知識分子階層在一個時代一個國度中的危機。往大的方面上講，更是全球化背景和現代性衝擊之下的文化認同危機。由此，我們就不難理解思想界與文學文化界的一系列思潮與事件，包括西風東漸、先鋒文學，包括思想界的保守主義與激進主義，也包括「知識分子寫作」與「民間寫作」以至後來發生的「盤峰論爭」。

我們不妨對「知識分子寫作」作如下一些理解。詩人從現實中退卻，擁住最後一方精神的聖土，也即詩歌語言的建設。他們把詩歌本身當作一種日常生活，在語言的歷險中完成精神的重塑，在技藝的磨礪中來表達一種經驗，在文化失去內聚力的時候進行一種詩意的重構，進而去彌補、捏合業已存在的話語的斷裂。如此一來，我們也就容易理解他們詩中所出現的為「民間寫作」所抨擊的西方資源。總之，在八九十年代的社會語境中，他們是在悄悄進行一場化解「身份危機」與重建自我的語言實驗。正如海德格爾所說的「語言是存在之家」，「語言講話只是為了讓語言自己言說」，他在「通向語言之路」上給「知識分子寫作」綻放了「如花語詞」，他似乎想告訴詩人：那就是「存在的真理」。荷爾德林詩云：「人充滿勞績，但還／詩意地安居於這塊大地之上」。雖然海德格爾的理解不無偏激，比如類似「詩之道就是對現實閉上雙眼」的觀點，〔註30〕但是他認可荷爾德林的「人，詩意的安居」，也為我們的詩人所認可並付諸行動。

但是，詩人或者文學知識分子的行動並不是無背景和無條件的，其行動往往帶有更為深刻的社會動因。前文講過的社會與個人的緊張關係在這裡有

〔註29〕 〔美〕丹尼爾・貝爾：《資本主義文化矛盾》，嚴蓓雯譯，江蘇人民出版社 2007 年版，第 90 頁。

〔註30〕 〔德〕海德格爾：《人，詩意地安居》，郜元寶譯，上海遠東出版社 2004 年版，第 91 頁。

具體的表現。80 年代精英知識分子與官方的關係即主要呈現為一種緊張關係，這種緊張關係到 1989 年到達頂峰。在 1989 年之前，官方主流意識形態與精英知識分子形成矛盾的二元格局，而民間知識分子代表的新型文化階層的力量還十分薄弱或處於萌芽期。如此一來，官方主流意識形態與精英知識分子自然成為主要矛盾。但是——

> 隨著 90 年代改革開放的重新啟動，市場經濟體制的發展使得文化資本與文化權力的集中局面又開始鬆動。但是這次的文化資本與權力的重新分配與 80 年代不可同日而語。80 年代文化資本與文化權力的重新分配帶有從上到下的特點，而且思想觀念的鬥爭與變革是其主要的促動力量；更重要的是，它是在原體制內（黑體字為原文作者所加）的資本再分配。當時的所謂知識精英都是體制內的啟蒙知識分子。因而在一部分文化資本從中央流向精英知識分子的時候，非精英分子（如各種大眾文化的弄潮兒）及普通大眾並沒有分享到，而體制外的知識分子（如各種自由撰稿人、個體書商、畫家等）則基本沒有出現。〔註31〕

這段頗具啟發性的分析文字也為我們瞭解「知識分子寫作」與「民間寫作」的產生背景及其相抗衡的結局提供了一個有效視角。「知識分子寫作」群體在某種程度上來說是精英知識分子，他們在 80 年代與官方主流意識形態是一種緊張關係，即使當時「民間寫作」存在，也只會是同一戰壕的戰友，這也正是 80 年代朦朧詩之後興起第三代詩歌的原因。但是進入 90 年代，意識形態相對鬆散，以往的精英知識分子成為既得利益的獲得者。其中不少進入高校或其他官方機構，出席國際文學學術會議，參加各類國際詩歌節，在國內也掌控詩歌的教育權與出版權，控制了相當的文化資本的分配權。總之一句話，至少在文學界他們具有相當的話語權，而且可以相對自由地發出自己的聲音。儘管他們總的來說仍處於邊緣地位，但他們已可以較為閒裕地進行技藝的追求，為了自己的日常生活經驗書寫而「詩意地棲居」。

相對而言，那些民間知識分子的境遇卻未必樂觀。他們一般處於「江湖」或「外省」，不僅遠離政治中心，而且也遠離文化中心。其中有不少與「知識分子寫作」群體一樣在 80 年代是鬥士，然而在 90 年代卻沒有分享到果實，

〔註31〕陶東風：《社會轉型與當代知識分子》，上海三聯書店 1999 年版，第 161 頁。

於是他們必然要爲這種不公的待遇討說法。他們能做的也就只有通過更多民間的形式，比如通過民刊、互聯網、文學社團等來發出自己的聲音。他們往往團結更爲廣泛的底層文學同仁，甚至是佔據道德的至高點，試圖削弱官方與精英知識分子詩人的力量以達到壯大自己的目的，同時也就爲自己爭得應有的文化與文學話語權。如果以上分析成立，那麼 20 世紀 90 年代「知識分子寫作」與「民間寫作」各自循著自己的脈絡不斷發展，各不相讓，最後導致「盤峰論爭」的爆發，這一切也就是情理之中的事了。

第二節 「知識分子寫作」早期概念的提出

現在看來，有一點可以肯定：「知識分子寫作」概念的提出與進一步闡釋與西川、陳東東、歐陽江河、王家新、臧棣、程光煒等人有關，這從他們不少可查實的與「知識分子寫作」直接相關的文章中可以考證。

這個概念最早出現的時間無從查實，但據西川本人所言，是他最早提出這個概念的。他在《答鮑夏蘭、魯索四問》（1993 年）中提到：「我提出了『詩歌精神』和『知識分子寫作』等概念，……」〔註32〕此外，西川在整理自己的「創作活動年表」時在「1987 年」欄下記載有「8 月，在河北北戴河與詩人陳東東、歐陽江河等一起參加詩刊社舉辦的第七屆『青春詩會』，並在會上提出『知識分子寫作』」。〔註33〕後來凡論者在研究這一寫作立場時都採信他的說法，比如：王光明的《相通與互補的詩歌寫作——我看「民間寫作」與「知識分子寫作」》〔註34〕、羅振亞的《「知識分子寫作」：智性的思想批判》〔註35〕、魏天無的《90 年代詩歌中的「知識分子寫作」》〔註36〕，等等，這些文章都明確指出西川是「知識分子寫作」概念的最早提出者，並不約而同地提到「第七屆青春詩會」。本書認可這一說法，不作另外考證。還有一個公認的說法，諸多論者也每每提到，西川首提「知識分子寫作」概念後，與西川一起參加「青春詩會」的陳東東，於 1988 年創辦《傾向》對之加以倡導。

「青春詩會」爲何物？早在 1980 年，爲了培養與發現年輕詩人，《詩刊》

〔註32〕西川：《大意如此》，湖南文藝出版社 1997 年版，第 246 頁。
〔註33〕同上，第 294 頁。
〔註34〕《南方文壇》2000 年第 5 期。
〔註35〕《天津社會科學》2004 年第 1 期。
〔註36〕《華中師範大學學報》（人文社會科學版）2004 年第 3 期。

社組織了首屆「青春詩作者創作學習會」。會上，除了名家授課外，詩人之間還進行了詩歌討論與觀念交流，之後《詩刊》集中參會年輕詩人的作品以專輯形式發表，並名之「青春詩會」。此後，這一名稱沿襲至今。至2008年止，「青春詩會」已舉辦過24屆，在中國詩界影響頗大，被譽之爲中國詩壇的「黃埔軍校」，參會的不少年輕詩人日後都成爲詩壇的中堅力量。從不同時期參會詩人的名單來看，「青春詩會」的影響力不言自明：舒婷、顧城、徐敬亞、王小妮、葉延濱、張學夢、梅紹靜、梁小斌、西川、于堅、韓東、歐陽江河、翟永明、王家新、車前子、吉狄馬加、江河……

西川與後來論者多有提到的「第七屆青春詩會」於1987年8月在河北北戴河舉行，會員來自12個省市，包括西川、陳東東、歐陽江河等在內的16個年輕詩人參會。之後，《詩刊》社記者撰文道：「我們十分欣喜地注意到，每個人都強調時代感、民族精神、詩人的使命等重大命題，儘管各人的理解不盡相同。」〔註37〕在這次詩會上，西川提出了「知識分子寫作」的概念，只是沒想到這種寫作立場竟然成爲20世紀90年代詩歌觀念的重要一支。進入90年代後，這個概念有所發展與變化，除了其他人的不同闡釋，西川本人也曾撰文論述前後的差異，只不過他的視角是從「知識分子」切入的。〔註38〕正是他對80年代與90年代不同的理解，才使他提出的「知識分子寫作」概念更具專業性與特指性，而不是一般意義上的知識分子從事的寫作。在這個意義上，「知識分子寫作」才顯示出相當的自足性。值得一提的是，同爲後來「知識分子寫作」大力倡導者之一的王家新時任《詩刊》社編輯，他不但見證了此次詩會，還是詩會的主持人之一。我們不妨先從西川與陳東東入手來簡述「知識分子寫作」概念的初步提出。

「知識分子寫作」概念初步提出的時間是1987年，這是不存疑問的。然而，西川對此概念的正式闡釋卻遲至1993年。爲什麼六年（包括特殊的1989年在內）之後才有相應的闡釋？這確實是一個值得思考的，也可能無法去回答的問題。西川的正式闡釋出現在《答鮑夏蘭、魯索四問》一文中，文末標

〔註37〕 王燕生、北新：《求異存同　各領風騷——第七屆「青春詩會」拾零》，《詩刊》
　　　　 1987年第11期。
〔註38〕 西川：《思考比謾罵重要》，《北京文學》1999年第7期。文中提到：「……但
　　　　 知識分子一詞的含義在80年代和90年代已經有了較大的不同。在80年代，
　　　　 知識分子一詞的道德含義、行動含義更加突出，而在90年代，做一個知識分
　　　　 子，就必須容納更多的專業精神和反省精神。」

明的定稿日期是「1993 年 4 月 16 日」。幾乎是不約而同地作出更爲全面、深入，甚至可作爲 20 世紀 90 年代詩學大綱的歐陽江河的文章《1989 年後國內詩歌寫作：本土氣質、中年特徵和知識分子身份》（文末所標完稿日期爲「1993 年 2 月 25 日」）也差不多寫於這一時期。這種時間上的重合性可能先與 1989 年的政治緊張有關，又取決於 1992 年後政治環境的相對寬鬆，當然這同時也是詩學在喑啞沈寂之後的自然生發。其內在的發展邏輯是複雜的，並非三言兩語就能陳述得清楚。現在能夠去作探究的恐怕只有西川、歐陽江河以及陳東東的文章，因爲這種客觀性無可辯駁。〔註39〕

《答鮑夏蘭、魯索四問》一文在被後來許多論者引用時出現了一個錯誤：《答鮑夏蘭、魯索四問》，其實並非回答一人的提問。這是西川應意大利漢學家鮑夏蘭女士（Claudia Pozzana）與魯索先生（Alessandro Russo）二人的提問而寫的一篇文章。其中「四問」包括：1.你對中國傳統詩歌和思想的看法；2.中國當代詩歌的獨特性；3.你的語言探索大致可以分成幾個階段？它們之間的聯繫和變化是什麼？4.你對當代西方詩歌的看法。如果僅僅就這四個「問」是看不出所以然的，但這篇文章對理解西川最初提出「知識分子寫作」概念的內涵卻有著十分重要的意義。下面引錄文中部分內容：

> 時至今日，我一直認爲，口語是今天唯一的寫作語言，人們已經不大可能運用傳統的文學語言寫作嶄新的詩歌。不過，這裡有一個對口語的甄別問題：一種是市井口語，它接近於方言和幫會語言；一種是書面口語，它與文明和事物的普遍性有關。我當時自發地選擇了後者。

> 從 1986 年下半年開始，我對用市井口語描寫平民生活產生了深深的厭倦，因爲如果中國詩歌被 12 億大眾庸俗無聊的日常生活所吞沒，那將是件極其可怕的事。所以我開始嘗試著寫一種半自由體的詩歌，即以音樂性的詩行和大致相同的詩節來限制口語的散漫無

〔註39〕 幾個人的文章分別爲：西川的《答鮑夏蘭、魯索四問》收入《中國詩選》（成都科技大學出版社 1994 年版）、《大意如此》（湖南文藝出版社 1997 年版）、《讓蒙面人說話》（東方出版中心 1997 年版），《詩神》1994 年第 1 期也發表四問「選二」。歐陽江河的文章《1989 年後國內詩歌寫作：本土氣質、中年特徵與知識分子身份》發表於《花城》1994 年第 5 期，是從《中國詩選》上撤下的文章，後來收入《站在虛構這邊》（生活‧讀書‧新知三聯書店 2001 年版）。陳東東的文章則見民刊《傾向》創刊號「編者前記」。

端。寫詩並不僅僅是將靈感照搬到紙上，它是一門技藝，需要空間、結構、旋律、語言速度、詞彙的光澤、意象的重要等諸多因素的相互協調。我自覺地使自己的寫作靠近純詩。這種自我訓練使我受益匪淺。

……自 1979 年以來，中國詩人們大約幹了三件事：第一件，由今天派詩人們為中國詩歌重新引進了良知和詩性語言；第二件事，由新生代詩人們主觀地為詩歌染上了通俗色彩；第三件，由無法歸類的幾個詩人為詩歌注入了精神因素，並確立了它的獨立性。有些人把我劃入新生代詩人群，但我更寧願作為一個獨立的詩人來寫作。

1986 年，我倡導過新古典主義寫作。稍後，我提出了「詩歌精神」和「知識分子寫作」等概念，並以自己的作品承認形式的重要性。我的所作所為，一方面是希望對於當時業已泛濫成災的平民詩歌進行校正，另一方面也是希望表明自己對於服務於意識形態的正統文學和以反抗的姿態依附於意識形態的朦朧詩的態度。從詩歌本身來講，我要求它多層次展出，在感情表達方面有所節制，在修辭方面達到一種透明、純粹和高貴的質地，在面對生活時採取一種既投入又遠離的獨立姿態。詩歌是飛翔的動物。詩歌是精神運作的過程和結果。它當然熱愛真理，但以懷疑為前提，它通過分辨事物的真象，以達到塑造靈魂的目的。現在我還說不准那時自己的種種努力是對是錯，但我已看到詩歌從文學青年的自我宣泄走向了某種程度的自我節制，同時我也看到文學與生活相脫離的傾向——喪失生活意味著喪失詩歌賴以生存的生命力。〔註40〕

西川的文章寫於 1993 年，卻在以回憶的口吻敘說他的詩學發展歷程，我們姑且將之放到 1986 年～1993 年的時間框架中來考察他的詩歌觀念，而且把重點聚焦到「知識分子寫作」涵義的闡釋與倡導上來。

從以上引文中我們可以看到西川所提倡的「知識分子寫作」基本涵義的核心關鍵詞：1.口語。他所說的口語是泛性的，是指文學意義上專業使用的書面口語，與傳統詩文相區別而存在的一種現代文學語言。它與方言與行業用語無關，市井口語必須提升方能成為文學的「口語」，否則會淪為庸俗，詩歌也將

〔註40〕西川：《答鮑夏蘭、魯索四問》，《大意如此》湖南文藝出版社 1997 年版，第 245～246 頁。

會失去光彩與難度。這與後來「民間寫作」所提倡的口語寫作有相當的對抗性，兩路詩學觀念在早期的分化由此可見一斑。2.純詩。法國象徵主義大師斯蒂芬·馬拉美提出過「純詩」理論，他強調超驗經驗的獨立性，認為詩就像一種魔術創造出不同於現實世界的絕對理念世界。他創作上強調暗示性、音樂性，講究詩的形式。總之，馬拉美的「純詩」理論帶有神秘主義與唯美主義的色彩。而保爾·瓦萊里的純詩觀念是馬拉美的繼承與發展，這種發展是哲學層面上的，帶有終極追問的意義，比如生死、變化、永恒，等等，特別是冥想色彩的精神活動形成了他詩學理論的基礎。19 世紀西方特別是法國的純詩理論對中國現代白話詩的理論建構起過重大作用。中國現代詩人穆木天也曾提出「純詩」的概念，也即「純粹的詩歌」，他明顯受到西方詩觀的影響。具體說來，他是在 1926年寫的《譚詩──寄沫若的一封信》〔註41〕中提出「純詩」這一概念的。穆木天所謂的「純詩」包括兩方面含義：一是詩與散文分屬不同領域，提倡「把純粹的表現的世界給了詩作領域，人間生活則讓給散文擔任」；二是詩與散文的思維方式與表現方式不同，「詩是要暗示的，詩最忌說明的」，詩是「潛在意識的世界」，詩是「一個有統一性有持續性的時空間的律動」。他十分講究詩的形式，甚至指出寫詩過於自由的胡適是新詩運動「最大的敵人」，於是他強烈反對詩的「粗糙」，也即過於自由化、口語化。西川所提倡的「純詩」觀念很明顯是對中外傳統「純詩」觀念的一種繼承與發展。特別是，新詩運動初期胡適與穆木天的詩學觀念對立，20 世紀 80 年代第三代詩人的口語詩運動與西川提出的「知識分子寫作」概念之間的對立，這兩者之間具有很強的可比性。西川的「純詩」觀念簡而言之涵蓋兩點：一是詩不能被用市井口語所表現出來的庸俗日常生活所淹沒，二是強調詩本體的建設，是「一門技藝」。其實這也構成了「知識分子寫作」概念內涵的一個重要內容。3.「詩歌精神」。這個詩歌精神並非孤立的，實際上也貫徹於前面兩點之中。如加以解析，它還包括另外三種「精神」：（1）反抗精神──反對服務於意識形態的正統文學和以反抗的姿態依附於意識形態的朦朧詩。（2）高貴的質地──這種高貴性是通過節制感情、追求純粹形式與對生活既投入又遠離來實現的。（3）關注現實──這種關注不是自我宣泄式的情感，而是懷疑現實，並將文學與現實結合起來。

〔註41〕穆木天：《創造月刊》1926 年 1 卷 1 期，後選入《中國現代詩論（上編）》，楊匡漢、劉福春編，花城出版社 1985 年版，本文參考及引文即出自本書第 93～101 頁。

　　但是，西川的詩觀不可避免地帶有某種含糊性。這種含糊性存在於追求詩歌技藝的同時又試圖正確處理與現實的關繫上。且不說是否存在純粹的涇渭分明的書面口語與市井口語，僅從他的純詩提倡上看，其實也並非他的發明，而且他的「詩歌精神」也難以得到真正的實現，現實與藝術本來就可能存在天然的屏障，遠離與投入的大開大合式的作為，這極可能是一種烏托邦式的想像。由於他取法海德格爾與其他西方語言哲學家的語言觀，所以他的詩觀存在一個深刻而複雜的語境問題，努力建構語言的現實，並以此來平衡生活中的現實，這未必符合國情與中國文學的特點。所以，他的學院化本性使之自然具有某種高貴卻離群的氣質，從表面上理解也就具有某種脫離現實或遠離人民的嫌疑（儘管「人民」這個詞本身就足夠值得懷疑），這點正可成為後來「民間寫作」批評的口實。無論是「民間寫作」還是「知識分子寫作」，在構成 20 世紀 90 年代整體的詩歌觀念中，都難以成為純粹的詩學概念，它們都帶有極強的歷史性意味，而且也深深打上了社會語境的烙印。所以理解西川的詩觀，就不能脫離具體的歷史語境，不能孤立地來看待它。1986 年現代詩群體大展所呈現出來的狂歡亂象讓人觸目驚心；1986 年開始的「資產階級自由化」論調及 1989 年的政治風波讓文學的自由言論不由得懸崖勒馬，尤其是對政治與現實的深度介入避之不及；海子、駱一禾等詩人的死，也給詩人們帶來發自心底的哀鳴與反思，走入內心冥想與形式的追求成為一種逃避的姿態與精神撫慰；市場經濟改革的進一步發展，詩的邊緣化與文學的大眾化傾向，也必然使一部分有良心的詩人以一種清高的姿態抗拒現實的無情，並從詩的「離群索居」中尋找一種自我認可的價值⋯⋯這些客觀存在的事實，確實能讓我們給「知識分子寫作」的誕生以更多的理解與寬容，並致以一種專業精神的敬意。沒有這種詩觀的提出，就難以形成對當時日益狂歡化的平民詩歌反撥的力量，也無法形成詩歌自尊的一種獨立且不向媚俗妥協的文學品質。儘管這種提倡在詩歌史上並非第一次，但它的產生是適時的，在這點上應該無可爭議。而且西川表現出一種「獨立性」的自信來，他不願被劃入新生代詩人群，他相信他與幾個不便歸類的詩人為詩歌注入了「精神因素」，其結果就是由他率先倡導了「知識分子寫作」。

　　其實，西川在寫《答鮑夏蘭、魯索四問》形成較為完整的「知識分子寫作」概念之前就有一個醞釀期。這個醞釀期除了與 1987 之後幾年的個人及社會境遇有關，同時也與參與創辦民刊《傾向》的實踐有關。西川、陳東東、

老木於 1988 年秋天在上海創辦「以知識分子態度、理想主義精神和秩序原則為宗旨」的民間詩刊《傾向》。至 1991 年 8 月《傾向》〔註 42〕共出三期，主要撰稿者有西川、歐陽江河、王家新、陳東東、柏樺、翟永明、張棗等。陳東東「編者前記」的重點體現在三個方面：詩歌理想主義、知識分子精神和節制自律的寫作。〔註 43〕其實在現在看來，短短一千多字的前記，包含的內容確實豐富而龐雜，正因為龐雜並且包含了較多的詩學觀念所以並沒十分明確的「傾向」性，至少是涉及面太廣而顯得凌空蹈虛和難以貫徹。

> 以嚴肅的態度去發現並有所發現。這便是《傾向》的傾向。並且這種傾向在一種信念、一種精神和一種創作原則中得到了進一步的加強。
>
> 對《傾向》的詩作者們來說，寫作並不是語言之下的動作、純感官的行為、渲泄或作為「生活方式」的無聊之舉、從情緒感受直抵語言並且「到語言為止」的倒退；寫作也不是從語言到語言的實驗、為填補一個偶然碰到的形式空格的努力、一場遊戲或一個無關緊要的小小發明。平民——小市民主義和弄虛作假的貴族化傾向都應予否定。〔註 44〕

以嚴肅的態度面對詩歌及詩歌創作，這可視為《傾向》的出發點。同時作者反對遊戲成分的「語言」觀，反對沒有現實思考深度的表面化的「小小發明」，反對過於「平民」化或「貴族」化的詩歌。《傾向》追求的恰是語言之上的昇華，是「靈魂的歷險」，是一種理想主義的詩歌精神，歸為一句話也就是，倡導一種能建構詩歌秩序與原則的知識分子精神。而且這種秩序與原則是有節制的自由，是關乎中國詩歌標準的盼望與懷疑。當然，《傾向》「編者前記」中所提到的「知識分子精神」與日後被一再闡釋的「知識分子寫作」已有本質上的共同「傾向」。它為之後發生的不同變化與偏移的闡釋提供了一

〔註42〕《傾向》後來改名為《南方詩志》，因與本文無涉，故不多究。在 2009 年 12 月筆者與西川的一次交談中，西川談到「傾向」的刊名是他起的，後來被貝嶺拿到美國使用並出刊，言辭之下頗多無奈。陳東東在《收穫》2008 年第 1 期上發表《雜誌 80 年代》一文，也提到《傾向》辦刊的前後經過，涉及刊名擬定與「編者前記」寫作過程的瑣事，應為可信。

〔註43〕此三點為作者自己的概括，見前記作者發表於《收穫》2008 年第 1 期上《雜誌 80 年代》一文。

〔註44〕引自《傾向》創刊號「《傾向》的傾向——編者前記」。

個基點。一本在現在看來完全不像刊物的民間刊物，它的價值也正體現在這個意義上。另外，文中也播下了後來「民間寫作」立場對其反抗的火種，只是可貴的是，作者也反對被「民間寫作」所詬病的貴族精英寫作傾向，這正可看出「知識分子精神」在當初就具有的獨立性的反思品質。

研究 20 世紀 90 年代的詩歌觀念，幾乎必提歐陽江河的《1989 年後國內詩歌寫作：本土氣質、中年特徵和知識分子身份》一文，有論者甚至把它上升到 20 世紀 90 年代詩學大綱的高度上來討論。歐陽江河在文中交代寫作此文的目的是「對轉型時期國內詩歌寫作的歷史轉變作出初步的考察和說明」，時間限定在 1989 年之後，內容包括寫作現狀、歷史的寫作，還有「可能的寫作」。尤其是這個「可能的寫作」，帶有極強的預見成分，從而足見此文的價值所在。歐陽江河是這樣認為的：「真正有效的討論，同時還應該是與寫作進程並行甚至先於這一進程的把握和預示，它應該對固有成見受到扼制後呈現出來的寫作趨勢予以特殊的關注。」〔註 45〕此文對「知識分子寫作」作出了再次回應式的肯定與進一步闡釋。他提出，這類寫作是由西川、陳東東與他提出，後來被蕭開愚、孫文波、張曙光、鐘鳴等人探討並加以確認的。其實，他是在做概念歷史化的努力。他不僅為「知識分子寫作」概念作出延伸性的闡釋，更為重要的是，他為他的闡釋提供三條資以證明的線索：中年特徵、本土氣質與知識分子身份。

　　詩歌中的知識分子精神總是與具有懷疑特徵的個人寫作連在一起的，它所採取的是典型的自由派立場，但它並不提供具體的生活觀點和價值尺度，而是傾向於在修辭與現實之間表現一種品質，一種毫不妥協的珍貴品質。我們所理解的知識分子寫作具有兩重性，一方面，它證實了納博科夫（V・V・Nabokov）所說的「人類的存在僅僅決定於他和環境的分離程度」；另一方面，它又堅持認為寫作和生活是糾結在一起的兩個相互吸收的進程，就像梅洛－龐蒂（M・Merleau-Ponty）所說的，語言提供把現實連在一起的「結蒂組織」。一方面，它把寫作看作偏離終級事物和籠統的真理、返回具體的和相對的知識的過程，因為籠統的真理是以一種被置於中心話語地位的方式設想出來的；另一方面，它又保留對任何形式的真理的終生

〔註45〕歐陽江河：《1989 年後國內詩歌寫作：本土氣質、中年特徵與知識分子身份》，《站在虛構這邊》，生活・讀書・新知三聯書店 2001 年版，第 49 頁。

　　熱愛。這是典型的知識分子詩歌寫作〔註46〕。如果我們把這種寫作
　　看作 1989 年來國內詩歌界最重要、最具代表性的趨勢，並且，認爲
　　這一趨勢表明了某種深刻的轉變……〔註47〕

在歐陽江河的理論視野中，他斷言 1989 年以來的詩歌寫作發生了「深刻的轉變」。這種「轉變」的看法在後來研究者眼中，幾乎是不言自明的歷史現實，而且已堂而皇之進入當代文學史與詩歌史。文學與時代密不可分的聯繫早就深入研究者觀念之中，這與 20 世紀中國理論界完全接受馬克思主義的「美學的、歷史的」文藝觀有關。但是我們也應該看到，在剛邁入 90 年代門檻的時候，歐陽江河就下此斷言，確實充分說明了他的理論判斷力與超常的預見性。特別是他說出「典型的知識分子詩歌寫作」已是當時「國內詩歌界最重要、最具代表性的趨勢」，這更需要一種勇氣與魄力。這些正是後來的研究者爲何重視他這篇文章的原因之一。他同時也播下了後來「知識分子寫作」與「民間寫作」爭鋒的種子，「盤峰論爭」的發生，與「知識分子寫作」過早成熟的理論倡導及對其他詩歌觀念與寫作立場的忽視不無關係。

　　如果僅從歐陽江河對「知識分子寫作」概念的理論闡釋來看，它要比西川的更爲抽象、晦澀，也似乎更有理論高度。首先，他引入了與「知識分子寫作」密切相關的「個人寫作」的分支性概念，而且談到自由主義。這就是他所言及的「珍貴品質」。就當時的社會文化語境與「知識分子寫作」的現狀來看，這無非是他所渴望的一種獨立的、自由的、理想的寫作精神抑或寫作狀態，而並非當時的「知識分子寫作」已完全具備的品質。當然這與 1989 年政治風波後思想界與文藝界的暗啞相關，所以與其說這是「知識分子寫作」的「珍貴品質」，還不如說是他對詩歌寫作的美好憧憬。此外，他所說的「自由派立場」也即自由主義的理想，這與于堅後來所說的 90 年代詩歌最重要的收穫就是自由主義得以再生有異曲同工之處。也就是說，「自由派立場」並非「知識分子寫作」一家所獨有，也爲「民間寫作」所珍視，在很大程度上可以說，任何理想的寫作狀態與前景都應該具有自由主義的基礎。還有就是他所提及的「個人寫作」，這是一個似是而非而頗具爭議的概念，難以成爲純粹的詩學概念，僅僅是將之放到特定的歷史語境之中才有可能成立。因爲任何真正的寫作都屬於個人寫作，那種集體式的寫作、作爲工具的被操控的意識

〔註46〕原文無下劃線，爲本書作者所加。

〔註47〕歐陽江河：《1989 年後國內詩歌寫作：本土氣質、中年特徵與知識分子身份》，
　　　　《站在虛構這邊》，生活・讀書・新知三聯書店 2001 年版，第 55～56 頁。

形態寫作，畢竟都是特定歷史時期的產物。它逃離了文學意義上的寫作範疇，只是作爲特例成爲文學研究的一些旁枝末節，它與文學的本質相去甚遠。其次，他所論及的「知識分子寫作」的兩重性，其實與西川的通俗闡釋並無不同之處。他的解釋可以簡單理解爲，「知識分子寫作」既與現實遠離，也與現實密不可分。無論是遠離，還是密不可分，有一個重要的「現實」就是語言的存在，而「知識分子寫作」最爲看重的恰恰是這個夾縫之中存在的「語言」。反對中心話語陰影之下的「籠統眞理」，偏離「終極事物」，通過「語言」的建構而回到「知識的過程」，而且這種知識既是「具體的」又是「相對的」，這種悖論式的理論闡述其實令人費解。當然，事物的辯證法往往正是如此，對於文學也難以例外。但是，他最後又來一句「又保留對任何形式的眞理的終生熱愛」，「任何形式」的籠統性自不待言，這種含混性甚至會讓人誤解。儘管如此，歐陽江河進一步闡釋「知識分子寫作」內涵所提供的「三條線索」卻不無重大的理論價值。至少他爲研究 20 世紀 90 年代的詩歌劃定了一個有效的坐標，也給我們提供了一份理解「知識分子寫作」眞正具體涵義的參考。

第一，中年特徵。這是一個寫作中的時間，是詩的時間，並不是一般意義上的物理時間，這是理解它含義的前提。這個詞並非他的發明，而是出自蕭開愚的一篇文章——《抑制、減速、開闊的中年》。歐陽江河採用了蕭開愚的說法，並認爲這種寫作姿態是自 1989 年開始的。它涉及「人生、命運、工作性質」，涉及「寫作時的心情」，這種寫作帶來的效果是「以回憶錄的目光來看待現存事物，使寫作和生活帶有令人著迷的夢幻性質。」他進而得出詩中歷史意義上的時間之義：「實際上並不是已知時間的總和，而是從中挑選出來的特定時間，以及我們對這些時間的重獲、感受和陳述。」具體到語言上來，它會帶來另一種可能性：「語言在擺脫了能指與所指的約束、擺脫了意義衍生的前景之後，理所當然地變成了中性的、非風格化的、不可能被稀釋掉的。」這正體現了「知識分子寫作」某種新的語言策略。這種策略如果運用得當，就能使這種具中年特徵的寫作成爲一種「缺席寫作」，也即「發現了另一個人，另一種說話方式。」「另一個人」「另一種說話方式」都是相對於激情四射的青春期寫作而言的，「中年寫作」是青春期寫作的昇華，它顯得更爲沈穩而能充分顯示出熱量充足的「中午」時間之謎。〔註48〕

〔註48〕 以上引文均出自歐陽江河：《1989 年後國內詩歌寫作：本土氣質、中年特徵與知識分子身份》，《站在虛構這邊》，生活‧讀書‧新知三聯書店 2001 年版，第 56～66 頁。

　　無疑，海德格爾的一部《存在與時間》把哲思與語言融爲一體，他深邃的思想自傳入中國後就爲中國思想界所重視。而且眾多中國思想界人士與作家、詩人都對他的著作做了中國化的理解。其實，存在與時間作爲一個古老的哲學命題使古今中外無數學人趨之若鶩，意欲沉入其中以作深究。黑格爾從現在時間中確認時間的現實性，從而肯定了時間是存在，他認可從現在出發的時間觀，從而得出現在就是永恒的結論。古希臘哲學家赫拉克利特曾經說過一句話——「人不能兩次踏入同一條河流」，他看到的也是時間的現在性。《論語》的「子在川上曰：逝者如斯夫，不捨晝夜」，其中含義亦是如此。古人對時間的存在與不在是感慨萬端而無能爲力的，時間與存在是抽象的、純粹的，它是包含肯定與否定的統一性的一對觀念。而海德格爾從語言中找到了另一種可能性：「只有從話語的時間性出發，亦即從一般此在的時間性出發，才能澄清『含義』的發生，才能從存在論上使形成概念的可能性得以理解。」〔註49〕這也正是他的名言——「語言是存在之家」的哲學依據。無論是蕭開愚還是歐陽江河，都看到了時間的現在性，這種現在性並不是之前時間的總和，而是一種夢幻性的語言依歸，這恰恰體現出了語言與詩的功能性。正如薩特在反思原始的時間性和心理的時間性時所說的，「我讀，我做夢，我感知，我行動。」〔註50〕如此才能完成「自我時間化」的反思過程，也才能在虛無中作爲存在而獲得「自由」。惟其如此，惟其缺席（暫時忘卻自身的現在性），在詩中建構自己，用另一種方式來闡釋時間的存在，這才是「中年寫作」的眞正內涵，同是也構成「知識分子寫作」的一種哲學語言觀。

　　第二，本土氣質。這一線索是從第一條線索中發展而來的，它涉及「語言中的現實」問題。從本質上來講，它仍與時間分不開，是對時間的一種處理方式，是一種語言與現實之間的糾纏關係。它的獨立性在於，語言的時間流程的痕跡會顯露在包括共時與歷時的現實關係之中。如果把歐陽江河所說的「本土氣質」說成是地域性或帶有民族風格的詩歌的話，那實在是一場誤會。但是如果深入他所說的詩學含義中，又將會是一次枯澀艱深的探索，不少詩歌研究者都將之視爲畏途。儘管如此，我們仍可從他的文章中看出最基本的觀念性的東西來。

〔註49〕〔德〕馬丁・海德格爾：《存在與時間》，陳嘉映、王慶節譯，生活・讀書・
　　　　新知三聯書店 2006 年版，第 398 頁。

〔註50〕〔法〕薩特：《存在與時間》，陳宜良等譯，生活・讀書・新知三聯書店 2007
　　　　年版，第 207 頁。

　　他認為，1989 年後一些主要詩人在開放的話語體系中確立起話語與現實之間的關係，這是漢語詩歌寫作在語言策略上的又一個重要轉變。它涉及詩人寫作的兩種轉換：語碼轉換（code-switching）和語境轉換。「這兩種相互重疊的轉換直接指向寫作深處的現實場景的轉換。」〔註51〕對於語碼轉換這一西方語言學術語，他作出通俗解釋：「當前的漢語詩歌寫作所採用的是一種介於書面正式用語與口頭實際用語之間的中間語言，它引人注目的靈活性主要來自對借入詞語（即語言變體）的使用。」〔註52〕在此基礎上，就構成了文本意義上的現實，這種現實「不是事態的自然進程，而是寫作者所理解的現實，包含了知識、激情、經驗、觀察和想像。」〔註53〕這樣，來自文本的現實與非詩意的現實就含混重疊，從而產生一種語言的張力。至於語碼轉換與語境轉換，歐陽江河將這一對概念重疊使用並作出綜合的闡釋，因為它們並不是一對截然分開的術語。他以「咖啡館」為例來作具象化的說明。翟永明《咖啡館之歌》的具體場景在紐約曼哈頓，而作者卻用的是中國南方口語來陳述，如此一來，在中國本土發生的事就詩化於國外某個地方，曼哈頓只是被布景化、虛構化了。究其實，詩中的本土含義取代了國際含義。她的以時間、政治、性為主題的《咖啡館》，其中的場所僅具中介性質，這種中介性大量出現在其他「知識分子寫作」詩人的詩中。問題的關鍵是這些不僅代表了一種詩歌寫作觀念的「變化」，還形成了一種全新的「本土氣質」，正如歐陽江河所言：「……西川的動物園，鐘鳴的裸國，孫文波的城郊、無名小鎮，蕭開愚的車站、舞臺。這些似是而非的場景，已經取代了曾在我們青春期寫作中頻繁出現的諸如家、故鄉、麥地這類典型的計劃經濟時代的非中介性質的場景。」〔註54〕這種詩的「中介」的出現，使理性的語言從感性的現實語言中得以提升，其中蘊含著一種「隱忍」的力量。

　　第三，知識分子身份。這一部分從詩歌的時間、本土性中超脫出來，更

〔註51〕歐陽江河：《1989 年後國內詩歌寫作：本土氣質、中年特徵和知識分子身份》，《站在虛構這邊》，生活・讀書・新知三聯書店 2001 年版，第 67 頁。語碼轉換，他借用了美國社會語言學家卡羅爾・司瑪騰與威廉・尤利所著《雙語策略：語碼轉換的社會功能》一書的說法：「在同一次對話或交談中使用兩種甚至更多的語言變體」；語境轉換，他的理解是「在同一個作品中出現了雙重的、或者是多層的上下文關係。」

〔註52〕同上，第 67～68 頁。

〔註53〕同上，第 69 頁。

〔註54〕同上，第 73 頁。

為直接地闡述「知識分子寫作」的核心觀念。它的超前性與針對性，讓我們感覺到，他早在六七年前就已在回答「盤峰論爭」中「民間寫作」的發難。

首先，歐陽江河未卜先知似地反對受西方影響就是詩歌殖民化的觀點，因為這個問題恰恰是後來「知識分子寫作」與「民間寫作」發生嚴重分歧的一個核心原因。事實是，80 年代中期以來，國內受西方的影響是多方面的，用于堅的話說，中國人從西方除了神是學不來的其他什麼都學來了。〔註 55〕受西方影響，詩歌界也是如此，而且影響還是多方面的。歐陽江河承認這種影響，但「我不認為接受外來文化的影響會使我們的寫作成為殖民寫作」，因為來自西方的影響已經漢語化與本土化了。即使不少詩歌中存在互文的情況，但是，「我們的誤讀和改寫，還包含了自身經歷、處境、生活方式、趣味和價值判斷等多種複雜因素。」不過，歐陽江河注意到了歐美理論思潮對中國詩人的實際閱讀具有「強加性」，而且產生了「前所未有的閱讀期待」，這種情形對中國國內的詩歌寫作影響很大。於是乎，從中產生了為自己的閱讀期待而寫的寫作，但是我們應該清醒地認識到，這不是什麼世界詩歌，僅僅是「具有本土特徵的個人詩歌。」之所以說它是個人詩歌，是指這種寫作不再是為群眾寫作與為政治事件寫作。從中，歐陽江河給當時剛剛興起的「知識分子寫作」下了一個論斷：「因此，在轉型時期，我們這代詩人的一個基本使命就是結束群眾寫作和政治寫作這兩個神話：它們都是青春期寫作的遺產。」〔註 56〕這是一個比較公允的評價。

其次，詩人中的知識分子。歐陽江河認為，這類詩人的出現是時代使然，是「迫不得已」。其原因何在？1989 年之後的社會語境發生了極大的變化，詩人陣營內部發生分化，這不僅體現在詩歌觀念的分化上，也體現在為數眾多詩人的「逃離」中。那麼留下來的詩人大多是由「多重角色」組成的，「他是影子作者、前讀者、批評家、理想主義者、『詞語造成的人』」。這種角色的多重性，就形成了詩人的知識分子性，於是這類寫作群體得以產生，相關的寫作也白由興起。當然他言下之意還有，這類詩人是「工作的和專業的」，但同時是「典型的邊緣人身份」。也就是說，既不是專家型的知識分子，也不是普遍意義上的知識分子，於是「知識分子寫作」的概念涵義就是自足的，這類

〔註55〕參見附錄「于堅訪談」。

〔註56〕以上引文都出自歐陽江河的《1989 年後國內詩歌寫作：本土氣質、中年特徵和知識分子身份》，《站在虛構這邊》，生活·讀書·新知三聯書店 2001 年版，第 79〜83 頁。

寫作也就具有足夠的存在意義。這種意義還可以通過「知識分子寫作」來抵制處於中心地位的國家政治話語對文學話語的壓制與「擦去」來實現。於是，「偏離中心，消解中心」，就成爲「知識分子寫作」的一種常有姿態。我們也可以這樣理解，這既是對權力的一種漠視，同時也是對自身擁有自由寫作權利的一種珍視。然而，這歸根結底是令人悲觀的，這種虛無感與詩人語言的張力幾乎成正比。畢竟，「以爲詩歌可以在精神上立法、可以改天換地是天眞的」，陷入權力、制度、時代和群眾的龐然大物的包圍，是中國詩人普遍的命運，「我們是一群詞語造成的亡靈。」〔註 57〕

　　儘管西川、陳東東、歐陽江河都在努力提出並倡導「知識分子寫作」詩歌觀念，但畢竟只是初步提出並試圖確立，仍處於探索的前期。歐陽江河在他的《1989 年後國內詩歌寫作：本土氣質、中年特徵和知識分子身份》〔註 58〕一文中提到他寫作此文是：「猶豫的、變化的、有待證實和補充的」。西川在《答鮑夏蘭、魯索四問》中在談到自己語言探索的幾個階段時，也表示：「我一時無法說清。」這些都說明了當時「知識分子寫作」的概念還處於草創期，還不夠成熟。這種探索後來經過包括王家新、程光煒、臧棣等人的進一步闡釋，甚至是經歷了對立方「民間寫作」的反向辯駁後，才逐漸完善與最終確立，但那種確立，也標誌著一種寫作立場或詩歌觀念正走向終結。

第三節　「知識分子寫作」的醞釀與湧動

　　「知識分子寫作」由西川、陳東東、歐陽江河最初在 1987 年的「青春詩會」上提出之後，又經過陳東東等人創辦的《傾向》、西川與歐陽江河 1993 年文章的進一步闡釋與倡導，「知識分子寫作」詩歌觀念基本上落地生根。1993

〔註 57〕 以上引文均出自歐陽江河的《1989 年後國內詩歌寫作：本土氣質、中年特徵和知識分子身份》，《站在虛構這邊》，生活‧讀書‧新知三聯書店 2001 年版，第 79～90 頁。

〔註 58〕 關於這篇文章題目的考證：在《誰去誰留》（湖南文藝出版社 1997 版）中是《1989 年後國內詩歌寫作：本土氣質、中年特徵和知識分子身份》，在《站在虛構這邊》（生活‧讀書‧新知三聯書店 2001 年版）中是《1989 年後國內詩歌寫作：本土氣質、中年特徵與知識分子身份》，最初發表在《花城》1994年第 5 期上與選入王家新、孫文波主編的《中國詩歌：九十年代備忘錄》上時題目是《1989 年後國內詩歌寫作：本土氣質、中年特徵和知識分子身份》，本書統一以《1989 年後國內詩歌寫作：本土氣質、中年特徵和知識分子身份》爲準。

年之後，由於「知識分子寫作」群體持大致相同觀念，包括詩人與詩評家們的理論「澆灌」，這一觀念已算是根深葉茂，儼然成爲 90 年代詩歌觀念中顯性的中流砥柱。其間，作爲「民間寫作」的一路則仍處於醞釀階段，顯得勢單力薄，難以聚成與「知識分子寫作」相抗衡的力量，至少還沒有理論上的優勢。當然其中的原因十分複雜，比如前文提到過的「知識分子寫作」一方掌握了更多的話語權，身居學院而控制了詩歌的教育資源，等等。在此，暫不過多討論這些因素。我們在上一節闡述了「知識分子寫作」概念的初步提出與形成，本節仍沿著這一路向做更爲深入的探析，主要探討這一觀念如何橫跨整個 90 年代，內涵不斷得到深化與發展，直至世紀末最終與「民間寫作」發生「火併」。

研究「知識分子寫作」詩歌觀念的深化與發展，可以作兩個群體的考察，一是詩人的理論文章，另一是詩評家的理論文章。前者以西川、陳東東、歐陽江河、王家新爲主，再加上蕭開愚、臧棣、孫文波、張曙光、姜濤、西渡等人；後者主要包括唐曉渡、程光煒等人。如此分類只是權宜之舉，詩人與詩評家們的理論文章其實並無截然的區別，因爲從內在的精神來看，他們所表達的觀念內核基本相通。下文對其分別進行梳理，以期加深對這一觀念的理解，從而更爲清晰地把握其中的發展脈絡。

西川在寫出《答鮑夏蘭、魯索四問》（1993）一文，回顧他始提「知識分子寫作」概念並作出初步闡釋後，幾乎每年都有一篇文章面世來進一步闡述他的詩歌觀念：《詩歌煉金術》（1994）、《關於詩學中的九個問題》（1995）、《生存處境與寫作處境》（1996）、《90 年代與我（《大意如此》自序）》（1997）、《思考比謾罵重要》（1999）。這些文章有些是就詩學的某一方面表達自己的感悟或作出辯解，有些也不完全與「知識分子寫作」詩歌觀念緊密相關，但綜而觀之，卻始終與「知識分子寫作」詩歌觀念分不開。

《詩歌煉金術》〔註 59〕是一篇語錄體文章，共 62 條。嚴格來說，這不是一篇思維邏輯連貫的詩學理論文章，只是西川的詩學感悟語錄彙集。但是，這些感悟式的語錄卻充分體現出西川幾乎所有的詩學主張，自然也包括「知識分子寫作」。與其說這是一篇文章，還不如說成是西川詩歌觀念的濃縮提綱，正如題目所言，是作詩歌煉金術之用，是詩歌寫作的試金棒。此外，從時間來看，文末注明寫於 1992 年與 1993 年，所以它不是「知識分子寫作」

〔註 59〕載《詩探索》1994 年第 2 期。

概念闡釋的延伸與發展。但是我們又不能忽視這篇語錄體文章的存在，從中我們可以搜尋到西川詩歌觀念的線索，在某種意義上講，它幾乎就是西川詩歌觀念的版圖。其複雜程度與多樣性難以用幾條框框來概括與界定。「詩人既不是平民也不是貴族，詩人是知識分子，是思想的人。」這是開篇的第一條，我們能否將統攝在這一條之下的所有條目整體視之爲「知識分子寫作」觀念的總提綱呢？試看：「8‧詩人通過『命名』挽留世界。」「23‧詩歌往往處在兩個精神之源之間。」「39‧讓語言和自然較量，讓語言和人生較量。」「43‧詩歌的形式即是它的音樂。」「61‧強大的理性指向強大的非理性。」以上任意一例都可釋放開來並形成一篇完整的「知識分子寫作」的理論文章，文中的每一條都可作爲西川詩歌觀念某方面的濃縮。套用西川後來的一句話：「實際上沒有一個人能夠全面地概括詩是什麼」，[註60]所以我們在此也無法眞正概括西川的詩歌觀念。

　　西川的《關於詩學中的九個問題》實際上是挑選《詩歌煉金術》中的一些語錄來進行具體論述。一、在傳統問題上他對「詩言志」及傳統本身進行糾偏式的解釋。一直以來「言志」重在志，恰恰忽略了詩歌的形式，是志（內容）導致了言（詩歌的藝術形式）的毀棄。這不能不說是西川的眞知灼見，也與他所倡導的「知識分子寫作」觀念相一致。在他眼中，傳統這個「怪物」是活的，「它會超越我們個人有限的存在，深入未來，並對未來作出規定。」[註61]詩人應該以自己的方式融入傳統，並對傳統作出自己的反應，只有這樣，詩人的作品才顯示出一種文化姿態。在這點上，他幾乎是預先回答了後來「民間寫作」所指出的「知識分子寫作」脫離傳統並且一味與西方靠近的殖民心態的說法。二、在詩歌的語言形式上他也闡述了幾方面的見解。一是對翻譯語體的認識。他持中庸的態度。完全的翻譯語體與太油滑的現代漢語都是他所反對的，前者失之晦澀與歐化，沒有漢語書面化口語的獨立性，後者在我們的理解看來，指的就是後來「知識分子寫作」指責「民間寫作」一方過於庸俗化的口語寫作（或口水寫作）。二是認爲詩歌必須經過訓練使之成爲一門技藝，這樣才談得上詩歌藝術，然後才與我們的存在相關，傳達一種自由的聲音，要在思想意識中解放自己。所以他反對逃避現實、缺少承擔、具商品屬性的「美文學」。西川並不是一味追求形式，重視內容也是他一貫所提倡的。三、在與現實的關繫上，

〔註60〕引文出自西川：《關於詩學中的九個問題》，《山花》1995年12期。
〔註61〕載《詩探索》1994年第2期。

他認爲沒有閱讀就沒有寫作，但是他堅決反對當時詩人憑藉鑒賞力來寫作的現象。他追求的是具有創造力的寫作，閱讀經驗應當適度，創造力來自「個人對於存在、自然、超自然的思考」。〔註62〕在這一點上，與于堅等人提出的詩歌寫作的原創力本質上是相同的。另外，他還指出，在價值混亂、物欲橫流的時代，要強化寫作力度，力掃陳詞濫調，要有切入生活的勇氣，要及物，「一個詩人必須首先讓他的詩歌語言觸及那眞實的花朵，然後再把它處理成語言之花」。〔註63〕四、在主義或觀念上。「文學關注人生、社會、自然、超自然，形成恰到好處的文本，以期進入人類精神的文脈，這互古不變。變的是寫作觀念與寫作方法。」〔註64〕他認爲不應該宥於西方的各種主義、思潮，我們雖然不拒絕西方的啓發，但畢竟「坐標」與西方不同。

從以上幾點可看出，其實西川的詩歌立場在很多方面並不像後來雙方鋒芒相對那般明顯，至少屬於一種比較溫和的詩學探索。雖然也有強烈的傾向性，但與「民間寫作」的主張有許多共通之處，總之是兩位一體的。

1996 年《生存處境與寫作處境》〔註65〕的發表，標誌著西川「知識分子寫作」意識的加強。之所以如此說，是因爲他在文中進一步闡釋了「知識分子寫作」的主要觀念，更爲重要的是，他在文中開始反駁一些反對的聲音，主要包括「民間寫作」主要倡導者韓東、于堅的詩歌觀念。這正可用來說明具有發生必然性的「盤峰論爭」早期雙方對立的脈象。同樣地，這篇文章仍然是《詩歌煉金術》的具體化。

西川的這篇文章仍然以強調語言的重要性開始，但明顯與韓東、于堅的語言觀不同。「語言是思想的形式，而且是思想的最後形式，但也是思想的勉爲其難的形式。語言的有限性只有詩人們體會得最深切。」〔註66〕這

〔註62〕引文出自西川：《關於詩學中的九個問題》，《山花》1995 年 12 期。

〔註63〕同上。

〔註64〕同上。

〔註65〕此文最早載於趙汀陽、賀照田主編的《學術思想評論》總第 1 輯，遼寧大學出版社 1997 年版，同期刊出「從創作批評實際提煉詩學問題」專輯，除首篇西川的文章外，還發表程光煒的《九十年代詩歌：另一意義的命名》、蕭開愚的《九十年代詩歌：抱負、特徵和資料》、歐陽江河的《當代詩的昇華及限度》、王家新的《奧爾菲斯仍在歌唱》、唐曉渡的《五四新詩的現代性問題》。此文節選本後來選入王家新、孫文波主編的《中國詩歌：九十年代備忘錄》。

〔註66〕西川：《生存處境與寫作處境》，《學術思想評論》總第 1 輯，趙汀陽、賀照田主編，遼寧大學出版社 1997 年版，第 189 頁。

與他歷來所提倡的語言即思想的觀念是貫通的。他的思想，是指語言的思想，深含哲學的「奧義」；他的語言，是有思想的語言，是經驗與現實的語言。他認爲韓東的「詩到語言爲止」是「心地狹小」與「隨意」的，會讓人「幾乎暈了過去」。對于堅爲韓東的辯護，說韓東的觀點來自維特根斯坦的一句話：「我的世界的邊界就是我語言的邊界」，他對此深爲不屑，認爲韓東的觀點沒有注意到維特根斯坦除肯定語言之外還肯定了另外的東西。繼而，他對別人把他的寫作看作「文化寫作」「神話寫作」「隱喻寫作」「學院派寫作」分別進行辯解反駁。這些也正是後來「盤峰論爭」前後「民間寫作」向「知識分子寫作」發難的靶標。簡而言之，他認爲沒有不與文化相關的詩歌寫作，說他的寫作是神話寫作純屬子虛烏有（以他詩歌作品爲證），一切寫作離不開隱喻，說他的寫作是學院派寫作讓人琢磨不透，如果是那樣，就是作繭自縛。

他在反駁的過程中提到一個說法——策略，而且是反對他的策略，他認爲這是文學的絆腳石。在這基礎上，他接著重申了「知識分子寫作」概念產生的背景，並重新爲「知識分子」作了一個界定。1989 年後詩人的立法者和代言人角色退位，運動式的詩歌寫作除了內耗，也在政治和經濟的擠迫下轉爲個人詩歌寫作。另外，90 年代以後出現了一個重要的現象，即詩人與批評家角色互換。還有，「當代生活使精神隱入尷尬」，必須有人來重提道德問題，而「知識分子寫作」正是趨向於此的努力。這就是「知識分子寫作」產生的背景。「所以『知識分子』不是指受過大學教育的白領階層，而是專指那些富有獨立精神、懷疑精神、道德動力，以文字爲手段，向受過教育的普通讀者群體講述當代最重大問題的智力超群的人，其特點表現爲思想的批判性」。〔註67〕名義上，他是在解釋「知識分子」，其實這無疑是他對「知識分子寫作」的一個重要的定義。有趣的是，他的「智力超群的人」與于堅所說的「天才」其實說的都是一個意思，這又再一次證實了兩派寫作觀念確實是二位一體的，它們之間並沒有不可逾越的鴻溝。只是，他把「知識分子寫作」的「晦澀難懂」歸因於詩人的孤獨。詩人的孤獨不爲世人所理解，這本身就晦澀，「既然每一個人都有他『晦澀難懂』的時候，何以詩歌就必須『通俗易懂』？在今天這樣一個充滿尷尬的時代，可以說『通俗易懂』的詩歌就是不道德的詩

〔註67〕西川：《生存處境與寫作處境》，《學術思想評論》總第 1 輯，趙汀陽、賀照田主編，遼寧大學出版社 1997 年版，第 194 頁。

歌。」〔註68〕西川的解釋確實有點「為賦新詞強說愁」的味道，這是難以服人的。一個是詩學問題，一個卻是關涉個人情緒的宣洩與社會學問題，它們之間自然有千絲萬縷的關係，但如果將之牽扯到一起，難免有強扭之嫌。

他在《90年代與我》〔註69〕一文中說到他之前的寫作「可能有不道德的成分」，由於歷史的原因他的文化立場才「面臨著修正」。所以「反諷」「敘事」「荒謬」才相繼進入他的詩歌寫作中，所以詩歌才要更加「神秘」，別讓西方人一眼就能看懂我們，要把「生命與世界的沉默的力量」呈現於「語言的縫隙之間」。從這點看，西川的詩歌觀念似乎找到了一把解讀的鑰匙。

西川還寫過一些詩歌散論、讀詩筆記、訪談錄一類的文章，比如1998年的《面對一架攝像機》《視野之內》〔註70〕，等等，這些文章都是對西川詩歌觀念的有效補充。總而言之，他反對庸俗，強調承擔，勇於回應生存困境，在這些方面他的立場是鮮明而值得肯定的。至此，西川的「知識分子寫作」詩歌觀念基本上趨於完善。「盤峰論爭」後他發表《思考謾罵更重要》〔註71〕以及之後的一些零星詩論，相對於「知識分子寫作」而言，已多屬重複而日見散淡，連他本人也無心多提，〔註72〕所以已無多大討論的必要。

與20世紀80年代相比，90年代的詩歌確實沒有那樣「山頭林立」。社會的大語境決定了詩歌不再成為人們關注的焦點，詩歌的命運自然滑入「個人寫作」的氛圍之中。這也正是「個人寫作」不足以成為一個純粹的詩學概念而又多為論者提及或默許其存在的原因之一。「知識分子寫作」群體在這樣的境況下，也無法拉起一面詩歌的大旗而使應者雲集，他們最多只是在倡導大致相同「傾向」的某種詩歌觀念，並由為數不多的分散的「個人寫作」彙入這股潮流之中。陳東東等人創辦《傾向》的時候，情形或許正是如此。陳東東確實贊同、支持並一直闡釋「知識分子寫作」的概念，並反對一些同時存在的其他觀念。如此看來，「知識分子寫作」的傾向性是十分鮮明的，而且

〔註68〕 西川：《生存處境與寫作處境》，《學術思想評論》總第1輯，趙汀陽、賀照田主編，遼寧大學出版社1997年版，第196頁。

〔註69〕 西川：《90年代與我》，《詩神》1997年第7期。又為作者詩集《大意如此》自序，湖南文藝出版社1997年版。

〔註70〕 這兩篇文章均收入《深淺：西川詩文錄》，中國和平出版社2006年版。

〔註71〕 載《北京文學》1999年第7期。

〔註72〕 本書作者幾度與西川郵件聯繫談到「知識分子寫作」話題，他已無多大興趣，並在2009年11月9日的郵件中表示：「又是什麼『盤峰』『知識分子』這些近似炒冷飯的老問題，很費勁，也無趣。」「知識分子寫作」終成歷史。

在當時來看還處於明顯的理論優勢，直到「盤峰論爭」之後才迅速卜滑。

作爲詩人，陳東東「是一個語言的魔術師，他的詩裏充滿了奇詭華麗的言辭和渺遠自由的想像」〔註73〕。他的詩論並不多，但從他有限的詩論中卻能清晰地看出他的傾向性。除了上文提到的《傾向》「編者前記」，這裡涉及他對「知識分子寫作」概念進一步闡釋的有三篇：《有關我們的寫作》（1994）、《詩人與時代生活》（1997）、《回顧現代漢語》（1999）。〔註74〕總的來說，他主要闡述了三方面內容：詩與現實、詩與語言、詩與西方資源。而這三方面又恰恰是「知識分子寫作」與「民間寫作」雙方爭論的幾個焦點問題。

陳東東在《有關我們的寫作》一文中極力抨擊那種不顧現實，只以「自身爲目的」的寫作，他認爲現實與技藝並不是一對矛盾體，而應該很好地結合起來。他所理解的「自身的目的」即爲「只及於語言卻不及於物」，那麼這樣的詩人將會只是作爲生活的旁觀者，他們放棄了「在世俗生活中的權利、路徑、責任和感受力」，從而，他們「再也無法回到現實中去」。這是「寫作的虛脫」，是一種「失寫」症狀，此病症「埋藏在這種用寫作來替換詩歌和生活觀念和行爲之中」。他承認詩歌寫作是詩人的一門手藝，但該手藝是有根的，是清醒的，而且它必須來自「現實」。他於是說出下面的話：

> ……詩人唯有一種命運，其寫作的命運是包含在他的塵世命運之中。那種以自身爲目的的寫作由於對生活的放逐而不可能帶給我們真正的詩歌。詩歌畢竟是技藝的產物，而不關心生活的技藝是不存在的，至少是經不起考驗的和不真誠的。所以，僅僅關注自身的寫作事實上已不成其爲一種詩歌寫作，其用以代替真實生活的紙面上的生活也不成其爲一種生活。它僅只是一次狂歡，是生命中勃發直瀉無所抑止的破壞性衝動，具有明顯的歇斯底里的特徵。
>
> 真正的詩歌寫作是詩人嚮往理想生活的辛勤勞動。它是關乎天才、經驗、智慧、技巧、感受力、洞察力、想像力、表現力和融於肉體的詩人的靈魂的，特別是，它是對語言的愛惜和恰如其分的使用，是爲著完成作爲「自由和美感」的詩歌的。……

〔註73〕劉春：《「知識分子寫作」五詩人批評》，《南方文壇》2008年第2期。

〔註74〕《有關我們的寫作》（該文寫於1994年）載《詩歌報》1996年第2期，《詩人與時代生活》載《牡丹》1997年第1期，《回顧現代漢語》（該文寫於1999年「盤峰論爭」之後）載《詩探索》2000年第1期。前後兩篇又選入王家新、孫文波編選的《中國詩歌：九十年代備忘錄》。

他確實說得再清楚不過了，無需我們費大力氣去理解與概括。但是，這種對現實的關注是有限度的，現實也只是一種特定的現實，關注並不是說詩歌要承擔解決問題的重擔。詩歌在現實面前又是無力的。這種矛盾心理在《詩人與時代生活》裏有所表達。「相對於時代所需要的各種聲音，詩歌是多餘的聲音。使一個時代成為時代的東西，是它的經濟現實和政治生活，是它的政治秩序、宗教信仰、權威話語和流行時尚。詩歌卻正好不是這種東西。」也就是說，詩歌在現實面前更多地指向個人精神世界，這不可能改變現實，但能關注現實、折射現實。詩人的良心、夢想，對時代、現實的存在意識、自我意識、關懷意識、人性、人類精神，往往被殘酷的現實所淹沒，為時代所不容。這就是詩與現實之間永遠存在的悖論關係。

除以上之外，陳東東也對「純詩」提出自己的看法：「它無法企及，永遠是可能性，一種嚮往和一個理想。寫作中的某一時刻，奔赴純詩的詩人將碰壁，他看到甚至觸摸到他的激情、願望、技藝和努力的最後邊界——那兒也沒有純淨可言。但他沒有在失敗中折回，因為他從來是冷靜和悲觀的，並不狂熱。」〔註75〕其實這就是他對中國新詩仍走在征途中的命運的定位，現代漢語與新詩還都處於某個過程之中。

無疑，陳東東的詩觀尤其顯得與眾不同，與他的詩一樣，魔術而奇詭，卻又不失其合理性成分的存在。

歐陽江河對詩歌思潮與理論及其其中的轉變是十分敏感的，1994年發表的那篇綱領性文章當然是他的代表作。但他在寫下這篇文章之前，早就打下了堅實的理論基礎。也就是說，他在1987年的「青春詩會」上與西川、陳東東共同提出「知識分子寫作」概念之前後，他就一直以敏銳的眼光觀察詩歌界的現象，並得出適時與可靠的觀點。他的觀點對90年代詩歌觀念的建設起到了重大作用，這點應該是不容置疑的。

早在1988年，他就在《從三個視點看今日中國詩壇》〔註76〕一文中開始反對「某種大眾的、業餘的寫作態度」。他認為這是把詩歌降低到日記與雜感的層次。一場場的詩歌運動和多種不同形式的觀念存在，這種貌似多元格局的現象雖有社會學的意義，但對詩歌本身來說只是災難。80年代後期，他看到了詩歌寫作的一種轉變。比如從舒婷到翟永明，比如從北島到柏樺，其中

〔註75〕陳東東：《隻言片語來自寫作》，《山花》1997年第5期。
〔註76〕此文載《詩刊》1988年第6期。

轉變表現爲：「詩歌也已完成了從集體的、社會的英雄主義到個人的深度抒情的明顯轉折……種種事實說明詩歌的變化已經不是表面的，而是發生在思想和感情深處的普遍而又意味深長的改變」。這種認識當然可視爲他後來正式闡釋「知識分子寫作」概念的感性與理性結合的理論背景。

他的觀點在 1994 年發表的那篇文章中得到了綜合性的闡釋。緊跟其後，在 1995 年的《對話：中國式的「後現代」理論及其他》〔註 77〕這篇對話文章中又重點闡釋了之前的一些重要觀點。與「個人寫作」相對應的是群眾寫作、集體寫作，「個人寫作」中的群眾是不存在的，因爲那只是一種隱喻性的群眾或偽群眾，是一種虛假的「代言人」意識的產物。而「知識分子寫作」是充滿對抗性的一種客觀的專業性介入，這種介入並不代表個人處境，而是「綜合的、深刻的人文關懷和精湛的專業技能的客觀反應」。談到此，他又辯證地提到「知識分子寫作」的理論內涵：「『知識分子寫作』不是嚴格的理論概念，只是一種寫作立場；它不構成價值判斷，只是描述起來方便，但比任何理論概念都更能陳述清楚我們的寫作性質。『知識分子寫作』強調客觀立場和專業精神，強調對價值問題保持關注，強調寫作的難度、深度，以及連續性的風格演進等。至於非知識分子寫作，『非非』比較典型，『他們』也是。」客觀、專業、價值、難度、連續性，等等，這些都是「知識分子寫作」的核心關鍵詞。歐陽江河之前從未如此精準而有針對性地直接談論「知識分子寫作」概念，這應該是第一次。但他並未僅僅滿足於對概念的界定。他認爲「知識分子寫作」名義下的「個人寫作」在處理與時代的關繫時，首先要解決的就是擺脫「時間神話」。「時間神話」在唐曉渡看來是大一統意識形態的結果，「光明在前」「新時代」「新紀元」，等等，這些正是籠罩在「時間神話」之下的陳詞濫調。「時間神話」支持著一種信念，佔領了價值和話語權力制高點，究其實，是占統治地位的意識形態製造出來的。在歐陽江河看來，「知識分子寫作」首先要反對的就是打破這種「時間神話」。從而，「知識分子寫作」要承認具體的時代，重視具體的歷史語境，要體現出一種非時間性的精神維度，一種具體歷史語境中的精神維度，這樣才會形成值得稱道的有活力的詩歌品質。在闡釋觀念的過程中，同樣地，他也很早地開始反對「民間寫作」早期的一些觀念——「拒絕隱喻」（于堅）和「詩到語言爲止」（韓東）。他認爲于堅還

〔註 77〕此文分兩期載《山花》1995 年第 5、6 期，這是一篇歐陽江河、陳超、唐曉渡之間的談話錄。

沒有搞清楚什麼是隱喻，所以談不上拒絕；他認為韓東是在提防「意義」，而且把意義和語言對立了起來。歐陽江河的意思是，意義本身就是一個過程，一種精神維度，想去掉這種意義是不可能的。這也又一次證實了「知識分子寫作」與「民間寫作」兩種不同詩歌觀念由來已久的對立。說到意義，歐陽江河另一篇文章——《當代詩的昇華及其限度》〔註78〕表達了在個人語境不純的詩歌年代意義可以自動獲得。這種自動獲得他稱之為「昇華」，之所以如此是因為有「變化」的存在。具體來說包括：一、語言的性質發生了變化；二、隨著語言性質的變化，詞與物的類比關係也起了變化。其中，「詞的重新編碼過程如果被昇華衝動形成的特異氛圍所籠罩，就有可能不知不覺地被納入一個自動獲得意義的過程。」無疑，他意欲在純詩學層面上更進一層來闡釋「知識分子寫作」。

與其他「知識分子寫作」闡釋者一樣，歐陽江河也十分強調「現實感」問題。他在《誰去誰留》自序中提到：「在我看來，詩歌對『關於痕跡的知識』的傾聽，並不阻礙它對現實世界和世俗生活的傾聽。因為現代詩學的一個基本出發點是：任何詩意的傾聽都是從對外部現實的傾聽借來的。」〔註79〕他對其他詩人與詩評家的觀點是相當關注的，也發現他們實質在提倡什麼，同時他也進行呼應性的思考。比如，他認為王家新提出的歷史寫作與非歷史寫作問題，孫文波提出的中國話語場問題，程光煒提出的90年代敘述策略問題，等等，「都是將對個人寫作的認同與某種歷史認同、國家認同及風格認同全並起來考慮的」。而且他進一步表達了自己的看法：「在我看來，在宣言和常識的意義上認同歷史、認同現實是一回事，通過寫作獲得歷史感和現實感是另一回事，現實感是個詩學品質問題，它既涉及了寫作材料和媒質，也與詩歌的偉大夢想、詩歌的發明精神及虛構能力有關。我的意思是，現實感的獲得不僅是策略問題，也是智力問題。」〔註80〕我們從中可以看出，他看重的是現實感和技藝的合二為一，並且他認為詩歌是「偉大的」。

〔註78〕 歐陽江河：《當代詩的昇華及其限度》，《學術思想評論》總第1輯，趙汀陽、賀照田主編，遼寧大學出版社1997年版，第235～251頁。又選入作者詩歌評論集《站在虛構這邊》，為書中第一篇文章。此篇文章寫於1995年。

〔註79〕 歐陽江河：《〈誰去誰留〉自序》，《站在虛構這邊》，生活·讀書·新知三聯書店2001年版，第284頁。

〔註80〕 歐陽江河：《90年代的詩歌寫作：認同什麼？》，《鄭州大學學報（哲學社會科學版）》1998年第1期。

　　「盤峰論爭」之前，歐陽江河對「知識分子寫作」概念的闡釋是積極而有效的，而且他的詩論多被引用，成爲研究 90 年代中國詩歌觀念的重要文獻。然而，正像他早在 1995 年所說的，「知識分子寫作」並非一個嚴格的詩學概念，隨著「盤峰論爭」之後「知識分子寫作」觀念的日漸退隱，歐陽江河也有過一些評論。他明確說到，當時之所以提出那個概念，主要是針對詩歌本身，針對文學寫作的有效性和文學寫作的必要性，以及探索一種當代漢語詩歌「新的寫作的可能性」。他承認，那個概念是有歷史局限性的，也「只能在一個語境裏面討論」。如果現在再提出類似的概念，「就有點兒跟我們的時代，我們的處境——我指的是生存處境，不那麼切合了。」〔註 81〕讓我們感慨的是，任何理論、任何觀念，隨著時間的流逝都將有可能失效或發生變化。不過，他在當時嚴肅提出並闡釋「知識分子寫作」這個概念的客觀事實是永遠不會改變的。

　　當代文學史與詩歌史對王家新是非常重視的，他佔據了一個相當重要的位置。詩人臧棣曾說王家新是能映現出我們時代的詩歌的一面鏡子，並說這面鏡子「可以反映出一種主要的詩歌傾向和詩歌精神」。〔註 82〕對王家新高度的評價，我們認爲，這不僅得益於他長期以來的詩歌寫作實踐，也得益於他對詩學豐富的探究，具體說來，就是他對「知識分子寫作」詩歌觀念的張揚。他的成名期恰在 20 世紀 90 年代，而 90 年代也正是「知識分子寫作」的興盛期。他並不是「知識分子寫作」最早的直接倡導者，但他與「知識分子寫作」初期提出者們的詩學傾向類同。20 世紀末，他寫出《知識分子寫作，或曰「獻給無限的少數人」》，「盤峰論爭」發生後與孫文波一起編選《中國詩歌：九十年代備忘錄》，這些在詩界都產生了很大的影響，從而使他成爲「知識分子寫作」最具代表性的人物之一。

　　有意思的是，繼西川在《詩探索》1994 年第 2 期發表《詩歌煉金術》後，王家新在同年第 4 期上也發表了類似文體的文章——《誰在我們中間》〔註 83〕。同樣是語錄體，共有 45 條。從這些感悟式的語錄體條目中，我們可以像讀西川的《詩歌煉金術》一樣，大致能看出王家新的詩歌觀念，之後他的許

<hr />

〔註 81〕歐陽江河、張學昕：《「詩，站在虛構這邊」》，《作家》2005 年第 4 期。這是他們二人的對話錄文章。

〔註 82〕臧棣：《王家新：承受中的漢語》，《詩探索》1994 年第 4 期。

〔註 83〕王家新：《誰在我們中間》，《詩探索》1994 年第 4 期。此文後選入作者文集《取道斯德哥爾摩》，山東文藝出版社 2007 年版。

多詩學文章似乎都是其中條目的具體闡發。王家新相對於上面提到的幾個人來說，資格更老。他參加了 1983 年的「青春詩會」，西川等人參加 1987 年的「青春詩會」時，王家新還是主持人之一。西川等人率先提出「知識分子寫作」概念，作爲第一時間的知情人王家新來說，不可能不爲所動而無所思考。其實，一般認爲，他的詩風從 1986 年開始就逐漸告別青春期寫作而進入蕭開愚、歐陽江河所提出的「中年寫作」時期（後來王家新提出「晚年」之說，後文會提及）。自然地，他的詩歌寫作也會包含歐陽江河文中所說到的「知識分子身份」等問題，後來他發表一系列詩歌與詩論，證明了他詩歌寫作與詩歌觀念的轉變。程光煒曾有個著名的說法，「王家新對中國詩歌界產生實質性的影響，是在他自英倫三島返國之後」。〔註 84〕王家新赴英訪學的時間是在 1992～1994 年，這個時間若往前推至 1989 年，國內詩歌界由於眾所周知的原因，已是黯淡暗啞。他回國時，詩歌界也因社會語境有所改觀而開始出現萌動與逐漸活躍的趨勢。其時，歐陽江河與西川等人已明確提出並闡釋「知識分子寫作」的概念，作爲詩歌界的重要人物之一，王家新當然會爲其所動而加入這個「大合唱」當中。按照程光煒的說法，王家新是因爲寫了《帕斯捷爾納克》《臨海孤獨的房子》《卡夫卡》等詩作而影響中國詩歌界的，「他顯然試圖通過與眾多亡靈的對話，編寫一部罕見的詩歌寫作史」。〔註 85〕在我們看來，他對中國詩歌的影響，也與他不斷闡發詩歌觀念有著重要的關聯。詩歌觀念對詩人的創作會產生直接的影響，這是不言自明的。就拿前文提到的《誰在我們中間》來說，這不僅是他對詩歌寫作的感悟，同時也是他詩歌觀念的闡釋。

現在看來，《誰在我們中間》一文應是王家新「知識分子寫作」傾向性的起點。因其碎片的形式，我們同樣無法用幾句話去概括他的詩學觀念。不妨從中綜合抽離出幾點，以圖窺一斑而知全豹的效果。一、他把「祖國」與「時代」結合起來置於詩中的世界，但二者是既親近又疏離的關係。親近是因爲熱愛漢語而將之用爲一種迎接的方式，疏離則表現爲常以推遲甚至逃避的方式進行。二、傾心於「天啓」，（這與其他「知識分子寫作」詩人所說的「天才」有關）；而且要學會在「時間中迷失」。（這與歐陽江河所說的擺脫「時間

〔註 84〕程光煒：《導言：不知所終的旅行》，《歲月的遺照》，社會科學文獻出版社 2000年版，第 10 頁。

〔註 85〕同上。

的神話」的觀點何其相似！）二、詩應有尺度，應創造「晦澀」，而不是烏托邦。四、寫作的希望僅在於「個人不計代價的歷險」。（這與「個人寫作」的意義是相近的）。五、關於語言，各人都有各自的「基本詞彙」，這是一種宿命；接受西方語言大師們的影響，從另一種語言回來後再貪婪地呼吸漢語的氣息，這可形成一種寫作的內部的力量。從這些看來，程光煒的斷定基本沒錯。一是西方資源對他影響巨大，二是他文本中存在「互文性」「輓歌氣氛」等因素是確定無疑的。

與《誰在我們中間》感悟語錄式文體不同的是，不久後王家新在另一篇對話體文章《夜鶯在它自己的時代──關於當代詩學》〔註 86〕中，提出一些嚴肅的詩學主張：反對「純詩」寫作、歷史化與非歷史化、個人寫作、話語轉型，等等。其實早在 1993 年，遠在倫敦的王家新在回答陳東東和黃燦然的問題時就初步涉及其中的不少問題，只是還沒有像此文上升到一種理論高度。〔註 87〕比如說，他認為漢語是一種詩性語言，但因一些限制及文化的隔膜而被排除在世界「中心」之外，但是詩人卻無法「破壞或重建」民族語言；他認為，1989 年標誌著一個詩歌實驗主義時代的結束，個人化寫作從此逐漸開始，「詩歌進入沉默或是試圖對其自身的生存與死亡有所承擔」；與他類同的十幾個詩人與「今天派」已無直接聯繫，他受西方影響加劇，「帕斯捷爾納克激勵我如何在苦難中堅持，而米沃什把我導向一個更開闊的高地。」把這些作為他後來詩學思想基礎的一部分是完全可以理解的。

在《夜鶯在它自己的時代──關於當代詩學》一文中，他從當時批評的封閉狀況出發，認為批評界在以「朦朧詩──後朦朧詩」或「朦朧詩──新生代（到海子為止）」展開的這一軸線中，「純詩」成為一個核心，這是一種非歷史化的理論懸空，導致了批評與文本的脫節，從而也遮蔽了自 80 年代末以來的「個人寫作」。他認為個人寫作時代的到來宣佈了這種批評的失效，而且還預言下個世紀是巴赫金的世紀。就新世紀以來新詩的狂歡化傾向而言，公正地說，王家新不僅正確估計了當時的詩歌及其批評處境，而且不幸言中了新世紀的詩歌狀況。就「個人寫作」而言，他並不是孤立看待的。他是在強調在「差異性」的基礎上追求一種新尺度，而且只有在當時的特定語境中

〔註 86〕該文寫於 1995 年 7 月，載《詩探索》1996 年第 1 期。
〔註 87〕王家新：《回答四十個問題（節選）》，《為鳳凰找尋棲所──現代詩歌論集》，北京大學出版社 2008 年版。

提出來才有效。這種特定的語境就是，當時的「文化人」被舊有的意識形態塑造，又被新的規範制約，「不是我們說話，而是話說我們」。而「個人寫作」的意義在於：「自覺擺脫、消解多少年來規範性意識形態對中國作家、詩人的支配和制約，擺脫對於『獨自去成爲』的恐懼，最終達到能以個人的方式來承擔人類的命運和文學本身的要求。」總之，「個人寫作」是一種超越個人的寫作，它體現了與之前「時代」的一種斷裂感。「個人寫作」面臨的「時代」卻是另一種情況：「轉型期的生存境遇、文學發展及前後相關的歷史語境」。所以，脫離了具體時代語境的寫作是不值得信任的，那是一種「非歷史化」的寫作，包括詩歌與相關的批評。時代的「知識型構」（福柯語）變了，「必然會要求一種與它相稱的人文話語、知識話語包括詩歌話語的出現」，「個人寫作」正是挾帶著反諷意識與喜劇精神應運而生的。當然，這種帶有「輓歌」性質的「個人寫作」同時具有一種悲劇感，最後把寫作「引向了一個更爲開闊的、成年人的世界」。追求「意義」，呼喚知識型的、混合型的、反體裁的作家與詩人，認清當時的轉變情勢，消解「二元對立」模式，讓作家和詩人進入「一個更大的文化語境中」，並完成自身的轉化，這些都是他所提倡的。

就上面的特別是話語轉型的問題，他在另一篇文章《從煉金術到化學——當代詩學的話語轉型問題》〔註88〕中作了更深入的探討。首先，他清醒地認識到1995年6月在貴州舉行的全國詩歌學術討論會是當時「雜語時代」的縮影，並明顯感覺到「同一陣營」中「無窮的差異性或不可通約性」。這種定評並不能阻擋他鮮明詩學立場的表達。他堅持自己之前的觀點，認爲「回到詩本身」與「讓詩歌成爲詩歌」在當時具有虛妄性，那種非歷史化的做法貌似反叛，而實質上是在「逃避詩歌的道義責任」與繞開詩歌的寫作難度。另外，他對歐陽江河眾所周知的那篇文章進行發展性的闡釋，指出其中不足：「『中年寫作』可以放在任何一個時代、一個國家、一種語境的詩人身上，但和當時經歷了一場巨大震撼的中國國內的詩歌寫作並無根本的、切實的關聯」。針對以上，所以他提出：一個詩人應該具備「面對現實、處理現實的品格與能力」、「完美得毫無意義」的「抽象寫作」實不可取，「後現代」的姿態根本無法解決任何問題。

與初期「知識分子寫作」概念的提出者們比較起來，王家新是從發展或

〔註88〕王家新：《從煉金術到化學——當代詩學的話語轉型問題》，《社會科學戰線》
　　　　1996年第5期。

修正者的角色出發的，他提出了新的詩學主張是事實。最後到「盤峰論爭」
時，又與「知識分子寫作」提倡者們趨同。「知識分子寫作」詩歌觀念從最初
的提出，到後來的分化又發展，再到最終的大匯合，這個「總—分—總」式
的過程使「知識分子寫作」的內涵大大豐富。在這個豐富的過程中，王家新
確實最具代表性。而且他對自己最核心的主張一再闡釋，使人印象深刻。比
如前文中提到的 80 年代以來詩歌的非歷史化／純詩問題，他在後來的《對話：
在詩與歷史之間》〔註89〕與《闡釋之外——當代詩學的一種話語分析》〔註90〕
中又一再更爲深入地闡述。前一篇是他與陳建華的訪談文章，討論的重點在
「歷史」。他提出「以詩治史」或「以史治詩」的主張。究其實，他仍是在反
對自 80 年代以來「爲永恒而操練」的詩學傾向，堅持詩歌要向存在「敞開」，
要呈現一種包容詩與歷史的話語，這就是「寫作的邊界」，〔註91〕「最好在詩
和歷史的兩端之間保持張力」。反對純詩只是針對 90 年代語境而言的，90 年
代詩歌寫作應從倫理與美學的緊張關係中尋找突破，而「承擔」正是美學與
倫理的合一。歷史化是在「中國話語場」（孫文波）中的歷史化，這並非簡單
的「寫實」傾向，抽象寫作同樣不缺乏歷史性，「它並不是去『反映』什麼，
而是體現爲一種話語的建構。這種話語的建構以對生存的洞察創造精神爲其
前提」。在後一篇文章中，他仍然就這個話題進行補充闡釋。他認爲，非歷史
化傾向是在消解意識形態神話的同時又在製造純詩神話，這種局面必須扭
轉。作爲旁證，他認爲歐陽江河的「中年寫作」與「非非主義」都避開了眞
實的歷史境遇，只是表達的方式不同；進而，他贊同臧棣的「絕不站在天使
一邊」的表達。「邊緣離天使太近，離歷史太遠。而有關知識的一切話語從來
就是一種奮爭。」超語境的普泛意義的國際詩歌不存在，歐陽江河所言及的
本應是自然而然的「本土氣質」也難說是一種嚴肅的寫作。他認爲「本土性」
恰恰應是文化批判和反省的對象，而不能成爲某種規範。我們認爲，王家新
的詩歌觀念如果深入其內核，其實可以這樣理解：經歷過「89 事件」後，之
前的純詩失效；作爲詩歌寫作應該重新樹起關注現實的大旗，不應只是鑽進
象牙塔營構無關痛癢的虛幻；這種關注當然不只是表面上的關注，更應體現

〔註89〕 載《山花》1996 年 12 期。

〔註90〕 載《文學評論》1997 年 2 期。該文寫於 1996 年 2 月。

〔註91〕 王家新關於「寫作的邊境」是就 1995 年獲諾貝爾文學獎的西穆斯·希内而闡
述的觀點。其中涉及到寫作與暴力、現實與時代、國際視野、承擔等多方面
的問題。具體可見作者《來自寫作的邊境》一文，《牡丹》1997 年第 2 期。

在一種精神內核上。這才是王家新對「知識分子寫作」內涵注入的全新內質。

王家新在 1998 年之前雖然多有與「知識分子寫作」相同的詩學傾向，但在他的詩論中卻極少有直接贊許的話，似乎與其是一種平行或互文的關係。他更多的是提出自己的詩觀，諸如歷史化與非歷史化一類的辨析。但從 1998 年開始，他不僅頻頻提及「知識分子寫作」，而且一直在論證其詩歌觀念的合理性。

他在《群島的對話》中集中論證了「個人寫作」的合理性。在他看來，「個人寫作」是「知識分子寫作」或「知識分子精神」詩歌觀念的具體呈現，它主要是對抗 80 年代中後期的「新生代」的流派喧囂與「平民化」寫作傾向。他從三個方面提出「個人寫作」的合理性，同時也明確表現出對「知識分子寫作」的趨同。第一，它「是從寫作的性質及話語方式上，並且是在特定的歷史語境中提出來的」。它表現為一種寫作的精神品質，在認識到所處困境的前提下而試圖不斷擺脫意識形態的強制。第二，它「與眼下這個時代大眾傳媒、消費文化、商業文化一統天下局面的形成以及它與意識形態的合流共謀有直接關係」。它堅守著個人精神及想像力的存在，與主流文化持異、分離。第三，它的成立是因為「它在中國所具有的詩學意義」。在他看來，這是自 70 年代末以來中國最具根本性質的詩學概念。具體說來，它是對「崛起論的批評系統」（程光煒語）及「宏大敘事」的持異、消解與分離。他在分析其合理性的同時，也指出理解它的誤區。他認為「個人寫作」不是自戀自傷或自傲，恰恰是對這種模式的顛覆，它是超越個人的寫作，並「堅持以一種非個人化的、并且是富於想像力的方式來處理個人經驗。」

綜觀王家新的詩論，「知識分子寫作」早期所提出的觀點，他幾乎都有所論述。除了以上提到的之外，還有譬如針對歐陽江河的「中年寫作」而提出的「文學中的晚年」。多受人關注的中國詩歌與西方的關係，他同樣也提出自己的看法。寫於 1997 年 8 月的《文學中的晚年》〔註92〕與蕭開愚、歐陽江河提出的「中年寫作」有不少相通之處，但又更進了一層。90 年代初三十出頭的王家新即表示出對「晚年」的興趣，這與歐陽江河的「中年」之說幾乎同期。按他的說法，這「晚年」指的是「希內所設想的那種黑暗而透出亮光的所在，它早就在『一部書』的中間等著我們」。同樣地，這個「晚年」不是年

〔註92〕載《人民文學》1998 年第 9 期，又載《滇池》1999 年第 6 期。後選入作者文集《取道斯德哥爾摩》，山東文藝出版社 2007 年版。

齡概念，「而是文學中的某種深度存在或境界」。說到底，他之所以提出「晚年」，仍然是對 80 年代中期以來「青春崇拜」詩歌氛圍的一種反撥。這種氛圍包括「新生代」的反叛、青年詩人自殺，還包括一切明星化的詩歌風尚。對於漫長的詩歌之路來說，以上這些現象只是最初階段的一些表現，能否具備晚年式的成熟心態，則是對詩人的考驗。「晚年」不是盡頭，而是「遲來的開始」，惟其如此，才能真正進入文學的內部。王家新的「晚年」說，其實與歐陽江河的「中年」說並無多大的不同，甚至可以說，二者的精神導向完全一致。

他在《中國現代詩歌自我建構諸問題》[註93]中從回顧新詩的歷史入手，提出新詩的身份焦慮及其與西方資源的關係問題。眾所周知，90 年代詩歌的身份危機與主體性的重構意圖正是詩學關注的焦點。王家新認為現代詩歌無身份正是一種身份，它並不是簡單的對傳統的斷裂與對西方的橫移所能解釋的。但總的來說，初生的現代詩與西方近現代詩歌更為親近。正因為如此，當初無身份性之下的模仿確實存在，也多為人所詬病，但也要歷史地看到其中創造性的存在。而在 90 年代的詩歌（他言下的「知識分子寫作」）中，西方的影響日漸消退，中國的詩歌與西方的詩歌已處於一種平行關係，是站在「同一地平線上」。他的意思是說，中國詩歌還未回歸本土，只是改變了與西方的關係。這種關係表現為從以前的「影響與被影響」轉變為「誤讀」與「改寫」，進而最終與西方詩歌建立起一種互文關係。西方詩歌最多只是一個參照。這種轉變有益於中國詩歌的自我建構。不過同時，這也會帶來另一個結果，對西方的參照也會直接引起對中國自身傳統的參照。中國現代詩歌也會發生與傳統詩歌的互文關係，「父親」就回來了，「繼承與被繼承」得以完成。但是，90 年代的詩歌又絕不完全依賴於這兩種互文關係，它正在建立某種「共時性空間」。所以說，90 年代詩歌正身處自我建構之中，這體現出中國詩人的抱負、尺度、理想與文化自覺。

綜上觀之，王家新對「知識分子寫作」內涵的豐富，在「盤峰論爭」之前主要是就自己的詩歌觀念進行不同層面的闡釋，是對「知識分子寫作」的延伸。對「民間寫作」他也有相應的批評，只是這種批評是泛化的，沒有具體的批評對象（其中原因可能是因為在「盤峰論爭」之前「民間寫作」支持

[註93] 載《詩探索》1997 年第 4 期。

者並沒有正式提出這個概念），而且措辭尙爲溫和，並不足以構成爭鋒的局面，這些都是建立在對「知識分子寫作」傾向性的支持上。「盤峰論爭」發生後，由於雙方爭論激烈，才使他不得不選擇「重新排隊站位」，〔註94〕於是他對「知識分子寫作」的倡導與對「民間寫作」的批判激烈得幾乎成反向同步上升之勢。客觀地說，這是他對「知識分子寫作」詩歌觀念的大盤點，而且前所未有地表現出對「知識分子寫作」的熱衷。

「知識分子寫作」詩人群體確實沒有一個統一的「派」。它不像 80 年代的詩派如非非主義、莽漢主義等都有一個明確的宣言口號，而且還有一本同仁刊物作爲陣地。儘管初期西川、陳東東、老木等人編有《傾向》，但仍不能說它形成了一個詩派。「知識分子寫作」與新詩史上任何一個詩派的存在都不相同，它的特點體現爲具有共同傾向性的詩歌觀念，表達這類傾向的詩人與詩評家並不屬於某個群體。所以我們的關注點也就只能集中在詩歌觀念的呈現上。上文提到西川、陳東東、歐陽江河、王家新，但與他們具有共同類似傾向的還有爲數不少的詩人與詩評家，包括臧棣、程光煒、孫文波、唐曉渡、張曙光、蕭開愚、西渡、姜濤、胡續多……正是因爲他們所貢獻的詩論，才使得 90 年代的詩歌觀念，特別是有「知識分子寫作」傾向的詩歌觀念更爲豐富而具自足性。

臧棣既是一個「知識分子寫作」的代表性詩人，同時也是一個積極倡導「知識分子寫作」詩歌觀念的詩評家。他早在 1994 年還在北京大學攻讀博士學位時就表現出對「個人寫作」（「知識分子寫作」）的親和性。具體表現爲，首先是對詩人王家新的肯定，「1989 年後，王家新的寫作像一束探照燈的光，徑直凸射到當代中國詩歌寫作的最前沿，並且成爲後朦朧詩的一位重要詩人。」〔註95〕他對王家新的研究顯露出過人的智慧與詩歌感受力。這種能力還表現在通過從韓東到王家新的語言意識變化中來分析當時詩歌寫作的轉變。他認爲韓東的「詩到語言爲止」「側重的是語言的整體性和原初性」；而王家新的「對詞語的進入」則是希望在韓東的基礎上「增強語言的力度」。〔註96〕所以說，他也是最早發現 1989 年後中國詩歌格局變化的研究者之一。其次

〔註94〕2009 年 12 月 21 日本書作者與西川在北師大文學院中國現當代文學教研室進行的一次交談中，西川說出在當時不得不「重新排隊站位」的情景。這個「重新排隊站位」同樣適合用在王家新身上。

〔註95〕臧棣：《王家新：承受中的漢語》，《詩探索》1994 年第 4 期。

〔註96〕同上。

表現為對「個人寫作」的闡釋上。他開列的「個人寫作」範疇的詩人名單包括：歐陽江河、蕭開愚、西川、陳東東、孫文波、張曙光、王家新、翟永明、鐘鳴等等，這個名單幾乎就是後來「盤峰論爭」中為「民間寫作」一方所攻擊的「知識分子寫作」主要詩人的最早版本。在他看來，「個人寫作」在 20 世紀的中國詩新史上「具有劃時代的意義」。〔註 97〕大致說來表現在以下幾個方面：一、「它結束了詩歌寫作作為一種藝術思潮的寫作，或者說文學運動寫作的歷史」，詩歌不再與意識形態聯繫緊密，不再是流派中的一部分，詩歌開始了自身「存在」的歷程。二、「消解了批評以往以是否表現重大題材或重要歷史事件來評價詩人的標準」，但為時代寫作仍是「當代優秀詩人關注的目標」，「知識分子面具」「使詩人的視野變得更為開闊，藝術意識也異常活躍，詩歌表現力也顯得深邃、豐厚」。三、「對當代詩歌的實驗精神的一種修正，或者說為它設置一種藝術的限度」。他認為「個人寫作」反對後現代主義粗俗、低劣的風格，反對為文學史寫作的「惡劣傾向」。「個人寫作」與「知識分子寫作」兩者概念之間並沒有嚴格的界限，並且表現為一種重疊的表達方式，至少也可以理解為一種包含與被包含的關係。臧棣對「個人寫作」的倡導同時也為自己樹立起詩歌寫作立場的一面旗幟。〔註 98〕

　　作為一個身居學院的詩人，他除了在詩歌寫作上體現出高度修養之外，其詩論文章也呈現出相當的豐富性。臧棣自 90 年代初、中期起，從來就不缺乏詩歌寫作與詩歌理論探索的雙重實踐。他研究的對象主要是 90 年代的詩歌，具體說來，一是對後期朦朧詩的理解闡釋，二是對「知識分子寫作」立場的擁護。與王家新一樣，他開始並非一味強調「知識分子寫作」詩歌觀念，在有些文章中甚至有不少批評的成分，比如反對王家新一度輕視語言的觀點，同時他也曾反省自己詩歌寫作中一度出現的非歷史化傾向，等等。出於對「知識分子寫作」詩歌觀念考察的需要，不妨結合他的兩篇詩論作對比性論述，而不把「盤峰論爭」發生後的一篇帶有論爭性質的文章放在下一節中來單獨談論。這兩篇詩論一是《後朦朧詩：作為一種寫作的詩歌》，〔註 99〕

〔註 97〕引自有臧棣參與的一次討論文章，由謝冕、楊匡漢、吳思敬主持，有洪子誠、林莽、劉福春、劉士傑、沈奇、程光煒、臧棣、陳旭光參加，討論文字整理後題為《當前詩歌：思考及對策》，載《作家》1995 年第 5 期。

〔註 98〕以上引文同上。

〔註 99〕該文原載《中國詩選》理論卷，成都科技大學出版社 1994 年版。又載《文藝爭鳴》1996 年第 1 期。選入《中國詩歌：九十年代備忘錄》時有刪節。

二是爲回應「盤峰論爭」而寫的《詩歌：作爲一種特殊的知識》。〔註100〕

　　之所以把這兩篇文章放在一起來論述，是因二者之間不少地方存在前後印證之處。前者寫於 1994 年初，後者寫於 1999 年中，時間相距五六年。臧棣關於「知識分子寫作」的詩論儘管在稱謂上有出入，但其中傾向的一致性是十分明顯的。《後朦朧詩：作爲一種寫作的詩歌》是爲《後朦朧詩全集》〔註101〕一書而寫的一篇帶有書評性質而展開的詩學探討文章。他首先對後朦朧詩的分期問題提出質疑，認爲應該將之劃入第三代詩更爲合理。進而，他把朦朧詩、第三代詩和 90 年代初的「個人寫作」（也即當時概念還不甚明確「知識分子寫作」）視爲「中國現代詩歌」譜系的三大來源。這一重新劃分看似簡單，其實蘊含著一個將「個人寫作」歷史化的重要問題。許是權宜之計，他還是暫時將「個人寫作」歸入後朦朧詩中來討論，或者用他的話來說，「個人寫作」「顯露出一種濃鬱的後朦朧性」。因爲它是對「今天派」以來詩歌總結式的，「一次穩重的、全面的、專注於本文性的清算。」他反對口語化的「招搖」，反對詩歌非神聖化之下的平民化、生活化與世俗化。他在批評海子詩歌理想的同時，對陳東東、王家新、歐陽江河、柏樺、蕭開愚、翟永明等詩人的創作持明顯的贊許態度，而這些詩人恰恰就是後來被「民間寫作」指認的「知識分子寫作」詩人。他認爲陳東東的詩歌「自有一種本文的自足性」，是「漢語的鑽石」，「具有一種範例的氣質」。王家新的詩則「觸及了人在意識形態話語中的困境」，具有一種「敏銳的震撼力」。柏樺、歐陽江河、蕭開愚的詩歌「顯示著一種獨立的道德承諾」，「關注的是怎樣巧妙地借用其中所積含的豐富的隱喻意蘊，以強化它自身的詩意」。總之，「後朦朧詩」從政治詩漫長的陰影下解脫了出來，視野更爲開闊，詩意更爲濃鬱。它是一次重大的轉變，是繼承了中國古典詩歌、新詩、朦朧詩、西方詩歌傳統的「任意選擇、重組和整合」。它是一種有寫作限度感的有效性的詩歌。它重視語言和技巧，「對語言的顛覆應主要表現爲一種技藝精湛的手術刀的行爲，而不是借助鐵鍬的活埋行爲」。總之，這種屬於「個人寫作」的後朦朧詩「正在走向它自身的完美和成熟」。對「個人寫作」的充分肯定，決定了在「盤峰論爭」中他對

〔註100〕該文原載《文論報》1999 年 7 月 1 日。又載《北京文學（精彩閱讀）》1999
　　　　年第 8 期。後又略增內容題爲《當代詩歌中的知識分子寫作》載《詩探索》
　　　　1999 年第 4 期。

〔註101〕萬夏、瀟瀟編，四川教育出版社 1993 年版。

「知識分子寫作」立場的堅定擁護，才會有後來《詩歌：作為一種特殊的知識》的面世。只是他所使用的概念不再是其他的叫法，而是赫然的「知識分子寫作」。

在《詩歌：作為一種特殊的知識》中，臧棣認為「民間寫作」是在利用「讀者反應理論」來對「知識分子寫作」進行醜化。誠然，他也承認「知識分子寫作」內部存在自我神話的庸俗化傾向，不過臧棣在自我反思的同時，又重點對「民間寫作」的發難進行了一一辯駁。第一，對於對方以「民眾／公眾」名義所提倡「還詩於民眾」的觀點，他認為詩歌的「化大眾」的功能「不過是蒙昧主義的幻覺」。第二，針對「民間寫作」所指責的「渴望與西方接軌」問題，他認為這是在重彈「詩歌的民族性」的老調，「以使用一種粗糙的本土化立場來裁決新詩與西方詩歌的錯綜複雜的關係」，從而將西方資源問題上升到中西文化價值衝突的層面，這種結果必然導致現代性視野的瓦解。第三，關於日常性問題。他認為，「知識分子寫作」與日常性並不是對立的，反而日常性是這種寫作的重要的詩歌資源。「民間寫作」一方其實是混同了日常性與詩歌的本質，日常性「是一個風格問題」，「可能只是一個指涉藝術趣味的問題」。第四，把「知識分子寫作」、知識／知識話語等同起來的問題。它們並不等同，非知識化其實就是非歷史化，其目的是探索與建構一種語言實踐。他認為，「在範式的意義上，詩歌仍然是一種知識，它涉及的是人的想像和感覺的語言化。」所以說，詩歌是「一種關乎我們生存狀況的特殊的知識」。

從臧棣的這兩篇文章來看，我們可以發現前後的一致性，也即對「知識分子寫作」的倡導。而且，後一篇較之前一篇更具體化，觀點更鮮明，傾向性更加明顯。他所表達的都無不關涉「知識分子寫作」中的一些重要觀念。

程光煒無疑是當代一個很有見地的詩評家，他對 90 年代中國詩歌的研究尤為引人注目。一本《歲月的遺照》和一部《中國當代詩歌史》使他在中國當代詩歌史上不可或缺。特別是《歲月的遺照》的面世，讓他旋即成為一次詩歌紛爭的核心人物。歷史捉弄人也造就人，他無法料想到一個普通的詩歌選本竟然能夠掀起世紀末一場罕見的來自詩歌陣營內部的爭鬥。事件發生後，他成為眾多研究者的研究對象實屬情理之中。儘管事情發生的原委有多種說法，後來也有諸多爭議，但是追溯他的詩歌觀念形成史，對本書卻是必不可少的。

　　程光煒當初是以詩評家的身份而知名於詩歌界的。發表於 1989 年的《第三代詩人論綱》〔註 102〕與《當代詩創作的兩個基本向度》〔註 103〕已足見他對詩歌的見識與洞察非同一般。在前篇文章中，他敏銳地指出作爲當時先鋒派的「第三代詩人」〔註 104〕「在一個一統化時代的猝然嘩變，將意味著崛起詩群剛剛構建的詩歌秩序的終結，和另一人『碎片化』文學世界的降臨。」從朦朧詩到第三代詩是一個明顯的轉變，關於「第三代詩」的研究已爲數眾多，在此不多言。有意思的是，他後一篇文章指出的「兩個向度」卻巧合地與後來的「知識分子寫作」「民間寫作」發生類似的重合。其實，文中的兩個基本向度指的是關於「現代詩」和「文化詩」的兩個命題，其根據是文化轉型期的兩種極端姿態：一種是文化尋根式的「智性的滿足」，另一種是反文化姿態的「平民情態」。這兩種極端的姿態，在我們的理解看來，似乎正是「知識分子寫作」與「民間寫作」的發端，是兩條線索的起點。「盤峰論爭」使這兩條線索清晰起來，這再次說明了世紀末詩歌論爭的必然性與由來已久。即使沒有發生「盤峰論爭」，這兩種立場的詩歌寫作觀念其實也是客觀存在的，而且是自 20 世紀 80 年代中後期即已孕育，90 年代才得到充分發展的。

　　從程光煒早期的評論中，我們可以看出他由來已久的對「知識分子寫作」觀念的推崇，他本身的「知識分子性」也勢必體現在後來面世的《歲月的遺照》中。他在 20 世紀 90 年代初不自覺的對「知識分子寫作」的贊許及對「民間寫作」的批評（儘管當時還沒有這兩個概念），這些也導致了他在 20 世紀 90 年代末成爲「民間寫作」一方批評的靶子。比如在《幻象：活的空間和時間——論實驗詩歌》〔註 105〕一文中，他認爲歐陽江河、柏樺和伊蕾的詩表現了「一項嚴肅的智力活動」，陳東東是「詩歌天才」，而于堅卻是「對時間的褻瀆和塗抹，其惡毒程度超過了他同時代的所有詩人，但他卻總是裝得很文雅，很紳士。」儘管對于堅的評價不乏有正話反說的成分，但挪揄的語氣還是較爲明顯的。又比如，他認爲 90 年代的詩歌必然會向「沙龍詩人」和「大眾讀者」分化。他把「沙龍詩人」與歐洲貴族的「文學沙龍」和 30 年代朱光

〔註102〕載《湖北師範學院學報》1989 年第 3 期。
〔註103〕載《文學評論》1989 年第 5 期。
〔註104〕可參見程光煒原文注釋，「第三代詩人」是由四川大學生在 1984 年第 1 期《大學生詩報》上提出來的。
〔註105〕載《湖北師範學院學報》1991 年第 1 期。

潛、聞一多的「讀詩會」作了區別，進而他指出，「『沙龍』無疑是本世紀最後幾個詩人化的知識分子精神部落。『大眾讀者』則是現代社會大眾傳播模式的直接產物和受益者。」〔註106〕儘管他有言在先，聲明二者並無雅俗之分與等級之別，只是「功能的殊異」，但他對前者「思想」的肯定及對後者「娛樂」的批判態度卻又是不言自明的。而且還不僅是對現狀評判鮮明的問題，他信心十足地預言：「不可逆轉的趨勢將是，幾個詩歌的小組及其刊物將成為本世紀末詩界的中堅，代表世紀下半葉詩歌水準的主要詩人會由此脫胎而出。」〔註107〕哪些詩歌小組？哪些主要詩人？幾乎不用點破。這些話說於 1993 年，與西川、歐陽江河、陳東東他們所提倡的「知識分子精神」寫作在同一時期，所以他最後成為「民間寫作」的主要論敵也就毫不奇怪，即使沒有《歲月的遺照》，紛爭也在所難免，至少可作為隱性矛盾而潛伏。

　　傾向於「知識分子寫作」並不等於取消了對它的批判。程光煒認為，「知識分子寫作」在對抗意識形態的同時也表現出對信仰的一種冷漠，從而出現「個人立場」之下的精神「流亡」，而這正體現了中國知識分子的悲劇。〔註108〕而且他還從崛起論系統中看出問題，認為「知識分子話語與權威話語的合練，卻基本上把民間話語排斥在外」。他不僅強調了民間性在中國整個 20 世紀的重要作用，而且還分析了知識分子性與民間性之間公約性成分的存在與彼此融合的事實。「90 年代的詩歌，是以權威話語的退縮和民間話語的擴張為基本特徵的」，這說明了 90 年代「知識分子寫作」的民間性特徵。相對於主流意識形態來說，即使是「知識分子寫作」又豈能不是民間的？他對「知識分子寫作」詩歌觀念的反撥還體現在對歐陽江河那篇著名論文的反駁上。「事實上，正因為歐陽江河始終沒有正面闡發什麼是本土氣質，他在現代與後現代、話語與現實等概念之間的表述，給人的印象是忽左忽右、忽這忽那的。」而且認為歐陽江河的「知識分子身份」一說採用的是社會學的分析方法，並非是純詩歌意義上的闡釋，所以對之明顯存在一種「誤讀」。在此基礎上，他認為民間存在一個相對獨立的價值系統（其實這種獨立性與知識分子寫作所倡導的獨立性在本質上是一樣的），無論是知識分子性還是民間性，都只是民

〔註106〕程光煒：《新詩發展態勢剖析》，《詩探索》1994 年第 1 期。

〔註107〕同上。

〔註108〕參見《詩歌的當下境況與個人化寫作》一文中程光煒的發言。此文是由於可訓、程光煒、彭基博、昌切四人的對話整理而成，載《長江文藝》1995 年第 8 期。

間的一部分，這充分顯示了民間話語的多聲部。〔註109〕這種客觀公正的言論頗具說服力，是極具學理建構成效的。

程光煒還辯證地認識到 80 年代到 90 年代詩歌的過渡性質，80 年代並沒有結束，90 年代詩歌也只是另一種開始。但 90 年代詩歌相對於 80 年代詩歌來說確實出現了詩歌觀念的變化與分化，至少意識形態淡化，知識型構變化，也出現了多重視角，等等。其實 90 年代詩歌是對 80 年代詩歌前後兩個時期的總結，是某種程度上的綜合與整合，它逐漸擺脫了意識形態與純詩的影響。總的來說，「九十年代詩歌的景觀是由一個個詩人個案組成的。」〔註110〕80 年代的詩歌是有秩序的，而 90 年代卻沒有，這是因為 90 年代詩歌沒有權威性。「知識分子寫作」和「民間寫作」都沒有真正權威的刊物存在，也沒有被公認的權威詩人，所以，「找回一個權威」，重建 90 年代的詩歌秩序，讓詩界混亂景象的症狀得以緩解，這是他寫作《90 年代詩歌：另一意義的命名》〔註111〕、編選《歲月的遺照》與寫作其導言《不知所終的旅行》的動機所在。儘管事情後果的複雜性讓人難以預料，但「盤峰論爭」的發生，讓人再一次領悟到這確實是一個「眾聲喧嘩」的年代。標準與權威相對於詩歌而言，終究難知其所終。回頭再看程光煒的這兩篇文章，對我們加深理解 90 年代詩歌仍然頗具啟發性。這是程光煒倡導「知識分子寫作」的一次綜合性行為，這個行為當然帶有世紀末情緒的總結性。他的起筆就是從對 90 年代詩歌的整體認識上開始的：「一、它是相對於散文化現實的、個人性的、能達到知識分子精神高度的一種寫作的實踐。二、它是一種充分尊重個人想像力、語言能力和判斷力的創造性的藝術活動。」〔註112〕

程光煒所謂的「另一意義的命名」，實際上就是對 90 年代詩歌中「知識分子寫作」的命名，是語言策略層面上的一次肯定。1997 年後，他不斷在收縮對詩歌的關注點，不斷鼓吹「知識分子寫作」在 90 年代的有效性。他把「知識分子寫作」分為三類：受當代政治文化深刻影響的、西方文化意義上的、有著中國傳統文化背景的。在他看來，當前所提及的當是第一類，也即「受當代政治文化深刻影響的」，其弦外之音頗具深意，更是一針見血。其實，他

〔註109〕參見程光煒：《誤讀的時代》，《詩探索》1996 年第 1 期。
〔註110〕參見程光煒：《找回一個權威》，《山花》1999 年第 6 期。
〔註111〕原載《學術思想評論》1997 年第 1 期。又載《山花》1997 年第 3 期。
〔註112〕程光煒：《我以為的 90 年代詩歌》，《鄭州大學學報（哲學社會科學版）》1998 年第 1 期。

一語道破了「知識分子寫作」的文化語境與現實處境。90 年代詩歌不會再產生能指性的緊張關係，「有機知識分子」（葛蘭西語）退隱。這個過程是通過兩個方面展開的：「一是要求詩人、詩評家與自己熟悉的強大的知識系統痛苦地分離，然後，又與他們根本無從『熟悉』的另一套知識系統相適應；二是對『詩就是詩』的本體論的重視。」其中的第二個方面正體現了語言策略上的重要轉變，這種轉變重視的是「對語言潛能的挖掘」，「要求語言成為復合的、疊加的和非個人的語言。」唯有如此，才能扭轉業已失效的 80 年代詩歌寫作的「知識型構」（福柯）而成為有效的詩歌寫作。在他視野之內有效寫作的詩人包括：張曙光、柏樺、西川、歐陽江河、王家新、翟永明、陳東東、孫文波、蕭開愚、黃燦然，等等。這些「知識分子寫作」的代表詩人完成了個人的語言轉換，而且他們越來越重視現代詩歌的技藝。可他深感不安的是，與語言的轉換和技藝的追求相適應的詩歌觀念方面的研究卻遠遠不夠，對這類詩人文本的考察成為詩歌研究的軟肋。

上面的語言策略當然可視為「知識分子寫作」的特徵之一。程光煒在另一篇文章《九十年代詩歌：敘事策略及其他》〔註113〕中則提到它的另一個特徵，即：敘事策略。這兩個特徵的關係是：詩人先要完成對個人語言的深刻省察，然後才能「借助簡捷的手段來達到複雜性的敘述」——敘事策略。他分別通過剖析王家新、孫文波、張曙光等詩人詩歌的敘事性來達到論述的完整可信。他認為，與以往抒情手段不同的是，當時的詩歌形式會決定詩人寫作的成敗。無論是作者還是讀者，審視日常經驗成為詩歌有意義的一個前提，這個日常經驗的敘述成為敘事策略的一個貫徹過程。與其說，這種策略是反詩意的，不如說來自戲劇、小說中的敘述技藝「可以使其擺脫單一抒情的表達的困境」，儘管敘事並不構成詩歌最寶貴的品質。敘事策略自然包含一種陌生化的手段，「敘述將會越來越起到用詩歌表現現代人複雜生存經驗的特殊作用」。對現代人複雜經驗的敘述與以往的意識形態寫作、反文化寫作、神話寫作、純詩寫作等相比較起來，「知識分子寫作」的敘事策略會更多地起到表現「中國語境」的作用。那麼其文本也將不斷處於歷史化的進程之中，其有效性也將最終得到實現。

程光煒在《歲月的遺照》「序」中說到敘事性的宗旨就是「修正詩與現實

〔註113〕載《大家》1997 年第 3 期。選入作者詩論集《程光煒詩歌時評》，河南大學出版社 2002 年版。

的傳統性的關係」，其功能則可總結為：它打破了意識形態幻覺；它不僅是技巧的轉變，也是一種人生態度的轉變；它需要敘事的形式和技巧來承擔；它有賴於寫作之外的高水準、對話性和創造性的閱讀。總之，它體現了一種寬闊的寫作視野，同時它也作為 90 年代「知識分子寫作」的特徵之一。另外，「知識分子寫作」的特徵還包括：懷抱秩序與責任，反對「純詩」而在複雜的歷史中建構詩意，等等。這一切都表明了 90 年代詩歌中「知識分子寫作」的有效性，他如此評論：

> ……90 年代詩學發生了根本的轉變。詩歌包括詩人不再是歷史的全部，而只是歷史活動的一個話語場；詩歌包括詩人的工作可以隱喻歷史的活動，比如悲傷、歡樂，存在的複雜和集體的愚不可及，然而它與歷史是一種摩擦的、互文的關係，它希望表達的是難以想像、且又在想像之中的詩意；詩歌既不是站在歷史的對立面，也不應當站在歷史的背面，詩的寫作不是政治行動，它竭力維護和追尋的是一種複雜的詩藝，並從中攫取寫作的歡樂。……

這篇文章作為「盤峰論爭」的主要導火線之一，完全是因為它不容置疑地高度肯定了「知識分子寫作」。尤其是對張曙光、歐陽江河、王家新、翟永明、西川、陳東東、蕭開愚、柏樺等詩人的詩歌逐一進行了重點評價，也對鐘鳴、黃燦然、張棗、王寅、海男、呂德安、龐培、唐丹鴻、童蔚、宇龍、沈河等詩人作了相當的肯定，這麼多詩人及其詩歌在這個「權威」詩歌選本中逐一登場，無疑會觸動另外一些人的神經。程光煒認為這些詩人的寫作相對於另外兩種詩歌態度來說，也做了一定的糾偏工作，包括：「一種是服務於意識形態或以反抗的姿態依附於意識形態的態度；另一種是雖然疏離了意識形態，但同時也疏離了知識分子精神的崇尚市井口語的寫作態度。」後一種明顯是針對「民間寫作」立場的，那麼「盤峰論爭」的最後發生，也就並不是突然的和沒有來由的爭吵。

下面把其他詩人與詩評家放在一起來討論並非說他們的詩觀不具代表性，這完全是出於行文與篇幅的考慮，或者說是便於從「知識分子寫作」這個角度來考察。唐曉渡、孫文波、張曙光、蕭開愚、陳超、洪子誠、謝冕，還包括姜濤、西渡、胡續冬，等等，他們在不少詩學論文中都表達出不同層面上的「知識分子寫作」詩歌觀念的傾向，或表示對這種傾向與立場的激賞。

　　唐曉渡在中國當代詩歌批評界影響不小。自上世紀 80 年代中後期至今，他長期以來一直對詩歌發展態勢與詩人的創作保持高度關注，而且寫了大量詩學與評論的文章，涉及面之廣令人驚歎。縱觀他的詩學主張，總的來說歸屬於倡導「知識分子寫作」之列。從後來的「知識分子寫作」內涵來看，他的詩歌觀念不僅與之趨同，甚至比西川、陳東東、歐陽江河等人提出得更早。（但不能據此而說他是「知識分子寫作」的最早倡導者）。其趨同的依據不僅體現在詩歌觀念的闡述上，而且還體現在對後來被稱之「知識分子寫作」詩人群的肯定上。下文不妨從上溯他 80 年代中後期的詩歌觀念開始，再延伸到整個 90 年代，分兩個時間段來闡述，而且內容主要與「知識分子寫作」詩歌觀念相關。

　　我們不得不把對唐曉渡詩觀的考察上溯到 1989 年之前。1988 年《傾向》「編者前記」提出「以嚴肅的態度去發現並有所發現」，可早在 1985 年，唐曉渡就在《嚴肅的詩人》〔註 114〕一文中明確提出「詩人的嚴肅性」問題。這種「嚴肅性」是指「在任何情況下，都能維繫住對詩的本體意識」，它是成就詩人的「首要條件」與衡量藝術品的「首要標準」。他還在此文中提出了《傾向》「編者前記」裏所言及的秩序與原則問題，也即他眼中的「多元化」。「詩人通過各自藝術個性的追求而對詩的各種可能性的探索」，在這前提之下，詩歌可以多層次並存。「『多元化』不是以那種表面的喧嘩與騷動，而是以一大批充分顯示上述可能性的個體的成熟爲標誌的」。〔註 115〕

　　針對 80 年代中期詩壇的紛亂現象，他在同年底的另一篇文章《我之詩觀》〔註 116〕中明確提出重建詩歌新秩序的願望。這種秩序的建立要求詩人具有「更爲敏銳和強大的洞察力」與「否定精神」，要把握住「詩意現實」，而且要把詩藝建設成爲「眞正意義上的綜合藝術」。「嚴肅性」「個體」「否定精神」「現實」等關鍵詞的內涵實際上就是後來「知識分子寫作」精神之一部分。眾所周知，「個人寫作」雖然不是一個嚴格意義上的詩學概念，但在 90 年代的詩學建設中卻顯得十分重要而多爲人所提及。而且，「個人寫作」也構成了「知識分子寫作」概念體系中的一個重要組成部分。

〔註 114〕該文收入《唐曉渡詩學論集》，中國社會科學出版社 2001 年版，126～129 頁。
〔註 115〕引自《多元化意味著什麼》，《唐曉渡詩學論集》，中國社會科學出版社 2001 年版，131 頁。
〔註 116〕同上，124～125 頁。

　　唐曉渡於 1987 年寫了《不斷重臨的起點——關於近十年新詩的基本思考》〔註 117〕一文，其中提出的「個人化」現象與後來的「個人寫作」在精神上是暗合的。「個人化」意味著「眞正的藝術民主」，其精神的孕育使生命的表現與探索創造的潛能都成爲可能，「詩的指歸不再是社會生活的被動的反映，而是通過一個獨特的語言世界的創造，使人們在審美活動中意識到新的生活方式的可能性。只有在這一前提下，詩才最終擺脫了其依附地位，基於自身而成爲一種獨立自足的精神實體。」自然，我們可以從唐曉渡的詩觀中看到一種詩歌理想主義的信念。這種理想與以前詩歌中的意識形態與反意識形態的觀念是背道而馳的，它走向的是詩歌本身，是獨立自由的創造意識，而且是對當時第三代轟轟烈烈、雜象橫生的平民詩歌運動的一種反撥。這與後來「知識分子寫作」的精神是不謀而合的。

　　其「個人化」精神及對純詩的辯析在另一篇文章《純詩：虛妄與眞實之間——與公劉先生商榷兼論當代詩歌的價值取向》〔註 118〕中也得到體現。他從當時社會語境出發，借反駁公劉先生的純詩虛妄說之機，認爲詩歌走上淡化、疏離政治並徹底告別附庸地位成爲必然，「棄置意識形態對抗使詩越來越成爲一種『個人化』的行爲」。我們知道，90 年代「知識分子寫作」是反對80 年代的非歷史化的「純詩」傾向的，但唐曉渡在此文中卻從瓦雷里的《純詩》觀念開始辯證地提倡「純詩」。他所提倡的「純詩」是有限度的，既不妨礙「在不同領域內對素材的佔有和對不同創作方法的選擇」，也不應導致「與現實（包括政治）無關的現象」。他給「純詩」界定爲：「眞正的純詩，乃是那種無論在最傳統或最『反傳統』、最習以爲常或最出人意表的情況下，都能體現出詩的尊嚴和魅力的活的詩歌因素」。這與「知識分子寫作」所反對的「純詩」是截然不同的兩個概念。從而，我們可以下一個結論，作爲 90 年代詩歌寫作與詩歌觀念重要一翼的「知識分子寫作」發軔於 80 年代的中後期，它的產生有其必然的社會語境的邏輯性，並不是由幾個詩人突發其想莫名創造出來的一個名頭。

　　進入 90 年代後，唐曉渡的詩學觀念與「知識分子寫作」立場越來越靠近，姿態也越來越明顯。他的著名論文《時間神話的終結》〔註 119〕與西川、歐陽

〔註 117〕載《藝術廣角》1988 年第 4 期。
〔註 118〕載《文學評論》1989 年第 2 期。
〔註 119〕該文寫於 1994 年 10 月，載《文藝爭鳴》1995 年第 2 期。

江河、王家新、程光煒等人的詩觀闡述不相前後。說到底，他在該文中提倡的就是知識分子應該具有的最寶貴的品格，包括：懷疑精神、獨立思考、獨立人格，這其實已是 90 年代「知識分子寫作」的精髓了。之所以如此提倡，是因爲當代知識分子由於種種歷史原因而品格喪盡，而且對「時間神話」〔註120〕無條件認可。這其中當然飽含深意，特別是針對「89 事件」以來的社會語境與知識分子們的集體失語現象，作爲本是無能爲力的詩歌卻可以出於「策略性」的考慮而以另一方式介入現實。這種「策略性」即是在藝術層面上創造自身獨特的時間方式，讓以前的「時間神話」終結。「他既不會爲了『進入』或『告別』某個『時期』、某種『狀態』寫作，也不會認同於任何意義上的『偉大進軍』──即便是面對一個加速度的『消費的時代』、『大眾傳媒居支配地位的時代』也不會。他以這種堅定的個人方式寫作，因爲他的寫作既不是在追求，也不是在放棄什麼今日或昔日的『光榮』，而僅僅是在盡一個作家的本分」。他表達了對以往毛語體與當時大眾流俗話語的一種抗拒，這同時也就是一份知識分子精神的宣言。

唐曉渡在提出「個人化」「時間神話的終結」之前後，一直專注於詩人創作與詩歌觀念的探討。儘管他沒有直接提出（或有意避開？）「知識分子寫作」的概念，但他對「個人寫作」或對「知識分子寫作」詩人的肯定，讓我們會毫不猶豫地將其劃入「知識分子寫作」立場的一邊。他對「知識分子寫作」詩歌觀念所作的明顯貢獻是長期的，只是直到世紀末「盤峰論爭」發生前才給予一個綜合性的概念指認，也即：「個人詩歌知識譜系」和「個體詩學」。〔註121〕前者指：「與具體詩人的寫作有著密切的精神血緣關係、包含著種種可能的差異和衝突，又堪可自足的知識系統」。在這個系統中只有屬於詩人個人的語言時空，這個時空是一套只適於詩人自己「溝通外部現實和文本現實的獨一無二的轉換機制」。在此基礎上才有後者的定義：「它既是詩人寫作的強大經驗和文化後援，又是他必須穿越的精神和語言迷障；既是布魯姆所謂『影響的焦慮』的淵藪，又是抗衡這種焦慮影響，並不斷有所突破的依據。」他認爲，這種提法不在乎新穎，而在於有效。應該將之具體到詩歌方法上，也

〔註120〕唐曉渡如此解釋：「我所說的『時間神話』，說白了就是指通過先入爲主地注入價值，使時間具有某種神聖性，再反過來使這具有神聖性的時間成爲價值本身。這種神話歸根結底是近代中國深重的社會──文化危機的產物。」──《時間神話的終結》

〔註121〕見《90 年代先鋒詩的若干問題》，《山花》1998 年第 8 期。

即包括語言策略、修辭手段、細節運用、結構風格等等方面的技巧。這種詩學的出現與成熟正是詩歌進入 90 年代後經歷過巨大「歷史轉變」的必然結果。出於捍衛這種詩學,最終他寫出《致謝友順君的公開信》〔註 122〕與《我看到……》〔註 123〕兩文。

把孫文波列入「知識分子寫作」陣營,當然不能僅憑「民間寫作」一方的說辭,也不能因為他與王家新共同編選了《中國詩歌:九十年代備忘錄》一書。在中國詩壇,他首先是作為一個詩人而知名,其次才是一個詩評家。儘管如此,當我們考察他的詩歌觀念時,他的「知識分子寫作」傾向要上溯到 1994 年。是年,他在《我讀張曙光》〔註 124〕一文中,總結了張曙光詩中的一系列特徵,比如:疏遠主流以個人主義寫作,充分體現時代特徵,運用語言把握形式的能力,有節制地寫作,切合當代語境,敘事性質,對自身的懷疑精神,做一個不庸常的純正的詩人,等等。而這些特徵與「知識分子寫作」的特點是基本吻合的。他結合自己的詩歌寫作表達出對張曙光的欣羨之情。可以看出,孫文波對張曙光詩歌肯定性的接納,完全是自己詩歌觀念的另一種表達方式,這也正是他「知識分子寫作」詩歌觀念初步形成的時期。

孫文波與其他「知識分子寫作」詩人與詩評家一樣,非常清醒地認識到 1989 年後中國詩歌的轉變,而且知道自己為什麼寫作。這種理性的認識及營構詩歌觀念的願望幾乎是「知識分子寫作」群體的共同特徵。他在 1996 年的一次訪談〔註 125〕中表達的一些觀點,提供給我們一條理清他詩歌觀念發展的重要線索。他的觀點可以簡單概括為:一、90 年代詩歌中表現出來的敘事特徵本質上是抒情的,是亞敘事;二、反對詩歌寫作的隨機性,強調專業寫作;三、強調詩歌觀念的重要性,反對衝動式的靈感寫作;(「一個詩人如果沒有明確的詩歌觀念,也就是說沒有自己的基本的『詩學』認識,他怎麼可能做到在寫作中體現出獨立性呢?」)四、不擔心西方文化導致民族文化的喪失,認為二者是差異互補的關係,要強調獨立的寫作而不必追求國際影響。他所強調的理性精神、獨立性、與西方詩歌的互補關係,這無疑是他詩歌觀念的

〔註 122〕載《北京文學(精彩閱讀)》1999 年第 7 期。
〔註 123〕見《唐曉渡詩學論集》,中國社會科學出版社 2001 年版,第 495〜497 頁。
〔註 124〕載《文藝評論》1994 年第 1 期。
〔註 125〕這次訪談整理成文後題為《生活:寫作的前提》,是對《廠長經理日報》每周專題主持人文林提問的回答。後有刪節地收入《中國詩歌:九十年代備忘錄》一書。

進一步發展。〔註126〕有些甚至可以直接用來回答幾年後「民間寫作」一方的發難。

就像西川寫《詩歌煉金術》、王家新寫《誰在我們中間》一樣，孫文波也寫了一篇大綱式的詩學觀念文章——《我的詩歌觀》。〔註127〕其中條目式地闡釋了以下十三個問題：何謂詩人、寫作的信條、客觀和主觀、技藝的重要性、關於傳統、詩歌與現實的關係、什麼是詩歌的美、先鋒性、語言問題、韻律、關於情感、風格、經驗的作用。「詩人，語言邊界的開拓者；詩人，建立詞語間連接關係的信使；詩人，人類通過語言認識精神世界的鑰匙。」這就是孫文波對詩人的界定。其實，與其說是對詩人的界定，還不如說是他詩歌觀念的核心關鍵詞。在這個基礎上，他才建立起詩人「寫作的信條」，才會超越「非個人化」（艾略特）而做到個人化。技藝既然是必然的，那麼語言自然會成為一個中心問題，解決的辦法就是改造日常生活的語言。對於傳統，並不是縱向繼承以遮蔽當下的東西，而是要繼承一種精神，也即創造傳統的傳統精神，這是傳統的活力所在。對於詩歌與現實的關係，在孫文波看來，二者是一種對等的非對抗的對話關係，詩歌對現實既承擔又提升。並且他還強調，在當下經驗的語境中，「敘述的方法比情感在詩歌的構成上更重要。」可以說，孫文波的詩歌觀念在此文中是十分綜合的一次闡釋，他的詩學已基本上形成並顯示出成熟的質地。數月後，「盤峰論爭」發生，孫文波鮮明的「知識分子寫作」傾向自然成為「民間寫作」抨擊的對象。他也藉此機會，在論爭發生後連撰數文，〔註128〕進一步有目的有針對性地闡釋「知識分子寫作」，更為堅定地擁護「知識分子寫作」詩歌觀念。

本節限於篇幅，不可能對每一個「知識分子寫作」群體中的詩人與詩評家的觀念一一進行考察。比如，蕭開愚、西渡、姜濤、胡續冬，等等，他們對「知識分子寫作」詩歌觀念都作過十分有價值的闡釋，說他們對90年代詩

〔註126〕關於西方資源問題，孫文波在「盤峰論爭」後另撰文專門表述過。參見《關於「西方的語言資源」》，《北京文學（精彩閱讀）》1999年第8期。

〔註127〕載《詩探索》1998年第4期，又載《詩潮》2002年第4期。孫文波後來寫於2000年的《上苑札記：一份與詩歌有關的的問題提綱》（載《詩探索》2001年第2期）可以作為《我的詩歌觀》一文的補充。

〔註128〕包括：《我理解的90年代：個人寫作、敘事及其他》，《詩探索》1999年第2期；《關於「西方的語言資源」》，《北京文學（精彩閱讀）》1999年第8期；《論爭中的思考》，《詩探索》1999年第4期；《歷史的陰影》，《詩探索》2000年第3～4輯。

歌觀念的建設有較為重大的貢獻毫不過分。再比如，陳超、耿占春、敬文東、王光明、楊遠宏、崔衛平、桑克，等等，他們也就「知識分子寫作」寫過不少有見地的文章，考慮到他們有些是詩歌研究者，有些比較中性，並不足夠成為這個群體的代表性人物而不作為專門考察。

第四節 「知識分子寫作」的深化與發展

　　1999 年 4 月 16 日～18 日，「盤峰會議」在北京召開，由此開始長達一年多的關於「知識分子寫作」與「民間寫作」不同詩歌觀念立場的論爭。這次論爭涉及的人物很多，「知識分子寫作」一方主要有王家新、唐曉渡、臧棣、程光煒、西川、孫文波、陳超、姜濤、西渡等，「民間寫作」一方主要有于堅、韓東、謝有順、伊沙、沈奇、徐江、侯馬、楊克、沈浩波等。雙方爭論的焦點主要集中於語言資源、美學趣味、詩歌經驗等方面。總的來說，「知識分子寫作」強調書面語寫作、追求貴族化審美趣味、持守超越日常經驗的人文關懷精神；「民間寫作」則強調口語化寫作、追求平民化的審美趣味、看重日常經驗的呈現與表達。本節主要論析「知識分子寫作」一方的觀點。

　　陳東東在《回顧現代漢語》〔註129〕一文中集中闡述了詩與語言及西方資源的問題。「知識分子寫作」的倡導者沒有一個不重視語言的。陳東東的語言「魔術」就在於，他把「知識分子寫作」的合理性上推到現代漢語誕生之初。「現代漢語，首先是作為一種詩歌語言被自覺發明和人為造就的。」在他看來，正是因為現代漢語是一種革命性的詩歌語言，它才打敗了「沒落腐朽」的古漢語與古詩詞的語言。最重要的是，現代漢語具有顯著的「知識分子性」，所以現代漢語本來就是一種知識分子的話語語言，它與生俱來的覺悟性與「知識分子寫作」的精神內覈其實是相通的。

　　這構成了陳東東大力倡導「知識分子寫作」的一個理論來源，在這一觀念的支撐下，他堅信他所支持的詩歌觀念是合理的，是順應現代漢語與新詩誕生之後的必然走向的。用他的話說就是，「詩歌語言即不斷返回其根本的語言。……返回現代漢語的特殊出生，它作為一種詩歌語言的『知識分子性』，那言說『現代』的語言與話語的合一，使現代漢詩的寫作展現為所謂的『知識分子寫作』」。而且這種寫作是面向未來的，是「現代性」的，所以于堅所

〔註129〕此文原載《詩探索》2000 年第 1 期，題為《回顧作為詩歌語言的現代漢語》。後選入《中國詩歌：九十年代備忘錄》，題為《回顧現代漢語》。

倡導的從古典詩詞裏尋找範式，則是「自欺欺人」，因爲，現代漢語與古漢語的關係是「斷裂」的，這是「兩種語言寫下的不同的詩」。

他繼而對「口語」提出了自己的見解。他承認口語（白話文）的存在，但反對將之說成是日常口頭語言的記錄，眞正的口語只有上升爲書面語才有其價值，「書面語的現代漢語要比口語更具活力」。既沒有直接的口語寫作，現代漢詩的語言也不是普通話或者方言，所以無論于堅的「軟」與「硬」是怎樣的闡釋，也都必須要經過一個「淘金」的過程。用口語寫詩或寫口語詩，都是將口語提純，提純的程度如何並不意味著寫作的優劣。

關於西方資源的問題。他認爲，西方資源幾乎與現代漢語的出生融爲一體，二者之間的接軌主要通過譯述來完成。這不是西方語言將漢語淪爲殖民地，恰恰相反，這是「現代漢語的主動行爲，更像是現代漢語的遠征和殖民。」只是在這個過程中，需要甄別、篩選和揚棄。拒絕古漢語的束縛，合理而主動地利用西方知識，掃除毛語體對「知識分子性」的羈絆，回到當初現代漢語的「知識分子性」，這些對於「知識分子寫作」來說，「不僅是現代漢語的寫作立場，而且是它的寫作宿命。」它只是在恢復一種「記憶」。

陳東東的論說確實別開生面，奇詭頻生。他爲我們思考問題開闢了一些全新的視角，並且所述觀點不失其合理性。

我們可以通過《知識分子寫作，或曰「獻給無限的少數人」》〔註130〕與《從一場濛濛細雨開始》〔註131〕兩文來看王家新在論爭發生後的觀點。

《知識分子寫作，或曰「獻給無限的少數人」》一文除有針對性地反駁了于堅、謝有順、沈奇等人的觀點之外，幾乎綜合了他之前所有重要的詩觀。如果在此重複上文中提到過的諸多觀點，哪怕是條分縷析他是如何反駁「民間寫作」一派的觀點，在此都確實顯得多餘。但又不可繞過，因爲，他在對90年代詩歌的定性、對「盤峰論爭」的定性以及對「知識分子寫作」定性與堅定等三方面都顯示出獨到之處。

〔註130〕此文載《詩探索》1999年第2期，從中而出的提綱式短文又載《北京文學（精彩閱讀）》1999年第8期。又載《大家》1999年第4期。後選入《中國詩歌：九十年代備忘錄》。

〔註131〕此文爲《中國詩歌：九十年代備忘錄》一書「代序」，題爲《從一場濛濛細雨開始》。載《詩探索》1999年第4期，題爲《從一場濛濛細雨開始》。又載《淮北煤師院學報（哲學社會科學版）》1999年第4期，題爲《從一場濛濛細雨開始——論90年代中國新詩》。又載《讀書》1999年第12期，題爲《從一場濛濛細雨開始》。本書中如無特殊說明，均取《從一場濛濛細雨開始》。

他對「知識分子寫作」的定性是建立在對 90 年代詩歌定性的基礎之上的。他認為：「……90 年代詩歌並不是突然出現的，90 年代之所以形成了不同於 80 年代的詩歌景觀和詩學特徵，那是有著諸多歷史的、個人的原因的：一是一批從 80 年代走過來的詩人們自身的成熟，一是 90 年代社會生活所發生的巨大變化及其詩歌寫作對這種變化和挑戰所作出的回應。因此，雖然 90 年代詩歌不借助於批評就可以成立，也能為讀者（當然不是全部）接受，但是，90 年代寫作，它的意義包括它的困惑只能納入到一種新的更為開闊的文化、詩學視野中才能被充分認識。……90 年代詩歌在一種複雜的歷史和文化現實中建構詩意，這種努力正如一些論者所肯定的那樣，最起碼大大提升了漢語詩歌綜合表達和處理複雜經驗的能力……」。他的話確實說得再明白不過了，無需再做深入的分析或舉例論證。這只是對他以前詩觀的一個總結，並非突發奇想下這些結論的。

他進而對「知識分子寫作」定性：「……它首先是在中國這樣一個社會，對寫作的獨立性、人文價值取向和批判精神的要求，對中國詩歌久已缺席的某種基本品格的要求。……如果它要切入我們當下最根本的生存處境和文化困惑之中，如果它要擔當起詩歌的道義責任和文化責任，那它必須會是一種知識分子寫作。……它體現了一代詩人對寫作的某種歷史性認定，體現了由 80 年代普遍存在的對抗式意識形態寫作、集體反叛的流派寫做到一種獨立的知識分子個人寫作的深刻轉變。……但它從來就不是一個流派。這永遠是一種孤獨的、個人的、對於這個世界甚至顯得有點『多餘』的事業。」基於以上認識，弔詭的是，他在肯定「知識分子寫作」的同時，又認為這個「陣營」是于堅他們的發明。也就是說，他在肯定一個個獨立的帶有共同或類似傾向的「知識分子寫作」詩人的同時，也否認他們可能「結盟」的性質，其反對的恰恰是 80 年代流派滿天飛的景象。在他看來，之所以有「知識分子寫作」一派的出現，完全是于堅、韓東他們「出於一種兩軍對壘、權力相爭的需要。」

王家新在一一反駁了「民間寫作」對「知識分子寫作」的批判觀點——殖民化、貴族化、書齋化、脫離生活等之後，又對「民間寫作」反戈一擊。《從一場濛濛細雨開始》的內容與《知識分子寫作，或曰「獻給無限的少數人」》有很多重合之處，作為《中國詩歌：九十年代備忘錄》的「代序」文章，它自然帶有總綱的性質。按王家新所言，這部書所選論文大都與 90 年代詩歌及

「盤峰論爭」相關，平心而論，這是一部研究 90 年代詩歌的重要文獻選本，而並非「民間寫作」所不齒的雜碎之作。

王家新在《關於「知識分子寫作」》〔註 132〕一文中集中地闡釋了「知識分子寫作」的涵義。他反駁了于堅的關於「知識分子寫作」就是「研究生、博士生、知識分子」的「學院派寫作」類型的觀點。他認爲「知識分子寫作」觀念體現爲一種品格，是有著「寫作的獨立性、人文價值取向和批判精神的要求」的寫作；並且，「它要擔當起詩歌的道義責任和文化責任」。他分析了「知識分子寫作」觀念誕生的歷程，認爲「它體現了一代詩人對寫作的某種歷史性的認定，體現了由八十年代普遍存在的對抗式意識形態寫作、集體反叛的流派寫作到一種獨立的知識分子個人寫作的深刻轉變」。但同時，他又強調這種寫作觀念不是一種流派，更沒有形成「權力話語」而去壓制其他觀念類型的寫作；況且，它也不會向體制或其他權勢「稱臣」。

王家新的觀點自然有一定的合理性，但他仍然無法對「知識分子寫作」一路走來的一些現象作出十分有說服力的辯駁。比如屬於「知識分子寫作」範疇的詩人集體入史的現象，以及不少學院批評家與權威選本對其不斷經典化的努力，還有這派寫作與語言、技藝糾纏不清的關係而有某種逃離現實或與現實共謀的傾向。「盤峰論爭」之後，他的詩歌觀念做出了一些調整，比如加大了對古典詩學與詩歌教育的強調力度。2009 年當他在回憶起「知識分子寫作」在 90 年代以來的命運特徵時，他不得不承認，那只是一種「從內部來承擔詩歌」的觀念，「這一切迫使我們和語言建立了一種更深刻的關係」。〔註 133〕

《我理解的 90 年代：個人寫作、敘事及其他》〔註 134〕無疑是孫文波的一篇重要文章。他借反駁「民間寫作」的發難而對 90 年代的詩歌尤其是詩歌觀念的發展歷程做了回顧與合理的分析。對 20 世紀 90 年代詩歌產生的背景、90 年代詩歌的有效性、個人寫作概念產生的背景及意義、敘事性的提出及其詩學意義、90 年代詩歌與傳統、現實的關係，等等，都一一做了頗有見地的論述。特別是他提到，90 年代詩歌與時代是一種「相互刺激的共生關係」，「個

〔註 132〕載《北京文學（精彩閱讀）》1999 年第 8 期。
〔註 133〕王家新：《「從內部來承擔詩歌」──答一位青年詩人》，《上海文學》2009 年第 1 期。
〔註 134〕載《詩探索》1999 年第 2 期。

人寫作」是對各個領域權勢話語和集體意識的警惕，對敘事的要求也包括對具體性的強調、對結構的要求、對主題的選擇，詩歌是人類的綜合經驗，以上這些觀點是建設性的，對「知識分子寫作」觀念來說是豐富基礎上的綜合與提升。他的論述，除了反駁于堅、韓東等人的觀點之外，也有對自身的反思。

他反駁的文章還有另外兩篇：《關於西方的語言資源》〔註135〕《歷史陰影的顯現》。〔註136〕前篇中，他反對接受西方詩歌影響就是「殖民主義」「賣國者」的觀點，認為包括「民間寫作」在內的詩歌寫作都是留有「西方思想家的思想痕跡」的。現在為什麼會出現「民間寫作」的論調？他認為是一種「策略」，是以「民族主義」作為「武器」來攻訐「知識分子寫作」；相反的，他認為吸納「西方的語言資源」才能「不斷地發展自己的文明」，才能「呈現出嶄新的、開放的活力」。後篇中，他試圖解釋「民間寫作」攻擊的根性問題。他認為這是中國很久以來就有的「運動」思維的遺傳，是「扣帽子、下結論」。在他看來，詩歌美學並無對錯之分，只有高低之別，而「民間寫作」的行為是在推行「鬥爭的工具化的思想方式」。其實，他在《詩探索》1999年第4期上發表的《論爭中的思考》一文就已是他對「知識分子寫作」與「民間寫作」詩歌觀念思考的終結篇，觀其內容大致沒有超出以前的表述。

也許關於孫文波最值得重視的是他提出了「中國詩歌話語場」的概念〔註137〕。其含義是：「語種所帶來的特殊性，要求我們在對之作出反應時採取自覺的立場，並使之在寫作的過程中成為選擇詞語的定量標準。……所以它更強調的是：語言與具體社會境域的關係，即：它怎樣對待社會境域對語言所作出的強制性控制；也就是說在運用語言的過程中，我們將不得不把對語言的走向進行干預的外部力量作為有可能限制它自由的因素來考慮，並且希望就此尋找到一個可以作為限度的寫作邊界，而不是使寫作成為可以任意而為的劃界行為。」孫文波強調的是漢語的語言主體的意義，而且認為寫作存在一定的限制性。這完全可以看作是他為「知識分子寫作」詩歌觀念的一大貢獻。

作為一個詩評家兼學者，程光煒在「盤峰論爭」之前即使是編選了專屬

〔註135〕載《北京文學（精彩閱讀）》1999年第8期。
〔註136〕載《詩探索》2000年第3、4期合輯。
〔註137〕這個概念是孫文波在與張曙光、西渡的一個談話中提出的。見《寫作：意識與方法——關於九十年代詩歌的對話》，《語言：形式的命名》，孫文波、臧棣、蕭開愚編，人民文學出版社1999年版，366頁。

於所謂「知識分子寫作」的詩歌選本，但對「知識分子寫作」詩歌觀念並不是毫無保留地一律贊同。論爭發生後，由於排隊效應，程光煒接連寫了幾篇文章，雖然有點局外人的評判，但就其傾向來看，主要還是站在「知識分子寫作」立場上來闡述自己的觀點。

他在與陳均的一篇訪談文章中〔註138〕，確實再次表達了對 90 年代詩歌的認識，同時也再次闡明了「知識分子寫作」的一些特徵。他通過對比分析王家新、歐陽江河、臧棣、孫文波四人在 80 年代與 90 年代的詩歌寫作特徵，來說明 90 年代詩歌「實際上回應了不同的文化現實」的事實。接著他談了以下幾個問題：一、關於「翻譯體」的問題。他認為並不是只有 90 年代的詩歌才有如此現象，實際上在新詩誕生之初及發展歷史過程中都有；同時他關注到中國新詩走向世界的問題，認為國際漢學界的評價尺度是個值得討論的話題。二、關於中國詩歌的古典傳統問題。他說，「這顯然是中國傳統文學在九十年代詩歌中的一種缺席，是漢語詩歌權威評價尺度的缺席」。從這點來看，他還是比較清醒的，不像一些「知識分子寫作」者所認為的那樣，新詩不必依賴古典詩歌傳統的滋養而存在。三、關於權威問題。他雖然沒有明說「知識分子寫作」就是 90 年代詩歌的權威，但從他歷來倡導的詩歌觀念的情況來看，他對「知識分子寫作」不能成為權威而感到遺憾，並認為一種無政府狀態是「另一種意想不到的代價」。四、對於「個人化寫作」的理解。這是論爭雙方都願意承認的一個命題，程光煒的理解比較公允。他如此解釋：「它不過是一種姿態，一種傾向而已。這個提法本身就是一種群體化行為，傾向不是個人的，而是一個群體的、一個思潮的特徵。」

程光煒編選的《歲月的遺照》的書名取自張曙光的一首詩名，張曙光的這首《歲月的遺照》寫於 1993 年，共 25 行。程光煒不僅以他的詩名為書名，還選編了他十首詩置於全書的首位。可見程光煒對張曙光重視的程度，不料這部詩選竟成為「盤峰論爭」最重要的導火線。由於張曙光在這個選本中的顯赫位置，他也就自然成為「民間寫作」批評的一個靶子。先撇開程光煒的編選標準不談，張曙光的詩歌觀念真是屬於「知識分子寫作」的嗎？後來在論爭中他寫了《90 年代詩歌及我的詩學立場》〔註139〕一文，基本可看出他是

〔註138〕參見程光煒、陳均：《找回一個權威》，《山花》1999 年第 6 期。

〔註139〕載《詩探索》1999 年第 3 期，又載《詩林》2000 年第 1 期，後選入《中國詩歌：九十年代備忘錄》《中國詩人》《1999 中國新詩年鑒》《最新先鋒詩選》等書。

有此傾向的。儘管他有些言辭表現出並不樂於接受這樣的劃分（有意思的是，此文被王家新、孫文波選入《中國詩歌：九十年代備忘錄》一書也是頭條），但他在此文中明確說：「似乎有一些批評和讚揚文章中都把我列入了『知識分子寫作』的行列，但這無疑是一個誤會：我從來不曾是這一理論的倡導者，儘管我一向不否認自己是知識分子，正如我不否認一切詩人也都不可避免地具有知識分子的身份一樣。」在說這話之後，他又對「民間立場」「持相當的懷疑態度」。因此，我們在此考察他 2000 年以前的詩學觀念就顯得有必要了。

嚴格說來，張曙光是一個詩人，而且一直以來都只是一個詩人，他極少用文章的形式來表達他的詩歌觀念。雖然他身處學院擔任教職與從事研究，可他仍是一個純粹的詩人。似乎在世紀末到來之前，他都只是埋頭寫詩，而且寫出不少被人看好的詩。大約在「盤峰論爭」期間，他卻連續寫了多篇與詩歌觀念有關的文章。儘管他有的文章針對「民間寫作」進行了一些辯駁，但在他有限的詩學論文中更多的是較溫和地表達出「知識分子寫作」的詩歌觀念（即使他的觀念可以證明他確實支持「知識分子寫作」，但他對此觀念並不是沒有批判的傾向）。

從某種意義上說，張曙光確實與當時的詩壇保持著一定的距離，張揚著自己的個性。這也是爲什麼論者把他的寫作說成是真正意義上的「個人寫作」的原因。他獨特的個性寫作，也最後爲詩評家們所認同。同樣，他對詩歌觀念的闡釋也保持著相當的獨立性、清醒的詩學認識與獨立的詩歌批判立場，僅從 1999 年來看，他就足夠成爲一個具有獨立見解的詩歌批評家。而這一切都可能是因爲世紀末的那場論爭促使他不得不表達出他的詩歌觀念與立場。

用他的話說，當時的詩壇就是「一間鬧鬼的房子」，爭論的許多問題都是「浮泛」的，「與詩歌的本質無關」。那麼他首先要做的工作，就是要「清除一些由於語言和概念造成的障礙」，以起到「祛魔」的作用。〔註140〕他首先提出對「精神性」的質疑。精神性可能在當時具有一定的針砭與醫治作用，但這個說法與詩的關係是否有牽連，這是值得懷疑的。雖然他被認爲屬於「知識分子寫作」群體，而這個群體恰恰又是倡導精神性的，但他卻站出來對這個說法打上一個重重的問號。這種姿態恰恰體現出了「知識分子性」。艾略特曾提出，詩是否具有詩意要按詩內的標準，而詩是否偉大則要按詩外的標準。此話正可用來解答這個問題。純情感式的或說教式的詩，都有存在的必要。

〔註140〕張曙光：《詩壇：一間鬧鬼的房子》，《文藝評論》1999 年第 3 期。

提倡精神固然重要，但刻意強調或含混使用則會造成混亂。其次，關於「晦澀」的問題。這本是老生常談，不說國外現代詩能否讓人讀懂，中國詩歌從朦朧詩以來就面臨這個問題。第三代詩人直白的口語詩也不能逃過眾人對詩歌「晦澀」的指責。他坦率地承認詩壇確實存在「胡編亂造」讓人看不懂的詩歌，這種現象不僅中國有，國外也有。但是讀詩畢竟是一種審美性的精神活動，多種存在於詩中的意義未必如讀論文那般一分爲二條理清晰，而且讀不懂詩也與缺乏讀詩必要的知識儲備有關。再次，關於「技術」問題。「無論如何是值得重視的，至少不應該受到指責」。即使是不成功的技藝探索，也可供後世借鑒。詩的形式追求就尤如「戴著鎖鏈跳舞」（艾略特），古今中外，莫不如此。最後，對嘲諷詩歌的行爲的斥責。後現代「暴露出了某些人對藝術或學術的淺薄和不負責任的態度」。雖然後現代也有合理的成分，但需要批判地吸收。歸結到詩上，詩歌無罪。張曙光的態度確實是眞誠的，儘管文章因論爭而寫，但他更多表現出的是一種內省與平和的辯解。

他的「祛魔」行爲主要集中表現在另外兩篇對話文章與一篇「立場」性質的文章中：《關於詩的談話——對姜濤書面提問的回答》（以下簡稱《談話》)、《寫作：意識與方法——關於九十年代詩歌的對話》（以下簡稱《方法》)〔註141〕與《90 年代詩歌及我的詩學立場》（以下簡稱《立場》)。總的來說，他在前兩篇文章中談到的具體問題可以概括爲以下幾個方面：個體經驗與個人寫作問題，詩歌的語言與技藝問題，敘事性、日常性與時代、現實的問題，當代經驗的當代性以及傳統的問題，中年寫作問題，等等。

在《談話》中，他提到日常生存場景早就存在於西方詩歌中，進入漢語詩歌標誌著一場重大的變革，從而使漢語詩歌獲得了當代性。在他看來，寫作是無法超越現實的，「現實與作品間永遠沒有明顯的界限」。除了日常性，傳統也是一種無法逃避的現實，「事實上，任何人的寫作，不可能徹底置身於時代風氣和傳統之外」。對當代詩歌身份合法性的懷疑是沒有依據的，當代詩歌「已具有了一個相當規模的傳統」，這是不爭的事實，儘管它的發端與西方詩歌息息相關。但是詩歌的自主意識早在 90 年代就被詩人們喚醒，注重詩藝和詩學的建設就是一個證明。說到智性與知識，張曙光如此理解：「詩歌應該處理當下更爲複雜的經驗，應該包含著矛盾衝突，其中不可避免地要包含著

〔註141〕這兩篇對話文章均收入《語言：形式的命名》一書，孫文波、臧棣、蕭開愚編，人民文學出版社 1999 年版。

一些智性因素和知識含量。」但同時他又指出，「過多的智性因素和知識含量確實會使詩歌不堪重負」。他的辯證思維確實不失公允，這既是「知識分子寫作」的特點所在，同時也可能是產生缺陷之處。

他在《方法》一文中更多地談到「知識分子寫作」的一些特點，其實這些特點也是詩歌從 80 年代過渡到 90 年代後呈現出來的變化。比如說，他認為詩人把敘事性納入到詩歌寫作中，就形成了 90 年代詩歌的一個重要標誌，這是一種新的表現方式，因為這樣可以削弱抒情與包容經驗，同時也是告別青春寫作的一個標誌。這種敘事性是與詩人密切關注日常性聯繫在一起的。「日常性的引入，表明了詩人們開始關注當下經驗，而這對詩歌寫作無疑是一種良好的勢頭和轉機。」如果以上說的是傳統意義上的內容的話，那麼形式上，張曙光是重視語言與技藝的，但他卻辯證地看待這個問題。他一方面肯定寫詩「必然要借助於技術」，另一方面他又說「真正的技巧就是沒有技巧」，同時他還指出過分重視與輕視都是兩個極端，都不利於詩歌的發展。但無論如何，語言意識是十分值得重視的。因為，「語言是他們的唯一財富，是賴以生存的基礎。詩歌就是一種最為特殊的語言活動，是語言在言說。」這正如海德格爾的一句名言：語言是存在的家園。以上這些都與「知識分子寫作」詩歌觀念較為接近。他的關於「中年寫作」「個人寫作」與「當代性或當下經驗」的闡述，是十分有見地的，而且早為眾多論者所關注。

以上我們不妨將之視作張曙光對「知識分子寫作」詩歌觀念延伸性的補充。就他有限的詩學文章來看，無論他承認與否，都與這一立場的觀念有著十分緊密的親和性。包括《立場》在內的文章，不僅有自己觀念的闡釋，也有十分明顯反對「民間寫作」的傾向。不管怎樣，他的詩歌與詩歌觀念，都是值得重視的。

以上概述了陳東東、孫文波、王家新、程光煒、張曙光等人在「盤峰論爭」發生後所表達的觀點。就「知識分子寫作」觀念本身的進一步闡釋來說，在此只是選擇了有代表性的幾個例子。其實對「知識分子寫作」觀念延伸的考察不能局限於以上數人的觀點，由於「知識分子寫作」中很大一部分人，把對「知識分子的寫作」觀念的表達夾雜在對「民間寫作」一方的辯駁過程中，所以只能把他們的觀點放到第五章第一節中進行綜合闡述，作為本節內容的補充。

本章小結

「知識分子寫作」發軔於 20 世紀 80 年代中後期，發展、成熟並貫穿於整個 90 年代。它既是詩歌創作實踐的一條脈絡，同時也是傾向接近的詩人與詩評家共同參與詩歌觀念建構的一條脈絡，不過二者又是融爲一體的。直到「盤峰論爭」，「知識分子寫作」和「民間寫作」這兩種詩歌觀念在雙方的激烈論戰中才愈發清晰而爲人所注目。在今天看來，這是兩股詩潮，也是兩股思潮，是在特定歷史階段出現的。儘管論爭之後，這兩股潮流都呈現趨弱疲軟之勢（特別是「知識分子寫作」），但是在當代詩歌史上，它們留下了濃墨重彩的一筆。

「知識分子寫作」含義中的知識分子精神，並不是空中樓閣。它不僅部分繼承了根深蒂固的中國士大夫傳統，而且一部分也來源於西方現代知識分子的啓蒙精神。但它又既深刻有別於士大夫傳統，同時也絕不是西方式的知識分子啓蒙行爲。「知識分子寫作」只是它本身，它只屬於 1989 年後直至世紀末的中國詩歌界。有一點我們已能看清，「知識分子寫作」如果往前追溯到 80 年代中期，當時爲了抵制「幾乎泛濫成災的市民趣味詩歌，而去尋求情感的高貴和寫作的難度」，〔註142〕確實有走向「純詩」的傾向，與生活不夠貼近也是事實。但 1989 年後情況有所改變，這類寫作不僅詩歌觀念發生了變化，而且也走向了某種「綜合」，這肯定是抹殺不了的。其並非如「民間寫作」一方所批評的那般不堪，也不能被視作完美無缺，它只屬於特定時期的文學現象，是詩歌創作實踐與詩歌觀念的一次綻放。

本章通過對「知識分子」這一概念在中西方歷史源流中的簡略梳理，不厭其煩地具體考察具有相同傾向的詩人與詩評家詩歌觀念的發展歷程，進而試圖定位「知識分子寫作」詩歌觀念在中國當代詩歌史上的獨特而醒目的坐標。在此基礎上，我們已可大致概括出作爲多個不同個體而又被人爲地統攝進「知識分子寫作」群體詩歌觀念的共同特徵：

一、獨立自由的詩歌創作理念

獨立品質與獨立人格，這是「知識分子寫作」詩歌觀念不同闡釋者的最可公約的部分。這也是「知識分子寫作」所強調的精神性之一。頗有意味的是，「民間寫作」鼓吹者也強調民間的獨立品質，因爲他們不依附於任何「龐然大物」，這在下章中會有所辨析。

〔註142〕陳超：《關於當下詩歌論爭的答問》，《北京文學（精彩閱讀）》1999 年第 7 期。

二、理性、節制、深度的創作理念

理性即指某種哲學意義上的智性，節制是指有限度的寫作而不是靈感式的發泄，深度的含義除了詩本身的難度之外還有介入歷史的意圖。以上幾點，無一不需要一定的「知識性」，同時又構成了精神性的又一層面。

三、對非歷史化的純詩與意識形態式的非詩的雙重拒絕

對非歷史化的拒絕是反對純語言層面上的遊戲寫作；反抗意識形態寫作，是對以往包括朦朧詩在內的政治意識形態與具有意識形態性的對抗式寫作。

四、對詩藝與語言的有意識的追求

在一些論者看來，在詩學建設的意義上，「知識分子寫作」比 20 世紀 40 年代以穆旦爲代表的現代派詩人們走得更遠。任何一個「知識分子寫作」範疇的詩人都十分強調詩歌的技藝與語言的重要性。詩歌，也是「一種特殊的知識」。

五、對現實以超日常生活的語言介入

90 年代「知識分子寫作」盡力克服了 80 年代以來「純詩」的追求，詩人的想像力在向日常性過渡。之所以又說它是超日常生活的，因它通過一種獨特的對「敘事性」與「及物性」的強調來實現，是一種提升式的敘事與及物，是對現實的一種抽象。

六、對瑣碎抒情的拒絕，對個體經驗敘事的倡導

抒情在當時顯得單薄而無力，而且抒情也不是詩歌唯一的書寫方式。強調詩歌主體的釋放，強調個體經驗的靈魂歷險，強調充滿個性與眞實性的自由式的「個人寫作」。這也是布羅茨基所說的，詩歌要最大限度地保持個性。

七、對西方語言與文化資源採取吸納與互文互補的態度

並不是全盤模仿西方的詩體與語言，而是有選擇地吸納西方資源的有益成分，向西方學習並不會使中國詩歌殖民化。無論西方資源還是中國傳統，都是全人類的財富，只要有益都可以吸收。

八、以曲折或隱晦的形式抒寫時代

直抒胸臆式的抒寫時代無異於時代的傳聲筒，這種時代的抒寫可能是假的，至少不是眞實的，而且也與時代語境不相適應。曲折或隱晦的抒寫，不僅可以更爲眞實地留下時代的印痕，具有更爲深刻的當代性，而且還會產生強烈的陌生化效果，從而寫作也就更具詩性。

第四章 「民間寫作」觀念研究

　　八九十年代之交開始，社會、文化的轉型使文學領域內部也逐漸發生多向的分化。從目前的考察來看，到 90 年代中期，「民間寫作」觀念才逐漸從「知識分子寫作」中明顯分化出來，目前學界基本上達成了這一共識。儘管「民間寫作」觀念出現較晚，但從中國文學觀念的宏觀層面來看，它更具基礎性，而且底蘊似乎更爲深厚。「民間」一詞在新時期以來的文學中出現得比「知識分子寫作」要早，只是「民間」的普泛意義與不可確指性，才使作爲一種詩歌觀念的正式命名要晚於「知識分子寫作」。前章對「知識分子寫作」進行了考察，本章將闡述「民間寫作」這一立場的來龍去脈。

第一節　「民間寫作」前史

　　《現代漢語詞典》如此解釋「民間」詞條：①人民中間；②人民之間（指非官方的）。〔註 1〕與文學有關的一個詞條是「民間文學」：「在人民中間廣泛流傳的文學，主要是口頭文學，包括神話、傳說、民間故事、民間戲曲、民間曲藝、歌謠等。」〔註 2〕很明顯，我們將要談到的「民間寫作」與民間文學截然不同，但是，它卻與「人民」與「非官方」有著天然的聯繫。「人民」這個詞的含義爲：「以勞動群眾爲主體的社會基本成員。」〔註 3〕而「知

〔註 1〕 中國社會科學院語言研究所詞典編輯室編：《現代漢語詞典》，商務印書館 2005年第 5 版，第 950 頁。

〔註 2〕 同上。

〔註 3〕 同上，第 1146 頁。

識分子」卻是指：「具有較高文化水平、從事腦力勞動的人。如科學工作者、教師、醫生、記者、工程師等。」〔註4〕當然，前章已對「知識分子」與「知識分子寫作」做過較爲詳細的辨析，「知識分子寫作」除了包含「知識分子」最基本的屬性之外，它還具有一定社會語境之下的特指含義。《孟子·滕文公上》曰：「或勞心，或勞力。勞心者治人，勞力者治於人。……」如果僅從一般常識意義上講，勞心者大概就是知識分子或接近於知識分子的一類人，而勞力者則指的是廣大的「以勞動群眾爲主體的社會基本成員」。勞心與勞力雖然同屬於「勞」，但在千百年來的中國儒家思想傳統中自然而然形成某種內在的對立關係，這種對立卻無需道破，有時還可以上升到意識形態層面上。在這個意義上我們不妨大膽地說，「民間寫作」中固有的平民化立場與「知識分子寫作」的精英意識之間存在某種天然對立的基因或脈象，儘管「民間寫作」／平民寫作與「知識分子寫作」／精英寫作各自兩者之間的概念內涵不可劃上等號。只是我們還得看到，「民間」含有「非官方」的意思，而「知識分子」（精英或勞心者）又未必全代表「官方」，有時它們二者之間也有交叉包含的關係。說明白一點，我們討論的「民間寫作」與「知識分子寫作」可能都與官方不沾邊，也就是說，它們都具民間性或人民性。如此一來，問題就慢慢清晰起來，當我們考察二者的關繫時，都可以把「官方」拋開到一邊，完全可以將之放到「寫作」（文學）的內部來看待，它們只不過是同一棵樹上結出的兩個不同的果而已。讓我們還是回到「民間」上來。「民間寫作」雖然與「民間文學」截然有別，但並不是沒有一點聯繫。「民間寫作」中最基本的平民化與口語化的特徵，與「民間文學」中的口頭性或口語化，以及廣泛的民間大眾性之間還是有著較爲緊密的聯繫的。從這個角度上來說，其實「民間寫作」有著源遠流長的血脈傳統，只是八九十年代之後，它因時代的特殊性而產生了獨特的命名與內涵。它不是「民間文學」，不是歷史上普泛意義上的「底層寫作」，也不是新詩誕生以來曾出現過的「平民化」、「大眾化」、「普羅詩歌」、「大躍進民歌」。它不同於它們，但又與之有一定的血脈關聯。所以它是特定歷史語境下的一個獨特的文學概念，故也爲我們研究的有效性提供了充足的理由。

〔註 4〕 中國社會科學院語言研究所詞典編輯室編：《現代漢語詞典》，商務印書館 2005 年第 5 版，第 1746 頁。

一、新詩誕生之初的「民間」源流

中國新詩是直接受西方影響而誕生的。它與中國傳統詩歌的斷裂主要體現在詩的形式上，其中包括語言的口語化。但又不可否認，它與傳統詩歌的臍帶無法剪斷，文學的血脈並不是在易容之下就可以去其精髓的。新詩對民間資源的廣泛吸取就是一個鮮明的例子。

> 中國新詩從一開始即注重從民間去吸取詩的新創造的藝術資源。正是「五四」新文化運動重新發現了中國民間詩歌的傳統，給《詩經》中的「國風」、漢魏樂府詩以及歷代的民歌以極高的評價（參看胡適：《白話文學史》）；早期白話詩人不但熱心於對民間歌謠的徵集，而且開始了「新詩歌謠化」的最初嘗試。這種嘗試在 30 年代中國詩歌會的詩人那裡成為一種更為自覺的詩歌運動，並被賦予了意識形態的意義，成為「無產階級革命運動」之一翼的「無產階級文學運動」的有機組成部分；在 40 年代的敵後根據地裏，由於「文藝為工農兵服務」成為主流意識形態，並且得到了根據地政權的支持，「詩的歌謠化」發展到了極致。〔註5〕

新詩在誕生之初時的白話詩就進行過「歌謠體新詩」試驗，後來隨著新詩融入到革命與抗戰的大語境之下，其通俗性語言在加入十分適時的「革命」內容之後，新詩倒向「詩的歌謠化」的發展趨勢。這種情形勢必佔據文學寫作倫理的制高點而成為文學的主流，從而使其成為新詩發展的方向。「這樣，『五四』早期白話詩所進行的『詩的歌謠化』試驗，所提出的『詩的平民化』的命題都被發展到了極端。」〔註6〕

當初，胡適在提出「作詩如作文」的時候，其實就已經在向舊精英式的文體告別而走向平民化，他所提出的「詩體的解放」即是具體的主張。「詩體的解放」也就是讓最普通的平民百姓也能看懂詩，胡適的詩歌觀念在創作中得到實踐。以《嘗試集》中的第一首《蝴蝶》為例：「兩個黃蝴蝶，雙雙飛上天。／不知為什麼，一個忽飛還。／剩下那一個，孤單怪可憐；／也無心上天，天上太孤單。」現在來讀這首詩，如果不考慮詩的特定寫作背景，它當然顯得幼稚淺顯，與童詩無異，但在當時來說卻是文學的異端。這深刻反映

〔註5〕錢理群、溫儒敏、吳福輝：《中國現代文學三十年（修訂本）》，北京大學出版社 1998 年版，第 454 頁。

〔註6〕同上。

了「五四」時期文學的啓蒙主義傾向，而且是詩打了頭炮。所以，新詩伊始即與「平民化」的詩歌觀念結下了不解之緣。也許，這正是後來「民間寫作」堅持自己立場的出發點所在。

中國新文學自誕生以來，其實就是以「平民化」、「口語化」，或者平民文學、爲人民大眾的文學爲發端的，否則新文學也不成爲其新文學了。而以上所提到的概念又基本上與「民間」的意涵相同。我們在此可以作一個大致的梳理，這樣做的目的是爲了更好地理解90年代「民間寫作」的歷史因緣及其發生、存在的合理性與必然性。

晚清黃遵憲、梁啓超的文學改良運動與「詩界革命」，已爲新文化運動新詩的誕生打下了基礎並提供了一定的經驗。胡適深受啓發，在此基礎上他成爲「五四」白話文運動理論與實踐的先行者。1917年2月他在《新青年》第2卷第6號發表《白話詩八首》（包括《朋友》一詩，後改名《蝴蝶》），這是他最早嘗試新詩創作並公開發表的白話詩，所以他又是新詩寫作的第一人。除此之外，他先後寫了《文學改良芻議》〔註7〕《建設的文學革命論》〔註8〕《談新詩》〔註9〕等理論文章大力鼓吹新文學與新詩寫作。作爲他理論的支撐與教學所需，他又撰寫講義《白話文學史》〔註10〕並成書。作爲他新詩文體的實驗，他出版《嘗試集》。〔註11〕這兩部書無疑是新文學始創期的重大收穫。究其中心意思，概離不開一個「平民文學」的要旨。《白話文學史》極力論證了「白話文學」或「平民文學」存在的合理性，而《嘗試集》則開一代詩風，爲新詩的發展創造了一個起點與基點。

胡適在《白話文學史》目錄頁上坦陳寫作此書原因：「第一，要人知道白話文學是有歷史的；第二，要人知道白話文學史即是中國文學史」。前者自然如此，後者卻未免偏激。在那個時代，激進的態度往往是爲人所接受的，

〔註7〕 載1917年1月《新青年》第2卷第5號。

〔註8〕 載1918年4月《新青年》第4卷第4號。

〔註9〕 載1919年10月《星期評論》「紀念號第五張」上，後選入《中國新文學大系‧建設理論集》。

〔註10〕 胡適：《白話文學史》，1928年上海新月書店初版。本文引文均出自1985年嶽麓書社影印版。

〔註11〕 胡適的《嘗試集》是中國新文學初期第一部白話詩集，1920年版，上海亞東圖書館印行。同年9月再版。1922年10月經作者增刪的增訂第四版印行，以後版本多以此版爲準，但也有少許變動。這部詩集印數可觀，據胡適本人在「四版自序」中提到此集兩年之中銷售一萬部，可見暢銷程度。本文參考人民文學出版社1984年版。

正所謂「狂飆突進」式的策略。不過他的論述卻不無道理，令人信服。他提到一點，之所以作爲白話文學的「平民文學」在歷史上確有其地位，是因有平民做了帝王而使之然。他列舉漢高祖的詩爲例：「大風起兮雲飛揚。威加海內兮歸故鄉。安得猛士兮守四方。」他說：「這雖是皇帝做下的歌，卻是道地的平民文學。」〔註12〕胡適的邏輯從此出發而得出另一結論：「但廟堂的文學終壓不住田野的文學；貴族的文學終打不死平民的文學。」〔註13〕爲什麼呢？如果僅僅是胡適的想當然，那就不僅是偏激了，極可能是想當然的空談。畢竟自古以來中國的士傳統源遠流長，而且「學而優則仕」的理念限制了絕大多數的文人，而古代的文人多以詩爲正道，其他則爲小技，如果文學史也是這些士人把控著的，平民文學談何入史而爲人所正視？胡適獨具慧眼地提出自己的見解：「……因此，廟堂的文學儘管時髦，儘管勝利，終究沒有『生氣』，終究沒有『人的意味』。二千年的文學史上，所以能有一點生氣，所以能有一點人味，全靠有那無數小百姓和那無數小百姓的代表的平民文學在那裡打一點底子。」〔註14〕我們不可否認，即使是中國古代「貴族式」或「精英」文人，也爲古代中國燦爛的文化作出過巨大貢獻，也並非如胡適所言一錢不值。但胡適不可能不懂這個道理。他在這裡所要極力弘揚的是有「生氣」與有「人的意味」的由平民所創造的那一路文學。他的出發點，在「五四」時期一是要極力提倡白話文而使廣大民眾能參與到交流中來，二是要大力喚醒廣大普通民眾的主體意識與精神力量，從而使啓蒙者的理想得以實現。這就是新詩在一開始就把「平民化」作爲目標的原因所在。回顧這種狀況，我們由此可以聯想到 80 年代初中期類似的啓蒙語境。在 80 年代的語境中，新詩在「朦朧詩」完成詩性回歸之後又被第三代詩人「PASS」，從而走上內部分裂的道路。而平民或民間的那個路向正是從新詩誕生之初的理論源頭中找到了立足的依據，並且這一路向也理所當然地把貴族式的一路樹成對立面。爲了更深入探求這一路向的理論源頭，我們不妨接著梳理一些重要的有代表性的文學觀念。

　　與胡適差不多同期，另一個重要人物是周作人。他不僅創作新詩，還寫出被胡適稱譽的「新詩中的第一首傑作」〔註15〕——《小河》，〔註16〕更爲重

〔註12〕載 1917 年 1 月《新青年》第 2 卷第 5 號，第 12 頁。
〔註13〕同上，第 15 頁。
〔註14〕同上，第 16 頁。
〔註15〕參見胡適《論新詩》。

要的是他寫出了新文學之初理論建設重大收穫的兩篇文章：《人的文學》〔註17〕與《平民文學》。〔註18〕

《人的文學》以人道主義爲核心，目的是使文學革命的內容具體化。其中，他對文學中「人」的發現是其最大的貢獻。周作人的理論旨歸是試圖通過人的文學來「養成人的道德，實現人的生活」。不可否認，周作人人道主義思想的理論來源出自西方資產階級的人道主義，特別是他在留學日本時接受了日本「白樺派」的人道主義思想。但對當時中國的境況來說，周作人大力標舉「人的文學」無疑具有重要的思想啓蒙意義。另外，作爲《新青年》的主要撰稿人之一，周作人的思想在某種程度上仍是對陳獨秀革命思想在文學領域上的延伸與展開。

在寫出《人的文學》後不久，他又發表《平民文學》。這篇文章可以理解爲是對《人的文學》的進一步具體化。同時也是對胡適的「平民文學」思想理論的進一步發展。我們來看看周作人對「平民文學」的經典闡釋：

> ……
>
> 平民的文學正與貴族的文學相反。但這兩樣名詞，也不可十分拘泥，我們說貴族的平民的，並非說這種文學是專做給貴族，或平民看，專講貴族或平民的生活，或是貴族或平民自己做的。不過說文學的精神的區別，指它普遍與否，眞摯與否的區別。
>
> ……
>
> 就形式上說，古文多是貴族的文學，白話多是平民的文學。但這也不盡如此。古文的著作，大抵偏於部分的，修飾的，享樂的，或遊戲的，所以確有貴族文學的性質。至於白話這幾種現象，似乎可以沒有了。但文學上原有兩種分類，白話固然適宜於「人生藝術派」的文學，也未嘗不可做「純藝術派」的文學。純藝術派以造成純粹藝術品爲藝術唯一之目的，古文的雕章琢句，自然是最相近，但白話也未嘗不可雕琢，造成一種部分的修飾的享樂的遊戲的文學。那便是雖用白話也仍然是貴族的文學。……

〔註16〕載 1919 年 2 月《新青年》第 6 卷第 2 號。
〔註17〕載 1918 年 12 月《新青年》第 5 卷第 6 號。
〔註18〕載 1919 年《每周評論》第 5 號。

照此看來，文學的形式上，是不能定出區別，現在再從內容上說。內容的區別，又是如何？上文說過貴族文學形式上的缺點，是偏於部分的，修飾的，享樂的，或遊戲的，這內容上的缺點，也正是如此。所以平民文學應該著重與貴族文學相反的地方，是內容充實，就是普遍與眞摯兩件事。第一，平民文學應以普通的文體，記普遍的思想與事實。我們不必記英雄豪傑的事業，才子佳人的幸福，只應記載世間普通男女的悲歡成敗。因爲英雄豪傑才子佳人，是世上不常見的人。普通男女是大多數，我們也便是其中的一人，所以其事更爲普遍，也更爲切己。我們不必講偏重一面的畸形道德，只應講說人間交互的實行道德。因爲眞的道德，一定普遍，決不偏枯。天下決無只有在甲應守，在乙不必守的奇怪道德。所以愚忠愚孝，自不消說，即使世間男人多所最喜歡說的殉節守貞，也是全不合理，不應提倡。世上既然只有一律平等的人類，自然也有一種一律平等的人的道德。第二，平民文學應以眞摯的文體，記眞摯的思想與事實。既不坐在上面，自命爲才子佳人，又不立在下風，頌揚英雄豪傑。只自認是人類中的一個單體，渾在人類中間，人類的事，便也是我的事。我們說及切己的事，那時心急口忙，只想表出我的眞意實感，自然不暇顧及那些雕章琢句了。譬如對眾表白意見，雖可略加努力，說得美妙動人，卻總不至於謅成一支小曲，唱的十分好聽，或編成一個笑話，說得闔堂大笑，卻把演說的本意沒卻了。但既是文學作品，自然應有藝術的美，只須以眞爲主，美即在其中。這便是人生的藝術派的主張，與以美爲主的純藝術派所以有別。

與胡適不同的是，周作人的論調相當辯證而顯得公道。他在極力肯定與倡導「平民文學」的同時卻沒有把它推到一個死胡同，對「貴族文學」也沒有一棒打死而後快。他對二者的理解重在二者之間「文學的精神」的區別。他否定存在專給貴族看或專給平民看的文學，文學是屬於貴族的還是平民的，要看「它普遍與否，眞摯與否」，「普遍」而「眞摯」則體現出了文學的精神。對古文與白話兩種形式，他認爲古文「多」是貴族而白話「多」是平民的，這就沒有把二者徹底說死。言下之意即，古文與白話二者都有各自的貴族與平民的成分，如果平民文學中雕琢、修飾、遊戲、享樂的成分過多，也就淪爲貴族文學了。從內容上來看，「平民文學」理當與

「貴族文學」背道而馳，應該追求「普遍」與「真摯」的思想和事實，自然不必是舊文學中英雄豪傑、才子佳人、殉節守貞等等一類的畸形道德成分，「平民文學」本著「一律平等的人的道德」而表達「真意實感」。儘管如此，「平民文學」也應追求藝術的美，但因它是「爲人生」的文學，所以要與純藝術區別開來。

周作人在寫出這兩篇文章之後，1920年1月他在一次題爲《新文學的要求》的演講中對自己之前的觀點進行修正。他認爲包括「平民文學」、「人的文學」在內的一些觀點容易陷入功利主義，容易被人佔據寫作倫理的道德制高點而淪爲說教。周作人「人的文學」與「平民文學」理論的提出及對其的反省，給我們帶來深刻的啓示。他爲新文學的建設和發展提供了又一種重要的精神資源。

至1921年，新詩在集體的努力下，已初具形態並「基本上站住了腳跟」。〔註19〕如果說胡適、周作人等人的新詩創作向「平民化」、「散文化」邁出了堅實的一步，那麼周作人、劉半農、沈尹默等人開始的新詩「歌謠化」的努力，則完全是在吸取、借鑒民間資源了，比如用方言與山歌入詩。可見，民間的力量在新詩草創時期就開始滲入其核心部分。同時，這也是對以往詩歌貴族化、文人化，或者乾脆說成是對「知識分子化」傾向的一種反撥。頗有意味的是，在20世紀中國新詩的整個發展過程中，從世紀初新詩的誕生開始到世紀末的這兩個時間「點」上，貴族化與民間化（平民化）兩種詩歌觀念竟然均以對抗始又以對抗終。

新詩在初期都是由一批受過高等教育，而且大多是出國留學過的「知識分子」們所倡導。他們大都是借助「民間」的成分在壯大新詩的發展，這主要是出於思想啓蒙的效用，意圖通過白話新詩的形式在廣大平民中間形成一股巨大的社會精神力量，一是爲了對抗數千年來的古典貴族文學，二是爲了向西方學習以一種現代性的姿態來改變國民的精神面貌與社會人生。即便如此，在當時的環境下，文學界並不是眾口一辭地擁護這種做法，保守主義的反擊與嘲弄一直伴隨著新文學運動的始終。但在當時看來，平民化傾向無疑佔盡上風，否則新詩也無力確立起不可撼動的地位而有之後已近百年的新詩歷史。就是在新文學陣營的內部，其觀念也並非完全一致，也有「爲人生而

〔註19〕錢理群、溫儒敏、吳福輝：《中國現代文學三十年》（修訂本），北京大學出版社1998年版，第96頁。

藝術」與「爲藝術而藝術」兩路。在新詩的內部顯然「爲人生」的一路佔了上風，可能是由於新詩的白話性與口語化，才使新詩在整個 20 世紀都充滿了各式各樣的平民化、大眾化與民間的形式，而「爲藝術」的純詩一派在新詩史上總是逃不脫出沒漂浮而動蕩不定的命運。「五四」前後的新詩平民化或民間化的傾向，在進入 30 年代與 40 年代後，在性質上已由當初的啓蒙性轉向了革命性。在救國圖存宏大的社會語境之下，平民化的新詩則更有生存土壤，即使是「爲藝術」的一路也心甘情願服膺於這一語境。雖然在 40 年代有現代派詩人的曇花一現，但終抵不過平民化的一路。

二、「左翼」之後新詩大眾化與民間資源

在新詩發展的第一個十年的後期，以蔣光慈爲代表的無產階級詩歌與以李金髮爲代表的象徵派詩歌，其實已代表了「大眾化」與「純詩化」的兩種對立的態勢。1932 年 9 月中國詩歌會的成立，標誌著這一無產階級詩歌團體又向新詩的平民化邁進了一步。其特點是除了大眾化之外，又加進了意識形態化。大眾化的具體表現是歌謠化，「在歷史的承接上，他們在拒斥文人傳統的同時，也熱心於向民間歌謠吸取資源：不僅是歌謠體的形式，更包括關注現實與民間疾苦，表達平民百姓的呼聲，樸素、剛健的詩風等精神傳統」，[註20] 意識形態化是指詩人只是代表著集體主義的戰鬥精神，從而個性消失，藝術成色不足。這一時期的代表性詩人有：穆木天、蒲風、楊騷、任鈞、殷夫、臧克家，等等。客觀地說，此時期的詩歌對革命與圖存是必要的，在當時具有相當的積極意義，它滿足了對最廣大平民的革命化的宣傳，其中「左聯」起到了重要的引領作用。雖然這種革命化的詩風爲以後的新詩發展帶來極爲不利的影響，但其卻成爲中國 20 世紀新詩的一個重要的傳統源流。這個傳統除了革命性的因素之外，也與平民大眾化、民間化、口語化密不可分。相對於 90 年代的「民間寫作」來說，雖然與之迥異，但在某種程度上講，它是在這個傳統基礎之上的變異、繼承與昇華。

在 20 世紀 30 年代「左聯」與「中國詩歌會」的倡導之下，新詩的形式發生了巨大的變化。在 30 年代後半期與 40 年代之初，平民與貴族兩種詩歌觀念的分野即刻煙消雲散，全民族同時唱起抗日的戰歌。包括郭沫若、徐遲

〔註20〕錢理群、溫儒敏、吳福輝：《中國現代文學三十年》（修訂本），北京大學出版社 1998 年版，第 275 頁。

在內，包括新月派、現代派詩人在內的諸多詩人都迫於時代的壓力與救亡運動而轉變詩風。所有詩人的詩無不爲現實鬥爭服務，與廣大的民眾接近，朗誦詩、街頭詩、鼓點詩、槍桿詩等等大量湧現，即使有人發現這類詩詩美奇缺，但無不被當時歷史的合理性所壓制。於是詩的平民化與民間化觀念得到了空前的釋放，以致發展到極端。不過，期間出現了「七月派」與西南聯大的「中國新詩派」。前者結合了主觀戰鬥精神與詩人個人的詩藝特點，後者則深刻地繼承了新詩現代性的特點並有所發展。它們打通了新詩往後發展的血脈，爲新時期的朦朧詩與 20 世紀 90 年代的詩歌誕生與發展提供了豐厚土壤與借鑒經驗。值得關注的是，「綜合」是中國新詩派的基本詩歌觀念，它是對人與社會、人與人以及個體生命中的體驗的綜合，後來爲 90 年代的「知識分子寫作」提供了滋養。

作爲對「左翼」文藝思想的發展，在這一時期毛澤東文藝思想誕生。毛澤東的文藝思想影響了之後數十年文學發展的方向。毛澤東特別強調：文藝爲最廣大的人民服務。表現在新詩上，平民化、大眾化與民間化等因素共同都把新詩自誕生以來的平民化傾向推向極致。1940 年 1 月 9 日，毛澤東在陝甘寧邊區文化協會第一次代表大會上作了《新民主主義的政治與新民主主義的文化》﹝註21﹞的演講，他指出：「民族的科學的大眾的文化，就是人民大眾反帝反封建的文化，就是新民主主義的文化，就是中華民族的新文化。」﹝註22﹞這是不同於「五四」時期的另一種「新文化」倡導，並預言式地上升到國家、民族、未來的高度上。

毛澤東在發表這個演講兩年後的五月，又發表了文藝綱領性的《在延安文藝座談會上的講話》。他對「人民大眾」作出界定：「那麼，什麼是人民大眾呢？最廣大的人民，占全國人口百分之九十以上的人民，是工人、農民、兵士和城市小資產階級」，﹝註23﹞他進而用馬克思主義文藝思想作爲武器來對抗其他的文藝思想，「它決定地要破壞那些封建的、資產階級的、小資產階級

﹝註21﹞ 原載 1940 年 2 月 15 日延安出版的《中國文化》創刊號。同年 2 月 20 日又載延安的《解放》第 98、99 合刊，改題目爲《新民主主義論》。後依此題選入《毛澤東選集》（第二卷），本文所引與參考見人民出版社 1991 年版。

﹝註22﹞ 毛澤東：《新民主主義論》，《毛澤東選集》（第二卷），人民出版社 1991 年版，第 708～709 頁。

﹝註23﹞ 毛澤東：《在延安文藝座談會上的講話》，《毛澤東選集》（第三卷），人民出版社 1991 年版，第 855 頁。

的、自由主義的、個人主義的、虛無主義的、爲藝術而藝術的、貴族式的、頹廢的、悲觀的以及其他種種非人民大眾非無產階級的創作情緒」。〔註24〕說到底，毛澤東就是要以平民化的文藝思想來對抗貴族化的文藝思想，是對「五四」以來兩種不同文藝觀念追求的極端化延展。其實，毛澤東在強調自己的文藝觀時，卻無意間從反面發現與指出了一個多元複雜的文藝觀念世界。

毛澤東文藝思想對中國新詩的影響是巨大的。後來的大躍進詩歌、天安門詩歌、第三代詩歌以及 90 年代的「民間寫作」，都無不是以毛澤東文藝思想爲深層基礎，以大眾化、平民化、口語化等爲實際表現與制勝武器的。

從「五四」時期發軔，新詩的平民化或者民間化傾向從未停止向前發展，只是在當初是相當合理的，爲白話文運動和新文學運動作出了重大與關鍵性的貢獻。十年後的 30 年代，及至 40 年代，隨著「左翼」文藝思潮的迅猛發展，又依仗民族大義的大旗，作爲純詩路向的新詩不得不在夾縫中艱難前行。儘管艱難，但是所取得的成就依然有目共睹，新月派、七月派、中國新詩派的詩人們所創作的優秀詩歌，就是明顯的例子。相對於舊文學來說，平民化確實是民間性質的，古典詩詞才是貴族化的東西。新文學運動以來，平民化在完成文學的革命使命之後，它的平民化性質卻在悄悄地發生著變化，它日漸地成爲一個龐然大物左右著詩壇。由於馬克思主義的傳入，這個平民化的過程逐漸演變成意識形態的龐大化身，社會主義與民族主義裏在一起所向無敵，自由主義則難以大展身手。這種狀態一直延續到世紀末，直到當時社會政治、文化語境發生了巨大變化之後，新詩才慢慢淡出意識形態的密切依附，使詩歌在邊緣化、不再擔當重大社會使命之餘才有可能成爲詩歌本身。儘管如此，令人頗感無奈的是，大體上的平民化與貴族化兩條路線論爭的火焰並未熄滅，並直接與新詩誕生之初遙相呼應。上文提到，新詩的平民化性質在 20 世紀 30 年代以來就發生了改變。我們可以說，儘管平民化的傾向無可爭議地佔了主流地位，但並不等於它上升到了貴族地位。相反，純詩的傾向本來具有某種貴族化的性質（這與古典文學的貴族化是完全不同的），在當時的環境下，直到文革結束，卻充滿了平民化與民間的意味了，甚至發展成後來論者所說的「潛在寫作」。這種角色的轉換，正是百年新詩固有的特徵與悖論。

其實在新詩史上，清醒認識到這兩路傾向的理論家大有人在，很多論爭

〔註24〕毛澤東：《在延安文藝座談會上的講話》，《毛澤東選集》（第三卷），人民出版社 1991 年版，第 874 頁。

也都是圍繞在這兩個傾向上而喋喋不休。20 世紀 40 年代後期，作爲「新詩現代化」理論先驅的「九葉」詩人袁可嘉就曾寫過一篇有名的《「人的文學」與「人民的文學」》〔註25〕。此文不僅對新文學運動前三十年進行總結，也預言了後幾十年的文學態勢。於新詩來說，更是恰如其分、一針見血。

　　袁可嘉是在 1947 年寫下那篇文章的，他毫不含糊地把前三十年的新文學運動分爲「二支潮流」：一是「人民的文學」，另一是「人的文學」。他發現前者「人民的文學」「顯然是控制著文學市場的主流，後者則是默默中思索探掘的潛流」。正是二者流向不同、出發點不同才有了各個時期的文學論爭。我們可以認爲，「人民的文學」就是平民化、大眾化、政治意識形態味濃烈的一路；而「人的文學」就是貴族化、專業化、純詩化、偏離政治的一路。不過，二者並不僅僅是相對的，前者雖然具平民化的外表，但卻在文學上佔有絕對地位，有著集體主義的、抱成團的優越的身份。而後者也並非眞正的文學貴族，它只是一種更追求文學本眞的、相反具有平民意味的身份。從這一點看來，二者的模糊交叉又對立的關係，正是中國 20 世紀文學的整體特徵，同時也是中國新詩的整體特徵。袁可嘉的認識是相當清醒而準確的。他概括「人的文學」的基本精神是：「就文學與人生的關係或功用說，它是人本位或生命本位；就文學作爲一種藝術活動而與其他的活動形式對照來說，它堅持文學本位或藝術本位。」他概括「人民的文學」的基本精神：「它堅持人民本位或階級本位」，「它堅持工具本位或宣傳本位（或鬥爭本位）」。他的透徹與簡潔，在當時幾乎無人能比，就算在今天，如此分析也是適用與精當的。他完全悟透了文學的形式與本質，悟透了文學在中國的動態與命運。尤其是他關於「人民的文學」的「進一言」，更是入木三分、發人深省。具體有以下一些：

　　「一、『人民的文學』必須在不放棄『人民本位』的立場下放棄統一文學的野心」；

　　「二、『人民的文學』必須在『階級本位』認識的應用上保持適度」；

　　「三、『人民的文學』不能片面地過分迷信文學的工具性及戰鬥性，它必須適度地尊重文學作爲藝術的本質」；

　　「四、『人民的文學』必須把自己的理論主張看作主觀的視野的擴大，而非客觀地決定一切文學作品與唯一標準」；

〔註25〕 此文原載天津《大公報・星期文藝》1947 年 7 月 6 日，副題爲「從分析比較尋修正，求和諧」。後選入作者文集《論新詩現代化》，三聯書店 1988 年版。

「五、『人民的文學』應該及時瞭解它所擔負的歷史任務,它所扮演的歷史角色,而知所依歸——歸於人的文學」。

袁可嘉並沒有把「人民的文學」和「人的文學」截然分開,並當作兩個完全對立不可彌合的陣營,這種文學的分化,詩人的分化,都只是一種觀念上的分化。說到底,「人民的文學」從根本上講是「人的文學」的一部分。他確實「指出了兩支潮流的相激相蕩的真相」,要使之和諧,就需要得到修正,這樣「才足以保證中國文學的輝煌前途」。〔註26〕

袁可嘉的觀點不僅指出了「平民化」(或變異了的「平民化」)與「貴族化」(或沉默的「純詩化」)在中國新文學發展中的脈絡分明的分化,還預言了新中國成立後二三十年的中國文學的錯誤傾向與不合理性發生,同時在五十年前就為世紀末的詩歌論爭闡述了發生的必然性。以此為預設,他提出了二者之間的「和諧」觀,這也為我們認識「盤峰論爭」提出了指導性的意見,並能找到二者之間「共振」的內在基礎。可惜的是,平民化(「人民的文學」)在新中國成立後發生了很大的異化與扭曲,其影響和後果可能已深入文化的深層,而且必然對將來的文學發展遺傳性地承傳下一些不利的基因。

三、「民間」在新時期之前的變異

毛澤東早在 40 年代就為新中國的文學定下了基調,這當然不能簡單看成是戰爭時期文學政治化、工具化的結果,其與新中國成立後國家領導人大力推動和介入文學運動有關,還與廣大人民積極參與建構某種「想像的共同體」有關。

前所未有的文學平民化在新中國成立後的三十年內發生,其覆蓋面之廣和全民狂歡化的程度無不令人咋舌。1958 年的「新民歌運動」(「大躍進民歌」),「文化大革命」時期的紅衛兵詩歌與「小靳莊詩歌」,1976 年的天安門詩歌,這分別代表了三個時期躲閃在政治陰影之下的民間詩歌運動的巔峰。儘管這三者之間沒有必然的傳承關係,也沒有內在的前後因果關係,但是從表面形式來看都是一脈相承的,從內容來看都是平民化的民間詩歌運動,這是新中國成立後近三十年期間詩歌的整體特徵。除了「十七年」時期的革命

〔註26〕以上引文均出自作者文集《論新詩現代化》中的《「人的文學」與「人民的文學」》,三聯書店 1988 年版,第 112~123 頁。

歷史小說、文革期間的「樣板戲」，最見紅火與最爲普遍的恐怕就是這一波接一波的民間詩歌運動了（儘管有些是政治直接推動的結果）。

對這頗具代表性的三個時期的詩歌來說，「民間性」與「口語化」是其最基本的特徵（雖然也有「政治抒情詩」與被稱之爲「潛在寫作」或「地下寫作」詩歌的存在，同時也有間歇性的扭轉性的局面出現，比如 1961 年以後，「詩歌表現的領域逐步呈現出多樣化的跡象，而且愈益貼近普通人平凡、眞實的生活，表現出由英雄化趨向平民化的某種態勢」〔註 27〕）。「新民歌運動」的盛況正如郭沫若在《「大躍進之歌」序》中所言：「目前的中國眞正是詩歌的汪洋大海，詩歌的新宇宙。六億人民彷彿都是詩人，創造力的大解放就像火山爆發一樣，氣勢磅礴，空前未有。」〔註 28〕這話當然有誇張的成分，但完全可以想見當時詩歌的平民化程度。目不識丁曾深受地主壓迫的「翻身農民」王老九一度成爲當時全國知名的詩人，可見當時新民歌運動的普及化程度。相較而言，後來 90 年代出現的「民間寫作」也就難以稱之爲民間了。由此可見，「民間寫作」自然有別於新詩史上的一些平民化的詩歌寫作，只是它也不可避免地讓人聯想到「民間」力量的偉大。紅衛兵詩歌不僅具有新民歌運動的普泛化的特點，而且摻雜了更多非詩的因素。程光煒在《中國當代詩歌史》中引用了如此一首詩：「劉少奇算老幾／老子今天要揪你／抽你的筋，／剝你的皮，／把你的腦殼當球踢！／誓死捍衛黨中央！／誓死捍衛毛主席！」如果將其說成是粗俗或粗鄙就過於言輕了，這完全是流氓的順口溜。這正是陳思和所說的「民間」所固有的藏污納垢的表現。小靳莊詩歌更是上升一層，把這種民間群眾性與階級鬥爭結合到一起，以一個小村莊「人人皆詩人」的現象來濃縮體現了「文革」所謂的詩歌繁榮的本質。天安門詩歌運動適值「四人幫」倒臺之際，就其本質來說，仍是之前兩次的延伸，不外政治與群眾的特點，於詩歌而言並無大特色，其中有大量的舊體詩，就更不能說成是新詩的一次覺醒或新時期文學的曙光了。

中國新詩前行至此，可謂歷盡坎坷，詩性幾乎被糟蹋殆盡。唯一的生機當爲「地下寫作」或「潛在寫作」。食指在 60 年代開始直至新時期的詩歌寫作，包括後來朦朧詩前身的「白洋淀詩群」與《今天》詩人群，這些詩人

〔註 27〕程光煒：《中國當代詩歌史》，中國人民大學出版社 2003 年版，第 129 頁。
〔註 28〕郭沫若：《「大躍進之歌」序》，《詩刊》1958 年第 7 期。

詩歌的存在，才是真正的平民化性質的詩歌。其民間性的特徵是可圈可點的，它們為新時期的詩歌及 90 年代的詩歌提供了足夠的養分與傳統資源。也只有這一路向的寫作才稱得上延續了「五四」以來的新詩平民化的傳統。不過，就這些詩歌本身而言，雖具現代性的品質卻不能完全當作平民化的詩歌，它與新詩一開始時的平民化、口語化有著本質上的不同。但這些詩人詩歌的存在卻在詩歌精神上激勵了 90 年代的詩歌，不僅激勵了「知識分子寫作」，同時也直接成為「民間寫作」精神倣仿的對象。但這樣一來，我們就不得不將「民間」的一脈繼續引向 80 年代的第三代詩歌上來。

　　儘管在中國新詩史上的各個時期都有各自不同的民間化與平民化的特徵，但基本上是在一種有秩序的氛圍下體現出來的。即使在「五四」時期和戰火紛飛的年代也是如此，前者的新文學運動以不可阻擋的態勢席卷全國，後者以救亡圖存的名義出現的詩歌無它能與之相爭。這本身就已構成一種秩序，是一種以新詩外圍壓制內部為特徵的秩序，而這種秩序正是借助民間的力量、平民化的形式來實現的。比如說，20 世紀 30 年代以來，在統一的政治策略下，新詩的民間性作用無不是發揮到了極致，而且在政治世界裏擔當了無可替代的角色，這是毋庸置疑的歷史事實。

四、「第三代」詩歌運動的民間性

　　到了 20 世紀 80 年代，特別是 1983 年朦朧詩論爭漸趨平息之後，另一種民間性又處於萌芽之中並呼之欲出。在遠離北京「朦朧詩」中心的「外省」和「南方」，第三代詩人應運而生。程光煒敏感地意識到：「當四川的一批膽大妄為的大學生為這代詩人命名時，他們或許沒有意識到，這批先於我們醒悟的先鋒派詩人在一個一統化時代的猝然嘩變，將意味著崛起詩群剛剛構建的詩歌秩序的終結，和另一個『碎片化』文學世界的降臨。」〔註 29〕第三代詩人在崛起的同時，中國先鋒詩歌的概念也被提出。這個「先鋒」是針對「朦朧詩」而言的。新時期文學之初，思想層面的波浪推力巨大，對以往詩歌中的政治因素，當時的文學又以另一種政治的方式去抵抗，這種抵抗因為聲勢浩大的論爭而被逐漸銷蝕。隨著政治與經濟體制改革的開始，國家對民間自由思想的控制也逐步減弱，於是，「1984 年成為文學的又一個新增長點」。〔註

〔註 29〕程光煒：《第三代詩人論綱》，《湖北師範學院學報》1989 年第 3 期。
〔註 30〕程光煒：《中國當代詩歌史》，中國人民大學出版社 2003 年版，第 287 頁。

30）這個「新增長點」就是「第三代詩歌」孕育的時期。我們在此考察的重點只在於這一時期的民間性因素上。

首先，第三代詩歌運動是一場實實在在的民間詩歌運動。

以往的民間性更多的是具有外表的民間性與內質的政治性，而且更多地體現在實際效用上。即使是「朦朧詩」，其「現代性」也是依附在對意識形態的反抗之上的，從而又具有另一種意識形態性。第三代詩歌運動的民間性與政治無關，而且偏離政治，不主張政治，連反抗政治的激情都在淡化與消失，從而詩歌自此開始從以往的一元、二元而開始走向了多元。周倫祐指出，「它之所以引人注目，不僅因為它的出現動搖了『朦朧詩』將近十年的（領銜主演）地位，為當代詩歌審美觀念由單元、二元最後走向多元提供了可能；還在於它為當代詩歌注入了新的因素，使其獲得了主體性的意義」。〔註31〕其主體性不僅指詩人更多地直接面對詩本體，還指第三代詩人們以「《今天》」的形式前所未有地發動實際的詩歌運動，主辦民刊，提出不同的詩歌觀念。確實，民刊與不同詩歌觀念的雜陳為第三代詩歌的民間性做了最有力、最直接、最感性化的注腳。

從表現上看來，這種詩歌的大眾化程度與 50 年代末的新民歌運動有些類似，但二者之間有著本質的不同。第三代詩歌是詩歌內部的不同觀念的展現，是無數個小群體構築起的詩歌群島，而不是大一統的同一種聲音的狂歡。這一運動 1986 年到達巔峰，以《深圳青年報》與《詩歌報》聯合舉辦「中國詩壇 1986 現代詩群體大展」為標誌。當時的主持者在「廣告語」裏如此描述這次大展的民間性：「……1986──在這個被稱為『無法抗拒的年代』，全國兩千多家詩社和十倍百倍於此數字的自謂詩人，以成千上萬的詩集、詩報、詩刊與傳統實行著斷裂，將 80 年代中期的新詩推向了彌漫的新空間，也將藝術探索與公眾準則的反差推向了一個新的潮頭。至 1986 年7 月，全國已出的非正式打印詩集達 905 種，不定期的打印詩刊 70 種，非正式發行的鉛印詩刊和詩報 22 種。」〔註32〕後來有論者針對這次「大展」的眾多流派評論道：「其內涵與性質是很不相同的，但在 80 年代中期激進主義的文化邏輯中，它們都急不可待一同出現了，並被戲劇性地綁在一起，

〔註31〕周倫祐：《「第三浪潮」與第三代詩人》，《詩刊》1988 年第 2 期。
〔註32〕參見 1986 年 9 月 30 日的《深圳青年報》，轉引自洪子誠、劉登翰：《中國當代新詩史》（修訂版），第 210 頁。

形成了一個雜燴的熱鬧的景觀。」〔註33〕從中我們可看出，此時期的民間性是以與傳統斷裂爲目標的，即對傳統的非詩因素的拒絕，或者說對以往詩歌的揚棄，對不同理論的吸收，對當下詩歌主體的弘揚，這些都彙成了民間性源流的又一源頭性資源。

其次，第三代詩歌運動完全體現了以「反崇高」、「口語化」等爲主要特徵的民間性。「五四」時期的民間性是建立在精英知識分子參與的基礎上的，是當時具有啓蒙思想的知識分子利用民間的語言形式對傳統的文學形式的一種革命。其中，語言的民間性質是由白話代替文言來實現的，它最終的目標只是假借文學的手段來達到民眾覺醒、社會進步與民族振興的目的。所以我們可以從某種意義上說，新文學包括新詩在內有著與生俱來的工具性和實用性，儘管還有另一條與文學本體性相聯的脈絡與之差不多平行發展，但占絕對主流地位的仍然是前者。文學眞正的神性得不到伸張，得到的只是由文學烘托出的另一種社會變更的神話色彩。隨著 80 年代的到來，西方思潮再次湧入，朦朧詩打下詩性回歸的基礎，整個社會呈現空前的激進與思想活泛的局面。從而中國新詩面貌由民間性的自覺萌生而呈現少有的「繁榮」景象。其中「反崇高」成爲一種普遍趨勢，尤其是對傳統的解構，形成一種對以往傳統內容的變革大勢。此外，「口語化」也在這個時期得到進一步的深化。無論後來的「知識分子寫作」詩人，還是「民間寫作」詩人，在這個時期對口語化的新詩都有一個全新的認識與嘗試。雖然他們後來有所分野，但卻不能因此而否定這個時期他們對口語化寫作的努力。正是這種民間性才使第三代詩人得以湧現於詩壇並成爲詩壇顯見的生力軍。不過，「反崇高」與「口語化」的民間性從另一側面又體現出對「朦朧詩」的抗拒，因爲它們代表了「外省」詩歌的力量。巧合的是，後來「民間寫作」對「知識分子寫作」的「起義」，也正是代表了外省特別是南方的詩歌對以北京爲中心的詩歌的反抗。這前後兩次的反抗是如此相似，說到底，都是某種民間性力量噴發的結果。前者是民間對主流、傳統、官方、精英的解構，後者是民間對同一陣營內部不同觀念的鬥爭。由此可見民間與生俱來的「反」性與平民化立場的力量之大。無論如何，進入 90 年代之後在第三代詩人中湧現了一批詩歌的中堅力量，如：翟永明、歐陽江河、韓東、于堅、蕭開愚、柏樺、孫文波、王家新、鐘鳴、

〔註33〕 張清華：《關於「第三代詩運動」的性質》，《內心的迷津》，山東文藝出版社 2002 年版，第 157 頁。

陳東東、張棗、萬夏、李亞偉，等等。隨著「知識分子寫作」概念的提出，20 世紀 90 年代詩歌的序幕才眞正揭開。

最後，在第三代詩人當中出現另一種民間性，即粗鄙化的萌生。其與某種後現代性有關，也與德里達的解構主義有關，但根本原因卻在於社會結構的鬆動與變化。在商品大潮的衝擊下，社會現實再也不是一種單一化的現實，人心表現出前所未有的複雜性，作爲詩人不可能無動於衷。詩人的眼光垂向瑣屑、平庸而不可捉摸的日常生活，對生活顯得滿不在乎、玩世不恭卻又憤世嫉俗，對黑暗與虛僞擺出鬥士的姿態，卻又將嚴肅的詰問化於中性或客觀的詩行中遁之無形。這類詩歌的經典之作有韓東的《有關大雁塔》李亞偉的《中文系》等等。這種粗鄙化的傾向從當時的「現代詩群體大展」中就足見端倪，莽漢主義、野牛詩派、撒嬌派、三腳貓、男性獨白、莫名其妙、病房單方……可說是應有盡有。不過，這種粗鄙化是文化人「裝」出來的一種「反文化」的姿態。正如張清華所言：「其表現有對人道主義主題的棄置，對『大寫的人』的『貴族化』寫作立場的嘲諷，對複雜的文化索解與闡釋主題的反諷，對語言的簡化，對市民美學趣味的借代策略，對粗俗和語言暴力的修辭的廣泛使用等等，這一切均可以歸結到『反文化』的核心上來。」〔註 34〕所以說，第三代詩歌的粗鄙化傾向與其說是文學層面上的，還不如說是一種文化現象，而且深具某種民間的現代性。儘管粗鄙化萌生於第三代詩歌的無數流派之中，但如「非非主義」、「他們」等，仍葆有嚴肅意義上的探索，對日後的詩歌發展也產生了很大的影響。他們對貴族化和嚴肅的詩歌寫作姿態有著天生的抗拒心理，這也是後來引發「知識分子寫作」與「民間寫作」衝突的一個深遠的早期原因。令人深思的是，「盤峰論爭」之後粗鄙化詩觀越走越遠，幾成一種泛化的趨勢。其中原因，除了社會語境一變再變之外（比如說互聯網的普及帶來文學方面的深刻變化），或許 20 世紀 80 年代中期第三代詩歌的粗鄙化傾向可作爲先例和提供了傳統資源。

五、陳思和的「民間」理論與海子的「民間」主題

20 世紀 80 年代，「民間」概念得到了集中的闡釋，這與學者們的自覺研究有關，比如陳思和；又與詩人的創作與詩歌觀念探索有關，比如海子。此

〔註34〕 張清華：《關於「第三代詩運動」的性質》，《內心的迷津》，山東文藝出版社 2002 年版，第 158 頁。

外，還有一些泛性的研究，比如將食指、昌耀、蔡其矯、朱東潤、豐子愷在內的許多作家、詩人也劃入「民間」這個範疇中來進行比較性的研究，指出這是「民間的另一種向度」，〔註35〕是「民間心態、民間文化傳統與知識分子在民間的生命探索」，〔註36〕並將之統稱爲「潛在寫作」與民間的關係，等等。我們在此無意做一個「民間」研究的綜述，〔註37〕只期下接 90 年代「民間寫作」概念的產生。

陳思和無疑是較早系統論述「民間」概念的學者，他於 20 世紀 90 年代初、中期提出並闡釋了民間理論。以往的「民間性」無論如何闡釋都無法逃離政治的範疇，因爲以往的「民間性」總是與革命、政治合法性、「爲工農兵服務」等等觀念緊密聯繫在一起的。經過 80 年代的又一次思想啓蒙運動與文學層面的多元化努力，文學與政治、主流意識形態逐漸疏離，文學、美學意義上的「民間性」逐步彰顯。在如此背景之下，陳思和在「文學整體觀」的大格局之下，對 20 世紀中國新文學作了「民間」層面上的梳理。特別是對抗戰以來直至文革這一階段文學中的民間性作了全新的闡釋，他注意到了民間文化與意識形態之間錯綜複雜的糾纏關係。從而，他的民間理論使人們清楚看到中國文學民間性的發展脈流與演變。

他的這一理論建構貫穿了整個 90 年代，寫了一系列的文章，〔註38〕所

〔註35〕 參見劉志榮：《潛在寫作：1949～1976》，第三編：「民間意識、文人心態與文學精神」，復旦大學出版社 2007 年版。

〔註36〕 參見劉志榮：《潛在寫作：1949～1976》，第三編：「民間意識、文人心態與文學精神」，復旦大學出版社 2007 年版，第 325 頁。

〔註37〕 關於「民間」概念的綜合梳理，有不少學者進行過比較深入的探討，研究成果還是比較多的。比如說張清華教授的文章《民間理念的流變與當代文學中的三種民間美學形態》就是一個典型的例子。此文原載《文藝研究》2002 年第 2 期，後選入作者文集《天堂的哀歌》，山東文藝出版社 2005 年版。作爲文學或美學概念，他把「民間」一詞追溯到明代小說家馮夢龍的《序山歌》，他指出，「馮夢龍明確提出了同主流文學、文人寫作相分野的『民間』說……」他還把當代文學中的民間性分爲三種民間美學形態，即：城市民間、鄉村民間與大地民間。這些對我們都有相當的啓發意義。

〔註38〕 這些文章包括：《民間的還原——文革後文學史某種走向的解釋》，《文藝爭鳴》1994 年第 1 期；《民間的浮沉——對抗戰到文革文學史的一個嘗試性解讀》，《上海文學》1994 年第 1 期；《民間和現代都市文化——兼論張愛玲現象》，《上海文學》1995 年第 10 期；《知識分子的民間崗位》，《天涯》1998 年第 1 期；《理想主義和民間立場》（與何清合寫），《中山大學學報（社會科學版）》1999 年第 5 期；《多民族文學的民間精神》（與劉志榮合寫），《中國

以，「民間」概念的新內涵在他眼中又是一個持續發現的過程。陳思和在論述、建構民間理論的時候，總是將知識分子作為另一個標尺同時來進行對比論述。比如他在論述「廣場上的文學」時說：「在世俗的要求裏，廣場是群眾宣洩激情和交換信息的場所，而在知識分子眼中，廣場卻成了他們布道最合適的地點。當知識分子在本世紀初被拋出了傳統仕途以後，知識分子一直在尋找著這樣的一個可以取代廟堂的場所，現在他們與其說是找到了，毋寧說是自己營造了一個符合他們理想的廣場，知識分子依然以啓蒙者的身份面對大眾，而大眾，則以激情慫恿著啓蒙者。」〔註 39〕陳思和的分析是有道理的，這正是自從新文學發生以來，知識分子與大眾之所以結合的原因，又是貴族性與平民化也即知識分子與民間之所以成為 20 世紀中國新文學兩條最主要的源流的原因。很明顯，它們之間存在著交叉關係。他接著又在「民間還原的諸種特點」中指出：「民間文化形態不是在今天才有的文化現象，它是一個歷史的存在，不過是因為被知識分子的新傳統長期排斥，因而處於隱形狀態。它不但有自己的話語，也有自己的傳統，而這種傳統對知識分子來說不僅僅感到陌生，而且相當反感。」〔註 40〕這又指出了民間與知識分子之所以互相排斥的原因。貴族性與民間性在此又成為一對不可調和的矛盾體，而且貫穿整個新文學史。這似乎又可以讓我們看到知識分子或知識分子性與民間之間糾纏不清的一層關係，兩者之間既相交融又相區別，既是兩條分開的線索，又是彼此交叉的個體當中的共同體。這也正是世紀末「知識分子寫作」與「民間寫作」論爭爆發的深層原因之一。所以在此討論陳思和的民間理論對認清「盤峰論爭」的實質是相當必要的。他從宏觀上告訴了我們，知識分子與民間一直以來既相排斥又相吸引的歷史以及其中的原因所在。

當然，陳思和的民間理論只是在宏觀上告訴了我們一些「整體觀」的東西，而且他的視角是從「文化形態」的角度上來鋪開闡釋的，並沒有深入到具體的詩歌內部進行細究。但是他對「民間」一詞的解釋就足夠啓發我們。

文學研究》2000 年第 2 期，等等。其中前三篇編入作者新版《中國新文學整體觀》，上海文藝出版社 2001 年版，合為一章，題為《中國新文學發展中的民間文化形態》。

〔註39〕陳思和：《民間的還原——文革後文學史某種走向的解釋》，《文藝爭鳴》1994 年第 1 期。

〔註40〕同上。

比如他在《民間的浮沉——對抗戰到文革文學史的一個解釋》一文中對民間文化形態作了如下的定義：「一、它是在國家權力控制相對薄弱的領域產生，保存了相對自由活潑的形式，能夠比較真實地表達出民間社會生活的面貌和下層人民的情緒世界……二、自由自在是它最基本的審美風格。……三、它既然擁有民間宗教、哲學、文學藝術的傳統背景，用政治術語說，民主性的精華和封建性的糟粕交雜在一起，構成了獨特的藏污納垢的形態。」〔註41〕除了以上特點，他還指出，「民間」「還應包括作家的寫作立場、價值取向、審美風格、文化修養等等」。〔註42〕這無異於給我們理解「民間」打開了一個天窗，讓我們看得更透徹。

對於 20 世紀 90 年代的文學現象，他還提出了「民間的理想主義」概念，也即知識分子的民間立場問題。90 年代初中期發起的「人文精神大討論」就是一個很好的例證。這種民間性是針對五六十年代以來盛行的偽理想主義，也即以國家意識形態命名的理想主義。90 年代以來，知識分子不斷被邊緣化，他們似乎已淪落到民間，他們與國家政治之間不再構成合謀關係，可是他們又不甘於沉默。於是，他們便以一種身處民間的立場呼籲新的理想主義，從而轉向或假借民間的立場來彰顯他們的存在。在文學上，則有多種表現形式，民族、宗教、土地、生命個體體驗、與政治自覺地疏離，等等，這一切就構成了知識分子的世紀末精神。其實，90 年代詩歌無論是「知識分子寫作」還是「民間寫作」都只是詩人知識分子對抗現實的兩種手段的不同呈現而已，本質上講，他們屬於一個共同體。所以說，陳思和的民間理論除了對研究 20 世紀中國文學有啓發性的普泛意義之外，也爲我們研究 90 年代詩歌的「知識分子寫作」和「民間寫作」創建了一個可靠的理論資源。總之，「無疑，陳思和的上述理論同九十年代以來思想文化界的新視界是有著一致性的關係的，它既闡釋了文學的一般規律，同時也基於當代中國現實的敏感語境，因而必然產生廣泛而深刻的影響。」〔註43〕

海子的「民間」主題有著特定的含義，它能深刻表現出他的詩歌觀念與理想內核。他的民間性與當時的詩歌觀念格格不入並傲然獨立，在 20 世紀 80 年代的社會語境中，他與大潮流背道而馳。社會又面臨啓蒙，思想在大解放，

〔註41〕陳思和主編：《中國當代文學史教程》，復旦大學出版社 1999 年版，「前言」第 12～13 頁。
〔註42〕同上，第 13 頁。
〔註43〕張清華：《天堂的哀歌》，山東文藝出版社 2005 年版，第 133 頁。

切都在向經濟前進，而海子卻持一種退守之勢，不僅與國家層面的話語完全隔膜，也與當時日益興起的所謂後現代式的民間話語迴異，又與第三代詩歌的狂歡相去甚遠。他的民間性是詩人個人的話語，是內斂的，是古樸、古典與傳統的。從這個意義上講，海子的民間性與80年代第三代詩歌的民間性構成某種互補關係，體現了不同層面的民間性含義。

「民間」一詞在當代詩歌領域的提出，海子是第一人。1984年12月，海子寫了一首長詩《傳說》，而且作了一篇題為《民間主題》的序言。這是海子第一次為我們貢獻「民間」的詩學概念。

月亮還需要在夜裏積累

月亮還需要在東方積累

這是海子在《民間主題》一文的題頭詩句。

「在隱隱約約的遠方，有我們的源頭、大鵬鳥和腥日白光。……對著這塊千百年來始終沉默的天空，我們不回答，只生活。這是老老實實的、悠長的生活。磨難中句子變得簡潔而短促。那些平靜淡泊的山林在絹紙上閃爍出燈火與古道。西望長安，……那些民間主題無數次在夢中凸現，為你們的生存作證，是他的義務，是詩的良心。時光與日子各不相同，而詩則提供一個瞬間，……」

「老輩人坐在一棵桑樹下。……」

「在老人與復活之間，是一段漫長的民間主題，那是些辛苦的，擁擠的，甚至是些平庸的日子，是少數人受難而多數人也並不幸福的日子，是故鄉、壯士、墳場陌桑與洞窟金身的日子，是鳥和人掙扎的日子。……」

「靈性必定要在人群中復活。復活的那一天必定是用火的日子。胚芽上必定會留下創世的黑灰。一層肥沃的黑灰。我向田野深處走去，又遇見那麼多母親、愛人和鐘聲。」

「當然，這樣一隻銅的或金的胳膊一定已經在傳說與現實之間鑄造著。可能有一種新的血液早就在呼喚著我們。種子和河流都需要這樣一種大風。……」〔註44〕

〔註44〕引文出自西川編：《海子詩全集》，作家出版社2009年版，第1021～1022頁。

這是海子在序文中如詩的語句。短短一篇千字文裏，他在盡情地、詩意地表達著他的民間主題。「它體現了民間的原發性、自在性、自然性、日常性，未被修改和裝飾的一系列本眞與本然的特性。」〔註45〕

海子的民間主題還體現在以下幾個方面：一、東方象徵式的隱喻性。他在闡釋這個含義的時候，與西方式的隱喻進行映照。同爲可能性的精神家園，東方的月亮、民間傳說、「亞洲銅」，等等，與西方的復活、創世、樂園構成了一種互文性的關係，但是他們都指向一個方向，那就是精神的永恒。二、神秘的詩性。其不僅作爲詩歌這種最古老的人類精神的表達方式，也有著人類精神對這種形式的依歸。這種神秘深入靈魂最黑暗的深處，不可探測，頗有人類學或創世紀的宗教感。而這一切都歸附於詩的生命體之中。也許，詩也是一種讓人眷戀的「傳說」。三、回歸田園與鄉村。這是中國傳統中的永恒主題，社會發展到當今，田園與鄉村已成爲一種美好的民間嚮往。山林、桑樹下、鳥、田野、大鵬鳥、土地、故鄉、麥地……這些，都能讓人的靈魂回到生命與語言的最深處。同時，這一切都是與對城市的不融入、對現實的否定與批判、對靈魂的拯救等相融合的。

當然，海子是「作爲詩歌和生命的雙重神話」〔註46〕而名世的。但是，他對「民間」的理解和闡釋是「非常有深意和遠見的」。〔註47〕對於 90 年代詩歌的「民間寫作」而言，海子的「民間」是否有著直接的啓示意義？

第二節 「民間寫作」代表性個案（一）：于堅

就「民間寫作」概念而言，無法考評最早的提出者和闡釋者。諸多文學史、新詩史與大量研究著作都沒有提到誰是「民間寫作」概念的最初提出者。就這點來說，與「知識分子寫作」相比，它確實具有「民間性」的某些特點。從目前的考察來看，它的正式命名是在「盤峰論爭」發生之後。論爭之前，于堅在《穿越漢語的詩歌之光》一文中提出了與「民間寫作」概念相近或本質上相同的概念「民間精神」與「民間立場」；論爭之後，韓東則在《論民間》一文中明確提到了「民間寫作」這個概念。論爭中，針對「知識分子寫作」立場，「民間寫作」立場也就應運而生。所以說，「民間寫作」概念的確立是

〔註45〕張清華：《天堂的哀歌》，山東文藝出版社 2005 年版，第 129 頁。
〔註46〕譚五昌：《海子論》，《譚五昌的詩》，光明日報出版社 2003 年版，第 117 頁。
〔註47〕張清華：《天堂的哀歌》，山東文藝出版社 2005 年版，第 129 頁。

先提出然後逐漸充實與發展的，當然它也有切實的理論源頭。除了于堅、韓東，其他許多持「民間寫作」立場的詩人和詩評家都提出過大致相近的觀點，這些是對于堅、韓東觀點的補充。我們甚至可以說，根本就沒有一個完整而定型的「民間寫作」定義。與之相關或可以劃上等號的有民間、口語寫作、民間立場、民間精神等等提法。

文學史意義上的 90 年代詩歌，其中的「民間寫作」並不是一個絕對的概念存在，其存在首先是相對於「知識分子寫作」的，這是我們考察它的前提。第三章以較大篇幅闡述了「知識分子寫作」的前世今生，上一節接著又考察了 20 世紀中國文學的民間性存在。那麼，我們可以斷言，「民間寫作」與「知識分子寫作」一樣並不是橫空出世的一個獨立的概念，它們都有著與傳統續緣並發生新變化的特點。當然，它們也是某個文學發展時期的一個特定的概念，有著特定的含義，所以也只有把它們放到特定的歷史時期來考察才是有效的、真實的和客觀的。

鑒於以上說法，研究「民間寫作」就不能只把眼光放在「盤峰論爭」期間，更重要與必要的是去考察「民間寫作」立場的詩人與詩評家持如此觀念的歷史性因由。客觀地講，「民間寫作」的概念闡釋並沒有「知識分子寫作」的闡釋那般密集與豐富，但這並不等於說「民間寫作」詩歌觀念就缺少強力支撐的力量。相反，這一派擁有更為廣大的詩人與擁護者，擁有寫作倫理的高地，它所迸發的力量足以與「知識分子寫作」相抗衡並取得一定的優勢。當然也不能據此而簡單地認識論爭後「知識分子寫作」的疲弱傾向。這其中有著十分複雜的原因，包括網絡的進一步普及與社會大背景之下所形成的大眾文化的助推力，等等，這一切都讓「知識分子寫作」在完成它在 90 年代詩歌現場的使命後功成身退。

毋庸置疑，「民間寫作」最具代表性的人物是詩人兼詩評家于堅與韓東，他們是「民間寫作」概念最主要的闡釋者。另外，還有伊沙、沈奇、楊克、徐江、沈浩波，等等。本章將他們列為考察研究的對象，以期弄清「民間寫作」的來龍去脈與概念內涵。

之所以把于堅放在「民間寫作」的首位來考察，這不僅因為他與韓東一起在第三代詩歌剛剛興起時就以強勁的口語入詩而聞名於詩壇，更因為他從 80 年代開始至世紀之交一直在努力建構他的口語化詩歌理論。在中國當代詩壇，就他的詩歌觀念與創作實績來說，極少有人能像他那樣將理論與實踐完美地結合。另一方面，于堅身處邊遠的「外省」雲南，相對於生活在文化中

心「北京」的「知識分子寫作」來說，他的邊緣位置恰好能與北京的中心性構成某種映照對比的關係，從而使他的「民間寫作」觀念更具代表性和有效性，或者說更具某種象徵性的意味。

此外，我們考察于堅的口語化觀念，一是要把它放在「民間寫作」的大背景中去考慮，口語寫作只是「民間寫作」體系中最具代表的一種；二是要從「知人論世」的角度來看，于堅有提倡民間性的背景，從它理論本身來說，它有一個逐步發展與完善的過程，其中會不斷出現修正的成分。

于堅口語化詩歌觀念要上溯到 20 世紀 80 年代，以及之後的整個 90 年代。綜觀于堅「民間寫作」口語化理論，包括：口語入詩與語感、拒絕隱喻與後退、日常生活的詩意，等等。

一、于堅的「民間性」源頭

于堅的民間性可謂與生俱來。一是與他的經歷有關，二是與他的閱讀有關，三是與他參與民間詩歌運動有關，最重要的恐怕還是與他所處的文化地理位置而造成的某種文化壓迫心理有關。精神因素爲內因，環境因素爲外因，兩者合力之下，造就了一個「民間寫作」立場堅定的于堅。

所以不難理解，在「盤峰論爭」中他作爲「民間寫作」一方的代表，爲何與「知識分子寫作」一方激烈地唇槍舌劍、寸步不讓。其時，于堅已是知名詩人，其詩歌觀念已深入其心並作爲精神資源不斷得到釋放。他的道義感與素來欲爲天下蒼生立心傳道的信念，這些都使他堅持口語化的「民間寫作」觀念並堅決反對「知識分子寫作」。可以說，于堅的詩歌觀念不僅有著深厚的社會與心理基礎，而且在他的不斷闡釋之下能得到強烈而廣泛的響應。那麼從源頭上來考察于堅理論的基礎與形成過程，以及分析他觀念的具體特徵，這些都是很有必要的。

于堅 1984 年畢業於雲南大學中文系。他寫詩並最終棲身於雲南省文聯，任專業創作人員，他在中國當代詩歌史上有著重要的位置。按理說，他是典型成功的當代知識分子，與「民間」、邊緣其實並不是很搭邊，這就是爲何有人認爲于堅也是「知識分子寫作」群體中一員的原因。于堅的人生經歷可以說是坎坷的，甚至有些不幸，從他的一些文章與「于堅創作年表」〔註48〕中

〔註48〕此處「于堅創作年表」見于堅的《拒絕隱喻》一書，雲南人民出版社 2004 年版，第 231～234 頁。

即可瞭解到他的一些情況。他幼兒時期出於注射鏈黴素而導致弱聽，這很可能是使他個性敏感、多思而更多地走向內心世界的一個開端。1966 年他 12 歲時，正讀五年級，因學校停課而輟學；三年後續讀初中，一年後分配到工廠工作，從此在車間先後做過多種工種，時歷九年之久。1977 年開始，他連續三次參加高考，前兩次都因耳疾而未被錄取，第三次請朋友冒名體檢才得以上大學。這種經歷讓他備嘗個人成長過程中的艱辛，加上他的家庭在文革期間受到衝擊，父親遭到流放，這種底層困苦的、一個殘疾人的人生經歷，必然使他感受到千百年來民間性的諸多不幸與卑微不堪的命運。〔註 49〕這種精神的磨難又必然深入到他的靈魂深處，使他天生就有與「龐然大物」（包括主流詩歌、政治權力、地緣政治、傳統隱喻、工業惡果、命運不公等等在內的一切因素）抗爭的基因。這也是他日後詩歌傾向世俗化〔註 50〕、平民化與口語化但又不乏哲思的物質性基礎。

　　作爲精神歷練的開始，他最早的精神食糧源於去父親流放地的一個鄉村破廟。在那裡，他讀到供幹部內部參考的古體詩詞，並開始古體詩詞的習作。之後，又背誦唐詩宋詞，學習詩詞格律，進一步加深了古典文學的修養。1973 年開始新詩寫作，胡風、魯黎、惠特曼等人的作品開始以「地下的」方式進入他的視野。最爲重要的是，1975 年，他讀到地下流傳的食指的詩歌《相信未來》。1979 年，參加昆明民間刊物《地火》的活動而讀到《今天》。直至 1980 年進入雲南大學，他基本上處於「民間寫作」詩歌觀念的早期孕育階段。

　　我們相信，作爲「新詩潮」「前驅式人物」〔註51〕的食指以及「今天」詩

〔註49〕 于堅的底層困苦主要還是體現在精神層面上的，他說過：「相對於一個風雲激盪的時代，我的經歷可說是平淡無奇。除了內心歷程，作爲個人經歷，我從未經歷諸如流放、批鬥、被捕、妻離子散等等令許多人在一夜之間白掉頭髮的遭遇，在這個時代，比我年紀稍長的人們幾乎人人都有一部長篇小説式的情節曲折的故事，而我每次填表，都是可笑的寥寥幾行，連幼兒園都填上去也不過才五行。」他在意的是：「我外表粗糙，內心卻極其敏感，極易受到傷害，在一個缺乏人道主義傳統的社會，我年青時確實被人群中普遍存在的歧視生理缺陷這種日常品德搞得遍體鱗傷。」參見《詩人于堅自述》，《作家》1994 年第 2 期。

〔註50〕 「世俗化」是外界對于堅詩歌的普遍看法，但于堅其實並不樂意陷入這個評論。他說過：「詩人確實必須堅定地放棄那些世俗角色，僅僅作爲詩人，去投入、去想像、去吐血，他才會寫出眞正的作品。」參見《詩人于堅自述》，《作家》1994 年第 2 期。

〔註51〕 洪子誠、劉登翰：《中國當代新詩史》（修訂版），北京大學出版社 2005 年版，第 182 頁。

派詩人，對于堅的影響是相當大的。食指的民間性或地下性已成為公開的指認，而《今天》後來直接開啓了朦朧詩的先河。這些與于堅的民間立場有某種暗合之處，或者說，于堅受其影響頗為深刻。然而，他又不為其左右，很快從中解脫出來。〔註52〕從古典文學的素養培育開始，到中國新詩與西方現代詩歌的閱讀與寫作嘗試，他完成了作為一個優秀詩人所需要的早期訓練與觀念準備。與食指、「今天」詩派詩人類似的是，他的詩也以手抄本的形式流行，他也參加文學社團與詩歌運動。比如，1980 年還在雲南大學讀書時，他就參加學生文學社團《犁》的活動；1983 年，在雲南大學創辦「銀杏」文學社，創辦《銀杏》並任主編；同年，與其他詩人創辦油印刊物《高原詩輯》；1984 年，他參與「大學生詩派」運動，並認識韓東並通信，同年他分配到雲南文聯工作。1985 年與韓東、丁當等人共同創辦《他們》。

到雲南文聯工作標誌著于堅民間詩歌寫作的歷程告一段落，而《他們》的創刊與《飛碟》《尚義街6號》等作品的面世則標誌著他詩歌已相當成熟。也正是在 1985 年這一年，他正式開始了「民間寫作」口語化詩歌觀念的探索歷程。一是他與丁當談到「語感」問題，二是他做了《非非評論》的掛名編委，這種感性的蒙悟與外界傳媒的觸動自然會引發他對詩歌更多的思考。到 1986 年，隨著他更多作品的發表，還有《他們》在詩歌界的較大影響，他成為了第三代口語化詩歌的代表詩人之一。同年 11 月，他在《詩刊》頭條發表組詩《尚義街六號》，這成為他詩歌創作與觀念形成的標誌性事件，這組詩「對中國當代先鋒詩歌的日常口語寫作的風氣產生了重要影響。」〔註53〕

于堅的坎坷經歷，閱讀與創作經驗，所參與民間詩歌運動，等等，使他的民間性有了物質承載，並讓我們獲得了清晰的可去探求的線索。在這點上，他從不諱言他以往與民間發生的一切。毫無疑問，他詩歌觀念中的「民間性」不僅有著直接可循的源頭，而且是客觀的、無可辯駁的、活的源頭。這使他的民間性表述彙成了不竭的源泉，所以他在言論中充滿自信。他一再表達對

〔註52〕于堅在一篇文章中如此說《今天》之於他的影響：「1979 年，我在昆明一個地下文學沙龍中看到了《今天》，我為同時代人寫下的這些可怕的文字所激動，這是些非凡的詩人，他們的作品使在這之前的當代文學史變得黯淡。《今天》尤其容易對處於青春時代，滿腦子意識形態判斷與懷疑的讀者產生影響。大約兩年之後，我才擺脫了《今天》對我的影響」。參見《詩人于堅自述》，《作家》1994 年第 2 期。

〔註53〕于堅：《拒絕隱喻》，雲南人民出版社 2004 年版，第 233 頁。

「中心」的排斥，對文化強權的蔑視，並認爲北京就是一個巨大的隱喻，西方也是一個隱喻，他要用民間與外省的充滿創造力的文學與之對抗。雲南作爲一個偏遠的「外省」，北京作爲一個象徵性的文化中心，這一對矛盾體也充滿了象徵性的意味，並在于堅的思想中縈繞不去。可能存在的話語權分配的不公，加上 20 世紀 80 年代中期之後經濟、文化資源等趨向於中心城市，尤其是像北京、上海這樣的大都市，這些給「外省」的文化人帶來了某種焦慮感。被邊緣化，不被重視，難以融入主流話語圈，沒有文化發言權，等等，都造成某種極爲強烈的文化壓迫心理，而這一切都與詩人所處的文化地理位置有關。於是，這一切，都成爲後來于堅所堅持的「民間寫作」觀念的源頭。當然，如果把一個複雜的詩學問題作如此簡單和形而上的理解，進而把于堅詩歌觀念的形成僅僅理解成是所處文化地理位置偏遠所帶來的後果，那麼這又很可能是一種短視行爲。我們必須仔細分析他各個時期詩學觀念的表達，分析其中的核心內容，這才是最關鍵的。

二、于堅的「口語化」詩學

　　用一個簡單的「口語化」概念來統攝于堅較爲體系化的詩學主張，這只能是權宜之計。我們之所以仍然如此去做，一是因爲在「盤峰論爭」中，他被指認爲「口語寫作」（後被命名爲「民間寫作」）的最具代表性的詩人之一；二是他在第三代詩歌時期，確實開啓了口語寫作的先河（相對而言），或者說激起了新一輪口語詩寫作的浪潮。其中第二個原因與他寫作《尚義街六號》有關，按他的話說：「這首詩在 1986 年《詩刊》11 月號頭條發表後，中國詩壇開始了用口語寫作的風氣。」〔註 54〕鑒於此，我們暫用「口語化」詩學來統攝他的一系列詩學主張。有意思的是，被認爲是「知識分子寫作」的西川和王家新都曾寫過「提綱」式的詩學主張，于堅也如此寫過。只是于堅寫得

〔註 54〕于堅：《詩人于堅自述》，《作家》1994 年第 2 期。文末標明寫作時間：1993年 11 月 6 日。其時，正是「知識分子寫作」概念誕生時期，于堅雖然沒有於當時提出「民間寫作」的概念，但是從歐陽江河、西川等人提出「知識分子寫作」的時間與于堅《尚義街六號》的寫作與發表時間來看，基本上是從同一起跑線上出發的。只是一個明確提出理論化的主張，一個用實際創作來闡釋自己的詩歌觀念並產生影響。從這點來看，我們說這兩種立場的詩歌觀念平行地貫穿整個 90 年代是有一定道理的。這條線索向前溯源也確實可以追溯到 80 年代中期的第三代詩歌運動內部的兩種詩歌傾向上。

更爲堅持，更多，更細緻與深化，那就是多年持續的「棕皮手記」。〔註55〕綜合考察于堅的「棕皮手記」、歷來的詩歌寫作和他一些分散的詩歌觀念性的文章，其詩學主張大致可以體現在以下幾個方面：1.平民精神、日常化與時代；2.拒絕隱喻；3.個性、創造與天才；4.口語化與「軟」；5，「民間寫作」立場。下面將逐一分別進行論述。

（一）平民精神、日常化與時代

上文說過，于堅的經歷與「外省」身份，讓他有一種邊緣化的焦慮。他認爲自己屬於「站在餐桌旁的一代」，而且是與生俱來的「局外人」而「被時代和有經歷的人們所忽視」。好在，他並不悲觀，「對於文學，局外人也許是造就詩人的重要因素，使他對人生永遠有某種距離，可以觀照。」這是他提倡平民精神的起點。承認自己是局外人，（不僅如此，他還認爲中國就是一個平民國家，這是由社會主義決定的），從而打造一種平民精神，這種平民精神正代表了需要重建的詩歌精神。但是，這種「平民精神並不是市儈」，除了要活得眞實、自然、輕鬆，還要尋找語言的家，要詩意地棲居，要「尋找意義流動的滿足」，總之是要「像上帝一樣思考，像市民一樣生活」。說到底，他注重的是生存狀況的眞實感受，而不是「奶油小生」與「貴族文化」所崇尚的風度與教養。就這點來看，于堅的平民精神是徹底的平民意識的表現，這與「五四」時期的爲人生文學的平民化傾向有相通之處。「五四」時期的平民化傾向從本質上來說是形式上的，是知識分子採取的一種語言策略，是試圖對平民進行一種現代社會過渡性質的思想啓蒙。而于堅的平民精神，則是傾向於實質性的生活內容，是日常生活審美化的一種詩性表達。他自己在談到他所提倡的平民精神與傳統文化的本質時說：「它是無禮的、粗俗的、沒有風度的，它敢於把自己（個人）生活中最隱秘的一面亮給人看，它以最傳統的方式（大巧若拙）表達了最現代的精神，就精神而言，它與西方精神，如惠特曼、桑德堡、金斯伯格、《惡之花》是相通的。」〔註56〕

于堅這種平民精神早在 20 世紀 80 年代就沉積於他的詩歌觀念中，這就

〔註55〕從《于堅集卷5：拒絕隱喻》（雲南人民出版社 2004 年版）來看，他的「棕皮手記」從 1982 年開始一直寫作 2000 年，前後時間跨度近二十年，共分七輯。

〔註56〕此段引文出自《棕皮手記·1982～1989》，《于堅集卷5：拒絕隱喻》，雲南人民出版社 2004 年版，第 3～5 頁。

爲他日後的「口語化」詩學奠定了一個不可動搖的基調，並且不斷得到新的闡釋。他的平民精神將會深入到「日常化」（或「日常性」）的理解之中，正如他所言，「『詩』是動詞」。他心目中的「日常化」是一個什麼樣的概念呢？這將涉及到一系列關鍵詞：稗史——局部、別處，而非公共、整體，拒絕言志與抒情；事件；細節；具體；非自覺；反傳統——「令人窒息的那部分」；語言的——非意識形態；等等。關注當下，詩人在場，拒絕烏托邦，以一種在野的、江湖的心態來引領詩歌前行，這就是他詩歌「日常化」的大致解釋。

與之相反的是，中國傳統的文化具有一種迴避的、「小浪漫」的、「雅」的，或者延伸到新詩以來的傳統，是一種青春期的、才子式的、革命式的、仿寫的烏托邦式寫作。真正有價值的寫作「純粹是個人的事」，以往的價值與烏托邦神話在「後現代」式的中國現場將會毫無意義而失效。所以，「需要有新的神，來引領我們。」這個「神」，在某種意義上來說，就是一種在平民精神引導下的日常化詩歌寫作。「它必須植根於當代生活的土壤，而不是過去的幻想之上。」

在這種觀念支撐下，他明確提出反對幾種寫作傾向：圈子化的寫作、與大師攀緣的寫作、「士大夫」式寫作，等等。這類寫作的詩人，「他喜歡『過去』、『未來』。他害怕『當下』、『現場』。一面對此就毫無詩意了。面對現場，在中國是需要勇氣的，因爲一不小心就容易『俗』就『市民』，而這些在中國文化是最忌諱的東西。大家都要『雅』要『士大夫』」。〔註57〕「他們一方面喝著咖啡，以談論西方文明爲時髦，一方面卻在詩歌中歌詠麥地、鄉村、古代的宮女。」〔註58〕他認爲這類寫作逃離日常生活，是「一種嚴重的失語狀態」。

我們有必要把于堅的「日常化」與「知識分子寫作」的「日常化」作一個簡單的對比。後者的日常化是指一種深度的介入，或者如于堅所說的是一種隱喻式的介入。從本質上來說，二者之間並無實質性的區別，一種是以口語化來直接介入日常生活，一種是以較爲書面語的甚至是較有隔膜的對日常生活曲折、隱晦式的間接介入。它們之間的矛盾只在於語言態度上的不同，只是乘坐不同的交通工具到達相同的目的地而已。

〔註57〕此段引文除另外標明之外均出自：《棕皮手記·1990～1991》，《棕皮手記·1992～1993》《于堅集卷 5：拒絕隱喻》，雲南人民出版社 2004 年版，第 10～30頁。

〔註58〕于堅：《從「隱喻」後退——一種作爲方法的詩歌之我見》，《作家》1997 年第3 期。

以上是于堅對「日常化」的宏觀態度。作爲具體的日常化實踐，他以雲南人的身份以雲南生活的「日常性」爲例來進行闡釋。他反對人們對雲南停留在「美麗神奇式」的泛化印象上，如果以這種態度去寫作，只會是對雲南文化的「遮蔽」與「毀滅」。那麼，如何去捕捉雲南的日常性呢？在于堅看來，關注云南的生活樣式是必須的，包括「它的異質性、它的時間觀、信仰、審美風尚、它的日常生活方式」，等等，甚至也要包括它的「落後」與「懶散」。也就是要有對觀察「雲南生命世界最基本的元素」的激情。他強調這是一種寫作的方法，是對自己所熟悉生活的一種「認同」，而不是「解放」。從這點看，于堅對日常化的理解是消極意義上的積極，是不介入的介入，是隨意性的眞誠的觀照；它不是某種強行的介入，不是淩空蹈虛形而上的理性，不是虛僞的、假的獵奇，不是被某種傳統或舊有觀點所遮蔽的人云亦云。〔註 59〕

以平民的精神作爲引導，以日常化的介入作爲寫作方法，寫作某種自然的昇華的結果，必然涉及對時代的認識。其實以上三者是密不可分的，三者的結合才構成于堅詩歌觀念中對人的存在的眞切理解。

「時代」作爲于堅詩歌觀念中的一個關鍵詞，可以說是貫穿始終，這充分體現了他的知識分子性，用他的話來說，就是一種杜甫式的寫作。他的理解雖與「知識分子寫作」對時代的理解有一定的交叉成分（「知識分子寫作」多數具有一種精英意識，但從對歷史性的提倡與對非歷史性的拒絕來看，它對現實也是滿懷關注的），但還是體現出他的獨特性來。總的來說，他對時代是頗有微詞的，這種微詞又是宏觀的。他對時代的意見，是人類學意義上的，其主要針對當今普遍存在的某種觀念。他提倡以人爲主體，他主張的東西是文化的、反思的，同時也是文學意義上與寫作方法上的。也就是說，在時代這個宏大的背景上，他要求詩人有一個正確的姿態，不僅要特立獨行，而且要有知識分子的良心，要有發言與反對的勇氣。但這種發言又不是太「深度」與太「精神向度」的東西，得從身邊最現實的東西關注起。這些可以看作是于堅對時代的最基本的認識。

具體說來，從文學角度上他對時代的認識有以下幾點值得關注。其一，對主流文化的抗拒。他說：「眞正的文學永遠是一種自覺的、根本性的對主流文化的挑戰。」（《棕皮手記‧1990～1991》）這種「主流文化」包括「文以載

〔註 59〕此段引文除出自：《棕皮手記‧1997～1998》，《棕皮手記‧1992～1993》，《于堅集卷 5：拒絕隱喻》，雲南人民出版社 2004 年版，第 68 頁。

道」與「和意識形態糾纏不清」的文化表現形式。同時，這種「主流文化」還包括另一種與生活格格不入的「附庸風雅」，或者一種「烏托邦詩歌神話」的流行文化表現形式。其二，對「辭不達意的時代」的抗拒。他說：「漢語是詩的語言，起作用的是所指和隱喻。漢語作家面臨的是過去時代建立的意義系統與日益小說化的存在現場的分離，辭不達意的時代。」〔註 60〕正因爲如此，他才提出「拒絕隱喻」的言論。他明知道中國的傳統文化，甚至是漢字，都是一個徹底而堅固的隱喻系統，可是這個隱喻系統卻是舊的、頑固的、與現實社會語境隔離的東西，也就是他所說的「辭不達意」。這是一個用「我們」代替了「我」的時代，他擔憂的正是這個，文學作爲文化的先鋒，正陷於這個泥淖中不可自撥。在他看來，文學正是毀於「這個叫做時代的怪物」（《棕皮手記‧1997～1998》）上。「跟著時代前進，在幾近一個世紀的不斷革命、先鋒、改造舊世界中，這個國家已成了一個無論在精神還是在技術上都已業餘化的國家。」〔註 61〕于堅的「野心」很大，他不僅是在抗拒中國古代傳統文化中的士大夫話語，也在抗拒 20 世紀的革命話語系統。在他看來，那些話語影響了文學的專業性質，使文學成爲附庸，所以他所反對的「辭不達意」正是這個層面上的意思。其三，對現實中詩性的追求。從 20 世紀初開始，或者還可往前推移，整個世界就越來越現代了，一切都「被現代」掉了，這就是現今世界的宿命？上帝的思考代替不了人的思考，也扭轉不了人的命運。所以荷爾德林的「詩意地棲居」就成爲當今詩人的一個夢想。對生活詩性的追求，就是回到精神的故鄉，人就有了「存在」的意義。下面的一段話，充分體現了于堅對這種詩性追求的渴望，同時，也是他表露出欲與這個時代建立某種和諧關係的企圖。

　　在此時代，人生離詩性越來越遠，人們更注重的是眼前的實惠，或者說實惠的藝術。時間就是金錢，人們已經沒有時間去關心那些不能立即產生效益的東西。但一個民族不能沒有詩人，一個沒有詩人的國是小人國，一個沒有詩人的時代是死亡的時代。詩人不是公眾的施捨對象，而恰恰相反，是他們的創造活動使我們意識到所謂的「存在的意義」。正是詩人們對寫作活動的自由思維、創造和探索精神以及對無用性的堅持，使我們的生活具有「道理」。雖然這道理

〔註 60〕于堅：《棕皮手記‧1996》，《于堅集卷 5：拒絕隱喻》，雲南人民出版社 2004 年版，第 32 頁。
〔註 61〕同上，第 42 頁。

是如此的無足輕重,但它畢竟表明,市儈主義的哲學並不會全面地
勝利,詩人們依然在堅守著自古以來滋潤著歷史的神性,並且固執
地站在那些對詩性麻木不仁的人們中間。〔註62〕

(二)拒絕隱喻

在于堅的詩學觀念中,「拒絕隱喻」是最核心的,它幾乎成了于堅詩學的
代名詞。事實上,20世紀80年代以來,于堅從來沒有少談隱喻,無論是「棕
皮手記」片斷式的理解,還是一系列文章的闡述,還是諸多的訪談與筆談,「拒
絕隱喻」一直都是他屢談不厭的話題。他為何一再談及「隱喻」與「拒絕隱
喻」,並且將之作為他詩學的核心關鍵詞呢?其中必有因由。

于堅最早談及「隱喻」是在1982年~1989年期間的「棕皮手記」裏,之
後多年的「棕皮手記」也多次談及並作進一步的闡釋。最早綜合成文的文章
是寫於1993年至1995年8月的《棕皮手記‧拒絕隱喻——一種作為方法的
詩歌》。1995年第2期《詩探索》發表了他的《傳統、隱喻與其他》一文,1997
年第3期《作家》發表了他的《從隱喻後退——一種作為方法的詩歌》,該文
後來又發表於《詩刊》2004年11月上半月刊。後來更為全面深入的闡述又見
於《反抗隱喻,面對事實》。〔註63〕

其實于堅非常清楚,詩與「隱喻」是與生俱來的共生關係,「隱喻」就是
詩的,而詩又必然是「隱喻」的。只是,「最初,世界的隱喻是一種元隱喻。
這種隱喻是命名式的。它和後來那種『言此意彼』的本體和喻體無關。」「命
名是元創造。命名者是第一詩人。」「今天我們所謂的隱喻,是隱喻後,是正
名的結果。」〔註64〕于堅的說法並不是沒有問題,至少我們難以想像,這個
經過幾千年文明淘洗的人類社會,還有多少「名」可去「命」?烏鴉的名稱
就是這樣了,可現在又如何去做到重新「對一隻烏鴉的命名」?我們根本就
不可能把烏鴉說成是麻雀。也就是說他所謂的「元隱喻」是有限的,現實生
活中的隱喻幾乎都成了「後隱喻」。如此從表面上來作最簡單的分析,這幾乎
是不言自明的道理。于堅不可能不懂這個道理。那他為何還要如此逆流而上,

〔註62〕 于堅:《棕皮手記‧1997~1998》,《于堅集卷5:拒絕隱喻》,雲南人民出版社
2004年版,第60頁。

〔註63〕 參見于堅、謝有順:《于堅謝有順對話錄》,蘇州大學出版社2003年版,第207
~248頁。

〔註64〕 于堅:《棕皮手記‧拒絕隱喻——一種作為方法的詩歌》,《于堅集卷5:拒絕
隱喻》,雲南人民出版社2004年版,第125頁。

說出貌似蠻不講理的話呢？只有一種可能，他在運用一種策略，是對現有語言環境的抗拒，是對文學越來越缺乏原初創造性的反撥，是對多少年來，甚至是對多少世紀以來的文學傳統的質疑。比如說中國自古就有的「文以載道」的傳統，還有中國自古以來的對公共性隱喻的認同（他舉了馬致遠的《天淨沙》中的枯藤、老樹、昏鴉為例）。

再比如說，20世紀中國文學中的現代派詩歌傳統，特別是革命性隱喻傳統，這些都在很大程度上阻礙了文學詩性的發展，隨之創新也消失了。文學與詩其實一直處於這種「影響的焦慮」之中難以自拔。正是在這個意義上，于堅一再提出「拒絕隱喻」的詩學主張。如果回到80年代的詩歌語境中，我們都知道「第三代詩歌」是在對「朦朧詩」的「反動」中起家的。作為第三代詩歌的代表性詩人，于堅一開始就在拒絕「朦朧詩」所開創的隱喻傳統。「朦朧詩」帶有現代詩的形式，還不可避免地帶有後革命話語時期的意識形態隱喻系統，於是于堅用《尚義街六號》一類的口語詩開一代詩風而達到「拒絕隱喻」的目的。1989年海子臥軌自殺，海子死雖不幸，但他卻幸運地造就了一個詩歌神話，海子詩風頓時刮遍詩壇。此後，對海子的詩的熱捧達到高潮，眾多詩人不約而同地走進「麥地」的怪圈。于堅再度「拒絕隱喻」。至此，我們就大致可以理解于堅「拒絕隱喻」的深意了。為了更好地理解他的主張，我們不妨回顧一下他不同時期對「拒絕隱喻」詩學主張的具體闡述。

> 從本質上來講，「隱喻」乃是東方文化的特徵。在借鑒西方詩歌時，正是「隱喻」最易使中國詩人產生共鳴。然而，我們應當記住，西方詩人的「隱喻」，乃是建立在注重分析、注重理性的思維習慣上的。某些西方大詩人對中國詩歌的偏愛，自有其「現代背景」。如果我們從一種心理慣性去對「隱喻」進行認同，那麼，我們往往發現，我們其實是在模仿自己的祖先。〔註65〕
>
> ……
>
> 隱喻從根本上說是詩性的。詩必然是隱喻的。然而，在我國，隱喻的詩性功能早已退化。它令人厭惡地想到謀生技巧。隱喻在中國已離開詩性，成為一種最日常的東西。隱喻由於具有把不可說的經驗轉換成意象、喻體的功能，有時它也被人們用來說那些在日常

〔註65〕于堅：《棕皮手記・1982～1989》，《于堅集卷5：拒絕隱喻》，雲南人民出版社2004年版，第8頁。

世俗生活中不敢明說的部分。在一個專制歷史相當漫長的社會，人們總是被迫用隱喻的方式來交流信息，在最不具詩性的地方也使用隱喻，在明說更明白的地方也用隱喻。隱喻擴大到生活的一切方面，隱喻事實上是人們害怕、壓抑的一種表現。人們從童年時代就學會隱喻地思維、講話，這樣才不會招來大禍。由此隱喻的詩性沉淪了。在中國，有時候卻恰恰是那些最明白清楚、直截了當的東西顯得具有詩性，使人重新感受到隱喻的古老光輝。在一個普遍有隱喻習慣的社會裏，一種「說法」越是沒有隱喻，越是不隱含任何意味，聽眾越是喜歡「隱喻式」地來理解它。〔註66〕

從他這兩段對「隱喻」闡述的話中，我們可以毫不費力地理解他的原意。模仿西方並產生「共鳴」其實恰恰是在模仿自己祖先的路子，只是打著「現代」的幌子而已。而在中國的政治語境中，詩性在長期「隱喻」的有用實踐中磨滅殆盡。這種「隱喻」是革命話語語境的陰影長期籠罩之下直接帶來的後果，是求生的本能。人們在承受著壓抑所帶來的慣性，這種慣性就是「隱喻」的「說法」。于堅的「拒絕隱喻」就是尋找新的「說法」，重新喚醒一種「語感」。新的「說法」與「語感」正是療救這個「隱喻」社會的良方。換句話說，這種「新」也只是一種「後退」式的返回，「創造」只是從「隱喻後」盡量回到「元隱喻」，而不是他表面上宣稱的重新「命名」。正是在這個基礎上，于堅於1991年3月對他的「拒絕隱喻」理論做了一次綜合併寫了一篇完整的文章：《拒絕隱喻》。〔註67〕

上面對「拒絕隱喻」的表述，于堅在90年代中期至世紀之交的幾篇文章〔註68〕中進行了深入的闡釋。而于堅後來闡釋性的文章，其實在「棕皮手記」裏都有提綱挈領式的點題。這構成了于堅「拒絕隱喻」理論的層層深入與發展的關係，也是一種前後互文的關係。

〔註66〕 于堅：《棕皮手記·1982～1989》，《于堅集卷5：拒絕隱喻》，雲南人民出版社2004年版，第120頁。

〔註67〕 于堅：《拒絕隱喻》，《磁場與魔方·新潮詩論卷》，吳思敬編選，北京師範大學1993年版。

〔註68〕 有代表性的文章包括：《傳統、隱喻與其他》，《詩探索》1995年第2期；《從隱喻後退——一種作為方法的詩歌》，《作家》1997年第3期（包括後來發表於《詩刊》2004年11月上半月刊的簡縮本《從「隱喻」後退——一種作為方法的詩歌之我見》）；于堅、謝有順對話錄文章《反抗隱喻，面對事實》，《于堅謝有順對話錄》，蘇州大學出版社2003年版。

　　「拒絕隱喻」脫胎於「棕皮手記」片斷式的感想這是毫無疑問的，但眞正形成一篇完整的文章是在 1991 年之後，該文於 90 年代初、中期及之後數度發表。出於考據的目的，除了 1991 年 3 月《拒絕隱喻》初步形成文章的主要觀點之外，之後發表的文章我們可以發現有兩點值得注意。其一，于堅發表在《作家》1997 年第 3 期的《從隱喻後退——一種作爲方法的詩歌》，〔註69〕文末標明時間是「1993 年至 1994 年 8 月」；2003 年于堅出版《于堅集卷 5：拒絕隱喻》收入該文，文末標明時間是「1993 年至 1995 年 8 月」。這是編排時的數據誤錄，還是作者的記憶之誤？其二，關於該文文章標題的變化。1997 年發表時的標題爲《從隱喻後退——一種作爲方法的詩歌》，收入文集後爲《棕皮手記‧拒絕隱喻——一種作爲方法的詩歌》。從「拒絕」到「後退」，這種標題的變化有無作者著文時的深意？我們注意到這種時間與標題的變化，認爲這並不是無關緊要的，其中應該存在某種原因，對之進行考察對瞭解于堅理論的建構過程有一定的意義。通過電話訪談〔註 70〕，這個問題得到解決。關於時間，在《作家》發表該文時〔註 71〕，寫作時間確實是「1993 年至 1994 年 8 月」，後來在一年內又加了部分內容，所以在收入作者文集時時間就改爲「1993 年至 1995 年 8 月」，這並非一個錯誤。由此再次證實，于堅的理論建構是處於一個不斷完善的過程之中的。關於文章標題的變化，確實有于堅自身的考慮。一開始寫「棕皮手記」時，于堅明確提出「拒絕隱喻」，後在 1991 年寫成《拒絕隱喻》並於 1993 年公開發表。但他後來發現，「隱喻」又是無法「拒絕」的，我們時刻都在「隱喻」的籠罩之下，文字與隱喻難以分離，漢字本身就是一種隱喻。出於這種考慮，他作了讓步，於是就有了從「拒絕」到「後退」的變化。1997 年之後到 2003 年將此文編入文集這個過程中，于堅再次回到「拒絕隱喻」的立場上來。他認爲，「拒絕隱喻」拒絕的是漢字的「歷史」，漢字的歷史過程正是讓眞正的「隱喻」消失的過程，拒絕這個過程中產生的「後隱喻」才是「拒絕隱喻」的本眞。所以說，「拒絕隱喻」就是拒絕「後隱喻」，在這點上是不能後退的，必須態度堅決而澄明。

〔註69〕 此文又是作者在荷蘭萊頓大學亞洲國際中心「中國現當代詩歌國際研討會」上的發言。

〔註70〕 2010 年 1 月 23 日下午 3 點 50 到 58 分，筆者帶著疑問撥通于堅的電話進行一次簡短的訪談，他對我疑問進行了解答。

〔註71〕 經過對比兩篇原文，加的內容並不多，大概二三百字。簡單地說，他就是參考了羅蘭‧巴特的「零度寫作」的理論而提出了「詩不言志，不抒情」的觀點。

從他發表在《作家》與其文集的內容大致一樣的文章的行文結構來看，大概分為兩個部分。前一部分分析何為他所說的「隱喻」。比如說，「文明導致了理解力和想像力的發達，創造的年代結束了，命名終止。詩成了闡釋意義的工具。這是創造後。」「詩被遺忘了，它成為隱喻的奴隸，它成為後詩偷運精神或文化鴉片的工具。」「漢語不再是存在的棲居之所，而是意義的暴力場。」「在中國，一個在政治上顯達的人，也就是一個長於隱喻的人。」「20世紀以前的中國詩歌的隱喻系統，是和專制主義的鄉土中國吻合的。」「20世紀中國的詩歌雖然已用白話，但詩人們的詩歌意象和結構方式仍然是隱喻式的，用白話寫的古詩。」等等。後一部分則指出「拒絕隱喻」的具體內涵與意義，細讀之，確實最能代表于堅的詩觀。不妨摘錄如下：

> 拒絕隱喻，就是對母語隱喻霸權的（所指）拒絕，對總體話語的拒絕。拒絕它強迫你接受的隱喻系統，詩人應當在對母語的天賦權力的懷疑和反抗中寫作。寫作是對隱喻垃圾的處理清掉。一個不加懷疑的使用母語寫作的詩人是業餘詩人，這種詩人在中國到處都是，正是這些人支撐著中國作為一個古老詩國的名聲。拒絕隱喻是一種專業寫作，詩人必須對漢語的能指和所指有著語言學意義上的認識。他才會創造出避免落入隱喻無所不在的陷阱的方法。拒絕隱喻，從而改變漢語世界既成的結構，使其重新能指。「對任何詩歌來說，重要的不是詩人或讀者對待現實的態度，而是詩人對待語言的態度，當這語言被成功地表達的時候，它就把讀者喚醒，使他看見語言的結構，並由此看到他的新『世界』的結構」（特倫斯·霍克斯）。
>
> ……
>
> 拒絕隱喻，並不意味著一種所謂「客觀」的寫作。客觀的寫作只不過是烏托邦的白日夢之一。當我們面對的只是以隱喻的方式確立的語言秩序和一群以索隱的方式生活和閱讀的讀者時，任何自以為客觀的寫作都是隱喻的寫作。所謂以物觀物，最終由於他客觀的使用語言而被隱喻化為子虛烏有。
>
> ……〔註72〕

〔註72〕 于堅：《棕皮手記·拒絕隱喻——一種作為方法的詩歌》，《于堅集卷5：拒絕隱喻》，雲南人民出版社2004年版，第131～132頁。

　　于堅對「霸權」的拒絕由此可見一斑。重建語言的元隱喻，提倡創造性的寫作，力主專業性的寫作，這些都體現了于堅在詩學與實踐上的宏偉「野心」和絕對自信。

　　有意思的是，他作爲「民間寫作」的代表之一，甚至被人看成是無難度的「口語化」寫作的代表，卻與「知識分子寫作」一方一樣，也強調「專業寫作」。看來，二者的追求目標是一樣的，只是採取的方式不同而已。至於哪方更具寫作的有效性，更具專業性水準，這實在是不能一語道破的事情。

　　高峰之間，可以雙峰並峙，可以多峰並舉，但畢竟難免叢生的蕪雜，詩學觀念與實際創作之間永遠都存在著裂縫。另外，從于堅的字裏行間透露出了不滿，也即對「知識分子寫作」姿態的不滿。這種不滿也可以說是于堅對重建某種詩歌秩序企圖的釋放，他從 80 年代中期即已有所流露，之後也從沒中斷過。比如，他在一篇與謝有順的對話錄中說：「隱喻就是『站在虛構的一邊』，這種東西今天依然是許多詩人津津樂道的詩歌體制。」〔註73〕于堅在與謝有順的對話中用更爲通俗的語句，更多的實例進一步剖析「隱喻」的含義與爲什麼反抗隱喻。這次對話發生於 2003 年，是在「盤峰論爭」三四年之後。如果說于堅的「拒絕隱喻」觀念在這之前更多的是想建構自己的詩歌理論的話，那麼在這之後，他是將之延伸擴大化到了對其他的特別是對「知識分子寫作」詩歌觀念的反對上。也就是說，他把「拒絕隱喻」的理論作爲「民間寫作」的核心理論之一，並且將其作爲與其他立場相抗的制勝武器。從這點來看，于堅的「拒絕隱喻」是不斷向前發展的。

　　于堅的「隱喻」說，到他與謝有順的對話發生時爲止，應該說可以告一段落了。因爲在這次對話中，通過簡單明瞭的舉例把一個複雜的理論說得十分通透，而且語氣十分尖刻，毫不留情。比如說，在現實中把「幾乎所有大而寬廣的東西都被比喻成了『母親』」，「但在生活中可能對自己的母親沒有什麼感情」（謝有順語），這就是把母親與事實分離了，從而變得沒有意義。再比如說，于堅認爲，「中國是一個巨大的隱喻社會」，「一個北京的詩人和一個外省的詩人在隱喻上是有很大的區別的」，他言下之意就是，只有回到事物本身才可把握一切，否則是十分可怕的事。

〔註73〕于堅、謝有順：《反抗隱喻，面對事實》，《于堅謝有順對話錄》，蘇州大學出版社 2003 年版，第 215 頁。原《東方》2003 年第 2 期。

（三）個性、創造與天才

嚴格來說，這個部分的內容與于堅的「口語化」詩歌觀念風馬牛不相及。但我們相信，沒有毫無理由和沒有來源的觀念誕生。之所以把這三個詞放在一起，是因爲這三個詞不僅能概括于堅詩歌觀念產生的主體動力機制，而且還確實能部分體現「民間寫作」的某些特徵。當然，也更能最充分地把于堅的「人」與「詩」融爲一體來進行評價。

可以肯定的是，于堅是一個十分有個性的詩人與詩評家。在「朦朧詩」雖然論爭不斷但仍然有市場的時候，他卻是第三代詩人當中率先「反動」「朦朧詩」的詩人之一。韓東在 1986 年《中國》第 7 期上發表《有關大雁塔》之後不久，同年他在《詩刊》第 11 期上發表《尚義街六號》，從此以他們爲代表的「口語化」詩歌便風行詩壇而獨樹一幟。也大概在同一時期，韓東提出「詩到語言爲止」的詩觀，于堅也已在醞釀並提出「拒絕隱喻」。於是，「民間寫作」早期最重要的兩個代表以一呼一應之勢揭開了新時期以來「口語詩」發展的序幕。

與「朦朧詩」的現代性與意識形態性相比，與「朦朧詩」稍後的文化詩與純詩相比，于堅反其道而行之，以獨到的口語入詩，並形成 90 年代最有代表性的詩歌形式之一。他對詩的熱愛程度也非同一般，遠遠超過小說。他說：「我一向輕視小說。……小說家，不過是些講故事的人，他們把讀者當成孩子。……小說的面具一旦揭穿，我們會發現躲在後面的乃是一副好萊塢的嘴臉。」〔註 74〕這在小說流行、詩歌備受爭議的年代如此說話，無異於投放了一記重磅炸彈。也只有于堅的個性才敢說出「一向輕視小說」的話。但是，他卻充分利用了小說的長處爲詩歌所用，並使新詩增加了新質，這又正是他充滿個性的地方。他說：「我的詩歌本身非常注意戲劇和散文的因素，這是我的詩歌的一個特點。……我以爲詩歌也可以是戲劇性的，散文化的。對話、敘述都可以是詩歌的，實際上正是散文和戲劇因素的加入，使中國當代詩歌與古典詩歌有了根本的區別。」〔註 75〕

于堅的上述言論充分體現出他的個性。這種個性與他的外表、言行，以

〔註 74〕 于堅：《交代——〈人間筆記〉序跋》，《于堅集卷 5：拒絕隱喻》，雲南人民出版社 2004 年版，第 165 頁。

〔註 75〕 于堅：《答西班牙詩人 Emilio Arauxo 九問》，《于堅集卷 5：拒絕隱喻》，雲南人民出版社 2004 年版，第 196～197 頁。

及與詩觀一道，相互輝映，構築起詩壇一道獨特的風景。他意識到自己屬於「站在餐桌旁的一代」，可他一直以來都以一種平民精神，有時甚至是單槍匹馬地與詩壇其他的巨大勢力相較量，他的挑戰精神是令人敬佩的。可以想像，如果沒有他的個性，就沒有第三代詩歌中口語詩的誕生，也沒有《尚義街六號》《0檔案》等一大批獨特而又頗受爭議的詩作面世。還可以想像，他多年堅持的《棕皮手記》在中國詩壇所造成的巨大影響。沒有他的個性，估計「盤峰論爭」也就沒有「論劍」的強強對立，于堅的個性，使中國詩壇充滿了許多未可知因素。而且，他的個性中充滿了創造性，這種創造性在多種因素的激發下不斷有新的成果，包括他的詩與詩觀，所以說，于堅的個性與創造性是密不可分的。下面可以進一步來談論他個性與創造性相互結合與互為因果的表現。

關於傳統。在他眼中，傳統包括中國與西方傳統兩部分。整體而言，他是從中國與西方的傳統中走來，汲取傳統的營養，又從中走出來，並反對它、對之揚棄。他大量閱讀西方理論，卻不為其所束縛，能以一種超脫的姿態對之進行反撥。對中國的傳統因素，他承認：「我覺得我的整體寫作精神還是傳統的，中國傳統文化對人生、宇宙、存在等根本問題思考較多，對當代西方也有所啟示。」〔註76〕面對中國傳統，他提出著名的「拒絕隱喻」詩觀，認為中國傳統的「隱喻」已嚴重阻礙了新詩的發展，對之必須拒絕或後退。他對傳統懷疑的徹底性，正如他在某篇文章中所說的：「詩人應當懷疑每一個詞。」〔註77〕對西方傳統，他在充分吸收其合理性之餘，又以態度鮮明的「民族主義」〔註78〕身份拒絕它，並且在這方面與「知識分子寫作」一方截然劃出一道分界線，絲毫不留餘地。正是在對中國與西方傳統質疑的過程中，他充分發揮了自身創造性的能量，最終使他在當代詩壇二三十年來都能獨樹一幟。由此，他堅信中國當代詩歌具有突出成就，並指出：「中國當代詩歌，雖

〔註76〕于堅：《抱著一塊石頭沉到底——答陶乃侃問》，《于堅集卷5：拒絕隱喻》，雲南人民出版社2004年版，第220頁。

〔註77〕于堅：《穿越漢語的詩歌之光（代序）》，《1998中國新詩年鑒》，楊克主編，花城出版社1999年版，第16頁。

〔註78〕于堅曾公開說他是個「民族主義」者，在與筆者的一次交談中，他再次重申了他的「民族主義」立場。可見他並不迴避他的某種狹隘性。他的觀點有時也會出現矛盾的一面，比如他曾在《穿越漢語的詩歌之光（代序）》又說：「詩人不是所謂民族主義者，他們只是操著某種語言的神靈、使者。」也就是說，在詩的內部，他又偏向了詩的語言的神性了，民族主義的思想只能站到一旁。

然一度受到批評家們的冷落，但它仍然爲文學史所證明的那樣，在一切文學樣式中走得最遠，達到的最深刻，具有眞正的先鋒精神。」〔註79〕或許，于堅的詩歌精神也會成爲一個傳統。

　　由於于堅的個性和創造性，又加上他「在野」的、「江湖」的孤傲，鑄就了他極爲自信的一面。這在很多「民間寫作」詩人身上都有所體現。「天才」於是成爲「民間寫作」立場的詩人們常提及的一個字眼，于堅與韓東都不例外。在于堅眼中，他反對才氣與靈感式的寫作，但他同時又在某種程度上承認天才的存在。他在 90 年代初曾提過：「中國詩歌的不純粹也在於它講究的是才氣、激情、直覺和靈感。中國詩人是『守株待兔』式的寫詩，所謂『等待靈感』。純粹的詩人講究的是對語言的控制、操作。……」〔註80〕所謂的「控制、操作」，在于堅看來，是指「詩歌的活力來自詩人與混沌狀態的關係。但僅僅混沌是不夠的，它可以成就天才，但對大詩人來說，重要的卻是控制混沌的能力。」〔註81〕在這點上，他與「知識分子寫作」一方所提出的「有節制的寫作」有某種暗合之外。可是，他提出的「天才」說又爲「知識分子寫作」一派所詬病。這可能緣於「知識分子寫作」一派對于堅過分的自信持有看法，特別是當于堅自詡爲天才的時候。于堅曾說：「詩人從來都是有兩種，讀者而來的和天才，但在這個時代，讀者在詩歌中佔了上風。這個時代的知識太強大了，互聯網，比任何一個時代都強大。創造者的空間非常小。到處都是炒冷飯的人。」在這句話中于堅雖然沒有直接說出自己就是天才，但是從他所反對的「讀者」和「知識」來看，他有顯明的針對性，那就是對「知識分子寫作」的反對。另外，綜觀于堅歷來的詩觀，他是極力提倡「創造」的。我們從他的話中可看出，他是屬於「創造」一類的詩人，而「創造」的詩人就是「拒絕隱喻」後的結果，也就是他言下之意的「天才」。

　　在「天才」的認可上，韓東與于堅是一致的。韓東在一次談話中肯定天才論，對於詩人，「我認爲百分之八十是天生的。……詩人的品質，詩人的可能性，他開始就包含的那種因素，那種神秘的東西肯定是天然。」〔註82〕此

〔註79〕于堅：《詩歌精神的重建──一份提綱》，《于堅集卷5：拒絕隱喻》，雲南人民出版社 2004 年版，第 104 頁。
〔註80〕于堅：《棕皮手記·1990～1991》，《于堅集卷5：拒絕隱喻》，雲南人民出版社 2004 年版，第 11 頁。
〔註81〕同上，第 71 頁。
〔註82〕韓東：《問答──摘自〈韓東採訪錄〉》，《詩探索》1996 年第 3 期。

後「民間寫作」代表詩人伊沙，還有後來的沈浩波等，對大才都有相當的認可度。所以，天才論完全可以作為「民間寫作」的一個特徵。

（四）口語化與「軟」

……
外面下著小雨
我們來到街上
空蕩蕩的大廁所
他第一回獨自使用
一些人結婚了
一些人成名了
一些人要到西部
老吳也要去西部
大家罵他硬充漢子
心中惶惶不安
吳文光你走了
今晚我去哪裏混飯
恩恩怨怨吵吵嚷嚷
大家終於走散
剩下一片空地板
像一張空唱片再也不響
在別的地方
我們常常提到尚義街六號
說是很多年後的一天
孩子們要來參觀

——節選自于堅的《尚義街六號》

上面詩行節選自于堅寫於1984年6月、發表於1986年第11期《詩刊》頭條的《尚義街六號》。其口語化特徵十分明顯，生活日常性突出，並且包含相當的敘事性與戲劇性因素，平白如話的詩句確實對之前的「朦朧詩」形成了一股解構力量。這種口語性與80年代的口語詩又有很大程度的不同。

口語詩其實從新詩誕生以來就飽受爭議，磕磕絆絆之中走過了將近一個世紀，卻在于堅的筆下又重新煥發出新的魅力。新詩與「口語化」之間有著

與生俱來的伴隨關係。但在過度的口語化之下，又潛伏著巨大危機。其一是對傳統詩詞的結構、格律、音韻、平仄等等的徹底顛覆，但又沒有形成自身的某種範式，這種現狀從新詩開始之初至今都是一個不得不面對的難題；其二，在「口語化」名義之下，極容易產生一種無難度的口語寫作，以至滑跌至被人深爲詬病的「口水化」寫作。這二者在新詩史上並非沒有發生過。80年代中期從于堅開始，「口語化」寫作蔚然成風，並且在 90 年代得到進一步的發展。特別是新世紀以來，2006 年 9 月發端於網絡的「趙麗華詩歌事件」再次引起人們對「口語詩」的質疑。趙麗華的口語詩被稱爲「梨花體」，一時在網絡上被大量仿作，對這一詩歌現象的論爭波及甚廣，影響極大，被有些媒體稱爲「自 1916 年胡適、郭沫若新詩運動以來的最大的詩歌事件和文化事件之一。」〔註 83〕由此可見，口語詩的命運並非走在順途上。我們都知道，口語詩與詩的「口語化」作爲新詩最基本的特徵之一，與相對非口語化的詩來說，本身並無優劣之分，只是兩種不同的美學風格。實際上，這兩種不同的美學追求自古以來就有之，只不過可能有文人之詩與民間之詩的區別。所以，對於于堅的「口語化」詩歌觀念，作些新詩史上階段性的詩歌觀念的定位考察是有必要的。

對于堅來說，「口語化」寫作似乎並非一個值得多加考慮的問題，它與寫作休戚相關，而不是一件刻意去追求或避免的事情。正如他所說的，「口語」不能作爲一個流派而存在，這是一種「非常幼稚無知的見解」，「口語是詩歌的基礎，在口語的基礎上，詩歌才發展出各種不同的風格，產生不同的語感，才有獨特的文本」。相對而言，「書面語那裡只有詩的死亡和窒息，詩不是從那裡開始出發的，那只是詩歌的停屍房」。〔註 84〕由此可見，「口語」在于堅的詩歌觀念中是佔有無可替代的位置的。

從源頭上來講，當然我們可以考慮到這是于堅對「朦朧詩」現代化形式的「反動」；但從本質上來講，更是平民化精神的具體體現，這與他一貫以來反對詩的「貴族化」是一致的。這是他「活得眞實一些，活得自然一些，活得輕鬆一些」〔註 85〕的觀念在詩中的具體運用。但是他又提到，這種口語的

〔註 83〕楊小龍：《趙麗華詩歌事件始末》，《漢詩》2008 年第 1 期。
〔註 84〕于堅、謝有順：《在路上的詩歌》，《于堅謝有順對話錄》，蘇州大學出版社 2003年版，第 111 頁。
〔註 85〕于堅：《棕皮手記·1982～1989》，《于堅集卷 5：拒絕隱喻》，雲南人民出版社2004 年版，第 1 頁。

運用，「絕不是因為它是口語或因為它大巧若拙或別的什麼。」這僅僅是他「生命灌注其中的有意味的形式」。〔註86〕這種「有意味的形式」就是于堅多次提到的「口氣」或語感。究其實，它指的不是抽象的形式，而是詩人內心生命節奏的自然表達。

他不是沒有意識到「口語化」將會面臨的危險，從某種意義上講，他所提倡的「口語化」詩歌觀念是一種「有意味」的寫作策略。針對他人對他這類詩「沒有精神向度」或「沒有深度」的評價，他作了如下回答：「一個人要把話說清楚，他當然要避免深度，避免言此意彼。我拒絕精神或靈魂這樣的虛詞。我的詩歌是一種說話的方法。在所謂詩的『精神向度』上，我只不過是在重複一些『已經說過了』的東西。所謂老調重彈。如果它們還有些意思的話，無非是它們提供了一些『老調』的彈法。」〔註87〕于堅的考慮在於，在詩的內容上來說是不用擔心的，他只是在用他願意採用的方式。這與他「拒絕隱喻」的詩觀是互補與互文的，這種方式也正是他所言及的「有意味的形式」。應該說，他追求的是一種平淡語句中的陌生化效果。

口語作為一種寫作的策略或方式，于堅還有另一層深意。除了口語是新詩必需的形式之外，它還是一種「軟」的語言向度，是對「硬」的以北方方言為基礎的普通話的拒絕。他如此表達這一觀念：

> 口語寫作實際上復蘇的是以普通話為中心的當代漢語的與傳統相聯結的世俗方向，它軟化了由於過於強調意識形態和形而上思維而變得堅硬好鬥和越來越不適於表現日常人生的現時性、當下性、庸常、柔軟、具體、瑣屑的現代漢語，恢復了漢語與事物和常識的關係。口語寫作豐富了漢語的質感，使它重新具有幽默、輕鬆、人間化和能指事物的成分。也復蘇了與宋詞、明清小說中那種以表現飲食男女的常規生活為樂事的肉感語言的聯繫。口語詩歌的寫作一開始就不具有中心，因為它是以在普通話的地位確立之後，被降為方言的舊時代各省的官話方言和其他方言為寫作母語的。口語的寫作的血脈來自方言，它動搖的卻是普通話的獨白。它的多聲部使中

〔註86〕于堅：《棕皮手記·1982～1989》，《于堅集卷 5：拒絕隱喻》，雲南人民出版社 2004 年版，第 2 頁。

〔註87〕同上，第 49 頁。

國當代被某些大詞弄得模糊不清的詩歌地圖重新清晰起來，出現了
位於具體時空中的個人、故鄉、大地、城市、家、生活方式和內心
歷程。……〔註88〕

他的意思大概是：一是把口語寫作與傳統因素聯繫起來，這是對傳統中
活的、質感的東西的繼承，從而強調口語寫作的合理性（這是歷時的）；二是
將口語寫作來對抗現時的普通話寫作，並且因口語的被降格而鳴冤，因爲他
認爲口語寫作將會使現時的詩歌時空清晰起來，而非模糊「大詞」的泛濫（這
是共時的）。對普通話與方言這兩種語言向度，他有過專門的論述，也即：《詩
歌之舌的硬與軟——關於當代詩歌的兩類語言向度》〔註89〕

他的這篇文章主要針對自新中國成立後中國當代詩歌的兩類語言向度，
即：「普通話寫作的向度和受到方言影響的口語寫作的向度」。〔註90〕他總的
意思是：「普通話把漢語的某一部分變硬了，而漢語的柔軟的一面卻通過口語
得以保持。」〔註91〕他歷時性地考察了普通話「硬」的過程，並指出它的實
質性後果，具體爲：

「對詩言志和詩無邪的繼承。」

「詩歌抒情主體由某個抽象的、廣場式的集體的「我們」代替。」

「抒情喻體脫離常識的昇華，朝所指方向膨脹、非理性擴張。」

「詩歌變成小聰明的語言遊戲，而且複製起來相當容易。」

「時間神話的崇拜。」

「詩歌的空間則是典型化、精練化、集中化。」

「由於具體生活時空的模糊、形而上化，導致許多詩人的詩歌意象、
象徵體系和抒情結構的以時代爲變數的雷同和相似性。」

「歐化的、譯文的影響、向書面語靠攏。」

〔註88〕 于堅：《讀詩札記》，《于堅集卷5：拒絕隱喻》，雲南人民出版社2004年版，
第158頁。

〔註89〕 此文原載《詩探索》1998年第1期，後選入《1998中國新詩年鑒》。收入作
者文集《于堅集卷5：拒絕隱喻》中題爲：《詩歌之舌的硬與軟——詩歌研究
草案：關於當代詩歌的兩類語言向度》。

〔註90〕 于堅：《詩歌之舌的硬與軟——詩歌研究草案：關於當代詩歌的兩類語言向
度》，《于堅集卷5：拒絕隱喻》，雲南人民出版社2004年版，第137頁。

〔註91〕 同上。

「這場美學革命所暗接的卻是古代貴族文學的寫作傳統。」〔註92〕

于堅的態度是很分明的。他的倡導並不難理解，我們得承認他所言說的合理性成分。上面提到他對「口語寫作」的理解，基本上包含在他的第二部分「軟」的闡述過程中。不過，他是清醒的，他對「口語寫作」的現狀、意義與前途作了如此定位：「口語化詩歌寫作作為漢語詩歌中的一種邊緣性的寫作，由於它的寫作時空的具體性，它要被主要還僅僅是通過普通話來瞭解中國的中國以外世界的讀者接受，還有待時日。但不容忽視的是，它對中國當代文學已經產生了顯而易見的廣泛而深刻的影響，這種影響甚至波及到詩歌以外的文學樣式。」他的話也許有幾分道理，對口語化寫作的定位也較為客觀。但是作為處於語言一體化過程之中的中國，普通話寫作能否被阻遏，方言寫作能否真正實現與長久，這確實是一個值得深思與懷疑的問題。在歷史文化的推土機面前，他的聲音顯得過於微弱而免不了被淹沒的命運。更大的可能性是，在相當長的時期內，他所提倡的口語化寫作將會與普通話寫作共存。更何況，他所言及的方言口語與普通話中的口語有相當部分的交叉重疊，北方方言也是方言中的一元。所以說，這兩類語言向度最大的可能性就是，它們會共同形成寫作的多元化因素而長期存在。

（五）「民間寫作」立場

此部分內容是對前文于堅「民間性」源頭考察的一個呼應，也是為了論證于堅之所以能夠成為「民間寫作」主旗手的必然性。

「盤峰論爭」發生後，「民間寫作」這個概念終於浮出水面，並作為一種立場而存在於詩歌觀念與創作實踐中。「民間寫作」是以口語化寫作觀念為主導的，也包括其他多方面觀念因素在內的一個統稱。自程光煒編選的《歲月的遺照》與楊克主編的《1998 中國新詩年鑒》面世，「民間」與「民間寫作」才有了重新闡釋。于堅就是其中一個重要的闡釋者。

從于堅之前的詩學文章來看，他幾乎沒有提到「民間」的概念，更沒有明確提出關於「民間寫作」的立場，直到「盤峰論爭」論爭發生之前，他才極力詮釋「好詩在民間」的觀念。當然于堅所說的這個「民間」與新詩史上的民間有所不同，這是他的口語化詩論、平民精神、拒絕隱喻、日常性、獨

〔註92〕于堅：《詩歌之舌的硬與軟──詩歌研究草案：關於當代詩歌的兩類語言向度》，《于堅集卷5：拒絕隱喻》，雲南人民出版社 2004 年版，第 137～145 頁。

創性等觀念歸結爲「民間寫作」立場的一個大綜合。所以說，「民間寫作」也不是一個嚴格意義上的詩學命題，他確實有某種姿態、立場的意味，是另一層意義上的「政治性」與對抗策略性的體現。

但無論如何，于堅的「民間」觀念已融入中國20世紀新詩觀念「民間性」的構成之中。它們是一個歷史連續整體中的各個部分。對「民間寫作」的闡釋，于堅在「盤峰論爭」風雨來臨之前，以《1998中國新詩年鑑》的「代序」文章——《穿越漢語的詩歌之光》最見代表性，之後則有《當代詩歌的民間傳統》〔註93〕與《答謝有順問》〔註94〕二文。至於其他論爭文章，我們可以放到下一章「盤峰論爭」中進行論述。

于堅在《穿越漢語的詩歌之光》一文中通過對近二十年來當代民間詩歌史的梳理，以及往上追溯到新詩史及唐詩宋詞的優良傳統，來肯定「民間寫作」在中國當代詩歌史上的地位。他所提出的「民間寫作」精神或立場，是在通過對「知識分子寫作」批評的過程中以一種比較的方式來表達的。

他指出，「二十年來，傑出的詩人無不出自民間刊物」，並且「成爲我們時代眞正的文學標誌」。民間刊物與民間詩人以獨立的精神「毫不妥協地面對各種龐然大物，堅持著對寫作的自由和獨立、對詩歌眞理和創造精神的尊重。」于堅通過列舉大量的民刊與詩人來論證他觀點的正確性，這些例子包括《今天》《他們》《非非》，包括于堅、韓東、周倫祐……在這些例子的基礎上，他重新對第三代詩歌運動進行評價。在他眼中，這場運動可與胡適時期的白話詩運動相提並論，正是第三代詩歌運動，才使新詩的傳統血脈得以延續。正是第三代詩歌運動才建立起了眞正的「個人寫作」「詩人寫作」。尤其是第三代詩人的口語詩，它是一次語言的解放，「原生的、日常的、人性的」恰是其「偉大旗幟」。第三代詩歌正是「民間寫作」立場的代表，他指向一種精神，即：「民間的意思就是一種獨立的品質。民間詩歌的精神在於，它從不依附於任何龐然大物，它僅僅爲詩歌本身的目的而存在」。所以，他堅定地提出「詩歌在民間」「好詩在民間」的觀點。對「民間寫作」立場，于堅又具體提到幾點：詩歌是少數天才的智慧之光，詩人寫作是謙卑而中庸的，詩歌雖無用但

〔註93〕原載《詩參考》2001年4月號，又載《當代作家評論》2001年第4期。後又選入譚五昌主編的《中國新詩白皮書（1999~2002）》，崑崙出版社2004年版。
〔註94〕此文選入《于堅集卷5：拒絕隱喻》，雲南人民出版社2004年版，第200~209頁。有不少觀點與《當代詩歌的民間傳統》文字完全一樣，所以在本文中不另外對之進行分析。

卻影響民族生活的精神質量，反進化論，一種說話的方法，等等。與之相對，他毫不客氣地批評了「知識分子寫作」立場。他認為它是「對詩歌精神的徹底背叛」，「把詩歌變成了知識、神學、修辭學、讀後感」，「在西方獲得語言資源」，等等。《穿越漢語的詩歌之光》一文寫於「盤峰論爭」發生之前，但于堅的立場已是非常分明，即使沒有「盤峰會議」，這種論爭的發生也只是一個時間與地點的問題。

新詩史從來就不缺乏這兩種路向不同變體的爭執。但是新時期以後，又經過第三代詩歌的推動，「民間寫作」與「知識分子寫作」在各自的發展過程中一路狂奔，都發展到了一定地步。直至兩個相互對立選本的面世，兩種不同立場的詩歌觀念已然上升到一個臨界點，幾乎呈一觸即發之勢。論爭發生後，「民間寫作」似乎佔了明顯的優勢。在這種情況下，于堅又寫了一篇關於「民間寫作」立場總結性的文章——《當代詩歌的民間傳統》。只是不同的是，前一篇他主要在談 80 年代的「民間」；此篇已過渡到對 90 年代詩歌「民間」性的論證上。

他認為，在 20 世紀 90 年代，詩歌的民間性已從 80 年代的「地下」轉移到了「在場」，而且影響了當代文化。這種影響是全面的，包括對小說、散文、戲劇、電影、搖滾音樂等多方面。他進而話鋒一轉進一步分析民間的合理性，他認為，表面的「地下」不是民間，它可能是對主流文化的一種「陽奉陰違」，「它只是民間在特定時代的一個被迫姿態」。不僅如此，他甚至是在步步緊逼，「民間不是一種反抗姿態，民間其實是詩歌自古以來的基本在場。」只是在當下，「時代和制度轉移了文學的在場」。他是想說明什麼呢？他很可能是想指出，民間是一種無法掩蓋也無法否認的存在，它自始至終是文學發展的一條血脈，只是在 90 年代它無形中被主流意識形態文化與「知識分子寫作」一方所打壓，而被遮蔽了。然而 90 年代已完全是一個「民間」的時代，實際上民間已真正「重返」，只是還有許多人不願意承認這個事實。於是他鄭重地提出「重返民間」：「重返民間，一方面是從空間和在場上重返民間，從時代中撤退，回到一個沒有時代的民間傳統上去。另一方面，是重返詩歌內部的『民間』創造那種沒有時間的東西」。這也正是于堅所提出的「非歷史」觀點的真實含義。

總之，于堅對「民間寫作」內涵的豐富作出了很大貢獻，這同時也構成了他「口語化」詩學的一個重要組成部分。韓東對于堅有個評價，不妨作為

另一層意義上的參考，「他是永不妥協的堅持的榜樣，不迴避，不故作清高，孤軍奮戰，一個人面對所有的『文化派』。」〔註95〕

第三節 「民間寫作」代表性個案（二）：韓東、伊沙

一、韓東的「口語詩」與「民間」論

1982 年至 1984 年期間，韓東寫出了《你見過大海》《有關大雁塔》等影響很大的口語詩，（他的口語詩創作實踐並不比于堅晚），1985 年 3 月又以主要發起人的身份在南京創辦民刊《他們》。之後又經歷了轟轟烈烈的第三代詩歌運動，創作實踐與詩歌觀念漸趨成熟，並於 1988 年提出「詩到語言爲止」的詩學主張。自他這一主張提出後就一直成爲當代詩歌爭論的話題。於是，《他們》與「詩到語言爲止」就成爲了韓東的代名詞，在中國當代詩歌史上韓東也成爲了一個繞不過去的詩人。在這點上，韓東與于堅有很大的相似之處，「詩到語言爲止」與「拒絕隱喻」成爲新時期以來口語詩興起的核心支撐理論，他們成爲口語詩的靈魂人物，同時也是「民間寫作」的支柱。

儘管韓東 90 年代轉向小說創作，但他一直沒有中止寫詩，更何況，他的詩與詩歌觀念（包括與他捆綁在一起的民刊《他們》）影響至今。所以，考察韓東的詩歌觀念顯得尤爲重要。

就韓東口語詩的發端來看，眾所周知，他也與其他很多第三代詩人一樣，首先是從「反動」朦朧詩開始的。而他採取的「武器」或方式正是大力提倡口語詩的寫作，反文化、反崇高、反傳統，就成爲他口語入詩的寫作姿態。他認爲在文學上，「我們是站在巨人肩膀上的矮子」（牛頓語）是行不通的。所以在他看來，必要的反傳統是解除「影響的焦慮」的一種方法。藝術的一座座高峰是「孤立的山峰，拔地而起，中間沒有任何相通的道路」，在這種看法之下文學的進化論是無效的。「藝術的高峰不可能在另一個高峰之上」。無視傳統並不是反叛的目的，這是另一種前進方式的選擇，再說人人都可以創造傳統，所以傳統也就不是一座不可逾越的高峰。韓東正是在這種思想左右之下指出：「把我們的詩人從與藝術史的功利關係中解放出來，把被歷史抽空的生命歸還給個人，使詩歌作品的價值意義脫離其批評家們的文學史，成爲

〔註95〕于堅、韓東等：《〈他們〉：夢想與現實》，《黃河》1999 年第 1 期。

獨立的審美對象，這是一個有作爲的詩人必須首先意識到的。」韓東的開創性精神也正體現在這裡，而且他去實踐了。他要去開創一個「傳統」，這個傳統與以往的不同，與朦朧詩更是直接近距離的抗拒。他宣稱：「我堅信眞正的詩歌從這一刻開始。」〔註96〕他說出這些話的時間恰好是那個特殊的「1989年」。

我們可以暫且不考慮韓東是如何把詩學運用與轉化到小說創作過程中的，但我們實在無法忽視他寫於世紀末的《論民間》一文。他仍然是個詩人，是詩歌界不可忽略的一個存在。從「詩到語言爲止」開始到世紀末的《論民間》，我們基本上可以說，韓東的「口語」詩觀是貫穿始終的，儘管他有時只是以口語詩的形式表達出來。本節正是基於此，對韓東的詩歌觀念做一個較爲全面的梳理。

（一）從「詩到語言為止」開始

韓東與于堅一樣，來自於第三代詩人群。同爲《他們》重要成員之一、同爲「口語」詩學與實踐者或「民間寫作」最重要代表之一的于堅，曾對韓東的「詩到語言爲止」觀念如此評論：「我認爲韓東講的『詩到語言爲止』，是20世紀漢語詩歌在理論上最傑出的貢獻。」〔註97〕于堅的話當然有溢美之嫌。這正如「知識分子寫作」詩人相互之間的讚譽一樣，只是對某個詩人的高度肯定。所以說，于堅的話可能說得絕對了一些，但是客觀地講，韓東「詩到語言爲止」的說法確實影響普遍而深遠，這是一個不爭的事實。什麼是「詩到語言爲止」？韓東在80年代後期寫的《自傳與詩見》一文中有明確的闡釋：

> 詩歌以語言爲目的，詩到語言爲止，即是要把語言從一切功利觀中解放出來，使呈現自身。這個「語言自身」早已存在。但只有在詩歌中它才成了唯一的經驗對象。〔註98〕

西方現代語言哲學傳入中國以來，中國人對語言有了全新的哲學層面上的認識。對於中國文學以往曲折的命運來說，語言一直以來都處於不堪重負的被當作工具和被奴役的地位；即使有一些潛在的關於語言詩意的發現與建構，卻又顯得微不足道；其詩意的稀有性有時會導致另一種結果，即其一旦

〔註96〕此段引文均出自韓東：《詩人與藝術史》，《山花》1989年第2期。

〔註97〕于堅：《詩人于堅自述》，《作家》1994年第2期。

〔註98〕韓東：《自傳與詩見》，《詩歌報》1988年7月6日。

顯現，就被無限放大至極高的地位。這種翻案式的「發現」實質上是文學畸形變異的結果，並不能說明文學與語言的存在的客觀與厚重。新時期以來，思想有鬆綁的趨勢，外來思潮湧入，人們再次面臨思想啓蒙的局面。關鍵是，由於社會的變遷，給人們的思想改變提供了物質性的社會基礎。朦朧詩尤如報春燕，讓文學看到了一絲希望的曙光。但是，當人們醒悟過來，發現朦朧詩只是更多地借助現代的形式面世，但仍然還是一種意識形態性的宣泄時，就不得不倒戈而去「反動」它了。我們認爲，這不僅是「第三代詩歌」誕生的基本大背景，同時也是韓東提出「詩到語言爲止」的內在動因。當然在今天看來，韓東的觀點未免顯得偏激而矯枉過正，但他對「語言」的命題卻有著重大的意義。正如他所言：「由語言和語言的運動所產生美感的生命形式」。〔註99〕這確實是一次語言和生命存在之間的一次碰撞，而不是政治意識形態一類的東西在左右一切。從某種意義上說，韓東的「詩到語言爲止」是在當時的語境中的一次大膽的突圍。這種突圍使當時的詩壇呈現出從未有過的新鮮氣象，並迅速產生影響與爲人所接受。

那是怎樣的一種氣象呢？給人怎樣的全新的感覺？下面來看他的一首「詩到語言爲止」觀念的實踐之作：

> 你見過大海／你想像過／大海／你想像過大海／然後見到它／就是這樣／你見過了大海／並想像過它／可你不是／一個水手／就是這樣／你想像過大海／你見過大海／也許你還喜歡大海／頂多是這樣／你見過大海／你也想像過大海／你不情願讓海水給淹死／就是這樣／人人都這樣

——韓東：《你見過大海》

韓東在另一首實踐之作《有關大雁塔》中，即以僅僅23行的小詩，徹底解構了楊煉200多行的「文化詩」——《大雁塔》。當時，從朦朧詩大潮中分湧出了另一路向的詩歌創作潮流，那就是以「尋根意識」作爲底蘊的「文化詩」。這類詩歌無一不以厚重、崇高爲面目，並以深沉的歷史意識灌注其中。中國詩歌從古代的「詩言志」開始歷來都是不堪重負的，都承載著使命感。當然，詩歌的使命感不可一筆抹殺，形式與內容充分完美的結合也是詩歌的一種發生形式。可是當我們讀到韓東的《有關大雁塔》與上面的《你見過大

〔註99〕引自1986年民刊《他們》第3期上的封面語。

海》時，當即就有某種情緒釋放與精神輕鬆的感覺，給人以全新的陌生化感受。以前詩歌形式所帶來的審美疲勞，似乎一下子煙消雲散了。細讀其詩，覺得這就是我們面臨的更真實的日常生活，沒有人為的昇華痕跡，沒有做作的假意抒情。儘管其中也存在戲謔式的、後現代式的語氣，讓人的嘴角會浮泛起一絲顛覆某種崇高東西之後的快感，但在當時的社會語境中，卻是適逢其時的誕生。往後再作推移，隨著後工業時代的到來，大眾文化日益盛行，這種平民化的、民間性的詩歌形式能得到廣泛的接受就是情理之中的事了。所以說，韓東的「詩到語言為止」不僅是對以往詩歌形式的一次革命，同時也是對即將到來的一種全新審美形式的召喚，或者迎合。

有論者關注到中國當時的文化環境很類似於美國 20 世紀 60 年代的情景。「師承卡洛斯‧威廉斯的美國新一代詩人反對艾略特的『非個人化』，主張直接抒寫個人生活經驗；反對艾略特詩風的貴族化語言，主張口語。」（註100）確實有些類似。以韓東與于堅等多人所倡導的口語詩為代表的「民間寫作」發軔於 20 世紀 80 年代，發展、延續於 90 年代，直至世紀末與「知識分子寫作」發生「火併」。美國 20 世紀 60 年代也發生類似的詩壇景觀，並且作為一種現象已為世人所知。其實在 50 年代美國平民化審美趣味的口語詩就已誕生。在此不妨抄錄美國詩人查爾斯‧布考斯基（Charles Bukowski）寫於 20 世紀 50 年代的，同樣也是寫大海的一首口語詩來作對比：

> 今天我在火車上遇到了／一個天才／大約 6 歲／他坐在我身邊／當火車／沿著海岸疾馳／我們來到大海／他看著我／說／它不漂亮／／這是我第一次／認識到／這一點

　　〔美〕查爾斯‧布考斯基（Charles Bukowski）：《遭遇天才》

美國詩人與韓東的詩口語化程度都很高，它們是否有異曲同工之妙？在現實的、日常性的生活敘述中，是否都有化解崇高與慣常想像的意味，並且會顯現一種在突然轉變處所產生的令人驚喜的陌生化美感？

考察韓東的「詩到語言為止」，其實我們還需從他主編的民刊《他們》開始。從《他們》中走過來一大批有影響的詩人與小說家，包括韓東、于堅、丁當、王寅、小海、小君、陸憶敏、普珉、呂德安、於小韋、雷吉、任輝、海力洪、賀奕、劉立杆、朱文、李葦，等等；也包括柏樺、張棗、

〔註100〕周倫祐：《紅色寫作——1992 年藝術憲章或非閱適詩歌原則》，《非非》1992
　　　年復刊號。

陳東東等詩人在內。儘管《他們》中的作家都不願意承認它的流派與團體性，但它仍以某種共同的傾向形成難以否認的一股文學思潮。它「反映了新詩從『時代』走向『個人』過程中的積極探索和追求」。〔註 101〕它最突出的口語化與民間性特徵也直接影響了其他詩人群特徵的產生，所以，把以韓東、于堅爲代表的倡導「口語化」的詩人和以《他們》爲代表的民刊，認定爲 90 年代「民間寫作」的一個最重要源頭，這種做法是十分有道理的。後來韓東本人在評價《他們》時提到三點：一、《他們》僅是一本刊物，而非任何文學流派或詩歌團體；二、作爲限制，《他們》所提供的自由是針對藝術傾向或藝術方式的；三、《他們》是面對讀者而非藝術史的。〔註 102〕當然，韓東本人的聲明未必確切，但《他們》的民間性與自由獨立的創作個性倒是不爭的事實。

對於韓東「詩到語言爲止」的提法，並不是沒有問題，在肯定它的時候同時也要看到它的不足。《他們》詩人群中的賀奕、小海就曾撰文對韓東的觀點進行反思。賀奕指出韓東是第一個需要作「檢討」的，因爲他的觀點「竟然成了後來詩壇上諸多混亂的源頭」。實質上，「詩到語言爲止」是「寬泛而不完備的」。「『詩到語言爲止』僅僅給出了一個使純粹的詩歌得以脫穎而出的最後閾限。將詩歌與語言直接等同起來，這正是絕大多數人對這一表述的莫大誤解。語言不是詩歌的始發站和大本營，語言只是詩歌的目標和歸宿。」〔註 103〕小海則說，與其說「詩到語言爲止」，還不如說是「詩從語言開始」（這同時也是「非非」派的觀點）。它只是「一個過激的和矯枉過正的命題」。儘管如此，它卻「啓發了新一代詩人們真正審視和直接面對詩歌中最具革命性的因素——語言，使詩歌徹底擺脫當時盛行的概念語言，回覆到語言表情達意的本真狀態。」〔註 104〕

確實，對韓東詩歌觀念的考察，「詩到語言爲止」只能作爲一個開始。

（二）韓東的「口語」觀念

「詩到語言爲止」體現的是韓東的一種寫作姿態，其實際表現也就是「口語」入詩。這同時也就是韓東「口語」詩歌觀念的核心。前文提到韓東的「詩

〔註 101〕程光煒：《中國當代詩歌史》，中國人民大學出版社 2003 年版，第 298 頁。
〔註 102〕參見韓東：《〈他們〉略說》，《詩探索》1994 年第 1 期。
〔註 103〕賀奕：《「詩到語言爲止」一辨》，《詩探索》1994 年第 1 期。
〔註 104〕小海：《詩到語言爲止嗎？》，《詩探索》1998 年第 1 期。

到語言爲止」，時值 80 年代初。朦朧詩及其論爭方興未艾之際，楊煉、江河等詩人已轉向帶有東方哲學意味的「文化詩」的寫作，其中包含某種「史詩」的傾向。

儘管如此，這些「文化詩」詩人後來也出現了另一種寫作向度，也即隨著他們逐漸步入中年，對世界與現實的態度出現了某種謙卑的姿態，從而心境走向沉靜與開闊。在這種心境下，他們會折向日常性意義的寫作，這樣就不可避免地出現口語化的傾向。比如江河的組詩《太陽和他的反光》與類似《交談》的一系列包含口語化傾向的詩歌，就是這種變化的表現。

所以說，以韓東、于堅爲代表的口語化詩人的橫空出世並非突然，他們也受到當時詩壇口語化苗頭的影響，只不過，他們的方式更爲激進與徹底。詩評家燎原明確指出：「《太陽和他的反光》與《交談》系列，在當代詩歌寫作中具有這樣兩個重要意義：其一是由前者對東方古典文化魅力的展示，開啓了同一題旨的大面積寫作，形成了一種引人注目的東方古典文化景觀。其二是後者簡約純粹的口語化風格，與韓東、于堅等人的口語化相匯合，並以其更高意義上的文化意蘊，在由後兩人發軔的『第三代』口語化寫作中，產生了語言類型上更有影響的召喚力。」〔註105〕只有在這個基礎上來談論韓東與于堅的「口語化」詩歌觀念，才會更爲客觀，才不會是無源之水。文學的進化論觀念固然不對，但空降的觀念似乎更缺乏說服力。

但是，韓東與于堅的口語化詩歌觀念絕不是一種安然的繼承，否則，他們在詩歌史上的地位就不會那麼醒目與重要。北島的朦朧詩，楊煉、江河的文化詩，昌耀、楊牧的新邊塞詩，還有那些詩壇「歸來者」們的「鮮花重放」，這些都共同形成了一股不可忽視的詩歌影響力，也形成了一場聲勢浩大的詩歌盛宴，20 世紀 80 年代就是那樣的一個詩歌的年代。可是對於那些大學剛剛畢業，聞到詩歌盛宴芳香的更年輕的一代，他們無法抗拒面臨詩歌時的亢奮，他們又絕不甘於做「站在餐桌旁的一代」（于堅語）。在如此背景下，韓東「詩到語言爲止」的口語化詩歌策略就容易被人理解。這樣，才會有以「解構」姿態出現的《有關大雁塔》等一系列口語詩的出世。我們如此猜測韓東「口語詩」產生的動因未免有些牽強，姑且讓這種解釋成爲一種可能性的存在。

〔註105〕燎原：《東方智慧的「口語詩」沖和》，《星星》1998 年第 3 期。

從韓東的口語詩理論拋出開始，他的觀念就以一種平民意識的民間性而立世。這不僅表現在他的詩拒絕深度與消解崇高的姿態上，而且在語言形式上也體現爲平易近人的口語化風格。這種意識是通過詩和日常生活關係的建立來實現的。本來平淡生活所需要的就是用不誇張、不粉飾、非象徵的詩歌來與之對應，詩中情感的濃度也不需要詞語的表現力來集中壓縮，節制之餘追求的是一種整體的效果，平淡詩句中流露出的是容易爲人所理解而又揮之不去的人之常情。「有關大雁塔／我們又能知道些什麼／我們爬上去／看看四周的風景／然後再下來」（《有關大雁塔》），韓東似乎想說，我們如何生活在這個世上？寫寫詩，體味一下詩的味道，過過日子，不必心情沉重，不必太嚴肅，不必去較眞，這樣就行了；其實人在這世上不過如此，何必去做英雄，何必去追求高尙，我們本來就是普通的平民。這可能就是韓東所追求的口語化詩歌的效果。其民間性內涵恰好成爲第三代詩歌運動眾多詩歌追求中的一面高懸的旗幟。不過，韓東未必同意象我們這樣去理解他的詩歌觀念，甚至更不會同意將他的詩歌觀念理解爲一種語言上的策略。我們可以看看他是如何闡釋口語詩的：

> ……我認爲口語是一塊原生地，就像地球上的生命早期，這種化學變化並非是在試驗室裏產生的，而是在自然演化中形成的。口語的功能就類似於此。我們不可能從書面語到書面語，也不可能從英語直接到漢語。詩人把口語作爲原生地，從中汲取營養，並不是把詩歌等同於口語。而我們爲了避免語言原生的散亂、無規則，甚至低級，轉而在書面語中進行繁殖，是完全沒有出路的。翻譯語言也一樣。外來語也罷，古代漢語也罷，方言也罷，它都必須進入這塊語言的原生地，進入這口化學的大鍋，進行攪拌、發酵。只有這樣，詩人們的語言之樹才能從此向上茁壯成長起來。忽略口語，即是忽略了文本。現在人們羞於提及口語，這是反常的，是虛弱性的表現。〔註106〕

韓東當然不會傻到說提倡口語詩是一種策略性的選擇。他與于堅的「拒絕隱喻」一樣，把「口語」提升到「原生」的地位上，這與于堅的回到「元隱喻」與標舉「原創力」是完全一致的。在他看來，只有把「口語」還原到詩歌產生的原動力地位上來，才可以認清口語入詩的重要性。當然，口語只

是詩歌產生的一個源頭，而不是詩歌本身，這是一方面。另一方面，其他語言，包括翻譯語、外來語、古代漢語、方言等，必須進行口語化的提煉，才能以口語的形式出現在詩歌中。在這點上，韓東的觀點與于堅所說的方言之「軟」是既相同又相區別的，但從方向上來看，仍然是一致的。至少，口語化成爲詩歌之根本，在他們的觀念上保持著根性的一致。

韓東與于堅的「口語詩」觀念確實掀起了一場詩語言的平民化運動，以至極大影響了20世紀90年代直至新世紀的詩歌風氣。特別是在世紀末「盤峰論爭」之後，有論者認爲口語詩徹底戰勝了知識、文化爲內涵的詩歌。但是當我們回顧韓東在80年代初就提出的以「詩到語言爲止」爲核心理念的口語詩歌觀念，仍然有不少值得我們深思的東西。

一是對「口語詩」命名的懷疑。除了「知識分子寫作」一方歷來懷疑口語詩的價值之外，其實對這一命名的懷疑是極爲普遍的。有論者認爲「口語詩」是個沒有搞清的概念。口語詩從詩體上來說是針對舊體詩的，自新詩誕生以來就是自由詩或口語詩了，這是一個不爭的事實。不過，「自命且自豪的新詩，到了臨近它百年華誕的時候，才彷彿晚年得子出現或曰實現『口語詩』？這之前的詩歌怎麼算，豈非不是口語的詩因而不是新詩？」〔註107〕這確實是個問題。當然韓東的口語詩有它特定的所指，但是這與之前的白話詩，甚至是新民歌運動詩歌，以及其他類型詩人的詩歌，哪怕「知識分子寫作」的詩歌，它們之間就沒有交叉與相同的元素存在？答案是肯定的。

二是關於它產生背景的合理性及其可能的負面性。80年代初已是「新時期」，詩歌總受時代和社會語境的制約發生某些變化。當時商品經濟滲透日常生活，時尙消費開始盛行，大眾文化逐漸興起，以往崇高的文化情懷、終極的人類關懷、傳統的抒情方式等都難以激起人們的熱情。口語化回歸日常，關注平民生存，符合大眾閱讀口味，語言與現實可以在一定程度上達成某種和諧狀態。這種民間性的策略在當時具有極大的合理性與認同感，但同時也不可避免帶來相應的負面性。所以，「口語入詩，使詩歌語言具有得力於源頭活水的本眞和永不枯竭的生命力。……現代詩的口語化敘述，具有個人化抒情不易達到的親和性，比較切合現代人的閱讀興趣。而在詩歌文本的解讀中卻容易產生一種疲軟和厭倦，其原因大致是對文本的

〔註107〕朱子慶：《我們有「口語詩」嗎？——瘦狗嶺詩歌筆記之三》，《詩林》2003年第3期。

彌散性張力的生疏感。我們不能認同後現代詩歌一味追求平民化平面化而放棄了藝術感化力和深度。敘述口語一旦放棄對詩歌文本外的彌散意味的追求，就會喪失現代詩藝術陣地。」〔註108〕這席話在肯定口語詩優點的同時也似乎點中了它的「死穴」。

三是關於它在向前發展過程中可能踏入的誤區。一個公認的看法就是，口語詩是「平淡中見奇特，樸素中顯風華」的詩體，所以，「口語寫作是一種充滿了險境與陷阱的高難度動作」。〔註109〕自韓東以來的口語詩適時而生，影響了一代詩人，這是事實。但後來發展到「後口語」寫作時期，包括沈浩波的「下半身」寫作，直到新世紀以來的趙麗華「梨花體」詩歌事件，在這個過程中出現了詩歌的「粗鄙化」與「粗俗化」的傾向。於是「口語詩」在大眾眼中有滑向「口水詩」的危險，口語詩的審美可信度遭遇到了空前的危機。雖然在不少論者心目中，這也是一種「美學」，但口語詩的發展誤區已暴露無遺。「粗鄙的口語寫作者正在敗壞口語寫作，說廢話就是說廢話，貼上口語寫作的標籤並不能挽救自己的淺薄與蒼白。……當口語寫作被簡單化、粗鄙化之後，詩就已經隨波逐流了。」〔註110〕

總而言之，當代詩歌史還是給了韓東的口語詩一個客觀的定位：「主張詩歌更直接、更具體地觸及人的生活情狀，在和日常生活保持審美的詩意敏感中，來探索詩與真理的關係，以及對清晰、樸素、簡潔的語言的重視，用『口語化』來改寫當代詩歌語言。」〔註111〕

（三）韓東的「民間」觀念

「盤峰論爭」發生後，韓東自然被劃入「民間寫作」陣營。也正是這次論爭，使韓東「口語詩」觀念上升到「民間」的立場上。這與其說是一種變化式的上升，還不如說是韓東詩學觀念的一次抽象的綜合。1999年，一部帶有明顯編選傾向的詩歌選本《1999中國詩年選》〔註112〕問世，這也是雙方激烈論爭過程之中對「知識分子寫作」一方的有力回應。這個「選本」何小竹為主編，楊黎、韓東、于堅、伊沙任編委，他們都是「民間寫作」一方的中

〔註108〕姜耕玉：《詩風與策略：口語化的敘述》，《詩刊》1999年第10期。
〔註109〕秦巴子：《關於「口語寫作」和「抒情」》，《星星》2001年第8期。
〔註110〕同上。
〔註111〕洪子誠、劉登翰：《中國當代詩歌史（修訂版）》，北京大學出版社2005年版，第218頁。
〔註112〕陝西師範大學出版社1999年版。

堅人物。在這個選本中，韓東發表了「代序」文章《論民間》。〔註113〕在「民間寫作」一方，這篇文章幾乎可當作是觀念性的綱領文獻。

在韓東看來，「民間」並非一種虛構，「它始終是一個基本的事實」。這個「事實」體現在：「一方面是大量的民間社團、地下刊物和個人寫作者的出現，一方面是獨立意識和創造精神的確立和強調」。後者「確立了民間的根本意義，規定了它的本質，提高了它的質量」。

繼而他把「民間」的內涵定義爲兩個方面的內容，一爲民間立場，另一爲民間精神。「民間立場就是堅持獨立精神和自由創造的品質，它甚至不是以民間社團、地下刊物和民間詩歌運動爲其標誌的」。民間精神就是一種「獨立精神」，「所謂的獨立精神就是拒絕一切龐然大物，只要它對文學的創造本質構成威脅並試圖將其降低到附屬地位。」韓東如此定義並非任由自己想像。他簡介了民間的歷史，列舉了民間人物來論證他所言非虛。

韓東歷來以言論大膽、獨特，甚至有一些偏激著稱。在他心目中，「《今天》不僅是當代民間，同時也是當代文學的開端。」這種「民間」發展到「第三代詩歌運動」時期，《他們》與《非非》則是當之無愧的代表。民間的代表詩人爲數眾多，包括：楊黎、于堅、翟永明、丁當、於小韋、王寅、陸憶敏、小君、呂德安、柏樺、張棗、萬夏、何小竹、吉木狼格、小安、周倫祐、藍馬、石光華、廖亦武、李亞偉、胡冬、馬松、宋琳、小海、宋渠、宋煒、歐陽江河、陳東東、西川、海子、普珥、鐘鳴……有意思的是，韓東所列詩人中包括不少後來被指認爲「知識分子寫作」的詩人。這體現了韓東的寬容與大度嗎？「盤峰論爭」發生後，雙方都無可奈何不得不重新站隊，一度處於十分不相容的境地。所以，這種列名沒有任何寬容大度的意思。在韓東看來，原來屬於民間的詩人，出現了分化，有些繼續民間的事業，有些則「淪落」了，其中把「知識分子寫作」詩人也列入民間的陣列正是這個意思。他想說，「淪落」了的民間詩人失卻了民間的「精神核心」，即「獨立的意識」和「堅持創造的自由」。他接著又列舉了另外三個構成「民間堅實的靈魂」的最具代表性的人物：食指、胡寬、王小波。其中王小波並非詩人，所以韓東強調的「民間」並非專指詩歌，而是一種普泛意義上的文學精神。

他從「民間」分析，轉而論述 90 年代的「民間寫作」，這是「民間寫作」一方正式的命名論述。80 年代的民間在 90 年代發生了分化，「墮落」的一些

〔註113〕此文又發表於《芙蓉》2000 年第 1 期。

人「躋身於主流詩壇」,「熱衷於參加國際漢學會議」,但這並不意味著民間的弱化。相反,「民間寫作」依然存在而有效。「與居主流地位以成功爲目標的詩人的寫作相比,民間寫作的活力與成就都是更勝一籌的,它構成了九十年代詩歌寫作眞正的制高點和意義所在」。

與于堅一樣,與「民間寫作」其他詩人一樣,韓東是強調天才的,這與「知識分子寫作」一方有著根本的區別。他認爲,「獨立和天才的個人是民間不可或缺的靈魂」。這與他多年前在回答是否「相信詩人是天生的,相信天才論」是一致的。他當時說:「我認爲百分之八十是天生的。……詩人的品質,詩人的可能性,……那種神秘的東西肯定是天然的。」〔註114〕他之所以這樣說,並不是沒有認識到「天才論」的偏頗之處,而是想對「知識分子寫作」認爲民間是「黑社會」的言論進行反駁。那些「天才」的詩人,或者說詩人與生俱生的「天才」性,怎能用一個「黑社會」來否定?作爲「民間」,它是「自足和本質的,是絕對的,它並不相對於官方或體制而言」。但他又並不否認民間與官方、體制、西方話語、市場間存在著對抗和差異。

他認爲不能把「民間」的文學性貶低爲「民間文學」,而且「民間」也絕不是「大眾趣味」「地攤讀物」的代名詞。相反,那種「清高、道德感和自命不凡的所謂貴族化傾向是很成問題的」。從而,他最終給眞正的「民間」作出了一個界定:「一、放棄權力的場所,未明與喑啞之地。二、獨立精神的子宮和自由創造的旋渦,崇尚的是天才、堅定的人格和敏感的心靈。三、爲維護文學和藝術的生存,爲其表達和寫作的權利(非權力)所做的必要的不屈的鬥爭。」

綜觀韓東的「民間」論,他雖然沒有再次直接強調「口語詩」觀念,同時也只是出於對「知識分子寫作」一方有力的批判,但不可否認的是,這是他對之前「口語詩」立場的闡發。我們不能說他的觀念沒有一定的偏頗性,但是對於立場一貫的韓東來說,從他對「民間寫作」立場闡釋的深刻性與堅定的態度來看,還是足以令人敬佩的。

二、伊沙的「後口語」詩觀

考察 20 世紀 90 年代的詩歌,伊沙絕對不能缺少。他不僅是一個獨一無二的詩歌文體先鋒詩人,還是一個提出「後口語」寫作觀念的詩人。他是一個獨自承擔的「案例」(李震語)。從 90 年代初貫穿整個 90 年代直至新世紀,

---

〔註114〕韓東:《問答——摘自〈韓東採訪錄〉》,《詩探索》1996 年第 3 期。

他的影響力是普遍的，也是無法去模仿的一個詩人。他不僅寫出像韓東與于堅在 80 年代初中期讓人耳目一新的「口語詩」，還獨創了「後口語」詩體。在這點上，整個 90 年代無人能與之比肩。他 1983 年開始寫詩，到 1988 年完成了初期的礪煉。90 年寫出《餓死詩人》，次年又寫出《結結巴巴》，之後他寫出了大量「後口語」詩作。這兩首詩是伊沙最有名的代表作，前者代表了他詩歌的精神向度，後者代表了他詩歌的語言向度。這兩首詩一舉奠定了他在中國當代詩壇上無人可替代的地位。

正如沈奇所言：「在截止目前為止的伊沙創作中，《結結巴巴》與《餓死詩人》是最具代表性、影響最大的兩首詩作。在 90 年代的中國詩歌中，它們可能不是最優秀的，但無疑是最重要的作品。前者代表著伊沙詩歌的語言實驗所抵達的一個高度，後者則是伊沙詩歌精神的宣言性文本。」〔註 115〕沈奇的評論頗具代表性，對這兩首詩的評價，基本上客觀地給伊沙在當代詩歌史上作了定位。所以，這兩首詩也最能充分體現伊沙口語詩的「後現代」精神與他獨創的「後口語」詩歌的特徵。我們對伊沙的考察正是從這兩個角度切入並展開的。

首先是伊沙詩歌觀念中的「後現代」精神。

「後現代」與中國當代文學和文化發生關係應該是在進入 90 年代以後。80 年代的思想啓蒙到了 1989 年遭遇寒冰而凍結，但歷史並不能阻止思想界與文化界的急劇分化。90 年代初中國的社會語境又面臨一個大的變化，其加速了這種分化的進程。這就是中國式「後現代」在中國產生的歷史背景。在詩歌領域，現在看來，那時的「知識分子寫作」與「民間寫作」兩派已開始分化；在思想界，面對日益商品化的社會與道德感的普遍失落，1993 年開始了思想界最大範圍的「人文精神大討論」。但這並不能阻止或湮沒文學以一種後現代姿態出現，比如說小說界的王朔就是一個例子，後來被劃入「民間寫作」陣營的伊沙，他的詩歌也是一個極好的例子，他們的文本確實能體現出明顯的後現代特徵。當然 80 年代後期就出現過「僞現代派」的說法，可以說現代主義在中國本來就是身份不明的，突然又來侈談後現代主義，這似乎顯得可笑。所以，「中國的後現代主義就是在現代主義開創的曖昧場景中登臺的，它本身顯得更加曖昧。」〔註 116〕

曖昧歸曖昧，後現代主義在中國不可能沒有它的影子。思想文化的進程

〔註115〕沈奇：《伊沙詩二首評點》，《詩探索》1995 年第 3 期。
〔註116〕陳曉明主編：《後現代主義·導言》，河南大學出版社 2004 年版，第 1 頁。

並非流線形按順序發展，在一個越來越全球化的語境之中，即便中國的思想十分保守，也不可能不受到西方文化的影響。何況中國在經過「新時期」文學的發展之後，如仍用以往經驗來觀照 90 年代的文學狀況，就顯然不合時宜也無能爲力。美國馬克思主義理論家弗雷德里克·傑姆遜於 1985 年在北京大學作了題爲《後現代主義與文化理論》的演講，使中國人初涉後現代主義理論。1986 年唐小兵又將之翻譯並由陝西師範大學出版社出版，從此後現代主義在中國傳播日盛。1985 年伊沙考上北京師範大學中文系，他一進入北師大就相當活躍，很快成爲北師大「八五詩群」的核心人物。他的同級同學、詩人徐江說他是「進入大學伊始便成爲北師大學生創作群體中一位舉足輕重的人物」。〔註 117〕所以，他有可能也有條件最早接受後現代主義理論並影響到他的詩歌創作。

伊沙的反傳統，包括對于堅口語詩的逆反，不能不說也是「影響的焦慮」的結果。當回顧來自西方的這股思潮的時候，我們完全可以公正地來看待這類逆反與焦慮。後現代主義崇尚多元與反傳統的特徵，其積極與消極的因素自然是並存的，它會提供一種有力的解構的理論武器。對中國 90 年代之前的思潮來說，秩序與一元主義（或二元主義）早就成爲爲人所詬病的死結，那麼後現代主義的到來對文學來說則無異於一次解放，所以相應地就產生了痞子文化。它又與大眾文化和消費文化一道組成了 90 年代多元文學與文化的大合唱，其積極意義是不可否認的。當然，其雙刃劍的性質也會帶來不少消極的影響，「它在消解一切的同時也消解了文化價值建構的基礎與可能性，它的極端相對主義的確隱藏虛無主義的因子，甚至發展爲無原則的寬容、滑頭、玩世、玩人生，更不用說玩文學、玩文化」。〔註118〕這就是自 90 年代以來文學中大量出現粗鄙化傾向的根源所在。但平心而論，伊沙 90 年代初的那兩首代表作，在「玩」的外衣下卻具有深刻的嚴肅性。這也正是我們重視它們的原因。這種嚴肅性建立在「影響的焦慮」的基礎上，對於文學本身來說，在「破」的同時也確實有「立」，並非一般意義上的「過把癮就死」。

〔註 117〕徐江：《八十年代北師大詩歌寫作》，《鐵獅子墳詩選——北師大 20 年代學生詩歌選集（1977～1997）》（仇水、寒丁編選），1998 年 11 月由北師大「五四文學社」內部印刷，第 137 頁。

〔註 118〕陶東風：《後現代主義在中國》，《戰略與管理》1995 年第 4 期。

　　那麼，伊沙到底要去解構什麼？或者說他要去逃離什麼然後又想要建構什麼呢？論者李震在一篇文章中如此理解：「伊沙的雙腳一開始便站在這樣一個多重意義上的邊緣地帶：神性的／人性——獸性的；形而上的／感官的；悲劇的和苦難的／喜劇的和快感的；彼岸的／此岸的——此時此地的；象徵的和幻象的／實在的和本眞的；終極的／當下的；絕對的／相對的；整體的／破碎的；和諧的／不和諧的……農業的／工商業的！這，便是伊沙所要逃離的現場。」〔註 119〕其實，伊沙很難逃離現實的現場，只不過，在那麼多李震所列出的多重意義的二元選擇中，他寧可選擇後者。而且在這個後者的基礎上奮力掙扎，最終，他要眞誠而不虛僞地面對現實，從而擺脫「影響的焦慮」。正是在這種思想背景之下，他才寫出不少類似於《餓死詩人》與《結結巴巴》的詩作。「這種有意爲之的粗魯、鄙俗，這種近乎骯髒的、矯枉過正的直覺眞實和官能快感，這種幾乎殘暴的、蠻不講理的反文化姿態，不正是對那高處不勝寒的形而上神話和這種神話所規定出的詩歌——美學信念和原則的強硬抵制嗎？不正是用一種感官的輕鬆和快樂去除掉我們軀體上超載的文化負荷嗎？不正是以對『此在』眞實的確認來杜絕中國現代詩歌對所謂『絕對精神』的妄想嗎？」〔註 120〕李震確實指出了伊沙詩歌的精神實質所在，也爲我們理解伊沙的詩歌打開了一扇窗。

　　伊沙本人也充分認識到了自己詩歌的價值。他認爲，他獨創了「後現代」詩歌，也獨自承擔了 90 年代詩歌中這一路向詩歌的精神。有意思的是，他的自信也帶有明顯的「後現代」性。他如此給自己的詩歌定位：「我使漢語在分行排列的形式中勃起，我爲漢詩貢獻了一種無賴的氣質並使之充滿了莊嚴感，我使我的祖國在 20 世紀末有了眞正意義上的當代之詩、城市之詩、男人之詩，我使先鋒與前衛從姿態變爲常態——漢詩的『後現代』由我開創並隻身承擔，在我的詩行面前任何一個鬼子都不敢輕視我的母語……」。〔註 121〕

　　簡要概括伊沙的「後現代」詩歌觀念，我們認爲有以下三點：一、以粗鄙的反文化姿態對抗任何神性寫作。在這點上，他既反「知識分子寫作」，也反于堅。二、反悲劇性，提倡幽默感。三、戲謔之下又充滿嚴肅，眞正面對

〔註 119〕李震：《伊沙：邊緣或開端——神話／反神話寫作的一個案例》，《詩探索》1995
　　　　　年第 3 期。
〔註 120〕同上。
〔註 121〕伊沙：《伊沙：我整明白了嗎？——筆答〈葵〉的十七個問題》，《詩探索》1998
　　　　　年第 3 期。

的還是現實生存和人。拋開伊沙的自負不說，他的話確有幾分客觀性。他詩中的後現代精神與他自覺追求的後現代精神，對 90 年代詩歌來說，確實有過積極的意義。

其次是伊沙詩歌觀念中的「後口語」特徵。

從形式上來說，評論伊沙的詩，自然首先得從他的口語說起。這是他的詩具有獨特風格的最直接、最外表、最感官的元素。無論是《餓死詩人》《結結巴巴》，還是他其他的詩（1988 年以後），〔註 122〕都是完完全全的口語詩。從這點來說，他首先是繼承了韓東、于堅時代的口語詩的平民精神，然後才在他們的基礎上超越，從而創造出只屬於他的口語詩形式。用他的話說，就是「後口語」詩。也正是他「後口語」詩的特徵，才支撐起他詩歌獨特形式的半邊天。

伊沙曾對他的口語寫作有過清醒的認識：

> 我認為「後口語」是我獨力承擔的寫作（對不起），是口語寫作的急先鋒，它以回到身體、回到現場說話的企圖來超越一般性的口語寫作，超越作為寫作的口語，它的文化背景是後現代的，它的文化姿態是激進、自由和異端的。「泛口語」寫作是 80 年代口語詩歌的繼承、延續、豐富和成熟，以其代表人物之一侯馬的話說就是要寫得「高級」，在平易、樸素、明朗、親切並適當地引入修辭（我的「後口語」強調反修辭）手段的口語中注入濃厚的人文精神和終極關懷，富於悲天憫人的氣質，代表者有侯馬、朱文、徐江、楊鍵、宋曉賢等。在我看來這是一種非常文人化的口語，一種寫得比較文氣的口語追求。「後口語」與「泛口語」兼而有之抑或呈現得不夠明確的優秀詩人有唐欣、賈薇、阿堅等。90 年代最富有才情的青年詩人大多集中在這一傾向的寫作中，使之成為詩壇最生動有力和最富成果的一支。〔註 123〕

伊沙沒有說他的「口語詩」是從天而降的，他明確表示是對韓東、于堅口語詩的超越，而其他的「泛口語」詩是對于堅、韓東的延伸發展。所以，他認為 90 年代的口語詩與 80 年代的有相當程度的不同，80 年代的口語詩是「前口

〔註 122〕根據伊沙對自己創作的分期，他是從 1988 年之後，「開始用口語寫詩，並在此後的 8 年中走出自己的路子，漸漸形成一種個人風格」，參見《伊沙：我整明白了嗎？——筆答〈蔡〉的十七個問題》，《詩探索》1998 年第 3 期。

〔註 123〕伊沙：《我在我說——回答「90 年代漢語詩研究論壇」》，《詩探索》2000 年第 3、4 期。

語」詩，在 90 年代他的是「後口語」詩。〔註124〕對於別人不承認「口語詩」或懷疑「口語詩」，他認為是「不敢正視語言發生的原初狀態」，〔註125〕所以他強調的是「我手寫我詩」。在這點上，他的詩觀與韓東、于堅的觀點是異曲同工的。對語言，伊沙其實也是在進一步闡釋他的「後口語」特徵。他說：「我的語言是裸體的。別人說那是『反修辭』。……語言的似是而非和感覺的移位（或錯位）會造成一種發飄的詩意，我要求（要求自己的每首詩）的是完全事實的詩意。在這一點上，我一點都不像個詩人，而像一名工程師」。〔註126〕「工程師」是什麼意味呢？它是針對於別人對他「口語詩」缺乏技術性而言的。他認為好的「口語詩」要多在語感上做文章，要讓技術不留痕跡，並且「讀來如此舒服」。這樣就促使了伊沙「新民謠體」口語詩的誕生。它與以往的民間歌謠與新民歌體完全不同，這只是屬於伊沙的「口語詩」形式。「伊沙的新民謠所倡導的口語則是在母語缺失的強烈壓迫之下，產生的一種鄉音，這種鄉音類似於一個人童年時期所講的方言，它包含著一個人全部的無意識。」其特徵就是粗魯、狂放、率真、蘊含著當代精神的口語。不巧的是，這與于堅所提出的漢語之「軟」又有某種相似性，但同時又是對它的超越。另外，他對所謂的「外省寫作」「南方詩歌」的提法表示不屑，他認為這是心虛的表現，在個人寫作的年代，無所謂邊緣寫作。（這是對于堅為代表的口語詩觀的提醒？）縱觀伊沙的「口語詩」觀念，這只是他的「一個人的詩歌江湖」（馬鈴薯兄弟語）。

對伊沙的「後口語」詩歌觀念，不妨作如下簡要概括：一、反修辭的「裸體」語言呈現；二、「新民謠體」的語感追求；三、廣闊的母語民間性的「江湖」。無疑，伊沙的詩歌觀念是對「民間寫作」很大程度上的豐富。

第四節 「民間寫作」的雜語呈現

一、「民間寫作」觀念的「推手」：謝有順

考察 90 年代詩歌的發展歷程，謝有順作為一個詩歌的局外人似乎可有可無。然而，如果去關注世紀末詩歌觀念分化的糾結點與分水嶺，或者考察「盤

〔註124〕伊沙：《有話要說》，《作家》2001 年第 3 期。

〔註125〕伊沙：《伊沙：我整明白了嗎？——筆答〈葵〉的十七個問題》，《詩探索》1998 年第 3 期。

〔註126〕伊沙：《有話要說》，《作家》2001 年第 3 期。

峰論爭」的來龍去脈，他卻實實在在是個不可忽略的人物。他在論爭前後所撰寫的數篇文章以及參與詩歌年鑒的編選工作，〔註127〕對「民間寫作」詩歌觀念的倡導與弘揚都起到了推波助瀾的作用；更何況，他的言論也是「盤峰論爭」得以最終爆發的導火索之一。所以，即便他是一個詩歌界的局外人，我們在此也有必要來討論他的詩歌觀念。

在《詩歌與什麼相關》〔註128〕一文中，他指出詩歌或文學面臨的困境是：「詩人和作家對他個人所面對的生活失去了敏感，對人的自身失去了想像。」他認為當前的詩歌沒有人性的氣息，看到的只是一種整體主義、集體記憶、社會公論式的作品，詩人看重的是「字詞迷津」「玄學氣質」，「完全漠視此時此地他個人所面對的生活」，從而淪為「知識和技術的奴才」，這些都是導致詩歌衰敗的直接原因。他之前主要從事小說評論，對詩歌來說，他似乎確實是個局外人。不過，他從分析卡夫卡、普魯斯特的小說開始，從具有普泛意義的詩性問題入手來說明詩歌的本真。在他看來，日常生活、個人記憶與個人經驗才是真實的、人類的、時代的「詩性」的東西，那種強調為時代代言與「精雕細琢」的詩只會「凌空蹈虛」地把詩歌推向絕境。我們不得不承認，謝有順的言論確實指出了臨近世紀末中國詩歌中存在的諸多不足。從他的立場來看，他針對的矛頭無疑直接指向了「知識分子寫作」一方，同時也毫不吝嗇地把溢美之辭無形之中加在「民間寫作」頭上。他所反對的，也正是「知識分子寫作」一方所倡導的，這種有意識的抑彼揚此的態度，充分顯示了他對「民間寫作」一方的支持。

論爭前夕他發表了《內在的詩歌真相》〔註129〕，這篇文章被公認為「盤峰論爭」爆發的導火索之一，所以在「盤峰會議」中他成為被缺席審判的對象也就不足為怪。把這篇文章說成是「盤峰論爭」的導火索之一是一點都不過分的。他借《1998中國新詩年鑒》為觀念導出口，十分鮮明地提出「民間寫作」立場，並且對「知識分子寫作」一方進行尖銳的抨擊，明確了兩大陣營的存在與對立，以「實現了兩種不同寫作道路的分野」達到對當時詩歌現

〔註127〕謝有順參與了《1998中國新詩年鑒》的編選工作，而且還參與了之後每一年的年鑒編選。「盤峰論爭」前後他先後發表的文章有《詩歌與什麼相關》《內在的詩歌真相》《誰在傷害真正的詩歌？》《詩歌在疼痛》《1999中國新詩年鑒·序》。
〔註128〕載《詩探索》1999年第1輯，又選入《1998中國新詩年鑒》。
〔註129〕載1999年4月2日《南方周末》，此文的發表距「盤峰會議」僅十多天。

狀的「清場」。如果說「知識分子寫作」與「民間寫作」是後來多爲人所言及的虛構的兩大對立立場的話，那麼謝有順就是這種虛構的始作俑者。我們不能否認這兩種觀念的對立是由來已久的事實，而且在某種意義上說，這種對立甚至是古今中外詩歌發展史上的某種普遍存在，（比如歷來存在的「雅」與「俗」之爭就可作爲「盤峰論爭」兩大陣營對立詩歌美學的大背景），但是對中國新詩而言，特別是相對於 90 年代以來的中國詩歌而言，使這兩種觀念對立明晰化的「推手」恰恰是作爲一個詩歌局外人的青年評論家謝有順。

謝有順的言論建立在對現有詩歌秩序不滿的基礎上，帶有極強的「清場」意識，同時也不乏後現代式的破壞性。這種破壞性並不是表現爲一種新的建設企圖，它只是力推「好詩在民間」的觀念，並使之彰顯，從而對「知識分子寫作」傾向實行貶抑。這種樹立敵對方的做法，確實具有建設與振興詩歌的良好願望，同時又帶有相當的策略性，儘管「民間寫作」一方矢口否認這點。「當下的詩歌秩序是極不可靠的，它所淹沒的，很可能是詩歌領域最眞實而有價值的部分」，「……使得那些長期存在於詩歌內部的矛盾開始浮出水面。特別突出的是，關於兩種最有代表性的詩歌寫作——一種是以于堅、韓東、呂德安等人爲代表的表達中國當下日常生活經驗的民間寫作，一種是以西川、王家新、歐陽江河、臧棣等人爲代表的所謂『首先是一個……知識分子，其實才是一個詩人』，明顯渴望與西方詩歌接軌的知識分子寫作——之間的衝突……」如果我們說得沒錯的話，這可能是最早將二者的對立正式挑明的話語，這種對詩歌價值截然不同態度的判斷卻由一個詩歌局外人來說出，尤爲顯得意味深長，如此一來，他的言論就更容易觸發來自詩界內部的火藥燃爆。

另外，謝有順的努力還在於，在「盤峰論爭」發生前，他就自覺地總結「民間寫作」觀念。包括于堅、韓東等在內的其他「民間寫作」詩人雖然都有各自「民間寫作」立場的觀念表達，但像謝有順這樣帶有獨立批評性質的來自詩界外部的犀利言辭卻極爲罕見。當然也不可否認，他是對于堅、韓東等人的觀念進行總結，特別是于堅所說的：「民間的意思就是一種獨立的品質。民間詩歌的精神在於，它從不依附於任何龐然大物，它僅僅爲詩歌本身的目的而存在」。〔註 130〕

前文說過，謝有順是借陳述《1998 中國新詩年鑒》的編選原則來倡導「民

〔註 130〕于堅：《穿越漢語的詩歌之光（代序）》，《1998 中國新詩年鑒》，花城出版社 1999 年版，第 9 頁。

間寫作」觀念的。簡略說來，除了前文所說的對日常生活保持敏感度、反對成爲知識分子附庸與西方價值體系、整體主義、集體記憶等之外，他又提出「那些微小、瑣碎、無意義之事物在我們的生活與寫作中的存在權利」、「使詩性在我們的生活中堅強地生長，爲了使我們每一個人的生活免遭粗暴的傷害」等問題。這似乎已吹響了衝鋒的號角，開始了反抗「知識分子寫作」並取得「民間寫作」在中國詩壇上的地位的努力。

事實上，謝有順的文章對詩壇極具震撼力。他的言辭對「民間寫作」一方是鼓舞，是新力量的聲援與彙入，但對「知識分子寫作」一方卻十分刺耳，兩種觀念的分野腳步迅速加快。這可能就是謝有順的意義所在。論爭發生後，謝有順的文章除了繼續他立場鮮明的「民間寫作」倡導外，也對自己一方進行適度的批評。出於行文方便考慮，在此也一併進行分析論述而不是放到下章。

在原來詩歌觀念基礎上，他在另一篇文章《誰在傷害眞正的詩歌？》〔註131〕中又有深入的論述。他認爲「知識分子寫作」一方是虛構的經驗而沒有觸及生活本身，他們「依舊停留在自己幾個人所構築起來的詩歌幻覺中」，所以可以說他們的寫作與生活無關，同時也就是與時代無關。與此相對，他又對「民間寫作」提出「日常化寫作」的概念。普遍認爲90年代詩歌已進入個人化寫作時代，但他認爲只有「民間寫作」才是眞正「獨立的、另類的、自由的、個人的」，而不是依附於「龐然大物」的寫作。在《詩歌在疼痛》〔註132〕中，他指出這個「龐然大物」又只是某個詩歌的小圈子，他們正集體陷入庸俗的自我神話之中。解決這種現狀的辦法就是倡導「民間寫作」，只有有意地從生活本身和創造性的閱讀中尋找語言資源並加以張揚，當下的詩歌精神才能得以矯正。從現實生活到語言資源，也就是從文學的社會發生學到詩歌形態的本身，他都採取了一邊倒的態度。如果謝有順僅僅是提倡「民間寫作」觀念倒還不能成爲對方的靶子，多元存在的現狀應該爲多數人所認可，可他把「民間寫作」觀念指認爲解救詩歌的良方，與此同時又大力鞭撻「知識分子寫作」立場，這自然不爲對立方所包容。

爲了進一步貶斥「知識分子寫作」和弘揚「民間寫作」，謝有順在《1999

〔註131〕載《北京文學（精彩閱讀）》1999 年第 7 期。
〔註132〕載《大家》1999 年第 5 期。

中國新詩年鑒・序》〔註133〕一文中有更為全面的論述。他認為論爭是以「民間寫作」為代表的詩歌界「對詩歌獨立品質的捍衛，對詩歌自由精神的籲求」，「民間」一方的發難，是「一次觀念上的解放和決裂」。這一切都緣於北京詩歌界的霸權地位，「民間」的崛起終使「權威受到了致命的挑戰」。謝有順的言論相當有代表性，「新詩年鑒」的出世及暢銷使「民間」一方嘗到挑戰的甜頭，而且也大大增強了信心。面臨此境，他們唯有乘勝「前進」。拋開這種表面勝利的光環不說，我們看重的是，對「民間寫作」詩歌觀念，他是如何進一步闡釋的。他又提出「人性的身體」問題，在他看來，詩歌「既是靈魂的也是身體的」，讓靈魂的體驗實現一個物質化的過程，這就需要日常化和口語化的融合，此過程之中「蘊含著一個如何轉換的詩學難題」。謝有順的觀點無疑深具啓發性，而且觸及一個詩學的核心問題，那就是詩性的語言載體問題，這與以往的文學來源於生活的命題相通但又不同。它涉及的是文學、世界與作者之間關係的紐帶或媒質，在我們看來，這與福樓拜所說的「包法利夫人就是我自己」的看法有些類似。「民間寫作」觀念似乎看重的正是這種真切的個人體驗與真實性的轉化，而且是一種沒有虛飾性的日常性再現，要努力實現的是「鏡」而不是「燈」的功能。這種詩歌身體學謝有順在後來的一篇文章〔註134〕中有專門的論述，這是否與沈浩波的「下半身」觀念有切實的暗合之處？而且是「民間寫作」觀念的另一重延伸與發展？

　　論爭發生後，「民間寫作」普遍進行了自身反思。反思的本身，充分說明了任何一種詩歌觀念都會存在利弊並存的兩難處境。謝有順作為一個有才華的青年批評家，也確實看到了「民間寫作」諸多的弊端並深入反省，在他看來，這是「民間寫作」的「陷阱」。具體說來，這些「陷阱」包括：伴隨口語化運動過程中出現的「口水化」傾向、詩歌中出現的形象類型化傾向、「民間寫作」中出現的「閹割了詩人與時代的複雜關係」的傾向、自我放縱標新立異的形式主義傾向，等等。這些確確實實是「民間寫作」普遍存在的現象，而且深為「知識分子寫作」一方所詬病並指責。謝有順指出這些不足，目的是在推動他心目中的「一次重大的、意義深遠的詩學轉型」之餘而作出有意識的修正工作。

〔註133〕廣州出版社2000年版，第1～16頁。
〔註134〕參見謝有順文章《文學身體學》，載《花城》2001年第6期；又選入《2001中國新詩年鑒》，海風出版社2002年版。

由上觀之，謝有順對「盤峰論爭」的發生所起到的作用確實不小，而且對「民間寫作」詩歌觀念的倡導也起到了局外「推手」的作用。

二、為「民間」請命、與「知識分子寫作」「算賬」的批評家：沈奇

沈奇自稱為「野路子」〔註135〕詩評家，其言未免顯得過於自謙。其實他自 90 年代中期開始至今寫過大量詩論，涉及面相當廣泛。不過，我們在此主要關注他「民間」傾向的一面。事實上，他對「民間」的贊許由來已久，對他在「盤峰論爭」中堅決倒向「民間寫作」一方實在不必訝異。由於他歷來都讚賞于堅、韓東、伊沙等「民間寫作」詩人的口語寫作，並為他們寫下大量評論，所以針對後來「知識分子寫作」的日益「霸權」行為，他也就不得不挺身而出，為「民間」請命並找「知識分子寫作」與主流官方詩歌算一筆總賬。

我們不能說沈奇是突然跳出來，並莫名其妙地要找某個對象算賬。他的詩歌觀念其實有著很深的「世紀末」情結，後現代式的破壞情結，甚至是「民間」情結。而這些情結的早期發芽，必然催生後來在論爭中的決然態度。在此，不妨來看他 90 年代中期在一篇文章中說過的一些話——

> ……斷裂與承傳，坍塌與支撐，剝離與裂變，駁雜與梳理，清場與重建，分化與整合，現實與理想，以及困窘與尷尬——所有的命題（或問題）都呈現空前的凝重與嚴峻。
>
> 必須尋找新的、自己的光源！
>
> 神話寫作與人的言說——重涉的兩極展開。
>
> 目標要求：科學性、本土性、現場性、歷史性、權威性。
>
> 轉型——對所有的用語重新審視；
>
> 轉型——對所有的命題重新發問。
>
> 語言的貴族化導致了詩意的流俗。
>
> 遠離慣性，轉換視點，給出一個新的說法或說出一個新的東西，便是給出或說出了一個新的精神空間。原創性——這是大詩人與小詩人、卓越的詩人與庸常的詩人最本質的區別之處。

〔註135〕參見沈奇：《秋後算賬——1998：中國詩壇備忘錄》，載《詩探索》1999 年第 1 期，又載《出版廣角》1999 年第 2 期。

　　　　拒絕既成性，拒絕慣性寫作，回到「初始狀態。」

　　　　詩，是原創性的藝術，創世的言說。

　　　　知識分子「死」了。

　　　　……〔註 136〕

　　對這些話語稍作分析與領悟，不難看出他求變心切，以及對「民間寫作」觀念的倡導和對「知識分子寫作」觀念的拒絕。而且，連行文的方式都極像于堅的「棕皮手記」，當然也像西川與王家新的詩學語錄體，儼然他詩歌觀念的大綱。他在 90 年代前期詩論中的「民間」傾向尚為溫和，但到了 90 年代中期，情形發生了變化。正是在這時期，曾經「患難與共」的詩人們內部出現了分化，「民間寫作」觀念空前上升。沈奇的「民間寫作」傾向的痕跡十分明顯，在一次與有「知識分子寫作」觀念傾向的詩人與詩評家參加的討論中，他明確表達了他的立場。這次討論有後來被劃入「知識分子寫作」陣營中的程光煒與臧棣參加，其時，程為武漢大學博士生，臧為北京大學博士生，沈則是北京大學訪問學者。當時，他就認為 10 年前韓東所提出的語言貴族化問題又有泛濫成災之勢，並明確指出，「我認為進入 90 年代後的最值得研究的有兩位詩人，一是伊沙，二是于堅。……」〔註 137〕他的觀點與程、臧兩人的觀點迥異，這又可成為世紀末論爭中兩種不同傾向在 90 年代中期就出現明顯裂痕的又一例證。那麼，世紀末的「秋後算賬」也就十分符合沈奇詩歌觀念發展的邏輯。不過，在「算賬」之前，他一直在做詩學觀念的積貯工作。比如，他所認定的「具有詩性的詩」包括以下一些因素：一、「具有獨立的、自由的鮮活人格」。這種「人格」體現在詩上應該是「存在」意義上的，它要深入到時間內部並有新的精神空間拓展。二、「具有獨特的審美體驗」。它再一次呼應了「民間寫作」一方歷來所倡導的「原創性」原則，詩應該「開啓對生命與存在之奧秘的特殊體悟」，應該充滿「新奇感、驚異感、意外感」。三、「具有獨在的語言質素」。這是詩性最本質的東西，它具有命名的功能，是「有意味的語言事件」。這與于堅「有意味的形式」的追求同出一轍。〔註 138〕

〔註 136〕參見沈奇：《1995：散落於夏季的詩學斷想》，《山花》1995 年第 9 期，此處引文均散摘文中語句。

〔註 137〕引自《當前詩歌：思考及對策》一文中沈奇的發言，《作家》1995 年第 5 期。

〔註 138〕參見沈奇：《詩性、詩形與非詩》，《沈奇詩學論集（卷一）》，中國社會科學出版社 2005 年版，第 94～95 頁。

　　「民間寫作」對「知識分子寫作」一方的發難是本著對詩歌「清場」的目的來進行的,也就是要完成對「知識分子寫作」同時也包括對官方主流詩歌的清算。這種重建詩歌秩序,重建一個詩壇權威的努力是相當明顯的,這無需再舉出更多的例子,僅謝有順與沈奇二人就足夠說明。這種清場、清算或「大清盤」巧妙地與世紀之交聯繫到一起,也許迎合了許多人某種迎接新世紀曙光的願望。當然,這種清算並非沒有由來,用沈奇的話說就是,「從理論到創作的分歧至分化,已成不可逆轉的趨勢,爲海內外漢語詩界所關注」。〔註139〕這也正是沈奇寫作《秋後算賬——1998:中國詩壇備忘錄》一文的理由。此文傾向性十分明顯,言辭十分犀利,我們甚至可以說該文也是「盤峰論爭」爆發的導火索之一。沈奇的「大清盤」說到底是對兩類詩歌的清盤,即:一是以《詩刊》爲代表的官方主流詩歌,以其《中國新詩調查》爲靶子;一是以「知識分子寫作」爲代表,以程光煒編選的《九十年代文學書系・詩歌卷・歲月的遺照》爲靶子。他打「靶」的目的,完全是爲了弘揚另一立場的詩歌,即「民間寫作」,這也正是沈奇詩歌觀念的一次徹底釋放。他如此定位民間詩歌:「民間詩歌雖歷經 20 年的艱苦奮爭,徹底改寫了中國當代詩歌史的格局,以其純正的寫作立場、全新的精神世界和高品位的審美價值,成爲眞正意義上的主流、典範和歷史的創造者。」〔註140〕沒有什麼能比這個評價再高的了。

　　「民間寫作」在「盤峰論爭」之後,似乎取得了勝利並找回了自信,由此也進一步產生了某種去佔領與鞏固陣地的「野心」。改寫新詩史,也就成爲「對民間立場的修復」的結果。「對於當代中國新詩史而言,大陸民間詩歌的存在,具有根本的、決定性的意義。……沒有對『今天』『非非』『他們』等民間詩派的深入研究,當代新詩的歷史將是何等的困乏和蒼白!由此,必然要涉及新詩史寫作者的立場轉移的問題……」。〔註141〕沈奇對民間詩歌的無尙推崇,其實正集中體現了他的「民間寫作」詩歌觀念,即使不去提出具體的、更多的「民間寫作」觀念,此態度已足夠形成一種統攝性的東西。

〔註139〕沈奇:《秋後算賬——1998:中國詩壇備忘錄》,《詩探索》1999 年第 1 期。
〔註140〕同上。
〔註141〕沈奇:《我們需要怎樣的新詩史——關於中國新詩史寫作的幾點思考》,《沈奇詩學論集(卷一)》,中國社會科學出版社 2005 年版,第 25 頁。

三、「民間寫作」紛紛為自身正名

前面出於行文方便，多有涉及「民間寫作」的觀念闡釋，比如于堅、韓東、伊沙，甚至是謝有順、沈奇。前文已提到的一般不再重複，此外有些會放到後一章的論爭中加以闡述，在此只是就一些有代表性的與「民間寫作」貼近的觀點來進行論述。

「民間寫作」觀念的倡導者一般都會將其觀念的源頭就近上溯到第三代詩歌運動，這也是于堅等人力挺 20 世紀 80 年代詩歌的理由之一。第三代詩歌運動一個明顯的特徵就是民間性的反文化傾向，當然「反」的那種「文化」指的是「主流的思想、主流的意識形態以及那些已經模式化、概念化的意象群」。〔註 142〕這種先鋒姿態從文學倫理來說是能為人所接受的，而且客觀上也為詩歌開創了新局面。90 年代「民間寫作」的理論資源正是基於此事實而振振有詞，對於源自 80 年代第三代詩歌運動的「民間寫作」的意義，正如論者所言：「第三代詩人消解意象的詩歌運動，有力地顛覆了那些已經成為現實、已經成為自然、已經成為真理的文學虛構。他們從邊緣處發出的聲音，代表了一種來自民間的心聲，那就是對一體化的意識形態存在的否定，對世俗生活的肯定。」〔註 143〕如果說「民間」在 80 年代主要反抗的是意識形態的話，那麼在 90 年代則是進行另一種反抗。90 年代的語境迴別於 80 年代，隨著詩人與時代、政治緊張關係的鬆弛，詩歌日益退出社會文化的中心地帶，那麼，「民間」的特性決定了它必然向詩歌內部發難。我們認為，以上的分析可以用來解釋「民間寫作」與「知識分子寫作」產生分化並出現論爭的內因。

「民間寫作」一邊密集攻詰「知識分子寫作」，一邊集中闡釋自己一方的觀念，其目的只有一個：為自身正名並真正取得在詩壇上的應有地位。所以，在此考察「民間寫作」觀念的豐富性，可以減輕論爭中所出現的意氣成分而張揚與詩歌本身更為密切的內涵。

（一）來自「民間寫作」主要代表人物的觀點

「盤峰論爭」發生後，于堅仍然是「民間寫作」詩歌觀念最主要的闡釋者與倡導者，這個時間主要集中在 2000 年到 2001 年之間。他相繼寫了《詩

〔註142〕胡彥：《沒落，還是新生？——一份關於當代漢語詩歌命運的提綱》，《作家》
　　　　 1999 年第 7 期。
〔註143〕同上。

言體》〔註144〕《當代詩歌的民間傳統（代序）》〔註145〕《世界在上面 詩歌在下面——回答詩人朵漁的 20 個書面問題》〔註146〕等文章。他的觀點集中在三個方面：一是對「民間」的再次定位與肯定；二是對「民間寫作」觀念一些關鍵詞的進一步闡釋；三是對「民間寫作」新生代觀點的探討與弘揚。我們完全可以把他的觀點看作是「民間寫作」觀念的延伸與發展。

在于堅看來，90 年代詩歌之所以沒有被認為是有影響的，是因為評論界「把當代詩歌已經無效的部分依然當做詩歌的總體形象」。而「民間一直是當代詩歌的活力所在，一個詩人，他的作品只有得到民間的承認，才是有效的」。所以，「民間寫作」是先鋒的。這種先鋒性體現在，「它們總是有著獨立的、排他性的、唯我獨尊、自高自大的審美標準」。我們認為，于堅倒是說出了「民間寫作」姿態的一些實情。正因如此，才會出現自 80 年代中期以來的幾次口語詩運動，才有包括他本人、韓東、伊沙，甚至是後來以危言聳聽著稱的沈浩波之流的出現。這確實是對「民間寫作」詩人特點的概括。對於論爭後「民間寫作」內部的分裂，于堅又作出如下解釋，「真正的民間詩壇應當不斷地分裂，一個壇出現了，又分裂成無數的碎片，直到那些碎片中的有生命力的『個體』鮮明活躍清楚起來，成為獨立的大樹」。從「民間」詩人姿態特點的概括到自身內部分裂現象的解釋，這完成了一個自圓其說的過程。在此基礎上，他才可將之泛化為一種無所不在的詩歌現象，從而再次確立民間的合法性與合理性的詩壇地位，「民間不是一種反抗姿態，民間其實是詩歌自古以來的基本在場。民間並不是『地下』的另一種說法。地下相對的是體制。民間不相對於什麼，它就是詩歌基本的在場」。他在以前觀念的基礎上，又提出一些新的見解，比如民間是「保守」的，對主流文化是「陽奉陰違」的，是非「彼岸式的意識形態」的，是沒有「時間」的，是「一種特殊的非歷史的語言活動」，是「從文學史退出」的，等等。從這些新的觀點來看，與他以前的觀點相比似乎有些齟齬，也與他試圖再次肯定「民間寫作」的初衷存在矛盾之處。〔註147〕

〔註144〕該文部分內容載《綠風》2000 年第 5 期；全文選入《2000 中國新詩年鑒》，廣州出版社 2001 年版。

〔註145〕該文為《2000 中國新詩年鑒》代序，原載《詩參考》2001 年 4 月號，又載《當代作家評論》2001 年第 4 期。

〔註146〕該文部分內容載《詩潮》2002 年第 3 期，又載《山花》2002 年第 3 期；全文選入《2001 中國新詩年鑒》，海風出版社 2002 年版。

〔註147〕此段引文均出自《當代詩歌的民間傳統》一文。

　　他在《詩言體》　文中雖然承繼了「棕皮手記」的文體樣式，但卻一改通俗易懂的口語化風格，比「知識分子寫作」更知識化，只是全部來自中國傳統文化（比如道、儒家的思想比比皆是，而且用了文言的語氣），而不是西方的資源。他似乎想用這樣的文章風格彰顯反對西方語言資源的態度，卻不料無意之中也滑入到玄學與「知識」的陷阱，這與他以前的提倡是相背而行的。他解釋了很多「體」的涵義，其實總的來看，以下才是他提倡的核心：「詩是一個母的。陰性。」「詩是轉喻的。」「現代詩歌應該回到一種更具肉感的語言，這種肉感語言的源頭在日常口語中。」「詩以自己的身體說話。」等等。他反對的是：「詩言志」，「隱喻」「翻譯」「虛構」，等等。不可否認，文中有他的詩學深義，但矛盾卻無處不在。比如說，「詩是沒有舌頭的自言自語，詩不思考，它自身就是一切」，在我們看來，這並不是傳統的中國詩學的精義所在，相反，這種思想源自英美新批評的做派。美國新批評代表人物約翰·克羅·蘭色姆在談到詩歌本體意義上的格律時就曾說過，「格律與格律變化造成的效果把語言變得靈活圓轉，足以表達任何意義」。〔註 148〕于堅雖然沒有談到具體的格律，但他也是就文本自身的自足性來說的，這二者之間是相通的。文本的自足性固然有一定的道理，但我們無法忽略文本以外的東西，它必然來自主體的思考與思想。不過，他的詩歌「肉感」說與「體」以及民間的「自高自大」的審美標準，可能直接啓發了後來沈浩波「下半身」詩歌觀念的誕生。

　　這種啓發性可能還導引出「原創性」的另一層內涵。在于堅看來，原創並不是「創造一種思想、意義、主題，或者發明一個什麼前所未有的寫作對象」，詩歌的原創「就是創造一個說法的過程。詩人的創造性只是在語詞的運動中才呈現出來，說出什麼意義不重要，處理了什麼材質也不重要，意義、材質必須在語詞的流動活躍中才會被賦予生命。」所以他認為，意識形態的東西是「上」的，「知識分子寫作」也是「上」的，他提倡「下」。「下半身」詩歌就是「越過日常生活更下，直達世界的本源之處，身體、生殖」，「下半身」就是反對「上半身」（思想）。從于堅的態度來看，他對「下半身」詩歌觀念是持讚賞態度的，因他將其視作「民間寫作」延伸性的發展。〔註 149〕

〔註 148〕〔美〕約翰·克羅·蘭色姆：《新批評》，王臘寶、張哲譯，江蘇教育出版社 2006 年版，第 219 頁。
〔註 149〕此段引文參見于堅與朵漁的談談文章《世界在上面　詩歌在下面──回答詩人朵漁的 20 個書面問題》，《2001 中國新詩年鑒》，第 509～530 頁。

　　楊克作為「民間寫作」的一個重要成員，其重要性不僅體現在他的詩歌創作上，更重要的是他參與編選或主編了《〈他們〉十年詩歌選》〔註150〕《90年代實力詩人詩選》〔註151〕與「中國新詩年鑒」〔註152〕等一系列帶有強烈「民間寫作」觀念傾向的選本。之所以說這些重要，是因為，除了他一些文章表達了他的「民間」觀念之外，這種編選詩歌選本的行為本身就帶有極強的觀念性，而且這些詩歌選本特別是「中國新詩年鑒」影響巨大（比如，《1998中國新詩年鑒》成為「盤峰論爭」爆發的重要導火索之一），甚至引導了詩歌的潮流。

　　面臨市場經濟衝擊之下詩歌現狀的無奈，楊克承認編選「新詩年鑒」的「推向市場」「市場經驗」「策劃」等因素。也就是說，「新詩年鑒」的誕生除了有發掘「民間」好詩的良好動機之外，確實也帶有一定程度上的「策略性」。而不是後來論爭中一些「民間寫作」者所宣稱的不帶策略性。在這點上，楊克顯然是誠實的。〔註153〕論爭發生後，他被推上前臺，不得不作出明確的回應。在他看來，「被遮蔽者」是具有創造精神的，體現了藝術的「蛻變」，「民間寫作」會給詩歌帶來「革命性的激烈變化」。〔註154〕從楊克在整個論爭中的態度來看，他雖然立場鮮明但言辭並不激烈，而且少有意氣罵句，這顯示出他的某種從容大度。直至論爭漸趨平息之時，他總結了「民間立場」詩歌觀念：「注重原創性、先鋒性和在場感，體現漢語自身的活力……關注詩歌新的生長點，強調詩歌的直接性、感性及其直指人心的力量，守護生活的敏感和言說的活力。……它向兩個方向敞開，首先它主張詩人寫作，具有獨立的文本性；其次是它與生活狀態的真實性息息相關。」〔註155〕總之，「民間寫作」的立場是自由主義的，「它呈現的是個人的真正獨特的經驗，讓一個個詩人鮮活生猛起來……」〔註156〕與其他「民間寫作」倡導者一樣，他也特別注重「原創性」，認為那才是「柔軟的表達」，是「動態的形而下」。而且「鮮活的口語」是「『中國經驗』，親切而富有人性，與讀者是對話溝通的關係。」〔註157〕

〔註150〕小海、楊克編，漓江出版社1998年第1版。

〔註151〕楊克主編，漓江出版社1999年第1版。

〔註152〕從《1998中國新詩年鑒》開始，之後的每本新詩年鑒楊克均為主編。

〔註153〕參見楊克：《「中國新詩年鑒」98工作手記》，《南方文壇》1999年第3期。

〔註154〕參見楊克：《並非回應——關於〈1998中國新詩年鑒〉的多餘的話》，《詩探索》1999年第4期。

〔註155〕楊克：《寫作立場》，《詩探索》2001年第3～4輯。

〔註156〕同上。

〔註157〕楊克：《90年代：詩歌的狀況、分野和新的生長點》，《淮北煤師院學報·哲學社會科學版》1999年第3期。

　　從論爭的過程來看，並不僅僅只有于堅與楊克等代表人物來綜合深入地探討「民間寫作」觀念，前文有些已提到過，在此沒有提到的也不在少數。無論如何，我們通過上文「民間寫作」代表詩人的觀念闡釋，基本上可以概覽其民間性、獨立性、原創性、口語性等特點。

（二）來自具有「民間寫作」傾向的代表觀點

　　「盤峰論爭」被認為是南北詩學之爭，或外省與北京之爭，當然這只是大概而言，因為並不能從詩人所處的地域來硬性地分出文學觀念的南北來，比如「民間寫作」中的年輕一代恰恰多是身處北方。不過，身處南方的詩人由於地域文化的積澱與歷史的因承關係，多數將會傾向於「民間寫作」觀念，這也是個不爭的事實。而且這種基本上泛化的觀念分佈不僅僅體現在詩歌觀念上，在文學其他體式上也莫不如此，這有點類似於京派與海派之爭。也就是說，即使沒有自稱為「民間寫作」的詩人，也有人會表達出認可「民間寫作」的觀念。比如說身居香港的詩人黃燦然與早年寫過詩的小說家林白。

　　黃燦然 1963 年出生於福建泉州，1988 年畢業於暨南大學中文系，1990年至今任職於香港《大公報》，擔任國際新聞翻譯。他寫了大量詩歌、評論，也翻譯過大量外國詩歌、論著與小說。他的教育背景是典型的中國傳統大學教育，而愛好卻多與外國文學密切相關，這一點決定他能夠清醒地審視中國與西方的文學資源問題。他的詩歌創作總的來說也多與日常生活有關，注重口語性，以日常生活為詩之源泉但又超出普通的日常瑣碎，在這點上與「民間寫作」傾向較為一致。「盤峰論爭」發生後，他並沒有捲入雙方的論戰，但卻寫出了一篇重要的詩學文章《在兩大傳統的陰影下》，〔註158〕在看似比較中肯與中立的行文中，我們卻可看出他的民間傾向，而且頗具代表性。

　　在他看來，包括詩歌在內的整個漢語寫作都處於中國古典傳統和西方現代傳統的陰影下，從而產生一種焦慮之下的壓力感。但這種壓力感被寫作者誇大，因為他們沒有看到真正的壓力，即漢譯的壓力。正是從這「壓力」出發，他引入了「民間」，認為只有民間才可能不會承擔那種壓力。「詩歌首先來自民間」，「民間詩歌是詩人的傳統，但那是沒有壓力的傳統」，但是詩人們卻自己構築起另一個有壓力的傳統。其中含意雖然沒有具體所指，但明顯帶有當代性。這種「詩人的傳統」與新詩的歷史密切相關，因為新詩與漢譯同

〔註158〕該文連載於《讀書》2000 年第 3、4 期。

步生長，可見新詩受西方現代詩歌的影響之大。然而，與古典漢語詩歌對新詩造成的「陰影」不同的是，西方現代詩歌只是「一個虛構或想像的陰影」。也正是這種「陰影」會帶來兩個後果：過分誇大與過分縮小，其中過分縮小會產生一種自滿情緒。這讓人聯想到世紀末的「盤峰論爭」。黃燦然雖然沒有明說，但我們完全可以理解為，他把論爭中的雙方總結為「什麼是詩」與「什麼是好詩」的爭論。論爭其實可以具體表現為兩種傾向：晦澀與反語言化，在這點上，他並沒有姑息「反語言化」的傾向。他說：「還有一種反語言化的寫作，只用簡單的語言，來複製和抄寫日常生活，變得囉嗦和瑣碎」，這很明顯可以用「民間寫作」一方的類似「口水詩」來做為例證。

儘管黃燦然在文章中的態度似乎有各打五十大板的架勢，但從他不把漢譯當作真正的陰影、認為官方詩人的作品沒有任何意義、使詩歌成為工具可以興觀群怨、現代漢語詩人毋須焦慮等觀點來看，他仍是傾向於「民間寫作」的，儘管也對之進行不少修正。這種正視論爭雙方，客觀分析詩歌的歷史與現狀並在一定程度上支持「民間寫作」的觀點在論爭期間大有人在，體現出理智看待問題的一面。

林白先是寫詩後改為寫小說，像她這類作家對「民間寫作」觀念大力支持的也大有人在。這可以看出世紀末的論爭不僅是詩歌趣味上的論爭，甚至也是整個文學觀念上的論爭。這類代表人物一般相當感性，態度相當明晰，往往是從自己內心出發，或從自己寫作的體驗出發，表達文學寫作立場。比如林白說：「我怕它們高深莫測的玄學氣息，它們聲牙佶齒的語詞迷津，我怕它們的形而上高度，它們虛無縹緲的神學心得，我怕它們的知識和技術，怕它們冰冷和堅硬的西學背景，我怕『詩言志』，怕集體記憶、社會公論，怕昇華、怕終極、怕一語雙關、微言大義、裝神弄鬼、精雕細琢，怕用空洞的語言構造同樣空洞的寓言。總之，怕一切沒有人性、沒有心靈真實的東西。」〔註159〕我們不能說這類觀點沒有道理，它往往刺中當代詩歌的某些流弊積習，但是客觀而言，這看似言辭犀利態度鮮明的表達未免太感性化，太個人化，或許說只看到問題的一面性而有失公允。像林白這樣，在表達對某種傾向的極力反對之時，也從側面體現出她的「民間觀念」傾向，這類觀念的出場對「民間寫作」無疑是一種豐富與聲援，但對詩歌寫作本身的發展來說並無多大的建設性。

〔註159〕林白：《靈魂的回頭與仰望》，《1999中國新詩年鑑》，廣州出版社2000年版，第586～587頁。

（三）來自「民間寫作」新生代代表人物的觀點

「盤峰論爭」最大的收穫並不是「知識分子寫作」觀念的迅速弱化，而是在「民間寫作」咄咄逼人的論戰中催生了一大批新生代詩人。公正地說，正是這些新詩人的出現，才使「民間寫作」觀念得以揚棄，才使中國詩歌在新世紀來臨之際誕生了新生力量而使詩歌界迅即呈現出與以往截然不同的面貌。這些表達了新觀念的年輕代表包括沈浩波、朵漁等一大批「70後」詩人，也包括徐江、侯馬這些60年代晚期出生的詩人，以至我們無法忽略他們的存在。

80年代的口語詩呈現泛化泛濫趨勢後，確實出現了一些不良影響。沈浩波也贊同西川的「厭倦說」，但他認為口語詩在進入90年代後又產生了新質，這表現在兩個方面：一是以于堅的《0檔案》《飛行》為代表，另一是散落於民間的青年詩人的口語寫作「形成了一股混音合成的力量」。沈浩波將之稱為「後口語寫作」，它相對於80年代的「前口語」。他以「後口語」為出發點，論證了口語詩在90年代存在的價值，並借之闡發「民間寫作」的詩歌觀念，畢竟「民間寫作」與特定意義上的口語寫作幾乎是劃等號的。在解釋為何「後口語」詩形成了90年代強大的詩學立場時（其實也就是想說明「民間寫作」立場在90年代的重要性），他概括出以下理由：

> 首先，後口語詩歌在 90 年代維護了詩歌寫作所必須的原創立場，並更加具備不可混淆的獨立精神。

> 其次，與前口語詩歌相比，「後口語」的詩人們更為講究詩歌的內在技藝，具備深刻的語言自律。

> 再次，「後口語」寫作在深度上開掘得更為充分，「深度敘述」在後口語寫作中成為可能。〔註160〕

他並不是獨立論述「後口語」寫作，而是樹立起另一重參照，其鋒芒直指「知識分子寫作」。比如他在進一步解釋「後口語」寫作的內涵時說：「『後口語』詩人與世界的關係是相互感知的，是感性的、靈感的、衝動的而不是思考的、理性的、征服的、窮盡的」。〔註161〕總之，他想說明「後口語」寫作的獨立、不可複製、難度最大、原生質、技藝潛隱等方面的特

〔註160〕沈浩波：《後口語寫作在當下的可能性》，《詩探索》1999年第4期。
〔註161〕同上。

徵。正如他形象地指出，「後口語」寫作是「在諦聽、顫慄、追問中完成對詩歌理想的追求」。〔註162〕

沈浩波同時也分析了「知識分子寫作」一度興盛的原因。他認爲，第三代詩的「前口語」確實存在語言粗糙、過於隨意的毛病，從而容易淪爲「口水詩」，這就爲 90 年代中期以前「知識分子寫作」的盛行提供了很大的存活空間。但是「後口語」詩則彌補了語言精緻化的空白，從而使「民間寫作」的「後口語」詩歌時代的出現成爲順理成章的事。〔註163〕沈浩波對前後口語詩的論說無疑是爲「民間寫作」梳理出一條合理存在的歷史脈絡，同時也爲他後來提出「下半身」詩歌觀念打下了必要的基礎。

侯馬表達了與沈浩波類似但又不同的觀點，他在《90 年代：業餘詩人專業寫作的開始》〔註164〕一文中分析道，90 年代初開始，在詩人「餓死」後，詩人也就被取消了，這意味著「民間寫作」的滋生，從而詩歌獲得獨立的品質。這是「民間寫作」出現的必然性，因爲詩歌寫作開始擺脫了依附的地位，擺脫了政治、文化，甚至是情感的糾纏，專業寫作或「知識分子寫作」就轉入到「人」的寫作，這是一種生命和生活的寫作，它雖然顯得「業餘」，但卻是眞正的「專業」寫作，它應該是「智性的內核」與「簡單的形式」的結合體。侯馬的觀點確實新穎獨到。他從文學發生學的視角出發，指認了「民間寫作」與「知識分子寫作」的同源性，二者是同位一體的兩個面，而且存在轉化的歷程。這對「民間寫作」觀念來說，確實又打開了另一扇闡釋的大門，這與諸多論者的觀點有不謀而合之處。只是他提到的「知識分子寫作」也轉向「民間寫作」可能有些牽強，與論爭當中雙方的互不相容有些格格不入。無論是「知識分子寫作」，還是「民間寫作」，都有可能不認同他的這一看法，儘管他的觀點不無道理。

平心而論，「70 後」詩人對「民間寫作」詩歌觀念的發展，即表現在說出了很多不爲其他人所重視與敢說的話，這比之前的韓東、于堅，甚至是伊沙一路走來的口語詩人更爲眞誠與直接，完全沒有做作與虛僞的成分。用徐江的話說就是要爭取「俗人的詩歌權利」，他表達的觀點對「民間寫作」來

〔註162〕沈浩波：《後口語寫作在當下的可能性》，《詩探索》1999 年第 4 期。
〔註163〕參見徐江、沈浩波、朵漁三人的討論文章《後口語寫作與 90 年代詩歌》，《葵》詩刊 1999 年卷。
〔註164〕載《北京文學（精彩閱讀）》1999 年第 8 期。

說，完全是另一意義上的豐富。他指出，哪怕是包括韓東、于堅、伊沙、阿堅、侯馬、宋曉賢、朱文、楊克等在內的諸多「民間寫作」詩人「也會不時流露對高雅玩意兒的留戀」。他認為寫詩不要脫離生活、脫離父母、兄弟姐妹、妻子兒女，詩，就是要寫得「俗」點，並要始終保持「俗人的詩歌權利」。〔註165〕

其他「70 後」詩人也多有表達自己的詩歌觀念，比如朵漁提出詩人就是「手藝人」與詩歌中「輕與重」等看法，還有以「70 後」詩人為主的在網絡上發表形形色色的詩觀，在此不作舉例。總的來看，其「民間」性較之以往更強，更具個人性的表達，其中魚龍混雜自然不可避免，但詩歌觀念的活躍總能產生更多的生機與可能性。

總而言之，「民間寫作」新生代詩人的詩歌觀念較之以往，在口語化更為精緻的基礎上，又提出了更多富於建設性的觀念。這是「盤峰論爭」後詩歌走向更為多元化的物質基礎，同時也是「民間寫作」詩歌觀念走向更為豐富的具體表現。當然，我們在認識到這點的同時，也要作出具體的合理的分析，做到有選擇性地評價，惟其如此，才更有利於中國當代詩歌的良性發展。

本章小結

20 世紀 90 年代詩歌的「民間寫作」，總的來說，一與所謂的「民間獨立精神」有關，二與「口語化」有關，統攝在這一路向中的寫作都通稱為「民間寫作」或直接稱之為「口語寫作」。需要指出的是，這個陣營，與評論界的指認和文學史家的分類分不開，或與具相同傾向的相互唱和有關。事實的真相是，這一路向無論命名與否，其存在無疑都是客觀的。同時也要看清楚，「民間寫作」只是一個大傾向的共名，其中也有不同的「流派」，比如「非非」，比如「他們」，比如「後口語」，比如「下半身」，以及後來出現的「詩江湖」一類的網絡詩歌群落，等等，他們共同組成了 90 年代以來詩歌「民間寫作」的大合唱。此外，「民間寫作」這個概念僅僅與「知識分子寫作」相對應而存在，它也只是從「盤峰論爭」開始後才具有概念的有效性。所以，考察與研究「民間寫作」詩歌觀念應該始終以「盤峰論爭」為中心，同時平行考察出現於論爭中的兩種不同立場的詩歌觀念，才可弄清問題的實質。

〔註165〕徐江：《俗人的詩歌權利》，《詩探索》1999 年第 2 期。

作為「民間寫作」的口語化觀念,一條粗略的主線是:韓東的「詩到語言為止」→于堅的「拒絕隱喻」與「有意味的形式」→伊沙的「後口語」→沈浩波的「下半身」或「詩到肉體為止」。雖然這條主線沒有包括「民間寫作」的全部,但本章以上內容基本上呈現了「民間寫作」觀念發展流變的脈絡,其特徵也主要體現在具體研究個案的闡發之中。縱觀全過程,其觀念的豐富性與建設性甚至超過「知識分子寫作」一方。

第五章　世紀之交以來詩歌觀念的多元狀況

　　對 20 世紀的中國新詩來說，世紀末的「盤峰論爭」確實在相當程度上改變了人們對 90 年代以來詩歌的認識。論爭不僅引發對之前詩壇的一次「清場」與再認識，掀起了詩歌研究的一次高潮，更重要的是，它還大大促進了新世紀詩歌觀念新格局的形成。隨著「70 後」詩人的崛起，中國新詩在網絡流行的大背景之下又出現了迥異於 90 年代詩歌多元狀況的新的多元走向。在某種程度上說，新世紀以來新詩多元狀況的出現是由「盤峰論爭」引發的，至少我們可以說，論爭的過程推動了世紀之交以來詩歌觀念多元化的起步。本章呼應緒論，再次回顧論爭的緣由、大討論的情況、論爭的焦點，以及論爭之後多元詩歌觀念的生成，這些帶有總結性質的內容同樣不容忽視。

第一節　「盤峰論爭」的發生與論爭焦點

一、關於「導火索」問題

　　「盤峰論爭」是詩歌界的一次大震盪，無論是中國當代文學史還是中國當代詩歌史都無法繞過這次論爭。其影響是深遠的，意義是重大的，很多研究者對這次論爭都顯示出濃厚的興趣，因為，它是「一次真正的詩歌對話與交鋒」（張清華語）。1999 年 5 月 14 日《中國青年報》發表記者田湧的文章《十幾年沒「打仗」詩人憋不住了》，文中提到：「此次爭論的激烈和白熱化程度

近十幾年詩壇罕見，可稱自朦朧詩創作討論以來，中國詩壇關於詩歌發展方向的一次最大的爭論。」影響如此重大的一次詩歌論爭，到底因何而起？眾說紛紜，但一般認為，論爭的直接導火索與幾個詩歌選本有關，再往深處，更與詩歌的歷史與現狀有關。我們認為，這次論爭的發生原因確實複雜，是多方面推力導致的結果，是有著必然性和內在規律的一次詩歌論爭事件。

程光煒曾如此概括「盤峰論爭」的起因：

> 1998 年 3 月，程光煒編選的《歲月的遺照──90 年代詩歌》由社會科學文獻出版社出版（該書為洪子誠主編《九十年代文學書系》之一種）。不久，北京師範大學在校學生沈浩波在《中國圖書商報》發表《誰在拿「90 年代」開涮》一文，對這本詩選進行公開指責（該文後來又轉載於《文友》1999 年 1 期）。緊接著，于堅 1998 年 9 月 23 日在《中華讀書報》發表《詩人的寫作》、《南方周末》1999 年 4 月 2 日刊登謝有順的《內在的詩歌真相》，都用雜文式的語風對該詩選和其長篇「導言」提出了尖銳批評。後來，王家新、唐曉渡、孫文波、臧棣、西渡等在《科學時報・今日生活觀察》、《中國圖書商報》和《文論報》撰文，對他們的指責予以反駁，並對 1999 年 2 月由花城出版社出版的楊克主編、明顯是與《歲月的遺照》「對立」的《1998 中國新詩年鑒》表示了不滿。這種「批評」與「反批評」，成為一場發生在世紀之交的詩歌論爭的敏感的「導火索」。〔註1〕

作為學者和文學史家，程光煒在考察「盤峰論爭」的起因時是客觀的，說出了事實的表象脈絡。基本上可以說，他的詩歌選本，楊克的「新詩年鑒」，也包括沈浩波、于堅、謝有順三人言辭犀利的批評文章，都是引發論爭的重要導火索。沒有程光煒的《歲月的遺照》，也就沒有楊克的《1998 中國新詩年鑒》；沒有沈浩波、于堅、謝有順的文章，也就沒有王家新、唐曉渡、孫文波等人回應的文章。用今天的眼光來看，程光煒的選本確實有失偏頗，帶有濃重的個人趣味，而沈浩波與謝有順的文章則更是偏激，火藥味濃烈嗆人，讓任何人都無法忍受。雙方的對立從以前隱性的對抗終於走向前臺顯性的爭鋒。從表面現象來看，確實是「民間寫作」首先發難的，也確實有些民間起義的味道。問題是，如果說當時仍是一個在校學生的沈浩波不諳世事，以一種大無畏與目空一切的姿態對 90 年代的詩歌（在場的、佔據主流的）大加撻

〔註 1〕 程光煒：《中國當代詩歌史》，中國人民大學出版社 2003 年版，第 352～353 頁。

伐還可以理解的話，那麼「知識分子寫作」一方急欲爲自己辯解、匆忙應戰則顯得缺乏理性。所以說，論爭由誰先發難並非一個必須回答的問題，二者的爭鋒是遲早要發生的。這種對抗性的存在從 90 年代中期即已開始萌生，到論爭發生時，由於有了以上所提到的幾樣觸媒的點火才終於得以爆發。

　　論爭的醞釀、發酵和爆發並非一朝一夕的事，這點其實早就達成共識。作爲「民間寫作」一方的伊沙在當時就清楚地表達過，「這裡有一個相當複雜的背景」。伊沙所言及的「複雜背景」總的來說就是「知識分子寫作」一方不該如此佔據詩壇的主流，是「知識分子寫作」與主流官方詩壇忽視了 90 年代「眞正的創作態勢」。他認爲只有三支力量才眞正代表了 90 年代的「新的生長點」，包括：1.「後口語」詩人：伊沙、阿堅、侯馬、徐江、賈薇、岩鷹、朱文、楊鍵、宋曉賢等爲代表；2.「後意象」詩人：余怒、秦巴子、李岩、葉舟等爲代表；3.「70 後」詩人：馬非、宋烈毅、沈浩波、盛興等爲代表。〔註2〕由此一來，關於「盤峰論爭」的眞正起因就完全清楚了。這是一次一撥未名詩人或已出名但並不滿意自己詩壇地位的詩人們的一次爭權行動，「民間寫作」一方爲爭得詩歌史的地位才是論爭的眞正起因。當然，不能簡單把這次論爭說成是一次無謂的意氣爭權之爭。正是由於論爭的發生，才使「民間寫作」一方不遺餘力地施展才華闡述觀念，從而不僅豐富了世紀之交的詩歌觀念，也助推了新的詩歌寫作實踐的進行。

二、論爭開始時的狀況

　　「盤峰論爭」被陳超稱之爲「盤峰論劍」，既然是「論劍」，就有比武、比拼、決出高下之意。在北京平谷縣盤峰賓館召開的詩歌會議本來題爲：「世紀之交：中國詩歌創作態勢與理論建設研討會」，其宗旨應該是詩歌評估與理論建設，但是之前詩壇就已醞釀的分歧使這次詩歌會議變了味。1998 年 3 月在北京召開的「後新詩潮研討會」就已使詩壇內部陰雲暗湧，產生了不小的反響並開始了爭論，在這個背景之下才召開盤峰會議，意欲進一步討論問題，開「一次具有總結與清理意義的重要議」。〔註3〕正因爲如此，會議期間，「知識分子」傾向與「民間」傾向的詩人與詩評家都不想錯過這個世紀末的機會，

〔註 2〕　參見伊沙：《世紀末：詩人爲何要打仗》，《1999 中國新詩年鑑》，花城出版社
　　　　　2000 年版，第 515～526 頁。
〔註 3〕　張清華：《一次眞正的詩歌對話與交鋒——「世紀之交：中國詩歌創作態勢與
　　　　　理論建設研討會」述要》，《詩探索》1999 年第 2 期。

機不可失之時互不相讓，都想以正宗的主導地位來引領新世紀的詩壇。根據一些參與會議者回憶，這次會議充滿火藥味，雙方都失去了理智，言語之間充滿攻擊意味。爲客觀起見，本書作者訪談了當時主持人之一的吳思敬教授，遺憾的是，他說當時沒有留下錄音資料，也沒有形成會議書面記錄。但從伊沙的《世紀末：詩人爲何要打仗》一文的實時回憶文字中，可見當時會議「變質」情形之一斑。

「民間寫作」一方——

楊克大談「新詩年鑒」的銷售業績，不謙虛而頗帶商人味。徐江則頗帶諷刺意味說：「向知識分子學習！向中年寫作致敬！」並指責「知識分子寫作」是「當街手淫」「買辦主義詩人」「國內流亡詩」。伊沙認爲「知識分子寫作」是天然地與陰謀結緣，四面討好，文字表面清潔，很容易在主流刊物上流通，但他們戴著學術面具壓制異己，「所謂『知識分子寫作』讓我想起了『女性文學』的提出，我對『女性文學』的感受同樣適用於『知識分子寫作』：作爲男人，我平時很少想起也根本不用強調自己褲襠裏究竟長了什麼東西」。他對「中年寫作」如此揶揄：「爲自己可能出現的生命力陽萎提前做好的命名。金斯堡從來不說什麼『中年寫作』『晚年寫作』，只要能操得動詩就能寫得出來」。……

「知識分子寫作」一方——

王家新說，「你們這是在搞運動」，「誰也沒有搞住誰」，「20 年後，咱們走著瞧！」，針對謝有順的缺席審判，「謝有順，一個從來沒有聽說過的人」。會議的第二天王家新承認自己頭天的發言不妥。〔註 4〕唐曉渡說，「打著民間立場的道統，詩歌的目的是消解權力，對自己過分的張揚，對其他的排斥，當龍頭老大」，他在會上抖出與堅的隱私性事件而使會場空間尷尬。……

從伊沙的回憶文字來看，「民間寫作」一方咄咄逼人的氣勢凌厲，說是「民間」對「知識分子」的率先發難並不爲過，僅從會議本身來看，說這是一次「意氣之爭」則更爲貼切。而且「民間」的粗鄙氣質一覽無餘，這不僅符合「民間寫作」觀念的美學追求，同時也開啓了之後如沈浩波「下半身」觀念

〔註 4〕 王家新有沒有說過這些話，在此並不重要，即使這是對「知識分子寫作」代表人物王家新的一種捏造或詆毀，但至少可以看出伊沙對待「知識分子寫作」的一種態度。後來王家新在《紀念一位最安靜的作家》（載《詩探索》2000 年第 3、4 輯）一文中，針對沈奇的《中國詩歌：世紀末論爭與反思》（載《詩參考》2000 年 7 月號）進行了全面的辯解，也對伊沙所說的話進行澄清。

與網絡惡搞的先聲。會議直至結束也沒什麼詩學建設意義的產生，正如吳思敬在會議結束總結發言時自嘲地表示，這種遊戲也還是有意義的。總的說來，會議只是揭開了論爭的序幕，此後雙方在《北京文學》《詩探索》《大家》《山花》等諸多刊物上紛紛撰文，雙方各自表述詩學立場，被稱作「知識分子寫作」與「民間寫作」的詩人與詩評家幾乎悉數參與，其中充滿謾罵、指責、揭短、壓制、貶低……如果說 80 年代初期的「朦朧詩論爭」意識形態性濃厚的話，那麼世紀末的「盤峰論爭」則是江湖味十足的自由主義紛爭。儘管如此，論爭雙方在氣呼呼的話語中仍無形中表達了較為豐富的詩學觀念，同時也是詩界內部問題的一次大暴露，從這點來說，論爭也不無客觀上的積極意義。此次論爭隨著「第三條道路」、「70 後」、「中間代」、網絡上一系列詩歌觀念的滋生，於 2001 年底漸趨平息。

三、論爭的焦點問題

　　論爭前夕的醞釀破繭階段，矛盾集中表現在「民間寫作」一方對既有詩壇秩序的強烈不滿上。1998 年 3 月在北京召開的「後新詩潮研討會」中，其實這種不滿已初見端倪，程光煒的《歲月的遺照》成為事情的起因，因為，這次研討會的重心「在於給濫觴於九十年代的一脈所謂『知識分子寫作』的詩歌一個權威性的認同，並作為九十年代純正詩歌寫作的主流予以歷史性的充分肯定」。〔註 5〕「由此，這次研討會和這部詩選，在整個純正詩歌陣營引起了不大不小的震動，其暴露出來的問題，正越來越為人所關注」。〔註 6〕在此之後，「民間」一方的不滿遂一觸即發終成野火燎原之勢。從沈浩波的《誰在拿「九十年代」開涮》到謝有順的《內在的詩歌真相》，以及于堅的幾篇文章，都充滿了憤憤不平之氣，認為現有詩壇格局遮蔽了真正的詩歌存在。為了給「民間寫作」一個正名的機會，他們不得不採取一種語言暴力的姿態，以橫掃一切的勇氣向權威、正統文學史家以及賺有極大名聲的「知識分子寫作」發起衝擊。論爭發生後，這個詩歌外部的問題仍是焦點所在。隨著論爭的深入與白熱化，雙方都要殫精竭慮抖出自己的理由，於是，一系列焦點問題浮出水面而為人所注目。總的來說，論爭的焦點有詩歌的外部和內部兩大方面。外部包括「民間寫作」的被壓抑與「知識分子寫作」的被寵、相互的

〔註 5〕沈奇：《秋後算賬──1998：中國詩壇備忘錄》，《詩探索》1999 年第 1 期。
〔註 6〕同上。

反命名、詩歌與現實、傳統的關係以及新詩發展方向等，內部包括西方資源、詩歌本質、創作動機以及語言等。

平心而論，程光煒在《歲月的遺照》的「導言」——「不知所終的旅行」中確實提出了不少見解，而且也看到了許多問題的實質。文中對一些詩人的評價也充滿了智慧（儘管也有不少溢美之詞），問題就出在他不可能面面俱到地提到所有詩人，更為嚴重的是沒有專門論述于堅、韓東、伊沙等詩人。而且所選的詩重點落在張曙光、歐陽江河、王家新、西川、蕭開愚、陳東東等「知識分子寫作」詩人身上。按理說，一本帶有個人偏好的詩歌選本不會激起那麼大的波瀾，但它是身居北京的權威文學史家洪子誠「九十年代文學書系」之一種。這樣一來，一本詩選就不僅僅是一本詩選那麼簡單，在某種程度上，它帶有總結意味，甚至具有權威詩歌教材的意義。程光煒的做法，已讓不少其實已很知名的詩人按捺不住了，他們走到一起並結成聯盟，明顯是針對程光煒選本的《1998 中國新詩年鑒》很快就得以面世。此時已具備論爭的物質基礎，說法有了最直接的源頭。實際上，當論爭開始時，這兩個選本也恰恰成了論爭的焦點之一。這個焦點一旦散開來，就成為了「民間寫作」被壓抑與「知識分子寫作」被寵，誰才算得上是 90 年代詩歌的真正主流等方面的問題。「民間」一方意欲揭露「真相」，「知識分子」一方自然要竭力維護既得的地位，這就是論爭的原動力，對自己一方歷史的梳理與肯定自身的價值成了雙方進入論爭陣地的「序言」與必修課。這種原動力直接表現為對自己合法、正統、權威地位的命名上。本書第三章、第四章已就雙方各自的命名與闡釋做了基本的考察，在此需要關注的是他們對對立方的反命名，也即對對方的貶損與非議。

「民間寫作」一方對「知識分子寫作」一方的反命名——

在被指認為「盤峰論爭」導火索之一的《內在的詩歌真相》（謝有順）中有言：「這種寫作的資源是西方的知識體系，體驗方式是整體主義、集體記憶式的，裏面充斥著神話原型、文化符碼、操作智慧，卻以抽空此時此地的生活細節為代價，……」。﹝註 7﹞這種對「知識分子寫作」作概括、定性式的反命名，確實為之後論爭中「民間寫作」貶斥「知識分子寫作」的眾多言論定下了基調。于堅論爭前在《1998 中國新詩年鑒》的序言文章《穿越漢語的詩

﹝註 7﹞ 謝有順：《內在的詩歌真相》，原載 1999 年 4 月 2 日《南方周末》，此處引文
　　　　出自《1999 中國新詩年鑒》，第 528 頁。

歌之光（代序）》中就劍鋒直指「知識分子寫作」：「九十年代的『知識分子寫作』是對詩歌精神的徹底背叛，其要害在於使漢語詩歌成為西方『語言資源』『知識體系』的附庸，在這裡，詩歌的獨立品質和創造活力被視為『非詩』。」〔註8〕「五十年代以來中國詩歌依附於某種『龐然大物』的老路，正是為『知識分子寫作』所繼承。這種寫作僅僅是某種龐然大物的傀儡，與詩歌在歷史上曾經有過的那種偉大的創造精神相反……」。〔註9〕繼而，他又在《真相——關於「知識分子寫作」和新潮詩歌批評》一文中細指對方的缺陷：「『知識分子寫作』的一個特點是，把常識性的、規律性的東西用詰屈贅牙的玄學語言昇華到理論、路線的高度，其實空洞無物。」〔註10〕于堅給對方的反命名就是依附西方，做「龐然大物」的傀儡，空洞無物。伊沙則在《世紀末：詩人為何要打仗》中說：「……回首即將逝去的 90 年代，發現『知識分子』連做主流都是偽（萎）的，是一種聲勢上的假象（太可笑了！『知識分子』自吹自擂或相互吹捧的文論與隨筆比他們的作品要多！）。他們自稱的『知識分子寫作』，實質上不過是一種『泛學院化寫作』」。〔註11〕在他看來，「知識分子寫作」就是「泛學院化寫作」的代名詞，只是詩歌寫作上的一種「假象」。另一個「民間寫作」代表人物沈奇則乾脆來一篇《何謂「知識分子寫作」》，文中尖銳地指出：「……以知識或知識分子寫作為代表的所謂『後朦朧』詩歌，打著『資源共享』和『與國際接軌』的旗幟，重蹈語言貴族化、技術化、翻譯語感化的舊轍，脫離當下的生存現實，一味在歐美詞根詩風中找靈感，挖資源，製造出一批又一批滿紙大詞虛氣洋腔、只見知識不見知識分子精神、只見技藝不知所云的文本……」〔註12〕說法林林總總，但總的來說，「民間寫作」一方對「知識分子寫作」一方反命名的核心內容集中體現在：1.依賴西方的語言資源與知識體系；2.缺乏獨立的知識分子精神；3.脫離當下的現實；4.專注於技藝、缺少原創性而內容空洞。

〔註8〕于堅：《穿越漢語的詩歌之光（代序）》，《1998 中國新詩年鑒》，花城出版社
　　　　1999 年版，第 7 頁。

〔註9〕同上，第 8 頁。

〔註10〕于堅：《真相——關於「知識分子寫作」和新潮詩歌批評》，《北京文學（精彩
　　　　閱讀）》1999 年第 8 期。

〔註11〕伊沙：《世紀末：詩人為何要打仗》，《1999 中國新詩年鑒》，廣州出版社 2000
　　　　年版，第 526 頁。

〔註12〕沈奇：《何謂「知識分子寫作」》，《北京文學》（精彩閱讀）》1999 年第 8 期。

「知識分子寫作」　方對「民間寫作」一方的反命名——

王家新《從一場濛濛細雨開始》：〔註13〕「『民間寫作』在今天的提出說到底和寫作本身無關，它只是某些人的權力相爭策略，也只能把水一時攪混而已」。

西渡《寫作的權利》：〔註14〕「根本不可能存在什麼獨立的民間立場」，「民間立場意味著一種大眾文化立場」，「作為一種詩歌立場，民間立場要求降低詩歌的品質，它要把詩歌的個性、獨立性向下拉齊到大眾文化的水平上。」

唐曉渡《致謝有順君的公開信》：〔註15〕「所謂『民間立場』『民間身份』云云，不應是對詩歌的一種限制，而應是一種解放；不應意味著一道符咒，而應意味著廣泛的對話；不應被視為一件克制或掃蕩異己的法器，而應被視為一根維繫所有孤獨的探索者的紐帶。」

西川《思考比謾罵重要》：〔註16〕「說到底『民間』立場並不存在。與其說有個什麼『民間立場』，還不如說有個『黑社會立場』，而詩歌黑社會立場中的頭一條原則就是利益均霑，所以眼下的爭論表面上看是詩歌方向的鬥爭，其實背後是利益在驅使。」

張曙光《90年代詩歌及我的詩學立場》：〔註17〕「一方面自詡為中國詩歌精神繼承者，反對依附於任何龐然大物（實際上是強調一種國粹或民粹主義寫作，把漢語詩歌的疆域無限度地縮小），……一方面大談所謂民間立場，另一方面卻標榜自己不斷在官方和海外獲獎，享受著非民間的殊榮；一方面鼓吹詩歌的純正性，一方面卻要用詩歌來換取聲譽。這正是所謂民間立場提出者的真實寫照。」

　　……

「知識分子寫作」一方眾口一詞地否定「民間」的存在，即使勉強承認，也將之說成是一種權力相爭的「策略」、國粹或民粹主義、換取聲譽的資本、大眾文化的代名詞，甚至是黑社會，等等。公正地說，這是有失偏頗的。作為「知識分子寫作」一方，不可能不理解「民間」的含意，也不應該漠視「民間」的傳統，之所以如此堅決地否定，甚至將之化為烏有，同樣也是避重就

〔註13〕該文為《中國詩歌：九十年代備忘錄》「代序」。

〔註14〕載《山花》1999年第7期。

〔註15〕載《北京文學（精彩閱讀）》1999年第7期。

〔註16〕同上。

〔註17〕載《詩林》2000年第1期。

輕、擊其軟肋的一種策略。如果說「民間」一方是為了爭得詩歌史地位而有意識地結盟並與「知識分子寫作」對抗的話，那麼「知識分子寫作」一方則在極力肯定自身的同時卻又全盤否定「民間寫作」的存在，這也是一種保住自己既有地位的自動結盟式的反擊。這些反命名與詩學建設毫無關涉，只是加劇了論爭的無理性，在這一點上，「知識分子寫作」一方也要承擔詩壇一度混亂的責任。

關於西方資源問題

「民間寫作」先提出這個問題，並將之列為「知識分子寫作」的罪狀之一，認為這是附庸西方的表現，是殖民化的體現，是向西方的大師膜拜，等等。這裡涉及一個新詩源頭的問題。其實中國新詩自誕生之日始，就與西方密不可分，無論是詩體，還是作為翻譯的白話形式、新的意象表達，等等，都無不是傚法於西方詩歌。那麼到了世紀末，西方資源卻作為一個問題被提出，而且成為為人所詬病的詩歌寫作的大缺陷，這又是出於什麼原因？姑且先來看看「民間寫作」的指責以及「知識分子寫作」一方的辯解，然後再作出辨析。

于堅之所以認為「知識分子寫作」背叛了詩歌精神，其中的一個重要理由就是漢語詩歌成了西方「語言資源」與「知識體系」的附庸，他認為這「喪失漢語詩歌的尊嚴」，而且以西方詩歌為世界詩歌的標準是一種「媚俗」。〔註18〕這可視作于堅反對「知識分子寫作」的一個道德式的起點。謝有順也從這個角度出發，認為新詩創造性的萎縮與接觸西方詩歌有關，因為如此一來，我們的詩歌就「幾乎整個地活在眾多大師闊大的背影中」。〔註19〕謝有順甚至認為「知識分子寫作」「離開西方的大師名字、知識體系、技術神話和玄學迷津，到了已經無法說話的地步」。〔註20〕韓東也認為「知識分子寫作」熱愛翻譯作品、熟悉西方文學史、對大師與巨人五體投地、寫作的靈感都來自閱讀等等，這些都是在「附庸風雅」。〔註21〕沈奇認為共享西方資源、與國際接軌，這種結果導致「重蹈語言貴族化、技術化、翻譯語感化的舊轍」。〔註22〕類似言論無需多舉，以上所列已足具代表性。

〔註18〕參見于堅《穿越漢語的詩歌之光》一文。
〔註19〕參見《1999 中國新詩年鑒‧序》。
〔註20〕參見《詩歌在疼痛》。
〔註21〕參見《附庸風雅的時代》。
〔註22〕參見《何謂「知識分子寫作」》。

在這點上，「民間寫作」的觀點是很難站得住腳的。且不說新詩的誕生本來就與西方有關，只需回顧一下中國新詩史，又有多少新詩名作與現代詩人沒有受到西方影響的？在某種程度上講，沒有西方資源，就沒有中國新詩，那還談何所謂的原創性？西方詩歌本來就是中國新詩的酵母，這是毋庸置疑的事實。如果「民間寫作」只是反對「知識分子寫作」過度的西方傾向、偏離或忽視了中國當下語境與更多的日常現實而顯得高蹈，那就顯得有說服力。問題是，「民間寫作」一方也有相當多的作品是深受西方詩歌的影響而寫成的，這同樣是毋庸置疑的事實。另外，如果「民間寫作」把向西方學習看作是反「人民性」，那麼這種理解的結果肯定會產生偏誤，在這一點上，我們贊同程光煒的觀點，這是「企圖將詩學問題政治化、民族主義化」。〔註 23〕當然，「民間寫作」或許是為了提出西方資源的本土化問題，作為常識，幾乎沒有人會去全盤否認西方詩歌的作用，但是，在論爭的過程中「民間」一方對西方資源的厭惡確實是有失偏頗的。

相對而言，作為被打擊的靶子——「知識分子寫作」對西方資源問題的辯解反而細緻得多，也較有說服力。在王家新看來，西方資源其實早已融入中國的文化血液之中，現在已很難創造一種完全本土性的東西，中國詩人「當然需要有一種本土自覺，但他們依然需要以世界性的偉大詩人為參照，來伸張自身的精神尺度與藝術尺度」。〔註 24〕張曙光主張文化沒有國界，作為一種調和，他認為「詩人應該從兩個方向上努力：一是盡可能地吸收世界上一切有益的文化遺產（當然也包括中國傳統詩歌在內）的長處，二是更加關注我們的時代和自身的生活。」〔註 25〕西渡的說法饒有意味，他認為接受西方的滋養不一定淪為西方的附庸，而且西方也並不拒絕東方的資源，相反五六十年代正是因為封閉才造成新詩的式微（在我們看來，在這一點上，西渡並不完全正確，五六十年代新詩的式微並不僅僅是閉關鎖國不接受西方資源所致），相反地，「對地方色彩的過分強調，暴露了這些人的民族虛無主義和對西方文化的迷信。」〔註 26〕臧棣質疑「民間寫作」反對西方資源的動機，他指出「其目的是為一種文學的反感推波助瀾，以便用一種粗糙的本土化立場

〔註 23〕 程光煒：《新詩在歷史脈絡之中——對一場爭論的回答》，《大家》1999 年第 4 期。
〔註 24〕 參見《從一場濛濛細雨開始》。
〔註 25〕 參見《90 年代詩歌及我的立場》。
〔註 26〕 參見《寫作的權利》。

來裁決新詩與西方詩歌的錯綜複雜的關係」，這種做法「是在重彈『詩歌的民族性』的老調」，「將新詩和西方詩歌之間的複雜關係偷換成中西文化之間的價值衝突，以便促成一種非理性的本土化立場，瓦解新詩在它的傳統中通過艱苦努力建構起來的現代性視野」。〔註27〕陳東東則從反面來說明西方資源問題，他認為與西方的接軌就是譯述，而「譯述是現代漢語的主動行為，更像是現代漢語的遠征和殖民」。他明顯是把外部的問題轉為內部來說，而且頗有「以其人之道還治其人之身」的味道。〔註28〕等等。

　　總的來說，「知識分子寫作」對西方資源問題的辯解是有一定道理的。但是，辯解的本身有道理，並不等於說他們的詩歌實踐或文本中就沒有問題。大量出現的西方人名、地名，確實有所偏離與忽略中國本土經驗的嫌疑，並以高蹈的姿態來進行不太明朗的表達，與西方大詩人進行「互文」式的對話，等等，這些現象的確存在。這些現象的存在也確實大大削弱了「知識分子寫作」與當時中國現實語境的親密度，從而被人抓住了辮子。反過來說，即使「知識分子寫作」強調與西方進行平等、平行意義上的互文交流，這也不足以作為被批評的一個重要依據，畢竟詩歌寫作應該是多元的，其中的任何一種都有存在的理由，非此即彼式的壓制對詩歌的健康發展都將於事無補。

關於傳統與現實的問題

　　眾所周知，20世紀80年代第三代詩人中以「他們」「非非」為代表的民間詩歌是以激進主義的反文化姿態出世的。反英雄、反體制、反傳統、反官方、反主流並主張打倒一切舊有秩序，這種「先鋒性」煊赫一時並產生了極大的影響。時隔十多年，以于堅為代表的「民間」觀念提倡者，突然轉身，不僅拒絕西方詩歌對漢語詩歌與生俱來的關繫傳統，甚至也拒絕新詩進入90年代以來所產生的可能存在的傳統，而是轉向唐詩宋詞的古典之中。當然我們明白，不是詩體上轉向傳統詩詞，用于堅的話說，是要「拒絕隱喻」，回到「原創性」。這種魯迅式的決然態度，在歷史上曾起過一定的積極作用，比如新文化運動時期的提倡白話文拒絕文言文。但是當我們回到當下語境中時，現時的語境卻發生了翻天覆地的變化，全球化語境之下地球村的概念早就出現，想要完全拒絕來自西方的資源，很明顯這是難以做到的，也是完全不現實的。當然，我們也可以用越是民族性的東西就越有世界性來支持「民間寫

〔註27〕參見《詩歌：作為一種特殊的知識》。
〔註28〕陳東東：《回顧現代漢語》，《詩探索》2000年第1期。

作」一派的觀念，但是現在諸如土著意義上的民族性已難見蹤影，更多的是一種混合型的文化存立於世。所以說，傳統的東西永遠都可能是一個現在時，傳統也永遠在不斷更新之中，只是傳統有不同的支流，不同的質素，不同的類型，這些都需要我們去認真對待並加以繼承。退一步說，即使不是主觀意義上的繼承傳統，我們也無法逃離傳統，我們就在傳統之中。如果把傳統當作是從現在某時某刻去觀察、體認、接受、模仿、激賞過去的某時某刻，這都是靜止不變的形而上學姿態。即使如我們所說，90 年代的詩歌經歷了一個以「89 年」為標誌的時間斷裂的神話，我們也無法拒絕或否認 80 年代詩歌的傳統對 90 年代詩歌的直接或間接的影響。

于堅的「傳統」說有遠、近兩個。遠的就是類似唐詩宋詞的「拒絕隱喻」的詩歌精神，近的則是由《今天》《他們》《非非》等民刊所開創的獨立而居於邊緣的「民間寫作」，當然也包括「反文化」的第三代詩歌的口語傳統。總之，聚焦到當代詩歌來說，「好詩在民間」就是「漢語詩歌的一個偉大的傳統」。〔註 29〕而他以前在《棕皮手記》中所提倡的「反傳統」，「從根本上說，乃是二十世紀的『反傳統』這個傳統」。〔註 30〕無論是于堅、韓東，還是其他的「民間寫作」者們，都應該是擁持這個「傳統」觀念的，其實最終倡導的是中國古典詩歌傳統精神，還有就是 80 年代第三代詩歌「反文化」的口語詩歌傳統。他們反對的是西方的詩歌資源傳統，特別是翻譯體的傳統，其最終的指向也就是 90 年代的「知識分子寫作」的存在。「民間寫作」是在重構一個傳統？還是在虛設一個傳統？他們忽視了最重要的一點，任何傳統的形成並不以個人的好惡為轉移，而且傳統也並非靜止孤立的，更不是一個直流的線性發展；現實中會有不同傳統存在的可能與事實，傳統之間也將必然存在交叉甚至是重疊與轉化的情況。

對此，「知識分子寫作」一方有不同的辯解。

王家新毫不諱言地直接表達了他的觀點：「知識分子寫作」「本身已構成了一種向著未來敞開的寫作傳統」。〔註 31〕向未來敞開什麼？王家新是在強調「知識分子寫作」在 90 年代的重要性，認為它已成為一個傳統，並將對即將到來的 21 世紀詩歌寫作提供某種借鑒或產生重大的影響。這是一廂情願也

〔註 29〕參見《穿越漢語的詩歌之光（代序）》。
〔註 30〕同上。
〔註 31〕王家新：《從一場濛濛細雨開始（代序）》，《中國詩歌：九十年代備忘錄》，人民文學出版社 2000 年版，第 11 頁。

好，還是充滿自信也罷，他的著力點仍然只是在對抗「民間寫作」的傳統觀。相對而言，張曙光的觀點則較爲客觀，「從新文化運動到今天，漢語詩歌一直走的是在形式和手法上借鑒西方詩歌的道路，而在精神和氣質上又承繼了中國藝術的某些精髓。」〔註 32〕事實不可否認，中國新詩本來就是中西的混血兒，任何單方的偏激都是虛無主義的表現。孫文波看到了問題的另一面，他認爲傳統應該是「貫穿在漢語詩歌幾千年歷史中的『時間的現實性』這樣一種東西」，是「時間的空間化」，「我們可以說漢語詩歌的傳統不是修辭學的傳統，漢語詩歌的傳統是變化的傳統。」〔註 33〕修辭學的傳統是詩體與詩歌語言層面上的，他實際上不是否定這個固化的傳統的存在，而是強調中國詩歌一路發展下來的流動的變化特質。所以說，只有時間處於某個現實之中時，才有它存在的空間。西渡反對回到舊體詩的傳統與新詩產生之前的文學傳統，他認爲正因爲有唐詩宋詞的傳統，才應該不斷開拓詩歌的新疆域。而且他也「懷疑是否存在一個一成不變的民族傳統」，「繼承傳統的唯一辦法就是創新，就是在既有的傳統中不斷加入新的元素，開闢新的領域，拓展新的可能性。」〔註 34〕他強調的仍然是一個傳統的流變問題。陳東東與西川二人則堅決肯定新詩與古典傳統的斷裂關係。前者從語言入手，後者從詩體上切入。陳東東說，「現代漢語與古漢語的關係特徵不是『延續』，而是『斷裂』。這種『斷裂』，也最明顯地體現於用這兩種語言寫下的不同的詩。」「想要從被現代漢詩所刻意擺脫的古典詩詞裏尋找範式，來評估現代漢詩……則更是自欺欺人。」他反對于堅的以古典詩歌來衡量詩歌標準的觀點。〔註 35〕西川則說，「我認爲中國當代詩歌和古典詩歌沒什麼關係」，「一個人和歷史和傳統的關係不是那麼笨拙的一條直線的關係」。〔註 36〕我們認爲，這種觀點未免顯得偏激，有緣木求魚之嫌。新詩固然是以白話的面貌加以翻譯體雜糅而成，但大

〔註 32〕張曙光：《90 年代詩歌及我的詩學立場》，《中國詩歌：九十年代備忘錄》，人民文學出版社 2000 年版，第 8 頁。

〔註 33〕孫文波：《我理解的 90 年代：個人寫作、敘事及其他》，《中國詩歌：九十年代備忘錄》，人民文學出版社 2000 年版，第 19 頁。

〔註 34〕西渡：《寫作的權利》，《中國詩歌：九十年代備忘錄》，人民文學出版社 2000 年版，第 24 頁。

〔註 35〕陳東東：《回顧現代漢語》，《中國詩歌：九十年代備忘錄》，人民文學出版社 2000 年版，第 113 頁。

〔註 36〕張者：《當代詩歌承擔了什麼？——西川、王家新、藍棣之、崔衛平四人談》，《2000 中國新詩年鑒》，楊克主編，廣州出版社 2001 年版，第 468 頁。

量的古典白話與日常口語不可能消失，更何況新詩誕生之初止是以文白相雜的面目出現的，並沒有產生另種文字，詩歌當中仍然是用漢語，只是語法與組詞上的變化。另外，即使詩體發生了變化，也不能說明新詩與古典詩歌就沒有關係，新詩與古典詩歌雖然形式上發生了斷裂性的變化。但中國作為一個詩歌大國，有著深厚的詩歌文化底蘊，作為文化積澱層面上的詩歌精神是永遠不會消失的。詩性的東西必將融入文化與文學中的方方面面，這是無法否認的事實。西川的詩素來以追求節奏感與典雅著稱，這不正是中國古典詩歌所追求的麼？

對於論爭雙方關於「傳統」問題的爭論，還不如黃燦然的新詩處於「在兩大傳統的陰影下」的觀點來得乾脆與直接。既承認傳統的存在，也圉於傳統的壓力，這兩種傳統一是西方的詩歌傳統，另一是中國古典詩歌的傳統，只是新詩受到西方詩歌傳統的壓力更大而已。〔註 37〕有論者對雙方喋喋不休地爭論傳統問題，乾脆都予以否定，「把傳統作為說詞是功成名就者的生存策略；把傳統做為棍子揮舞是弱智者的詩歌傳統；把與傳統對接作為勝利的標誌是先鋒詩歌的失敗」。為何雙方都在談論漢語詩歌的傳統？「他們看到商機！」「商機」是什麼？商機就是論爭當中的勝敗，勝者才是權威，才有詩歌的發言權，「商機」導致了雙方不遺餘力地爭論。我們雖然承認論爭對澄清一些問題有一定的意義，但是對於論爭本身來說，無論勝敗，雙方既是贏家，同時也都是敗者，其中含義並不難理解。〔註 38〕

俄國車爾尼雪夫斯基 1855 年提出「美是生活」的理論。這「生活」是個複雜的包含，它可以是「現實」這個寬泛的詞，同時也可以具體到「日常性」的體察。另外，這也會讓我們聯想到傳統文學概論中「文學來源於生活又高於生活」的定論。其實文學與現實之間的關係並不矛盾，它指向兩個向度，兩種傾向，或者說兩種趣味。說得更明白一點，也反映了中國歷來文學中的「雅」與「俗」的不同追求。同樣地，「知識分子寫作」與「民間寫作」對現實的不同看法，也分別代表了兩種不同的取向，它們與文學性、詩性並不發生塌陷性的衝突。

〔註37〕 黃燦然：《在兩大傳統的陰影下》，《1999 中國新詩年鑒》，楊克主編，廣州出版社 2000 年版，第 414～437 頁。

〔註38〕 秦巴子：《我的詩歌關鍵詞》，《2000 中國新詩年鑒》，楊克主編，廣州出版社 2001 年版，第 522 頁。

　　王家新對現實的態度是向上的，有種超出現實的意味。「當代寫作又必然是一種互文性寫作，詩歌肯定與生活有關聯，但它決不像人們一直在宣揚的那樣直接地來自生活，我想它同樣也來自文學本身。」「90 年代詩歌是一種不是在封閉中而是在互文關係中顯示出中國詩歌的具體性、差異性和文化身份的寫作，是一種置身於一個更大的語境而又始終關於中國、關於我們自身現實的寫作。」〔註 39〕王家新在肯定文學來源於生活的同時，又指出現實的昇華性質，文學與現實是「互文」的關係。不過，他提到另一種現實，即文本的現實，文學既可以來自於現實中的現實，也可以來自文本中的現實。從這點來看，王家新的話並沒有錯，文學史上並不缺乏相關的例證，最明顯的莫過於一生工作在圖書館中的博爾赫斯。

　　「民間寫作」一方的謝有順對現實的態度可以說極具代表性。「保持對當下的日常生活的敏感」，強調的是「此時此地的生活細節」。〔註 40〕同樣的，我們不能說「民間寫作」的觀念是錯誤的。謝有順的觀念更具時代的現實性，只是他的觀念是向下的。文學或詩歌進入 90 年代後，遭遇的語境不同以往，文學不再是貴族而是淪為「獻給無限的少數人」的東西。隨著網絡的普及，大眾文化的興起，廣大民眾需要文化消費，同時也需要大眾化的詩歌。大眾的詩歌自覺也使更多的人成為寫作者，也參與到詩歌寫作陣營中來，而無論是寫作者還是閱讀者，較之以往都發生了巨大的變化。一般人都有寫作與發表的權利，閱讀更為便利，發表意見也更為大眾化。正是在這樣的語境之下，「民間寫作」詩歌觀念可以說是迎合了這種潮流。作為平民的詩歌和凡夫俗子的感受則更容易為人所接受。平民性決定了日常性與生活細節在詩歌中的重要性。「生活在別處」於是成為令人嗤之以鼻的東西，凌空蹈虛也就必然不見容於越來越世俗化的生活。

　　以上二人的觀點分別代表了兩種不同的向度，其實都沒有涉及到詩歌本質的價值判斷問題。在這點上，我們同意臧棣的說法：「我不能同意謝沈二君把詩歌的日常性引申成一種關於詩歌的價值判斷，並以此作為惟一的價值尺度來取締當代中國詩歌的多樣性，似乎詩歌的日常性是當下中國詩歌惟一的人間正道。」他認為這是「把詩歌的日常性和詩歌的本質混同起來。」「在範

〔註 39〕王家新：《知識分子寫作，或曰「獻給無限的少數人」》，《中國詩歌：九十年代備忘錄》，人民文學出版社 2000 年版，第 162 頁。

〔註 40〕謝有順：《內在的詩歌真相》，《1999 中國新詩年鑑》，楊克主編，廣州出版社 2000 年版，第 528 頁。

式的意義上，詩歌仍然是一種知識，它涉及的是人的想像和感覺的語言化。」
〔註 41〕我們可以說，生活處處充滿詩意，但還不能說充滿詩性。詩性是體現
在語言之中的。語言也是一種現實，只有把日常的生活細節轉譯到詩句之中，
讓它成爲詩歌現實中的質素，詩歌中的詩性才能最終實現。也即，面對生活，
要將由生活的日常性所提純的想像性的東西與感覺實施「語言化」，其中提純
的過程是需要「知識」的。

雙方的觀念分歧並不能掩蓋他們在詩歌文本中的實質。論爭的局外人胡
彥說，「《0 檔案》是對人的成長史與生活史的重述」，「臧棣的詩歌基本上都是
以現實生活作爲主題的」。〔註 42〕正所謂旁觀者清，其實雙方的詩歌都沒有脫
離現實，只是手段不同而已。或許眞正存在的一個事實是，雙方都在構建著
屬於自己的語言現實，通過這種語言現實處理對應著的不同的生活現實的方
式。

關於語言的問題。

海德格爾說「語言是存在的家」，他意指「使我們直接面對一種語言體驗
的可能性」。這種體驗並非指語言處理現實的能力，並非在說用語言來表達一
件事或一個問題。在他看來，語言本身就是一種現實，這種語言與科學語言
不同，在詩人那裡，語言是「存在的語言」。詩意並非來自閒談，並非來自日
常說話，但是，「純粹地被說出來的東西就是詩」。因爲，「日常語言是遭遭忘
因此也是被用罄了的詩」，「純粹」就是通常所說的詩性。〔註 43〕我們可以這
樣粗略去理解海德格爾的「語言是存在的家」與「人，詩意地安居」的深刻
含義。「知識分子寫作」與「民間寫作」雙方在「語言」上的爭論，在我們看
來，他們都是在海德格爾早就澄清了的問題之外糾纏。

「民間寫作」歷來以接近日常性的、撫摸的、軟的口語寫作者自居，而
且也素來看不慣「知識分子寫作」寫作的貴族化、技術化、翻譯體的語言風
格。這種對立由來已久，「盤峰論爭」中的分歧尤爲嚴重。這裡既有一個向內
的、歷時的、「民間」語言（包括方言）的吸納問題，也有一個現代性、橫向

〔註41〕 臧棣：《詩歌：作爲一種特殊的知識》，《1999 中國新詩年鑒》，楊克主編，廣
　　　　州出版社 2000 年版，第 553 頁。
〔註42〕 胡彥：《沒落，還是新生？——一份關於當代漢語詩歌命運的提綱》，《作家》，
　　　　1999 年第 7 期。
〔註43〕 參見〔德〕海德格爾：《人，詩意地安居》，郜元寶譯，上海遠東出版社 2004
　　　　年版，第 59～119 頁。

的（借鑒西方語言資源）、互文性的現代漢語發展問題。它們分別代表兩個不同的向度，總的來說是各有千秋，互爲補充，並不矛盾的。如果語言是一個整體的，那麼這兩種向度分別代表著經線與緯線，共同織就中國當代詩歌的語言地圖。這樣看問題是公正而客觀的。不過，我們還是不妨來看看雙方各自對語言問題的不同表述與追求。

「民間寫作」一方對「語言」的表達最典型的莫過於于堅的《詩歌之舌的硬與軟——關於當代詩歌的兩類語言向度》一文。這篇文章的觀點也成爲後來被「知識分子寫作」一方攻擊的焦點。于堅所提到的兩類向度包括：普通話寫作的向度和受到方言影響的口語寫作的向度。前者是「硬」的，後者是「軟」的。普通話「它創造了一個奇蹟是摧毀了由各種漢語地方方言建構的中國傳統的內心世界，有效地進行了所謂『靈魂深處的革命』。」這種「硬」無論是官方的還是民間的詩人都與意識形態聯繫在一起，詩歌與詩人形成一種抽象的脫離時空的關係。此外，這種「硬」還表現在其他方面，即歐化的、譯文的和書面語的。于堅明顯是拒絕這種「硬」的，可他反諷地說：「被公認豐富了中國新詩的歷史，加快了漢語的現代化」，因爲它「更便於國際接軌」。他認爲「軟」的口語化寫作才是承繼了「五四」以後開關的現代白話文傳統，用他的話來說就是，「口語寫作實際上復蘇的是以普通話爲中心的當代漢語的與傳統相聯結的世俗方向，它軟化了由於過於強調意識形態和形而上思維而變得堅硬好鬥和越來越不適於表現日常人生的現時性、當下性、庸常、柔軟、具體、瑣屑的現代漢語，恢復了漢語與事物和常識的關係。」〔註 44〕于堅的這篇文章幾乎就是後來論爭中對口語寫作倡導的綱領性文件。

對于堅的觀念，謝有順是完全贊同的，而且還強調了其價值所在：「從嚴格意義上說，用口語入詩是最難的一種寫作方式，這就好比樸素（而不是深奧）是藝術最高的境界一樣；口語也無法複製，因爲它是第一性的，個人的，它對應於原創性，這跟另一些詩人所做的忙於仿寫大師文本的工作（還美其名曰「互文」）是有本質區別的。」〔註 45〕當然，「民間寫作」包括謝有順在內在提倡口語的同時也在拒絕「口水」詩的出現，這算是一種自我清理。

〔註 44〕此段中引文均出自于堅：《詩歌之舌的硬與軟——關於當代詩歌的兩類語言向度》，《1998 中國新詩年鑒》，花城出版社 1999 年版，第 451～468 頁。

〔註 45〕謝有順：《1999 中國新詩年鑒·序》，《1999 中國新詩年鑒》，廣州出版社 2000 年版，第 9 頁。

　　這種清理用沈浩波的話來說，就是要用「後口語」來完成。他認為口語是「每個詩人的自身本質，天然的語言狀態和感覺」，即一種原生質。「『後口語』的詩人們更為講究詩歌的內在技藝，具備深刻的語言自律。」〔註46〕從以于堅為代表的「前口語」到以沈浩波為代表的「後口語」，加上評論界謝有順的價值定位，「口語」大致形成了一個體系。

　　針對「民間寫作」口語觀，「知識分子寫作」做了語言層面上的相應回應。孫文波認為語言的「純」難以做到，詩歌在採取何種語言上應該平等對待，「所謂的好詞與壞詞、抒情與非抒情，都已經獲得了詩學觀照，處於平等的地位，都可以成為詩歌確立的材料……」〔註47〕。相對來說，這是一種較為客觀的說法，也易於為人接受。

　　西渡與于堅針鋒相對。他認為于堅的軟硬說是把寫作倫理轉換到寫作風格上，是「缺少起碼的批評良知」，而且與詩歌追求豐富與差異的本質要求背道而馳。他進而指出，「口語寫作」使「詞語的詩性已被消耗殆盡」。〔註48〕這類觀念明顯帶有意氣相爭的口氣，並不符合當代詩歌的歷史真實。事實上，「口語寫作」也產生了為數不少的優秀詩作。

　　桑克認為口語的本質是聲音，「它一旦進入紙這種載體，它最小的獨立聲音單元也就演變成了文字，這種轉化過程實際上巨大而複雜，帶有濃重文明痕跡」。他從口語的物質轉化過程來下結論，認為詩中的口語只能是「假口語」。他對看重口語的看法是，「只是出於一種社會學的藉口，而不是一種對詩歌多種可能性具有建設意義的討論」。〔註49〕同樣地，實質上他也是一筆抹殺了口語在詩歌寫作中的客觀存在。

　　陳東東認為于堅混淆了現代漢語與普通話或方言在詩中的地位。現代漢語就是現代漢語，而不是普通話與方言，「因為並沒有直接的口語寫作」。口語入詩提純為書面語的程度如何，「並不意味著寫作的優劣」。對於西方的語言資源問題，這涉及到「譯述」問題，在他看來，譯述與西方語言資源並非

〔註46〕沈浩波：《後口語寫作在當下的可能性》，《1999 中國新詩年鑑》，廣州出版社 2000 年版，第 481～482 頁。

〔註47〕孫文波：《我理解的 90 年代：個人寫作、敘事及其他》，《中國詩歌：九十年代備忘錄》，人民文學出版社 2000 年版，第 18 頁。

〔註48〕西渡：《寫作的權利》，《中國詩歌：九十年代備忘錄》，人民文學出版社 2000 年版，第 29～31 頁。

〔註49〕桑克：《詩歌寫作從建設漢語開始：一個場外發言》，《中國詩歌：九十年代備忘錄》，人民文學出版社 2000 年版，第 36～38 頁。

那麼不堪。因爲，「譯述使現代漢語成爲一種自覺、主動、開放和不斷擴展著疆域的語言，它要說出的、或意欲說對的，是所謂『世界之中國』」。〔註50〕陳東東的言說，一方面存在極大的合理性，因爲他看到了現代漢語在詩歌歷史過程中的眞實命運，同時也看到其間內在融合的事實。但是另一方面他又與「民間寫作」帶有「民族主義」嫌疑一樣也帶有濃鬱的「民族主義」傾向，比如他說，現代漢語的譯述不是被殖民，而是「遠征和殖民」。如果是這樣，對語言的論爭就逃離了語言詩性運用的初衷而變得不知所云。

相對而言，姜濤對于堅的辯駁則具相當的學理性。他認爲于堅所言及的「硬」與「軟」涉及的實際上是「一種壓抑機制」，是「某種公共——權力話語在不斷削刪控制著自由言說的權利（但這決不是想當然的普通話對口語的壓制）」。這種情況是存在的，而且「這種話語已深深地滲入了20世紀中國的文化想像的歷史闡述中，構成了記憶、習慣和揮之不去的遺產」。他認爲于堅的說法體現了「在多種話語的交錯中，一種與時代共謀的歷史機會主義心態」。〔註51〕

先拋開雙方不同的觀念與意氣成分，我們可以說，對語言的不同闡述是具有積極意義的。畢竟，詩人都在尋覓一個「語言存在的家」，認可多種觀念的並存才是應有的態度，而不是非此即彼、打死對手而後快的二元對立的思維模式。

總的來看，論爭的焦點除了以上所提到的之外，還有諸如創作動機、新詩發展方向、具體詩人的評價、90 年代的詩歌特徵（如敘事性、個人寫作、歷史化與非歷史化、連續性與非連續性）等，不過這些都是附從於以上所討論焦點之下的延伸。雙方的不同闡述，如果別除去意氣的無謂的爭吵，還是相當有意義的，至少讓我們進一步摸清了 90 年代以來詩歌發展的脈絡，澄清了以往處於一種含混狀態的觀念雜合，從而加深了我們對 20 世紀 90 年代以來詩歌觀念的認識。

第二節 「70 後」詩歌觀念的浮出

回顧「70 後」詩歌運動的出現，不可否認，它是從「盤峰論爭」的硝煙

〔註50〕陳東東：《回顧現代漢語》，《中國詩歌：九十年代備忘錄》，人民文學出版社 2000 年版，第 114～115 頁。

〔註51〕姜濤：《可疑的反思及反思話語的可能性》，《中國詩歌：九十年代備忘錄》，人民文學出版社 2000 年版，第 145～146 頁。

中「殺」出來的一支新生力量。作為代際的命名，它正是在「知識分子寫作」與「民間寫作」爭得面紅耳赤時乘虛而出的。它一出世，就以「持續狂歡」（張清華語）的態勢擔當了詩壇的先鋒，正是因為它的出現才使「盤峰論爭」的高潮迅速回落，詩歌界的專注興奮點迅速聚集到「70 後」的身上。從「70 後」詩歌運動衍生而來的「下半身」寫作觀念更是驚世駭俗，吸人眼球，它與網絡一道進一步推進了詩壇的「價值分裂與美學對峙」（張清華語），從而成為世紀之交以來詩歌界一道「怪異」的風景。

一、「70 後」詩歌運動

「70 後」在詩壇的冒現，是以一種詩歌運動的形式出現的。它的發端雖然源於「70 後」自覺的集體詩歌活動，但其決定性的一步，卻與沈浩波對 90 年代詩壇的發難與黃禮孩編詩有關。不過，這都是以「盤峰論爭」為背景。「70 後」既在某種程度上刺激了論爭的發生，也在論爭中雙方不可開交之空隙奮力衝出並最終確立了自身在詩壇上的地位。總的來看，「70 後」開始並無統一的詩歌觀念，其運動性大於觀念性，直到沈浩波的「下半身」觀念出現，才有了一個標誌。

本書第二章「90 年代以來詩歌觀念的流變」中，已粗略交代了「70 後」詩歌運動與「下半身」觀念的形成過程，在此進一步考察其觀念及形成過程。

（一）頂撞而出世：沈浩波的「角」

90 年代末沈浩波還是北京師範大學中文系一名在校的大學生，當時他在詩歌創作與詩歌觀念上並無建構。他的成名確實太突然，在 90 年代詩歌「民間寫作」這一陣營中，他無異於一匹從天而降的黑馬。原因何在？大概有以下幾個原因：一、1998 年在北師大自印小報——《五四文學報》上發表《誰在拿 90 年代開涮》，後此文又在《文友》1999 年第 1 期上發表，並收入楊克主編的《1999 中國新詩年鑒》。此文與謝有順發表於 1999 年 4 月 2 日《南方周末》上的《內在的詩歌真相》一起成為「盤峰論爭」的重要導火索。他們也是「盤峰論爭」中被「缺席審判」的兩個人。所以，沈浩波成為研究「盤峰論爭」不可或缺的一個人物。二、對 80 年代中期以來「口語詩」傳統的充分肯定，以及對 90 年代「後口語詩」的極力提倡，對民間精神的重新闡釋。沈浩波對伊沙所說的「後口語」獨自承擔進行糾正，他認為這是許多人共同合力才形成的局面，是一股潮流。他對「民間寫作」的青睞，使他能搭上一

趨詩歌歷史便車，使以他爲代表的「70 後」能夠迅速成爲詩壇關注的焦點。「70 後」的這一策略使其最終殺出詩壇混亂的重圍，爲其在詩壇上立足奠定了基礎。三、提出「下半身」寫作詩歌觀念。這是以他爲代表「70 後」詩人的獨創觀念，一時影響極大，其「心藏大惡」的姿態幾乎徹底改變了中國先鋒詩歌的走向，以致他「在通往牛 B 的道路上一路狂奔」(沈浩波：《說說我自己》)。四、不僅態度鮮明地對「知識分子寫作」大加撻伐，而且也對「民間寫作」內部進行全面攻擊，比如與韓東論戰，這可能就是他所說的「先鋒到死」的精神，在「詩江湖」中「心藏大惡」。在「民間寫作」內部發難，使他再一次「起義」成功。同時也是「70 後」在詩壇上的地位得以鞏固而走出的關鍵性的一步。下面逐一進行闡述。

　　沈浩波寫《誰在拿 90 年代開涮》一文純屬偶然事件，但這一偶然事件竟成爲「盤峰論爭」的導火索之一，從而爲 90 年代詩歌徹底分化的局面提供了一次有效的催化。但是，看似也爲偶然事件的「盤峰論爭」，由於論爭的觸發與深化也逐顯出必然性的線索。此文，正是這一線索開始顯形的開端。

　　沈浩波在文章一開始就毫不留情以酷評的姿態指名道姓列出他要批判的對象，這些人包括：程光煒、洪子誠、歐陽江河、王家新、孫文波、陳東東、蕭開愚、張曙光、臧棣、西渡、唐曉渡。這個名單中除洪子誠之外，其餘的都是「盤峰論爭」中「知識分子寫作」一方的重要人物。沈浩波用詞之激烈，否定之徹底，可以用「駭人聽聞」來形容。他認爲他所列人物的罪狀是用「毫無生命力的東西去佔領整個當下詩歌語境，去塗改 90 年代中國詩歌的成就」。他所用的直接證據就是「案頭的三套大書」。〔註52〕他不無譏諷地說，正是這幾套大書中的詩人建立起了「中國的詩歌秩序」，這是「繼汪國眞之後找到新的技術主義的崇拜偶像了」。他繼而筆鋒一轉，認爲是上面所列的「同黨們」「壓制住了 90 年代那些眞正優秀的詩人」。他也列出一份 90 年代「最重要最優秀詩人」的名單：于堅、伊沙、阿堅、莫非、侯馬、徐江、韓東、王小妮。他們之所被「壓制」，是因爲沒有掌握出版機器，沒有接近主流話語。沈浩波最後直接把最尖銳的矛頭對準程光煒，並施以致命一擊：「程光煒，你那麼點起家史、發跡史誰不知道？你說 1991 年你和王家新在湖北武當山有過一次歷

〔註52〕包括：門馬主編的《中國當代詩人精品大系・堅守現在詩系》，共五冊；洪子誠主編的《90 年代文學書系》，其中包括程光煒主編的《歲月的遺照》；湖南文藝出版社出版的一套「當代詩人自選集」。

史性的會面，但我可記得你當時正在爲汪國眞之流的東西鼓而呼之者著書立說呀！你當時叫得多麼熱烈呀！你現在怎麼不提汪國眞了？！」從青春期的衝動激情來看，這種貌似魯迅雜文般的酷評是可以理解的。他與葛紅兵酷評魯迅的一無是處，與後來韓寒所說的中國無詩歌，細究起來並無二致。這種過火的批評很容易讓人聯想起文革時期的「破四舊」與紅衛兵的破壞行爲。姑且不論沈浩波酷評到何種程度，他「破」的欲望是如何強烈，可他希望看到一個新的秩序與新質的詩歌還是值得肯定的，因爲在「破」的同時也許會存在某種「立」的可能。無論他承認與否，這與伊沙在 90 年代初的「後現代」姿態一脈相承，這種姿態也許是他永遠不能解構的。在某種意義上說，沈浩波「誰在拿 90 年代開涮」中的「誰」正是他本人。只不過，這個「90 年代」是既成的 90 年代詩歌秩序。總的來說，從他文章火藥味的程度來看，從他的江湖氣、草莽氣以及他自認爲的無賴性來看，其成爲「盤峰論爭」的導火線就不足爲怪了。怪的是，一個還未畢業的大學中文系學生的意氣味十足的文章，竟然能在一個偌大的詩歌秩序中掀起如此的軒然大波，可見當時詩歌現場是如何的脆弱，甚至不堪一擊。

不過，沈浩波並非一味地否定與打倒一切。他對 80 年代以韓東、于堅爲代表的「口語詩」傳統的肯定、對 90 年代伊沙首創的「後口語」詩的提倡、對民間精神的重新闡釋，從這些都可看出他的明顯傾向來。對於「八十年代的詩歌傳統」，他用的是「必然尊重」的態度。他心目中似乎只有這個傳統，所以他認爲：「我們根本不用與我們祖先的古漢語詩歌傳統接軌，我們也不用絞盡腦汁去與什麼西方傳統、國際傳統接軌，我們眞正需要接軌的，就是八十年代的漢語詩歌的傳統」。〔註 53〕具體說來，這是個什麼傳統呢？在他看來，就是「非非」的「反文化」「反傳統」「反崇高」與重視「語言」本身；就是「莽漢」的「生命性」與「身體性」；就是韓東的「詩到語言爲止」的日常性書寫。而這些恰恰構成了沈浩波「下半身」詩歌寫作觀念的精神資源，不過，他在「傳統」的基礎上走向更遠，幾乎走向一個極端。對於西川的口語「厭倦說」他有限度地接受，對於歐陽江河的口語「失效說」，他認爲是「一個別有用心、強詞奪理式的謊言」。〔註 54〕不過在談到「後口語」時，他並沒有強調這是伊沙一個人的專利，而是說「『後口語』寫作的青年詩人們」。他

〔註 53〕 沈浩波：《重視八十年代的傳統》，《鴨綠江（上半月版）》2001 年第 7 期。
〔註 54〕 沈浩波：《後口語寫作在當下的可能性》，《詩探索》1999 年第 4 期。

對「後口語」寫作的內涵有如下闡述：「首先，後口語詩歌在 90 年代維護了詩歌寫作必需的原創立場，並更加具備不可混淆的獨立精神。」「其次，與前口語詩歌相比，『後口語』的詩人們更爲講究詩歌的內在技藝，具備深刻的語言自律。」「再次，『後口語』寫作在深度上開掘得更爲充分，『深度敘述』在後口語寫作中成爲可能」。同時他認爲在整個 90 年代詩歌中，「後口語詩歌僅僅是這個眾聲喧嘩時代較的清晰的一脈」，〔註55〕他明顯成熟了許多，他不再打倒一切。對「民間精神」他也有自己的理解，這是對「民間精神」的一個很好的補充，而且針對性更強。「我認爲，民間是一種精神，這種精神就是我剛說的，永遠在文化的背面，永遠反抗的一種精神。那麼有人會說，民間的對立面應當是官方啊！錯了，官方這個詞是一個社會性的詞，而從歷史的觀點來看，民間所對抗的，正是學院，正是知識分子，對抗的正是這種文化傳統。」〔註56〕他的「反抗」也包括對時尚的對抗。一言以蔽之，他心目中的「民間立場」就是對「所有文化正面的叛逆」。

沈浩波在「盤峰論爭」中被「缺席審判」，這反而使他的地位迅速提高。他在同年舉行的「'99 中國龍脈詩會」（1999 年 11 月）上，仍然是對「知識分子寫作」進行指責，比如他說像西川這類寫作「強調聖化、超越，追求思考的深度，但當思考深入不下去時，他就表現得模糊不清」。〔註57〕只是這次詩會「知識分子寫作」一方集體缺席，直到第二年又舉行「衡山詩會」（2000 年 8 月），「知識分子寫作」一方仍是沒有出席。此時的沈浩波再也按捺不住了，強烈的好鬥心使他在這次詩會上爲找不到對手而備感寂寞，於是突然掉轉矛頭對準自己陣營一通亂殺。「民間寫作」一方有成就的詩人全都成了他打擊的對象。比如他在評價伊沙時先是把他貶斥一頓，然後又說，「而伊沙的真正意義體現在 95 年以後的寫作上，他是把中國先鋒詩歌從語言狀態推進到身體狀態的前驅者，起到了承上啓下的重要作用。」〔註58〕其時，沈浩波已在爲他的「70 後」與「下半身」寫作在清掃道路了。

「下半身」詩歌觀念，可視作沈浩波對當代詩歌的一大貢獻，同時也是他

〔註55〕沈浩波：《後口語寫作在當下的可能性》，《詩探索》1999 年第 4 期。

〔註56〕沈浩波、李紅旗、侯馬：《關於當代中國新詩一些具體話題的對話》，《詩探索》2000 年第 2 期。

〔註57〕孫基林：《世紀末詩學論爭在繼續》，《詩探索》1999 年第 4 期。

〔註58〕沈浩波：《在衡山詩會上的即興發言》，《2000 中國新詩年鑒》，廣州出版社 2001 年版，第 471～479 頁。

「反抗性」爆發到最大程度的一個標誌。這是一個頗受爭議的觀念，褒貶不一。究其實，這仍然是他反抗傳統文化與傳統觀念的間接表達，仍然是「非非」式的一次邁進，是他「先鋒到死」的又一輪實踐。拒絕詩意、拒絕承擔和使命、拒絕傳統，強調快感、強調先鋒精神、強調下半身。他眼中的下半身，是「形而下狀態」「貼肉狀態」「肉體的在場感」，總之是「詩歌從肉體開始，到肉體為止」。這確實是石破天驚的言論，聞所未聞，先鋒至極，無異於又給詩壇投放了一記重磅炸彈。特別是他說出，「我們亮出了自己的下半身，男的亮出了自己的把柄，女的亮出了自己的漏洞。我們都這樣了，我們還怕什麼？」其引起的爭議，估計是前所未有的，或者是大多數人根本就不屑一顧，當作是他的瘋人囈語。不妨來看看他的「下半身」觀念是如何運用在詩歌創作中的。

> 她一上車／我就盯住她了／胸脯高聳／屁股隆起／真是讓人／垂涎欲滴／我盯住她的胸／死死盯住／那鼓脹的胸啊／我要能把它看穿就好了／她終於被我看得／不自在了／將身邊的小女兒／一把抱到胸前／正好擋住我的視線／嗨，我說女人／你別以為這樣／我就會收回目光／我仍然死死盯著／這回盯住的／是她女兒／那張俏俏的小臉／嗨，我說女人／別看你的女兒／現在一臉天真無邪／長大之後／肯定也是／一把好乳

——沈浩波：《一把好乳》

看到女人，就直接看她的性感部位，而且堂而皇之大言不慚。這本身就夠「下半身」了。更有甚者，連性感少婦的「小女兒」也一併性幻想並意淫起來了。天真的女孩與直露的「下半身」詩人的昏話相互映照，確實能產生一種噁心的效果，這也許正是沈浩波所要追求的。這種效果大大超出了魯迅當年形容中國男人對女人一步步進行性幻想的言詞了。無論怎樣去闡釋沈浩波的「下半身」詩歌，或者說無論多少評論家去找尋多種可能性去為沈浩波的詩進行開脫或粉飾，都無法掩蓋其中的猥瑣成分。

對於「沈韓之爭」（沈浩波與韓東）以及沈浩波對「民間寫作」詩人的逐一攻擊與否定，如果還可以馬虎將之認作一種「反抗」精神的體現的話，那麼他的「下半身」詩歌就不能作為他尋求與傳統詩意相悖的另一種「詩意」的藉口。難以想像，從一個天真無邪的小女孩身上，一味地想像她長大後的「一把好乳」，這詩意將從何處產生？這又是在反抗哪一路傳統文化？這絕不是一句他自認為的流氓、無賴姿態所能掩蓋的。

總而言之，到目前為止，「70 後」的「角」仍然是銳利而到處衝撞，沈浩波在中國當代詩歌史上，確實無意有意間激起過一場又一場「浩波」。他對「民間精神」的闡釋及對「後口語」詩的提倡不乏建設性的貢獻。但對他的爭議不是沒有理由，最終將會有一個比較客觀的評定，而不僅僅是伊沙罵中帶褒說他是剃一光頭的「跳梁小丑」〔註59〕。

（二）黃禮孩的建構及「70 後」的式微

沈浩波在「盤峰論爭」過程中以吸人眼球的方式，使「70 後」開始受到關注，但他十分清楚，真正讓「70 後」詩歌群落得以面世並做了實實在在工作的，應該是廣東的黃禮孩。所以，沈浩波的功勞在於以急先鋒的姿態為「70 後」進軍詩壇撕開了一個口子，最終使「70 後」詩歌如潮流般穩駐詩壇的卻是黃禮孩。至於沈浩波不久後成立「下半身」詩歌團體，只是「借勢」（馬策語）〔註60〕而已。對於沈浩波試圖當「70 後」領袖的野心，〔註61〕安琪表達了不平之情：「對於為『70 後』的現身並最終奠定歷史地位的廣東『70 後』詩人黃禮孩而言，這一切未免顯得殘酷和不公平。」〔註62〕所以，在此應該給黃禮孩一個合適的位置加以肯定。當然我們既可以把沈浩波的「下半身」觀念當作「70 後」的代表性詩歌觀念來看待，也可以將二者當作兩個獨立的現象來考察。

關於代際的命名，之前有「第三代」詩人，那種代際特指是相對模糊的，大概是以文學史上的幾個時期來命名幾代有代表性的詩人的創作概況。以詩人出生年代來命名的，「70 後」恐怕是較早的一次，而且並非來自官方或主流刊物，所以「70 後」具有與生俱來的「民間」性。早在 1996 年，陳衛在南京

〔註59〕 伊沙：《現場直擊：2000 年中國新詩關鍵詞》，《芙蓉》2001 年第 2 期。
〔註60〕 馬策：《詩歌之死》，《2000 中國新詩年鑒》，廣州出版社 2001 年版，第 550 頁。
〔註61〕 沈浩波寫了一篇《詩歌的「70 後」與我》，該文先在網上發表，後載《詩選刊》2001 年第 7 期。他說：「甚至可以毫不誇張地說，『70 後』這一概念的歷史在很大程度上是隨著我本人的成長的歷史行進的。也可以說，我和『70 後』互相利用了一把」。對於「盤峰論爭」，他大言不慚地說，「（我）毫無疑問也成了名聲上最大的收益者」，「中國詩歌新的春天即將到來，『70 後』們將以加速度開始成長並『搶班奪權』。可以說，盤峰論爭真正成就了『70 後』」。對於「下半身」，他明確表示這是他與朵漁在「搶佔『70 後』高地」，是「要給『70 後』重新洗牌」。
〔註62〕 安琪：《一個時代的出場——關於「70 後」詩群》，《詩選刊》2001 年第 7 期。

創辦民刊《黑藍》，並初步提出「70 後」的概念，但其中主要指的是 1970 年後出生的詩人。現在看來，「70 後」並非一個嚴格的代際劃分。1970 年後出生的自然也應當包括 1980 後出生的詩人在內，更何況，1980 年後出生的與 1970 年後出生的詩人的創作，以及與 60 後詩人並沒有截然不同的創作路向，在很多方面還顯示出相同的一面。所以，「70 後」最早的提出是針對當時一群初露頭角的詩人，僅僅是一個特指的群體，並不包括 80 後。「盤峰論爭」後所指的「70 後」仍是那一個群落，只是加了一些詩人名單而已。黃禮孩對這點是十分清楚的，並有過較為全面的溯源。〔註 63〕

　　1999 年，黃禮孩決定創辦「70 後」詩歌刊物。他不遺餘力地聯繫、搜羅「70 後」詩人。他除了得到 60 年代出生的詩人與一些詩刊編輯的大力支持外，還得到了嶄露頭角的沈浩波的支持，從而揭開了「70 後」詩人自己創造歷史的序幕。民刊《詩歌與人》應運而生，迅速風起雲湧並產生一定影響。前文提到，「70 後」與生俱來就是一股「民間」詩歌力量，這決定了他們的詩歌精神就是以自由人的身份對詩壇發出自己的聲音。既是自由人，而且是發出自己的聲音，這就決定了「70 後」只能成為詩歌運動性質的出現，而沒有統一的詩歌觀念，從而也不可能成為一個旗幟鮮明的流派。儘管如此，黃禮孩的努力還是得到了包括《詩選刊》《詩刊》在內的眾多刊物的認可並配發大量「70 後」詩作。2000 年上半年黃禮孩又策劃《'70 後詩人詩選》，同樣地，這是一本沒有同仁傾向的詩選，強調的是「70 後」詩歌的整體性。值得注意的是，這一年沈浩波成為「中國詩壇真正的『風雲人物』」（伊沙語），「影響的焦慮」與沈浩波自己所言及的「搶班奪權」的欲望，這些因素決定了「70 後」自身內部出現分化成為必然。

　　「盤峰論爭」發生後，「70 後」一度成為焦點，「民間寫作」於是呈現出新的發展趨勢。順此餘波，2000 年開始，隨著詩歌網站迅速崛起，這進一步加快了「民間寫作」的擴散及其分化。具體表現就是，「70 後」詩群在短期內穿越論爭鋪漫詩壇的同時，從中又冒出一個「下半身」。沈浩波另立山頭的行為，使「70 後」在一兩年之間從風頭正緊轉向迅速式微。話說回來，我們可以將「下半身」視為「70 後」的一個變體或者延伸，在這個意義上講，「70 後」的式微也是另一種形式的崛起。

〔註 63〕 具體可參見黃禮孩文章《一個時代的詩歌演義——關於'70 後詩歌狀況的始末》，《詩選刊》2001 年第 7 期。

二、「下半身」粗鄙身體美學

　　90 年代中期，「民間寫作」與「知識分子寫作」已開始分化。評論界不僅意識到這點，而且還作出過較爲合理的辨析。程光煒認爲 20 世紀的中國思想史已分裂爲三種話語形態：「國家權力支持的權威意識形態，以西方外來形態爲主體的知識分子形態，保留在中國民間社會階層的民間意識形態」。〔註64〕民間話語形態歷來是遭受壓抑的對象，直到 90 年代以來，隨著商品消費社會的衝擊，這種狀況得到徹底的改觀。民間的話語力量一旦得到釋放，將會形成一股不可遏制的力量，這種力量開始表現爲一種大眾文化的姿態，然後在各自所屬的領域內發生作用。「90 年代的詩歌，是以權威話語的退縮和民間話語的擴張爲基本特徵的」，程光煒認爲，「當社會運作出現哈貝馬斯所說的『總體性價值系統危機』時，民間話語就有可能在夾縫中一躍而出，表現爲一種『語言的狂歡』。」〔註65〕誠如程光煒的預言，到世紀末這種狂歡的效應終於得以展現，而這一切僅僅是個開始。沈浩波的出現，以及他之後網絡話語發揮到極致，都驗證了之前許多中外學者的判斷。如以一種世界性現象作爲背景，其實「盤峰論爭」的發生與沈浩波一類人物的出現是遲早的事。

　　沈浩波在論爭之前就以一個在校學生的身份攪動了詩界的平靜，之後又以獨行俠的作風大鬧「民間寫作」陣營，待所屬自己陣地的「70 後」剛剛立足，就又另起爐竈成立「下半身」團體。其破壞性是一貫的，求新求異的做法是一貫的，只是其狂歡的粗鄙性在一路狂奔之下，最後直指「牛 B」的「下半身」。前文提過，「下半身」成立與沈浩波、朵漁等人的提出與推動分不開，但更與網絡傳播的速度密不可分。一時間，「下半身」與「正在通往牛逼的路上一路狂奔」（沈浩波語）不僅成爲詩歌界熱議的話題，而且也成爲社會流行語，可見其影響的廣泛性。我們不妨來看看「下半身」是如何表述的：

　　　　「知識、文化、傳統、詩意、抒情、哲理、思考、承擔、使命、大師、經典、餘味深長、回味無窮……這些屬於上半身的詞彙與藝術無關，這些文人詞典裏的東西與具備當下性的先鋒詩歌無關。」

　　　　「讓這些上半身的東西統統見鬼去吧，它們簡直像肉乎乎的青蟲一樣令人膩煩。我們只要下半身，它眞實、具體、可把握、有意思、野蠻、性感、無遮攔。」

〔註64〕程光煒：《誤讀的時代》，《詩探索》1996 年第 1 期。
〔註65〕同上。

　　　　「所謂下半身寫作，指是的一種堅決的形而下狀態。對於我們
而言，藝術的本質是唯一的——先鋒；藝術的內容也是唯一的——
形而下。」

　　　　「所謂下半身寫作，指是的一種詩歌寫作的貼肉狀態，就是你
寫的詩與你的肉體之間到底是一種什麼樣的關係？……」

　　　　「所謂下半身寫作，追求的是一種肉體的在場感。注意，甚至
是肉體而不是身體，是下半身而不是整個身體。……」

　　　　「而我們更將提出：詩歌從肉體開始，到肉體為止。」

　　　　「我們亮出了自己的下半身，男的亮出了自己的把柄，女的亮
出了自己的漏洞。我們都這樣了，我們還怕什麼？」

　　以上只是摘錄於沈浩波那篇著名的《下半身及反對上半身》〔註 66〕中的
部分文字。

　　另一個「下半身」的主要代表人物朵漁，〔註 67〕除了擁護這一觀念之
外，並作了進一步的闡釋。在他看來，「下半身」是對 80 年代詩歌的重構，
是對 90 年代詩歌的顛覆，並且它的出現意味著三個結束與三個開始：「知
識分子寫作」與「民間寫作」之爭的結束、「民間」與「偽民間」混淆局面
的結束、平庸的九十年代的結束；純粹肉體寫作的開始、顛覆經典，詩歌
不歸路的開始、人是文化的最大成果，要坐到文化的背面，必須從「你不
是人」開始。他對沈浩波的文章進一步發揮：「『下半身寫作』是人性的、
一種行動的詩學」，「以激情、瘋狂和熱情來捍衛人的原始的力量」，「對於
『下半身』來說，寫作是一種肉體的召喚，一種感覺，一種強烈的願望」，
「誠實於自己的身體，誠實於文字，與一切沒有身體的、沒有道理而只是
為了炫耀的說謊的東西為敵，去掉虛偽的掩飾，去掉空幻高蹈的麗詞，簡
單，明晰……」〔註68〕等等。「下半身」詩人除了沈浩波、朵漁之外，還有
南人、巫昂、馬非、盛興、尹麗川、李紅旗、朱劍、軒轅軾軻、阿斐、李

〔註66〕　沈浩波：《下半身寫作及反對上半身》，《2000 中國新詩年鑒》，廣州出版社 2001
　　　　年版，第 544～547 頁。

〔註67〕　在伊沙的一篇文章中提到，「下半身」是由朵漁最早提出來的，但考慮到沈浩
　　　　波的《下半身寫作及反對上半身》，我們暫且將沈浩波視作「下半身」觀念的
　　　　標誌性人物。

〔註68〕　此段引文均出自朵漁：《我現在考慮的「下半身」——並非對某些批評的回
　　　　應》，《2000 中國新詩年鑒》，廣州出版社 2001 年版，第 560～574 頁。

師江，等等。這些「70 後」詩人都寫出不少「下半身」的詩歌以表示對沈浩波的支持，儼然形成一個「下半身」詩歌群。這個群體也成爲了「70 後」詩人中重要的一部分。

先不必去探究文字深處所要表達的所謂「身體美學」〔註69〕或提倡的「荷爾蒙敘事」，僅這些話就足夠驚世駭俗，足夠讓人心驚肉跳了。推翻、打倒傳統的一切，肯定與自己身體有關的一切，貼肉、在場、「詩歌從肉體開始，到肉體爲止」、亮出把柄、亮出漏洞，等等，完全一副潑皮的模樣，還哪有傳統意義上的詩學可言？而奇怪的是，恰恰就是他這些流氓性十足的話語，把詩壇攪得紛紛揚揚而且響應者眾。這個時候，「知識分子寫作」詩人哪去了？傳統的老詩人哪去了？官方詩壇哪去了？意識形態哪去了？一切都似乎悄無聲息起來。是不屑於這種言論，還是已不屑於詩歌？我們只能說，詩歌邊緣化的地位已是無論如何都激不起大眾的口味了，曾經輝煌又被主流意識形態作爲控制思想的工具的詩歌已無法再去實現介入的功能，詩歌要麼成爲個人自吟的東西，要麼成爲網絡起哄、吵鬧、噱頭的實現自戀的遊戲方式。也許我們可以說，詩歌已不再強調「知識分子性」，詩歌已成爲新世紀以來狂歡化語境的一個實例而存在。如果這就是詩歌的結局，那麼「盤峰論爭」還有什麼意義可言？不過，也有持不同觀點的人。于堅、謝有順仍然葆有「民間寫作」一方的「黨性」原則，他們對沈浩波爲代表的「下半身」詩歌觀念基本持贊許的態度，並進行了美學意義上的闡釋。

于堅其實在《詩言體》〔註70〕一文中就表達了相近的一些觀點。比如他推崇中國古代詩歌中的「肉感」，強調現代詩歌應回到一種「更具肉感的語言」，「人們肯定是在口語中性交而不是在書面語中性交」。儘管他是在反對「詩言志」的傳統與提倡日常性的「口語」寫詩，但是我們從他的字裏行間裏，仍然可以看出他對詩歌赤裸性的追求。他後來進一步明確表達了「世界在上面，詩歌在下面」的觀點，以此來聲援「下半身」寫作觀念。他認爲 80 年代以前的詩歌「大多數時間是在意識形態的天空中高蹈，站在虛構的一邊。浪漫、理想、昇華、高尚、對世俗生活的蔑視。」這是「上」，而「下半身」的

〔註69〕朵漁是不承認「身體美學」的說法的，他認爲「下半身就是下半身」。但一般論者在論及「下半身」時仍從「身體美學」的角度來論述。

〔註70〕于堅：《詩言體》，《2000 中國新詩年鑒》，廣州出版社 2001 年版，第 442～459 頁。

「下」則是「詩歌越過日常生活更下，直達世界的本源之處」，它的生殖力、感官、感覺等與上半身（思想）是完全不同的。〔註71〕總之，他對「下半身」的支持是溢於言表的。

謝有順站在文學史的高度來認識「下半身」的價值並為之定位。他認為，正是以所謂的「私人寫作」「七十年代人」「身體寫作」「下半身」等身體敘事的出現，才使這個時代有了新的文學動力。他的理由是，歷來的文學或文化傳統，對身體的壓抑和蔑視，這本身就是對文學的傷害。「下半身」就是對壓抑機制的反抗，是「從身體中醒來」，而身體本身就包含著文化意義，這種意義在歷來的文學中都顯得相當重要，「如果作家的寫作省略了肉體和欲望這一中介，而直奔所謂的文化意義，那這具身體一定是知識和社會學的軀幹，而不會是感官學的，這樣的作品也就不具有真實的力量」。作為評論家的謝有順是理智的，他並不像「下半身」寫作者們那樣走入一個極端，他同時也在反思這種寫作的負面性，「『下半身』一旦完成了它本身的反抗意義，是否還是肉體和性在其中起決定作用」？這種反問不無現實意義，它要質疑的正是「下半身」中可能出現的借著「下半身」旗號而實際上僅僅是在生產「肉體」和「性」的歡娛。〔註72〕

張清華將「下半身」納入「粗鄙美學」範疇中來進行認識。粗鄙的作用在於解構，是「現代的一種畸變的美學，一種最終會離開美感本身的粗陋的美」。〔註73〕它雖然突破一般人的道德底線，但仍不能以道德審判的方式來對待之。在張清華看來，它作為一種修辭或隱喻則更為貼切。相對於 1986 年「現代主義詩歌大展」為數不少的僅為傳達觀念工具的詩歌而言，如果「下半身」是為著一個嚴肅的命題出現，那麼它的價值仍然成立，否則其中的「粗鄙」作為一種美學則不能成立。

「盤峰論爭」之後直至新世紀以來，詩歌呈現出絕對不同於以往任何時期的面貌。在「知識分子寫作」群體突然集體暗啞之後，「民間寫作」也走向一個散變的局面。「知識」「昇華」「價值」「精神」等再也激不起詩壇的浪花，

〔註71〕 參見于堅：《世界在上面　詩歌在下面——回答詩人朵漁的 20 個書面問題》，《2001 中國新詩年鑒》，海風出版社 2002 年版，第 509～530 頁。
〔註72〕 此段引文均出自謝有順：《文學身體學》，《2001 中國新詩年鑒》，海風出版社 2002 年版，第 509～530 頁，473～493 頁。原載《花城》2001 年第 6 期。
〔註73〕 張清華：《價值分裂與美學對峙——世紀之交以來詩歌流向的幾個問題》，《文藝研究》2007 年第 9 期。

隨之而來的是網絡環境之下的娛樂化、倫理變異、向下、狂歡等。任何人都無法左右詩壇的走向，又似乎任何人都能在詩壇上「撒一泡尿」，這可能就是當時詩歌現場的眞實處境。雖然「下半身」很快就難以爲繼，但詩壇再也不會甘於寂寞。繼之而來，網絡的蒙面性、隱身性、匿名性一再極度發揮，使詩壇的狂歡化傾向走得更遠。2006 年發生的趙麗華「梨花體」惡搞事件與垃圾派的「低詩歌」，這些都爲新世紀的詩歌現狀做了最好的注腳。「民間」的繼續延伸與擴變，又爲中國詩歌增添許多難以預料的新質，詩歌觀念再度呈現混亂的局面。

第三節　網絡語境下「民間」的延伸與擴散

一、「民間」擴散與網絡推動

　　新世紀以來，「民間寫作」在多方面因素的推動下已呈擴散之勢，其中網絡「功不可沒」。相對於紙質媒介來說，網絡是有史以來最大的一次傳播革命。而這次革命恰恰開始發生於 20 世紀 90 年代，並在新世紀以來迅速得到普及，它極大地影響了文學，影響了詩歌，甚至影響了當代文學與文化的諸多性質。在詩歌方面，一個明顯的表現就是，詩歌的發表、傳播十分便利，但又充滿泥沙俱下的窘況。網絡的面具、隱身、匿名等性質，使詩歌的高貴大打折扣，它使詩歌在平民化、大眾化、消費化的同時，又讓它狂歡化、粗鄙化、口水化。網絡詩歌的發展速度令人咋舌，特別是新世紀以來，幾乎讓詩壇發生了一場革命。這種狀況早就引起眾多研究者的關注，網絡文學（詩歌）從而成爲文學與大眾文化研究的一個熱點。

　　其實，網絡詩歌在 90 年代中期就以極快的發展速度撲入文學領域，其創作的實績也早就爲人所稱道。儘管「網絡詩歌」概念的提法尚存爭議，還有許多問題需要去解決，但它確已成爲一個不可逆轉、日益普泛化的文學現實。美國加州大學學者杜國清寫了最早的一篇關於互聯網中文詩歌的學術論文——《網絡詩學：20 世紀漢詩展望》，他是在 1997 年 7 月福建武夷山「現代漢詩研討會」上提交的。他提出，國際互聯網（Internet）勢必改變人類未來的生活方式和思考方式，也將會產生一種新的國際網絡詩學（Internet Poetics）。後來的事實證明，他的見解是有預見性的。比如，2000

年至 2001 年，網絡成全了「下半身」。沈浩波說，「《下半身》的一舉成名，離不開各詩歌網絡站點的興起，《下半身》就是從『詩江湖』和『詩生活』引發了不啻地震般的強烈震撼並從這兩處將其影響輻射出去的。2000～2001 年，大約近 20 種詩歌站點或論壇紛紛開通。其中最負盛名的莫過於『詩江湖』和『詩生活』；2001 年新出現的『唐』和『橡皮』也同樣顯示了強勁的勢頭。這四個站點，成爲眾多詩歌站點中的『四大名旦』。幾乎所有的知名詩人都在這幾個站點發表詩作或言論，中國先鋒詩歌的現場已經轉移到網上了。」〔註74〕再比如，在「下半身」之後的「低詩歌運動」，包括「垃圾派」「垃圾運動」「空房子主義」「反飾主義」等，都源於網絡。沒有網絡，就沒有這一系列詩歌運動的出現，而且這些詩歌運動形成了「民間寫作」延伸與擴散的一個個標誌。

　　無法考證最早的中國詩歌網站，最早的網絡詩歌是寄生在一些文學的、教育的、網絡公司的網站上，開始也只是一些簡單的 BBS 詩歌討論區。早在 1994 年，綜合性文學網站「橄欖樹」就已創辦，我們可以把它當作是中文詩歌網站的先驅。之後一兩年時間內，清華大學的「水木清華」詩歌討論區創建，其他大學還有「華南木棉」「逸仙時空」「白雲黃鶴」等詩歌討論區。商業網站也有像「新浪・讀書沙龍、藝術長廊」、「網易・詩人的靈感、開卷有益」「榕樹下」「清韻書院」一類的詩歌討論區，這些網站的詩歌欄目都產生了較大的影響，發表了數量巨大的詩歌作品，其中不少質量較高。不僅大量的詩人融入到詩歌網站，而且許多詩評家也加入其中形成互動。稍後遲至 2000 年創辦的「詩生活」網站，網羅的詩人與詩評家讓人歎爲觀止。進入該網站「詩人專欄」與「評論家專欄」裏的大多都是在 90 年代頗有影響力的人物，包括：王家新、張曙光、孫文波、陳東東、鄭單衣、西渡、侯馬、蔡天新、宋曉賢、吳晨駿、楊小濱、馬永波、林木、周偉馳、唐丹鴻、崔衛平、張檸、敬文東、張閎等 60 多位當代活躍的詩人與詩評家。之後成立的「詩江湖」「鋒刃」等知名詩歌網站也多呈如此景觀。〔註75〕經過 90 年代中期以來的發展，「進入 2001 年以後，中國詩壇，形成紙質詩刊的創作和網絡詩歌的創作兩大陣營，網絡詩人成爲華語詩歌界的不速之客」。（「所謂不速之客，就是自己爲

〔註74〕沈浩波：《詩歌的「70 後」與我》，《詩選刊》2001 年第 7 期。
〔註75〕此段內容重點參考桑克的文章《互聯網時代的中文詩歌》，《詩探索》2001 年第 1、2 合輯。

自己頒發通行證！」）〔註76〕網絡詩歌在 90 年代的興起與新世紀以來的興盛，其實已與主流官方紙質的詩刊、大量難以數計的民間詩刊詩報形成三足鼎立的態勢，「三分天下」的格局在 90 年代實際上已經初具規模，到新世紀網絡詩歌則以更爲強大的陣容在構建詩壇的新格局。無視網絡詩歌必然造成對詩歌現實的盲視。在此我們無力去做一個結論性的統計工作，其鋪天蓋地、無孔不入的特徵，足以構成一個嶄新的詩歌天地。我們只能在網絡客觀存在的基礎上進行觀念上的認可，對虛擬世界的詩歌進行「虛擬」的實績評估。那麼隨之而來的是，我們必須面對全新的文學土壤、文學環境，日益新異的詩歌觀念、詩歌體式，以一種革命性的研究話語去考察和研究「革命性」的詩歌。

二、網絡美學與眼球經濟的介入

「民間寫作」在新世紀呈現出全新的特徵，除了其自身的嬗變之外，還與網絡美學和眼球經濟的介入緊密相聯。互聯網的普及，不僅使中國範圍內信息能夠瞬間到達，整個世界都已進入一個「地球村」時代。在這種境況下，如果文學在網絡上播行，紙質傳媒的官方文學和主流文學的權威性將大打折扣，網絡文學大範圍、短時間的傳播速度，將使文學以一種更大眾化、平民化的姿態出現。而且，網絡文學將以更多的方式影響、漸變傳統文學。文學不再高貴，文學將成爲普通大眾的一種自由表達的話語方式，其「平民性」的特徵較之以往則更爲普泛，廣義上的「民間寫作」不僅可能而且將會成爲眞實的存在。中國自古就是一個詩歌的國度，80 年代中期已有第三代詩歌運動的基礎，「盤峰論爭」之後，「70 後」詩歌運動也讓年輕一代再次嘗到「造反」的甜頭；此外，新詩的形式甚至以一種無難度的錯覺進入大量前寫作者的意識，字數不多只需分行就可以表達情緒的詩歌形式就成爲最佳的文體選擇，從而詩歌一度成爲網絡文學最常見的形式。

與美學相關的是，網絡終於極大改變了我們的審美活動。具體表現爲：現代網絡與數碼技術滲浸入文學藝術的審美體系、世俗化與私語性內容成爲審美的對象、寫作的無功利性決定欲望的發泄無意間成爲審美活動的動機、網絡的虛擬性同時決定了審美心理的虛擬性體驗與遊戲心態，這些具

〔註76〕小魚兒：《詩歌報網站：2001 年華語網絡詩歌不完全梳理》，《星星》2002 年第 4 期。

體的網絡美學特徵經歷了一個漸變與成型的過程。早在 1994 年互聯網進入中國以來，中國社會也同時經歷一個從 80 年代進入 90 年代的轉型時期，社會經濟、文化、政治發生了巨大的變化。在此之際，網絡的介入，使社會生活與文化找到一個轉流的突破口。特別是新世紀以來，尤其對年輕人來說，網絡成爲日常生活的重要內容，以往純紙質的文學樣式不再高貴與受寵。年輕一代的精神審美需求從以前的被動的、受教育式的接受方式，轉變成爲互動式的生活體驗與表達。從而，人與生活、世界的對話轉換成人機對話、自己的傾訴，這種隨時都可發生的表達欲與帶有文學性質的私語性的結合，就成爲中國人生存狀態與精神面貌的審美意義上的一種真實反映。

按照西方當代一些思想家的意思，科學技術本身就帶有意識形態性，那麼網絡與網絡詩歌又將意味著什麼？這正是我們把網絡詩歌也納入「民間寫作」範疇來討論的意圖所在，只是這是一種更爲普遍意義上的「民間寫作」的延伸與擴散。在我們看來，網絡詩歌的意識形態性即表現爲它無所不在的「平民性」「民間性」。有研究者已關注到網絡詩歌全新的文化革命的性質，並針對網絡對文學發展的意義作出概括，比如向衛國如此指出：

（1）它第一次徹底地破除了藝術形而上學，使之從神秘的空中回到陽光燦爛的人間，回到它的原始起源，從而在某種程度上再次體現了文學生產的體力性和大眾化。

（2）網絡時代通過群眾性的參與真正打破了上千年狹隘的「抒情」神話，回歸到更廣義的「言志」傳統。

（3）詩歌創作並不一定非要使用那些高雅抒情手段（如繁複的語言技巧，深不可測的隱喻、象徵等），完全也可以使用日常的、最簡單的語言操作方式，甚至包括簡單敘述和科學說明的方式等等，從而恢復和釋放出詩歌語言的創造活力。

（4）由於現代工具帶來的方便，壁壘森嚴的文體界限正在被打破。

（5）促使人們對以往的「詩歌現代化」進行反思。

（6）現代工具革命和生產方式的變革必然驅使我們重新思考一個相當重要的哲學問題，即物質與人（意識）的關係問題。

　　　　（7）電子時代「詩歌生產」的消費性質，反轉過來會促進詩歌
　　的生產。〔註77〕

　　這個分析確實很到位。向衛國的概括告訴了我們，由於網絡與網絡美學
的介入，我們正在進入一個空前的平民寫作時代。不過，這還只是平民寫作
或「民間寫作」最新表現形式的一個物質基礎與部分特徵，它的另一個最明
顯的負面特徵就是其粗鄙性的進一步深化，比如，詩歌的網絡「惡搞」與比
「下半身」更「下」更「低」的系列「低詩歌」的出現。簡單分析其中原因，
這與時下流行的「眼球經濟」的介入有關，網絡的追求點擊率與蒙面式的虛
擬攻擊是其生成機制。

　　「眼球經濟」又叫注意力經濟，它本來不是網絡的專利，只是在網絡時
代尤為顯目。一個網站成功與否，其衡量的標誌之一就是網頁點擊率的高低，
所以「眼球經濟」就成為一個形象的稱謂。從廣義上來說，「眼球經濟」無非
是依靠吸引公眾的注意力而獲取經濟收益、社會效益的一種運作方式。這是
一個「聳動新聞主義」的年代，策劃新聞就成為「眼球經濟」的一個極為常
用的策略。然而，網絡詩歌是非功利性的，它更多時候只是無數個個體以詩
歌為載體的自由表達；但網絡的本性是要求點擊率的，另外，人之本性的表
現欲、狂歡、欲念、遊戲心態等，這些的介入又為詩歌打開了另一個側門或
魔盒，平添網絡詩歌的又一形態或命運。從 2006 年發生的趙麗華「梨花體」
詩歌惡搞事件，我們就可見識「眼球經濟」對詩歌介入的「盛況」。

　　關於趙麗華「梨花體」詩歌事件的論爭始於 2006 年 9 月的網絡上。2006
年 8 月，以河北女詩人趙麗華名字命名的網站建立。這個網站黏貼了她 2002
年之前的一些短詩，有些故意將趙麗華的詩打亂分行黏貼上去，其中還有一
些偽作。這些「詩」被配上「魯迅文學獎評委、國家一級作家女詩人」的標
籤到處轉貼，並且成立以趙麗華名字的諧音而來的「梨花教」教派，封趙麗
華為「教主」。該網站的始作俑者選擇天涯社區娛樂八卦論壇，進行瘋狂的轉
貼和煽動。

　　從策劃的角度看，這是一次非常成功的舉動。「梨花教」似乎並不是一個
（或者一群）純粹的、本分的、呆板的文人，他（他們）應該很有幾分閱歷，
對天涯八卦論壇的影響力有所認識，對天涯八卦人的微妙心理、微妙趣味更

〔註77〕向衛國：《試看網絡文學革命的前潮——讀〈中國低詩歌〉》（序二），《中國低
　　　　詩歌》（張嘉諺），人民日報出版社 2008 年版，第 31 頁。

是非常瞭解，對該論壇的傳播模式也諳熟於心，從而創造了一種互動性極強的傳播方式，即仿寫趙麗華詩歌，於是，不過三四天時間，就製造出了「萬人齊寫梨花體」的壯觀場面。

繼之，對趙麗華本人及對她「梨花體」詩歌的論爭，在網絡上迅速鋪天蓋地地展開。多數是批判、嘲弄、質疑和仿寫。

2006 年 9 月 30 日，「廢話派」代表詩人楊黎、「荒誕派」代表詩人牧野組織各個流派詩人相聚北京朝陽第三局書屋，舉行「支持趙麗華，保衛詩歌」朗誦會。接近尾聲時，「物主義」代表詩人蘇非舒以脫衣秀方式闡釋了他的詩歌觀念。這一時成為轟動性的新聞。

趙麗華詩歌事件的發生和發展，使現代詩歌和現代詩人再度引起大眾和媒體的關注。各種官方和民間詩歌活動空前活躍。

趙麗華詩歌事件對新詩是一次契機？還是從這個詩歌事件中我們看到詩歌頹敗的徵兆？這一事件確實讓大眾的眼光齊刷刷地向詩歌看來，但是，詩歌這一古老的形式在網絡時代被極度沉重地褻瀆了。「眼球經濟」對詩歌的介入能否功過相抵？我們確實需要重新認識與反思這個問題。網絡是把雙刃劍，它既能讓詩歌走入尋常百姓家，也能讓詩歌死於一次自刎。同時，從這個詩歌事件中，我們還能看到「民間」性力量的巨大與其猥瑣、陰暗的一面。畢竟，為何選擇趙麗華這個年輕的女詩人進行「惡搞」，其中原因一般人都能想像得到。

自 20 世紀末的「盤峰論爭」及沈浩波的「下半身」以來，詩歌的「民間寫作」路向確實越鋪越開，越走越遠；其觀念是越來越發散，越來越複雜與難以把握。再也無人去奢談詩歌中的「知識分子性」與「知識分子寫作」，越來越「低」的詩歌觀念成為我們不得不去面臨的現實。

三、「民間」漸行漸遠：低詩歌

20 世紀初的白話文運動，使現代漢語一舉取代了古代漢語而成為通行的書面與文學用語。中國新詩在歷經近百年後，新世紀初的「民間寫作」的變異與泛化，又使詩歌精神發生了翻天覆地的變化。這種變化與網絡的普及密切相關。新世紀以來的先鋒詩歌主潮莫過於被張嘉諺（老象）所命名的「低詩歌運動」。這場運動由沈浩波為代表的「下半身」來揭開了序幕。2003 年開始，「下半身」遭到同樣來自網絡詩歌運動的衝擊而式微。自此，「民間」借

助網絡漸行漸遠，「垃圾派」「垃圾運動」「空房子主義」「反飾主義」「中國話語權力」「中國平民詩歌」「俗世此在主義」「民間說唱」「打工詩歌」「草根派」「放肆派」等接踵而至，此起彼伏。這個「低詩歌運動」完全秉承「民間」特性，大肆聒噪，以先鋒的姿態引領民間詩歌的潮流。與主流或官方詩刊媒體不一樣，它們雖然存身於網絡，但是它們動作迅捷，影響廣泛，讓詩歌變得更加撲朔迷離。評論界確實無法緊隨其後作出同步跟蹤的研究。儘管主流詩刊順應時代潮流，不僅開闢詩歌網絡版、電子版，而且也致力追蹤、發現並發表民刊與網絡上的詩歌，但於網絡的「民間」詩歌而言，仍是難以望其項背。詩歌評論界面臨窘境，詩歌觀念處於一種極度雜語與狂歡的狀態之中。

　　好在無論情況如何複雜，這些都是「民間寫作」的延伸與變異。學者錢理群在評介張嘉諺的「低詩歌」理論建設時說：「今天從事『低詩歌』的理論建設，都集中於一點，就是要推動一個自下而上的民間詩歌運動，它是民間思想文化運動的有機組成部分，又是為自下而上的社會改革運動注入精神力量的。」〔註78〕其中意思不僅是對張嘉諺研究的肯定，而且也是對「民間寫作」價值的肯定。

　　為何新世紀以來不再過多談論「知識分子寫作」，或者是與「知識分子寫作」相近的寫作？我們不能簡單說成是在「盤峰論爭」中「知識分子寫作」鬥敗了，也不能簡單說是「民間寫作」佔據了寫作倫理的制高點。除了雙方各自內部原因之外，造成新世紀以來詩歌不同局面的一個重要因素自然是前文一再提起的網絡。網絡促使了詩歌觀念的進一步變化與分化。「網絡寫作打破了話語壟斷，給底層、邊緣的民間寫作提供了一個展現自己、相互支持的廣闊天地，為促進話語權的平等，思想與文學的民主、自由提供了新的可能性」。〔註79〕真是一語道破其中因由。

　　何謂「低詩歌」與「低詩歌運動」？在張嘉諺看來，是指「種種以『崇低』、『審醜』為基本特徵的詩歌」，「對於這類低詩歌寫作的推波助瀾，姑且稱之為『低詩歌運動』」。「它的『低』未必意味著詩歌精神的墮落；相反，當『假大空』成為一個社會的常態並盛行於世，作為社會意識敏銳的神經，先鋒詩人應世而起，負起了審偽（審假）、審醜與審惡的使命；先鋒詩不約而同

〔註78〕錢理群：《詩學背後的人學——讀〈中國低詩歌〉》（序一），《中國低詩歌》（張嘉諺），人民日報出版社2008年版，第4頁。
〔註79〕同上，第13頁。

的『引體向下』（花槍）：認同肉體生命、立足廣袤大地、落到社會底層」。〔註80〕如果說「下半身」是向「下」的，那麼「低」詩歌則是「下之下」。「下半身」是肉體的、性的，而「低詩歌」則是醜的、更關注現實的。

　　有一個共識是，20世紀90年代以來的詩歌，包括「知識分子寫作」與「民間寫作」雙方，都是「個人寫作」的（雙方也各自強調自己的「個人寫作」性）；而「低詩歌」從「民間」走來，從個人性、下半身，回到了假、醜、惡的社會，這可能是「低詩歌」不同於以往「民間寫作」而呈現出來的新質。雖然文學的審美與審醜同屬於文藝美學的範疇，但從文學社會學來說，超脫文學的個人抒發性，回到現實與關注現實，則更具文學的功能性。所以從表面上看，「低詩歌」是古今中外現實主義文學品質的回歸，只是它採取了極端的、更大眾化的方式。具體來說，它迥然有別於「下半身」的流氓性，甚至極力鄙薄「下半身」觀念而更願意面向「黑暗」的現實，從而以一種獨特的詩歌話語方式發出自己的聲音。從「下半身」轉向「垃圾」，其中至少表現出了嚴肅的「惡之花」「野草」與「死水」等品質，其嚴肅性與精神性是「下半身」遠遠不可比擬的，狹隘的文學身體學已不能用來解釋「低詩歌」觀念。「低詩人以骯髒、醜惡、粗鄙、下流與粗俗對一本正經的主流話語與一貫正確的權勢形象進行譏嘲、調侃、戲謔、詈罵等等，對於主統話語的虛僞、虛假、虛浮、虛飾、虛滑、虛腫的揭露和打擊，是不講道理的、輕蔑的；也是詼諧的、痛快宣泄的，淋漓盡致的」。〔註81〕讓我們來看看「低詩歌」的「低」：

　　　　我對每個人都很真誠／這樣我就成了傻逼／被每個人恥笑／生活就是這個逼樣／怎麼努力都無濟於事

　　　　　　　　　　　　　　　　——空：《他媽的生活就這逼樣》

　　這確實是現代生活的一種畸形現象，身同感受的我們已無法去拒絕承認這樣坦蕩的句子。這也絕對不是沈浩波式的「一把好乳」所能表達的人生感受。

　　　　大約在九十年代末／生活在一夜之間／長滿泡沫／良心下崗了／理想也下崗了／我們躺在床上／不敢相信／一張狗皮膏藥／正好貼在／時代的節骨眼上

　　　　　　　　　　　　　　　　——消除：《我們這些人》

〔註80〕張嘉諺：《中國低詩歌》，人民日報出版社2008年版，第4～5頁。
〔註81〕同上，第19頁。

　　這樣的詩句恰恰是一個時代在轉型期的眞實寫照，金錢社會良心泯滅，人們不再相信以往傳統的價値信念體系，這與其說是揭露了社會的醜惡，還不如說是揭露了人性本身。

　　在「低詩歌運動」中，「垃圾派」堪爲主流。有首「垃圾」詩歌如此自況：

　　　　東方黑，太陽壞／中國出了個垃圾派／你黑我比你還要黑／你壞我比你還要壞／在這個裝逼的世界裏／墮落眞好，崇高眞累／黑也派壞也派／垃圾，派更派

　　　　　　　　　　　　　　　　　　——徐鄉愁：《崇高眞累》

　　讀如此詩歌，有可能堆一臉壞笑。這種詩歌話語的目的與效果何在？張嘉諺如此概括：「低詩歌審醜寫作的目的，是要我們屹立在世風日下醜陋橫行的語境中，對醜惡進行『對治』與『化解』，而不是眞的與醜惡同流合污」。〔註82〕與「下半身」的過於張揚和流氓不同，這類詩歌在看似頹廢的表象下，卻難抑其中那份憤怒、不滿的眞誠。

　　這種普泛性的「低」還表現在新世紀以來發展十分迅速的「打工詩歌」中，而且更具時代的特徵，還充分表現了在這個「打工」年代中廣大打工族寄居都市的個人感受。它與其他「低」詩歌不同的是，打工詩歌表達出一種背井離鄉的愁，表達出一種精神無處皈依的窘，表達出在城市漂泊不定的「小」，於是，「蚯蚓」「青蛙」「蚊子」等一系列動物意象頻頻出現在詩句中，深刻地表達出另一形式的「低」。

本章小結

　　總的來說，「盤峰論爭」之後、新世紀以來，詩歌觀念呈現出新一輪的多元格局的狀態。「第三條道路」「中間代」「70後」「下半身」「低詩歌」等，不一而足。由於「第三條道路」與「中間代」還難以形成自足性很強的、有影響的詩歌觀念而多有爭議，故在本書第二章簡略闡述之後在此不作更多的考察。「知識分子寫作」自論爭發生後日漸淡化而退出舞臺，在此也難以作更多結局性的考察。相反的，「民間寫作」觀念則顯示出蓬勃的生機，同時在網絡語境之下又呈現出混亂、雜生、狂歡的局面，所以我們要辯證地看待網絡媒介所導致的詩歌繁盛與泡沫化的複雜現象。它從一個中心無盡發散、延伸、

〔註82〕張嘉諺：《中國低詩歌》，人民日報出版社 2008 年版，第 99 頁。

變異，從中生發出諸多不同品質的詩歌與觀念。這種現象為新世紀以來的詩壇增添了不少異質因素，也為新詩的發展埋下多種發芽生根的可能性，這種可能性是從現實土壤之中生發出來的。「民間」漸行漸遠，唯詩歌精神才是前行路上的明燈。

結　語

　　通過前面五章的論述，我們大致對 20 世紀 90 年代（具體說是從 1989 年開始）以來的中國詩歌的演變歷程有了一個大致的瞭解。從研究的時段來說，重點包括 1989 年（也粗略涉及 1989 年之前的幾年）、90 年代初期幾年、90 年代中期直至「盤峰論爭」的發生、論爭之後的幾年，整體上來說，這個時段包括了從 1989 年至 2009 年的二十年。這個過程中的詩歌演變脈絡大致如下：1.1989 年至 90 年代初期轉折的發生。80 年代的語境突然中斷並發生重大的轉向，詩壇沈寂幾年後逐漸復蘇，「知識分子寫作」觀念生成並成爲主流。2.90 年代初至 1995 年是「知識分子寫作」發生漸變的一個過程。隨著政治、經濟改革的深入，大眾文化興起，社會語境發生了極大變化，詩歌不再是焦點，市場、經濟和娛樂已是普遍熱議的話題。與此同時，許多詩人的身份發生改變或成爲既得利益的獲得者，發生在詩人身上的與時代的緊張關係得以緩解，「知識分子寫作」的「知識分子性」不再彰顯，其在 90 年代初所形成的觀念與寫作的有效性受到質疑。3.90 年代中期開始，「民間寫作」開始抬頭，作爲本是同一陣營內部的詩人在此時發生觀念上的分化。直至 1999 年爆發「盤峰論爭」，兩種不同傾向的詩歌觀念徹底決裂。4.「盤峰論爭」之後，「知識分子寫作」淡化，「民間寫作」繼續發展延伸。但隨著「70 後」詩人的崛起，「民間寫作」內部又發生了分化。5.在「70 後」崛起的同時，其他詩歌觀念也相繼而出，比如「第三條道路」「中間代」等等。但隨著新世紀的到來，網絡以極快速度得到普及，詩歌的話語方式發生了革命性的改變。與 80 年代、90 年代的多元狀況比較起來，網絡時代的詩歌更顯多元化、多聲部和狂歡化的品質，詩歌在複雜多變的喧囂中變得更難以把握。

　　以上對 20 世紀 90 年代以來不同時期詩歌的考察，是迪過先把注意力集中於一個「點」上來展開的，這個「點」就是「盤峰論爭」。「盤峰論爭」確實是 90 年代以來詩歌演變的一個關節點，通過它，向前，我們可以把住 90 年代最重要兩大詩歌觀念的脈；往後，我們可以理清新世紀以來更為多元化詩歌走向的起點或重要發源。從中通過梳理「知識分子寫作」與「民間寫作」的來龍去脈，我們可以清醒地理解「盤峰論爭」發生偶然中的必然性；正是因為「盤峰論爭」的發生，才使「70 後」詩人有了崛起的機會，從而使詩壇權威（包括「知識分子寫作」與「民間寫作」）從此走向消解，也就使得網絡時代中一大批年輕的詩人能夠發出自己的聲音。這些恰恰是「盤峰論爭」的後續影響。研究 1989 年至 2009 年這 20 年的中國詩歌，如果將「盤峰論爭」作為研究過程中的一面放大鏡或切入口，那麼這項研究終會有效而有意義。

　　對 20 年期間的詩歌進行考察，遠非這一本書所能完成。我們能夠去做的，僅僅是對其中某些主要詩歌現象做粗線條的梳理，並試圖解析其前因後果。從 20 世紀 80 年代以來，中國詩歌就逐漸遠離了以意識形態為中心的寫作模式，並已進入到一個多元觀念寫作的時代，體現在其中的詩歌觀念必然是紛繁複雜的，我們只能放大其中的部分卻難以窮盡所有。特別是新世紀以來，不僅是社會文化語境發生了巨大變化，傳統的傳媒系統也發生了革命性的變化（雖然這種變化從 90 年代初期即已開始，但到了新世紀，這種變化尤為觸目驚心），這兩種變化合流之後，為詩歌的話語方式帶來了十分不確定的因素。至今，我們都無法真正看清變化所帶來的後果，我們仍在這趟混水中摸索，一切皆因「只緣身在此山中」。

參考文獻

一、專著

文學史類：

1. 程光煒：《中國當代詩歌史》，中國人民大學出版社，2003 年版。
2. 洪子誠、劉登翰：《中國當代新詩史》，北京大學出版社，2005 年版。
3. 董健、丁帆、王彬彬：《中國當代文學史新稿》，人民文學出版社，2005 年版。
4. 陳思和：《中國當代文學史教程》，復旦大學出版社，1999 年版。
5. 洪子誠：《中國當代文學史（修訂版）》，北京大學出版社，1999 年版。
6. 李揚：《中國當代文學思潮史》，上海社會科學院出版社，2005 年版。
7. 王光明：《現代漢詩的百年演變》，河北人民出版社，2003 年版。
8. 潘頌德：《中國現代新詩理論批評史》，學林出版社，2002 年版。
9. 於可訓：《中國當代文學概論》，武漢大學出版社，2009 年版。
10. 張健：《新中國文學史（上卷）》，北京師範大學出版社，2008 年版。

理論與作品類：

1. 程光煒：《歲月的遺照》，社會科學文獻出版社，1998 年版。
2. 楊克：《1998 中國新詩年鑒》，花城出版社，1998 年版。
3. 楊克：《1999 中國新詩年鑒》，花城出版社，2000 年版。
4. 楊克：《2000 中國新詩年鑒》，花城出版社，2001 年版。
5. 楊克：《2001 中國新詩年鑒》，海風出版社，2002 年版。
6. 楊克：《中國新詩年鑒 2002～2003》，天津社會科學院出版社，2004 年版。

7. 楊克：《中國新詩年鑒2004～2005》，海風出版社，2006年版。

8. 楊克：《2006中國新詩年鑒》，花城出版社，2007年版。

9. 王家新、孫文波：《中國詩歌：九十年代備忘錄》，人民文學出版社，2000年版。

12. 程光煒：《程光煒詩歌時評》，河南大學出版社，2002年版。

13. 于堅：《于堅的詩》，人民文學出版社，2000年版。

14. 于堅：《0檔案：長詩七部與便條集》，雲南人民出版社，2004年版。

15. 譚五昌．《中國新詩白皮書：1999～2002》，崑崙出版社，2004年版。

16. 劉春：《朦朧詩以後：1986～2007中國詩壇地圖》，崑崙出版社，2008年版。

17. 王家新：《為鳳凰找尋棲所——現代詩歌論集》，北京大學出版社，2008年版。

18. 楊黎：《燦爛》，青海人民出版社，2004年版。

19. 張清華：《內心的迷津》，山東文藝出版社，2002年版。

20. 劉福春：《新詩紀事》，學苑出版社，2004年版。

21. 張清華：《天堂的哀歌》，山東文藝出版社，2005年版。

22. 歐陽江河：《站在虛構這邊》，三聯書店，2001年版。

23. 陳超：《游蕩者說》，山東文藝出版社，2007年版。

24. 戴錦華：《隱形書寫：90年代中國文化研究》，江蘇人民出版社，1999年版。

25. 邵燕君：《傾斜的文學場——當代文學生產機制的市場轉型》，江蘇人民出版社，2003年版。

27. 楊俊蕾：《中國當代文論話語轉型研究》，中國人民大學出版社，2003年版。

28. 敬文東：《詩歌在解構的日子裏》，北京大學出版社，2008年版。

29. 耿占春：《失去象徵的世界——詩歌、經驗與修辭》，北京大學出版社，2008年版。

30. 孫玉石：《中國現代解詩學的理論與實踐》，北京大學出版社，2007年版。

31. 孫玉石：《中國現代詩歌藝術》，長江文藝出版社，2007年版。

32. 葉維廉：《中國詩學》，生活‧讀書‧新知三聯書店，1992年版。

33. 朱光潛：《詩論》，廣西師範大學出版社，2004年版。

34. 王曉明：《人文精神尋思錄》，文匯出版社，1996年版。

35. 汪暉：《汪暉自選集》，廣西師範大學出版社，1997年版。

36. 楊繼繩：《中國當代社會各階層分析》，甘肅人民出版社，2006年版。

37. 張曉紅：《互文視野中的女性詩歌》，廣西師範大學出版社，2008 年版。

38. 西川：《西川的詩》，人民文學出版社，1999 年版。

39. 王家新：《王家新的詩》，人民文學出版社，1999 年版。

40. 孫文波：《孫文波的詩》，人民文學出版社，1999 年版。

41. 張清華：《文學的減法》，吉林出版集團有限責任公司，2009 年版。

42. 汪暉：《現代中國思想的興起》，生活・讀書・新知三聯書店，2004 年版。

43. 王珂：《百年新詩詩體建設研究》，上海三聯書店，2004 年版。

44. 夏忠憲：《巴赫金狂歡化詩學研究》，北京師範大學出版社，2000 年版。

45. 龍泉明：《中國新詩的現代性》，武漢大學出版社，2005 年版。

46. 王光明：《面向新詩的問題》，學苑出版社，2002 年版。

47. 王珂：《新詩詩體生成史論》，九州出版社，2007 年版。

48. 朱自清：《新詩雜話》，廣西師範大學出版社，2004 年版。

49. 朱自清：《經典常談》，江蘇文藝出版社，2007 年版。

50. 朱自清：《論雅俗共賞》，江蘇文藝出版社，2008 年版。

51. 王曉明：《思想與文學之間》，人民文學出版社，2004 年版。

52. 張灝：《危機中的中國知識分子》，新星出版社，2006 年版。

53. 許紀霖：《20 世紀中國知識分子史論》，新星出版社，2005 年版。

54. 陶東風：《社會轉型與當代知識分子》，上海三聯書店，2001 年版。

55. 郁達夫：《藝文私見》，復旦大學出版社，2004 年版。

56. 楊克：《90 年代實力詩人詩選》，灕江出版社，1999 年版。

57. 吳思敬：《主潮詩歌》，北京師範大學出版社，1999 年版。

58. 曹文軒：《中國八十年代文學現象研究》，作家出版社，2003 年版。

59. 曹文軒：《20 世紀末中國文學現象研究》，北京大學出版社，2002 年版。

60. 林偉民：《中國左翼文學思潮》，華東師範大學出版社，2005 年版。

61. 謝冕、張頤武：《大轉型——後新時期文化研究》，黑龍江教育出版社，1995 年版。

62. 楊四平：《中國新詩理論批評史論》，安徽教育出版社，2008 年版。

63. 劉繼業：《新詩的大眾化與純詩化》，北京大學出版社，2008 年版。

64. 孫文波、臧棣、蕭開愚：《語言：形式的命名》，人民文學出版社，1999 年版。

65. 沈奇：《沈奇詩學論集（卷一）》，中國社會科學出版社，2005 年版。

66. 唐曉渡：《唐曉渡詩學論集》，中國社會科學出版社，2001 年版。

67. 張嘉諺：《中國低詩歌》，人民日報出版社，2008 年版。

68. 小海、楊克：《他們》，灕江出版社，1998 年版。

69. 張德厚：《新時期詩歌美學考察》，北京大學出版社，1995 年版。

70. 魏天無：《新詩現代性追求的矛盾與演進》，湖北教育出版社，2006 年版。

71. 姜耕玉：《跨世紀中國詩歌描述》，百花文藝出版社，1995 年版。

72. 周瓚：《透過詩歌寫作的潛望鏡》，社會科學文獻出版社，2007 年版。

73. 張志忠：《1993：世紀末的喧嘩》，山東教育出版社，1998 年版。

74. 季水河：《多維視野中的文學與美學》，東方出版社，2002 年版。

75. 吳開晉：《新詩的裂變與聚變——現代詩歌發展的歷史軌跡》，中國文學出版社，2003 年版。

76. 吳尚華：《中國當代詩歌藝術轉型論》，安徽教育出版社，2004 年版。

77. 西渡、郭驊：《先鋒詩歌檔案》，重慶出版社，2004 年版。

78. 梁曉明、南野、劉翔：《中國先鋒詩歌檔案》，浙江文藝出版社，2004 年版。

79. 西渡、王家新：《訪問中國詩歌》，汕頭大學出版社，2009 年版。

80. 劉春：《70 後詩歌檔案》，中國海洋大學出版社，2008 年版。

81. 劉春：《朦朧詩以後：1986～2007 中國詩壇地圖》，崑崙出版社，2008 年版。

82. 于堅、謝有順：《于堅謝有順對話錄》，蘇州大學出版社，2003 年版。

83. 許紀霖：《啓蒙的自我瓦解：1990 年代以來中國思想文化界重大論爭研究》，吉林出版集團有限責任公司，2007 年版。

84. 許紀霖：《二十世紀中國思想史論》，東方出版中心，2000 年版。

85. 翟永明：《最委婉的詞》，東方出版社，2008 年版。

86. 周倫祐：《懸空的聖殿——非非主義二十年圖志史》，西藏人民出版社，2006 年版。

87. 周倫祐、孟原：《刀鋒上站立的鳥群——後非非寫作：從理論到作品》，西藏人民出版社，2006 年版。

88. 張器友：《20 世紀末中國文學頹廢主義思潮》，安徽大學出版社，2005 年版。

89. 蓋生：《價值焦慮：新時期以來文學理論熱點反思》，上海三聯書店，2008 年版。

90. 甘陽：《八十年代文化意識》，上海人民出版社，2006 年版。

91. 羅振亞：《朦朧詩後先鋒詩歌研究》，中國社會科學出版社，2005 年版。

92. 鄭敏：《詩歌與哲學是近鄰——結構——解構詩論》，北京大學出版社，

1999 年版。

93. 陳曉明：《後現代主義》，河南大學出版社，2004 年版。

94. 陳思和：《陳思和自選集》，廣西師範大學出版社，1997 年版。

95. 野曼：《中國新詩壇的喧嘩與騷動》，中國文聯出版社，2005 年版。

96. 戴錦華：《書寫文化英雄》，江蘇人民出版社，2000 年版。

97. 趙麗宏：《鯨魚出沒的黃昏》，上海文藝出版社，2007 年版。

98. 西川：《海子詩全集》，作家出版社，2009 年版。

99. 鄧小平：《鄧小平文選》，人民出版社，1994 年版。

100. 錢穆：《國史新論》，三聯書店，2001 年版。

101. 余英時：《士與中國文化》，上海人民出版社，1987 年版。

102. 劉志榮：《潛在寫作：1949～1976》，復旦大學出版社，2007 年版。

103. 廖亦武：《沉淪的聖殿（中國 20 世紀 70 年代地下詩歌遺照）》，新疆青少年出版社，1999 年版。

104. 毛澤東：《毛澤東選集》，人民出版社，1991 年版。

105. 查建英：《八十年代：訪談錄》，生活‧讀書‧新知三聯書店，2006 年版。

106. 西川：《大意如此》，湖南文藝出版社，1997 年版。

107. 楊匡漢、劉福春：《中國現代詩論（上編）》，花城出版社，1985 年版。

108. 西川：《深淺：西川詩文錄》，中國和平出版社，2006 年版。

109. 萬夏、瀟瀟編：《後朦朧詩全集》，四川教育出版社，1993 年版。

110. 袁可嘉：《論新詩現代化》，三聯書店，1988 年版。

西方文學理論類：

1. 〔美〕M‧H‧艾布拉姆斯，酈稚牛、張照進、童慶生譯：《鏡與燈——浪漫主義文論及批評傳統》，北京大學出版社，2004 年版。

2. 〔美〕勒內‧韋勒克、奧斯汀‧沃倫，劉象愚、邢培明、陳聖生、李哲明譯：《文學理論（修訂版）》，江蘇教育出版社，2005 年版。

3. 〔美〕哈羅德‧布魯姆，徐文博譯：《影響的焦慮——一種詩歌理論》，江蘇教育出版社，2006 年版。

4. 〔美〕約翰‧克羅‧蘭色姆，王臘寶、張哲譯：《新批評》，江蘇教育出版社，2006 年版。

5. 〔美〕萊昂內爾‧特里林，劉佳林譯：《誠與真：諾頓演講集，1969～1970 年》，江蘇教育出版社，2006 年版。

6. 〔法〕米歇爾‧福柯，莫偉民譯：《詞與物——人文科學考古學》，上海三

聯書店，2001年版。

7. 〔法〕米歇爾・福柯，謝強、馬月譯：《知識考古學》，生活・讀書・新知三聯書店，1998年版。

8. 〔德〕瓦爾特・本雅明，陳永國、馬海良編：《本雅明文選》，中國社會科學出版社，1999年版。

9. 〔美〕愛德華・W・賽義德，謝少波、韓剛等譯：《賽義德自選集》，中國社會科學出版社，1999年版。

10. 〔法〕羅蘭・巴特，屠友祥譯：《文之悦》，上海人民出版社，2002年版。

11. 〔德〕馬丁・海德格爾，陳嘉映、王慶節譯：《存在與時間》，生活・讀書・新知三聯書店，1998年版。

12. 〔德〕叔本華，韋啓昌譯：《叔本華美學隨筆》，上海人民出版社，2004年版。

13. 〔英〕路德維希・維特根斯坦、〔芬〕馮・賴特、海基・尼曼編，許志強譯：《維特根斯坦筆記》，復旦大學出版社，2008年版。

14. 〔美〕布羅茨基，劉文飛、唐烈英譯：《文明的孩子》，中央編譯出版社，1999年版。

15. 〔德〕黑格爾，朱光潛譯：《美學》第三卷下冊，商務印書館，1981年版。

16. 〔俄〕維謝洛夫斯基，劉寧譯：《歷史詩學》，百花文藝出版社，2003年版。

17. 潞潞：《準則與尺度》，北京出版社，2003年版。

18. 〔墨西哥〕奥克塔維奥・帕斯，趙振江譯：《批評的激情》，雲南人民出版社，1995年版。

19. 〔美〕孫隆基：《中國文化的深層結構》，廣西師範大學出版社，2004年版。

20. 〔美〕杜維明，錢文忠、盛勤譯：《道、學、政：論儒家知識分子》，上海人民出版社，2000年版。

21. 〔美〕劉若愚，林國清譯：《中國文學理論》，江蘇教育出版社，2006年版。

22. 〔德〕海德格爾，郜元寶譯：《人，詩意地安居》，上海遠東出版社，2004年版。

23. 〔美〕愛德華・W・薩義德，單德興譯：《知識分子論》，生活・讀書・新知三聯書店，2002年版。

24. 〔德〕尼采，周國平譯：《悲劇的誕生・尼采美學文選（修訂本）》，北嶽文藝出版社，2004年版。

25. 〔德〕弗里德里希・席勒，馮至、范大燦譯：《審美教育書簡》，上海人民

出版社，2003 年版。

26. 〔法〕朱利安・班達，佘碧平譯：《知識分子的背叛》，上海人民出版社，2005 年版。

27. 〔德〕海德格爾，孫周興譯：《荷爾德林詩的闡釋》，商務印書館，2000 年版。

28. 〔法〕雅克・德里達，趙興國譯：《文學行動》，中國社會科學出版社，1998 年版。

29. 〔美〕丹尼爾・貝爾，嚴蓓雯譯：《資本主義文化矛盾》，江蘇人民出版社，2007 年版。

30. 〔美〕雷蒙・威廉斯，劉建基譯：《關鍵詞：文化與社會的詞彙》〔，生活・讀書・新知三聯書店，2005 年版。

31. 〔意〕安東尼奧・葛蘭西，曹雷雨、姜麗、張跣譯：《獄中札記》，中國社會科學出版社，2000 年版。

32. 〔法〕米歇爾・福柯，劉北成、楊遠嬰譯：《規訓與懲罰：監獄的誕生》，生活・讀書・新知三聯書店，2003 年版。

33. 〔法〕薩特，陳宜良等譯：《存在與虛無》，生活・讀書・新知三聯書店，2007 年版。

二、期刊文章

論文中參考或引用的主要期刊文章（按出現先後順序）：

1. 張清華：《一次真正的詩歌對話與交鋒——「世紀之交：中國詩歌創作態勢與理論建設研討會」述要》，《詩探索》1999 年第 2 輯。又載《北京文學》1999 年第 7 期。

2. 沈浩波：《誰在拿 90 年代開涮》，《文友》1999 年第 1 期。

3. 于堅：《詩人的寫作》，《中華讀書報》1998 年 9 月 23 日。

4. 謝有順：《內在的詩歌真相》，《南方周末》1999 年 4 月 2 日。

5. 孫基林：《世紀末詩學論爭在繼續——'99 中國龍脈詩會綜述》，《詩探索》1999 年第 4 輯。

6. 譚五昌：《世紀之交的中國新詩狀況：1999～2002 年》，《詩探索》2003 年第 3～4 輯。

7. 張閎：《權力陰影下的「分邊遊戲」》，《南方文壇》2000 年第 5 期。

8. 王光明：《相通與互補的詩歌寫作——我看「民間寫作」與「知識分子寫作」》，《南方文壇》2000 年第 5 期。

9. 耿占春：《真理的誘惑》，《南方文壇》2000 年第 5 期。

10. 洪治綱：《絕望的詩歌》，《南方文壇》2000 年第 5 期。

11. 吳思敬：《當今詩歌：聖化寫作與俗化寫作》，《星星》2000 年第 12 期。

12. 歐陽江河：《1989 年後國內詩歌寫作：本土氣質、中年特徵和知識分子身份》，《花城》1994 年第 5 期

13. 西川：《答鮑夏蘭、魯索四問（選二）》，《詩神》1994 年第 1 期。

14. 謝冕：《20 世紀中國新詩：1989～1999》，《山花》1999 年第 11 期。

15. 劉湛秋：《雙軌：躁動和沉靜》，《人民日報》1989 年 5 月 16 日。

16. 謝冕：《選擇體現價值》，《詩刊》1988 年第 10 期。

17. 歐陽江河：《從三個視點看今日中國詩壇》，《詩刊》1988 年第 5 期。

18. 張立群：《拆解懸置的歷史——關於 90 年代詩歌研究幾個熱點話題的反思》，《文藝評論》2004 年第 5 期。

19. 孫紹振：《向藝術的敗家子發出警告》，《星星》1997 年第 8 期。

20. 謝冕：《豐富而又貧乏的年代——關於當前詩歌的隨想》，《文學評論》1998 年第 1 期。

21. 鄭敏：《世紀末的回顧：漢語語言變革與中國新詩創作》，《文學評論》1993 年第 3 期。

22. 周濤：《新詩十三問——〈綠風〉詩刊百期獻芹》，《綠風》1995 年第 4 期。

23. 孫文波：《我理解的 90 年代：個人寫作、敘事及其他》，《詩探索》1999 年第 2 期。

24. 王珂：《爲何出現「蕭條論」——爲 90 年代詩歌一辯》，《詩探索》1999 年第 1 期。

25. 韓東：《論民間》，《芙蓉》2000 年第 1 期。

26. 沈奇：《中國詩歌：世紀末的論爭與反思》，《詩探索》2000 年第 1、2 合輯。

27. 程光煒：《90 年代詩歌：另一意義的命名》，《山花》1997 年第 3 期。

28. 張清華：《存在與死亡：關於九十年代詩歌的主題》，《詩神》1999 年第 6 期。

29. 蕭開愚：《個人寫作：但是在個人與世界之間》，《北京大學研究生學刊·文學增刊》1997 年 1 月創刊號。

30. 王家新：《夜鶯在它自己的時代——關於當代詩學》，《詩探索》1996 年第 1 期。

31. 胡續冬：《在「亡靈」與「出賣黑暗的人」之間——關於 90 年代知識分子個人詩歌寫作》，《北京大學研究生學刊》1997 年第 1 期。

32. 張清華：《九十年代詩壇的三大矛盾》，《詩探索》1999 年第 3 輯。

33. 王家新：《知識分子寫作：或曰「獻給無限的少數人」》，《詩探索》1999

年第 2 期。

34. 張頤武：《詩的危機與知識分子的危機》，《讀書》1989 年第 5 期。

35. 安琪：《西川訪談：知識分子是「民間」的一部分》，《經濟觀察報》2006 年 3 月 27 日。

36. 吳思敬：《精神的逃亡與心靈的漂泊──90 年代中國新詩的一種走向》，《星星》1997 年第 9 期。

37. 陳旭光、譚五昌：《平民與貴族的分化──「第三代」詩人的心理文化特徵》，《中國青年研究》1997 年第 1 期。

38. 陳旭光、譚五昌：《斷裂轉型分化──90 年代先鋒詩的文化境遇與多元流向》，《詩探索》1997 年第 3 期。

39. 劉納：《西川詩存在的意義》，《詩探索》1994 年第 2 期。

40. 沈奇：《伊沙詩二首評點》，《詩探索》1995 年第 3 期。

41. 伊沙：《餓死詩人開始寫作》，《詩探索》1995 年第 3 期。

42. 翟永明：《內心的個人宗教》，《星星》2002 年第 7 期。

43. 周瓚：《簡評翟永明詩歌寫作的三個階段》，《星星》2002 年第 7 期。

44. 燎原：《從「麥地」向著太陽飛翔》，《星星》1998 年第 10 期。

45. 魏義民：《「汪國真熱」實在是歷史的誤會》，《詩歌報月刊》1991 年第 7 期。

46. 燎原：《重返「家園」與新古典主義》，《星星》1998 年第 11 期。

47. 袁忠岳：《現代「游子」的夢幻──也談新鄉土詩》，《星星》1992 年 9 月號。

48. 譚五昌：《20 世紀 90 年代「個人寫作」詩學探析》，《文藝爭鳴》2009 年第 4 期。

49. 于堅：《詩人于堅自述》，《作家》1994 年第 2 期。

50. 黃禮孩：《一個時代的詩歌演義──關於'70 後詩歌狀況的始末》，《詩選刊》2001 年第 7 期。

51. 沈浩波：《詩歌的「70 後」與我》，《詩選刊》2001 年第 7 期。

52. 燎原：《為自己的歷史命名──關於「中間代」的隨想》，《詩歌月刊》2002 年第 8 期。

53. 梁豔萍：《中間代：一個策劃的詩歌偽命名》，《文藝爭鳴》2002 年第 6 期。

54. 程光煒：《「中間代」一說》，《詩歌月刊》2002 年第 8 期。

55. 羅振亞：《「知識分子寫作」：智性的思想批判》，《天津社會科學》，2004 年第 1 期。

56. 魏天無：《90 年代詩歌中的「知識分子寫作」》，《華中師範大學學報》（人文社會科學版），2004 年第 3 期。

57. 王燕生、北新：《求異存同　各領風騷──第七屆「青春詩會」拾零》，《詩刊》1987 年第 11 期。

58. 西川：《思考比謾罵重要》，《北京文學》1999 年第 7 期。

59. 陳東東：《雜誌 80 年代》，《收穫》2008 年第 1 期。

60. 西川：《詩歌煉金術》，《詩探索》1994 年第 2 期。

61. 西川：《關於詩學中的九個問題》，《山花》1995 年 12 期。

62. 西川：《90 年代與我》，《詩神》1997 年第 7 期。

63. 劉春：《「知識分子寫作」五詩人批評》，《南方文壇》2008 年第 2 期。

64. 陳東東：《隻言片語來自寫作》，《山花》1997 年第 5 期。

65. 歐陽江河：《90 年代的詩歌寫作：認同什麼？》，《鄭州大學學報（哲學社會科學版）》1998 年第 1 期。

66. 歐陽江河、張學昕：《「詩，站在虛構這邊」》，《作家》2005 年第 4 期。

67. 臧棣：《王家新：承受中的漢語》，《詩探索》1994 年第 4 期。

68. 王家新：《誰在我們中間》，《詩探索》1994 年第 4 期。

69. 王家新：《從煉金術到化學──當代詩學的話語轉型問題》，《社會科學戰線》1996 年第 5 期。

70. 王家新：《對話：在詩與歷史之間》，《山花》1996 年 12 期。

71. 王家新：《闡釋之外──當代詩學的一種話語分析》，《文學評論》1997 年 2 期。

72. 王家新：《來自寫作的邊境》，《牡丹》1997 年第 2 期。

73. 王家新：《文學中的晚年》，《人民文學》1998 年第 9 期，

74. 王家新：《中國現代詩歌自我建構諸問題》，《詩探索》1997 年第 4 期。

75. 臧棣：《後朦朧詩：作為一種寫作的詩歌》，《文藝爭鳴》1996 年第 1 期。

76. 臧棣：《詩歌：作為一種特殊的知識》，《北京文學（精彩閱讀）》1999 年第 8 期。

77. 程光煒：《第三代詩人論綱》，《湖北師範學院學報》1989 年第 3 期。

78. 程光煒：《當代詩創作的兩個基本向度》，《文學評論》1989 年第 5 期。

79. 程光煒：《幻象：活的空間和時間──論實驗詩歌》，《湖北師範學院學報》1991 年第 1 期。

80. 程光煒：《新詩發展態勢剖析》，《詩探索》1994 年第 1 期。

81. 程光煒：《誤讀的時代》，《詩探索》1996 年第 1 期。

82. 程光煒、陳均：《找回一個權威》，《山花》1999 年第 6 期。

83. 程光煒：《我以爲的 90 年代詩歌》，《鄭州大學學報（哲學社會科學版）》1998 年第 1 期。

84. 程光煒：《九十年代詩歌：敘事策略及其他》，《大家》1997 年第 3 期。

85. 唐曉渡：《不斷重臨的起點——關於近十年新詩的基本思考》，《藝術廣角》1988 年第 4 期。

86. 唐曉渡：《純詩：虛妄與眞實之間——與公劉先生商榷兼論當代詩歌的價值取向》，《文學評論》1989 年第 2 期。

87 唐曉渡：《時間神話的終結》，《文藝爭鳴》1995 年第 2 期。

88. 唐曉渡：《90 年代先鋒詩的若干問題》，《山花》1998 年第 8 期。

89. 唐曉渡：《致謝友順君的公開信》，《北京文學（精彩閱讀)》1999 年第 7 期。

90. 孫文波：《我讀張曙光》，《文藝評論》1994 年第 1 期。

91. 孫文波：《關於「西方的語言資源」》，《北京文學（精彩閱讀)》1999 年第 8 期。

92. 孫文波：《我的詩歌觀》，《詩探索》1998 年第 4 期。

93. 孫文波：《論爭中的思考》，《詩探索》1999 年第 4 期。

94. 孫文波：《歷史的陰影》，《詩探索》2000 年第 3、4 輯。

95. 陳東東：《回顧作爲詩歌語言的現代漢語》，《詩探索》2000 年第 1 期。

96. 王家新：《知識分子寫作，或曰「獻給無限的少數人」》，《詩探索》1999 年第 2 期。

97. 王家新：《從一場濛濛細雨開始》，《詩探索》1999 年第 4 期。

98. 王家新：《關於「知識分子寫作」》，《北京文學（精彩閱讀)》1999 年第 8 期。

99. 王家新：《「從内部來承擔詩歌」——答一位青年詩人》，《上海文學》2009 年第 1 期。

100. 張清華：《另一個陷阱與迷宮——我看 80 年代後期以來的詩歌》，《文藝報》1998 年 4 月 28 日。

101. 張曙光：《90 年代詩歌及我的詩學立場》，《詩林》2000 年第 1 期。

102. 張曙光：《詩壇：一間鬧鬼的房子》，《文藝評論》1999 年第 3 期。

103. 陳超：《關於當下詩歌論爭的答問》，《北京文學（精彩閱讀)》1999 年第 7 期。

104. 郭沫若：《「大躍進之歌」序》，《詩刊》1958 年第 7 期。

105. 周倫祐：《「第三浪潮」與第三代詩人》，《詩刊》1988 年第 2 期。

106. 陳思和：《民間的還原——文革後文學史某種走向的解釋》，《文藝爭鳴》

1994 年第 1 期。

107. 陳思和：《民間的浮沉——對抗戰到文革文學史的一個嘗試性解讀》，《上海文學》1994 年第 1 期。

108. 陳思和：《民間和現代都市文化——兼論張愛玲現象》，《上海文學》1995 年第 10 期。

109. 陳思和：《知識分子的民間崗位》，《天涯》1998 年第 1 期。

110. 陳思和：《理想主義和民間立場》（與何清合寫），《中山大學學報（社會科學版）》1999 年第 5 期。

111. 陳思和：《多民族文學的民間精神》（與劉志榮合寫），《中國文學研究》2000 年第 2 期。

112. 于堅：《從「隱喻」後退——一種作爲方法的詩歌之我見》，《作家》1997 年第 3 期。

113. 韓東：《問答——摘自〈韓東採訪錄〉》，《詩探索》1996 年第 3 期。

114. 楊小龍：《趙麗華詩歌事件始末》，《漢詩》2008 年第 1 期。

115. 于堅：《當代詩歌的民間傳統》，《當代作家評論》2001 年第 4 期。

116. 于堅、韓東等：《〈他們〉：夢想與現實》，《黃河》1999 年第 1 期。

117. 韓東：《詩人與藝術史》，《山花》1989 年第 2 期。

118. 韓東：《自傳與詩見》，《詩歌報》1988 年 7 月 6 日第 3 版。

119. 周倫祐：《紅色寫作——1992 年藝術憲章或非閒適詩歌原則》，《非非》1992 年復刊號。

120. 韓東：《〈他們〉略說》，《詩探索》1994 年第 1 期。

121. 賀奕：《「詩到語言爲止」一辨》，《詩探索》1994 年第 1 期。

122. 小海：《詩到語言爲止嗎？》，《詩探索》1998 年第 1 期。

123. 燎原：《東方智慧的「口語詩」沖和》，《星星》1998 年第 3 期。

124. 韓東：《問答——摘自〈韓東採訪錄〉》，《詩探索》1996 年第 3 期。

125. 朱子慶：《我們有「口語詩」嗎？——瘦狗嶺詩歌筆記之三》，《詩林》2003 年第 3 期。

126. 姜耕玉：《詩風與策略：口語化的敘述》，《詩刊》1999 年第 10 期。

127. 秦巴子：《關於「口語寫作」和「抒情」》，《星星》2001 年第 8 期。

128. 陶東風：《後現代主義在中國》，《戰略與管理》1995 年第 4 期。

129. 李震：《伊沙：邊緣或開端——神話／反神話寫作的一個案例》，《詩探索》1995 年第 3 期。

130. 李震：《伊沙：邊緣或開端——神話／反神話寫作的一個案例》，《詩探索》1995 年第 3 期。

131. 伊沙：《伊沙：我整明白了嗎？──筆答〈葵〉的十七個問題》，《詩探索》1998 年第 3 期。

132. 伊沙：《我在我說──回答「90 年代漢語詩研究論壇」》，《詩探索》2000 年第 3、4 期。

133. 伊沙：《有話要說》，《作家》2001 年第 3 期。

134. 謝有順：《文學身體學》，《花城》2001 年第 6 期。

135. 沈奇：《秋後算賬──1998：中國詩壇備忘錄》，《詩探索》1999 年第 1 期。

136. 沈奇：《1995：散落於夏季的詩學斷想》，《山花》1995 年第 9 期。

137. 胡彥：《沒落，還是新生？──一份關於當代漢語詩歌命運的提綱》，《作家》1999 年第 7 期。

138. 楊克：《「中國新詩年鑒」98 工作手記》，《南方文壇》1999 年第 3 期。

139. 楊克：《並非回應──關於〈1998 中國新詩年鑒〉的多餘的話》，《詩探索》1999 年第 4 期。

140. 楊克：《寫作立場》，《詩探索》2001 年第 3、4 輯。

141. 楊克：《90 年代：詩歌的狀況、分野和新的生長點》，《淮北煤師院學報・哲學社會科學版》1999 年第 3 期。

142. 黃燦然：《在兩大傳統的陰影下》，《讀書》2000 年第 3、4 期。

143. 沈浩波：《後口語寫作在當下的可能性》，《詩探索》1999 年第 4 期。

144. 徐江、沈浩波、朵漁：《後口語寫作與 90 年代詩歌》，《葵》詩刊 1999 年卷。

145. 徐江：《俗人的詩歌權利》，《詩探索》1999 年第 2 期。

146. 沈奇：《何謂「知識分子寫作」》，《北京文學（精彩閱讀)》1999 年第 8 期。

147. 沈浩波：《重視八十年代的傳統》，《鴨綠江（上半月版)》2001 年第 7 期。

148. 沈浩波、李紅旗、侯馬：《關於當代中國新詩一些具體話題的對話》，《詩探索》2000 年第 2 期。

149. 伊沙：《現場直擊：2000 年中國新詩關鍵詞》，《芙蓉》2001 年第 2 期。

150. 沈浩波：《詩歌的「70 後」與我》，《詩選刊》2001 年第 7 期。

151. 安琪：《一個時代的出場──關於「70 後」詩群》，《詩選刊》2001 年第 7 期。

152. 黃禮孩：《一個時代的詩歌演義──關於'70 後詩歌狀況的始末》，《詩選刊》2001 年第 7 期。

153. 張清華：《價值分裂與美學對峙──世紀之交以來詩歌流向的幾個問

題》，《文藝研究》2007 年第 9 期。

154. 桑克：《互聯網時代的中文詩歌》，《詩探索》2001 年第 1、2 合輯。

155. 小魚兒：《詩歌報網站：2001 年華語網絡詩歌不完全梳理》，《星星》2002 年第 4 期。

其他期刊參考文章：

1. 于堅：《詩人及其命運》，《大家》1999 年第 4 期。

2. 于堅：《真相──關於「知識分子寫作」和新潮詩歌批評》，《詩探索》1999 年第 3 輯。

3. 于堅、謝有順：《對話：于堅、謝有順談話錄》，《詩選刊》，2003 年第 9 期。

4. 于堅：《詩歌之舌的硬與軟：關於當代詩歌的兩類語言向度》，《詩探索》1998 年第 1 輯。

5. 謝有順：《詩歌在疼痛》，《大家》1999 年第 4 期。

6. 程光煒：《新詩在歷史脈絡之中──對一場爭論的回答》，《大家》1999 年第 4 期。

7. 周志強、蔣述卓：《邊緣的主流──對八、九十年代詩歌論爭的一種闡釋》，《暨南學報（哲學社會科學版）》2008 年第 2 期。

8. 張清華：《二十世紀中國文學中的知識分子譜系》，《粵海風》2007 年第 5 期。

9. 張清華：《持續狂歡·倫理震荡·中產趣味──對新世紀詩歌狀況的一個簡略考察》，《文藝爭鳴》2007 年第 6 期。

10. 張清華、程光煒：《關於當前詩歌創作和研究的對話》，《渤海大學學報》2007 年第 5 期。

11. 魏天無：《口語、個人與傳統：近年中國詩歌現象述評》，《江漢論壇》2008 年第 7 期。

12. 譚旭東：《知識分子寫作與民間寫作之爭綜述》，《藝術廣角》，2002 年第 5 期。

13. 孫玉石：《新詩與傳統關係斷想》，《詩探索》2000 年第 1～2 輯。

14. 西渡：《我的新詩傳統觀》，《江漢大學學報（人文科學版）》2004 年第 4 期。

15. 蕭開愚：《我看「新詩的傳統」》，《讀書》2004 年第 12 期。

16. 李怡：《論中國新詩的「傳統」》，《詩探索》2006 年第 1 輯。

17. 孫玉石：《新詩的誕生及其傳統漫言──為新詩誕生九十週年作》，《詩刊》

2007 年 3 月上半月刊。

18. 趙思運：《失蹤了的中國新詩傳統》，《揚子江評論》2008 年第 3 期。

19. 周曉風：《九十年代的詩歌生態》，《星星》1999 年 7 期。

20. 游子：《中華詩歌的危機與前途》，《星星》1999 年 12 期。

21. 《回答 10 個問題（上）——來自沈浩波和朵漁侯馬》，《詩林》2002 年 3 期。

22. 陳蔚：《當前詩歌存在的問題》，《詩林》2002 年 4 期。

23. 鐵舞：《詩的先鋒性及對文化的逼視》，《詩林》2006 年 4 期。

24. 東蕩子：《消除人類精神中的黑暗——完整性詩歌寫作思考》，《詩林》2006 年 4 期。

25. 李建立、于堅：《我的寫作開始就是結束（于堅訪談）》，《星星》2005 年 1 月上半月刊。

26. 李建立、楊黎：《要對得起「反叛者」三個字（楊黎訪談）》，《星星》2005 年 5 月上半月刊。

27. 席雲舒：《自戀與逍遙——90 年代詩壇的山林意識辨析》，《詩探索》1998 年第 1 輯。

28. 西渡：《歷史意識與 90 年代詩歌》，《詩探索》1998 年第 1 輯。

29. 鄭單衣：《80 年代的詩歌儲備》，《詩探索》1998 年第 1 輯。

30. 張清華：《論「第三代詩歌」的新歷史主義意識》，《詩探索》1998 年第 1 輯。

31. 荒林：《當代中國詩歌批評反思——「後新詩潮」研討會紀要》，《詩探索》1998 年第 1 輯。

32. 〔美〕王性初：《並不遙遠的呼籲——保護詩壇的生態平衡》，《詩探索》1998 年第 3 輯。

33. 李霞：《90 年代漢詩寫作新跡象》，《詩探索》1998 年第 3 輯。

34. 郜積意：《「後新詩潮」的論爭及其理論問題》，《詩探索》1998 年第 3 輯。

35. 孫基林：《「第三代」詩學的思想形態》，《詩探索》1998 年第 3 輯。

36. 王寧：《中國當代詩歌中的後現代性》，《詩探索》1994 年第 3 輯。

37. 沈天鴻：《後現代詩歌與後現代主義詩歌》，《詩探索》1994 年第 3 輯。

38. 劉春：《第三代詩與後現代主義是何關係？》，《詩探索》1994 年第 3 輯。

39. 謝有順：《詩歌與什麼相關》，《詩探索》1999 年第 1 輯。

40. 孫紹振：《關於所謂「脫離人民」的理論基礎——根據在張家港詩會上的發言重寫》，《詩探索》，1999 年第 1 輯。

41. 李霞：《漢詩新世紀：詩人寫作或「我」的寫作》，《詩探索》1999 年第 1

輯。

42. 陳仲義：《日常主義的詩歌——論90年代先鋒詩歌走勢》，《詩探索》1999年第2輯。

43. 王光明：《個體承擔的詩歌》，《詩探索》1999年第2輯。

44. 雷世文：《90年代詩歌創作的零度風格》，《詩探索》2000年第1～2輯。

45. 小海：《面孔與方式——關於詩歌民族化問題的思考》，《詩探索》2000年第1～2輯。

46. 陳旭光：《「現實問題」、「語言資源」、「向上的路」與「向下的路」——世紀之交詩壇態勢之旁觀者言》，《詩探索》2001年第1～2輯。

47. 沈健：《走向消費時代的詩歌》，《詩探索》2001年第1～2輯。

48. 韓作榮：《2000年的中國新詩》，《詩探索》2001年第1～2輯。

49. 樹才：《活法，寫法——談兩年來的詩歌印象》，《詩探索》2001年第1～2輯。

50. 丘有濱：《邊緣化：九十年代詩歌的歷史語境》，《詩神》1999年第6期。

51. 張清華：《死亡之淵中的主題——關於九十年代詩歌的回顧之二》，《詩神》1999年第6期。

52. 西渡：《對幾個問題的思考——與于堅商榷》，《詩神》1999年第7期。

53. 王永：《詩歌：穿越大地到天空的仰望——關於世紀末詩壇紛爭的思考》，《詩神》1999年第8期。

54. 張清華：《語言的迷津——關於九十年代詩歌的回顧之三》，《詩神》1999年第9期。

55. 劉士傑：《共和國新詩五十年》，《詩神》1999年第10期。

56. 薛世昌：《我們和詩歌的現代衝突》，《詩探索》2001年第3～4輯。

57. 王珂：《論20世紀漢語詩歌文體建設難的三大原因》，《詩探索》2001年第3～4輯。

58. 席雲舒：《困頓中的反思——關於世紀之交的詩壇現狀及其局限》，《詩探索》2001年第3～4輯。

59. 黃天勇：《反叛與遊戲——對中國20世紀最後15年詩歌實驗的考察》，《詩探索》2001年第3～4輯。

60. 孫文波：《中國詩歌的「中國性」》，《詩探索》，2002年第1～2輯。

61. 王向暉：《思考在技藝與現實多外——追尋當代詩歌的文化理想》，《詩探索》，2002年第1～2輯。

62. 沈健：《眾聲交響：彙聚在漢詩復興的宏大水域——21世紀中國首屆現代詩研討會綜述》，《詩探索》2002年第1～2輯。

63. 陳仲義：《大陸先鋒詩歌（1976～2001）四種寫作向度》，《詩探索》2002

年第 1～2 輯。

64. 胡慧翼：《向虛擬空間綻放的「詩之花」——「網絡詩歌」理論研究現狀的考察和芻議》，《詩探索》2002 年第 1～2 輯。

65. 牧野：《淺者不覺深　深者不覺淺——趙麗華詩歌批判》，《詩探索》2002 年第 3～4 輯。

66. 傅宗洪：《新詩時代的終結語》，《星星》，1997 年第 3 期。

67. 孫紹振：《向藝術的敗家子發出警告》，《星星》1997 年第 8 期。

68. 吳思敬：《精神的逃亡與心靈的漂泊——90 年代中國新詩的一種走向》，《星星》1997 年第 9 期。

69. 陳超：《現代詩：個體生命的瞬間展開——〈向詩而生〉之一》，《星星》2001 年第 1 期。

70. 陳超：《現代詩：詩歌信仰與個人烏托邦——〈向詩而生〉之二》，《星星》2001 年第 2 期。

71. 陳超：《生命：另一種「純粹」——〈向詩而生〉之三》，《星星》2001 年第 3 期。

72. 陳超：《現代詩的基本性質——〈向詩而生〉之四》，《星星》2001 年第 4 期。

73. 陳超：《守舊者說（在一個詩歌討論會上的發言）——〈向詩而生〉之五》，《星星》2001 年第 5 期。

74. 陳超：《詩歌審美特徵：個人話語——〈向詩而生〉之六》，《星星》2001 年第 6 期。

75. 陳超：《疏淡：另一種「意象密度」——〈向詩而生〉之七》，《星星》2001 年第 7 期。

76. 陳超：《實驗詩對結構的貢獻——〈向詩而生〉之八》，《星星》2001 年第 8 期。

77. 陳超：《生命的意味和聲音——〈向詩而生〉之九》，《星星》2001 年第 9 期。

78. 陳超：《變血為墨跡的陣痛——〈向詩而生〉之十》，《星星》2001 年第 10 期。

79. 陳超：《實驗詩的結構特徵——〈向詩而生〉之十一》，《星星》2001 年第 11 期。

80. 陳超：《火焰或升階書——〈向詩而生〉之十二》，《星星》2001 年第 12 期。

81. 翟永明：《内心的個人宗教》，《星星》2002 年第 7 期。

82. 石天生：《「網絡詩人」成名絕技》，《星星》2003 年 1 月下半月刊。

83. 玄魚：《中國詩歌行為初探》，《星星》2003 年 1 月下半月刊。

84. 歐亞：《中國的鹹——于堅訪談》，《星星》2003 年 3 月下半月刊。

85. 黃金明：《民間的尊嚴》，《星星》2003 年 5 月下半月刊。

86. 向衛國：《反對「語言」烏托邦——並答沈浩波先生》，《星星》2003 年 6 月下半月刊。

87. 張軍：《當代詩歌敘事性的控制》，《星星》2003 年 9 月下半月刊。

88. 胡丘陵：《當代漢語詩歌建設的提綱》，《星星》2003 年 10 月下半月刊。

89. 吳作歆：《詩歌的良心和語言倫理》，《星星》2003 年 12 月下半月刊。

90. 阿翔：《詩歌在網絡（概述）》，《星星》2004 年 3 月上半月刊。

91. 世中人：《以可疑的身份進入歷史的眞實（概述）——管窺中國大陸民間詩歌報刊的發展及意義》，《星星》2004 年 3 月上半月刊。

92. 洪迪：《樹立大詩歌理念芻議——大詩歌理念探討之一》，《星星》2004 年 1 月下半月刊。

93. 洪迪：《詩美的生命本體——大詩歌理念探討之二》，《星星》2004 年 2 月下半月刊。

94. 李少君：《漢語詩歌的世界版圖》，《星星》2004 年 8 月上半月刊。

95. 邵邑：《「詩之衰落」與「走向個人」》，《詩選刊》2001 年第 1 期。

96. 馬策：《詩歌之死——主要是對狂奔在「牛B」路上的「下半身」詩歌團體的必要警惕》，《詩選刊》2001 年第 3 期。

97. 陳超：《2000 年的詩歌？》，《詩選刊》2001 年第 5 期。

98. 〔香港〕犁青：《華文詩的民族性、現代性和世界性》，《詩林》1995 年第 4 期。

99. 吳奔星：《華文詩歌的特色與地位》，《詩林》1996 年第 2 期。

100. 鄒建軍：《中國「第三代」詩歌縱橫論——從楊克主編《1998 中國新詩年鑒》談起》，《詩探索》1999 年第 3 輯。

101. 陳旭光：《從「感性」到「知性」——中國現代主義詩歌「詩學革命」論之一》，《詩探索》1999 年第 3 輯。

102. 何銳、翟大炳：《精神三角形效應：詩歌中的規則、反規則與創新》，《詩探索》1999 年第 3 輯。

103. 西川：《一個我搞不清的問題》，《詩林》1997 年第 2 期。

104. 李景冰：《詩的現狀與趨向》，《詩林》1997 年第 2 期。

105. 旻樂：《九十年代的詩歌》，《詩林》1998 年第 1 期。

106. 沈奇：《拓殖、收攝與在路上——現代漢詩的本體性特徵及語言轉型》，《詩

林》1998 年第 4 期。

107. 臧棣：《當代詩歌中的知識分子寫作》，《詩探索》1999 年第 4 輯。

108. 呂漢東：《多元無序與互滲互補——對 90 年代詩歌的一種觀照》，《詩探索》1999 年第 4 輯。

109. 沈健：《從思想的人到物質的人——論二十年來詩歌個人反抗主題的嬗變》，《詩探索》2003 年第 3～4 輯。

110. 師力斌：《「歐化」與「化歐」》，《詩探索》2004 年秋冬卷。

111. 鮑昌寶：《21 世紀的新詩：走出語言的迷宮》，《詩探索》2004 年秋冬卷。

112. 洪迪：《詩人的知識分子、民間和純詩美立場》，《詩探索》2004 年秋冬卷。

113. 葉櫓：《傳統與革命》，《詩探索》2005 年第 1 輯。

114. 張曙光：《新詩百年：回顧與反思》，《詩探索》2005 年第 1 輯。

115. 桑克：《詩歌的命運》，《詩探索》2005 年第 1 輯。

116. 韓寒：《詩歌的問題》，《詩選刊》2005 年 7 期。

117. 孫文波：《當代詩：一點意見》，《詩選刊》2005 年 3 期。

118. 謝冕：《回望百年——論中國新詩的歷史經驗》，《詩探索》2005 年第 3 輯。

119. 王光明：《20 世紀中國詩歌的三個發展階段》，《詩探索》2005 年第 3 輯。

120. 張桃洲：《憂思與希冀——「中國新詩一百年國際研討會」》，《詩探索》2005 年第 3 輯。

121. 沈奇：《我們需要怎樣的新詩史——關於中國新詩史寫作的幾點思考》，《詩探索》2005 年第 3 輯。

122. 陳仲義：《撰寫新詩史的「多難」問題——兼及撰寫中的「個人眼光」》，《詩探索》2005 年第 3 輯。

123. 陳超：《貧乏中的自我再剝奪——先鋒「流行詩」的反文化、反道德問題》，《詩探索》2005 年第 3 輯。

124. 楊匡漢：《當代詩歌：人文資源與本土化策略》，《詩探索》2006 年第 1 輯。

125. 李怡：《論中國新詩的「傳統」》，《詩探索》2006 年第 1 輯。

126. 李志元：《詩歌研究中的話語分析方法》，《詩探索》2006 年第 1 輯。

127. 楊志學：《詩歌傳播類型初探》，《詩探索》2006 年第 1 輯。

128. 張德明：《網絡詩歌研究述評》，《詩探索》2006 年第 1 輯。

129. 沈奇：《從「先鋒」到「常態」——先鋒詩歌二十年之反思與前瞻》，《詩探索》2006 年第 3 輯。

130. 呂進：《對話與重建》，《詩刊》2003 年 1 月號上半月刊。

131. 陳超：《詩的困境與生機》，《詩刊》2003 年 1 月號上半月刊。

132. 李怡：《標準與平臺──關於當代中國詩學發展的思考》，《詩刊》2003 年 2 月號上半月刊。

133. 姜耕玉：《新詩要表現漢語之美》，《詩刊》2003 年 3 月號上半月刊。

134. 方政：《寫有中國特色的現代格律詩──關於新詩形式的一點想法》，《詩刊》2003 年 3 月號上半月刊。

135. 蔣登科：《警惕多元語境中的誤區》，《詩刊》2003 年 3 月號上半月刊。

136. 孫玉石：《完成自己與介入民族精神提升──關於新詩現狀的一點隨想》，《詩刊》2003 年 4 月號上半月刊。

137. 譚延桐：《是「口語詩」還是「口水詩」？》，《詩刊》2003 年 5 月號上半月刊。

138. 藍野：《漫談中國新詩地理》，《詩刊》2003 年 5 月號下半月刊。

139. 洪芳：《口語：詩歌的雙刃劍》，《詩刊》2003 年 10 月號上半月刊。

140. 陳超：《「反道德」「反文化」：先鋒「流行詩」的寫作誤區》，《詩刊》2004 年 6 月號上半月刊。

141. 朱先樹：《在個性化與多樣化格局的後面──對當代詩歌的印象批評》，《詩刊》2005 年 2 月號上半月刊。

142. 李少君：《尋找詩歌的「草根性」》，《詩選刊》2004 年第 6 期。

143. 張清華：《現今寫作中的「中產階級」趣味》，《詩刊》2006 年 5 月上半月刊。

144. 譚五昌：《詩學提綱》，《詩潮》2005 年第 11、12 月號。

145. 鬱蔥：《詩歌的另一種表情──中國民間詩歌及民間詩報刊發展的回顧與展望》，《詩選刊》2002 年第 3 期。

146. 鄭敏：《全球化時代的詩人》，《詩潮》2003 年第 1、2 月號。

147. 程光煒：《談談漢語母語寫作》，《詩歌報》1993 年第 6 期。

148. 程光煒：《時代的加速與寫作的減速──一次純粹屬於自己與自己的對話》，《詩歌報》1993 年第 9 期。

149. 南野：《生活情懷與思的品質──中國現代詩內部的分層》，《詩歌報》1996 年第 8 期。

150. 洪迪：《中國詩現代化是歷史的必然》，《詩歌報》1996 年第 9 期。

151. 王家新：《「烏托邦詩叢」總序》，《詩歌報》1996 年第 9 期。

152. 李訓喜：《民間方式》，《詩歌報》1996 年第 11 期。

153. 楊遠宏：《詩歌寫作中的問題》，《詩歌報》1998 年第 2 期。

154. 曹建平：《詩歌時代：原創與派生》，《詩歌報》1998 年第 2 期。

155. 劉潔岷：《後 90 年代詩歌批評：感性》，《詩歌報》1998 年第 7 期。

156. 陳仲義：《世紀之交：詩學新難點──關於個人化和相對主義的斷想》，《詩歌報》1999 年 1 期。

157. 洪迪：《詩：貴族性與平民性的統一》，《詩歌報》1997 年第 1 期。

158. 程光煒：《詩歌面向生存》，《詩歌報》1997 年第 7 期。

159. 陳超：《現代詩：作為生存，歷史，個體生命話語的特殊「知識」──詩壇現狀問與答》，《詩歌報》1997 年第 7 期。

160. 楊遠宏：《圈子，流派或個體寫作》，《詩歌報》1997 年第 8 期。

161. 栗原小荻：《跨代時期：中國詩壇三原色》，《詩歌報》1994 年第 2 期。

162. 南野：《走向成熟與完整的個體多元性詩歌寫作》，《詩歌報》1994 年第 8 期。

163. 徐敬亞：《中國詩批判（提綱）》，《詩歌報》1994 年第 10 期。

164. 李凱霆：《世界末之戰：先鋒與後衛》，《詩歌報》1994 年第 10 期。

165. 張頤武：《寓言／狀態：後新時期詩歌的選擇》，《詩歌報》1994 年第 10 期。

166. 楊遠宏：《一個抒情時代的終結語》，《詩歌報》1994 年第 12 期。

167. 呂進：《文化轉型與中國新詩》，《詩刊》1997 年 3 月號。

168. 毛翰：《詩歌的功利性與非功利性》，《詩刊》1997 年 4 月號。

169. 李保平：《試談高深詩歌的個體指向》，《詩刊》1997 年 11 月號。

170. 吳歡章：《當前中國新歌發展的幾個問題》，《詩刊》1998 年 4 月號。

171. 姜耕玉：《詩風與策略：口語化的敘述》，《詩刊》1999 年 10 月號。

172. 徐放：《弱勢文化下的詩歌傳統問題》，《詩刊》2002 年 2 月上半月刊。

173. 沈奇：《中國新詩的歷史定位及其本質探討》，《詩神》1994 年第 11 期。

174. 吳開晉：《世紀末中國新詩》，《詩神》1994 年第 11 期。

175. 遠村：《讓詩歌回到廣場》，《詩神》1995 年第 5 期。

176. 王建旗：《倡導「知識分子」寫作》，《詩神》1996 年第 1 期。

177. 楊克：《「身體」取代「自我」的世界》，《詩神》1996 年第 1 期。

178. 曾蒙：《詩歌的時代精神及其個人寫作》，《詩神》1996 年第 6 期。

179. 李凱霆：《消解·邊緣·變異》，《詩神》1996 年第 7 期。

180. 黃曙光：《叛離之後的尋找──中國當代新詩發展態勢剖析》，《詩神》1997 年第 1 期。

181. 劉澤球：《對嚴肅寫作的一次清理和修正》，《詩神》1997 年第 4 期。

182. 刑海珍：《自在狀態的詩歌與雅文化局限》，《詩神》1997 年第 7 期。

183. 馬力誠、濱志軍：《1979，思想解放運動與中國詩壇》,《詩神》1998 年第 7 期。

184. 洪迪：《詩的貴族性與平民性》,《詩神》1998 年第 7 期。

185. 蔣登科：《新詩：面對跨世紀的挑戰》,《詩歌報》1992 年第 3 期。

186. 吳開晉：《新時期詩歌的聚變與再生》,《詩刊》1996 年 2 月號。

187. 吳思敬：《啓蒙・失語・回歸——新時期詩歌理論發展的一道軌跡》,《詩刊》1996 年 7 月號。

188. 洪三泰：《世紀末詩論》,《詩刊》1996 年 11 月號。

附　錄

與詩歌有關：從 89 後到新世紀

——詩人于堅訪談

主訪人：周航
受訪人：于堅
時　間：2009 年 10 月 19 日 9：35～12：15
地　點：昆明翠湖公園海心亭茶苑

一、回顧：89 後的詩歌與詩論

　　周航（以下簡稱周）：你於 1993 年提出「拒絕隱喻」的詩觀，我深知其中內涵的豐富與複雜性。你有不少關於這一理論的闡釋，也有相關的實踐。時隔十六七年，回頭再來看這一提法，我感覺你當時有一種策略的意味，正如魯迅，欲興新文學，必然決絕地打倒文言，提倡白話。按你的說法，批判隱喻是爲了復活隱喻，那麼今天你還持以前的觀點嗎？對「拒絕隱喻」有無新的發展性的闡釋？

　　于堅（以下簡稱于）：魯迅他們那個時代文學和改造社會的大任比較密切，所以策略多，有些極端的說法是明知故犯。寫詩需要什麼策略呢？批評家總是喜歡用政治術語來談論詩歌。彷彿詩人都在搞陰謀似的。昨天，我參加了成都的一個民間詩歌節，我在發言裏提出「後現代可以休矣」。也許人家又要以爲這是一種策略。不是。我在寫詩，也在思考詩。我爲什麼在 1992 年

—303—

提出「拒絕隱喻」？那是因為我對語言的思考到了一個階段。隱喻對於漢語，那是本體性的，只要你用漢字寫作，你就是在隱喻。這個於拼音文字還不一樣。西方詩歌的隱喻是製造出來的，語言是抵達意義的工具，漢字本身就是隱喻。你不用說什麼，把它擺那兒，它就是隱喻。我的那個文章，「拒絕隱喻」，副標題是「一種作為方法的詩歌」，我的思考限制在一個詩的技術範圍內。實際上，我是從文化的角度來思考詩的。可我只針對詩說話，另外的東西我沒有說。八九十年代各種西方的語言哲學進入中國，從維特根斯坦到雅各布森，再到海德格爾，剛剛進來時，我就在讀那些書。在這之前，我對與語言有關的理論也非常注意，這個來自童年時代我母親的影響。我母親是中學數學教師。她總喜歡說，怎麼樣呢，而不是說為什麼呢。怎樣，如何對我影響很大。這影響到我的語言態度，我總是關心如何說。「拒絕隱喻」具體到寫作是和詩歌如何說有關。但是從廣義上來講，我認為中國文化本身就是隱喻性、表現性、詩性的。在中國，日常生活通常就是一種象徵的方式。象徵可能太高雅了，我們換個說法，面子的方式。言此意彼，其實不像西方那樣高深莫測，並且是在 19 世紀法國象徵派出現後才自覺起來的東西，那就是世俗生活。那個時候我意識到象徵、隱喻在中國現實生活中是一種逃不開的東西，一種暴力。最近十年，社會的發展愈發使我覺得我那個想法是對的。面子文化在當今的中國非常發達，所有的事情不是從事物本身，不是從身體出發，而是從觀念、主義、形象、面子出發。你看現在許多大城市越來越與居民的身體、生活、過日子無關，只是些現代、高大、宏偉、欣欣向榮之類意義的隱喻。「金光大道」已經成為空間性的象徵。過去的這些東西只是觀念，現在是直接空間化，用物質技術來完成這些象徵，暗示這些觀念。我覺得這很恐怖，工程不考慮到住在其中的人的體驗感受，只考慮的是它是否象徵什麼意義，現在很普遍。比如汽車房子，成為身份、地位、權力的等級象徵。比如流亡、出國、被翻譯、獲獎……成了詩歌質量的象徵，這個國家還有多少「直接就是」「A 就是 A」的東西？拒絕隱喻，就是要在語言上回到「直接就是」那種漢語的原始神性。我絕不是什麼世俗的詩人，我是要在語言上回到神性，而不是許多詩人的「觀念神性」。《尚義街六號》就是將日常生活神聖化。繼續的是杜甫《酒中八仙歌》的傳統。批評家總說我在寫小人物，不，我寫的是那個時代的少數人的仙人生活。世界的根源在語言，孔子說：「不學詩，無以言」「名不正，則言不順；言不順，則事不成；事不成，則禮樂不興；禮樂不興，

則刑罰不中，故君子名之必可言也；言之必可行也，君子於其言，無所苟而已矣」。海德格爾說「語言是存在之家」。我只是要把握語言本源性的東西。當時我沒說那麼多，但我一直在想。我受語言哲學的影響，我覺得應該從一種具體的寫作入手，在寫作的具體過程中來改變傳統詩歌的方法，通過對語言的懷疑來重建對語言的信任，拒絕隱喻是一個方法，而不是顛覆。顛覆隱喻那意味著顛覆漢語存在方式。五四的時候，有激進的知識分子就想幹這個，將漢語拼音化。天祐我中華，他們未能得逞。人們並未注意到我的「拒絕隱喻」後面有個副標題「一種作為方法的詩歌」。這就是當代批評的水平。唯一注意到這個副標題的是荷蘭的柯雷。80 年代、90 年代初期還不存在「知識分子寫作」「民間」的劃分。90 年代不是後來的人以為的「知識分子」、「民間」那樣對立的，我們都是一夥，而且我們要共同面對一個要把我們絞殺的主流文化。文藝報 90 年代初期曾經發表整版文章批判我們。當時提出那個說法不是什麼策略性的東西，純粹是寫作上的思考。當然，那時我寫它還是比較粗糙的，只是講出了一些要點。二十年來，我一直在想這個東西，後來想得比較清楚，這個觀點是對的。我並不是標新立異以引人注目，但是批評家會這麼去想。我認為批評家在 90 年代是比較軟弱的，他們被那個時代鋪天蓋地的理論吃掉了。對當代詩歌缺乏判斷力，當代詩歌寫作是很強大的，批評卻是矮子。我當然希望我寫的東西同時代的批評者有所呼應。可是同時代的批評層次很低。我于堅從來就不是老想到策略的人。

　　周：從你 90 年代的一些詩論中可看出，你似乎對天才寫作情有獨鍾，是這樣的嗎？你認為你是天才式的寫作嗎？世界上有很多的天才詩人，你是如何看待自己這麼多年來的寫作的？

　　于：詩人是比較敏感的，90 年代不想寫的人都做生意去了，認為寫作沒前途的人該幹什麼就幹什麼了。而 80 年代在活法上是沒有選擇的，大家都關在某個單位裏。優秀的年輕人要想鶴立雞群，大多是在寫作上來表現，發泄。通過寫作才能顯得與眾不同，中國五千年來出人頭地的大都是寫作的人，所以在 80 年代很多人選擇寫作是傳統使然。90 年代以後，選擇的機會多了，人生可以有許多方式飛黃騰達，不必守著寫作。許多人就離開了，我記得那時候我的朋友中就有人勸我幹別的，何必拴在一棵樹上，我大吃一驚！他居然敢這樣說，他把寫詩視為一個飯碗。90 年代繼續寫詩的人那是真的喜歡寫，90 年代是一個平靜地琢磨怎麼寫的時期。我的許多有力量的經過深思熟慮的

文本都在90年代寫的，那時已不是振臂一呼，應者雲集的年代。90年代，許多詩人出國了，許多前詩人都不寫了，另謀高就，後來甚至以曾經寫詩為幼稚、為恥辱。我很窮，但我與詩的關係更深入，我一直在沉思80年代所想到的東西。如果沒有這些沉靜下來的思考，90年代的文本我是寫不出來的。那時我對天才產生了懷疑，我本來是崇尚天才的，我80年代是一氣呵成的年代，現在我意識到天才必須要養，養就是要自我警惕那些所謂才華性的東西，要自覺地成為一個匠人。我認為天才是完全不重要的東西，我看到很多有才華的人都像流星那樣消失了。中國五千年來很少有把寫作看作專業，優秀的文人寫作都是通過寫作來通達仕途，或用來改變人生的際遇。我認為，中國這一百年，通過對西方的學習，如果沒有學到專業精神，那麼這一百年就算是白學了。應該追求一種純粹意義上的寫作，李白、杜甫在寫作上其實很專業的，但他們不是主流。對於中國，專業精神是最本質的現代性之一，許多人以為現代性就是什麼「象徵主義」「荒誕派」「後現代」，我以為那是過眼雲煙。寫作是對語言技藝的一種持續打磨，它不靠才華來支撐。才華很有可能變成那樣的寫作：「春風得意馬蹄疾，一日看盡長安花」。就不寫了，混吃混喝混會去了。我在80年代就體驗到「一日看盡長安花」的快感，我的詩在中國被大家承認，然後就是著名詩人。我很快意識到這不足以持續我的寫作，所以我對天才是很懷疑的。後來我寫的東西，很多人認為不是一個天才寫的了，他是一個匠人，我很高興。這是我的寫作得以持續的一個重要原因。

周：你認為故鄉、母語是你重要的記憶，所以你說你在為過去寫作。所以你的詩更多的是對現實的否定，進而你不相信未來，主張從非歷史的方向進入歷史。一直以來，大多數人把你列入先鋒寫作。我是否可以把你的這些詩觀考慮成你之前詩歌寫作的基調？能否作簡要的闡釋？

于：從表面上看，很多人認為我是一個先鋒派。比如說我的《0檔案》是一個振聾發聵的文本。但是我認為現在是一個批評矮子的年代，這個時代的詩人，他們得自己當自己的批評家。在批評上，詩人真的是有許多真知灼見。他們看不到我作品的空間性，他們只能局限於文本。我的價值觀是非常傳統的。雅是什麼？雅一方面是「詩無邪」，一方面也是「怎麼寫」的雅馴。李白說「大雅久不作」他突破前朝詩歌的雅馴，是回到大雅、清真。（清真是什麼？就是要從矯飾死亡的隱喻泥塘回到「直接就是」。）回到樸素，回到正聲。如杜甫那樣「再使風俗淳」，而不是什麼「先鋒到死」。「先鋒到死」，那是一種

狂狷，把文學變成一種行為。魏晉就是一個狂狷做作的時代，詩沒有幾首寫得像樣的，一堆「世說新語」，什麼用劍去殺蚊子之類的東西。魏晉之後的詩人肯定有一種「大雅久不作」的感慨。我所有的作品都是一種「仁者人也」的東西，只是我的言說方式是非歷史的，拒絕雅馴的。所以，非歷史對我來說只是言說方式的革命。但是回到歷史，我要發揚的是中國民族那種基本的世界立場，而不是顛覆這個東西，我從來沒有顛覆它。有些西方漢學家認為我是瀆神的，其實我瀆瀆的是「雅馴」，以及這個時代的喪失常德。我沒有瀆瀆「詩無邪」這個神靈。「雅馴」是形式上的一種相對限制，五言七言，甚至到了自由詩，文明的習慣老是想要獲得一種規範性的東西。我認為詩就是為天地立心，只要立心，怎麼寫都可以。人們沒有看出我的反傳統不是反抗仁義禮智信這類東西，我在文革年代目睹傳統價值觀是如何被摧毀的，親身體驗，我的家庭也遭受磨難。我看到了仁、善在中國如何被踩在了鐵蹄之下，所以我的詩裏面是要回到這種東西。從我早期到現在的作品，我從來沒改變，在這點上，我絕對是傳統的。

周：你好像歷來對 90 年代詩歌有點看法，認為 80 年代才是偉大的。我想其中原因不外乎你對 90 年代「知識分子寫作」風頭頗勁的抗拒。同時你還論證了 90 年代是「民間寫作」的時代，認為那才是值得重視的一股寫作潮流。時至今日，「知識分子寫作」已成過去，您認為是以您為代表的「民間寫作」反撥的結果嗎？您以前的一些想法有無改變？

于：其實，在 80 年代末期到 90 年代，後來所謂的「知識分子寫作」，一直暗中有些爭論。1988 年的《詩歌報》上說是要寫「正派」的詩歌，那個「正派」的詩歌我到現在也沒弄清楚，可能是指修辭上要更為文雅一些。它有沒有涉及到「德」的東西那個時候還看不出來，但是也有一些所謂知識分子寫作的詩人比如西川，從他身上我也看到涉及到「德」這個層面。但是在 80 年代我們所面對的語境，「知識分子寫作」是想從那個語境中脫離出去，而那個語境是非常嚴峻的。就是說，詩人要面臨主流文化的壓迫。比如，民間詩人基本上都有因為創辦民間刊物或者是民間寫作被審問的經歷，包括我、韓東。相對來講，「知識分子寫作」沒有這個歷史，他們一直在象牙塔裏面。知識分子寫作當時強調的那些東西在那個語境裏不重要。你想，如果你辦個詩歌刊物都要被帶進去審問，詩歌還是個象牙塔嗎？我認為他們說的那些東西沒有什麼問題，但是，他們說的不是那個時代應該說的東西。後來的時代，寬鬆

多了，知識分子寫作自然要彰顯它的價值，比如說在最近十年，「知識分子寫作」也在彰顯它的價值。其實我並不是說「知識分子寫作」一無是處，我認為他們提出的那些觀點也是對中國當代詩歌的一種糾正，一種修正，這是必要的，特別在現在來說，它有它的意義在裏面。我說 80 年代偉大，不是針對「知識分子寫作」。我認為整個 80 年代對思想界、詩歌界奠定了一個重要的東西，那就是自由主義的基礎。自由主義經歷了 80 年代、90 年代之後，它終於在中國當代詩歌中紮下了根。自由主義在 30 年代、40 年代只是少數人比如胡適等人的一個主張，那時有各種主義的交鋒，比如自由主義、馬列主義等；但在 80 年代、90 年代自由主義成為先鋒派詩人的一個基礎。我昨天的那個發言就是這個意思。但是我們所強調的自由主義是在 80 年代確立的，在確立自由主義的過程中我們忽略了一個重要的東西，在詩歌上也就是在自由主義上有沒有一個神靈，就是有沒有「德」這個東西。你有沒有終極價值和底線，那麼像我的「非歷史」是有這個底線的。但我就沒有想到在往後現代一路狂奔的路上，已經完全是無神論寫作了。在這個意義上，我肯定「知識分子寫作」提出的某些東西，雖然那是來自觀念、知識，它們缺乏經驗。80 年代還沒有「拜物教」「徹底無神」的經驗，那是一個短暫的眾神歸來，眾神狂歡的時代，在 80 年代我是感覺到神靈在場的，今天我完全感覺不到了，我體驗到了何謂神性缺失。「知識分子寫作」當年從觀念閱讀得來的「神性」，今天他們自己是不是還在繼續，我很懷疑。我覺得「知識分子寫作」好像也要被今天和市場經濟收編了去。他們當中也有許多人不堅持了，這令我好失望。「盤峰論爭」發生後，其實兩方面的詩人都對對方的觀點都有所吸收，對自己的寫作也有所調整。最後的結果是，詩壇曾經如詩人朵漁說的「不團結就是力量」，但現在實際上「民間寫作」與「知識分子寫作」的對立已不存在。大家共同感受的恐怕是受這個時代猖獗的拜物教影響的寫作上的「無德」。最近十年，雖然民間佔有上風，但是這個上風只是聲勢上的，文本我並不那麼看好。我覺這個「上風」對具體詩人的寫作影響不大，網絡上出現了一些優秀的詩人，年輕的詩人，與「民間」「知識分子」都沒有什麼關係，我覺得是有希望的。但是像 80、90 年代那樣有影響力的作品基本上沒有出現，這個原因是非常複雜的。

　　周：你能用最簡潔的話對 89 後的詩歌與詩歌觀念作個哪怕是片面的評價嗎？儘管 90 年代是複雜多元的，並非三言兩語所能概括。

于：如果說 80 年代是魚龍混雜的話，那麼 90 年代的寫作可以說是一個水落石出的時期。就是說，真正要寫詩的人繼續在寫，那種混在詩歌隊伍的人就自動消失了。然後呢，最近十年又是一個魚龍混雜的時期——網絡時期，年輕一代出來表演。接下來，我認為也許又會是一個水落石出的時期。最近這十年，不僅是年輕人在表演，對我們這一代詩人也是一個考驗。你的文本是不是依然具有一種力量，對每一個 80 年代、90 年代成名的詩人，對「知識分子」與「民間詩人」都是一個考驗。

二、舊事重提：關於「盤峰論爭」

周：「盤峰論爭」一晃過去十年，研究者多有談及，似乎有一個公論，說那是一場「意氣之爭」，是論戰雙方的某種狹隘心態使然，是文壇的權力之爭。時過境遷，心態也該平靜，您今天是如何看待那場論爭的？有沒有來個「盤峰論爭」十週年祭的想法？

于：其實，「盤峰論爭」是勢所必然。它涉及詩歌標準多元化的問題。因為，在過去，詩歌的標準是唯一的，歌功頌德，官方說了算。那麼「民間」「知識分子」詩歌的標準都是被壓著的。總有一天，民間的詩人會出來說我認為的好詩是什麼樣子。這本來是一個自然的生態，每個人都可以站出來說自己所認為的好詩是什麼，然後由時間與歷史去選擇。90 年代傾向「知識分子寫作」的一些批評家已經在做一些編選詩集的工作，詩集就是在確立詩歌標準。在 80 年代大家相安無事，你寫你的，我寫我的，誰也沒有確立標準的權力。雖然我不認同你的詩歌觀念，但是我也無權否定你。在 90 年代末期有些詩歌批評家掌握了編選詩集的權力。本來大家都是民間的，詩人之間惺惺相惜。雖然風格不一樣，彼此對某個人作品的分量都心知肚明。但詩歌選本是批評家的立場，只有民間的一部分詩人進入詩歌選本。那時候的選本和現在泛濫的不同，一旦正式出版，那就是國家意志。官方出版的權力可不得了啊，那就是蓋棺論定。傾向「知識分子寫作」的批評家首先運用了這種權力。「盤峰論爭」的起因，就是因為這種權力已經被使用了。從程光煒編的那個東西開始，他在序言裏面說得很清楚，要來一次清場，清場就是要重建一個詩歌秩序，ABC 重新排列一遍。不過，他的清場于堅你是清不掉的。他的那個場裏我與韓東都在裏面，但是他把很多的第三代詩人給清掉了，而他的選本打的是全稱性、權威性的旗號。這個書出來後不久，楊克在廣州搞

中國新詩年鑒，邀請我、韓東、謝有順等當編委，討論時韓東說「詩歌在民間」，後來被楊克改成「好詩在民間」，差別很大。編委會要我為年鑒寫個序言，我不針對詩人，但不點名批評了批評家。許多觀點都是我一直以來的看法，這次明說出來罷了。後來謝有順在南方周末發表了《詩歌的內部真相》。這是盤峰論爭之前的情況。盤峰會議是自費的，我根本不想去，我就是一心一意在寫作的人，何況那時候我很窮。但如果在這樣一個清場已開始的情況下，你有了名聲，人家也承認你，我就裝聾作啞不出氣，那作為詩人的良知是有問題的。有些詩人當時不在場，比如楊黎，他當時在忙於謀生，90 年代的市場經濟使很多詩人都生計窘迫，不在場。那麼我這個一直在場的總得出來說幾句話，沒有批評家為這些詩人的傑作說話，人家說，他們被遺忘了，不對，至少我沒有遺忘。我就說兩句吧。把當代詩歌的真實情況、我的標準給大家說一說，所以我去了。我在 90 年代寫了不少詩，他們也不會認為我退出了詩歌現場。之前的暗中較勁，現在就公開了。大部分批評家當時都站在知識分子寫作一邊，包括北大那些教授。他們把這個論爭叫做「知發難」，說得很傲慢，也很準確，可想見那時候是個什麼情況，詩人之間的爭論，居然用到「發難」這個詞，可想而知，已經認為自己就是詩歌君主了，本來都是一個大民間的，一旦掌握了文學史的話語權，就這樣搞，不對。「盤峰論爭」一開始並沒有所謂的火藥味，後來吵了一下，主要是幾個年輕詩人在吵。實際上我後來沒有說話，我開始時做了一個發言，一些話也只是開開玩笑，比如說，每個詩人背後都站著五十個批評家，我覺得這種說法不太合適。那時我去的時候大家還是朋友，只是討論。王家新憤怒地寫了一篇批評我的新詩年鑒序言的文章，他念的時候，我站起來出去了一下。後來第二天都批我，我當時非常難受，眼淚都出來了。我覺得老朋友怎麼能那樣說話呢？這都變成文革去了，我很受傷害。但是，我覺得這些都不重要。詩人都是從文革過來的，文革的那一套都在潛意識裏影響著大家，我對這些都是深惡痛絕也深受其害的。我也說過過於激烈的話。但重要的是，盤峰之前是官方拿民間的某個詩人、某種風格來批判，詩人與詩人之間從來就沒有這樣過。我們沒有過公開爭論的經驗，我們的歷史記憶那就是批鬥會。牛漢對我說，你們在這裡爭論，後面還有人看著你們吶。我明白牛漢話裏的意思。但我覺得過去那些政治批判與詩沒有關係。我們的爭論，我知道，可能最後兩方都會被收拾掉。但是我們確實在爭論詩的標準問題、公正問題，不是在搞政治。雖然用

的話語方式表面上很暴力，但是民間其實說的是詩要直指人心，比如用日常語言、口語，實際上我不喜歡「口語」這個詞，我說的是日常語言，要表現生活世界的詩意。知識分子說的是詩要正派，修辭要有難度，要表達一種超凡脫俗的精神境界。其實都在講詩與形而上的關係，知識分子用的精神、靈魂，民間用的是人心。知識分子的形而上有許多知識背景，民間的則更強調經驗、超驗、感性。也可以往深裏說，「知識分子寫作」意識到現代文明中的理性、智性、祛魅。民間則要返魅，強調「詩關別材」「不涉理路」，有道家的影響。那時大家都非常焦慮，鋪天蓋地的市場經濟使詩人的身份產生危機，我們也許是這個文明最後的詩人了。西方文化對中國文化的入侵，不只是一個思想觀念的問題，每天都看見各種各樣的西方生活方式全面進入，所以每個詩人的內心都有一種焦慮。最扯淡的是那些不在場的批評家，他們至今缺乏對這場論爭的理性梳理。中國詩歌批評界對盤峰的發言，我以爲真的是很不知識分子。

周：一般認爲，「盤峰論爭」的直接導火線是因那兩本眾所周知的選本而引發的，但是從你之前的詩論中早就有對另一方不滿的言論，如果沒有北京那次研討會雙方的碰頭，對立雙方的論爭會不會以另一種方式爆發？你認爲那是「民間寫作」的一次契機麽？

于：「知識分子寫作」在盤峰會議之前就在張揚的一個觀點就是要以西方詩歌爲藍本，公開地講詩人寫的好就是因爲像某某德林某某茨基。我內心一直有民族主義的東西存在，這也是使我憤怒的另外一個原因。即使沒有「盤峰」，我也會以另一種方式說出來。你在 80 年代講無所謂，因爲封閉得太可怕，大家都在「拿來」。也必須「拿來」，讓眾神狂歡吧！但是到90 年代後期，這個「拿來」也太瘋狂了，西方已經成爲一個全面的幾乎是唯一的標準。你看所有的東西都是西方的，評職稱都要考外語過級什麼的。這太恐怖了，而詩人還在講這種東西，這就是「盤峰論爭」中爭論的另外一個話題。「知識分子寫作」在「盤峰論爭」以後其實調整了這個思路，也有回到母語，回到中國經驗的反省。最近十年，「知識分子寫作」還在寫的詩人在調整，民間也在調整，所謂民間立場的詩人對口水化、無德也很反感。

周：你覺得「盤峰論爭」對你本人和「民間寫作」有什麼影響？對「知識分子寫作」有什麼影響？它對新世紀的詩歌產生了怎樣的直接後果？

于：我覺得「盤峰論爭」對我個人影響不大，因為我的寫作一直都在繼續，而且我思考的東西就是我說的東西，但是對其他人出名可能有好處。對「知識分子寫作」那方的真正詩人的影響其實也不大。「盤峰論爭」真正的影響是為那真正有才華的無名詩人打了一道光明之門。我們這一代人都在黑暗中寫作，要依靠各種刊物去發表自己的作品，你不是你自己的主編。「盤峰」以後，詩人都成了自己的主編，無論作品的好壞都直接送到讀者面前，所以，改變了很多人，他們沒有走我們走過的路。而我們也面臨著新的考驗。也就是說，你以前依賴刊物發表作品贏得的名聲現在變得很可疑。你的作品是否可以直接在網絡上依然被認可，成了對成名詩人的一塊試金石。在這點上我又發現，民間的詩人直接面對網絡的要多一些，「知識分子寫作」好像比較迴避網絡，我不太清楚他們是個什麼心理。面對讀者，沒有必要把自己關在象牙塔裏，你完全可以寫象牙塔裏的作品，但要對自己的作品有自信。

周：「盤峰論爭」對參與論戰的雙方在當時都產生了不好的人際關係影響，事到如今，這種影響還存在嗎？是否還覺得還有點「隔」？

于：大家見面都很客氣。又不是階級敵人，都是詩人，在這個時代，詩人不容易啊，團結就是力量。我覺得對於「盤峰」怎麼估計它都不過分。1949年以來到現在，文人大部分處於一種被國家敵對懷疑的狀態，他們「利用寫作反抗」。一旦批評，文人就很不適應，覺得一批評就是要整你，而「盤峰」把這個東西改變了，大家可以彼此批評了，批判完了還可以面對，沒有人被帶走。這十年來，知識分子把我罵完（我其實沒有點名罵過誰），民間的在網絡上接著罵，我恐怕是中國被罵得最多的一個詩人。2007 年我獲魯迅文學獎，我沒有主動爭取這個獎，我的詩集是作為一套詩歌叢書中的一本送去的。結果被左派老詩人整整罵了兩年，到處告狀。（不喜歡你的詩，不是通過文學評論，而是期待行政解決，這是當代中國的一個老傳統。）最後告到領導那裡，頒獎者最後只好承認他們對評委監管不力。知識分子、民間對我的罵我還可以忍受，最可怕的就是來自左派的。報紙上整版整版地登，那些文章這麼寫：「于堅是什麼人？他一貫反對「文藝路線」。「盤峰論爭」最好的一點就是，詩人都可以容忍對方的批評，批評的是你的詩學觀念，就算人身攻擊一下，但是沒人把你往政治上搞，「盤峰」結束了這種東西。之前徐敬亞被罵，謝冕被罵，都是以評論員文章的方式，而且詩人根本不能為自己辯護、還嘴。用這種方式對付詩人我覺得太恐怖了。牛漢的擔心是有道理的，但是「盤峰論

爭」使那一套變成了狗屎。正因爲如此，後來《華夏詩報》對我的政治批判才沒有多少效果，如果沒有「盤峰論爭」，那種文章一出來我是要倒楣的。

三、當下與展望：新世紀的詩歌

周：從你 1979 年第一次在昆明的一家油印刊物發表詩歌起，迄今剛好 30 年。三十而立，詩齡 30 年的你，對寫詩最大的感受是什麼？

于：我最大的感受就是寫作的生態環境已往好的方面轉變，但是恐懼沒有最後消除。我永遠有一種恐懼感。從「文革」開始到今天，我越是恐懼我越是寫。我的寫作在某種意義上是對這種恐懼感的一種釋放，這種恐懼是一種深入到生命當中的恐懼。

周：多年來，你堅持寫「棕皮手記」與「便條集」，還兼寫散文，另外還搞攝影，拋開興趣的因素外，你有寫作計劃嗎？或者能否談談你近幾年寫作的大致狀況？作爲在中國當代詩壇舉足輕重的人物，你的寫作動態肯定有不少人關心。

于：從整體上來看，是跟著感覺走。但是一旦找到一種感覺，那就有了清晰的寫作目標。持續地表達一個主題我覺得有點累，我想寫一種更爲自然的東西。我想讓詩深入到更廣泛的生活世界裏面，表面上是日常化，實際上是把日常生活神聖化，我是一個非常迷信神性的詩人。我認爲今天批評家對神性的理解非常膚淺，他們認爲神性就是海子的那種東西才是神性。海子是在表達一種觀念神性，而我是把日常生活大家看來毫無詩意的東西通過漢語的神性力量把它神聖化。其實這也是中國的一個傳統。《尚義街六號》，我受的是《酒中八仙歌》的影響。它通過詩歌把普通人昇華成仙人，把中國的日常生活通過語言來神聖化，漢語的神性不是一個高高在上的上帝觀念。一定要注意到語言在中國的特殊力量，我寫《尚義街六號》，語言是非常嚴肅、鄭重的，這是一種神聖的命名，把日常生活傳世不朽。我絕對不是批評家所說世俗化的詩人，我的詩一點都不世俗，我只是把那種世俗的生活神聖化。我覺得我的寫作現在處於一個比較豐滿的時期。有很多東西現在可以開始。我過去寫的東西現在越來越清楚，以前那種自然發生的那種神性我現在會刻意爲之。過去我不太講神性，不太講「雅」一類的東西，隨著現在後現代變得十分媚俗，什麼都處在後現代的解構之中，神性的東西有必要在寫作中張揚。我在最近幾年想把詩寫得更爲複雜，詩是一個曼陀羅那樣的場。

周：新世紀以來70後詩人崛起，你對70後詩人多持贊許的態度。另外詩壇怪事也層出不窮，標準不定，詩的前途難卜，詩壇似成「詩江湖」。你對這些現象是如何理解的？你可以印象式地總結。

于：90年代的詩人寫作態度非常嚴肅，寫作是處於世界的常態上，詩人是對詩本身負責。但是最近十年我覺得詩人為名聲而寫，為吸引眼球而寫，這成為一個普遍的態勢。那麼詩本身寫得如何已變得不重要了，寫得好的詩人被搶眼的詩所遮蔽，那些最耀眼的明星往往是寫得最臭的。我在2005開始就發表這樣的觀念，先鋒是後退的，不一定總是在前進，而且我也提到中國傳統文化的學習。我認為對70後的詩人，還是主張只肯定文本，不肯定群體。我從來都是反對什麼後，什麼代，詩人就是一個一個的，你不能以一群來評定某個詩人。我不看你的口號，不看你的洶湧，所謂70後與第三代是一樣的，最後剩下來的就那麼幾個詩人。這十年過去，鬧鬧哄哄，煙消雲散，其中也出現了優秀的詩人，只不過優秀的詩人被搶眼球的東西遮蔽住了。批評在這喧嘩面前有點茫然。現在許多人在確立標準，其實尺子只是自己那個小圈子的小真理。在八九十年代是有標準的，那個標準是中外詩歌的經典。那時的詩人是讀經典長大的。我們這一代人與後來的詩人不一樣，最大的區別就是無論是知識分子還是民間，我們是讀經典長大的。為什麼呢？「文革」時期把所有的經典都封閉了，對經典的渴求就成為我們那一代的讀者的最大目標，所以那時的知識水平是在一條線上的。比如說，講莎士比亞，講龐德，都是知識分子耳熟能詳的事情，而民間也熟悉，我們都公認那些是經典，這是不分知識分子與民間的。我喜歡拉金，有些人喜歡荷爾德林，無論是喜歡哪個詩人，我們都認為他們是經典。而21世紀的狀況是什麼呢？我感覺他們不讀經典，他們從當下的詩人開始讀，所謂取其中者得其次，這就是近十年詩歌普遍下滑的原因之一。很多詩人只讀網上的詩，他只看誰走紅就讀誰的詩，這太恐怖了。那麼批評家之所以無標準，是因為他們沒有以經典為標準。我最近還在想，如果有布魯姆那樣一本《西方正典》的書鎮住，那麼年輕的詩人就可以通過這種閱讀來判斷詩歌的好壞。我們通過當下的詩歌來定標準是非常可笑的。我還是主張當下的要向古典的東西學習，這不僅僅是詩歌界的問題，整個中國都放棄經典，繪畫的、寫小說的，等等。那些藝術學院培養出來的畫家，連素描都不會，倫勃朗是誰都不知道。一年級就教你抽象，就教你創

造，這太恐怖了。你看剛獲獎的穆勒寫作時各種字典是放在旁邊的，這與我一樣。我寫東西時什麼辭典什麼詞源都有，我有七八種不同版本的漢語詞典。這又得回到我開頭說的，我爲什麼反對才華的寫作，寫作應該成爲一個工匠的東西，它是一個不斷打磨語言的活計。

周：我知道，你以前是很反對詩歌中所謂的「西方資源」的，十分反感從翻譯過來的西方詩歌中獲取靈感。你曾一度談西必斥，特別是在 90 年代你對不少「知識分子寫作」的詩人參加國際會議不以爲然，尤其是對他們在詩作中向西方大師致敬表現出某種不屑與憤怒。可我發現你與西方並不是絕緣的，以前你多次回答外國詩人的提問，也有出訪西方的時候，作品中難免會有不少西方的影子，最近看您博客發現其中外國人名與寫外國的詩作爲數不少，於是我有一個疑問：對於西方，要麼你與「拒絕隱喻」一樣也是一種策略，要麼你原來的詩歌觀念發生了調和、變化或修正。也許是我對你理解得不深，希望你能談談不少讀者與研究者所關心的這一話題。

于：我從來沒有反對向西方學習。實際上，西方的書我讀得非常的多。我深受西方文化的影響。但是我認爲我們和西方的關係應該是一種平等的關係，而不是孫子與老子的關係，我反對的是這種東西。當時的「知識分子寫作」的詩人在談到西方詩人的那種語氣，那簡直是頂禮膜拜。要說讀西方的東西，我可能比「知識分子寫作」的人還要讀得多。我從「文革」時代就在秘密閱讀，從他們的基本名著讀起。我剛才說西方的名著對我的影響非常重要，這種影響不是如何說，是他們說什麼。「知識分子寫作」可能認爲西方最重要的是上帝。我最近寫了一篇文章說，最近三十年中國對西方的學習可以說什麼都學會了，你不能說現在還有什麼沒有拿過來，沒有拿過來的是不能拿來的東西，可以拿來的，從政治、經濟、哲學、文化到日常生活方式，我們都在拿，但是我們只有一個東西沒有拿過來，那就是上帝。「文革」摧毀了詩教，今天的中國沒有詩教，中國的「上帝」在詩教中。上帝是拿不過來的。西方可以拿來的就是匠人的精神，那種道成肉身的寫作，我認爲這才是從根本意義上的學習西方。最重要的是西方人的那種寫作的專業態度。如果我們用一百年學習西方，如果沒有學到這點，那就是白學了。上帝得我們自己尋找，它其實就在漢語中，只是被遮蔽著。

周：與 90 年代相比較，進入新世紀後，總的來說你的詩歌寫作與觀念有變化嗎？

丁：我是一以貫之。但是也有自相矛盾的時候，但找大的方向是不變的，萬變不離其中。

周：說一個最新的但與我們的訪談關係不是很緊密的話題。2009 年諾貝爾文學獎授予在羅馬尼亞出生的德國女作家和詩人赫塔‧穆勒（Herta Müller）。瑞典文學院在頒獎辭中稱，穆勒的作品「兼具詩歌的凝練和散文的率直，描繪了一無所有者的境況」。我自然聯繫到你。你多次提到維特根斯坦的一句話：「要看見正在眼前的事物是多麼難啊！」從而日常性成為你一再強調的寫作方法，即使是像《0檔案》一類的詩作，你拒絕的是文體形式的探索，提倡的是對存在的澄明。而且你明確說過，你的詩歌注意戲劇和散文的因素。這一切都讓我想到這次諾獎與你的創作。你對此有何感想？

于：你說的這個問題實際上是個不能回答的問題。你說你不在乎這個，人家會說你自大，你說你在乎這個，我確實也沒法去在乎。我覺得從一個人的基本自尊心來講，我不會去想這個東西，但是如果從一種世俗的虛榮心來看，每個人都會覺得得個什麼獎是個非常好的事情。寫作，我想像的是讀者都是說漢語的人。對漢語翻譯成外語我是不抱什麼信心的。因為語言是存在之家，海德格爾說這話的時候，可能也沒有深刻的理解。可以簡單地說，所有漢語的東西翻譯成拼音語言的話，它永遠是意譯過去，剩下的東西就是作品的身體，是翻譯不過去的。實際上，翻譯只是一種解釋、轉述，要解釋、轉述我的作品是很困難的，無法轉述。我的作品不是要賦予語言一個什麼意義，它們就是存在本身。我對我的作品被真正翻譯過去是不作指望的。我的寫作不只是在組合意義，它組合的是「字」，我認為用漢字寫作已經是很高級的了，我不會因想獲得較低的語言的什麼獎而夢魂牽繞。我的日子也過得不錯，起碼我一日三餐是無憂的。在能指與所指之上，還有「字」這個東西，漢字把能指和所指變成了一個東西，西方語言沒有達到這一點。對於漢語寫作來說，這個什麼獎只是獎給二流意義上的寫作，永遠不會獎給一個一流意義上的寫作。因為「字」已經在轉述中被消滅了，它只剩下拼音和意思。在這方面我信任的是漢語的獎。我要補充一點。就是關於神靈至上的問題。剛才講到 90 年代「知識分子寫作」，海子提出這種崇高的上帝問題，他們提出這個東西，我認為是個讀書的結果。知識分子總是把這些當作一種知識、一種觀念、一種主義來提出，這個無可厚非。80 年代我就沒有那麼講。我的生活經驗，我的身體、年齡還體驗不到這一層。那個時候神的問題不是最重要

的問題，意識形態對人的精神禁錮是最重要的。那麼我現在爲什麼提神靈、召喚眾神？我最近出的書就叫《眾神之河》，這是一個長篇散文，是因爲我已經感受到這個徹底的唯物主義的時代，詩教作爲具有宗教風格的文化，在「文革」時期被摧毀了，整個民族的精神處於一種虛無狀態。這個時候，使人深刻地感受到神的重要性。我總是從經驗、身體、感覺出發的，就是古代所說的「隨物賦形」，我不是從觀念出發，這是和「知識分子寫作」最大的不同。

（該訪談根據錄音整理成文，並通過受訪人審閱）

後　記

　　20世紀80年代以來，相對於「十七年」和「文革」時期來說，中國當代詩歌發生了巨大的變化。然而，在某種程度上我們只能說，80年代以來的詩歌只是延續了中國現代詩歌中某些傳統因素的血脈，是一定程度上的回歸。不過，當代詩歌在進入90年代以後，無論是詩歌文本還是詩歌批評，都有一些新現象和新質的出現，這些「新現象」和「新質」帶有世紀之交的跨越意味，其中承上啓下的願望是十分明顯的。於是90年代以來的詩歌呈現出多元衝突和混雜共生的局面，其內部的矛盾性不僅有其歷史的因由和理論源頭，同時又與現實中的文學環境密不可分。

　　20世紀末「盤峰論爭」的發生，詩歌界的矛盾得以凸顯。透過這次論爭，或者以考察這次論爭爲切入口，探尋20世紀80年代末至新世紀這20年區間的中國詩歌歷史，這是我的意圖所在。不過，要對一段多元複雜和不斷變遷的詩歌歷史進行板上釘釘式的描述和定論，其難度是可想而知的。我只是在最大限度搜集和整理資料的基礎上，力圖勾勒一個時期詩歌歷史的脈絡，並多多少少作出一些主觀上的判斷。對脈絡的勾勒和判斷的正確與否，以及對我工作的價值評定，自然有待方家批評指正。

　　這部書稿實際上是我在北京師範大學時寫就的博士論文。能夠在臺灣得以順利出版，將是對我在北師大三年歲月的一個紀念，同時也是我學術生涯一個新的階段性的標誌。希望這本書對兩岸的學術交流起到一定的作用。

　　在此特別感謝導師張清華教授在本書寫作過程中給予我的指導、支持和督促，並且在萬忙之中爲本書作序。李怡教授是我特別尊敬的一位老師，他爲我這本書能在臺灣出版牽線搭橋出了不少力，在此，我表示眞誠的謝意！

　　同時我也十分感謝臺灣花木蘭文化出版社對兩岸的學術交流所作的無私奉獻，還要眞心感謝未曾謀面的、本書的編輯人員！

　　當然，我書的出版也離不開家人的支持和鼓勵，一直以來我都爲這份深情和愛而感動不已。

　　我惟有繼續努力前行，力爭取得更多更令人滿意的成果，才能回報一直以來支持我、鼓勵我的老師、親人和朋友！

周航

2016 年 5 月於重慶涪陵